dtv

Johann Bosetzki wächst als Waisenkind bei einer Bauernfamilie auf. Sein sozialer Aufstieg ist beeindruckend: nachdem er bei den Kürassieren Fuß gefaßt hat, verhelfen ihm Ehrgeiz, Disziplin und Wagemut sogar zum Adelstitel. Doch Johanns Glück bleibt unvollkommen. Von Helena, der großen Liebe seines Lebens, verlassen, heiratet er Elisabeth von Velten, eine Frau, deren Welt nicht die seine ist. Und auch sein 1770 geborener Sohn Erdmann entwickelt sich so ganz anders, als Johann es sich vorgestellt hat: Erdmann ist ein Romantiker. Er liebt die Literatur und die Musik – und Cathérine, die ihn aber bald verläßt. Erst während der Befreiungskriege werden sie sich unter dramatischen Umständen wiederbegegnen ... Erfolgsautor Horst Bosetzky läßt mit dem ersten Band seiner mehrteiligen Familiensaga auf faszinierende Weise das Preußen des 18. und frühen 19. Jahrhunderts vor den Augen des Lesers wieder lebendig werden.

*Horst Bosetzky,* unter dem Namen *-ky* auch als einer der erfolgreichsten deutschen Krimi-Autoren bekannt, ist Soziologieprofessor in Berlin. Neben zahlreichen Kriminalromanen, mit denen er sich an die Spitze der deutschen Spannungsliteratur geschrieben hat, verfaßt er Jugendbücher, Hör- und Fernsehspiele, historische Romane sowie seine zunächst siebenteilige Familiensaga.

Horst Bosetzky

# Hoch zu Roß

Der Aufstieg derer von Bosetzki
unter Friedrich II.

Roman

Deutscher Taschenbuch Verlag

Von Horst Bosetzky
sind im Deutschen Taschenbuch Verlag erschienen:
Wie ein Tier (20021)
Brennholz für Kartoffelschalen (20078;
auch als dtv großdruck 25170)
Berliner Bahnen (20380)
Sonst ist es aus mit dir! (70425)

Ungekürzte Ausgabe
Oktober 2001
Deutscher Taschenbuch Verlag GmbH & Co. KG,
München
www.dtv.de

(Dort unter dem Titel ›Tamsel‹ erschienen)
Umschlagkonzept: Balk & Brumshagen
Umschlagbild: Ausschnitt eines Gemäldes von
Abraham Jansz. Begeyn (© Stiftung Preußische Schlösser
und Gärten Berlin – Brandenburg/Bildarchiv)
Gesetzt aus der Garamond 10/11,75'
Gesamtherstellung: Druckerei C. H. Beck, Nördlingen
Gedruckt auf säurefreiem, chlorfrei gebleichtem Papier
Printed in Germany · ISBN 3-423-20466-4

Für meinen Vater Otto Bosetzky (1906–1968),
der mir von Tamsel und unseren Ahnen erzählt hat.

Du hast Eltern, und Deine Eltern hatten Eltern,
wie auch die wiederum Eltern hatten –
und so weiter und so fort,
die Jahrhunderte hindurch.
Und alle leben in Dir,
wie Du in ihnen gelebt hast.
So gibt es ohne sie keine Gegenwart
und ohne Wissen um Deine Herkunft
auch keine Zukunft für Dich.

*Anaxithonos*

# Erster Teil

# Johann Bosetzki

# Prolog

## 1717

Johanne Bosetzki wußte, daß sie in Tamsel von ihr sagten, sie sei nicht ganz richtig im Kopfe. Dabei stimmte es, daß einer der Götter vom Olymp herabgestiegen war, um sie zu lieben. Unten auf der kleinen Insel in der Warthe.

Woher sie, die tumbe Köchin aus dem Schloß, etwas von den alten Göttern wisse, von Zeus und den anderen, Poseidon, Mars und wie sie alle hießen? Na, woher wohl: Weil sie gelauscht hatte, als der Hauslehrer dem Fräulein von Schöning dies alles eingetrichtert hatte.

Ihr Bauch wurde dicker und dicker, und wenn Fritz, ihr Bräutigam, davon erführe, würde er sie erschlagen. Was andere Männer betraf, verstand er keinen Spaß. Er stand beim Infanteriebataillon der Festung Küstrin. Also band sie sich eng und stöhnte, sie würde immer dicker, weil sie es nicht lassen könne, alle Töpfe auszulecken.

Lag sie nachts auf ihrem Strohsack, glaubte sie, vor einem Bienenstock zu stehen, so sehr summte es, doch es waren nur die Stimmen, die sie hörte.

– Wenn das Kind nun kommt, wie willst du das schaffen, ganz allein?

– Ich schaff' es schon, ich hab' zu Hause öfter mitgeholfen, wenn wer geboren wurde: meine Base oder ein Kälbchen.

– Die Leute werden glauben, dir hat einer der Knechte den Braten in die Röhre geschoben.

– Nein, ein hoher Herr ist es gewesen, und von weither ist Er nach Tamsel geritten gekommen.

– Du bist ja im Koppe nicht mehr ganz in Ordnung. Es haben dich doch welche gesehen, wie du mit deinem Fritz im Heu gewesen bist, in der Scheune oben.

– Es ist auf der Insel unten geschehen, und nicht Fritz war mit mir in der Fischerhütte, sondern Er ist es gewesen.

– Wer?

– Das sag' ich nicht.

– Du spinnst ja, das hast du dir doch alles ausgedacht! Du denkst dir doch immer so was aus.

– Nein, Er ist wirklich bei mir gewesen. Und es war so ganz anders als mit den Burschen hier.

– Du träumst ja! Das kommt davon, wenn man Tag für Tag im Schloß ist und für die Grafen kocht.

– Nein, ich träume nicht. Wie soll ich denn träumen, wo das Kind doch wächst, hier unter meinem Herzen, fühl doch mal.

– Und was willst du machen, wenn dein Kind geboren worden ist?

– Ich werde es in ein Körbchen setzen und zu Ihm schwimmen lassen, so wie sie es mit Moses getan haben. Dann kommt Er zu mir, um mich ins Schloß zu holen.

Sie war gerade erst aus dem Netzebruch nach Tamsel gekommen und hatte in der kurzen Zeit noch keine Freundin gefunden, so daß sie mit sich selber sprechen mußte. Die Leute, die es hörten, meinten, daß sie ins Irrenhaus müsse, wenn das so weiterginge.

Dann kam er, der 17. Juli des Jahres 1717, und im Schloß hieß es: »Geh, Johanne, lauf zum Fluß hinunter und setz zur Insel über, da müssen Fische in den Reusen sein – und sieh nach Krebsen.« Sie tat es ohne Widerworte, obwohl ihr das Laufen immer schwerer fiel. Barfuß ging sie, weil sie fürchtete, in ihren Klotzpantinen umzuknicken und zu stürzen. Schon am frühen Vormittag lag brütende Hitze über den endlosen Wiesen zwischen den Hügeln des Tamseler Busches und dem Warthefluß. So schwül wurde es, daß es sicher ein Gewitter gab, bevor die Glocken zur Mittagspause läuteten. Vollbauer Sengebusch rief hinter ihr »Hehe!«, und sie mußte zur Seite treten, um ihn mit seinem Gespann passieren zu lassen. Er rollte hinunter zum

Ufer, um Heu zu laden. So wie er mußte auch ihr Vater ausgesehen haben. Doch der war lange tot, in einem der bitterkalten Winter nach einem Sturz im Wald erfroren. Ihre Mutter war im Jahr danach gestorben, an Auszehrung, hieß es.

Der Steg war schmal, und sie hatte Mühe, die Balance zu halten. Der Schweiß lief ihr die Stirn und den Rücken hinunter. Das Kind in ihr strampelte und trat und nahm ihr die Luft. Doch als sie dann im Kahn saß und eine leichte Brise sie kühlte, da ging es wieder. Sie ruderte zu dem kleinen Eiland hinüber, das bei allen nur die Liebes-Insel hieß. Und es erschien ihr ganz selbstverständlich, daß auch sie ihr Kind auf diesem Stückchen Land empfangen hatte. Weil es der Wille Gottes gewesen war.

Sie brauchte kaum zu rudern, die Strömung trug sie zum nördlichen Ende der Insel, wo sich ebenfalls ein kleiner Steg befand. Mit dem Aussteigen aus dem kippligen Boot hatte sie schon ihre Mühe, doch schließlich saß sie auf den ungehobelten Brettern, band den Kahn an und kühlte die geschwollenen Füße im Wasser.

Als sie sich hochstemmte und zur kleinen Hütte ging, die sich der alte Petras im letzten Herbst gezimmert hatte, war noch alles in Ordnung, dann aber durchfuhr sie ein Schmerz, der viel schlimmer war als der vor Jahren, als sie sich den Zinken einer Forke in den Leib getrieben hatte. Und es lief aus ihr heraus, trübes Wasser in unfaßbarer Menge. Süßlich roch es. Sie sank zu Boden und betete.

– Du bist stark genug, du schaffst es!

Sie tastete sich in die Öffnung hinein und erschrak aufs neue, denn nicht die Haare ihres Kindes glaubte sie zu fühlen, sondern seinen Po. Eine Steißlage. Das wußte sie von zu Hause wie vom Schloß, daß das gefährlich war, und eine ihrer Tanten hatte es nicht überlebt.

– Das ist der Tod!

Die nächste Wehe kam, und nun schrie sie um Hilfe, denn es schien sie zu zerreißen.

Ferdinand Sengebusch und seine beiden Mägde hatten Schreie gehört und waren zum Ufer gelaufen.

»Das wird die Johanne sein.«

»Einer wird ihr Gewalt antun.« Von einer bevorstehenden Geburt ahnten sie ja nichts.

»Der Hakenmann aus'm Fluß hat sie geholt.«

»Unsinn, das ist'n Soldat aus Küstrin, der sie umbringen will.«

Doch hilflos mußten sie zunächst am Ufer verharren, denn schwimmen konnte keiner, und es gab nur den einen Kahn, der jetzt drüben lag. So blieb dem Bauern nichts anderes, als eines seiner Pferde auszuspannen und auf ihm ins Dorf zu reiten, um Hilfe zu holen. Aber auch die beiden Männer, die er als erste traf, Schulze Zander und Kammerherr von Czako, wußten keinen anderen Rat, als zur Warthe hinunterzureiten und nach Petras oder einem anderen Warthefischer Ausschau zu halten, denn ein Boot hatte keiner.

Noch immer kamen die Schreie von der Insel herüber, und Schulze Zander war es schließlich, der sie richtig deutete: »Die wird nicht umgebracht, die kriegt'n Kind. Mir ist schon letzte Woche aufgefallen, daß sie so zugenommen hat.«

»Alleine schafft sie das nicht!« rief eine der Mägde. »Ich muß hin und ihr helfen. Heißes Wasser, Tücher, schnell!«

Doch daran war nicht zu denken. Sie berieten in aller Eile und kamen zu dem Schluß, daß es am besten war, wenn von Czako zurückritt, um aus dem Dorf und dem Schloß alles zu holen, was zu einer Geburt nötig war, während Schulze Zander die leichtere der beiden Mägde zu sich aufs Pferd nehmen sollte, um mit ihr zur Insel hinüberzuschwimmen. Es sei nicht weit und die Strömung nur mäßig.

Das Vorhaben gelang dann auch, doch als sie Johanne erreichten, war diese schon tot. Ihr Kind jedoch, ein Junge war es, konnte noch abgenabelt und gerettet werden. Man beschloß, den Knaben Johann zu nennen und ihn zu Sengebusch in die Pflege zu geben.

»Wo schon so viele sind, kriegen sie das eine auch noch satt.«

# Kapitel 1

## 1728

Johann reckte sich hoch und sah aus dem Fenster des Pferdestalles. Sengebusch kam gerade aus dem Haus, einen Wurstzipfel in der rechten Hand. Wotan schnellte, kaum hatte er den Leckerbissen gewittert, aus der hölzernen Hütte und riß so heftig an der schweren Kette, daß er den Pflock, an dem sie angebracht war, dicht über dem Boden abzubrechen drohte. Herr und Hund tobten eine Weile miteinander herum, dann ließ sich das massige Tier auf den Boden fallen und von Sengebusch streicheln und liebkosen. Johann wünschte sich, auch ein Hund zu sein. Elf Jahre war er nun alt und schon zu allerlei zu gebrauchen, zum Gänsehüten beispielsweise oder zum Fegen der Diele, doch zweifelsfrei war Wotan für Sengebusch von größerem Nutzen. Und darauf kam es an, welchen Nutzen man für andere hatte. Wer unnütz war, der zählte nichts, und wer mithelfen konnte, daß der König auf dem Schlachtfeld siegte, der galt am meisten.

Also war es Johanns Ziel, Soldat zu werden. Aber kein Stoppelhopser mit einem dieser lächerlichen Schießprügel in den Händen, die doch nie losgingen, sondern ein schneidiger Reiter, ein Kürassier am besten. Mit Pferden kannte er sich aus. Solange er zurückdenken konnte, hatte sein Strohsack in der Ecke des Pferdestalls gelegen, und bis zu seinem vierten Lebensjahr hatte er sogar geglaubt, daß ihn eine Stute zur Welt gebracht hatte. Der *Pferdemensch* hieß er allenthalben. Das lag auch daran, daß er nicht nur wiehernd lachte, sondern auch über einen ausgeprägten Oberkiefer verfügte und seine Schneidezähne weit über die Unterlippe hinausragten, er also das besaß, was man landläufig als Pferdegebiß bezeichnete. Hinzu kam noch, daß er sich angewöhnt hatte, die Luft so kräftig durch die Nase einzusaugen, als seien es Nüstern. Und beim Rennen glich er einem galoppierenden Pferd, so sehr hatte er sich den Tieren angepaßt. Daß er auch Hafer fraß, wie Czako und dessen Clique ihm schmähend nachsagten, stimmte zwar so nicht, doch waren mit dem Hammer platt geklopfte Haferkörner, Haferflocken also, seine absolute Lieblingsspeise.

Als der Bauer sich entfernt hatte, machte sich Johann daran, den Stall gründlich auszumisten. Das tat er viel schneller als eigentlich nötig, um noch Zeit zu haben und auf die Weide hinauszulaufen. Dort tummelten sich die Pferde der Kurassier- und Dragoner-Regimenter aus Schwedt, die man gestern zur Grasung hergebracht hatte. Sengebusch fluchte zwar darüber, denn er erhielt viel zuwenig Geld dafür, doch für Johann war dies wie ein großes Geschenk.

Johann sah sich all die Füchse, Falben und Rappen sorgfältig an. Mißtrauisch schnaubend, beäugten sie ihn, jeden Augenblick zur Flucht bereit. Er wußte, was sie fühlten und wie er sie darüber hinwegtäuschen konnte, ein Mensch zu sein. Sprach er anfangs leise und behutsam zu ihnen, so gingen seine Worte allmählich in ein fein abgestuftes Wiehern über.

»Seht her, ich bin einer von euch, ich will euch nichts Böses tun. Ich rieche wie ihr, ich bin wie ihr, ich gehöre zur Herde, auch wenn ich ein bißchen anders aussehe als ihr.«

Er hielt ihnen dabei ein paar Zuckerstückchen hin, die er im Schloß erbeutet hatte. Ängstlich sah er dabei zum Dorf hinüber, denn wenn Sengebusch ihn erwischte, wie er mit den Pferden sprach, setzte es wieder Prügel mit der Hundepeitsche. Suleika kam und nahm den Zucker mit ihren weichen Lippen von der ausgestreckten Hand. Sie stammte von einem Araber ab und wirkte inmitten der Holsteiner grazil und fremd. Ehe sie sich versah, war Johann über den Balken gesetzt, der die Koppel verschloß, und hatte sich auf ihren Rücken geschwungen. Sie ließ es sich gefallen. Er brauchte ihr kaum in die Mähne zu greifen, um Halt zu finden. Er liebkoste ihren Hals und brachte sie dazu, in leichten Trab zu fallen. Es ging über die Wiesen zum Ufer der Warthe hinunter.

Tamsel, vom gemeinen Volke mit hörbarem »p« gesprochen, also »Tampsel«, lag an der Straße von Küstrin nach Schneidemühl, der sogenannten Berlin-Königsberger Steinbahn, wobei es sich im Norden an einen Höhenrücken schmiegte, den Tamseler Busch, und nach Süden hin zum Warthebruch weit öffnete.

Als sie den Kahlen Damm erreichten, der schnurgerade auf die Alte Warthe zulief, tat Johann das, wovon er schon den ganzen Morgen geträumt hatte: sich aufzurichten und mit nackten Fußsohlen auf Suleikas Rücken zu stehen. Er schaffte es, jede ihrer Bewegungen mit elastisch federnden Knien so lange auszugleichen, bis sie das Ufer erreichten. Erst hier, als sich die Stute hinunterbeugte, um zu saufen, mußte er zu Boden. Dann saß er wieder auf, durchquerte den alten Flußlauf an einer besonders seichten Stelle und jagte im Galopp zur eigentlichen Warthe hinunter.

»Jetzt kommt Dschingis-Khan!« schrie er, und dabei stieß er Laute aus, die er für echt mongolisch hielt. Lesen konnte er kaum, dafür lauschen um so besser. Wenn sich die Frau von Wreech im Park mit ihrem Mann besprach oder von Czako, der Kammerherr, seinem Sohn Unterricht erteilte.

Sie erreichten den Pfad am Warthefluß, und Johann sah zu einer kleinen Insel hinüber, die bekannt dafür war, daß sie den Liebenden als Zuflucht diente. Der alte von Czako sollte sich dort ab und an mit einer Magd aus Wilkersdorf treffen, so munkelte man. Aber nicht das war es, was ihn in Erregung versetzte. Sondern der Gedanke daran, daß er auf dieser Insel zur Welt gekommen war und unter welchen Umständen sich dies ereignet hatte. Abrupt riß er Suleika herum und galoppierte ins Dorf zurück.

Dort befand sich alles in heller Aufregung. Heinrich Sengebusch, sein Freund, schrie ihm zu, daß sich ein Deserteur aus Küstrin im Dorf versteckt habe und alle aufgerufen seien, ihn zu suchen und dingfest zu machen.

Johann hatte eine Ahnung, wer das sein konnte: wahrscheinlich der lange Jochen vom Laßbauern Trebbin aus Wilkersdorf, der in Potsdam bei der Garde stand, aber gar zu gern nach Hause wollte. Immer wieder kamen Deserteure ins Dorf, die meisten irgendwie verkleidet, als Handwerker zumeist, einige hatten sich auch in Tonnen und Fässern versteckt. Johann war hin und her gerissen: Einerseits verdammte er alle, die sich weigerten, den Rock des Königs zu tragen, andererseits war es Christenpflicht, jedem zu helfen, der aus der Heimat kam und den man womöglich zu Tode quälte, wenn er wieder eingefangen wurde. Nicht viel anders ging es den Bauern. Wer einem Deserteur Unterschlupf gewährte, mußte damit rechnen, daß man ihn wegschleppte und als Ersatz für den Entwichenen in die Truppe preßte, wenn nicht gar ins Jenseits beförderte, denn der König hatte gesagt: »... wer aber einem Deserteur durchhilft, der hat den Galgen (v)erwirkt.« Das galt für Fremde, bei Eltern und Verwandten beließ man es zumeist bei Geld- und Leibesstrafen. Tamsel, das ja in der Nähe der Küstriner Garnison gelegen war, hatte seine liebe Not mit den Entflohenen und mußte immer wieder Wachen aufbieten, die sich Tag und Nacht ablösten. War man bei der Verfolgung von Deserteuren unachtsam, so waren schwere Strafen die Folge. Im letzten Jahr hatte man in einem solchen Falle die hundert Taler Geldstrafe nicht zahlen können, und die beiden vornehmsten Bauern des Dorfes, darunter Sengebusch, hatten zwei Monate lang auf der Festung Steine karren müssen.

Kein Wunder, daß Sengebusch nun in heller Aufregung war. Er stürzte zur Kirche, um die Sturmglocke läuten zu lassen. Aber nur ganz kurz, so wie die Pflicht es erforderte, denn er hatte bei Jochen Trebbins Taufe Gevatter gestanden.

»Ist es nun der Jochen oder nicht?« rief er Johann zu. »Hoffentlich ist es ein Schweizer oder ein Holländer.«

Wenn ein Ausländer von der Fahne gegangen war, hatte man kein großes Mitleid, da wußte man, daß es viele gab, die sich für gutes Essen und Trinken anwerben ließen, um dann bei der erstbesten Gelegenheit wieder davonzulaufen und bei einer anderen Armee unterzukommen.

Auch im Schloß war man aufgeschreckt worden, und Herr von Wreech ließ sich gerade sein schnellstes Pferd bringen, um die Verfolgung selber in die Hand zu nehmen. »Wachen an die Ortsausgänge nach Zorndorf, nach Wilkersdorf und nach Camin!«

Johann streifte durch das Dorf. Auf dem Anger stand noch der Maibusch, und die bunten Tücher flatterten im Wind. Es war gar nicht lange her, da hatte Wilhelm, Sengebuschs Ältester, hier als Bär verkleidet wie toll getanzt. Und er hatte es mit Wilhelmine Sengebusch versucht, seiner Ziehschwester, die fast so alt war wie er und ihm schon öfter mal einen kleinen Leckerbissen aus der Küche zugesteckt hatte, doch so richtig Spaß gemacht hatte es nicht.

So in Gedanken, wäre er fast mit dem Kräuterweiblein zusammengestoßen, das von Warnick her, also aus der Richtung Küstrin, ins Dorf gekommen sein mußte. Die Alte trug eine Kiepe auf dem Rücken und einen Weidenkorb in der Hand und ging so gebeugt, daß sich ihr Gesicht parallel zum Boden befand.

»Willst du ins Schloß?« fragte Johann. Sie hatten da nur einen mäßig bestückten Garten und brauchten immer Kräuter zum Bereiten ihrer Speisen.

»Ja«, hauchte die Alte.

Johann stutzte. Für ein Hutzelweib war die Stimme viel zu tief, und wenn sich die Alte aufgerichtet hätte, wäre sie mindestens zwei Köpfe größer gewesen als er. Da war ihm klar, daß er keinen anderen als den Jochen aus Wilkersdorf vor sich hatte.

»Am besten ist es, du gehst erst einmal zur Warthe hinunter, setzt dich da nieder und wartest, bis es Nacht geworden ist«, sagte er. »Heute haben sie keine Zeit im Schloß, da sind sie alle weg ... Dem König ist wieder einer von der Fahne gegangen.«

»Danke.« Das Kräuterweiblein schlurfte davon.

Johann sah dem desertierten Soldaten aufstöhnend hinterher. Zu sehr fühlte er sich schon als Kürassier des Königs, um sich nicht für das zu schelten, was er da getan hatte.

Irgendwann mußten sie erkennen, daß es keinen Zweck mehr hatte, nach dem Deserteur zu suchen. Wahrscheinlich war er gar nicht durch Tamsel gekommen, sondern hatte das Dorf irgendwie umgangen. Ein jeder machte sich nun wieder an seine Arbeit.

Johann wollte gerade auf den großen Kirschbaum am Ziegenstall klettern, um nach den Pferden auf der Koppel zu sehen, als Oma Sengebusch ihn sah und am Schlafittchen packte.

»Du Nichtsnutz, du Teufelspack! Willst wohl herunterfallen und dir die Knochen brechen, damit wir dich dann durchfüttern müssen, ohne daß du einen Handschlag tun mußt.« Als sie ihn so herumschleuderte, trat er auf einen Marienkäfer und zerquetschte ihn. »So! Wer einen Marienkäfer tötet, der stirbt am nächsten Tag oder kommt nach seinem Tod in die Hölle. Vorher aber nimmst du den Korb da und bringst ihn rüber.« Sie zeigte zum Schloß.

Johann wurde oft dorthin geschickt, um den Herrschaften das zu bringen, was sie vom Bauern Sengebusch zu fordern hatten. Diesmal waren es Kiebitzeier, die in einem kleinen Weidenkorb steckten, nur notdürftig in einen weichen Lappen gewickelt.

»Wenn du die fallen läßt, kriegst du so viel Prügel, daß sie dich noch in Küstrin schreien hören«, drohte Oma Sengebusch.

Johann erschrak nicht sonderlich. Er hatte es gelernt, von einem, der über ihm stand, Prügel hinzunehmen wie Sonnenglut und Eiseskälte. Alles gehörte zum Leben, und es war eben so, wie es war. Der Schmerz verging, und Hauptsache, er hatte ein Dach über dem Kopf und den Magen voller Hafergrütze. Ob Pferd oder Mensch: Keiner konnte sich aussuchen, wie er es gerne haben wollte. Die Starken konnten die Schwachen töten und fressen, sie an die Wand stellen und erschießen lassen oder aber, was ja wirklich harmlos war, so lange prügeln, wie es ihnen paßte. So war die Natur, und wenn sie so war, dann war es richtig so.

So war er eins mit sich und der Welt, als er zum Schloß lief, um die Kiebitzeier in der Küche abzuliefern. Außerdem konnte es ja sein, daß sie ihm eine Hühnerkeule schenkten oder etwas anderes, das die Wreechs und ihre Gäste auf den Tellern hatten liegen lassen.

Das Wasser lief ihm im Munde zusammen, als er daran dachte, wie Putenleber schmeckte, und seine Phantasie war so stark, daß er die Augen schloß, um sich die Delikatesse auf der Zunge zergehen zu lassen.

Als er sie wieder öffnete, stand Franz Joseph von Czako vor ihm und grinste breit. »Na, ist wohl sehr schwer, der Korb ...?« Und schon setzte er an, ihn Johann zu entreißen. Franz Joseph war der Sohn des Wreechschen Kammerherrn, und sie haßten sich seit dem Augenblick, da sie sich zum ersten Mal gesehen hatten. So wie die Kreuzotter sofort losschoß, wenn sie einen Frosch erblickte. Es war der reine Instinkt.

Doch Franz Joseph hielt mitten in der Bewegung inne, als er Georg Strohmattias aus der Kirche kommen sah, genauso schwarzhaarig wie er, aber ihm an Geschicklichkeit und Kraft um einiges voraus. Georg war der Nachkomme eines der hundert griechischen Steinmetzen, die sich der Feldmarschall Hans Adam von Schöning am Ende der Türkenkriege aus Ungarn mitgebracht hatte, um sich für sein Berliner Palais und seinen Schloßumbau in Tamsel Galerien, Rampen und Türfassungen meißeln zu lassen. Weil der Pfarrer beim Eintrag ins Kirchenbuch wohl ans einzubringende Stroh auf seinem Acker gedacht hatte, war ein »h« in den griechischen Namen Stromattias gelangt, so aber klang es echt brandenburgisch, und jeder dachte an einen Matthias oder Matthes, der beim Dreschen war.

Die beiden Freunde begrüßten sich, und Georg wartete, bis Johann am Tor des Schloßparks angekommen war.

Schloß Tamsel stand inmitten des Dorfes, und da die Vorgänger der Schönings die Kirche direkt hinter seinem nordöstlichen Giebel errichtet hatten, war es vom Leben der Landleute längst nicht so abgeschirmt wie andere Schlösser. Zweistöckig war der Bau, aufruhend auf einem sockelartigen Erdgeschoß, in dem sich sowohl die Küche und die Lagerräume wie die Zimmer der Dienerschaft befanden. Die beiden Geschosse zählten je zweimal fünf hohe rechteckige Fenster und wurden in der Mitte von einer Art Vorbau aufgelockert, der ein klassizistisches Giebelfeld trug. Zwei weitere Fenster und je eine Tür kamen pro Geschoß hinzu. Während die obere Tür den Zugang zum Balkon erlaubte, führte die untere von der schmalen Rampe in die Eingangshalle. Der Balkon, dem ein schmiedeeisernes Gitter eine besondere Leichtigkeit verlieh, ruhte auf vier korinthischen Säulen.

Johann trieb sich gern im Schloß herum und kannte sich hier so gut aus wie ein Fuchs in seinem Bau. Wenn man ihn erwischte, wurde er nicht etwa verprügelt wie die anderen Bauernjungen seines Alters, sondern mit einem nachsichtigen Lächeln begrüßt, und Frau von Wreech erzählte ihm nicht nur Geschichten von den Türkenkriegen und vom Großen Kurfürsten, sondern hatte auch schon angefangen, ihm das Lesen wie das Schreiben beizubringen. Den Grund dafür wußte er nicht, hatte aber schon des öfteren bemerkt, wie man hinter seinem Rücken über ihn flüsterte – und da glaubte er immer wieder die Worte »... sein Vater soll ja ...« gehört zu haben. Doch einen Namen nannte keiner. Als er neulich den Bauern Sengebusch danach gefragt hatte, war ihm mit der Hundepeitsche derart eins übergezogen worden, daß seine Wange fast so aussah wie bei den Kürassieren, wenn ein Säbel sie gestreift hatte. »Wirst du das Maul halten, du Mißgeburt!«

Johann kam in die Halle und ging in das Souterrain hinunter, um die Kiebitzeier in der Küche abzuliefern. Dann schlich er die Treppe hinauf. Das schmiedeeiserne Geländer war kunstvoll verziert, und er mußte immer aufpassen, daß er sich nicht die Hosen daran aufriß, wenn er auf der Flucht war und nach unten rutschte. Das mußte er immer dann, wenn von Czako ihn erspähte, denn der Alte haßte ihn nicht minder als der Sohn. Johann hatte nicht die geringste Ahnung, warum das so war.

Heute hatte er Glück und kam ungesehen bis zum Ahnensaal hinauf, aus dem er die Stimmen der Wreechs vernommen hatte. Er wußte schon vieles über sie. Luise Eleonore von Wreech war die Enkeltochter des großen Feldmarschalls Hans Adam von Schöning und galt überall als hübsch und geistvoll. 1707 war sie geboren worden, und ihr einundzwanzigster Geburtstag war gerade gefeiert worden. Adam Friedrich von Wreech war beinahe doppelt so alt wie seine Frau, und Johann wußte sehr genau, daß sowohl die Leute im Schloß wie die Bauern im Dorf darüber ständig Witze rissen, zumal sie nun seit fünf Jahren verheiratet waren und noch immer keine Kinder hatten.

Johann spähte durch den Spalt in der Tür zum Ahnensaal, wo die beiden am Fenster saßen und über den Park hinweg auf die Warthewiesen blickten. Beim Kammerherrn von Czako, der von Hause aus Österreicher war, hatte Johann ein Bild der künftigen Kaiserin Maria Theresia gesehen, und daran erinnerte die Frau von Wreech ihn nun, doch er fand, daß sie noch viel schöner war. Sie trug ein weißes Brokatkleid, an dem echte Blumen steckten, und eine mit silberner Stickerei versehene Überjacke. Granatblumen steckten im weißgepuderten natürlichen Haar, und wenn sie den Kopf herumdrehte, klang ihr Perlenohrgehänge wie ein feines Glockenspiel. Der Oberst hingegen trug wie immer seine Uniform, war ein echter Kürassier. Johann bewunderte ihn über alle Maßen, und wenn er tagsüber mit verhängtem Blick auf Sengebuschs Hauklotz saß, mit Augen, wie sie Hühner hatten, dann träumte er davon, daß Wreech sein

Vater sei und ihm dies eröffnete, wenn er zu den Schwedter Kürassieren kam. Aber wie denn? Alle sagten doch, daß der Oberst wie ein Wallach sei, also keine Kinder haben könne ...

Erst jetzt bemerkte Johann, daß sich ein Dritter im Raum befand, ein Gast, den er schon des öfteren in Tamsel gesehen hatte. Es war der Feldmarschall Dubislav von Natzmer, ein Mann von heroischer Gestalt und ganz Seigneur, der schon jenseits der Sechzig war, aber Johann mächtig imponierte.

Frau von Wreech war inzwischen aufgestanden und zum Porträt ihres Großvaters hinübergegangen. Neun Fuß hoch war das Bild und zehn Fuß breit, riesig also. Hans Adam von Schoning, der Türkenbesieger, saß zu Pferde und trug einen gelbledernen Waffenrock, rote Gamaschen, eine kurze braune Perücke, einen gewaltigen Hut, Dreimaster genannt, der mit weißen Straußenfedern geschmückt war, und einen Galanteriedegen. 1641 war er hier in Tamsel geboren worden und hatte 1686 vor der Türkenfestung Ofen das brandenburgische Hilfskorps geführt.

»... an der Seite von General Barfuß und General von der Marwitz«, erklärte Frau von Wreech dem Gast. »Am 2. September schritten die Christen zum Sturm. Achttausend Mann – zur Hälfte Kaiserliche, zur Hälfte Brandenburger – bildeten die Sturmkolonne und drangen unwiderstehlich vor. Nachdem die Palisaden erklettert waren, drang man in die Stadt ein. Nur Türken und Juden wohnten darin, und alle wurden niedergemacht, leider auch Frauen und Kinder. Die Türken steckten weiße Fahnen auf, zum Zeichen, daß sie bereit seien, sich zu ergeben, aber die Stürmenden rissen die Fahnen nieder und ließen alles über die Klinge springen. Neuntausend Menschen wurden erschlagen ...«

Der Feldmarschall von Natzmer merkte an, daß sie am heutigen Tage wohl auch so tot wären. »Was macht's da?«

»Hauptsache, die Soldaten bleiben am Leben«, lachte von Wreech. »Unser König hat die größte Freude an ihnen, wenn sie wie Spielzeuge aussehen. Sie kennen doch seine

Devise: ›... ich will gern stillesitzen, wenn mir keiner was tut; aber wer mir beißt, den beiße ich wieder.‹ Und er hofft dabei, daß ihn nur keiner beißen möge.«

»Der Soldat kann sich nur im Krieg entfalten. Die Schlacht trennt die Spreu vom Weizen, und man sieht, wer das Zeug hat, Rittmeister zu werden, Leutnant, Oberst oder General.«

Frau von Wreech seufzte und ging weiter zum nächsten Gemälde. »Nun, der Herzog von Lothringen suchte dem Gemetzel ein Ende zu machen, und auch die brandenburgischen Offiziere waren bemüht, durch beherztes Dazwischentreten zu retten, was zu retten war, doch nur in einzelnen Fällen ist ihnen dieses geglückt. Mein Großvater konnte zwei junge Türkinnen retten und hat sie später mit nach Hause gebracht. Die jüngere von ihnen, Fatime mit Namen, ist hier in Tamsel sorgfältig erzogen worden und wäre um ein Haar mit König August von Sachsen verehelicht worden, hat es dann aber nur dahin gebracht, von ihm geschwängert zu werden. Sie heiratete später in die Spiegelsche Familie, und ihr Sohn, der Graf Rutowski, soll jetzt in Sachsen als Soldat Karriere machen.«

»Immerhin«, lachte der Feldmarschall.

Da man sich nun zur Tür wandte, um in den Park zu gehen, mußte Johann schnell das Weite suchen. Aber das, was die Schloßherrin über die Schlacht bei Ofen erzählt hatte, wirkte noch lange in ihm fort. Da war er nicht der einzige in Tamsel, denn seit Jahren war es bei den Jungen Brauch, die großen Taten ihres Feldmarschalls nachzuspielen, wobei es vor der Schlacht zumeist heißer zuging als in ihrem Verlaufe, denn jeder wollte Hans Adam von Schöning sein, zumindest aber der Herzog von Lothringen, der die Reichsarmee geführt hatte, aber niemand der türkische Großwesir oder gar einer der Janitscharen.

An die zwanzig Burschen waren es diesmal, die sich am Rande des Tamseler Busches versammelt hatten, wo an der alten Straße von Küstrin nach Wilkersdorf eine abgelegene und halbverfallene Scheune stand, die sich als Festung Ofen bestens eignete. Bewaffnet waren sie mit dicken Knüppeln, in ihren Augen alles Pallasche, also schwere Säbel mit Körben über den Griffen.

Das Sagen hatte diesmal Franz Joseph von Czako, denn er war mit seinen dreizehn Jahren nicht nur der Älteste von ihnen, sondern auch der einzige von Adel, so daß an seiner Führungsrolle nicht zu zweifeln war.

Johann tat es trotzdem. »Er ist Österreicher – und ein Österreicher kann kein Schöning sein.«

»Halt's Maul! Du bist doch ein Nichts.«

Johann wollte ihm an die Kehle springen, doch Heinrich Sengebusch hielt ihn zurück. Nicht weil er den Sohn des Kammerherrn mochte, sondern aus Angst um seinen Ziehbruder. Georg Strohmattias stellte sich Franz Joseph in den Weg. Einmal, um ihn aufzuhalten, zum anderen aber, um den Streit zu schlichten. Denn wenn sie sich jetzt schon schlugen, war nachher keine Schlacht mehr möglich.

»Nehmen wir kleine Hölzchen und losen aus, wer was ist«, sagte er. »Anders geht es nicht.«

Franz Joseph von Czako blieb unnachgiebig. »Nur wenn feststeht, daß ich der Feldmarschall bin.«

Es gab noch einiges Hin und Her, doch dann zeigte sich, daß es eine andere Lösung nicht gab. Georg hatte Glück und zog das Los, das für General Barfuß stand, während Johann und Heinrich Sengebusch die Janitscharen Mehmet und Küçük wurden. Wilhelmine Sengebusch, die zufällig von der Buschschäferei herkam, erklärten sie zu Fatime.

Dann ging es los. Die Brandenburger unter der Führung von Czakos zogen sich ins Gebüsch zurück, und die Türken begannen, sich zu verschanzen. Johann entdeckte einen hölzernen Karren mit Heu, der sich vor das Tor schieben ließ, und Heinrich kam auf die Idee, mit einer herumliegenden Axt faustgroße Klumpen aus dem Lehmboden zu schlagen und sie als Kanonenkugeln zu benutzen. Mit denen kletterten sie auf den Heuboden und empfingen die anstürmenden

Brandenburger mit einem Geschoßhagel, der sie zurückprallen ließ. Franz Joseph von Czako wurde am Ohr getroffen, blutete ein wenig und schrie wütend zur Festung hinauf, daß er es den verdammten Helden schon heimzahlen werde.

»Niedermachen bis zum letzten Mann!«

Wilhelmine Sengebusch wurde es nun ein wenig mulmig, und sie versuchte, sich durch eine kleine Luke davonzumachen, blieb aber darin stecken und wurde von ihrem Bruder in die Scheune zurückgezogen.

»Wir schießen mit Brandpfeilen und räuchern sie aus!« schrie Hans Adam von Schöning, als auch der zweite Ansturm der Brandenburger gescheitert war und zwei seiner Soldaten am Kopf getroffen worden waren.

»Bist du verrückt, das ist dem Materna seine Scheune.« Georg Strohmattias hielt seinen Feldmarschall für fähig, die Festung tatsächlich in Schutt und Asche zu legen.

»Aber wenn sie uns nicht siegen lassen.« Franz Josephs Argumente waren nicht von der Hand zu weisen. »Das war nun mal so, daß Schöning siegt und die Janitscharen alle erschlagen werden.«

Johann lachte da nur und deckte die Feinde mit weiteren Lehmgeschossen ein.

»Die Kavallerie: Attacke!« rief Schöning jetzt und blies das Signal mit Hilfe eines ausgehöhlten Stückes Holunderholz. Dabei taten er und seine Leute so, als würden sie auf hohen Pferderücken sitzen. Es waren kräftige Jungen dabei, und als sie sich zu zehnt gegen das morsche Scheunentor warfen, fielen einige Bretter heraus, so daß sie die Festung stürmen konnten. Die Türken versäumten es, rechtzeitig von Artillerie auf Infanterie und Nahkampf umzuschalten, denn als sie nun vom Heuboden sprangen, um sich auf die Brandenburger zu werfen, die in ihre Festung eingedrungen waren, wurden sie nacheinander aufgerieben. Am längsten hielt sich noch Heinrich Sengebusch, doch schließlich setzte ihn ein Stockschlag auf den Hinterkopf außer Gefecht. Seine Schwester Wilhelmine verband ihn mit Hilfe ihrer Schürze.

»Wo ist denn Johann, diese Mißgeburt?« rief Franz Joseph von Czako, als er die gefallenen Janitscharen, die auf dem Lehmboden lagen, gemustert hatte.

»Hier oben!« Johann hatte sich bis unters Dach der Scheune geflüchtet und hing da oben im Gebälk. »Mich kriegt keiner.«

Jedem anderen hätte er sich ergeben, aber diesem Österreicher nicht. Es ging einfach nicht. Und er wurde immer bockiger, je heftiger ihn alle anderen beschimpften, Brandenburger wie Türken. Die Tamseler Dorfjugend befand einmütig, daß dieses Spiel seine festen Regeln hatte – und wer Türke war, der mußte sich eben bei der Schlacht von Ofen von einem Brandenburger erschlagen lassen.

So weit sah das Johann auch ein, aber ... »Ich ergebe mich nur General Barfuß!« Das war sein Freund Georg Strohmattias.

»Ich bin der Feldherr!« schrie Franz Joseph. »Und ich werde mal Oberst bei den Rochow-Kürassieren, während du den Pferdemist wegmachen kannst. Du stinkst ja jetzt schon danach.«

»Du lern erst mal reiten«, lachte Johann und spuckte hinunter. »Komm doch rauf zu mir, dann erzähl' ich dir, wie man sich auf'm Pferd oben halten kann!«

Das schmerzte, denn das halbe Dorf hatte sich neulich scheckig gelacht, als Franz Joseph von Frau von Wreechs an sich sanfter Stute abgeworfen worden war, und er konnte das nicht auf sich sitzen lassen. In blinder Wut kletterte er deshalb zu Johann hinauf, den Knüppel im Hosenbund.

Johann erwartete den Gegner mit dem Stiel eines Dreschflegels in der Hand, obwohl klar war, daß sich mit dem nicht richtig fechten ließ, denn für einen Degen war er zu schwer und für einen Säbel nicht krumm genug. Also griff er ihn mit beiden Händen, obwohl er darin keinerlei Übung hatte. Und so schlecht Franz Joseph auch im Sattel war, fechten konnte er, da hatte er viel von seinem Vater gelernt.

»Jetzt hab' ich dich, du Kreatur!« Den Pallasch, einen

harten Ebereschenstock, in der rechten Hand, schlug er auf Johann ein. Der konnte den Hieb zwar parieren, geriet aber dabei gehörig ins Straucheln. Sie bewegten sich auf einem Brett von kaum drei Fuß Breite, und es ging so tief hinab, daß man sich garantiert den Hals brach, wenn man kopfüber hinunterstürzte. Da unten wartete der große Schnitter Tod.

Johann blickte schaudernd hinunter, und die Jungen auf der Tenne kamen ihm so klein vor wie die Zinnfiguren im Tamseler Schloß. Er sah sich leblos zwischen ihnen liegen und hörte Georg sagen: »Tot ist er.« Das war kein angemessenes Ende für einen Rittmeister der Rochow-Kürassiere. Nein, so nicht. Aber wie kam er lebend wieder nach unten? Er sah sich verstohlen um. Doch hinter ihm war nur die Tiefe. Wenn er einen Schritt machte, stürzte er ab. Und Franz Joseph hob schon seinen Knüppel zur nächsten Attacke.

»Halt!« schrie Johann. »Ich ergebe mich.« Und um das deutlich zu machen, warf er seinen Dreschflegelstiel zur Seite weg. Mochten sie ihn auch ein Leben lang verhöhnen. Um dem vorzubeugen, fügte er noch schnell hinzu: »Der Großwesir des allmächtigen Sultans empfiehlt sich der Gnade des großmütigen Feldmarschalls Hans Adam von Schöning.«

Doch Franz Joseph überhörte das und sah ihn mit seinen kastanienbraunen Augen durchdringend an. »Du sagst erst, daß ich der beste Reiter bin seit Dschingis-Khan.« Und dabei setzte er ihm den Eschenstock wie einen Degen auf die Brust.

Johann wußte, daß er seine Ehre für immer verloren hätte, wenn er das tat. Danach Rittmeister zu werden erschien ihm völlig ausgeschlossen. Und um einmal Rittmeister zu sein, nur dafür lebte er. So widerstand er dem Druck der Degenspitze.

Franz Josephs Augen wurden immer dunkler. »Du sagst es!«

»Nein ...«

Da stieß der andere zu, und mit einem Schrei, den sie noch im Dorfe hörten, stürzte Johann in die Tiefe.

Seit 1713 war Friedrich Wilhelm I., Enkel des umfassend gebildeten Großen Kurfürsten, preußischer König. Er war ein handfester Mann von echtem Schrot und Korn, leidenschaftlicher Jäger und fröhlicher Zecher. Das Musische und Intellektuelle war nicht seine Welt, und er verabscheute alles, was ihm weich und süßlich erschien, also französisch. Da das Französische aber die Sprache der Elite war, lernte Friedrich Wilhelm I. sein Deutsch in der Hauptsache von Dienern, Kutschern und Soldaten – und so war es dann auch. Er war ein schlechter Rhetoriker und schrieb ohne jede Grammatik, so wie er auch sprach, in seinem leisen und schnarrenden Tonfall. In nur geringem Maße besaß er die Fähigkeit, seine Affekte zu kontrollieren, verlor also immer wieder jede Contenance und prügelte auf alle ein, die gegen seine Regeln verstießen, eine regelrecht krankhafte Prügelsucht erfüllte ihn. Und er war furchtbar sittenstreng und ein rechter Moralapostel, der sehr gottesgläubig war. Im Jahre 1698 hatte ihm sein Vater, als Friedrich I. der erste König in Preußen, die Herrschaft und das Jagdschloß Wusterhausen übereignet, und er liebte es wie kein zweites. Wenn die Jagdsaison begann, ritt er entweder von Potsdam oder von Berlin aus Richtung Wusterhausen, und wer vom Adel dorthin eingeladen wurde, durfte sich darauf einiges einbilden. Das tat auch Adam Friedrich von Wreech, als ihn diese Nachricht in Tamsel erreichte. Er überlegte, wen er am besten mitnehmen sollte, denn es war ein langer und beschwerlicher Weg, und kam dabei auch auf Johann Bosetzki, der sich besser als seine Leute auf Pferde verstand. Er ließ ihn rufen, doch Johann war nicht aufzufinden. Nun gut, jetzt hatten sie Anfang September, und bis zum Aufbruch nach Wusterhausen war noch sechs Wochen Zeit.

Johann saß, wie so oft in letzter Zeit, am Grabe seiner Mutter auf dem Tamseler Friedhof, der am südlichen Hang des Hasenberges gelegen war. Wie wenig hatte gefehlt, und er hätte hier neben ihr in Gottes Acker geruht. Wenn der Freund den Charakter seines Todfeindes nicht so genau gekannt hätte ... So aber hatte Georg Strohmattias den Heuwagen unter den Balken gerollt, auf dem sie gekämpft hatten, und Johann war so weich gelandet, daß er sich lediglich den Halswirbel ein wenig gestaucht hatte. Er faßte unter sein Hemd und fuhr über das Stückchen Holz, das er dort auf bloßem Leibe trug. Es stammte vom großen Eibenbaum am Ende des Parks, und seine Ziehmutter hatte recht, wenn sie sagte, so wie seine Kraft bewahre kein anderes Mittel vor Hexenspuk und Schadenszauber. Ohne dieses Stückchen Eibe, da war er sich sicher, hätte Franz Joseph von Czako ihn allemal getötet.

Frau von Wreech hatte Stunden später alles erfahren, von einem Mordversuch gesprochen und ihren Mann gedrängt, von Czako auf der Stelle zu entlassen. Was der dann auch getan hatte. Der Kammerherr war mit Franz Joseph, zwei Töchtern und seiner Frau heimgekehrt nach Österreich.

Johann beugte sich zum Grabhügel hinunter. »Mutter, warum tut die das, die Frau von Wreech ...? Wer ist mein Vater, sag es mir.«

Doch sosehr er lauschte, er hörte nur die Blätter im Wind, und was auch immer sie wisperten, ein Name war es nicht.

Johann war das alles viel zu ungewiß. Die Kraft der Eibe ließ sich nicht mit beiden Händen greifen, war kein Ding wie jener Stein, auf dem er saß, und daß sein Vater ein anderer sein sollte als ein Knecht aus Tamsel oder Wilkersdorf, war auch nur ein Schleierwölkchen, schnell von der ersten Bö verweht. Was allein zählte, waren Tatsachen. Und da war als erste zu nennen, daß er nicht richtig fechten konnte. Hätte er mehr Erfahrung im Umgang mit Pallasch, Säbel oder Degen gehabt, wäre ihm von Czako nicht derart über gewesen. Also beschloß er, die Fechtkunst zu lernen, denn was war ein Kürassier schon wert, mochte er ein noch so guter Reiter sein, wenn er nicht richtig fechten konnte. So stieg er ins Dorf hinunter und fragte den Obersten frei heraus, ob der ihm nicht ein wenig helfen könne.

Der Herr von Wreech sah ihn böse an. »Was erdreistet Er

sich!« Es schmerzte ihn, daß er noch keine eigenen Kinder hatte, keine Söhne vor allem.

Ein schriller Schmerzensschrei ließ beide herumfahren. Von irgendwo am Rande des Dorfes war er gekommen, wahrscheinlich aus einer der Katen. Der Oberst gab das Zeichen, und sie jagten hin. Georg Strohmattias kam ihnen entgegengelaufen.

»Schnell! Er verblutet sonst.«

Sie ahnten, was das bedeutete: Karl, der älteste Sohn, der langsam, aber sicher über die kritische Größe von sechs Fuß hochgeschossen war, hatte sich selber verstümmelt, um nicht zu den »Langen Kerls« des Königs zu müssen. Und richtig, als sie den Hof erreichten, sahen sie, wie er unter heftigsten Schmerzen darum kämpfte, den Blutstrom aufzuhalten, der aus seinem rechten Arm herausgeschossen kam. Die bereitgelegten Lappen und Tücher reichten beileibe nicht aus. Er hatte sich die linke Hand mit einem wohlgezielten Beilhieb knapp über Elle und Speiche sauber abgetrennt. So ließ sich kein Gewehr mehr halten.

»Gleich köpfen den Kerl!« schrie von Wreech. Jeder enrollierte, also für den Militärdienst eingeschriebene Bauernbursche in Tamsel, den er nicht in sein Regiment einstellen konnte und durch einen teureren Ausländer ersetzen mußte, kostete sein Geld.

»Es war ein Unfall!« beteuerte Georg derweil, und der alte Strohmattias fügte treuherzig hinzu: »Beim Holzhakken.«

Der Oberst sprang fluchend vom Pferd und machte sich daran, Karls Arm kunstvoll abzubinden und die Wunde zu versorgen. Nicht ohne ihm vorher mit der Reitpeitsche kräftig ein paar überzuziehen.

Johann stand verständnislos dabei. Er konnte nicht begreifen, wie sich einer selbst um alle Chancen brachte, zu den Soldaten zu gehen. Wie anders sollte denn einer wie er zu Reichtum kommen, wenn nicht im Krieg, wenn man plündern konnte. Und hatte nicht von Wreech seinem Kammerherrn, als der aufmüpfig werden wollte, hinterhergerufen: »Warte Er nur, Czako, bis wir Wien besetzt haben und Euch die Taler aus den Truhen holen!«

Johann hatte Zeit, sich umzusehen. Der Rock des alten Kossäten war vom Vater ererbt und mit Flicken übersät. Sein kleines Häuschen, die Kate, war aus Lehm und Fachwerk errichtet und stand ein wenig windschief unter zwei mächtigen Linden. Das Dach war so niedrig, daß man aus der Rinne hätte trinken können, wenn denn eine angebracht gewesen wäre. Das aufgelegte Stroh war schadhaft. Die Fensterscheiben waren teils zerbrochen, teils durch Papier und Bretter ergänzt.

Karl war nun doch in Ohnmacht gefallen, und sie mußten ihn in die Kate tragen. Seinen Flur hatte Strohmattias mit Feldsteinen ausgelegt, über die man einigermaßen gut gehen konnte, aber in der Stube wies der Lehmfußboden so viele Löcher auf, daß sie mehrmals stolperten. In der Küche stand Karls Mutter und wagte sich aus Angst vor dem Gutsherrn nicht hervor. Der Ofen, auf dessen Bank Karl gelagert wurde, war aus groben Flußsteinen gemauert. Der Tisch bestand aus Mauersteinen, auf die man ein paar ungehobelte Bretter gelegt hatte. In der Schlafkoje lagen mehrere Strohsäcke, und daneben stand der Stolz des Kossäten, die Lade, das heißt eine blau-weiß gestrichene Truhe, die einer seiner Vorfahren aus Griechenland mitgebracht hatte. Das Spinnrad durfte nicht fehlen. Die Decke war mit Papier benagelt, damit Torfmull, Grassamen und anderes, das auf dem Dachboden lagerte, nicht hindurchrieseln konnte. Neben der Eingangstür gab es zwei weitere Türen: Eine führte in eine fensterlose kleine Kammer, die andere direkt in den angebauten Stall.

»Durchkommen wird er«, sagte von Wreech. »Wenn das Wundfieber auftritt, sehen wir weiter.«

Der alte Strohmattias schloß die Augen, um seine Demut anzudeuten, machte eine tiefe Verbeugung und griff dann nach seiner Branntweinkruke.

»Keinen Rübenschnaps«, lehnte von Wreech ab und wandte sich zur Tür, wobei er über ein paar Holzpantoffeln stolperte. Er stieß sie zur Seite. »Wißt ihr nicht, daß der König bei Gefängnisstrafe oder Halseisen das Tragen dieser Pantinen verboten hat!?«

Keiner wagte zu erwidern, daß man das Geld nicht hatte, sich Schuhe zu kaufen.

Der Oberst hatte schlechte Laune und hieß Johann, sich wieder bei Sengebusch einzufinden, der seines Wissens heute noch nach Küstrin zu fahren habe, um Fourageartikel abzuliefern, also Korn, Heu und Stroh.

Und so war es denn auch, wie Johann mühelos Sengebuschs Flüchen entnahm. Nicht nur die Festung zu versorgen war Aufgabe der Bauern, sie hatten zudem noch Kavalleriegeld an den König zu zahlen, bei jedem Manöver ihre Pferde vor dessen Kanonen zu spannen, Artillerie- und Troßknechte zu stellen und ihr Gesinde nach Küstrin zu schicken, wenn dort gebaut wurde. Johann hörte das nicht gerne, denn Sengebusch war zwar sein Ziehvater, aber der König der Vater, der über allem stand, der Über-Vater, wie Frau von Wreech einmal gesagt hatte, und wozu anders waren die Menschen auf der Welt, als ihrem König zu dienen. Und war der König groß, waren sie es auch, mit ihm und durch ihn.

So saß er schweigsam und mürrisch rechts neben dem Bauern auf dem Bock, vor sich die breiten Hintern der beiden stämmigen Braunen, die mit dem hölzernen Wagen wenig Mühe hatten, obwohl er voll beladen war und die Räder schon gehörig eierten. Nicht mal eine halbe Meile war es bis zur Festung, in einer knappen Stunde waren sie da.

Johann war schon einige Male in Küstrin gewesen. Am Ostufer der Oder, wo zwischen Werft und Weiden die Warthe rechtwinklig einmündete, lag die Stadt mit ihrer alles beherrschenden Festung. Im 16. Jahrhundert hatte die Stadt unter Markgraf Hans ihre erste Blüte erlebt, und 1557 war der Festungsbau vollendet worden. Die Festung hatte die

Form eines länglichen, unregelmäßigen Vierecks, das mit vier Eckbastionen versehen war. Zwei davon, mit den Namen »Philipp« und »König«, lagen unmittelbar am Oderufer, zwischen sich noch die Mittelbastion namens »Brandenburg«. Zur Vorstadt hin gab es die Eckbastionen »Kronprinzessin« und »Königin«, dazwischen noch die Mittelbastion »Kronprinz«. Das Berliner Tor führte über Damm und Oderbrücke in die Kurmark und die Lange Vorstadt hinüber, das Zorndorfer Tor in die Kurze Vorstadt. Innerhalb der Wälle und Festungswerke lag die eigentliche Stadt mit Marktplatz, Kirche und Schloß, letzteres zwischen den Bastionen »Brandenburg« und »König« hart an den Wall zur Oder hin gelehnt. Auf den Wällen selbst befand sich alles, was eine solche Festung an Gieß- und Zeughäusern, an Pulver- und Getreidemühlen verlangte. Küstrin galt als unüberwindlich.

Nachdem sie ihre Fuhre abgeladen hatten, spazierten Johann und Sengebusch noch ein wenig auf den Wällen entlang. Sie kamen zu zwei berühmten Geschützen, die in Küstrin gegossen worden waren und die Namen »Der wilde Mann« und »Das Rebhuhn« trugen. Beide waren mit Inschriften versehen, und da Sengebusch nicht recht lesen konnte, forderte er Johann auf, ihm die Texte vorzulesen. Johann hatte die kleine Dorfschule besucht, wann immer es ging, war aber auch gelegentlich durch Frau von Wreech in die Geheimnisse des Lesens und Schreibens eingeweiht worden. So einigermaßen ging es jedenfalls.

»Der *Papst,* das ist der ›wilde Mann‹,/Er hat all' Unglück richtet an,/Das Gott und Mensch nicht leiden kann.«

Sengebusch lachte. »Die Kathol'schen, die Österreicher, die sollen sich mal vorsehen bei uns! Und die andere?«

»Das Rebhuhn mit seinem Schnabel pickt,/Daß mancher drob zu Tod erschrickt.«

Auch das fand sein Wohlgefallen. Weiter ging es. Oben auf der Bastion »Kronprinzessin« stellte sich Johann auf die Zehenspitzen, um über die weiten Warthewiesen hinweg nach der Liebes-Insel Ausschau zu halten. Aber die war nicht richtig auszumachen.

Ob er Sengebusch nicht ganz einfach einmal fragte, wer denn sein rechter Vater sei? Doch der Bauer schaute wie immer mürrisch drein. Selten sah man Ferdinand Sengebusch lachen, obwohl sein breites Gesicht etwas von einem fröhlichen Schweinchen an sich hatte. Heute wagte Johann es.

»Ich nicht«, knurrte Sengebusch. »Und deine Mutter ist nicht mehr ganz richtig im Koppe gewesen, sie hat es uns nicht sagen können.«

Das wußte Johann auch. »In Tamsel heißt es, der Herr Markgraf in Schwedt sei es gewesen ...«

»Nun ... Der mag so viele Bälger haben, wie im Herbst Kastanien vom Baume fallen, und hat sie selber nie gezählt. Wie so mancher Prinz und Rittmeister, der mal in Tamsel war. Doch der tolle Markgraf aus Schwedt ...? Mir hat keiner was verraten.« Der Bauer musterte Johann. »Aber reiten kannst du ja wie er. Sonst wirst du wohl nicht viel haben von ihm.«

Damit ging Sengebusch zu seinen Pferden zurück, und Johann folgte ihm schweigend. Als sie wieder auf dem Kutschbock saßen, drang starker Lärm vom Exerzierplatz zu ihnen herüber. Sie sprangen noch einmal auf den Boden hinab, um zu sehen, was es da wohl gab.

»Da muß sicher einer Gasse laufen«, war Sengebuschs Vermutung.

Und so war es denn auch. Eben hatten sich die Soldaten, zweihundert mochten es sein, in zwei einander gegenüberstehenden Reihen aufgestellt und Stöcke, Ruten und andere Prügel hoch in die Luft gereckt. Schlotternd vor Angst, den Oberkörper völlig entblößt, stand der Delinquent am Anfang der Gasse, durch die er achtmal zu laufen hatte. Der Kommandant saß hoch auf seinem Rappen und hob den Säbel, worauf der Trommler seine Schlegel tanzen ließ. Ein Hund kläffte dazu.

»Das ist ja der Jochen aus Wilkersdorf!« rief Johann. Hatten sie ihn doch gefaßt.

Der Trommelwirbel wurde schneller und lauter, und dann stieß einer den Jochen Trebbin in die Gasse hinein. Jeder Kamerad mußte nun so kräftig zuschlagen, wie er nur konnte. Tat er es nicht, lief er Gefahr, der Nächste zu sein, der durch die Gasse mußte. Die Offiziere warteten nur darauf, einen zu erwischen.

»Komm«, sagte Sengebusch, als Jochen Trebbin die Haut in Fetzen auf dem Rücken hing. »So sehen meine Schweinehälften auch immer aus, wenn ich sie nach dem Schlachten an den Haken hänge.«

Johann fand, daß der Unterschied zwischen einem Tier und einem Menschen wie Jochen und ihm so groß nicht war. Gerade einmal, daß sie sprechen konnten. Ansonsten: Sie lebten auch nur im Stall, und was sie zu essen bekamen, war manchmal schlechter als das Futter der Tiere, jedenfalls schmeckte es denen besser als ihnen. Das Leben konnte so vieles geben – aber wie wenigen nur: den Wreechs bis zum König hinauf. Und er träumte davon, daß der Markgraf eines Tages nach Tamsel kam und ihn als seinen Sohn mitnahm ins Schloß nach Schwedt.

Johann erwachte mit klopfendem Herzen, denn von Wreech wollte schon in aller Herrgottsfrühe nach Wusterhausen zum König reiten, und er sollte ihn begleiten. Oberst von Wreech hatte ihn schon vor ein paar Wochen wegen seines Pferdeverstandes vom Bauern Sengebusch angefordert. Johann hatte Glück, denn gewöhnlich kamen die Burschen erst aus dem Dorf heraus, wenn sie sechzehn waren und in die Kaserne mußten. Dankbar küßte er Suleika, neben der er seinen Strohsack liegen hatte, den langgestreckten Hals. Fast war er versucht, sie abzuknabbern und von dem Blut zu trinken, das dicht unten ihren Lippen warm und voller Kraft pulsierte. Zärtlich rieb die Stute ihren Kopf an seiner Schulter. Johann zeichnete ein Herz auf ihre Blesse. Er wußte, daß er alles, was er im Leben je erreichte, seinen Pferden zu verdanken haben würde.

Johann erhob sich, klopfte sich das Stroh von Hose und Hemd und ging hinaus auf den Hof, um sich am Brunnen das Gesicht zu waschen. Alle anderen schliefen noch: Sengebusch, seine Familie und das übrige Gesinde. Er schlich sich in die Küche, fand einen Laib Brot, schnitt sich ein Trumm herunter, bestrich ihn mit Schmalz und schöpfte sich Wasser aus dem Eimer am Fenster. Ein großer, wenn auch wurmstichiger Apfel fand sich auch noch. Johann fühlte sich wie ein kleiner König. Alles, was das Leben zu geben hatte, war ihm zuteil geworden: Er war gesund, hatte gut zu essen und ein Dach über dem Kopf, und wenn er so alt war wie der Herr von Wreech, dann war er so berühmt wie der Alte Dessauer. Wer so gut reiten konnte wie er, der wurde immer was.

Bis vor kurzem hatte Johann noch geglaubt, die Welt sei eine Scheibe oder besser: eine flache Insel in der Unendlichkeit des Sternenraums, mit Tamsel als Mittelpunkt und einem Ende, das gleich hinter Küstrin zu suchen sein mußte. Daß es die Stadt an der Mündung ihrer Tamseler Warthe in die Oder gab, hatte er schon frühzeitig aus den vielen Unterhaltungen der Bauern wie der Leute vom Schloß gewußt. Dahinter aber war es mit allem vorbei, und man stürzte tief hinunter in die Hölle, wenn man den Rand der Scheibe übersah. Sicherlich, irgendwie gab es auch noch einen König, aber der hatte seine Residenz hoch oben auf dem Mond.

Mittlerweile war er klüger, stand doch im Arbeitszimmer des Herrn von Wreech ein schöner Globus, und er hatte auch schon einen Blick auf die Karte geworfen, die von Wreech in der Satteltasche stecken hatte, und gesehen, daß Wusterhausen, ihr Ziel, im Südosten Berlins gelegen war. Über Küstrin und Fürstenwalde hatten sie zu reiten, und von Wreech sagte zu seiner Frau, daß es über zwölf Meilen sein würden, sie also gezwungen seien, bei Heinersdorf

Quartier zu nehmen, nach etwas mehr als der Hälfte des Weges.

Johann hatte bis zu diesem Tage das Reiten stets als göttliches Vergnügen empfunden, nun aber merkte er, daß es etwas anderes war, zehn Stunden im Sattel zu sitzen als nur eine. Schon zur Mittagszeit schienen ihm die Hände, die die Zügel hielten, abfallen zu wollen, und der Rücken schmerzte bei jedem kleinen Sprung Suleikas, als würde ihm ein Nagel hineingetrieben werden. Am meisten aber war sein Hintern mitgenommen, nur noch rohes Fleisch war der. Herr von Wreech lachte und sagte, da müsse man durch, war aber schließlich bereit, vor den Seelower Höhen ein Weilchen zu rasten. Sie banden die Pferde an eine Weide, die der Blitz gespalten hatte.

»Die faß an«, sagte von Wreech.

»Wieso?«

»Die Bauern meinen, daß die Blitzbäume überweltliche Kräfte haben. Wer sie aufsucht, der erfährt eine schnelle Linderung aller Schmerzen.«

Johann lachte zwar, rieb aber dann tatsächlich Rücken und Gesäß am grünen Stamm der Weide.

»Halt deinen Hintern lieber ins kalte Wasser da.«

Ganz in ihrer Nähe schlängelte sich ein Nebenarm der Oder vorbei, und Johann setzte sich hinein, nicht ohne Angst vor dem Hakenmann zu haben, von dem Oma Sengebusch so viel erzählte, einem bösen Wassermann, der auf dem Grunde von Seen und Flüssen lebte und Vorbeischwimmende mit einem Haken in die Tiefe zog. Also blieb er ganz dicht am Ufer.

Da sie sich auch mit Wein beziehungsweise Wasser, dikken Speckbroten und hartgekochten Eiern stärkten, ging es ihm anschließend wieder so einigermaßen. Erst als die Dämmerung hereinbrach, und das geschah im Oktober schon reichlich früh, wurde es Johann wieder mulmig, denn nun kam die Zeit, wo der Aufhocker drohte, der Dämon, der einsamen Wanderern von hinten auf die Schultern sprang und mit der Zeit so schwer wurde, daß sie erschöpft zusammenbrachen. Aber er saß ja auf dem Pferd, und allein war er auch nicht. Dennoch war er froh, als sie schließlich das Gehöft des Bauern Kluckhuhn in Heinersdorf erreichten. Der Herr von Wreech kannte ihn aus seinem früheren Regiment und hatte schon des öfteren bei ihm Station gemacht. Während sich die beiden zum Begrüßungstrunk in die gute Stube setzten, machte sich Johann daran, die Pferde zu versorgen. Er war so erschöpft, daß er lang anhaltend gähnte.

»Tu das nicht«, kam da eine Stimme von der Stalltür her, »denn durch den offenen Mund entweicht dir die Seele, und der Teufel dringt in deinen Körper ein.«

Johann ließ Suleika los und drehte sich um. Der da so altklug gesprochen hatte, war ein weizenblonder Junge in etwa seinem Alter.

»Ah, du bist der Pfarrer von Heinersdorf?«

»Nein, der Hartwig Kluckhuhn.«

Johann lachte. »Und warum kluckst du nicht auf deinen Eiern, du Huhn?«

»Sag das noch mal!« Hartwig griff schon nach dem Stiel einer Mistforke, die da lag, wo die Sättel hingen.

»Warum kluckst du nicht auf deinen Eiern, du Huhn?«

Kaum hatte er es ausgesprochen, da war Hartwig auch schon auf ihn losgegangen. Johann sprang in den hinteren Bereich des Stalles und bekam den dicken Ast zu packen, den der Bauer benutzte, um seine Kühe aus dem Stall und auf die Weide zu treiben.

Das Gefecht, das sich nun anbahnte, war etwas anderes als das im Mai zwischen Franz Joseph von Czako und ihm. Hier war es kein Haß, sondern, das spürte er deutlich, eine herzliche Zuneigung, die beide verband, kein Kampf auf Leben und Tod, sondern ein freundschaftliches Kräftemessen. Hartwig verstand es ausgezeichnet, mit dem Degen umzugehen, doch Johann hatte keine Mühe, seine Hiebe zu parieren.

»Du bist ein guter Degenfechter!« rief er keuchend.

»Ich will auch mal zu den Rochow-Kürassieren nach Schwedt«, kam es ebenso schweratmend zurück.

»Ich auch.«

Da ließen sie ihre Waffen sinken und hockten noch die halbe Nacht beisammen, um über die besten Pferde und die bunten Uniformen der preußischen Kürassiere, Husaren und Dragoner zu reden. Zu schnell kam der Morgen und die Stunde, wo sie weiterreiten mußten.

Als sie Wusterhausen, manche sagten auch schon Königs Wusterhausen, endlich erreichten, gerieten sie in die Nachfeier zur Jagd. Mitten im Schloßhof lag ein erlegter Hirsch, dem man schon Geweih und Haut vom Körper geschnitten, diese danach aber wieder auf ihm ausgebreitet hatte. Hinter einem Gitter aber warteten schon hundert und mehr Parforcehunde auf das, was von Wreech ihr »Jagdrecht« nannte. Sie heulten und winselten fürchterlich und konnten nur durch Karbatschen, starke Lederpeitschen, in Zaum gehalten werden. Endlich erschien der König und gab das Zeichen. Der Jägerbursche zog nun die Haut des Hirsches fort, das Gatter öffnete sich, und die Meute fiel über ihr »Jagdrecht« her. Die Piqueurs, das waren die Reiter, die während der Jagd die Hunde geführt hatten, standen im Kreis herum und bliesen auf ihren Hörnern.

Johann genoß das Schauspiel, das so viel anders nicht war als die Feier letzten Herbst in Tamsel, doch was hier alles verklärte und ihn verzauberte, war die Anwesenheit des Königs. Johann tat sich schwer, dies zu begreifen: daß Friedrich Wilhelm I. zwar auch nur ein Mensch war, aber doch gleichzeitig viel mehr als ein Mensch, nämlich der Herr über alle anderen Menschen in Preußen, ein Halbgott gleichsam. Gott hatte ihn zum König gemacht, das stand für Johann fest.

Johann hatte sich Friedrich Wilhelm I. immer wie Gottvater vorgestellt, alt, grauhaarig und in einem wallenden Gewand daherkommend, nun trug der König nur die blaue Uniform seines Potsdamer Regiments und sah längst nicht so schmuck aus wie einer der Rochowschen Kürassiere aus Schwedt. Und so hochgewachsen wie seine Soldaten war er auch nicht, eher untersetzt, fast ein wenig feist. Die Mönche auf den Likörflaschen in der Tamseler Schloßküche sahen so aus.

Das Jagdschloß imponierte Johann um einiges mehr als ihres zu Hause in Tamsel. Das lag vor allem an dem großen runden Turm und dem Erdwall mit seinem Graben, der alles umschloß. Schwarzes, fauliges Wasser stand in ihm, und Johann hatte Angst hineinzufallen, als er ihn auf einer hölzernen Brücke überwand. Das schlimmste aber waren die beiden Bären, die am Eingang zum Schloßhof Wache standen. Es waren sehr böse Tiere, die auf ihren Hintertatzen umherspazierten, weil man ihnen die vorderen abgeschnitten hatte. Schöner war da schon die kleine Quelle in der Mitte des Schloßhofes, auf der man mit viel Kunst einen Springbrunnen gebaut hatte. Er war mit einem eisernen Geländer umgeben, und einige Stufen führten hinauf.

Am Abend, als von Wreech zum Tabakskollegium gegangen war, schlich sich Johann durchs Schloß. Seine Neugierde war größer als seine Angst. Am meisten lockte ihn natürlich der Turm. Über dem Portal waren holzgeschnitzte Amoretten angebracht, Liebesgötter in kindlicher Gestalt. Das Wort Amoretten kannte er nicht, wohl aber ahnte er, wozu sie anregen sollten, denn natürlich war ihm nicht verborgen geblieben, was Mägde und Knechte trieben, wenn sie auf den Heuboden gingen. Dasselbe wie die Hengste und die Stuten auf der Weide. Und das fand er denn auch wesentlich erregender, und wenn er sich in der Nacht an einen warmen Pferdeleib schmiegte, dann wußte er, daß das allemal schöner sein mußte, als im Bett einer Magd oder gar der Frau von Wreech zu liegen.

Beim Eintreten in den Turm entdeckte er zuerst einige verliesartige Kellerräume, in denen etwas Stroh am Boden lag. Ob man hier Gefangene hielt? Er schauderte und lief die Treppe hoch bis ins erste Stockwerk. Hier gab es einige kleine Zimmer mit vergitterten Fenstern. Erst dachte er an Gefängniszellen, dann sah er, daß auf den Betten Kleidungsstücke herumlagen, die ... Gott, hier schliefen ganz offensichtlich die Prinzessinnen. Er ergriff die Flucht und hatte nicht mehr den Mut, sich ins eigentliche Schloß zu schleichen. Andererseits war seine Neugierde so brennend, daß sie sich nicht zügeln ließ.

Johann sank auf einen Feldstein und sah die Fassade hinauf. Es war längst dunkel geworden, und nur hinter wenigen Fenstern flackerten Kerzen. Am hellsten war es an einer Stelle im Hochparterre, und es gab für ihn keinen Zweifel daran, daß sich dort der Speisesaal befinden mußte, wo der König und seine Gäste Tabak rauchend beisammen saßen. Wie das wohl aussehen mochte? Sollte er nach oben schleichen und versuchen, einen Blick durch die Tür zu erhaschen, wenn die Lakaien mit neuem Wein herbeigeeilt kamen? Nein, die würden ihn sofort verscheuchen. Wie dann? Sein Blick fiel auf das Spalier, das weit nach oben reichte. Das mochte gehen, leicht und behende wie er war. Er kletterte nach oben, bis er in den Speisesaal hineinsehen konnte.

Es war ein wunderliches Bild, das sich ihm bald bieten sollte. Nicht anfangs, wo an die zwei Dutzend würdige Männer an einem langen Tische saßen, Zeitung lasen und an ihren kurzen holländischen Tonpfeifen nuckelten. Da der Kamin nicht ausreichte, den Saal mit Wärme zu erfüllen, standen überall am Boden gußeiserne Pfannen mit brennendem Torf, was die Szene noch um einiges gemütlicher machte. Dann aber kam der König in Begleitung seines Kammerdieners Abt, und der gab das Zeichen zum Auftischen. Weinkaraffen wurden hereingetragen, Bierkrüge und viele Platten mit Fleisch und Käse, aber auch mit in Öl gebratenen Fröschen. Johann lief nicht nur das Wasser im Munde zusammen, er machte auch dieselben Kaubewegungen wie von Wreech, den er in der Nähe des Königs ausgemacht hatte. Bis jetzt war es nicht so viel anders als zu Hause in Tamsel, wenn natürlich auch alles in einem viel größeren

Rahmen stattfand. Dann aber geschah Absonderliches. Zwei Männer traten ein, die so gar nicht zu der Runde passen wollten. Der eine war ein trockener, aber groß gewachsener Gelehrter, der auf Friedrich Wilhelm I. zuging, sich tief vor ihm verneigte und ihm einen eng beschriebenen Bogen Papier hinhielt.

»Was hat Er da, Fassmann?« fragte der König.

»Euer Majestät, es sind einige erkenntnisbringende Sätze über den Freiherrn Jakob Paul von Gundling.«

Damit war offenbar der Mann gemeint, der hinter ihm stand und ihm das Schreiben zu entreißen suchte. Er hatte das rötlichblaue, aufgedunsene Gesicht eines Trinkers und spielte hier offensichtlich die Rolle des Hofnarren.

»Er schmäht mich schon wieder!« schrie er und suchte Fassmann an den Kragen zu gehen, wurde aber vom Kammerdiener Abt zurückgerissen. »Aber was nutzt es diesem Dummkopf: *Parturiunt montes, nascetur ridiculus mus.*«

»Rede Er deutsch, Professor!«

Doch dazu kam Gundling nicht mehr, der Zorn hatte ihn vollends übermannt. Er riß eine der glühenden Torfpfannen vom Boden und schüttete ihren Inhalt dem Gegner ins Gesicht. Der schrie auf und stürzte sich, während einige der Perücken ringsum Feuer fingen, auf Gundling. Da er ihm an Kräften weit überlegen war, gelang es ihm, Gundling die Hose vom Körper zu reißen, und dann tat er etwas, was die Gäste dazu brachte, sich vor Lachen zu biegen: Er traktierte das entblößte Gesäß so lange mit der glühenden Pfanne, bis der Geruch verbrannten Fleisches den Raum erfüllte.

Johann riß Mund und Nase auf. Was da geschah, war so unfaßbar für ihn, als hätte er den Herrn Jesus dabei ertappt, wie der auf dem Küstriner Markt als Gaukler seine Späße trieb. Seine Erschütterung war so groß, daß er den Halt verlor und in die Tiefe stürzte. Benommen blieb er liegen …

… und kam erst wieder zu sich, als er mit einem langen Buchenscheit fürchterlich verprügelt wurde.

Vom König persönlich.

# Kapitel 2

## 1730–1732

Alle fürchteten Oma Sengebusch, die Mutter des Bauern, und für die meisten im Dorf war sie nicht nur ein ausgesprochen böser Mensch, sondern fast schon eine Hexe. Alle schikanierte sie: ihren Sohn, ihre Schwiegertochter und ihre sieben Enkel, ganz besonders aber ihren Ziehenkel Johann. Daß der im Stall bei den Pferden zu schlafen hatte, war ihre Idee gewesen.

Ihr ein und alles war eine Bernsteinkette, die ihre Vorfahren aus dem Samland mitgebracht hatten, und ihre Angst, daß ihr diese Kette eines Nachts gestohlen werden konnte, war so groß, daß sie zu allerhand okkulten Mitteln griff, diesem Diebstahl vorzubeugen. So zeichnete sie am Heiligen Abend ein Kreuz auf den Dachboden und spießte eine lebende Kröte am Dachfirst auf.

Am ersten Sonntag im März nun schrie sie morgens auf: »Meine Kette ist gestohlen worden!«

Sofort stürzten alle zu ihr hin, doch sie scheuchte alle in die Stube. »Schnell, dreht den Eßtisch um, damit der Dieb nicht aus dem Dorf raus kann!«

Als dies erledigt war, wurde sie durchgeschüttelt wie bei einem epileptischen Anfall, und ihre rechte Hand stieß mit ausgestrecktem Zeigefinger in Johanns Richtung, hackend wie ein Raubtierschnabel: »Der hier war's!«

»Nein ...« Johann war bleich geworden. »Nein, ich schwöre es.«

»Lüge nicht so frech, du Mißgeburt, du Wechselbalg!«

Und sie hätte sich auf Johann gestürzt, wenn nicht Heinrich und Wilhelmine, seine Ziehgeschwister, sie daran gehindert hätten.

Doch sie ließ sich nicht in ihrem Urteil beirren, in Johann den Dieb zu sehen, zumal sich vor dem Sengebuschschen Gehöft ein großer menschlicher Kothaufen befunden hatte. »Den hat er dort hingesetzt, um nicht entdeckt und verfolgt zu werden.«

Und obwohl Johann nachweisen konnte, unter Verstopfung zu leiden, glaubte sie ihm nicht und zwang ihren Sohn, die zurückgelassene Schatulle, in der sie die Kette aufbewahrt hatte, im Schloßpark unter einer Espe zu vergraben. Da wurde Johann nun am frühen Abend hingeführt, und man wartete darauf, daß er nun zu zittern anfinge und sich damit verriete. Doch das tat er mitnichten.

Blieb als letztes Mittel die Probe mit dem Gerstenkorn. »Hier!« Sie stand am Herd und warf eines ins Wasser. Sank es unter, wurde der Betroffene für schuldig befanden.

»Es sinkt, es sinkt, na bitte!«

Daraufhin wurde Johann mehrfach verprügelt und, als er noch immer kein Geständnis ablegen wollte, ins Spritzenhaus gesperrt.

Drei Tage nach diesem Vorfall starb Oma Sengebusch. Sie kam nicht aus ihrer Kammer, und als man nachsah, fand man sie friedlich entschlafen. Daß der Herr sie in die Ewigkeit heimrief, war für die Sengebuschs nicht überraschend gekommen, denn am Sonntag vor Palmarum hatten sie alle hinten im Schloßpark einen Kauz rufen hören, und zudem war das Wachs an den Kerzen so stark wie nie zuvor herabgelaufen. Alles untrügliche Zeichen. Eine Träne weinte ihr keiner nach, und als man sie aus dem Haus trug, mußte Johann auf Geheiß der Bäuerin einen Eimer Wasser hinter dem Sarg ausgießen, damit sie später nicht als Wiederkehrer die Hinterbliebenen belästigte. Auch hatte man sofort das Fenster ihrer Kammer weit aufgerissen, damit ihre Seele schnell entweichen konnte, das Bett verrückt und Leinsamen auf die Schwelle gestreut. Am Tage vor der Beerdigung half Johann mit, ihr Grab zu schaufeln, wobei sie die Arbeit dreimal unterbrochen hatten, auch das, um zu verhindern, daß die Tote wiederkehrte. Ach ja, ihre Bernsteinkette hatte sich in einer Höhlung ihres Bettkastens befunden, und Johann war alsbald wieder in die Freiheit entlassen worden.

Nun stand Ostern vor der Tür, und alle freuten sich darauf. Die Bäuerin und eine Magd waren dabei, neben dem Brot auch den Kranz zu backen. Dabei hatten sie sich in der Küche eingeschlossen, um zu verhindern, daß der böse Blick der Nachbarin den Teig verhexte. Auch mußten sie auf alle Fälle vermeiden, beim Teigkneten heftig zu niesen, denn taten sie das, starb ein naher Angehöriger, ehe das Brot verzehrt war. Aber heute verlief alles glatt, so daß sie keine Angst vor einem Unglück haben mußten. Johann und Heinrich bekamen den Auftrag, den vorbereiteten Teig zum Backofen zu tragen, der am Rande des Hofes hochgemauert war. Dort stand Sengebusch und fegte die Asche heraus. Die Luft waberte, und Johann hatte wie bei jedem Backen große Angst, daß sie ihn in den heißen Ofen stoßen würden, um ihn los zu sein, denn es war Brauch in Tamsel, Wechselbälger, also häßliche Kinder, die böse Menschen oder Geister einer ehrbaren Wöchnerin untergeschoben hatten, dreimal in den noch warmen Ofen zu schieben, um sie von ihrer Doppelexistenz zu erlösen. Dazu sprach man: »Ich schieb' dich ein, mein Junge, ich nehme dich heraus im Namen der heiligen Dreifaltigkeit!« Nun war er ganz sicher nicht häßlich, aber daß seine Mutter von einem Dämon besessen gewesen war, glaubten viele im Dorf. Dies war eine spannende Sache, aber auch die Frage, in welchem Zustand sich das Brot nach dem Backen befand. Sprang es in der Mitte, stand ein erneutes Begräbnis bevor, und kam es mit weißer Rinde aus dem Ofen, war mit dem eigenen Tod zu rechnen. Da nun zitterte Sengebusch, denn beim Begräbnis seiner Mutter war ihm die Mütze vom Kopf geweht worden und ins Grab gefallen, was darauf deutete, daß der eigene Tod recht nahe war. Und wenn jetzt ein zweites Zeichen … Nein, es war alles in Ordnung.

Ostern freuten sich alle, daß der lange und naßkalte Winter nun endlich seinem Ende zuging und sich die Welt erneuerte. Weil Stippekohl, der neue Lehrer, Ostern geboren worden war, galt er als ganz besonderes Glückskind. Er hatte auch mehrere neue Osterbräuche mitgebracht, und einer davon war die Helden-Taufe am Gründonnerstag. Dazu führte er die Jungen zum alten Arm der Warthe und hieß sie, sich die Schuhe auszuziehen, so die Kinder welche hatten, und die Strümpfe abzustreifen. Die Mädchen waren von der Übung ausgeschlossen und hatten sich in einiger Entfernung aufzureihen.

»Die hintersten Schüler vorwärts, schließt euch! Marsch!«

Johann, Heinrich Sengebusch, Georg Strohmattias und etwa zwanzig andere Jungen tapsten in das träge dahinziehende Wasser. So eisig war es noch, daß es Johann schmerzte, als hätte ihn ein großer Hund in die Beine gebissen. Doch aufzuschreien wagte keiner, denn Stippekohl war auf eine umgestürzte Weide gestiegen und rief: »Gelobt sei, was hart macht!« Auch wollte sich keiner vor den Mädchen blamieren. Zudem hatte der Schulmeister als Preis für den Sieger einen alten Säbel ausgesetzt, einen echten von den Rochow-Kürassieren in Schwedt. Und den hätte Johann schon gerne gehabt, jeder der anderen indes nicht minder.

Mit hochgekrempelten Hosen standen sie im Wasser, die Jüngeren mit ihren acht Jahren dicht am Ufer, wo es noch am wärmsten war, die Ältesten mit ihren dreizehn Lenzen weiter in der Mitte. Schon nach wenigen Minuten bibberten sie, und es kniff immer arger in den Beinen. Als dem kleinen Kiekebusch die Beine abgestorben waren, plumpste er lautlos ins Wasser, kam wieder hoch und durfte unter dem Gelächter der anderen pudelnaß nach Hause traben.

»Durchhalten!« rief Stippekohl. »Stellt euch vor, ihr seid die Infanterie unseres Königs und wartet im Festungsgraben, bis sich die Artillerie ausgetobt hat.«

Doch alle Appelle an ihr Heldentum fruchteten nichts: Einer nach dem anderen gab auf oder kippte einfach um.

Zum Schluß blieben nur noch Johann und sein Freund Heinrich übrig.

»Wenn ich gewinne, schenkt mir der Vater einen Groschen«, flüsterte Heinrich. »Dir nicht.«

»Ich bin besser als du«, gab Johann zurück. »Mein Vater war schließlich ein kühner Prinz.« Er wußte nicht, warum er das gesagt hatte, es war ganz plötzlich aus ihm herausgesprudelt. Von sich aus hätte er so etwas nie von sich gegeben, denn es klang nicht nur hochmütig und kränkte Heinrich, sondern brachte den Ziehbruder auch dahin, das linke Auge zuzukneifen, den Mund aufzureißen und die untere Tasche des Mundes so stark auszubeulen, daß er aussah wie der eine Pferdeknecht vom Schloß, den sie neulich ins Irrenhaus nach Berlin gebracht hatten.

»Wir teilen uns das Geld, und du kannst den Säbel immer haben, wenn du willst.«

Da fiel Johann mit einer Art Todesschrei ins Wasser.

Am Ostermorgen wurde dann die aufgehende Sonne mit einer Salve aus allen Tamseler Gewehren begrüßt, auch das war von Stippekohl eingeführt worden. Alle Sengebuschs gingen nun zur Warthe hinunter, um Wasser zu schöpfen, und zwar im tiefsten Schweigen, denn sonst verlor es später seine Wirkung. Zu Hause tranken sie es dann, um gegen allerlei Krankheiten gewappnet zu sein, und die Bäuerin versprühte den Rest im Haus, was gegen Ungeziefer schützte. Zu essen gab es wieder üppig, und am dritten Osterfeiertag wurden von allen Kindern rotgefärbte Eier zur Kirche gerollt. Wilhelmine Sengebusch kam mit einem heilen Ei als erste dort an, und ihr Ei wurde von Pfarrer Kienbaum gesegnet.

Das Wetter war nun wieder besser, und nach und nach trockneten auch die überschwemmten Wiesen, so daß sich Johann nun wieder daranmachen konnte, seine Reitkünste weiter zu verbessern, dabei angeleitet vom neuen Schulmeister.

Karl August Stippekohl, geboren 1683 und ehemals Unteroffizier bei den Kürassieren, hatte am 11. September 1709 in der großen Schlacht bei Malplaquet seinen linken Arm verloren und war nun froh, ein festes, wenn auch geringes Einkommen gefunden zu haben. Schon 1717, in Johanns Geburtsjahr also, hatte man begonnen, in Preußen die allgemeine Schulpflicht einzuführen. In seinem Schulgesetz befahl Friedrich Wilhelm I. allen Eltern bei Strafe, ihre Kinder vom fünften bis zum zwölften Lebensjahr in die Schule zu schicken, ja, der Geistliche sollte kein Kind konfirmieren, das nicht zumindest lesen konnte. Aber erst als die Wreechs geheiratet hatten, war es in Tamsel zum Bau eines Schulhauses gekommen, und bei der Suche nach einem Lehrer hatten sich fünf Kandidaten gemeldet: ein Schuster, ein Kesselflicker, ein Schneider, ein Weber und als letzter Stippekohl.

Man hatte ihn genommen, weil er von allen Männern die geforderten Gesangsstücke ›Christ lag in Todesbanden‹, ›Jesus meine Zuversicht‹ und ›Wer nur den lieben Gott läßt walten‹ am besten vortragen konnte. Auch gelang es ihm, die Bibelstelle »Jedermann sei untertan der Obrigkeit, die Gewalt über ihn hat. Denn es ist keine Obrigkeit von Gott …« nach einem Diktat durch Herrn von Wreech mit nur acht Fehlern niederzuschreiben, ferner zu buchstabieren und richtig zuzuordnen: »Der Brief des Paulus an die Römer, das 13. Kapitel«. Schließlich wußte er die Aufgabe »Was ist 7 und 9 weniger 5« als einziger zu lösen, wenn auch das »11« recht mühsam kam. Der Pfarrer agierte heftig gegen ihn, denn mit nur einem Arm konnte er nicht Orgel spielen und ihm kaum beim Anlegen des Chorrockes behilflich sein, was auch zu den Pflichten eines Dorfschullehrers zählte, doch Herr von Wreech setzte schließlich seinen Willen durch: »Meine Bauern sollen keine Pfaffen werden, sondern gute Soldaten.«

Und sie so richtig zu drillen, dazu war Stippekohl allemal der rechte Mann. Wer nicht gehorchte, bekam den Stock zu spüren, und als besondere Strafen ließ er unartige Kinder vorn in der Klasse auf Erbsen knien. Begann das Kind sein Gesicht vor Schmerzen zu verziehen, forderte Stippekohl die anderen auf, sich »die lächerlichen Gebärden des Affengesichts« anzusehen und nachzuahmen. Rein äußerlich glich er dem Alten Dessauer, dem Fürsten Leopold von Anhalt-Dessau, der schon seit 1712 Generalfeldmarschall war, hatte also ein längliches, fast viereckiges Gesicht mit einem schmalen Oberlippenbärtchen und streng zurückgekämmtem, hinten in einem Zopf zusammengefaßten Haar. Der Alte Dessauer war sein großes Idol, und unter seinem Kommando hatte er im Spanischen Erbfolgekrieg die Schlacht von Malplaquet erlebt.

»Die blutigste Schlacht von allen«, schwärmte er, »sechzigtausend Mann gefallen. Unser König siegreich an der Seite des Herzogs von Marlborough und des Prinzen Eugen und am Leben geblieben. Ganz wie der Fürst Leopold – und auch ich. Da danket alle Gott!« Daß Friedrich Wilhelm I. dieses Gemetzel entsetzlich gefunden hatte und fortan jeden Krieg zu vermeiden trachtete, um seine schmucken Soldaten, die er über alles liebte, nicht zu verlieren, paßte ihm nun gar nicht. Wozu waren die Kerls sonst da.

Stippekohl nun kannte das Gerücht, Johann Bosetzki sei der Kegel einer hochmögenden Persönlichkeit gewesen, aber das war es nicht, was ihn dazu bewegte, sich um den Ziehsohn der Sengebuschs ganz besonders zu kümmern, sondern sein feines Gespür, daß da einer heranwuchs, der ein begnadeter Kürassier, Dragoner oder Husar zu werden versprach. Der war ja eins mit seinem Pferd, ein Hunne aus dem Wartheland, und so aufgeweckt und pfiffig, daß er die dümmlichen Krautjunker, die man zu Offizieren machte, allemal in den Schatten stellte. Bei aller Liebe zur herrschenden Ordnung lief Stippekohl ein jedes Mal die Galle über, wenn er daran dachte, daß Offizier nur werden konnte, wer ein »von« vor seinem Namen trug, mochte er auch noch so begriffsstutzig sein und kaum mehr als seinen Namen schreiben können. Und das war sein große Hoffnung: daß es doch wieder einmal einen großen Krieg geben würde und der neue König dann gezwungen war, auch nichtadlige Soldaten zu Rittmeistern zu machen, wenn sie denn die Herren von und zu in den Schatten stellten. Damit Johann dieses eines Tages schaffte, nahm er sich seiner so hingebungsvoll an.

Sie standen am Tor von Sengebuschs Koppel, das aus drei übereinanderliegenden Holzstangen bestand, wobei sich die oberste gute fünf Fuß über dem Boden befand. Johann hatte Suleika gesattelt und begann, das Hindernis mit treibendem Schenkel aus dem Schritt heraus anzureiten. Erst vier Pferdelängen vor den Koppelstangen rief er »He!« und trabte an. Zugleich versuchte er, immer leichter zu werden, um die Spannung im Pferd zu vermindern. Ruhig und geschmeidig blieb er im Sattel, während Suleika über das Hindernis flog. Dann aber parierte er so hart, daß sie heftig wurde und ausbrechen wollte.

»Falsch!« schrie Stippekohl. »Sie hat Angst vor deiner Hand, laß das. Nach dem Sprung unverzüglich halbe Paraden geben und den Hintern näher an den Sattel ran. Ja, aber nicht reinfallen!«

Auch beim nächsten Sprung hatte Stippekohl viel an ihm auszusetzen, denn seine Stute war schräg abgesprungen und hatte die Stangen mit der Hinterhand ziemlich touchiert.

»*Merde!* Beim Sprung bist du mit dem Oberkörper abgeknickt. Das merkt man doch! Immer in Mittelpositur bleiben, Oberkörper und Kopf mitten über dem Pferd und vor allem: der Fußdruck auf beiden Bügeln muß gleich groß sein. Stell dir vor, du bist in der Schlacht, setzt über einen Graben und landest da, wo du den Feind nicht mehr niederhauen kannst.«

So ging es über Stunden und Tage. Ebenso nahm Stippekohl mit ihm wieder und wieder alles durch, was zur Dressur gehörte: Schritt, Trab und Galopp, Halten, Wendung auf der Vorhand, Schenkelweichen, Rückwärtsrichten, Wendung auf der Hinterhand, Schrittpirouetten, Außengalopp, Travers und Renvers, fliegender Galoppwechsel und Passage. Alles das beherrschte Johann mehr und mehr, wurde zusehends der perfekte Reiter schlechthin, und Herr von Wreech mochte schon gar nicht mehr hinsehen, es machte ihn nur neidisch. Johanns eigentliche Leidenschaft aber war das wilde Dahinstürmen über die Wiesen und Dämme, Felder und Hohlwege. Und am wohlsten fühlte er sich auf einem durchgehenden Pferd, wo er eins war mit diesem und beide eins mit der Natur, wie sie vor Jahrtausenden gewesen war.

Zurück auf dem Hof, erlebte er Sengebusch in erheblicher Unruhe, denn nun war auch sein Jüngster, der Joachim, gerade erst zehn Jahre alt geworden, beim Küstriner Infanterieregiment enrolliert worden. Von nun an hatte er als Zeichen dafür ständig eine rote Halsbinde oder den Püschel am Hut zu tragen und sich ständig für den Heeresdienst zur Verfügung zu halten. Während der Bauer innerlich fluchte, weil ihm in Zukunft eine weitere Hilfskraft auf dem Acker fehlen würde, freute sich Joachim, war er doch nun aufgerückt zu Heinrich und Johann, die schon lange zu einem Regiment gehörten. War man Soldat, kam man endlich in der Welt herum. Ansonsten waren die Bauern ja verpflichtet, ein Leben lang auf ihrer Scholle zu verbleiben, also da, wo sie geboren worden waren. Auch konnte man sich jetzt sonntags auf der Kirchenbank stolz in seiner Uniform zeigen.

Das Leben ging nun wieder seinen gewohnten Gang, und ein Tag war wie der andere, voller Müh und Last, aber man hatte wenigstens zu essen und ein Dach überm Kopf. Bis dann Tamsel am letzten Dienstag im Juni von einem gewaltigen Gewitter heimgesucht wurde, das so manches Kornfeld verwüstete und das Stroh von vielen Dächern fegte. Am schlimmsten aber traf es die Kirche gleich hinterm Schloß. Ein fürchterlicher Blitz war in den Turm gefahren und hatte ihn zwar nicht gefällt, aber dafür gesorgt, daß er nun schief stand und jeden Augenblick umzustürzen drohte. Sowohl Herr von Wreech als auch Dorfschulze Zander hatten sich zwar bemüht, das Bauwerk zu sichern, doch auch den besten Kletterern unter den Burschen war es nicht gelungen, die Seile so zu befestigen, daß Hoffnung bestand. So konnte schon der nächste Windstoß genügen, ihn in die Tiefe zu reißen.

Wer wollte sich dieses Schauspiel schon entgehen lassen? Und so hatte sich das ganze Dorf rings um den Kirchturm versammelt, die Köpfe im Nacken, die Augen auf den Wetterhahn gerichtet, der bedrohlich schwankte.

Alle waren so gebannt, daß niemand nach der Kutsche sah, die, von Küstrin kommend, vor dem Schlosse hielt. Ein untersetzter und viel zu fetter Mann stieg aus, auf einen schweren Stock gestützt. Da die Gicht insbesondere in den großen Zehen saß, stöhnte er auf, als er den Tamseler Boden berührte. Schnaufend ging er ein paar Schritte, mußte aber schon wieder verhalten, denn sein Atem wurde immer kürzer. Es war kein anderer als Friedrich Wilhelm I., der es liebte, überall in seinen Landen unangemeldet aufzutauchen, um zu sehen, ob es mit den Regimentern, den Manufakturen und der Landwirtschaft auch zum Besten stand. Dabei inspizierte er dann die Bauernhöfe genauestens und sah sich in jedem Kuhstall um. Ob die Stuben sauber und beheizbar waren, wollte er wissen, und ob sie Speck oder Fleisch in den Schüsseln liegen hatten.

Und noch immer nahm ihn keiner wahr, denn der Turm neigte sich nun derart stark zur Seite, daß er jeden Augenblick …

Und da krachte es wirklich. Aber nicht der Turm auf die Erde, sondern der Stock auf die Rücken der Bauern wie auf die des Herrn von Wreech und seines Kammerdieners, da kannte der König keine Standesunterschiede.

»Ihr faules Pack!« schrie der Mann aus der Kutsche. »Was gafft ihr hier herum und steht nicht auf den Feldern.«

»Der König!« rief Johann, der Friedrich Wilhelm I. ja aus

Wusterhausen kannte, bevor auch er einen übergezogen bekam.

Herr von Wreech und der Dorfschulze traten nun hervor und beteuerten, daß man in Tamsel ganz besonders fleißig sei, der drohende Einsturz des Kirchturms aber …

»Hinein da!« kommandierte der König und scheuchte alle wie eine Herde Schafe ins Kircheninnere. Dann stieg er selber auf die Kanzel und begann zu predigen und den Herrn um die Rettung des Tamseler Kirchturms zu bitten. »Wie steht es geschrieben in Jeremia 14: ›Ach Herr, unsre Missetaten haben's ja verdient; aber hilf doch um deines Namens willen!, denn unser Ungehorsam ist groß, damit wir wider dich gesündigt haben.‹«

Und der Turm blieb wirklich oben.

Sengebusch kam aus dem Haus und ging zum Hühnerstall, um sich einen der jungen Hähne zu greifen. Schon hatte er ihn auf den Hauklotz gedrückt. Das scharf geschliffene Beil sauste durch die Luft und trennte den Kopf sauber vom Rumpf. Das Blut schoß in ungewohnt scharfem Strahl heraus, und vor Schreck ließ der Bauer den Hahn wieder los. Der fiel irgendwie auf beide Beine und lief ohne Kopf quer über den Hof, bis er gegen das Rad des Leiterwagens krachte, um dort liegenzubleiben und unter einigen Zuckungen sein Leben vollends auszuhauchen.

Sengebusch lachte und meinte in Richtung seiner Knechte, daß es dem Katte auf der Küstriner Festung demnächst auch nicht anders gehen werde. Johann wußte nicht, wer Katte war, entnahm aber den Reaktionen der anderen, daß der Mann wesentlich mehr sein mußte als ein normaler Soldat. Also fragte er Stippekohl.

»Ein Schandfleck Preußens ist er, den Kronprinzen verführt hat er!« Der Schulmeister hieb mit der Haselnußgerte, die ansonsten seine Zöglinge zu spüren bekamen, so kräftig auf sein Katheder, daß sie zerbrach, war sie doch vorher mit Zwiebelsaft eingerieben worden, um besser zu wirken. »Doch andererseits: Die Kattes sind ein so altes Geschlecht, daß man ... Ach, Gott!« Er hatte Tränen in den Augen.

In Bruchstücken nur, aber immerhin, erfuhr Johann nun von der Katte-Affäre. Am 15. Juli 1730 war Friedrich Wilhelm I. mit geringem Gefolge von Potsdam nach Ansbach aufgebrochen, um von dort weiter nach Wesel zu reisen, die beide seiner Herrschaft unterstehen. Mit von der Partie ist sein Sohn, und man sieht die beiden des öfteren einträchtig beisammen, doch Friedrich will die Gelegenheit nutzen, aus Preußen zu fliehen. Er hat es satt, unter der Fuchtel seines Vaters zu stehen, der ihn wie den letzten Sklaven behandelt. In Holland will er sich mit seinem Freund treffen, dem Leutnant Hans Hermann von Katte. Die Nacht vom 4. auf den 5. August verbringt man in Scheunen in Steinfurth in der Nähe von Sinsheim, und Friedrich hält die Gelegenheit für günstig. Leutnant von Keith, ein Page des Königs, der mit im Bunde ist, soll zur Flucht die Pferde besorgen. Doch Friedrichs Kammerdiener hat Verdacht geschöpft und nicht gezögert, eine Reihe hoher Offiziere vom Fluchtversuch des Kronprinzen zu unterrichten. Nachdem man diesen verhindert hat, sucht der Oberst von Derschau den König auf, um ihm das Vorgefallene zu hinterbringen. Zudem wirft sich Keith vor die Füße des Königs und gesteht ihm alles. Friedrich Wilhelm I. zögert noch, kann das Ungeheuerliche nicht glauben, doch ein fehlgeleiteter Brief bestätigt Keiths wie Derschaus Aussage. Statt seinem Freund Katte in Berlin wird ein Brief Friedrichs irrtümlich einem Rittmeister von Katte in Erlangen ausgehändigt – und der stellt ihn prompt dem König zu, der inzwischen mit seinem Troß weitergezogen ist nach Frankfurt am Main, wo man ein Rheinboot besteigen will, um nach Wesel zu fahren. Friedrich Wilhelm I. läßt nun seinen Sohn förmlich verhaften und auf das Rheinboot bringen, wo er ihn kräftig verprügelt. Zwei Tage später kommt es dann zur Aussprache:

»Warum habt Ihr entweichen wollen?« fragt der König.

Der Kronprinz hält stand. »Weil Sie mich nicht wie Ihren Sohn, sondern wie einen gemeinen Sklaven behandelt haben.«

»Ihr seid nichts als ein feiger ehrloser Deserteur.«

»Ich habe soviel Ehre wie Sie, und ich habe nichts getan, was Sie an meiner Stelle nicht auch getan hätten.«

Bei diesen Worten zieht der König den Degen und will seinen Sohn erstechen. Doch der Kommandant, Generalmajor von der Mosel, wirft sich dazwischen und ruft: »Sire, durchbohren Sie mich, aber schonen Sie Ihren Sohn!«

Über Wesel und Treuenbrietzen wird nun der Kronprinz unter sicherer Bedeckung nach Küstrin geschafft, wo er am 5. September ein Arrestzimmer im zweiten Stock des alten Schlosses bezieht. Hans Hermann Katte ist zwar gewarnt worden, will aber vor der Flucht aus Berlin noch schnell alle ihn und Friedrich belastenden Papiere verbrennen. Das dauert, und so wird er schließlich auch verhaftet. Der König ist mittlerweile aus Wesel zurück, und Katte wirft sich ihm zu Füßen. Der König aber reißt ihm das Johanniterkreuz vom Hals, mißhandelt ihn mit dem Stock und tritt ihn mit Füßen. Nun folgt Verhör auf Verhör, und am 22. Oktober tritt in Köpenick ein aus fünfzehn Offizieren bestehendes Kriegsgericht zusammen, das neben drei weiteren Angeklagten vor allem über Katte und den Kronprinzen zu befinden hat. Es sind große Namen darunter – von Schwerin, von Dönhoff, von Itzenplitz –, und man bemüht sich, den Schaden für alle in Grenzen zu halten: Für den Kronprinzen sei man nicht zuständig, und wenn dieser nach dem Kriegsrecht nicht verurteilt werde könne, dann ginge das auch nicht bei Katte, außerdem habe eine wirkliche Desertion ja nicht stattgefunden. Der König tobt, hebt den Spruch seines Kriegsgerichts auf und befiehlt, Katte mit dem Schwert hinzurichten.

»Morgen ist nun der Tag gekommen, wo sie ihn köpfen werden«, sagte Stippekohl schließlich.

Johann schluckte. »Da werde ich auf der Festung sein. Der Bauer schickt mich und Heinrich nach Küstrin, damit wir beim Mauern helfen.« Das war eine der vielen Pflichten der bäuerlichen Untertanen des Königs.

»Vielleicht hast du Glück ...« Stippekohl erschrak über das, was er da gesagt hatte, und korrigierte sich schnell: »Ich meine: Glück, daß alles vorbei ist, wenn du kommst, daß Katte schon tot ist. Eitel war er, und die Gunst des Kronprinzen hat ihm den Kopf verdreht.«

Johann dachte an eine lästerliche Bemerkung, die er bei einem Fest im Schlosse aufgeschnappt hatte, daß nämlich Friedrich und Katte ein Liebespaar gewesen seien (»... im Altertum war das ja gang und gäbe, meine Liebe ...«). Aber natürlich schwieg er zu Stippekohl darüber und verhielt sich so, wie Oma Sengebusch es allen Enkeln immer wieder angeraten hatte, wollten sie gut durchs Leben kommen: »Immer den Mund halten und denken: ›Mir geht das nichts an.‹«

Am 6. November hatten sie sich um sieben Uhr in der Frühe vor dem Kanzleigebäude einzufinden, Heinrich Sengebusch und Johann Bosetzki, den der Bauer nicht zu adoptieren gedachte. Schon um halb sechs war in Tamsel aufzubrechen. Eine dreiviertel Meile hatten sie auf dunkler Straße zu laufen, immer von bösen Geistern bedroht, so daß sie viel schneller liefen als eigentlich nötig. Hell wurde es erst, als sie Stadt und Festung schon dicht vor Augen hatten. Doch sie hatten sich umsonst beeilt, denn niemand kümmerte sich um sie und die anderen zwei Dutzend Bauern, Bauernsöhne und Knechte, die sich eingefunden hatten, um beim Festungsausbau zu helfen. Eben waren sie in die Festung gelangt, da marschierten auch schon Soldaten auf und sperrten sie ab. Sie selbst wurden von der Kanzlei weggescheucht und über den Wall getrieben, bis sie fast an der Bastion »Brandenburg« waren, von wo sie aber alles bestens überblicken konnten.

Da erschien ein Kommando des Regiments Gensdarmes – und in seiner Mitte war Katte zu erkennen, mit zwei Predigern an seiner Seite. Ganz frei und munter ging er, den Hut unterm Arm, und Johann hatte das Gefühl, da ginge einer zu seiner Braut ins Heu. Was Johann besonders mit ihm mitleiden ließ, war, daß Hans Hermann Katte ein Kürassier war, ein Premierleutnant zudem und Adjutant. Klein und sonnenverbrannt war er, und sein Gesicht war voller Blatternarben. Seine Augenbrauen waren dicht zusammengewachsen, was ihm ein finsteres Aussehen gab. Johann konnte nicht so recht verstehen, warum der Kronprinz so an diesem Mann gehangen hatte und noch immer hing. Wo war der eigentlich? Johann blickte sich um und erkannte Friedrich schließlich im letzten Hochparterrefenster des Schlosses, das heißt seines Seitenflügels. Sein Blick ging am »Weißkopf«, einem Rundturm, vorbei zur Mühlenpforte hin, durch die man unter Wall und Mauern hindurch zur Oder gehen konnte.

»Anstatt seinen Sohn köpfen zu lassen, läßt er nun den armen Katte über die Klinge springen«, brummte einer der Bauern neben Johann.

Es war fast Viertel vor sieben, als dem Delinquenten von Herrn Geheimrat Gerbett die Todessentenz verlesen wurde. Danach ging Katte zu den Offizieren seines Regiments, um Abschied von ihnen zu nehmen. Dabei hatte er sich immer wieder sehnlich nach dem geliebten Freund und Gönner umgesehen, jetzt aber erst entdeckte er Friedrich oben im Fenster.

*»Mon cher Katte«*, rief ihm der Kronprinz zu, nachdem er ihm mit der Hand einen Kuß zugeworfen hatte, *»je vous demande mille pardons.«*

Worauf Katte mit einer Verbeugung antwortete: *»Point de pardon, mon prince; je meurs avec mille plaisirs pour vous.«*

Johann schossen die Tränen aus den Augen, und auch der roheste Bursche neben ihm zerfloß vor Rührung.

Dann setzte der Garnisonsprediger Besser an, ihn einzusegnen. Ganz gelassen, so sah es jedenfalls für Johann aus, nahm Katte nun seine Perücke ab und gab sie dem Burschen des Majors von Schack, der ihm dafür eine weiße Mütze reichte und ihm dann half, den Rock auszuziehen und die Halsbinde aufzumachen. Das Hemd riß sich Katte selber hinunter und sah dabei so heiter aus wie bei einem Ausflug mit den Kameraden. Dann kniete er auf den Sand des Walles nieder, rückte sich die Mütze zurecht und fing laut zu beten an: »Herr Jesu! Dir leb' ich ...«

Johann fing an zu zittern, als der Scharfrichter Coblentz mit dem Schwerte in der Hand erschien, und er legte die zusammengefalteten Hände hinten auf den Nacken, so als würde er nun gleich selber enthauptet werden.

Nun verlor Katte doch ein wenig die Contenance, denn zunächst sagte er dem Burschen, der neben ihm stand, er solle ihm die Augen verbinden, dann scheuchte er ihn mit einer knappen Handbewegung wieder beiseite, um sich die Mütze noch tiefer über die Augen zu ziehen.

Nochmals betete er: »Herr Jesu, nimm meinen Geist auf!«

Da sauste das Schwert des Scharfrichters nieder und trennte mit einem gut geratenen Streich Katte das Haupt vom Rumpf.

Während Heinrich Sengebusch in Ohnmacht fiel, verfolgte Johann ganz versteinert, wie der Körper noch zuckte. Doch da kam man schon angelaufen, ein schwarzes Tuch über Haupt und Leib zu decken.

Da hörte er eine tiefe Stimme neben sich.

»Wer ein tüchtiger Kürassier werden will, der muß einen solchen Anblick hinnehmen lernen, als würde er ein Blatt vom Baume fallen sehen.«

Es war Karl August Stippekohl, der nach Küstrin geeilt war, um sich daran zu erfreuen, daß das Recht vor keinem Halt machte, denn Deserteur war Deserteur.

Es war August 1731 geworden, und obwohl seit der Hinrichtung Kattes schon neun Monate ins Land gegangen waren, lastete dessen Tod noch immer schwer auf Johanns Gemüt, und es gab kaum eine Nacht, in der ihn nicht

Schreckensträume quälten. Da saß er zumeist als Rochow-Kürassier auf seiner Suleika, und es kam einer der Panduren auf ihn zugesprengt, um ihm mit einem furchtbaren Hieb seines krummen Säbels den Kopf vom Rumpf zu trennen. Und dann ritt er noch ein Stückchen weiter – ohne Kopf, und das Blut schoß ihm in hohem Bogen aus dem Körper.

»Hilfe!« schrie er. »Wo bin ich, bin ich tot?«

»Nein. Du bist gesund und liegst in deinem Bett.«

Nach Oma Sengebuschs Tod hatte man ihn und Heinrich in ihre kleine Kammer gesteckt. Johann wäre lieber bei seinen Pferden geblieben, aber die Frau von Wreech hatte es nicht länger leiden wollen.

Vielleicht hing sein Alptraum aber auch damit zusammen, daß sich Stippekohl große Mühe gab, ihn zu einem passablen Fechter zu machen, denn wenn ein Kürassier, Dragoner oder Husar nicht auch mit Degen, Pallasch und Säbel meisterhaft umgehen konnte, war seine ganze Reitkunst für die Katz, zumindest aber nur die Hälfte wert.

»Ganz locker und elastisch mußt du den Säbel halten«, erklärte ihm Stippekohl und trieb ihn nun zu Schwingungsübungen an. »Ich zeig' dir's mal. Die Bewegung muß aus dem Ellenbogen kommen, das Handgelenk hilft nur leicht nach. Drei Ziele muß du dir vorstellen: den Kopf deines Feindes ...« Dabei führte er einen vertikalen Schwingungshieb aus, um ihn zu spalten. »Das Gesicht ...« Der Hieb erfolgte nun horizontal. »Und den Bauch ...« Wo er den Säbel im entscheidenden Moment nach oben riß. »Immer kraftvoll angreifen, damit der Gegner zur Verteidigung gezwungen wird.«

Später, als Johann schon etwas geübter war, hieb er vom Pferd aus auf Bäume ein, und die Äste, die dabei zu Boden fielen, galten als abgeschlagene Arme. Bei allem hatte Johann aber doch nicht so den rechten Spaß, denn immer wenn er auf Stippekohls Geheiß einen aufgespießten Kohlkopf spalten sollte, sah er Katte vor sich, und eigentlich hatte er noch Monate danach alles andere im Sinn, als Angehörigen des preußischen Königshauses über den Weg zu laufen. Entweder wurde man von ihnen fürchterlich verprügelt, oder sie bescherten einem die schrecklichsten Träume. »Meide sie wie der Teufel das Weihwasser«, riet ihm denn auch sein Freund Georg Strohmattias. Doch das Schicksal sollte es anders mit ihm meinen.

Am 15. August hatte Sengebusch eine Fuhre Hirse nach Küstrin zu liefern, und selbstverständlich hatte Johann neben ihm auf dem Kutschbock zu sitzen. Er verstand viel mehr von Pferden als seine leiblichen Söhne, und wenn eines unterwegs lahmte, wußte er immer einen Rat. Auch konnte sich jederzeit die Gelegenheit bieten, preisgünstig zu einem neuen Pferd zu kommen, und wenn Johann dabei war, konnte einen kein Händler bescheißen.

Beim Abladen der Hirsesäcke hörten sie den neuesten Klatsch: Der Kronprinz Friedrich sei aus der Festungshaft entlassen worden, und der König weile heute in Küstrin. Geführt von den Kammerjunkern von Natzmer und von Rohwedel, habe sich Friedrich dem Vater vor die Füße geworfen, denn es solle alles wieder aufgerührt werden, daß er desertieren wollte und ein Schuldenmacher sei. So ließ sich Sengebusch Zeit mit der Heimfahrt nach Tamsel und lauerte in der Nähe des Schlosses, um noch etwas von dem Drama mitzubekommen, das da Vater und Sohn den Neumärkern abermals boten. Auch andere Küstriner fanden sich ein.

Endlich fuhren die Kutschen vor, und Vater und Sohn traten auf die Straße. Die große Versöhnung mußte stattgefunden haben, denn Friedrich Wilhelm I. umarmte den Sohn, und dieser brach in Tränen aus. Und als der König dann im Wagen saß, warf sich Friedrich auf die Knie, um dem Vater die Füße zu küssen.

Johann hatte Mühe, das zu fassen. Es ging also beim König und seinem Sohn nicht anders zu als bei ihnen auf dem Hofe, wenn sich Wilhelm, der Älteste, mit seinem Vater zerstritten hatte und dann um Vergebung bat, um nicht enterbt zu werden.

Am nächsten Tag hatte er endlich einmal Zeit, zum Grab seiner Mutter zu gehen. Der Tamseler Friedhof lag nordwestlich des Dorfes auf einer kleinen Anhöhe. Er stieg hinauf und setzte sich ins Gras. Sein Blick ging weit hinaus über das Warthebruch. Irgendwo vor ihm mußte die Liebes-Insel liegen. Da war er zur Welt gekommen, aber wo war es geschehen, wo war sie geschwängert worden und von wem? So ganz hatte er sich des Gefühls nie erwehren können, daß der Herr von Wreech es selbst gewesen war. Wie vertraut dieser mit ihm vor drei Jahren während des Rittes nach Wusterhausen umgegangen war. Wirklich wie mit einem eigenen Sohn. Doch gegen ihn als Vater sprach zumindest dreierlei. Erstens, daß er es seit neun Jahren nicht verstanden hatte, seiner eigenen Frau ein Kind zu machen und schon überall als »taube Nuß« verspottet wurde. Zweitens, daß er erst drei Jahre nach Johanns Geburt Tamsel zum ersten Mal offiziell besucht hatte. Und drittens, daß seine Mutter bei seiner Geburt immer von einem Prinzen gesprochen haben sollte.

Johann hielt es nicht mehr länger aus und schrie gegen den Grabhügel: »Sag mir endlich, wer es war!«

Als Antwort bekam er nur ein empörtes Krächzen der Krähen, die nahebei im Baum gesessen hatten.

Ein Prinz ...? Er hatte sich neulich von Stippekohl unter einem Vorwand alle Prinzen des Hauses Hohenzollern nennen lassen: Friedrich, der Kronprinz, war 1712 geboren worden, August Wilhelm 1722, Heinrich 1726 und Ferdinand 1730. Da kam wohl keiner als sein Vater in Frage, nicht einmal Friedrich, obwohl der es ja in Küstrin arg treiben sollte, um von seinem Kummer loszukommen.

Am Stand der Sonne erkannte Johann, daß es Zeit war, die Kühe zu tränken. Um schneller an der Weide zu sein, auf der sie derzeit grasten, beschloß er, quer durch den Schloßpark zu laufen, obwohl das verboten war. Aber er verstand es, sich wie eine Schlange durchs Gebüsch zu schleichen, und niemand würde ihn bemerken. Außerdem lag ein Gewitter in der Luft, und es war so dunkel geworden, als ginge es auf Mitternacht zu.

Als er am Rondell angekommen war und gerade über die kleine Lichtung huschen wollte, zuckte er zurück. Als hätte ihn der Huf eines Pferdes mitten ins Gesicht getroffen. Was er da sah, ließ ihn erbeben.

Luise Eleonore von Wreech, die Frau mit einem Teint wie Rosen und Lilien, kniete vor der Marmorbank und hatte beide Ellenbogen auf den grün bemoosten Stein gestützt. Schon das wäre verwunderlich genug gewesen, aber was ihm den Atem nahm, war der Anblick ihres völlig nackten Gesäßes. Wie bei seinen Stuten, schoß ihm durch den Kopf. Wenn er nun aber die Hände vor die Augen schlug, dann nicht dieses Anblicks wegen, sondern weil sich in diesem Moment ein junger Mann näherte, der hinter einer der Taxushecken gestanden haben mußte. Gott, das war der Kronprinz Friedrich. Und das Schlimme war, daß er den Hosenlatz geöffnet hatte und seine Flöte sehen ließ. Schon hatte er sich hinter Luise Eleonore postiert und zusammengeführt, was zusammengehörte. Die Töne, die Johann nun hörte, waren von anderer Art als die beim Flötenspiel im Ahnensaal des Schlosses. Er hatte diesen Friedrich immer für einen parfümierten Weichling gehalten, doch was der jetzt leistete, das schaffte nicht mal Adonis, der wildeste Hengst im Regiment von Rochow.

»Ich glaube«, hörte er Friedrich sagen, als beide wieder ganz harmlos auf dem Kiesweg flanierten, »wir sollten, nachdem wir uns derart echauffiert haben, fürderhin der Welt um so eindringlicher vortäuschen, daß unsere Liebe lediglich eine rein platonische ist und uns nur ästhetische Interessen miteinander verbinden.« Und er begann auf der Stelle, ihr ein Sonett vorzutragen, allerdings auf französisch, so daß Johann nicht viel verstehen konnte.

Immer wenn Johann nun im Schloß zu tun hatte, setzte er

sein ganzes Talent daran, in das Zimmer der jungen Frau von Wreech zu schleichen und zu sehen, ob er etwas von ihrem Briefwechsel entdecken konnte. Dank des wackeren Stippekohl war er nun der deutschen Sprache in Wort und Schrift soweit mächtig, daß er mit allgemeinen Texten keine Schwierigkeiten hatte, und sogar ein wenig Französisch beherrschte er schon. Was er fand, war jedoch nicht viel, höchstens einmal zerrissene Entwürfe, die nicht so richtig verbrannt waren, im Ofen …

»Welch' Wunder trug sich zu? Was ist's, das sich begab?« Das war mit Sicherheit die schöne Luise Eleonore. »Es steigt ein Königssohn, ein Prinz zu mir herab …« Johann sah sie beide wieder vor der Mamorbank knien und kam von diesem Bild nicht mehr los, denn eine innere Stimme sagte ihm, daß seine Mutter an ebendieser Stelle genau so gekniet hatte, als ihr Prinz ihn gezeugt hatte.

»Was ich zu sagen dir bisher vermied,/Ich sag' es nun: Ich liege dir zu Füßen.« Das war Friedrich. »Verberge deiner Wünsche liebstes Ziel …« Johann fand, daß beide Grund dazu hatten, denn es war in Tamsel kein Geheimnis mehr: Luise Eleonore war schwanger.

In der Andreasnacht, das war der 30. November, stieß Johann mit Friedrich, der ja nun öfter nach Tamsel kam, am Portal des Schlosses zusammen. Johann hatte gerupfte Gänse in die Küche gebracht, Friedrich war gerade vom Pferd gesprungen.

»Er scheint öfter da zu sein, wo auch ich mich aufhalte!« fauchte der Kronprinz ihn an. »Wie heißt Er?«

Johann fühlte sich wie ein Maulwurf, der gerade ans Licht gekommen war und den nun ein herabstoßender Habicht in den Krallen hielt. Eine spitze Nase hatte Friedrich. »Ich … Ich …« Klar war, daß der Kronprinz ihn wahrgenommen hatte, als er mit seiner Flöte hinter die Frau von Wreech getreten war, wahrscheinlich mitten im Spiel, als es nicht mehr tunlich gewesen war, ihn noch zu vertreiben. »Ich … ich … heiße Johann Bosetzki.«

»Ah, diese ganze imbezile Gesellschaft mit ›ki‹ am Ende!«

Johann verlor nun jedes Fünkchen Verstand und stammelte nur: »Ehrwürdige Majestät, ich ... ich ... schweige wie ein Grab!«

Friedrich durchbohrte ihn mit seinen wäßrigblauen, leicht vorstehenden Augen. »Was ich Ihm auch angeraten haben will.« Damit stürmte er ins Schloß hinein, unterm Arm neue gereimte Satiren, die er für die geliebte Frau geschrieben hatte und in denen er alle die verspottete, die ihn während seiner Gefangenschaft in Küstrin geärgert hatten, vor allem den Gouverneur von Lepel und den Kammerdirektor Hille.

Johann hatte fortan ein wenig Angst vor Friedrich, obwohl er sich nicht vorstellen konnte, daß der ihn irgendwie zu eliminieren versuchte.

In der Andreasnacht waren alle auf Sengebuschs Hof bestrebt, in die Zukunft zu schauen. Alles, was man in dieser Nacht träumte, sollte ja in Erfüllung gehen. Um nun die Traumtätigkeit anzuregen, streuten sich die Frauen Getreide unters Kopfkissen oder aßen vor dem Zubettgehen einen Hering. So auch Johann. Wilhelmine Sengebusch hatte angekündigt, nackt mit einem Besen ihre Stube auszukehren, um zu erfahren, wer ihr Zukünftiger sei.

Was Johann dann träumte, warf ihn tagelang mit hohem Fieber auf den Strohsack nieder: Luise Eleonore von Wreech gebar ein Mädchen, dieses wuchs heran und wurde seine Frau – und das ging, weil ihn Friedrich, inzwischen preußischer König, in den Grafenstand erhoben hatte.

Erst als Weihnachten nahte, war Johann wieder bei Kräften. Am ersten Weihnachtstag gingen alle in ihren besten Kleidern in die Kirche, und am zweiten Weihnachtstag liefen die Kinder auf die Dorfstraße und holten sich bei ihren Paten und Verwandten die Geschenke ab, durchweg Semmeln, Wurst, Zuckerwerk oder ein paar Münzen. Für Johann gab es da nicht viel einzusacken, denn Verwandte väterlicherseits konnten ja nicht ausgemacht werden, und seine Mutter war im Jahre 1715 von einem Kossätenhof an der Netze nach Tamsel gekommen, doch seine Großeltern hatte er nie kennengelernt. Sie sollten, wie Sengebusch herausgebracht hatte, bei einer der großen Überschwemmungen zu Beginn des Jahrhunderts ums Leben gekommen sein. Johann trug es mit Gleichmut und Gelassenheit. Ein Spatz war ein Spatz und kein Adler, und was half es, wenn er andauernd klagte, kein Adler zu sein, er mußte zusehen, als Spatz ein gutes Leben zu führen. Und zu Weihnachten kam auch einer wie er auf seine Kosten. Sengebusch mit seinen fünf Hufen Land und sechs Pferden im Stall galt als reicher Bauer und wollte auch als solcher gelten, und schon von daher war er genötigt, sich, seiner Familie und seinem Gesinde zum Fest ein üppiges Mahl zu bescheren. Neben dem Weihnachtsstollen wurden neun Schüsseln aufgetischt: Grünkohl, Wurst, Schweinefleisch, Sauerkraut, Mohnklöße, Karpfen, gebackene Birnen, Pilze und Butternudeln. Johann stopfte alles in sich hinein und hatte das Gefühl, jeden Augenblick zu platzen. Auch Bier durfte er trinken und war dann so fröhlich wie die anderen, als Bäuerin und Bauer in der Nacht um die Obstbäume tanzten und sie mit alten Kleidern behängten, damit sie im nächsten Jahr besonders gut trugen. Heinrich und er bekamen den Auftrag, alle Fischgräten zu sammeln und unter den Birnen-, Pflaumen-, Kirsch- und Apfelbäumen zu vergraben. Auch das sollte helfen, mehr Früchte anzusetzen. Lustig war auch, daß sich Heinrich und der Bauer in der Christnacht unbekleidet in der Spinnstube einschlossen und einen Faden spannen, den sie sich dann unbenetzt um den Hals wanden. Das sollte das ganze nächste Jahr über davor schützen, sich aufzuhängen.

Zwischen Weihnachten und Neujahr kam überraschend Besuch. Das heißt, so überraschend kam er nicht, denn Heinrich Sengebusch war nicht nur Brot in die Tasse gefallen, was immer auf Besuch hindeutete, sondern Wilhelmine hatte auch gesehen, wie sich die schwarzweiße Katze auffallend sorgfältig putzte. »Das gibt Besuch!« – »Wo putzt sie sich denn?« Tat sie das vorn, verhieß es einen Mann, und putzte sie sich hinten, nahte eine Frau. »Am Schwanz ...« – »O Gott, unangenehmer Besuch.«

Es waren die entfernten Verwandten aus Wilkersdorf, die dann kamen, der Laßbauer Trebbin mit seiner Frau und zwei jüngeren Kindern. Der älteste Sohn, Jochen, hatte das Spießrutenlaufen überlebt, saß aber immer noch im Kerker. Bärbel Trebbin war eine der vielen Cousinen der Bäuerin, und Auguste Sengebusch gab sich geschäftig.

»Wir wollen nur ganz kurz hereinschauen«, sagte Trebbin.

»Setzt euch und eßt etwas.«

Johann wußte, daß die Bäuerin ihre Wilkersdorfer Base nicht sonderlich mochte, denn die hatte ihr vor zwanzig Jahren fast den Mann vor der Nase weggeschnappt, ihren Ferdinand, und daß sie die Bärbel am liebsten sofort wieder auf die Straße gesetzt hätte, doch die Gastfreundschaft war einzuhalten, sonst passierte Schlimmes. Wenn der Gast sich nicht setzte und ein paar Bissen aß und etwas trank, dann war der Hausfrieden dahin. »Ist der Gast auch noch so schlecht«, hatte Oma Sengebusch immer gerufen, »er kriegt sein Bier und hat sein Recht.«

Trebbin also bekam sein Bier, und von nun an hieß es, Vorsicht walten zu lassen. Zuerst einmal mußte man Trebbin daran hindern, den Schaum wegzublasen, denn geschah das, war man auf Sengebuschs Hof nicht mehr gegen Hexen gefeit. Auch durfte in einen leer gewordenen Humpen erst nachgeschenkt werden, wenn er völlig ausgetrunken war, sonst drohte Pech in der Liebe. Und in dieser Angelegenheit waren Wilhelmine und vor allem Elisabeth, ihre ältere Schwester, voller Ängste. Noch schlimmer war es, stießen sie den vollen Humpen um, denn dann war sicher, daß sie ein uneheliches Kind bekamen. Und wie furchtbar das war, hatte sich ja bei Johanns leiblicher Mutter gezeigt.

Es gab viel zu bereden. In Wilkersdorf hatte es gebrannt, und Trebbin gab seinem Sohn die Schuld daran, weil er

Hirschkäfer ins Haus gebracht hatte, die doch im Verdacht standen, mit ihren Zangen glühende Kohlestückchen auf den Dachboden zu tragen. Viel wurde auch über Oma Sengebuschs Tod geredet und all die Krankheiten, die einen so bedrohten. Gegen Fieber helfe es am besten, erklärte Bärbel Trebbin, ein Ei im Urin des Kranken zu kochen, seine Schale anzuschlagen und es dann in einen Ameisenhaufen zu stekken. »Die Ameisen tragen das Fieber dann weg.« Und als Sengebusch sagte, die Gicht in den Zehen mache ihm zunehmend zu schaffen, wurde ihm angeraten, diese mit Friedhofserde einzureiben. Und gegen Johanns Warze an der linken Hand empfahl sie Schneckenschleim.

»Da, was ist das ...?« Bärbel Trebbin hatte den Kopf gehoben und lauschte, wobei sie angestrengt ihr mit Spitzen besetztes Taschentuch in der rechten Hand durchwalkte.

»Ein Rabe ...«

»Ruft er nachts, ist eure Oma noch am Leben.«

»Es ist noch nicht Nacht.«

»Paßt aber auf.« Sie nahm ihr Taschentüchlein, um sich den Schweiß von der Stirn zu wischen. Dieses Tuch war ihr ganzer Stolz. Die Schwedter Markgräfin Sophie Dorothee hatte es in Küstrin verloren, und sie, hinter ihr gehend, hatte es aufgehoben und an sich genommen.

Nun wurde über Kleider geredet, und die Base aus Wilkersdorf war entsetzt, als sie erfuhr, daß man bei Sengebuschs nachts genäht hatte. »Wer nachts näht, der näht sein eigenes Sterbekleid. Also darum ist eure Oma gestorben!«

Die vier Mädchen, neben Wilhelmine Sengebusch und ihrer Schwester Elisabeth noch die beiden Töchter der Trebbins, hatten sich längst auf die Ofenbank zurückgezogen, um zu flüstern. Über die Liebe. Johann und Heinrich taten so, als interessiere sie das nicht, doch in Wirklichkeit hatten sie die Ohren gespitzt.

»Bei uns hat sich eine in die linke Hand gestochen, in den kleinen Finger«, erzählte die eine Base aus dem Nachbardorf, »und den Blutstropfen dann dem Matthias in das Haar getupft, damit er sie nimmt.«

Und dann spielten sie Orakel, das heißt, sie zogen sich an den Fingerknöcheln und lauschten, wie oft es knackte. Jedes Gelenkknacken bedeutete einen Liebhaber. Sie lachten sich scheckig dabei.

Im selben Augenblick war es am Tisch bei den Erwachsenen still geworden, denn Trebbin hatte sich arglos die Schuhe geputzt, woraufhin Auguste Sengebusch ausrief: »Wer sich die Schuhe an den Füßen putzt, wird eines schweren Todes sterben.« Um dieses abzuwenden, spuckte nun Trebbin dreimal auf den Boden, was ihm böse Blicke der Sengebuschs einbrachte. Dennoch schienen die Trebbins gar nicht mehr gehen zu wollen, erst als Auguste Sengebusch der Bissen Schinkenbrot, der für ihre Base bestimmt war, zu Boden fiel, brachen sie auf.

»Siehst du«, sagte Bärbel zu ihrem Mann, »ich wußte ja, daß sie uns nichts gönnen.« Lag das Brot auf der Erde, fuhren dämonische Kräfte hinein, und die setzten dann an, ihren Körper zu zerstören, wenn sie es aß. »Kommt.«

Als sie endlich vom Hof waren, feixte Auguste Sengebusch, denn ihre Cousine hatte ihre Reliquie vergessen: das Taschentuch der Markgräfin. »Wer umkehrt, um was Vergessenes mitzunehmen, den wird ein Unglück ereilen.« Wie ihre Schwiegermutter immer gesagt hatte.

Dann kam mit der Silvesternacht ein weiterer Höhepunkt des Jahres. Das Blei zum Gießen war Sengebusch zu teuer, und so suchte man die Zukunft aus den geringelten Schalen eines abgeschälten Apfels zu deuten. Insbesondere Elisabeth wollte wissen, ob sie endlich einen Bräutigam finden würde. Wilhelmine hatte Johann zugeflüstert, sie wünsche sich, daß der Jochen Trebbin ihr Schatz würde, doch man war sich sicher, daß ihr Vater sie eher erschlagen würde, als ihr zu gestatten, diesen Verbrecher zu heiraten. Die Apfelschalen erbrachten nichts.

Wieder gab es ein üppiges Mahl, diesmal aber war viel

Hirse dabei, und jeder nahm beim Essen einen Löffel voll Hirse und warf ihn in die Ecke der Stube, auf daß den Sengebuschs im neuen Jahr das Geld nicht ausgehen möge. Der Rest des Hirsebreis wurde am Neujahrstag als Gabe für die Hausgeister in die oberen Zimmer gebracht.

Als die Glocken von der Kirche am Schloß das Jahr 1732 einläuteten, zogen sie sich an, um zum Gottesdienst zu gehen. Johann lief noch schnell in den Pferdestall hinüber, um seine Suleika tüchtig zu liebkosen. Als er zurückkam, sah er in der Küche noch einen Lichtschein und trat näher ans Fenster, um nachzuschauen, ob der Kienspan vielleicht einen Brand auslösen könnte. Als er sein Gesicht gegen die Fensterscheibe preßte, um durch die Eisblumen hindurch ins Innere sehen zu können, prallte er zurück. Auf dem Ofen stand Elisabeth, gänzlich nackt. Er lief rot an und eilte den anderen hinterher. Elisabeth tat alles, um in die Zukunft zu schauen, um zu erfahren, ob ihr das neue Jahr endlich Mann und Kind bescherte.

Und wie der Zufall es wollte, traf er vor der Kirche auf die von Wreechs und wäre fast gegen den aufgewölbten Leib der Herrin gestoßen. Johann verbeugte sich tief und sah, daß der Herr von Wreech sehr stolz darauf war, nun endlich Vater zu werden. Ob sie das Kind, fragte sich Johann, wenn es ein Sohn würde, wohl Friedrich nannten? Oder andernfalls Friederike?

Nun, was er im neuen Jahr beobachten konnte, das konnte er sich nicht recht zusammenreimen. Es schien ihm, daß Luise Eleonore, je näher ihre Niederkunft rückte, immer mehr auf Distanz zu Friedrich ging. Eines Tages fand er dann beim verbotenen, aber lustvollen Stöbern einen Brief des Kronprinzen an sie. Um ihn zu übersetzen, brauchte Johann viele Stunden: »So schicke ich Ihnen denn mein Bild. Ich hoffe, daß es mich wenigstens dann und wann in Ihre Erinnerung bringen und Sie zu dem Zugeständnis veranlassen wird: er war au fond ein guter Junge *(un assez bon garçon)*, aber er langweilte mich, denn er liebte mich zu sehr und brachte mich oft in Verzweiflung mit seiner unbequemen Liebe.«

Am 27. Mai 1732 wurde Luise Eleonore von Wreech, geborene von Schöning, von einer gesunden Tochter entbunden. Man gab ihr den Namen … Friederike.

Ganz präzise zwar: Sophie Friederike, aber für Johann machte das keinen Unterschied.

## Kapitel 3

### 1736–1740

Als Johann neunzehn Jahre alt geworden war, wußte er zwar seit langem, daß die Erde eine Kugel war, dennoch bestand für ihn vom Gefühl her die Welt lediglich aus einer Art buntgeschecktem Fell mit einigen wenigen Ländern, neben Preußen nur noch Österreich, Frankreich, England, Rußland und Schweden. Und wenn man ihn fragte, welche Städte er in Preußen kannte, dann kniff er die Augen zu, um kurz nachzudenken: »Berlin und Potsdam, Küstrin und Frankfurt, Cottbus, Königsberg … und … und … Schwedt.« Daß er Schwedt nannte, mochte viele in Erstaunen versetzen, doch in Tamsel erzählte man viel vom »tollen Markgrafen«, dem exakt 1700 geborenen Markgrafen Friedrich Wilhelm von Brandenburg-Schwedt, dem Enkel des Großen Kurfürsten und Schwager des Kronprinzen Friedrich. Auch in Küstrin, während Johanns Zeit beim Garnisonsregiment, hatte man viel von ihm gesprochen, doch noch nie hatte er ihn zu Gesicht bekommen.

Ach ja, Küstrin, das tägliche Exerzieren bis zum Erbrechen: Das Gewehr hoch. – Ziehet den Hahn auf. – Das Gewehr hoch, schlagt an, gebt Feuer. – Setzt ab. – Wischt und blaset die Pfanne aus. – Bringt den Hahn in die Ruhe. – Das Gewehr hoch. – Schwenkt euch zur Ladung. – Pulver auf die Pfanne. – Ergreift die Patrone. – Und so weiter und so fort, bis sie endlich mit Hilfe des Ladestockes im Laufe war und das Kommando kam: Präsentiert das Gewehr. Nein, die Infanterie war nichts für ihn. Richtige Soldaten, die hatten auf einem Pferd zu sitzen und mit Lanze oder Säbel zu kämpfen, doch selbst von Wreechs Einfluß hatte bislang nicht ausgereicht, ihn zu den Kürassieren, Husaren,

Dragonern oder Ulanen zu bringen. Wer war er denn? Ein simpler Bauernbursche ohne rechten Vater.

Um bei seinen Pferden zu sein, war er aus Oma Sengebuschs Stube ausgezogen und schlief wieder im Stall. Ansonsten verlief ein Tag wie der andere. Er hatte die Ställe auszumisten, das Vieh zu tränken, junge Pferde zuzureiten und ab und an Dienste zu leisten, die der Bauer dem Gute schuldig war. Durch nichts anderes fiel er im Dorfe auf als dadurch, daß er ein halber Pferdemensch war, ein Zentaur, wie Herr von Wreech des öfteren sagte. Wenn es um Pferde ging, war er allen voraus, nicht aber bei den Mädchen. Wenn sein Freund Georg Strohmattias ausführlich darüber berichtete, wie er es mit einer willigen Magd nebenan in Warnick immer wieder trieb, dann erregte ihn das wenig. Zwar träumte er des öfteren, wie der neue Hengst Suleika deckte, und hatte dann ein feuchtes Nachthemd, doch an eine Frau mit geöffnetem Schoß dachte er nie. Da sah er immer seine Mutter auf der Liebes-Insel liegen, ganz allein, und dann seinen Kopf auftauchen. Das nahm ihm jede Lust. Das heißt, einmal wäre es doch um ein Haar soweit gewesen, da hatte er mit Anna Schnabel, einer Kossätentochter, nach dem Tanz im Krug auf dem Heuboden gelegen – und dann war es nicht gegangen. Sie hatte nach Kernseife gerochen, so furchtbar nach Seife und nicht nach Suleika und Heu. Anna hatte ihn weggestoßen und gerufen: »Geh doch in deinen Stall und mach's mit deiner Stute!« Das wollte er nun auch wieder nicht, aber er konnte sich nicht vorstellen, daß es Spaß machte, wenn eine Frau nicht diesen Geruch hatte, den einzigen, der ihn scharf machte.

Heinrich Sengebusch scheuchte ihn vom Lager hoch. Er solle sich beeilen, der Herr von Wreech habe ein neues Pferd bekommen, einen Araberhengst mit Namen Chaireddin. So etwas ließ sich Johann nicht zweimal sagen, und in der Tat war der Schimmel ein Tier von seltener Schönheit und Rasse.

»Nur läßt er sich nicht reiten«, stöhnte Herr von Wreech. Drei Stallknechte waren vonnöten, Chaireddin zu bändigen.

»Ich kann's ja mal probieren«, sagte Johann, ohne es so richtig ernst zu meinen. Oder meinte er es doch?

Herr von Wreech winkte ab. »Den Hals brechen willst du dir, nein.« Schließlich blieb ihm nichts anderes übrig, als Chaireddin auf die Koppel zu lassen und sich damit zu trösten, daß ja auch sein bloßer Anblick ein Grund zur Freude sei.

Immer wieder stand nun Johann am Zaun, bestaunte den Araber mit großen Kinderaugen und sah sich mit ihm durchs Morgenland reiten. Chaireddins wegen vergaß er wieder und wieder seine Pflichten, so daß er von Sengebusch mehrmals Prügel bezog.

So auch an diesem Morgen zwischen Ostern und Pfingsten, als er es verabsäumt hatte, eine Mandel Eier ins Schloß zu tragen.

Und der Bauer hörte mit dem Schimpfen gar nicht mehr auf. »Wenn das so weitergeht mit dir, dann kommst du mir vom Hof, verstanden! Dick, dumm, faul und gefräßig, wie du bist. Ich kann dir auch sagen, wer dein Vater gewesen ist: dieser stinkende Landstreicher, der sich vor zwanzig Jahren hier rumgetrieben hat, der Nante, dieser Faulpelz und Säufer.«

Um weiteren Hieben zu entgehen, trabte Johann los. In der Schloßküche blieb er eine Weile auf einem Schemel sitzen und sah der Köchin zu. Sie hieß Johanne, wie seine Mutter, und er stellte sich vor, wie seine Mutter hier gestanden und Bratensoße angerührt hatte. Mit ihm im Leib. Und keiner hatte es wissen dürfen. Warum? Weil das Kind von einem stinkenden Landstreicher gezeugt worden war – oder aber von einem Fürsten ... In beiden Fällen wäre sie ins Gerede gekommen. Wahrscheinlich hatte sie versucht, ihn, für den sie wohl nie einen Namen gehabt hatte, irgendwie wegzumachen. Was mißlungen war. Womit sie nur noch eine Möglichkeit gesehen hatte: das Kind unbemerkt zur Welt zu bringen und dann auszusetzen. In einem Weidenkörbchen die Warthe hinunterschwimmen zu lassen. Wie sie das einst mit Moses gemacht hatten. Davon würde sie in der Kirche gehört haben. Das erklärte auch, warum sie auf die Liebes-Insel gegangen war, als sie die ersten Wehen verspürt hatte.

Johann schrak hoch. Draußen vor dem Schloß wurden Hurrarufe laut.

»Der Markgraf aus Schwedt ist heute zu Gast«, erklärte ihm die Köchin. Johann stürzte hinaus.

Auf dem Areal zwischen Schloß und Kirche waren sie alle zusammengeströmt, um zu sehen, was es da gab, und einen Blick auf den hochgeborenen Gast zu werfen. An der Spitze Martin Zander, der Schulze von Tamsel, und Martin Grape, der Schulze aus dem benachbarten Warnick, das ebenfalls den von Wreechs gehörte, ferner der Adjunktarius Friderik Adolphy, die Gerichtsmänner aus Tamsel und Warnick, als da waren Hannes Zander, Christophel Vocht, Christophel Kienitz, Jacobus Wedemann und Martin Kienitz. Ferner gafften die Bauern und Kossäten Ferdinand Sengebusch, Georg Gädecke, Bernd Zöllner, Martin Herrmann, Martin Pirtzel, Christoph Vogt, Georg Strohmattias, Christian Materna, Georg Siebert und Hans Rosenthal nebst ihren Frauen, Kindern, Mägden und Knechten. Kurzum, das ganze Dorf war auf den Beinen. Johann schlängelte sich durch die Schauenden hindurch, bis er in der ersten Reihe stand. Schauspiele wie diese gab es selten, und natürlich wollte er sich nichts entgehen lassen.

Johann musterte den Markgrafen mit klopfendem Herzen. Sechsunddreißig Jahre war der alt, also in den besten Mannesjahren. Gab es in seinem Gesicht irgendwelche Ähnlichkeiten mit ihm? Vielleicht die Augenbrauen, die bei ihm über der Nase zusammengewachsen waren: Ja und nein. Die kurzen Ohrläppchen. Die schmale Nase. Die etwas herabhängenden Mundwinkel. Vielleicht, vielleicht auch nicht. Und die Stimme des Blutes? Die sagte ihm ganz klar: Dies ist dein Vater. Er verspürte den starken Impuls, auf den Schwedter zuzulaufen, sich vor ihm niederzuwerfen, seine Beine zu umschlingen und ihn anzuflehen, die Wahrheit zu sagen. Doch Johann ließ es, denn er wußte, was es ihm eingebracht hätte: fürchterliche Prügel und ein paar Wochen Einzelhaft in der Küstriner Arrestzelle. Nein, seine Mutter war von irgendeinem hergelaufenen Kossätenknecht geschwängert worden, bestenfalls von einem liebestollen Husaren, und dann dem Irrsinn verfallen, in dem sie von ihrem Prinzen fabuliert hatte.

Der Markgraf hatte einen Pagen an seiner Seite, der den von Wreechs als Friedrich Wilhelm von Seydlitz vorgestellt wurde. »Geboren worden ist er zwar in Kalkar am Niederrhein, die Familie ist aber hier bei uns in der Neumark zu Hause, hinten in Schermeisel. Sein Vater ist 1702 in Schwedt ins Kürassier-Regiment Nr. 5 eingetreten, als Standartenjunker. Der Daniel Florian. Bis zum Schwadronchef hat er es gebracht. Nach seinem Tod hab' ich die Patenstelle angetreten, und nun sehen wir mal weiter. Reiten kann er jedenfalls.«

Seydlitz gefiel Johann auf den ersten Blick. Drei, vier Jahre jünger mochte er sein, und wie er da lässig seine Tonpfeife rauchte, so taten es sicherlich auch die Kavaliere in Versailles. Frau von Wreech hatte dasselbe Glitzern in den Augen wie damals, als sie sich im Park mit dem Kronprinzen vergnügt hatte. Jedenfalls, das flüsterten sie alle in der Runde, dieser Seydlitz, der hatte das gewisse Etwas und übertraf selbst den »tollen Markgrafen« noch.

Die Wreechs und ihr hoher Besuch waren gerade dabei, ins Schloß zu gehen, um zu tafeln, als ein Aufschrei ertönte und die Menge zur Seite stob. Chaireddin, von Wreechs neuer Schimmelhengst, kam herangefegt und schleifte zwei Bereiter neben sich her, als seien sie bloße Vogelscheuchen. Erst auf der Rampe des Schlosses gewannen sie wieder so weit Gewalt über ihn, daß sie ihn wenigstens zum Stehen brachten. Doch er stieg und keilte noch immer wie von Sinnen.

»Was für ein Pferd!« rief der Markgraf voller Entzücken und blickte zum jungen Seydlitz hinüber. »Den Burschen zu zähmen, das wäre was für Euch ...«

Und als Seydlitz eine Sekunde zögerte, ging Frau von Wreech dazwischen. »Das schafft doch unser Johann auch.«

Die Blicke der Dörfler fuhren herum und trafen Johann wie glühende Pfeile. Feuerrot stand er da und wäre am liebsten im Boden versunken. Instinktiv wählte er die Taktik »toter Käfer« und rührte sich nicht.

Sekunden vergingen. Da stieß ihn sein Freund Georg Strohmattias nach vorn: »Mensch, los, du kannst es!«

So stolperte Johann in den Kreis, der sich um das tobende Pferd gebildet hatte, bis er vor Markgraf Friedrich Wilhelm stand. Der lachte und meinte, daß dieses Abenteuer nur überleben könne, wer echtes Reiterblut in den Adern habe.

Darauf entgegnete die Frau von Wreech etwas in französischer Sprache, das Johann nicht verstand, den Markgrafen aber dazu brachte, ihn aufmerksamer zu mustern als bislang. Es wurde ein langer Blick, und Friedrich Wilhelm schien sich an etwas erinnern zu wollen. Irgendwie blieb er unentschlossen, bis Frau von Wreech wieder etwas auf französisch sagte. Johann übersetzte es für sich mit: »Es wäre ja ein leichtes, mein Lieber, den Beweis dafür zu haben« – es konnte aber auch ganz etwas anderes sein, was sie gemeint hatte.

Wie auch immer, der Markgraf fragte Johann, ob er es sich zutraue, Chaireddin gefügig zu machen. »Weder Sattel noch Decke dabei, von Bügeln ganz zu schweigen, nur mit dem Trensenzügel, bestenfalls.«

Johann stand da und war wie erstarrt. Dabei war die Sache einfach genug: Schaffte er es, konnte er den Markgrafen fragen, ob er ihn nicht nach Schwedt zu den Kürassieren mitnähme – und dann hätte sich sein größter Traum erfüllt. Schaffte er es nicht, konnten sie ihn neben seiner Mutter auf dem Tamseler Friedhof begraben, denn wer von diesem Chaireddin abgeworfen wurde, brach sich mit Sicherheit den Hals. Natürlich gab es keine Trommeln, aber Johann glaubte dennoch ihren dumpfen Wirbel zu hören. Wie vor

Kattes Hinrichtung in Küstrin. Es waren die Sekunden, in denen sich sein Leben entschied.

»Nein!« rief da Auguste Sengebusch, die Bäuerin, die ihn großgezogen hatte. »Laßt ihn nicht sterben, er ist noch so jung.« Sie wollte nach vorne stürzen, um ihren Ziehsohn wegzureißen von diesem teuflischen Schimmel.

Heinrich, ihr Sohn, fiel ihr in den Arm. »Mutter, er kann es!«

Johann hatte jeden eigenen Willen verloren, er fühlte nur noch, daß mit ihm etwas geschah, das er nicht mehr beeinflussen konnte. Er bewegte sich, ohne es zu wollen. Wie im Traum war alles, so schwebend und so ungewiß. Von dem Augenblick, wo sich seine Füße in Bewegung setzten, bis zum Griff nach der Trense schien eine Ewigkeit vergangen zu sein. Die Dimension der Zeit gab es nicht mehr. Alles dehnte sich ins Unendliche. Die beiden Reitknechte sprangen zurück. Er hielt die Trense, hielt die Trense, hielt die Trense ...

Sein Blick fiel auf das blaßrosa Maul des Schimmels, und er fühlte mit ihm den Schmerz, den ihm die rohen Knechte zugefügt hatten, war mehr das Tier Chaireddin als der Mensch Johann Bosetzki. Was erwartete der Hengst von ihm? Daß er ihm liebkosend über die Nüstern strich. Johann tat es. Daß er beruhigend auf ihn einredete. Auch dem folgte Johann. Sie sprachen miteinander.

»Laß mich in Ruhe auf die Weide zurück«, sagte Chaireddin.

»Ich muß auf dir geritten sein, mein Leben hängt davon ab.«

»Ich kann es nicht dulden, mein Stolz verbietet es.«

»Nun gut, dann ...« Johann tat so, als wolle er von seiner Absicht ablassen, um den Schimmel damit zu überlisten. Schon setzte er an, sich auf seinen Rücken zu schwingen. Doch Chaireddin hatte aufgepaßt und nahm ihm diese Attacke außerordentlich übel. Er sprang zur Seite, wieherte wie von Sinnen, keilte aus und stieg. Johann packte den

Zügel noch fester und ließ ihn gewähren. Wieder verfiel er in Trance, bis ihn plötzlich ein unerwarteter Impuls nach oben schnellen ließ. Und dann saß er auf dem Rücken des Hengstes. Seydlitz und der Markgraf klatschten Beifall, Johanns Freunde und Ziehgeschwister riefen »Hoch!« und »Hurra!«.

Schon frohlockte Johann und glaubte, das Spiel gewonnen zu haben, da schlug Chaireddin derart mit dem Kopf nach hinten, daß er für einige Atemzüge das Bewußtsein verlor und zurück zur Erde glitt. Das Blut schoß ihm aus der Nase, Lippen und Kiefer waren wie gelähmt, seine Zähne wakkelten.

»Da haben Sie den Beweis«, rief der Markgraf der Schloßherrin zu. »War wohl nichts mit Ihrer Vermutung.«

»Brecht ab, brecht ab!« schrie Auguste Sengebusch. »Er hat doch keinem was getan, er ist doch immer ein guter Junge gewesen.«

Johann war wieder zu sich gekommen. Sein Gesicht war feucht von Blut und Schweiß und der Schmerz schwer erträglich. Doch er ließ die Zügel nicht los. Wieder versuchte er sich in die Lage des Pferdes zu versetzen. Wahrscheinlich nahm Chaireddin dies wie einen Kampf zwischen sich und einem anderen Hengst. Wer war der Stärkere und Führer der Herde? Ohne Kraft und Gewalt ging es wohl nicht. Nun gut. Er bat Heinrich, dem Pferd etwas hinzuhalten, das wie ein Leckerbissen aussah, dann wagte er es erneut. Und diesmal paßte er auf. Als seine Schenkel zur Zange wurden, schoß Chaireddins Kopf abermals nach hinten, doch diesmal war er schneller.

Alles hielt den Atem an. Der Schimmel stand friedlich da wie ein Lamm, bebte aber am ganzen Leib. Johann wußte, was nun kam. Daß er sich hinwerfen wollte, um ihn mit seinem sich wälzenden Körper zu erdrücken. Doch Johann war stärker, und Chaireddin blieb nur noch zu buckeln und, da auch dies umsonst war, mit einem Hechtsprung davonzuschießen. Es wurde ein Wahnsinnsgalopp, doch Johann wußte, daß er bereits gewonnen hatte. Über Zäune und Gräben jagte Chaireddin mit ihm, und immer mehr verwuchsen sie zu einer Einheit von Mensch und Tier, so daß der Hengst gar nicht mehr merkte, welche Last er trug, also auch den Drang verlor, Johann abzuwerfen.

Nach gut einer halben Stunde kam er zum Schloß zurückgeritten. Stolz und im Siegesrausch, zugleich aber auch furchtbar leer und ausgebrannt. So nahm er nicht mehr recht wahr, wie ihm Seydlitz vom Pferd half und der Markgraf auf ihn zutrat.

»Gratulation. Das hat Er prachtvoll gemacht. Ich will sehen, daß ich Ihn als Kürassier in mein Regiment bekomme.«

»Gebet Achtung!« schrie der Kommandeur, und während die Paukenschläge ertönten – eins, zwei, drei, vier –, ritten der 1. Leutnant und der 1. Kornett auf den rechten Flügel des Eskadrons und der Rittmeister mit dem anderen Leutnant und Kornett auf den linken Flügel, so daß ein jeder ein Glied bedeckte.

»Mit viertens rechts um, kehrt euch!«

Johann liebte das Exerzieren, und hurtig wendete er sein Pferd. Es war herrlich, wie das alles funktionierte. Keine Maschine konnte so präzise sein.

»Mit viertens herstellt euch!« Und als das geschehen war, kam das Kommando: »Der dritte und der vierte Zug rechts *doubliret* hinter den Mann!«

Auf diesen Befehl hin zogen die Reiter der genannten Züge ihre Pferde zurück, schoben sich zwischen den Gliedern des ersten und des zweiten Zuges hindurch und schlossen dann rechter Hand so weit auf, bis sie einen Vordermann hatten.

»Herstellet euch!«

Johann, der zum dritten Zug gehörte, warf die Augen nach der linken Hand, legte den rechten Schenkel an und zog sich mit größtmöglicher Schnelligkeit linker Hand wieder aus der Ordnung heraus, um sich in gerader Linie mit den Gliedern des ersten und des zweiten Zuges auszurichten.

»Der erste und der zweite Zug links *doubliret* hinter den Mann!«

»Herstellet euch!«

»Zwei hinterste Glieder vorwärts, schließt euch!«

»Die ganze Eskadron vorwärts. Marsch!«

Johann liebkoste den Hals seines Pferdes, weil es ihm trefflich gehorcht hatte. Der Kommandeur sah das und lobte ihn später dafür. »Brav so! Es ist Seiner Königlichen Majestät vornehmste Intention, daß die Reiter eine rechte Liebe zu ihren Pferden bekommen.«

Großer Wert wurde auf die richtige Haltung gelegt, und immer wieder bekam Johann Sätze wie diese zu hören: »Die Reiter müssen, wenn sie zu Pferde sitzen, die Augen allezeit über der rechten Schulter nach der rechten Hand haben, dürfen den Kopf nicht rühren, nämlich nicht vorwärts, hinterwärts oder links sich umsehen, nicht plaudern, sondern ganz stille und gerade zu Pferde sitzen und sich *bon air* geben. Also, ich wiederhole: Die Leiber brav zurückhalten, nicht plaudern und nicht lärmen und die hintersten Glieder allemal geschlossen halten.«

Auch der Gebrauch der Waffen vom Sattel aus wurde Tag für Tag geübt.

»Das Einhauen, Kerls, ist eine hohe Kunst!« Der Rittmeister demonstrierte es mit Hilfe seines Degens und eines Kohlkopfes. »Wenn ein Reiter sich dabei im Sattel hebt und den Hieb von oben herunter vollführt, hat das doppelt soviel Wucht, als wenn im Sitzen gehauen wird. Und ihr müßt den Degen so halten, daß ihr mit der Schärfe und nicht mit der Fläche trefft.«

Auch das hatte er in Tamsel genügend geübt, um hier zu den Besten zu gehören, nur im Umgang mit dem Gewehr hatte Johann einige Schwierigkeiten.

»Eskadron, macht euch fertig! Schlaget an! Feuer!«

Es kam darauf an, daß ein Schuß unmittelbar auf den

anderen folgte, und da hinkte er öfter hinterher und bekam Ärger.

Noch weniger Spaß hatte er, wenn sie zu Fuß *tressiret* wurden, wie die Offiziere das ausdrückten, vor allen Dingen, wenn es ans Schießen ging, ans Kloppen der Griffe.

»Herhören! Erstens: Man greifet mit der rechten Hand unter den Hahn und drehet das Schloß auswärts! Zweitens: Man bringet mit der rechten Hand sehr geschwinde das Gewehr hoch, das Schloß gegen den Mund und die linke Hand vom Kolben über das Schloß, wobei der kleine Finger dicht an die Pfannfeder und der Daumen am Schaft gegen das Gesicht zu liegen kommt.«

Johann haßte das, ebenso die Übungen mit dem Degen, bei denen es vier Tempi gab:

»Erstens: Man bringet den Degen mit ausgestrecktem Arm bis unter die Brust gerade in die Höhe. Zweitens: Man lässet mit ausgestrecktem Arm mit einem Ruck die Spitze des Degens heruntersinken. Drittens: Man bringet den Degen mit ausgestrecktem Arm mit einem Ruck wieder in die Höhe wie vorhero. Viertens: Man bringet den Degen wieder an den Leib und hält ihn wie vorhero.«

Das übten sie, bis es ihnen in Fleisch und Blut übergegangen war, und Johann schreckte manchmal noch aus dem Schlaf auf, weil er im Traum so exerziert hatte. Doch er hatte sich schnell eingelebt und Tamsel bald vergessen, zumal ihm gestattet worden war, Suleika mitzubringen. Mit den Kameraden gab es keine Schwierigkeiten, und er wuchs ohne Probleme in das Kürassier-Regiment Markgraf Friedrich hinein, dessen Kommandeur der Oberst von Rochow war. Niemanden kümmerte es, daß er als einziger nicht von Adel war. Der Markgraf habe einen Narren an ihm gefressen, hieß es, und der junge Seydlitz sei mit ihm befreundet, das reichte. Man fragte nicht viel in Schwedt. Nur Isa von Chalezac, Hofdame und favorisierte Mätresse Friedrich Wilhelms, war ein wenig neugierig geworden und hatte ihn auszuforschen versucht. Schwedt war schon eine andere Welt, und gemessen am hiesigen Schloß war das in Tamsel doch mehr ein Herrenhaus. Schwedt, das war ein prachtvoller Renaissancebau, ein kleines Versailles, mit zwei schön gegliederten Seitenflügeln. Aus dem Innenhof hatte der Markgraf eine wahre Menagerie gemacht. Auf Holzgestellen hockten angekettete Affen, und sogar einen zahmen Jaguar konnte man bewundern. Ganz abgesehen von heimischen Tieren wie Füchsen, Hirschen, Rehen und Wildschweinen. Auch Elche gab es und Damhirsche, die zumeist vom Kammerjunker von Trotha gefüttert wurden. Sah man durch das schmiedeeiserne Tor mit den brandenburgischen Adlern, dehnte sich vor einem die Schloßfreiheit, neunzig Meter breit, von einer vierfachen Reihe Kastanien gesäumt. Schnurgerade lief die Allee bis zum Lustschloß Monplaisir, und die spielerisch hinter die Kastanien gesetzten Kavaliershäuser zeigten an, daß man in Schwedt zu genießen wußte. Von der rückwärtigen Front des Schlosses zog sich der Park bis an die Oder hinunter. Was die Liebe betraf, so trieb es der Markgraf so toll, daß ihm der gestrenge König Friedrich Wilhelm I., um die Leidenschaft zu zügeln, seine Tochter zur Frau gegeben hatte, doch Sophie Dorothee hatte bald resignieren müssen. Kaum eine Nacht verging, daß ihr Mann nicht in schwindelnder Höhe auf einem Brett vom Hauptgebäude zum Ostflügel des Schlosses hinüberbalancierte, wo die Hofdamen wohnten, die er favorisierte. Aus Angst um sein Leben, vielleicht auch, um ihn mit ihrer Toleranz zu schlagen, ließ sie ihm darum einen eisernen Verbindungssteg errichten, der beim Schwedter Volk alsbald die »Liebesbrücke« hieß.

Was Johann aber an Schwedt am meisten faszinierte, war die Reitbahn, die im Park gelegen war. Es war eine langgestreckte, wenn auch nicht hohe Halle mit immer ein wenig staubigen Fenstern. Als ihn Seydlitz zum ersten Mal dorthin mitnahm, war das für Johann einer der Höhepunkte seines Lebens.

Der Stallmeister Riediger, ein alter Rochow-Kürassier mit

auffallenden Säbelbeinen, liebte die Schulen Guerriniers und des Herzog von Newcastle »auf der Erde« und »über der Erde« und beherrschte auch das Hohe Spanische Reitzeremoniell mit Piaffe und Courbette, Levade, Ballotade und Kapriole. Er ließ Johann aufsitzen und gab ein paar Kommandos. Was der Junge aus Tamsel konnte, war beachtlich, und er brauchte nur noch wenige Korrekturen anzubringen. Da er von Seydlitz ab und an ein paar Silbergroschen dafür bekam, daß er sich um Johann kümmerte, durfte der sich auch in den weitläufigen Stallungen bewegen, als sei er dort zu Hause. Johann war stets von rauschhafter Freude erfüllt, wenn er durch die Reihen der Hengste und Stuten ging. Hunderte waren es. So etwas hatte er nicht einmal im Traum vor Augen gehabt. Ostpreußische Rappen gab es da, Araberschimmel – unter ihnen nun auch Chaireddin aus Tamsel, den der Markgraf dem Herrn von Wreech abgekauft hatte –, braune Holsteiner und englische Schweißfüchse. Und die Farbnuancen erst. Gescheckt, getigert und merkwürdig punktiert waren die Tiere, isabell- und apfelfarben, ein Hunter sogar von einem fast violetten Rot. Nach dem scharfen Aroma ihrer Leiber war er richtiggehend süchtig. Es versetzte ihn in eine Erregung, die viel größer war als jede erotische Begierde. Kein Schweif war kupiert, den edelsten Pferden wurde er allerdings eingeflochten wie auch die Mähne. Wenn Johann das Paradies gesucht hatte – hier war es.

Johann machte sich wieder auf den Weg zu seinem Regiment. Doch als er an der Rückfront des Schlosses vorüberkam, mußte er noch einmal verweilen. Dort führte nämlich auf beiden Seiten eine breite und mit Rasen belegte Rampe zum ersten Stockwerk des Schlosses hinauf, auf daß der Markgraf zum Essen reiten konnte. Da kam die wilde Jagd auch schon herangestürmt, und mit »Hurra!« ging es die Rampe zur Plattform hinauf. Der Markgraf hatte mit seinen Hunden die Tete, dann folgte eine Schar von Offizieren und Jägern. Oben im Saal setzten Mann für Mann über den gedeckten Tisch, kamen die Rampe wieder herunter und ritten in die Ställe. Johann konnte es nicht fassen, und sein sehnlichster Wunsch war es, einmal an Seydlitz' Seite mit von der Partie zu sein. Aber noch war ihre Freundschaft nicht so weit gediehen, zu groß war der Standesunterschied. Obwohl ... Johann wurde das Gefühl nicht los, daß der Markgraf seinen Pagen aufgefordert hatte, sich ein wenig um ihn zu kümmern.

So kam er eines Tages zu Johann in die Kaserne und fragte ihn, ob er Lust habe, an einem der ebenso berühmten wie berüchtigten Ausflüge ins Umland teilzunehmen.

»Und ob!«

Johann hatte seine Kameraden immer wieder von den Eskapaden des Markgrafen und seiner Freunde reden hören. Daß sie nackt auf ihren Pferden durch die Oder ritten, daß sie den Pferden Tücher um die Hufe wickelten, dann über das dünne, fast berstende Eis des Flusses ritten und mit dem Tod ihr Spielchen trieben, daß sie ihre Pferde so lange ins Dickicht der Wälder trieben, bis die Gesichter der Reiter bluteten und ihnen die Röcke in Fetzen hingen, daß sie ... Im Leerlauf drehten sich die Tage in Schwedt, und der Markgraf dürstete nach Leben und nach Zeugung, nach Spannung und Tod; er brauchte es, sich seinen Wagemut zu beweisen und an seine Grenzen zu gehen. Auch war viel Artistentum dabei.

Heute ging es südlich ins Odertal nach Criewen und Stolpe. Zuerst wollte Friedrich Wilhelm wissen, wem es am besten gelinge, mit der Pistole einen in die Luft geworfenen Dreispitz zu treffen – in vollem Galopp natürlich. Der Markgraf, Seydlitz und einige der mitreitenden Offiziere schafften es, Johann nicht. Das hatte er in Tamsel nicht ausreichend üben können.

Als nun die erste Windmühle auftauchte, wußte Johann, was fällig war. Riesig waren die Flügel, und Johann erschienen sie wie gewaltige Sensen, vom unsichtbaren Tod geschwungen. Wen der Flügelbalken traf, womöglich noch gegen den Kopf, der stand nie wieder auf. Johann begann unwillkürlich zu zählen, als der eine Balken gerade senkrecht stand. »Eins … zwei …« Ja, genau zwei Sekunden lang, nicht länger, hatte man ein Tor, durch das sich reiten ließ. Man mußte ruhig anreiten und genau den Moment erwischen, wo der eine Balken scheinbar stillstand, wie in die Erde gerammt, beziehungsweise eben wieder zu rotieren anfing. Der Markgraf schaffte es perfekt, Seydlitz und der Kammerjunker von Trotha waren nicht minder geschickt.

»Jetzt du!« Seydlitz winkte ihn heran.

Johann beugte sich ein wenig hinunter, um Suleika ins Ohr zu flüstern: »Jetzt verlaß mich nicht … Denk an Tamsel!« Da hatten sie so etwas des öfteren gewagt.

Ganz leicht gab ihr Johann die Sporen, sie galoppierte an und – es gelang. Seydlitz beglückwünschte ihn, und im Gesicht des Markgrafen war so etwas wie Stolz zu erkennen.

Nun ging es eine Weile so ruhig und gesittet zu, wie sich Friedrich Wilhelm I. in Berlin und Potsdam das Leben seines Schwagers an der Oder immer wieder gewünscht hatte. Dann aber kam ihm ganz zufällig einer der markgräflichen Jäger in einem vierspännigen Wagen entgegen. Sofort verlegte ihm der Markgraf den Weg und hieß ihn lachend, auszusteigen und sich für ein Weilchen die Beine zu vertreten. Schon saß er selber auf dem Kutschbock und winkte sowohl Seydlitz wie auch Johann herbei. »Jeder von euch auf einen der Tritte.« Der Page kam nach links, Johann nach rechts. »Jetzt los!«

Der Markgraf warf den Pferden die Leinen auf den Rücken und trieb sie mit der Peitsche zu schnellster Gangart an. Nun ging es über Stock und Stein, über Felder, Wiesen und Brachen hinweg, durch ein Dorf und manches Dickicht hindurch. Oft schwankte die Kutsche wie ein Schiff auf hoher Woge und rollte über viele Meter hinweg nur noch auf den beiden Rädern einer Seite – doch sie plumpste immer wieder ins Gleichgewicht zurück. Doch wie lange noch?

Da schrie der Markgraf: »Da kommt ein breiter Graben: Jetzt gilt es!«

Johann wußte, daß sie den als Sieger feierten, der am längsten auf dem Wagen blieb. Er schielte nach links. Der Markgraf machte noch keine Anstalten zum Abspringen, auch Seydlitz wirkte ruhig und gelassen, gelangweilt fast. Johann hatte Angst. Dies hatte er in Tamsel nicht üben können. So war es nicht Mut oder Tollkühnheit, was ihn trieb, die eiserne Stange am Bock des Jagdwagens mit beiden Händen zu umklammern, sondern Panik und Lähmung, ja schon fast Todesstarre. Er hatte keine Kraft, seine Finger zu öffnen. Ein letzter Peitschenhieb des Markgrafen. Die Pferde stiegen hoch und scheuten vor dem Graben. Doch Schwung und Masse des Wagens rissen sie weiter voran. Alle waren sie noch zehn Fuß vom kritischen Punkt entfernt. Da sprang der Markgraf ab, und Seydlitz folgte ihm einen Wimpernschlag später. Johann hingegen nicht.

Es war ihm, als stürze er in eine tiefe Schlucht hinab. Die Bretter des Wagens zersplitterten über ihm wie ein Holzhaus im Sturm. Das Hinterteil eines Pferdes traf ihn voll, und ein letztes Zucken im Hirn gaukelte ihm vor, ein Mehlsack wäre ihm vom höchsten Balken der Scheune auf den Kopf gefallen. Noch ein heller Blitz, dann versank er im schwarzen Nichts.

... und schaukelte und trieb dahin. Das Wasser des Grabens hatte ihn in die Oder gespült, nun trieb er dahin, der See entgegen. Ein Toter, eine Wasserleiche. Aus der Ferne klangen Stimmen herüber. Sicher, die Leute standen am Ufer und hatten ihn entdeckt.

»Jetzt kommt er wieder zu sich.«

»Ich wußte doch, daß der nicht totzukriegen ist.«

Jetzt dämmerte es Johann, daß das, was er da roch, kein Wasser war, sondern ein Pferdeleib. Wie kam er ...? Der Jagdwagen, der Graben, der schreckliche Sturz ... Er lag noch immer begraben unter dem Pferd, das ... Und das Pferd atmete noch.

»Holt mich hier raus!« schrie er.

»Er phantasiert schon, das Fieber.«

Es dauerte lange, bis Johann begriff, daß sie ihn aufs Pferd gebunden hatten. Bevor er die Augen aufschlug, probierte er, ob sich die Finger und die Zehen noch bewegen ließen. Ja. Obwohl es an vielen Stellen höllisch schmerzte. Wenn etwas gebrochen war, dann höchstens die eine oder andere Rippe. Er fuhr mit der Zunge über die Lippen. Blut, geronnenes Blut. Er wollte die Augen aufschlagen ... Es ging nicht, alles blieb dunkel.

»Ich bin blind geworden!« schrie er.

»Wasche ihm einer die Augen aus«, hörte er den Markgrafen sagen. »Die Lider sind ihm festgeklebt.«

Der Kammerjunker von Trotha tat es, und allmählich kehrte Johann in die Welt zurück.

Sie ritten weiter in Richtung Stolpe und beschlossen nach einer guten Weile, am Rande einer waldumsäumten Wiese Rast zu machen.

»Legt ihn da in die Büsche«, wies der Markgraf seinen Kammerjunker an, »in den Schatten. Wir warten, bis unsere Kutschen nachgekommen sind, die können ihn dann mit zurücknehmen nach Schwedt, wo ihn der Wundarzt anschauen soll.«

Johann glaubte nicht, daß er sich die Rippen gebrochen hatte, doch das Atmen fiel ihm schwer. Auch der Kopf schmerzte gewaltig, und ab und an schwanden ihm für Sekunden die Sinne. Seydlitz kam, brachte ihm ein feuchtes Tuch und drückte es auf seine Stirn.

Inzwischen waren auch die Kutschen mit der Markgräfin Sophie Dorothee und den Hofdamen herangekommen, und man ließ sich gemeinsam auf großen Decken nieder. Kaum hatte man begonnen, sich über die mitgeführten Speisen und Getränke herzumachen, zog am anderen Ende der Lichtung ein so kapitaler Hirsch vorbei, daß kaum einer in der Gruppe war, der kein »Ah!« und »Oh!« ausstieß. Ein Vierundzwanzigender sei es, sagte der Markgraf, sein Liebling, den keiner abschießen dürfe. Dabei klang er ein wenig mißmutig, was daran lag, daß der heutige Ausritt noch keinen Höhepunkt gehabt hatte, keine Sensation, etwas, das noch nie dagewesen war. Als er nun Seydlitz ansah, hatte er eine Idee ...

»Getraut Er sich, diesen Hirsch da zu reiten?«

»Wahnsinn!« rieten von Rochow und andere im Chor.

Allein Seydlitz war ruhig geblieben. »Ja, Euer Hoheit.«

Das Schauspiel, das sich ihnen nun bot, war für Johann das beste Lebenselixier.

Seydlitz hatte schon den Degen abgelegt, als Sophie Dorothee ihn zu hindern suchte. Doch der Page war nicht mehr umzustimmen, zumal Isa von Chalezac ihm aufmunternde und verheißungsvolle Blicke zuwarf. Johann richtete sich auf, stützte den Kopf auf die Arme, damit ihm nichts entging, und hielt den Atem an, als Seydlitz, schlank, stolz und schläfrig, aber immer sprungbereit wie der schwarze Panther des Markgrafen, von hinten auf den Hirsch zuging. Der hob den Kopf, hörte aber nicht auf zu äsen und zog unbeirrt auf Seydlitz zu. Angst kannte er nicht, vor wem auch sollte er sich fürchten, er herrschte hier. Da griff ihm Seydlitz ins Geweih. In der markgräflichen Gruppe schrien sie auf. Und hatten nun erst Grund dazu, als sich das riesige Tier, zu Tode erschrocken, aufbäumte und schüttelte, um dann in wilder Flucht davonzujagen. Sein Geweih war so scharf, daß es dem jungen Mann die Finger zerschnitt. Doch Seydlitz hielt es fest umklammert, er ließ sich nicht abschütteln. So flogen sie über die Wiese, und es war ein Bild wie auf den griechischen Vasen, die Johann noch aus Tamsel kannte. Da war der Wald heran, und wenn Seydlitz jetzt nicht ... Aber er schaffte den Absprung und stand wieder auf dem Boden, ohne daß er sich überschlagen hätte.

Alles jubelte und stürzte zu ihm hin, der Markgraf an der Spitze, um ihn zu beglückwünschen.

Nur Isa von Chalezac war zurückgeblieben. Sie ging zu

Johann, beugte sich zu ihm hinunter und fragte ihn, wie es ihm gehe.

»Danke ... Nur die Rippen ...«

Sie schob sein Hemd beiseite, um die schmerzende Stelle zu massieren. Bald aber wurde daraus ein Streicheln, eine immer zärtlichere Bewegung, und schließlich glitt ihre rechte Hand zu seiner Flöte hinunter, und die Kuppen ihrer schlanken Finger wollten auf ihr spielen, in der Hoffnung, daß sie immer länger wurde. Doch nichts geschah, Johann verkrampfte sich nur mehr und mehr. Zum einen war sie die Geliebte Friedrich Wilhelms, und er hatte Angst, aus Schwedt hinausgejagt zu werden, wenn es herauskam, daß sie auch für ihn den Schoß geöffnet hatte; und zum anderen spürte er irgendwie, daß sie nur sehen wolle, ob er so war wie der Markgraf, denn schon lange hatte sie ihn ja im Auge, wohl dem Gerücht nachgehend, er sei des Markgrafen Sohn und dieser hätte ihn nur deshalb zu seinen Kürassieren geholt. Hinzu kam noch, daß sie stark parfümiert war, und nicht Moschus und Sandelholz konnten ihn erregen, sondern ...

Isa von Chalezac kannte die Männer und lachte. »Bei Ihm geht es wohl nur, wenn Er Pferde riecht.«

Johann lief rot an, fühlte sich durchschaut und litt darunter, hörte sich aber sagen: »Ja, so ist es.«

Der Markgraf in Schwedt hatte seine Netze dicht über das Land zwischen Oder und Elbe gespannt und wußte deshalb alsbald, daß man in der Nacht vom 26. zum 27. Mai 1740 einen Boten von Potsdam nach Rheinsberg geschickt hatte mit der Nachricht: Des Königs Zustand verschlimmere sich zunehmend, und der Kronprinz möge eilends kommen.

»Das darf ich mir nicht entgehen lassen«, sagte der Markgraf und gab Seydlitz die Weisung, Pferde und Knechte bereitzuhalten. »Wir reiten nach Potsdam. Stirbt der alte König, hat der die besten Karten, der dem neuen als erster zujubelt.«

Seydlitz war sehr an Leuten gelegen, die das Tempo des

Markgrafen über viele Stunden hinweg mithalten konnten und lebensgefährliche Sprünge über Gräben und Mauern, standen die im Wege, nicht scheuten, und so war seine Wahl auch auf Johann Bosetzki gefallen, einen Pferdenarren, wie er selber einer war.

So standen sie dann am 31. Mai vormittags am Marstall, um zuzusehen, wie die schönsten Reitpferde des Königs unter dem Kommando des Alten Dessauers hinausgeführt wurden. Friedrich Wilhelm I. hatte sich drüben im Schloß ans Fenster tragen lassen, um dieses Schauspiel noch einmal zu genießen. Zum letzten Mal in seinem Leben. Als die Stallknechte offensichtlich die falschen Schabracken auflegten, hörte man ihn von oben rufen: »Wenn ich bloß gesund wäre, wie wollte ich die Schurken durchprügeln! Geh doch jemand hinunter und hau ihnen die Hucke voll ...«

Johann zuckte unwillkürlich zusammen und dachte an die beiden Male zurück, wo ihn der König tüchtig durchgewalkt hatte.

Seydlitz hatte gehört, daß der König unter Gicht, vor allem aber unter starker Wassersucht zu leiden habe. »Fürchterlich viel getrunken und gegessen hat er sein Leben lang. Da macht sein Herz nicht mehr mit, obwohl er seinen fünfzigsten Geburtstag erst vor zwei Jahren feierte.« Oft sei er vor Schwäche bei der Mahlzeit eingeschlafen. Er wußte auch von dem gewaltigen Rollstuhl, der für Friedrich Wilhelm I. mit seinen zweieinhalb Zentnern Gewicht gebaut worden war. »Und überall hat er sich Rampen anlegen lassen, damit er überhaupt noch in seine Schlösser hineinkommen kann.« Auch daß seine Liebe der Malkunst gegolten habe, hatte er gehört, und seine Gemälde so schlecht nicht seien. »Nur hat er sich die Umrisse von Johann Adelfing vorher malen lassen.«

»Wer hätte da nicht malen können«, lachte Johann. Es störte ihn, daß der alte König einer von den Pinselschwingern war. Ein Soldat hatte ein Soldat zu sein und sonst nichts auf der Welt.

Auch Seydlitz mochte Friedrich Wilhelm I. nicht sonderlich. »Daß er zu seinem Sohn so grausam war und den Katte hat köpfen lassen, ich weiß nicht ... Und es gibt viele hier in Preußen, die darauf hoffen, daß ein anderer König kommt. Der Landrat von Schomberg beispielsweise ...«

»Wieso das?«

»Der war auf dem Wege nach Spandau, als der König seinen Wagen anhielt und fragte: ›Was habt Ihr für eine Hure darinnen?‹ Antwortete der: ›Es ist meine Frau, des Obersten von Derschau Tochter.‹«

»Und – hat er sich entschuldigt?«

»Ja, aber vielleicht ist es doch Absicht gewesen, denn der Oberst Derschau hat im Köpenicker Kriegsgericht gesessen, das ihn mit seinen milden Sprüchen über Friedrich und den Katte so geärgert hat.«

Der Markgraf kam vorbei und erzählte ihnen, daß es der König nicht mehr lange machen werde. »Überall Ödeme. Das Gesicht ist braun und so mit Blut angefüllt, daß man zurückweichen möchte. Unterleib und Schenkel sind von einer wäßrigen Geschwulst befallen.« Und der Markgraf berichtete weiter, daß Friedrich, als er den König auf dem Schloßplatz im Rollstuhl gesehen habe, von diesem traurigen Anblick zu Tränen gerührt gewesen sei. Wortlos sei er dem weinenden Vater in die Arme gesunken, und der habe gesagt: »Ich habe dich immer väterlich geliebt, auch wenn ich streng gegen dich war ...«

Der Markgraf nahm nun Quartier in Potsdam, während Seydlitz und Johann beschlossen, nach Berlin zu reiten und sich dort ein wenig umzusehen.

Berlin im Jahre 1740 war eine Stadt der Gegensätze. Obwohl sich die Armut immer weiter ausbreitete, wurden die Gebäude und Parks der Residenz immer prächtiger. Erst 1709 hatten sich Berlin und Cölln mit Friedrichswerder, der Dorotheenstadt und der Friedrichstadt auf Weisung von Friedrich I. zu einer einzigen Stadtgemeinde zusammengeschlossen. Sitz des vereinigten Magistrats war das Cöllnische Rathaus am dortigen Fischmarkt. Man sprach auch schon, was die Musen anging, vom Spree-Athen. Antoine Pesne aus Frankreich war zum Hofmaler ernannt worden und lehrte gleichzeitig an der Berliner Kunstakademie. Die Hugenotten waren nach Berlin gekommen, hatten am Nordostufer der Spree den Stadtteil Moabit gegründet und taten nun das Ihrige, das Berliner Niveau ein wenig anzuheben. Auch was das Ökonomische betraf, kamen die Anstöße von außen, so wurde 1738 die erste Fabrik zur Herstellung von Rauch- und Schnupftabak von einem Franzosen aus Straßburg errichtet. Am oder besser im Lustgarten wurde die neue Börse errichtet. Selbstverständlich kam auch das Militär zu seinem Recht: Schon 1717 hatte Friedrich Wilhelm I. das Königliche Preußische Kadetten-Korps als Bildungsanstalt für den Offiziersnachwuchs gegründet. Und in den Hurenhäusern herrschte fröhliches Treiben, die diesbezüglichen Verbote des Königs fruchteten wenig. In den letzten siebenundzwanzig Jahren hatte sich die Einwohnerzahl der Residenz verdoppelt, und 1740 zählte man einundneunzigtausend Berlinerinnen und Berliner. Klar, daß es in der Stadt nicht immer edel roch, denn eine durchdachte Kanalisation gab es noch nicht. Erst vor fünf Jahren hatte Friedrich Wilhelm I. eine neue Gassenordnung erlassen, nach der die Nachttöpfe nur noch nachts sowie an bestimmten Stellen in die Spree entleert werden durften.

Dennoch klatschte Seydlitz und Johann eine volle Ladung vor die Füße, als sie am frühen Abend durch die Zimmerstraße gingen.

Seydlitz sah mit Abscheu an sich herab, und einer der Ekkensteher, der die Szene beobachtet hatte, lachte. »Det is die Berliner Glasur, die jeden veredelt.«

Wenig später erfuhren sie, daß König Friedrich Wilhelm I. von Preußen gegen vierzehn Uhr gestorben war. Er sei regelrecht erstickt, hieß es. Kurz vor seinem Tode, so erzählte man, solle er noch einmal in einen Spiegel geblickt, sein aufgedunsenes Gesicht gesehen und in echtem Berlinisch ausgerufen haben: »Tod, ick jraule mir nich vor dir!«

In der Stadt sahen sie zumeist freudige Gesichter: Jetzt, unter dem neuen König, konnte es nur besser werden. Und die Trauerfeier ging die Berliner wenig an, die fand in Potsdam in der Garnisonskirche statt, vom Oberzeremonienmeister von Pöllnitz organisiert.

»Da steht der Sarg garantiert unter einem schwarzen dorischen Tempel – und dahinter unter Buchsbaumzypressen ein Bild des Königs, von Pesne gemalt.«

Während er dies sagte, verspürte Johann einen Schlag auf die Schulter, und als er sich umdrehte, sah er einen jungen Infanteristen etwa seines Alters, der ihm irgendwie bekannt vorkam. Lange riet er, dann hatte er es: »Ah, ja, der Hartwig Kluckhuhn aus Heinersdorf!« Ihm war er begegnet, als der Herr von Wreech mit ihm zu Friedrich Wilhelm I. nach Wusterhausen geritten war.

Sie gerieten sofort ins Plaudern, zumal der andere ihn bewunderte, weil er es im Gegensatz zu ihm geschafft hatte, ein Kürassier zu werden, und Seydlitz beschloß, die beiden allein zu lassen und zu sehen, ob er beim Regiment Gensdarmes alte Freunde treffen konnte. Johann und Kluckhuhn zogen nun durch einige Bierlokale, und dann geschah das, was in solchen Fällen üblich war, man redete über Frauen, und der Freund stellte ihm die wichtigste Frage: »Sag mal, hast du deinen Schwengel schon mal in eine reingehalten?«

Johann sagte zwar ja, doch Hartwig sah ihm an, daß er log. »Dann wird's aber Zeit. Ich kenn' da ein großes Logis in der Charlottenstraße, wo's billig ist.«

Johann geriet schließlich an Motte, die ein pockennarbiges Gesicht hatte, was ihr auch ihren »Künstlernamen« eingebracht hatte, denn im Berliner Jargon hieß es über Leute wie sie: »Von die Motten anjefressen«. Während sie auf dem Bett saß und sich langsam entkleidete, erzählte sie Johann von ihrer Schwester Auguste Gonschorrek, die sie schon früh an Männer verkuppelt hatte. »Unsere Mutter war rechtschaffen, aber Aujuste ...« Einen Tapezierer hatte sie geheiratet, aber in dessen Ladenlokal das Kuppeleigewerbe betrieben. »Da hat sie mir ooch beijebracht, wie se in Paris tanzen ...« Motte machte es vor, doch Johann fand es despektierlich und sehnte sich nach seinen Pferden zurück. Jetzt auf den Oderdämmen reiten, direkt in den Mond hinein, der überm Busch aufgegangen war. Gerade säße ihre Schwester im Gefängnis, fuhr Motte fort. Dirnen, die ihr den Kupplerinnengroschen vorenthalten hätten, waren von ihr grün und blau geschlagen worden und hätten Anzeige erstattet. »Jetz isse also in Brandenburg inne Zelle.« Damit legte sich Motte aufs Bett, öffnete die Beine und machte zu Johann hin eine gelangweilte Handbewegung, er solle sich doch bitte bedienen.

Als Johann den breiten Spalt im Filz ihres Schamhaares sah, dachte er an nichts anderes, als daß seine Mutter so auf der Insel in der Warthe gelegen haben mußte, als sein Kopf ins Licht der Welt hinausgestoßen worden war. Er setzte sich zu Motte und streichelte sie, von Neugier erfüllt. In seiner Hose regte sich nichts. Sie roch auch nicht so, daß es ihm geholfen hätte. Teils nach parfümierter Seife, teils scharf nach ranziger Butter.

Motte lachte. »Ick denke, ihr Kürassiere habt so 'nen Schwengel wie eure Hengste.«

»Aber Hengste brauchen 'ne Stute.«

»Du bist jut.«

Johann ließ von Motte ab und ging auf die Charlottenstraße hinaus, um auf Hartwig Kluckhuhn zu warten.

Am 1. Juni war Berlin in heller Aufregung. Keinen hielt es mehr in Stube, Küche oder Werkstatt, alles drängte auf die Straßen und Plätze hinaus. Man kannte und umarmte sich, lachte und scherzte miteinander und freute sich, daß man das große Schauspiel mit dem Titel »Der König ist tot, es lebe der König« nun auch einmal erleben konnte. Oft wurde es ja nicht gegeben, im Schnitt vielleicht dreimal pro Jahrhundert. Diesmal hatte man immerhin siebenundzwanzig Jahre zu warten gehabt. 1713 war Friedrich I. gestorben, der erste Preußenkönig überhaupt.

Seydlitz stand mit einem Freund aus dem Glasenappschen Regiment beisammen, einem Berliner, und Johann hörte, daß der seine ganze Hoffnung auf den neuen König setzte. Weltoffen und prachtliebend sei er, so recht nach dem Geschmack der Berliner. »Sparta haben wir nun zur Genüge gehabt ...«

»Weiß Gott.« Seydlitz lächelte, weil er wußte, daß sich ganz Europa über das hinterwäldlerische Preußen amüsierte. »Soldatendrill und Wildschweinjagden.«

Johann hörte aber auch, was sich das gemeine Volk erhoffte: daß Friedrich zur Thronbesteigung für alle Wein spendierte und Ochsen braten ließ. Und daß es sich fragte, ob er wohl alleine nach Berlin käme oder mit seiner ungeliebten Ehefrau, Elisabeth Christine, der Prinzessin von Braunschweig-Bevern. »Hatten sein Vater dazu jezwungen, die zu heiraten, wa, na, ick weeß nich ... Dabei solla ja ooch wat mit die hübschen jungen Männer ham ...« Jubel brandete auf, man rief: »Hurra, der Große Stock ist tot!« und »Brot! Brot! Wir wollen Brot!« Denn nach der Mißernte des vergangenen Jahres litten die Armen unter einer Hungersnot.

Doch wer an diesem Tage nicht nach Berlin kam, das war Friedrich. Er brachte es am Nachmittag des 1. Juni nur bis zum Schloß Charlottenburg. Er haßte Berlin, diese Hochburg der Langeweile, und insbesondere das Stadtschloß an der Spree, diesen dunklen Kasten neben dem übelriechenden Fluß.

Seydlitz fühlte sich aber mit einer schwer in Worte zu fassenden Kraft von Friedrich angezogen, so daß er sich am nächsten Morgen sofort mit Johann zusammen auf den Weg nach Charlottenburg machte, zumal ihm der Freund vom Glasenappschen Regiment, das dort neben der Berliner Füsiliergarde in Reihe aufmarschieren sollte, einen guten Platz versprochen hatte.

So standen sie denn vor dem Schloß, als Friedrich vor den versammelten preußischen Generalen erschien. Er trug seine blau-silberne Galauniform und auf der weißgepuderten Perücke mit ihren fliegenden Locken einen flachen Dreispitz. Trotz seiner froschartigen Augen und der nicht eben großen Gestalt war er ein schöner Mann. Aus diesen blauen Augen, die so intensiv leuchteten, wie Johann es nie zuvor bei einem anderen Menschen gesehen hatte, schossen Energieblitze, und wen sie trafen, wie jetzt Seydlitz, der zuckte zusammen. Johann indessen erschauderte weniger, er hatte den Friedrich vor Augen, der im Tamseler Park von hinten in die Frau von Wreech eingedrungen war, und es irritierte ihn gewaltig, daß das ein und derselbe Mensch sein sollte.

Friedrich zog seine Stirn zu bedrohlich wirkenden Falten zusammen, als er seine Rede begann: »Die Truppen müssen ebenso brauchbar sein wie schön.«

Darüber sollten Seydlitz und Johann auf dem Heimweg nach Schwedt noch lange nachdenken.

»Wenn sie brauchbar sein sollen, denn wird er sie auch brauchen wollen«, sagte Seydlitz.

»Nicht dieser gepuderte Flötenspieler«, wandte Johann ein.

»Nun gut, er hat den *Antimachiavell* geschrieben: Keine Kriege als letztes Mittel der Politik, aber ...« Seydlitz dachte nach. »Berühmt möchte er ganz sicher werden, und wie anders soll man zu Größe gelangen als dadurch, daß man Kriege führt und Kriege gewinnt.«

»Nur im Krieg kann man schnell avancieren«, sagte Johann.

»Wenn man zu den Überlebenden zählt.« Seydlitz lächelte.

Johann war voller Zuversicht. »Wer so gut zu Pferde ist wie wir.«

»Wenn's nur das wäre ...« Seydlitz gab zu bedenken, daß auf den modernen Schlachtfeldern die Artillerie eine immer größere Rolle spiele und auch die Infanterie langsam besser schießen könne. »Und keiner weiß, wie die Kugeln fliegen.«

Dennoch: Johann wünschte sich den Krieg herbei, weil er darin seine einzige Chance sah, im Leben vorwärtszukommen, irgendwo reiche Beute zu machen und Unteroffizier zu werden.

Vor dem Schloß nahm er Abschied von Seydlitz, der hier sein Zimmer hatte, während Johann mit der Kaserne vorliebnehmen mußte. Es war schon dunkel geworden, als er Suleika in den Stall brachte. Er führte sie zu ihrem Platz hinten am Ende des Gebäudes, wo sie einen kleinen hölzernen Verschlag für sich alleine hatte. Abreiben und striegeln wollte er sie noch. Gerade band er sie fest, da sah er, wie sich im Stroh etwas bewegte und eine Frau zum Vorschein kam: Isa von Chalezac.

»Seit zwei Stunden liege ich hier ... Wenn Er den Geruch braucht, dann bitte. Nun enttäusche Er mich nicht.«

# Kapitel 4

## 1740–1747

Johann ritt in der Uniform eines Rochow-Kürassiers durch den Hohlweg von Zorndorf nach Tamsel und hatte das Gefühl, daß er eigentlich nur träume, in der Uniform eines Rochow-Kürassiers durch den Hohlweg von Zorndorf nach Tamsel zu reiten. Bei Sengebusch im Pferdestall lag er und wollte nicht aufstehen, weil es ein so schöner Traum war, in den er da versunken war.

»Achtung, Überfall, keine Gegenwehr!« schrie es da rechts und links vom Plateau herab.

Johann fuhr zusammen und erkannte erst auf den zweiten Blick, daß da oben seine alten Freunde Heinrich Sengebusch und Georg Strohmattias standen. Sie waren aus ihren Infanterieregimentern beurlaubt worden, um zu Hause bei der Ernte helfen zu können. Johann hingegen war als Kurier unterwegs. Er hatte wichtige Papiere nach Küstrin bringen müssen und auf dem Heimweg einen kleinen Schlenker gemacht, um wieder einmal in Tamsel zu sein, sicherlich auch getrieben vom nicht geringen Stolz, nun einer von den Rochowschen zu sein. Was sie wohl für Augen machen würden? Bevor es aber an der Zeit war, im Schloß und bei seinen Stiefeltern vorzusprechen, hatte er erst einmal ein wenig umherreiten wollen und war dabei ganz offensichtlich von den beiden gesehen worden.

»Wie geht's in Schwedt?« fragte Heinrich nach der ersten stürmischen Begrüßung.

»Wir stehen jetzt in Pommern, in Belgard«, gab ihm Johann Auskunft, »und Seydlitz ist Kornett geworden.«

»Wird's denn Krieg geben?« fragte Georg.

Johann tat geheimnisvoll. »Unseren Oberst hab' ich flüstern hören, daß es bald die Mobilmachung geben wird. Der König will Maria Theresia Schlesien wegnehmen und Preußen so groß machen wie Österreich, England, Frankreich und Rußland.«

»Mir soll es recht sein.« Georg wollte raus aus dem Dorf und in der Stadt Steinmetz werden, so wie seine Vorfahren aus Griechenland, und er hoffte, daß der Krieg alle Menschen mächtig durcheinanderwirbeln und Friedrich nach dem großen Sieg Befehl geben würde, Berlin mit so prachtvollen Bauten auszustatten, wie Paris oder Wien sie hatten. »Ich will sehen, daß ich bei Knobelsdorff arbeiten kann. Der baut ja für den König die neue Oper in Berlin. Den Festungsgraben lassen sie trockenlegen, und da kommt dann alles hin.« Er sprach mit echt südländischer Begeisterung.

Heinrich Sengebusch hatte andere Pläne. »Die Christine Zander und ich, wir sind uns einig und heiraten im nächsten Mai.«

»Was, die Tochter vom Schulzen?«

»Ja, die. Und wenn der Vater mir den Hof übergibt und wir von ihrer Seite den einen oder anderen Acker dazubekommen, dann wird's schon werden.«

Sie sahen in der Ferne die alte Scheune, in der Franz Joseph von Czako Johann fast in den Tod gestürzt hätte, und fragten sich, was aus dem wohl geworden war.

»Wahrscheinlich ist er Hoflakai in Wien.« Georg spukte aus. »Ein feiger Schleimer ist er geworden, der dauernd mit 'ner braunen Nase herumläuft, weil er seiner Kaiserin in den Hintern kriecht.«

Lachend kamen sie am kleinen Schulhaus vorbei, wo der alte Stippekohl gerade dabei war, seinen Bienen den Honig abzunehmen. Als er Johann sah, ließ er alles stehen und liegen, und Johann sprang vom Pferd, um seinem großen Lehrmeister um den Hals zu fallen.

»Prächtig bist du gediehen, mein Junge!« rief Stippekohl. »Und paß mal auf, wenn es Krieg gibt, dann bist du bald Rittmeister.«

»Er ist doch nicht von Adel«, warf Heinrich ein.

»Dann wird er's eben!« Stippekohl lachte. »Und wenn nicht, dann erläßt eben der König ein Gesetz, daß in Preußen jeder alles werden kann, wenn er nur tüchtig ist.«

Das hörte nun der Herr von Wreech nicht gern, der eben hinzugekommen war. »Hüte Er sich vor solchen Äußerungen.«

Doch Stippekohl entschuldigte sich damit, daß er angenommen habe, auch der Herr von Wreech sei auf den neuen König nicht eben gut zu sprechen, weil der ... Am 7. Juli war Friedrich mit kleinem Gefolge aufgebrochen, um in Landsberg an der Warthe das Kavallerieregiment des Generals von der Schulenburg zu inspizieren, das nicht eben gut in Schuß sein sollte, hatte dabei in Frankfurt die Oder passiert und war an Tamsel vorbeigekommen, ohne daß er angehalten und den Wreechs seine Aufwartung gemacht hätte. Im Reisewagen hatten neben dem König noch der Generaladjutant von Hacke, der immer lustige Dietrich Freiherr von Keyserlingk und der geistreiche Gesellschafter Francesco Algarotti gesessen. »Und fürchterlich gelacht haben sie und Zoten gerissen«, erzählte Stippekohl seinem ehemaligen Schützling. »Aber auch Gedichte vorgetragen und weise Sprüche.«

Da sah Johann Wilhelmine Sengebusch ein wenig abseits stehen, aber ihre Augen leuchteten so, daß er wußte, er könne bei ihr offene Türen einrennen, wenn er denn wollte. Seit ihn Isa von Chalezac zum Mann gemacht hatte, fürchtete er die Frauen nicht mehr. Doch nicht der Gedanke, daß sie seine Schwester respektive Ziehschwester war, hinderte ihn daran, ihre Nähe zu suchen, sondern die Angst, bei ihr kleben zu bleiben. Zu Seydlitz zog es ihn hin, nicht zu Wilhelmine. Aber eine Gefahr war sie schon, drall, blond und mit Augen so blau wie Vergißmeinnicht.

Er riß sich von ihr los und fragte Herrn von Wreech, ob es gestattet sei, seiner Frau guten Tag zu sagen. Ja, er möge nur vorsprechen.

Sie stand gerade mit ihrer Tochter Sophie Friederike im Ahnensaal des Schlosses und erklärte, welch bedeutender Mann ihr Urgroßvater gewesen war. »Hans Adam von Schöning wurde vor fast hundert Jahren hier in Tamsel geboren, genau gesagt: am 1. Oktober 1641.«

»Und jetzt liegt er bei uns in der Kirche im Kupfersarg.«

Acht Jahre war die Kleine nun, und Johann fand, als er sie jetzt im Profil vor Augen hatte, daß ihre Ähnlichkeit mit dem König schon frappierend war. Die Szene im Park stand ihm wieder deutlich vor Augen, wie Friedrich sich der Geliebten von hinten genähert hatte. Auch Frau von Wreech schien unwillkürlich daran zu denken, denn sie lief rot an und schickte ihre Tochter abrupt aus dem Saal. Dann gab sie Johann recht kühl die Hand und fragte, wie es ihm so ginge.

»Danke. Wahrscheinlich wird es ja Krieg geben.«

»Ach ...« Frau von Wreech wandte sich ab. »Ich habe vorige Nacht geträumt, daß die Österreicher und die Russen siegen und in Berlin einmarschieren werden ... Und vorher durch Tamsel ziehen und hier alles verwüsten.«

»Nicht, wenn wir Kürassiere die Oder verteidigen!«

»Sie sind zehnmal stärker als wir.« Außerdem fühle sie mit Maria Theresia. Warum solle nicht auch eine Frau auf den Thron dürfen, schließlich sei ihr das ja in der »Pragmatischen Sanktion« zugestanden worden, dem Hausgesetz der Habsburger, dem alle, die es anging, zugestimmt hatten. »Ihr einfach Schlesien wegnehmen zu wollen ...«

»Wir haben da Erbansprüche.«

»Das ist doch von Friedrich an den Haaren herbeigezogen. Ruhmsucht, das ist es, was ihn erfüllt.«

Johann spürte instinktiv, daß sie auf den König nicht gut zu sprechen war. Es schien viel Enttäuschung im Spiel zu sein. Ob sie wohl einmal davon geträumt hatte, Königin zu werden? Als Enkelin des großen Feldmarschalls konnte das so vermessen nicht sein. Und nun hatte er letztens nicht einmal in Tamsel Halt gemacht. Johann jedenfalls fühlte sich nun sehr unwohl in ihrer Nähe und machte, daß er wieder ins Dorf kam.

Da war noch schnell Abschied zu nehmen von Sengebusch und der Bäuerin, ihnen zu danken für alles, dann ritt er wieder Richtung Nord-Nordost, nicht ohne aber am Grab seiner Mutter noch einmal abzusteigen und ihrer zu gedenken. Vielleicht war es das letzte Mal, vielleicht fiel er in der ersten Schlacht, die ihn erwartete.

Doch in Belgard war alles noch so schläfrig, wie es nur in einem gottverlassenen Garnisonsnest schläfrig sein konnte. Seydlitz entdeckte er im Offizierszimmer des Regimentshauses, wo er mit dem Obersten von Rochow und einigen Offizieren beisammensaß, las und spielte, Tarock und Schach vor allem. Johann legte das Ohr an die Scheibe und lauschte. Der Oberst von Rochow fand, daß der König wegen irgendwelcher vergilbter Ansprüche auf drei schlesische Herzogtümer keinen Krieg vom Zaune brechen sollte. Außerdem sei es töricht, gegen das große Österreich Krieg zu führen, das koste auch zuviel. Nur der junge Leutnant von Schwerin widersprach dem Kommandeur. Es gefiele ihm, daß sich der junge König nicht fürchte und der Welt die Stirn bieten wolle. Doch keiner der Offiziere hatte Lust zum Diskutieren. Man verfiel wieder in die gewohnte Schläfrigkeit.

Doch als der Winter vor der Tür stand, kam der Befehl zur Mobilmachung, und von Mitte November an war Seydlitz damit beschäftigt, die nicht im Dienst befindlichen, aber zur Belgarder Schwadron gehörenden Reiter, die beurlaubten Inländer also, wieder zusammenzuholen und für die nötige Zahl von Stückknechten zu sorgen, mithin das Troßpersonal. Johann wurde von Seydlitz nach Schwedt geschickt, um dem wenig begüterten Kornett zu einem zweiten Reitpferd zu verhelfen, denn laut Reglement hatte jeder Kürassier-Offizier bis zum Rittmeister hin wenigstens zwei Rappen zu besitzen, »große und starke Pferde, übrigens mit hübscher Halsung«. Hinzu kam im Felde ein Packpferd für die persönliche Bagage. Also schrieb Seydlitz im typisch gedrechselten und mit französischen Worten durchsetzten Stil seiner Zeit: »*... anbey unterstehe mir meinem Gnädigen Markgraf und Herrn unterthänigst zu bitten mir in der jetzigen bedrengten Zeit dero gnädige Hülfe nicht zu versagen und mir mit einem Pferde zu Asistiren in dem Eure Königliche Hoheit selbige in großer Menge haben und gar wohl wissen, wie schwer es helt in so kurzer Zeit zu equipiren ...*«

Johann fand den Markgrafen in schlechter Stimmung vor. Das Leben galt ihm als Spiel, als Komödie durch und durch, und wenn nun seine Reiter nicht mehr nur durch Windmühlenflügel jagen sollten, sondern durch ein Spalier feindlicher Säbel, die sie zerhacken konnten, dann fand er den Gedanken fürchterlich. Dennoch gab er Johann die Pferde mit, die Seydlitz brauchte.

Dann schrieb der König einen kurzen Brief an alle seine Offiziere. Ein Stafettenreiter brachte eine Abschrift davon auch nach Pommern, und in Belgard lasen sie folgendes vor:

»Ich unternehme einen Krieg, meine Herren, worin ich keinen anderen Bundesgenossen habe als Ihre Tapferkeit und Ihren guten Willen.

Meine Sache ist gerecht, und meinen Beistand suche ich bei dem Glücke.

Ihr Schicksal ist in Ihren eigenen Händen, Ehrenzeichen und Belohnungen warten nur darauf, daß Sie sie durch glänzende Taten verdienen.

Leben Sie wohl.

Reisen Sie ab.

Ohne Verzug folge ich Ihnen zu dem Sammelplatz des Ruhmes, der unser wartet.«

Das war also der insgeheim von vielen erwartete Marschbefehl an die Garnisonen. Oberst von Rochow verfiel schlagartig in einen pathetischen Ernst, verbot seinen Offizieren, die gerne lästerten, jedes despektierliche Wort über den Herrscher, ordnete an, daß alle Eskadrons am nächsten

Morgen um sieben Uhr früh am Südausgang von Belgard zu stehen hätten, und schloß mit den Worten: »Es lebe der König!«

Am 15. Dezember standen sie dann vormittags um neun mit der gesamten Armee unweit von Crossen, um den König zu erwarten. Zwar lag die Wintersonne auf den Feldern, doch es war bannig kalt, und sie waren alle, da schon mitten in der Nacht formiert, halb erfroren. Johann hielt sein Pferd immer in Seydlitz' Nähe, und so hörte er auch, wie der sich mit Schwerin über den König unterhielt. Direkt von einem Maskenball käme er, den es in Berlin gegeben habe.

»Sicher nur, um die anderen über seine wahren Absichten hinwegzutäuschen«, sagte Seydlitz, der wenig erbaut war, hier im Sattel zu sitzen und endlos zu warten. Da schien nun endlich das ersehnte Abenteuer zu kommen – und nun ging es hier nicht anders zu als bei jedem Exerzieren. Auch die anderen Offiziere waren viel zu kribbelig, um weiterhin tatenlos zu warten, und außerdem froren sie erbärmlich. So wurde allen gestattet, über die Felder zu jagen, und es gab ein wildes Durcheinander. Endlich kam das Kommando, vorzurücken und irgendwo hinten am König vorbeizudefilieren. Doch der Vormarsch stockte immer wieder, und sie sahen von den anderen Teilen ihrer Armee erst etwas, als sie sich auf einer kleinen Anhöhe postieren durften. Sauber ausgerichtet, zog Regiment für Regiment an ihnen vorbei, voran die Kesselpauker auf ihren großrahmigen Pferden. Dann kamen die Trompeter. Fahnen wehten über den Bataillonen. Die Grenadiere marschierten im losen Tritt, der Infanterie rasselten Kanonen hinterher, von massigen Gäulen gezogen. Kürassiere tänzelten vorbei, viele hundert Pferdeleiber zu einer Einheit verschmolzen und bunter, fand Johann, als die Papageien und Sittiche in der Menagerie des Markgrafen.

»Zehntausende von Wesen«, kommentierte Seydlitz, wieder frierend, »alle eigenständig – und doch: Ein Wille hält sie zusammen. Der des Königs.«

»Dabei ist er doch auch nur ein Mensch.« Der Leutnant von Schwerin hatte es mehr laut gedacht als gesagt.

»Wenn er nur das wäre, würde ihm keiner Gefolgschaft leisten.«

»Nur wir sind aber diejenigen, die ihn mehr sein lassen.«

»Hast du etwas dagegen?«

»Nein, nein.«

Sie hatten nun weiterzureiten, und bald sahen sie eine kleine Gruppe vor sich auftauchen, in deren Mitte der auf einem Apfelschimmel saß, von dem sie eben geredet hatten. Friedrich zog jedes Mal den Hut, wenn eine Kavalleriestandarte oder eine Fahne vor ihm auftauchte. Er trug einen blauen Infanterierock mit dem Stern des Schwarzen Adlerordens und einen dreieckigen Generalshut ohne Abzeichen. Oberst von Rochow führte eben die Spitze des Regiments an ihm vorbei und senkte den Degen. Als Johann dem König ins Gesicht sah, machte der einen sehr erschöpften Eindruck. Nur die hellen Augen, die ein wenig froschartig hervortraten, sprühten vor Energie. Seiner Schwester, der Schwedter Markgräfin, ähnelte er wenig, fand Johann. Auch erschien er ihm zu jung und pausbäckig. Über Seydlitz war sein Blick ebenso emotionslos hinweggglitten wie über die anderen zweiundzwanzigtausend Soldaten.

Während des Defilees war das Wetter immer schlechter geworden, doch daß es nun, am Ende des Vorbeimarsches, ein Gewitter gab, kam für alle überraschend, und die Verblüffung nahm noch zu, als urplötzlich ein Blitz in die Crossener Stadtkirche einschlug und die schwere Glocke vom Dachboden stürzte.

Friedrich deutete in die Richtung, aus der der Lärm gekommen war, und rief mit heller, für Johann um einiges zu heller Stimme: »Ein gutes Omen für uns und unsere Waffen. Das Hohe soll erniedrigt werden! Das Haus Habsburg wird fallen …«

Dann ließ er alle seine Generale und Stabsoffiziere zusammenrufen und hielt, nachdem er eine Prise aus seiner brillantbesetzten Schnupftabakdose genommen hatte, eine kleine Ansprache, die auch die Umstehenden, unter ihnen Johann, mithören konnten.

»Meine Herren, ich unternehme einen Feldzug, bei dem ich keinen anderen Verbündeten habe als Ihre Tapferkeit, keine andere Hilfsquelle als mein Glück. Seien Sie stets des unsterblichen Ruhmes eingedenk, den Ihre Vorfahren auf den Schlachtfeldern von Warschau und Fehrbellin geerntet haben, und halten Sie den Ruf der brandenburgischen Truppen aufrecht. Leben Sie wohl! Ich folge Ihnen ungesäumt. Eilen Sie mir voran zum Rendesvouz des Ruhms!«

Johann ging das unter die Haut, und er sah sich schon durch Wien reiten, in die Hofburg eindringen und mit dem Goldschmuck Maria Theresias davonstürmen. Und vorwärts ging es jetzt. Am 16. Dezember wurde die Grenze nach Schlesien überschritten, marschierte man also in Österreich ein, natürlich mit Gesang und Fahnen, die dem Heerwurm voranflatterten. Wie mutierte Krähen standen zwei protestantische Pfarrer an der Grenze, um Friedrich zu bitten, beim Beschuß von Glogau, einer starken Festung, die Kirchen zu verschonen. Der König versprach es und begrüßte sie als seine neuen Untertanen. Aufblühen werde das Land. Niemand ahnte in diesem Augenblick, daß es in den nächsten Jahrzehnten drei blutige Kriege geben würde. Jubelnd wurden die Preußen vom Landvolk begrüßt, denn das war evangelisch und vom katholischen Hause Habsburg seit über hundert Jahren unterdrückt und geschurigelt worden. Dazu kam, daß die Preußen ihre Fourage nicht raubten, sondern alles, was sie brauchten, auf Heller und Pfennig bezahlten.

»Ich fürchte, Österreich ist doch zu stark für uns«, hörte Johann den Leutnant von Schwerin zu Seydlitz sagen.

»Ach was, wir sind wie eine Schlange, die auch eine unverhältnismäßig große Beute verschlingen kann, wenn sie den Rachen nur weit genug aufreißt. Außerdem steckt Österreich in der Krise, seit der Kaiser tot ist. Sie haben kein Geld in den Kassen, in vielen Provinzen gibt es Seuchen,

Krieg und Hungersnot, und die Armee ist zugrunde gewirtschaftet. Da müßte ein Herkules her, um Austria zu retten, Maria Theresia ist viel zu schwach dafür.«

Es wurde in der Tat ein schneller Vormarsch, obwohl Artillerie und Infanterie oft genug im Schlamm steckenblieben. Die schwachen österreichischen Truppen zogen sich ohne Widerstand zurück. Glogau wurde eingeschlossen, und Breslau erklärte sich für neutral, ließ kein Militär in die Stadt, gestattete aber Friedrich mit kleinem Gefolge einen triumphalen Ritt durch die jubelnde Menge zum Palais des Grafen Schlangenberg. Vor der Stadtmauer verkauften die Breslauer Viktualienhändler den preußischen Soldaten Wein, Brot, Fisch und Fleisch. Henning, Johanns bester Kamerad in der Eskadron, kam sogar mit einem Faß Bier zurück. Am 14. Januar 1741, zehn Tage vor seinem neunundzwanzigsten Geburtstag, konnte Friedrich seinem Freund Jordan in Berlin mitteilen: »Schlesien ist erobert. Nie hat Fortuna größere Erfolge zur Welt gebracht.« Kurz darauf reiste er zurück nach Berlin, während sein Heer vor Ort die Winterquartiere bezog. Johann verschlug es in den Flecken Kranowitz bei Ratibor, wo sie die Festung Neiße zernieren und zugleich die Grenze nach Mähren und Ungarn sichern sollten.

»O Gott, ist das ein Stumpfsinn«, stöhnte Johann alsbald, denn ein Tag war wie der andere. Ein jeder Reiter hatte sein Pferd des Morgens um fünf Uhr, dann um acht Uhr, zwölf Uhr mittags, um vier Uhr nachmittags und dann noch einmal um acht Uhr abends zu füttern und dazu morgens, mittags und abends zu tränken. Bei Tagesbeginn waren die Tiere zudem zu striegeln und zu putzen und mit einer Dekke vor der Kälte zu schützen. Außerdem mußten die Ställe gesäubert und mit neuer Streu versehen werden. Als Erlösung wurde es angesehen, wenn sie mit den Pferden hinausdurften und exerzieren konnten, doch nicht immer ließ das Wetter dies zu. Da wurde des öfteren gespielt, getrunken und gerauft, und etliche erhielten Arreststrafen. Es herrschte nur noch Stillstand, zumal Schlesien Ende März, Anfang

April in tiefem Schnee versank, und insbesondere Seydlitz wurde zunehmend unruhiger.

Johann hatte es noch am besten, da er ab und an von Seydlitz auf Ritte mitgenommen wurde, bei denen es um das Überbringen irgendwelcher Botschaften ging. So sah er auch die beiden maßgebenden militärischen Führer der preußischen Armee, ihre beiden Feldmarschalle, zwei diametral entgegengesetzte Charaktere. Da war zunächst der Alte Dessauer, der vierundsechzigjährige Fürst Leopold I. von Anhalt-Dessau, ein alter Haudegen, der Drillmeister des preußischen Heeres und Erfinder des eisernen Ladestocks, ein furchtloser und furchtbar ungebildeter Mann. Der andere war der fünfundfünfzigjährige Kurt Christoph von Schwerin, ein schöner Mann und vollendeter Kavalier, der die Hohe Schule von Leyden besucht hatte und den sein Vater, als er sechzehn Jahre alt geworden war, auf eine Bildungsreise durch Europa geschickt hatte, mit einem Goldstück versehen, einer kräftigen Ohrfeige und den Worten: »Daß du dir das niemals wieder von jemand gefallen läßt!« Beide Heerführer aber vernachlässigten die militärische Aufklärung, so daß man erst sehr spät bemerkte, daß eine starke österreichische Armee unter General Neipperg Richtung Schlesien marschierte.

Anfang April kam plötzlich der Befehl, sich in Richtung Brieg an der Oder in Bewegung zu setzen.

»Endlich geht es in die erste Schlacht!« rief Seydlitz.

Es wurde Boute-Selle geblasen, die Reiter machten sich fertig zum Aufbruch, sattelten die Pferde und nahmen Aufstellung in den Gassen zwischen den Zelten. Nachdem man sich rangiert hatte, nahmen die Fahnenjunker die Standarten in die Hand, und der Oberst kommandierte, daß man aufsitzen solle. Dann hatte jede Kompanie in folgender Ordnung vorzurücken: Die Spitze bildeten die Trompeter, denen die Rittmeister folgten, hinter ihnen kamen die zwei Subalternen-Offiziere, dann die Unteroffiziere in einem Gliede und schließlich die Kompanie zu fünft. Hatten sich die

Eskadrons formiert, hieß es schließlich: »Schwenkt euch. Marsch!«, und der Abmarsch begann.

Am 10. April erreichten sie die schneebedeckten Felder östlich des Dorfes Mollwitz, vor dessen Gehöften die Österreicher standen – und zwar noch so ungeordnet, daß es klug gewesen wäre, sie schnell entschlossen und handstreichartig zu überrennen. Doch Friedrich, militärisch gänzlich unerfahren, ließ sich vom Alten Dessauer beraten, und der bestand natürlich darauf, die Armee so aufmarschieren zu lassen, wie es auf dem Papier vorgegeben war. Auf dem rechten Flügel wurden unter Führung des Reitergenerals Graf von der Schulenburg die Kürassier-Regimenter Nr. 10 und 11 und das Dragoner-Regiment Nr. 3 postiert, dann kam nach Süden hin die breite Front der Infanterie und Artillerie, und den linken Flügel bildeten vier Regimenter aus Kürassieren, Dragonern und Husaren unter Führung des Obersten Posadowsky, darunter auch die Rochow-Kürassiere aus Schwedt.

»... ich liebe Dich bis in den Tod«, hatte am Abend zuvor Friedrich seinem Freund Jordan geschrieben, und schon bald nach Beginn der Schlacht schien es so, als sei der Tod ihm nahe, denn überraschend früh griff die österreichische Kavallerie unter General Baron von Römer an und raste wie ein Orkan auf die Preußen los, Bügel an Bügel und in voller Karriere, doppelt so stark.

»Mein Gott!« rief Seydlitz, der kommen sah, was kommen mußte: ein schreckliches Schauspiel. Sie standen etwas vor der Frontlinie und hatten das Schlachtfeld wie von einer Loge voll im Blick. Zu gern wäre er den Kameraden zu Hilfe geeilt, doch einmal gab es keinen Befehl dazu, und zum anderen hätten sie den direkten Weg auch gar nicht nehmen können, denn ein nicht eben schmaler Bach trennte sie von den anderen. Außerdem hatten sie den rechten Flügel der österreichischen Kavallerie unter Berlichingen zu fixieren. »So etwas Idiotisches«, brummte der Kornett.

Jetzt, Johann hielt den Atem an, jetzt mußten die beiden

Wogen aus braunen Pferdeleibern und bunten Reitern zusammenstoßen und der Kampf Mann gegen Mann entbrennen, würden die Säbel und Degen Schädel spalten und Tiere aufschlitzen.

Doch das passierte keineswegs, denn die preußische Kavallerie wartete den Aufprall nicht ab, sondern wendete unisono und ergriff die Flucht. Um Johann herum schrien sie auf vor Scham und Wut.

»Da, der König!« rief Seydlitz, mit Posadowskys Fernrohr in der Hand. Friedrich hatte eine Schar von Kürassieren um sich gesammelt und zur Attacke blasen lassen. Doch sein Angriff mißlang, in der allgemeinen Panik wurde er wieder nach hinten gerissen und kam erst hinter seiner Infanterie zu stehen. Im Schockzustand. »Sire«, rief Feldmarschall Schwerin ihm zu, wie Seydlitz später erfahren sollte, »bringen Sie sich in Sicherheit! Ich werde versuchen, mit der Infanterie standzuhalten.« Da floh Friedrich vom Schlachtfeld, irrte fünfzig Meilen umher und fand erst im Dorfe Löwen ein Unterkommen, der festen Überzeugung, die Schlacht bei Mollwitz, seine erste, verloren zu haben. Aufgrund seiner elenden Kavallerie.

Doch in Wahrheit hatte der Feldmarschall Schwerin die versprengte Kavallerie wieder gesammelt und mit Hilfe der vortrefflichen Infanterie die Österreicher doch noch aus Mollwitz hinausgeworfen. Der Autorität und der Fuchtel der Offiziere gelang es, die preußischen Infanteriebataillone zum Vorgehen zu bewegen, und vor ihrem Schnellfeuer zerstoben die feindlichen Truppen. Die maßgebenden Reitergenerale beider Seiten, von Römer und von Schulenburg, waren den Soldatentod gestorben, und insgesamt 4659 preußische Soldaten und 190 Offiziere deckten tot oder verwundet das Schlachtfeld, doch Mollwitz ging in die Annalen als erster Sieg des Königs ein. Die Rochow-Kürassiere waren dabei nicht mehr als Schlachtenbummler gewesen.

»Auf seine Kavallerie wird er für immer böse sein«, sagte Johann. »Wie soll da einer avancieren?«

Seydlitz sah nachdenklich zum Himmel hinauf. »Er wird sie reformieren wollen und sich neue Leute suchen. Das ist unsere Chance.«

Bis Mitte 1742, also mehr als ein Jahr, verblieb nun das Kürassier-Regiment Markgraf Friedrich im Landstädtchen Kranowitz, um mit anderen Truppenteilen die Oderlinie im Raume Ratibor zu sichern. Nur bruchstückhaft erfuhr man, was in der großen Politik ablief. Daß der Husarenoberst Hans Joachim von Ziethen aus Wustrau langsam Karriere machte. Daß die preußischen Truppen am 10. August 1741 in Breslau einmarschiert waren und Friedrich am 9. Oktober in Klein-Schnellendorf einen Waffenstillstand mit Österreich abschloß, dabei seine bayerischen und französischen Verbündeten verratend. Daß der Feldmarschall von Schwerin im Streit mit Friedrich seinen Hut nahm.

Nur einmal wurde die Langeweile des Lagerlebens unterbrochen, als Seydlitz und Johann Angehörige einer Suite waren, die den König bei den Kampfhandlungen um die Festung Neiße begleitete. Da befand sich an der linken Flanke der Preußen eine feindliche Batterie, die sie nachdrücklich behinderte.

»Von welchem Kaliber mögen diese Geschütze nur sein?« fragte der König.

Wortlos gab Seydlitz seinem Pferd die Sporen, galoppierte auf die Stelle zu, wo das letzte Geschoß gerade eingeschlagen war, sprang auf den Boden, nahm es auf, wickelte es in sein Taschentuch, saß wieder auf und galoppierte zu Friedrich zurück, um es ihm zu überreichen.

Von da an konnte als sicher gelten, daß sich der König den Namen Friedrich Wilhelm von Seydlitz gemerkt hatte, doch seine Hoffnungen, aus Kranowitz herauszukommen, diesem langweiligen Nest, erfüllten sich nicht.

Im Laufe des Jahres 1742 erstarkte Österreich wieder, und am 17. Mai kam es zur Schlacht bei Chotusitz. Wieder siegten die Preußen aufgrund ihrer starken Infanterie, und wieder waren die Rochow-Kürassiere im Abseits geblieben. Aber für einige von ihnen schlug drei Tage später die große Stunde.

In Kranowitz, in dem man sich gut verschanzt hatte, kam ein Kurier eingeritten und überbrachte den Befehl, den Vormarsch von bis zu sechstausend ungarischen Reitern, Panduren, aufzuhalten. Die hatten schon seit einiger Zeit die schlesischen Grenzen unsicher gemacht, Dörfer in Brand gesteckt, Geld und Branntwein erbeutet und Frauen und Mädchen geschändet.

Oberst Rochow wußte, daß er Kranowitz gegen diese Übermacht nicht würde halten können und daß alles schon gelaufen sein würde, ehe ihm die eigene Infanterie zu Hilfe gekommen war. Er mußte Zeit gewinnen, dachte nach und kam dabei auf die Idee, dreißig Kürassiere nach Strandorf zu schicken, das in Feindesrichtung lag, um dort ein enges Tal zu sperren und den Gegner am Vormarsch zu hindern.

Der Leutnant von Schwerin, der jüngste der Offiziere und ein mutiger Mann, zeigte keine Neigung, auf verlorenem Posten zu sterben, und brummte vor sich hin, er wolle keinen Selbstmord begehen.

»Dann wird es der Kornett von Seydlitz sein«, sagte Rochow. »Er hat sich den Krieg ja gewünscht. Und das ist eine Sache, wo Er sich wird beweisen können.«

Johann, der draußen am Fenster stand und die Szene verfolgte, wußte genau, was das bedeutete: Rochow, der Seydlitz nicht mochte und durch ihn seine Autorität gefährdet sah, wollte ihn auf diese Weise loswerden.

Seydlitz spielte mit seiner Tonpfeife, ohne sie anzuzünden. »Mich zu beweisen ... Es wird keine Zeit dafür bleiben, wenn die Ungarn kommen.«

»Er hat wohl keinen Mut mehr?«

»Was hat das mit Mut zu tun, wenn sie einen gefesselt zur Hinrichtung schleppen ...?«

Rochow fuhr auf. »Er sitzt auf einem zu hohen Pferd, Kornett. Es steht sein Kommandeur vor Ihm.«

»Pardon, ich weiß es zu schätzen, als Offizier zu sterben, ohne einer zu sein.«

Der Oberst schwieg einen Augenblick, und Johann dachte, daß der Auftrag womöglich doch kein Racheakt war, sondern aus Instinkt des altgedienten Soldaten erfolgte, der einfach spürte, daß Seydlitz der einzige war, der ihn und seine Truppe noch retten konnte. Wenn ihre Aufklärung besser gewesen wäre, dann ... Oft genug hatte Seydlitz davon gesprochen, daß sie mehr leichte Truppen brauchten, Husaren, aber keiner war auf seinen Vorschlag eingegangen, denn der schwere Kürassier war nun einmal das Maß aller Dinge, was die Kavallerie anging.

Seydlitz kam nun nach draußen und zündete sich die Tonpfeife an.

»Der Alte muß Fieber haben«, sagte Schwerin und legte ihm den Arm um die Schulter.

»Laß nur. Ich brauche dreißig Kürassiere, die freiwillig dabei sind.«

Es meldeten sich sechzig, und Seydlitz hatte die Möglichkeit, sich die besten Leute auszusuchen. Johann Bosetzki war dabei. Schweigend an seiner Pfeife ziehend, sah Seydlitz zu, wie sie fouragierten und so viel Munition auf die Pferde packten, daß diese fast zusammenbrachen.

Seydlitz hatte Mühe, auf Mahomed, seinen Schimmel, zu kommen, denn der wehrte sich wie nie zuvor. Endlich war er oben und befahl: »Aufsitzen!« Viele Offiziere hatten sich eingefunden, um ihm ihre besten Wünsche mit auf den Weg zu geben. »Ein mörderischer Auftrag, aber vielleicht, mit Gottes Hilfe ...« Grenadiere standen auf dem Platz und schauten bewundernd zu ihm hinauf. Johann fand, daß seine Augen fast schläfrig waren. Der Oberst von Bredtfeld von den Grenadieren stand am Fenster, schüttelte den Kopf und murmelte: »Der Rochow weiß alles besser, obwohl er nichts weiß. Es ist schade um den Jungen und seine dreißig Mann. Denn da kommt keiner zurück.«

Der Himmel war wolkenverhangen, und es wehte ein

kräftiger Wind, als sie durch die offene Landschaft Richtung Strandorf ritten. Johann saß wie ein Mehlsack auf Suleika, doch die Stute und er waren so aufeinander eingespielt, daß sie keine Hilfen mehr benötigte. Johann erinnerte sich daran, daß er sozusagen schon einmal gestorben war, daß er es zumindest sekundenlang geglaubt hatte – damals, als Franz Joseph von Czako ihn in der alten Tamseler Scheune vom Balken herabgestoßen hatte. So schrecklich war das gar nicht gewesen, und er war nicht etwa von panischer Angst erfüllt gewesen, sondern lediglich von einem unendlichen Staunen. Nun, er war gerade fünfundzwanzig Jahre alt, und damit war es eigentlich für den Tod noch viel zu früh, doch in dem Augenblick, wo man gestorben war, spielte es eh keine Rolle mehr, welches Alter man erreicht hatte. Und niemand war ja da, der um ihn getrauert hätte. Seine Mutter lebte nicht mehr, und wenn der Schwedter Markgraf ihn wirklich gezeugt hatte, dann erhielt der vom Tod des Husaren Johann Bosetzki ganz sicher niemals Kunde. Und auf kinderreichen Bauernhöfen wie dem der Sengebuschs schmerzte es immer wesentlich mehr, wenn eine Kuh krepierte. Nun gut, wurde er eben hier in Oberschlesien verscharrt. Es hätte ja auch schon vier Tage vorher auf dem Schlachtfeld von Chotusitz geschehen können. Wozu zog Sengebusch seine Schweine auf? Damit sie nachher geschlachtet wurden. Wozu zog Sengebusch seine Söhne auf? Damit sie nachher auf dem Schlachtfeld starben. So war die Welt – und dazu war man auf die Welt gekommen. Basta! Klar formulieren – etwa in einem Brief an die Frau von Wreech – hätte er diese Gedanken nicht können, aber das, was er empfand, ging schon in diese Richtung. Sie kamen durch einen Hohlweg, passierten eine einsturzreife Brücke, ritten dann durch buschiges Gelände und sahen schließlich am Horizont eine langgestreckte Ortschaft liegen: Strandorf zweifellos. Beim näheren Hinsehen bestand sie nur aus trostlosen Scheunen und Hütten. Die Einwohner hielten sich in ihren Gehöften versteckt, nur eine junge Frau in einer hübschen Tracht näherte sich ihnen auf einem morastigen Weg, eine Milchkanne in der Hand.

Seydlitz, der stets von jedem weiblichen Wesen, das ihm begegnete, angetan war, machte ihr artig Komplimente und vergaß darüber fast seinen Auftrag. Immerhin erfuhren sie, daß dies wirklich Strandorf war und daß die Österreicher, das heißt die Panduren, noch nicht auf dem Plan erschienen waren. Seydlitz hieß die Männer absitzen, das Gehöft der jungen Schönen mit den vorhandenen Mitteln als »Festung« herzurichten und sich dann mit ihren Karabinern in die Büsche zu legen, um abzuwarten.

Johann bewunderte wieder einmal die Souveränität seines Freundes, wenn er denn Seydlitz bei den gewaltigen Standesunterschieden, die es zwischen ihnen gab, so nennen durfte. Allerdings verstand er nicht, warum sie nicht ehrenhaft im Sattel starben, wie es sich für einen Kürassier gehörte, sondern sich hier abschießen lassen sollten wie der letzte lumpige Fußlappensoldat aus einem der geringsten Infanterieregimenter. Er fragte ihn danach.

»Ich weiß es auch nicht …« Seydlitz stopfte sich, wie stets, seine Tonpfeife und suchte die Fenster des Bauernhauses nach der Kleinen ab, mit der sich vielleicht doch noch einmal die Erinnerung an das auffrischen ließ, was das Leben so leicht und beglückend machte. Bevor die Panduren kamen und mit ihnen der Tod.

Die Husaren dachten auch an nichts anderes als ihr Anführer, und ihre Witze wurden immer direkter. Schließlich sangen sie ein selbstkomponiertes Lied des Inhalts, daß die schönste Nummer stets die sei vor dem ew'gen Schlummer. Und als jetzt eine Magd auf dem Hof erschien, balzten die drei größten Draufgänger mit all ihrer Kunst um sie herum.

Dann kam der Schrei der Wache: »Sie kommen!«

Alle sprangen zurück in ihre Stellungen. Das Schauspiel, das sich ihnen bot, zog sie so in seinen Bann, daß sie vergaßen, wo sie waren und welches Schicksal auf sie wartete.

Sie alle waren vortreffliche Reiter, allein und in der Formation, doch gegenüber denen, die sie da draußen in der Ebene sahen, fühlten sie sich allesamt nur als Anfänger. Die Panduren hielten keine Linie, sondern ritten in mal weiten und mal engen Bögen wild durcheinander, von Ferne mehr einem Bienenschwarm gleichend als einem Reiterheer. Jeder vollführte die Kunststücke, die ihm gerade durch den Kopf schossen. So tobten sich die Schwalben aus, wenn es Abend wurde und sie Mücken jagten. Es war die pure Lust am Leben, eins zu sein mit dem Pferd und durch Europa zu fliegen. Unendlich leicht und heiter wirkte das alles.

Und es schien Seydlitz anzustecken, denn er lachte. »Da wünsch' ich mir die Schwedter Zeit herbei – ich auf meinem Hirsch unter ihnen.«

Dann waren die Panduren auf dreißig Schritte heran, ohne sie jedoch entdeckt zu haben. Sein Sergeant stieß ihn an. »Kornett – schießen!«

Doch Seydlitz gab den Befehl dazu noch immer nicht. Johann wußte, daß er bei seinen tollkühnen Kunststücken in Schwedt das Warten gelernt hatte. Zum Beispiel auf dem Tritt der Kutsche, den Graben vor Augen. Dieses Zuwarten brauchte er aber auch als großen Nervenkitzel, als Spiel mit dem Tod. Seine Augen waren dunkel, und Johann erschienen sie wie die einer Eule im nächtlichen Baum.

»Hat jeder sein Ziel?« flüsterte Seydlitz.

Als ihm dies bestätigt wurde, waren die Ungarn schon auf fünfzehn Schritte heran. Noch immer ahnungslos.

»Feuer!« kommandierte der Kornett.

Und fünfundzwanzig preußische Karabinerschüsse saßen. Die Verwirrung beim Feind hätte nicht größer sein können. Die getroffenen Panduren stürzten vom Pferd, und die durchgehenden Tiere rissen viele andere zu Boden. Doch schon jagten sie im phantastischen Zickzack zurück, diese Wesen, die halb Mensch, halb Tier zu sein schienen, und einige hingen an den Schwänzen ihrer Pferde und ließen sich bis zu den Büschen schleifen, die Deckung boten. Wer noch ein wenig Leben in sich spürte, versuchte vom Kampfplatz zu kriechen.

Seydlitz ließ sie gewähren und verbot seinen Leuten, Gefangene zu machen. »Ein jeder spare seine Kräfte, denn dies eben war nur das Vorspiel. Es ist besser, wir verteilen uns jetzt in kleinen Gruppen am Rande des Dorfes und versuchen, sie so lange hinzuhalten wie möglich. In Kranowitz wird man die Schüsse gehört haben und uns zu Hilfe kommen.«

Der Kornett sah zu, daß die vorhandene Munition gleichmäßig aufgeteilt wurde und sich alle möglichst optimal postierten. Er selbst wollte hin und her springen und da helfen, wo besondere Not am Manne war. Johann und Jobst, ein Kamerad vom Werbellinsee, wurden auf die Seite des Dorfes geschickt, die Kranowitz zugewandt war. Als Brustwehr fanden sie einen riesengroßen Findling, den auch eine Kanonenkugel nicht zerschmettert hätte, doch was nutzte dies, wenn man sich hervorwagen mußte, um auf die anrennenden Reiter zu feuern. Noch waren die Panduren nicht heran, aber zu Hunderten und Tausenden quollen sie jetzt aus den Stämmen des Strandorfer Waldes hervor.

»Wie die Heuschrecken«, sagte Johann.

Jobst lachte. »Im Heu hatte ich bis jetzt immer nur Lust und keinen Schrecken.« Er war ein rechter Spaßvogel und wollte, war der Krieg zu Ende, nach Amerika. »Hier ist man ja doch ein Leben lang nur Sklave.«

Johann fand, daß Jobst eine gewisse Ähnlichkeit mit Georg Strohmattias hatte, seinem Tamseler Freund, und als er darauf zu sprechen kam, lachte Jobst und sagte, ein Strohmattias habe bei ihnen ganz in der Nähe am Jagdschloß mitgebaut. »Ob da nicht ...?«

»Gib Obacht!«

Jetzt sprengten die Panduren heran, die Köpfe hinter den Kruppen ihrer Pferde verborgen. Und schossen dennoch präzise. Die Kugeln summten durch die Luft und klatschten neben ihnen in den Boden. Johann verspürte den Impuls, einfach aufzustehen – dann hatte er beim nächsten Herzschlag eine Kugel im Kopf ... und alles ausgestanden. Schon setzte er an, da war Seydlitz hinter ihnen.

»Seitwärts wie eine Schlange hinter dem Felsen hervor und dann ... Den auf dem Braunen mit der großen Blesse ...«

Jobst reagierte schneller als Johann, doch schon hatte er den Karabiner fallen lassen und griff mit beiden Händen in den Boden, im Todeskampf ein ganzes Büschel Gras ausreißend. Seydlitz ergriff sein Gewehr, und nun feuerten Johann und er zeitgleich auf den Unterführer der Panduren auf seinem auffälligen Pferd. Der stürzte zur Erde, und einige seiner Leute rissen ihre Tiere herum, um ihn wegzuschaffen, bevor er völlig durchlochert worden war. Die anderen aber hielten an, um nun um so intensiver auf den Felsenblock feuern zu können. Einer gab das Zeichen, links und rechts einen Bogen zu reiten und die beiden Preußen von hinten zu fassen.

Doch plötzlich stoppten alle, denn es kam ein Befehl in einer Sprache, die die beiden Preußen nicht verstanden. Jedenfalls hetzten alle Panduren in Richtung Kranowitz.

Seydlitz atmete auf. »Unser Detachement ist da! Schon an der Brücke. Bald sind sie hier.«

Er hatte sogar Zeit, nach seinen Leuten zu sehen. Zehn Tote hatte es gegeben. Johann wollte Jobst die Augen zudrücken, doch die feindliche Kugel hatte ihm derart den Schädel zerschmettert, daß dies nicht mehr möglich war. Er holte eine Pferdedecke herbei. Warum hatte es den getroffen und nicht ihn ... »Keine Angst, bald sind wir alle bei dir«, sagte Johann.

Seydlitz riß ihn herum. »Nein, sieh mal: Sie schicken uns einen Parlamentär.«

Johann wollte es nicht glauben, doch da stand tatsächlich ein Ungar mit einer weißen Fahne vor ihnen. »Mein Kapitän will bei einem solchen dummen Scharmützel nicht noch mehr Leute verlieren und bietet euch die ehrenvolle Übergabe an.« Das hieß, sie durften Waffen, Munition und Pferde behalten.

Es war förmlich zu spüren, wie die Kürassiere ringsum, zwanzig noch, innerlich in Jubel ausbrachen, nach außen hin aber taten sie so, als seien sie empört über die Zumutung, ihnen ihre Ehre zu nehmen.

Seydlitz zögerte mit einer Antwort, und Johann wußte warum: weil das in Preußen nicht ging. Und doch hätte er es getan – denn das Leben konnte so viel geben –, wenn das brandenburgische Peletonfeuer, das von der Brücke herkam, nicht immer stärker geworden wäre. Er konnte nicht kapitulieren, wenn Sekunden später die Rochowschen Musketiere als Sieger hier standen.

»Nein!« rief er also dem Ungarn zu, der augenblicklich verschwand und seine Scharen mit sich riß.

Gerade wollten nun alle in offenen Jubel ausbrechen, da kamen die Panduren von der Brücke nach Kranowitz zurück, und ihr Siegesgeschrei schallte herüber. Für Johann war das die schrecklichste Enttäuschung seines Lebens. Die Frau von Wreech hatte ihm oft genug erzählt, was ein Halbgott war – und er hatte Friedrich Wilhelm von Seydlitz stets für einen Halbgott gehalten, in dessen Nähe auch er unsterblich wurde, doch nun hatte der einen so eklatanten Fehler gemacht und im entscheidenden Augenblick offensichtlich auf die falsche Karte gesetzt. Die Chance der ehrenvollen Übergabe war ein für allemal dahin. Sie waren nun endgültig verloren, denn schon kamen die Ungarn zurückgejagt, warfen sich von den Pferden und schossen.

»Weiterfeuern«, ordnete Seydlitz lakonisch an.

»Wie geht das ohne Munition?« fragte Johann, aggressiv und aufsässig.

»Wieviel Schuß haben wir noch?«

»Dreißig«, meldete sein Sergeant.

»Das reicht ja dicke für zweitausend Panduren«, war Johanns Kommentar. In spätestens fünf Minuten waren beide tot, und was zählte da noch, wenn er jetzt unbotmäßig war und räsonierte.

»Hol Er die Pferde aus dem Stall!«

»Die Pferde?«

»Elefanten wären mir lieber – aber bin ich Hannibal?«

»Einen Ausfall wollen wir wagen?« fragte ein Sergeant. »Wir kommen nicht durch.«

»Ich habe nicht um Seine Meinung gefragt.«

Johann und der Sergeant stürzten zu den Pferden. Die anderen ließ Seydlitz weiterfeuern, damit die Panduren seine Absicht nicht sogleich durchschauten. Dann saßen sie auf, Säbel oder Pallasch blankgezogen. Ein paar Verwundete hatten sich inzwischen wieder aufgerappelt, dreizehn Kürassiere und ein Kornett waren sie jetzt.

»Richtung Kranowitz, Galopp, marsch!« kommandierte Seydlitz. »Windmühlenflügel sind schlimmer.«

Sie sprengten auf die letzten Häuser zu und setzten über eine Hecke. Doch die Ungarn hatten aufgepaßt, und es waren zu viele Kugeln in ihren Flinten. Einen Kürassier nach dem anderen holten sie vom Pferd. Johann fühlte, wie es ihm die linke Schulter wegriß, dann stürzte er zu Boden ... und immer weiter und weiter in die Unendlichkeit.

Es ritten noch fünf Kürassiere hinter Seydlitz her, als es dessen Schimmel traf. Mahomed brach zusammen, und seinen Reiter riß er mit. Seine Männer hielten hinter ihm. Im Nu waren alle von den Panduren umringt.

»Geben Sie den Degen!« rief deren Kapitän in gebrochenem Deutsch.

Seydlitz ließ sich die Zeit, um für einen kurzen Augenblick den Kopf seines toten Tieres in den Arm zu schließen, dann sprang er auf. »Nein! Den müssen Sie sich schon selber holen.« Den Säbel in der einen Hand, riß er mit der anderen auch noch seine Pistole heraus.

Der Pandur lachte. »Was soll das. Ich will leben, Sie wollen leben. Sie sind tapfer, das wissen wir nun, und haben uns mit Ihrer *courage* eine schreckliche *difficulté* bereitet und Ihre Leute in Kranowitz gerettet. Was weiter? Wenn Sie tot sind, haben Sie nichts mehr davon. Ich biete sie noch einmal an: die honorable Übergabe. Und wir werden zusammen vielen guten Landwein trinken. Und die Mädchen, na ja ...«

Seydlitz machte eine leichte Verbeugung. »Ich nehme die ehrenvolle Übergabe an, für mich und meine Leute.«

Trebnitz lag etwa drei Meilen nördlich von Breslau und der Oder auf den Höhen des Katzengebirges, einer heiteren Mischung aus Hügeln, Wiesen und Wäldern, die einen Brandenburger ein wenig an die Uckermark erinnerte. Überraschend tief in ein Tal gebettet, lag das Zisterzienser-Kloster mit seinen Türmen, und mit ihm als Mittelpunkt zogen sich die Häuser der kleinen Stadt die Hügel hinauf. Hinter der Stadtgrenze, auf Trachenberg zu, also noch weiter nach Norden, dehnte sich eine scheinbar unendlich weite Ebene, und wer hier stand, glaubte, das Meer vor sich zu sehen.

Friedrich Wilhelm von Seydlitz hatte während seiner Gefangenschaft in Österreich nicht viel zu leiden gehabt. Im Gegenteil. Er hatte sich in Raab frei bewegen können und dies nicht nur dazu genutzt, um sich in der nahen Puszta die schönsten Pferde anzusehen, sondern auch, um für den preußischen Stab Skizzen von der Festung Raab zu zeichnen. Lange brauchte er nicht zu warten, da hatte der König persönlich seinen Austausch gegen einen österreichischen Rittmeister in die Wege geleitet. Seydlitz' Angst, wegen der Kapitulation von Strandorf vor ein Kriegsgericht zu kommen, war unbegründet gewesen. Jedenfalls verbrachte er nach seiner Rückkehr aus Österreich beziehungsweise Ungarn eine Art Erholungsurlaub bei Verwandten in Oberschlesien, von wo aus er sich im November 1742 mit einem Gesuch an den König wandte, ihn doch bitte bei den Husaren anzustellen, und zwar als Rittmeister. Dies entsprach zum einen seiner Liebe zu leichteren und schnelleren Pferden – an den schweren Holsteinern, wie sie bei den Kürassieren verwandt wurden, hatte er nur wenig Spaß –, zum anderen war es auch Kalkül, denn die Husarentruppen waren im Aufbau begriffen, und man konnte bei ihnen schneller Karriere machen als anderswo. Da aber viele junge Reiter so dachten, bekam er keine Antwort auf sein Gesuch und mußte zurück zu seinem alten Kürassier-Regiment nach Belgard in Pommern, wo inzwischen allerdings von Rochow durch einen anderen Kommandeur ersetzt worden war, den Grafen von Podewils.

Johann Bosetzki war glücklich, Seydlitz wiederzusehen. Es war Juli geworden, Juli 1743, und seit seiner Gefangenschaft in Raab hatte er nicht viel erlebt. Freigekommen war er mit dem Friedensschluß von Breslau, der vom 11. Juni 1742 datierte, und dann heimgekehrt nach Belgard. Seine Verletzung im Gefecht von Strandorf hatte sich als nicht so schwer erwiesen, denn die Kugel war glatt durch die Schulter gedrungen, und er konnte den linken Arm bald wieder so bewegen wie eh und je.

Eines Tages, als Johann über den Marktplatz von Belgard gelaufen war, um für den Nachfolger Rochows eine Besorgung zu machen, war ihm Seydlitz entgegengekommen, freudig einen Brief schwenkend, den der König an den Regimentskommandeur geschrieben hatte: *»An Oberst Graf Podewils, Regiment Prinz Friedrich. Mein Lieber. Ich habe Euch hierdurch bekannt machen wollen, wie daß ich den Cornett Prinz Friedrichschen Regiments von Seydlitz zum Rittmeister bey die Natzmer Husaren versetzet, und demselben zugleich eine Esquadron conferiret habe. – Ich bin pp. Hundsfeld, 24. July 1743.«* Mit Hilfe des Schwedter Markgrafen, wie anders auch, hatte es Seydlitz dann arrangieren können, Johann als Kammerhusaren mit nach Schlesien nehmen zu dürfen.

So waren sie denn beide nach Trebnitz zu den »Lämmern« gekommen, wie man die Natzmer-Husaren ihrer weißen Pelze wegen nannte. Oberstleutnant Georg Christoph von Natzmer hatte zu Beginn des ersten Feldzuges vom König den Auftrag erhalten, in Landsberg an der Warthe ein Ulanenregiment, tausend Pferde stark, zu bilden, und aus dem war dann zwei Jahre später das Husaren-Regiment Nr. 4 geworden.

Seydlitz hatte viel zu tun, um das zu schaffen, was der König von ihm erwartete: eine Reitertruppe, die sich auszeichnete durch Schwung, Beweglichkeit und Schnelligkeit im Denken und Handeln, und er arbeitete hart mit seinen Husaren. Die waren bisher am faulen Frieden orientiert gewesen und murrten anfangs nicht wenig. Er ließ sie einerseits auf einem hölzernen Pferd den richtigen Sitz erlernen und sie dann andererseits so durchs Gelände toben, wie er es von Schwedt her kannte. Jeden Mann nahm er sich einzeln vor und ließ ihn immer wieder reiten, fechten, schießen und zu Fuß manövrieren. Wurden sie unwillig, jagte er sie so lange durchs Gelände, bis sie keinen Staub mehr schlucken mochten und wieder nach dem »kleinen Dienst« verlangten. Doch sie akzeptierten ihn, nicht nur weil er ein begnadeter Reiter war und durch seine kühle, fast schläfrige Souveränität zu überzeugen wußte, sondern auch, weil er sie nie prügelte oder sonstwie in ihrer Ehre verletzte, was damals durchaus noch nicht gang und gäbe war. Auch um jedes Detail kümmerte er sich – bis hin zur Borte der Attila. Dabei behagte ihm die bunt überladene Husarenuniform ganz und gar nicht, und er kam sich wie ein Zigeuner vor. Mit dem Oberstleutnant von Natzmer hatte er seine liebe Mühe und Not, denn der verkehrte lieber in den Salons des ortsansässigen Adels, als daß er mit seinen Truppen exerzierte, und Seydlitz als der jüngste Rittmeister des preußischen Heeres und Protegé des Königs war ihm suspekt.

Johann saß in der ersten Zeit nur wenig im Sattel, denn er war ja als Kammerhusar mit nach Trebnitz gekommen und fungierte vornehmlich als Seydlitz' Bursche. Statt durch sich drehende Windmühlenflügel zu reiten oder auf herumschwirrende Panduren zu schießen, erlernte er nun eine andere Kunst: und zwar, einen vollen Fäkalieneimer auf den Hof hinunterzutragen, ohne die Hälfte des Inhalts auf der steilen Treppe zu verschütten.

Der Rittmeister hatte seine Zimmer in der Langestraße im Hause des Kürschnermeisters Tiefler, und das einzige, was Johann in diesen Tagen spannend fand, war die Frage, ob es Seydlitz gelingen würde, mit Jadwiga zu schlafen. Sie hatte Seydlitz' Vorgänger, dem wüsten Horandinsky, das Essen bereitet und die Wohnung gesäubert und trat nun gewissermaßen in Konkurrenz zu Johann. Sie war die Tochter eines Uhrmachermeisters ganz aus der Nähe, und Seydlitz sagte schon nach dem ersten gemeinsamen Souper Jaga zu ihr. Indessen, so herb und schön sie war, so spröde war sie auch. Es schien wohl nichts zu werden mit den beiden, wie auch Johann weiterhin nur träumen konnte: von einer Frau, die auf einem stolzen Schimmel geritten kam und sich mit ihm in den Stall legte.

So verging Monat auf Monat, und obwohl Johann im Frühjahr 1744 wieder als normaler Husar seinen Dienst verrichten konnte, wurde der Trebnitzer Alltag mit seiner öden Routine zu einer immer schwerer drückenden Last. Bis Seydlitz zu ihm kam und ihm flüsternd etwas erklärte, das eigentlich zu haarsträubend war, um es glauben zu können: »Eine geheime Mission, in der wir nach Berlin reiten müssen ...«

Vier Tage später steckten sie dann in langen ungarischen Gewändern und schleppten an der Spreeseite des Schlosses aus einer verborgenen Rundbogentür voll beladene Körbe hinunter zum Wasser und verluden sie in einen bereitliegenden Kahn. Es klapperte und klirrte weit in die Nacht, doch da es in Strömen goß, bemerkte es keiner. Oben im Schloß, das hatte Johann schnell durchschaut, leitete Fredersdorf, Friedrichs Freund und Kammerdiener, die Aktion, und unten am Kai stand ohne Zweifel der König selber. Das Gesicht war von einem Umhang verdeckt, aber es waren seine Figur und sein Dreispitz, und unten sah der Degen hervor. »Schnell, schnell!« mahnte er die Träger. Es war seine Stimme, Johann kannte sie ja seit der Szene im Tamseler Park. Auch da war es ihm beim Flötenspiel mit der Frau von Wreech nicht schnell genug gegangen.

Zwölf Männer waren im Einsatz, alles engste Vertraute des Königs. Und nicht nur schwere und blinkende Metallgegenstände schleppten sie aus dem Schloß in den Kahn, sondern auch große funkelnde Spiegelrahmen, Tische, Kronleuchter und silberne Speiseplatten vom Umfang großer Wagenräder.

»Das ist der Silberschatz der Hohenzollern«, flüsterte Seydlitz.

Die Tür wurde von innen geschlossen, die Fackeln erloschen, und der Kahn wurde von einem Spreeschiffer mit einer langen Stange lautlos in die Mitte des Flusses gelenkt.

»Kann sin', det wir bei die Dusterniß anstoßen tun, wenn wir beim alten Lusthaus an de Pomeranzenbrücke in'n Kanal einbiejen«, hörte Johann ihn sagen.

»Paß Er man auf Ihm selber auf«, antwortete der König. »Ich jebe schon uff mir alleene acht.«

Um den Lustgarten herum gelangte man in den Köllnischen Graben und auf die andere Seite des Schlosses. Die Sicht wurde immer schlechter, als sie die Schleusenbrücke passierten, und Johann, der nur schlecht schwimmen konnte, fürchtete schon, sie würden kentern und allesamt ertrinken. Doch plötzlich flammten Fackeln auf, und einige wußten, daß sie die königliche Münze erreicht hatten. Jetzt erst begriff Johann den Sinn dieser ganzen Aktion: Der König brauchte Geld. Bis in den Morgen hinein hatten sie zu tun, alles auszuladen. Johann hörte den Münzmeister zischeln, daß man daraus, wenn alles eingeschmolzen war, anderthalb Millionen Taler prägen konnte.

Johann sah Seydlitz an. »Dann kann der Krieg ja weitergehen.« Nach Strandorf war er sich nicht mehr sicher, ob er sich darüber wirklich freuen sollte. Aber was sollte er sonst mit seinem Leben anfangen.

Das Jahr 1745 begann damit, daß die Natzmer-Husaren einen neuen Kommandeur bekamen, den Oberstleutnant Hans Adam Heinrich von Schütz, auch Schätz geschrieben, der zuvor in russischen Diensten gestanden und sich in den Feldzügen gegen die Türken einen guten Ruf erworben hatte. Allerdings war er von einer Grausamkeit, die alle, die mit ihm zu tun hatten, mit panischem Schrecken erfüllte. Bei ihm wurde kein Pardon gegeben, jeder Feind wurde getötet, denn mit Gefangenen wollte er sich nicht belasten. Jedes fremde Dorf ließ er plündern und niederbrennen, und ortskundige Führer wurden nach Erledigung ihres Auftrages grundsätzlich niedergehauen, damit sie später dem Feind nichts mehr verraten konnten. Kurzum, Schütz, gerade dreißig Jahre alt, war ein Henker, Mordbrenner und Wüstling – und Seydlitz bekam den Auftrag, mäßigend auf ihn einzuwirken.

Dazu sollte sich bald eine Gelegenheit ergeben, denn am 10. August 1744 hatte Friedrich den Zweiten Schlesischen Krieg mit einem preußischen Kriegsmanifest eröffnet, war mit einer großen Armee nach Böhmen marschiert und hatte am 17. September Prag erobert. Doch dann geriet der Herbstfeldzug zu einer einzigen Katastrophe, denn die Österreicher, die einer Entscheidungsschlacht geschickt auswichen, sorgten dafür, daß den Preußen die Lebensmittel für die Soldaten und das Futter für die Pferde ausgingen. Getreidevorräte wurden verbrannt, Brottransporte überfallen und ausgeraubt. Hunger und Kälte folgten diverse Krankheiten, und vor allem die Ruhr dezimierte die Zahl der einsatzfähigen Kräfte. Ständig attackierten die Österreicher mit ihren leichten Truppen die preußischen Verbände, und die Bevölkerung reagierte durchweg feindselig. Immer mehr Preußen desertierten, allein zwischen dem 26. November und dem 4. Dezember waren es neuntausend Soldaten. Auch die Offiziere waren nun demoralisiert, der Rückzug nach Schlesien wurde unvermeidbar, und Friedrichs Lage wurde noch desolater, als sich Österreich, England, Holland und Sachsen am 8. Januar 1745 zu einer Allianz gegen ihn zusammenschlossen, zu der auch die Zarin Elisabeth ihren Segen gab. Dann starb auch noch Kaiser Karl VII., und

Maria Theresia schloß ihren Frieden mit den Bayern. Friedrich blieben nur noch seine französischen Verbündeten, doch die hielten sich vornehm zurück. Es war Zeit für ihn, Abschied vom »Rendesvouz des Ruhms« zu nehmen.

Die Natzmer-Husaren hatten mit alldem noch nichts zu tun gehabt und griffen erst in das Geschehen ein, als im Mai 1745 die österreichisch-sächsische Armee mit fünfundsechzigtausend Mann auf den schlesischen Gebirgspässen erschien, um das Land für Maria Theresia zurückzuerobern. Friedrich schrieb an den Alten Dessauer: »Aus Schlesien kann ich mich so wenig rausschmeißen lassen wie aus der Mark!« und konzentrierte seine fünfzigtausend Köpfe starke Armee in der Nähe von Schweidnitz. Der Oberst von Schütz wurde mit den Husaren nach Böhmen und Mähren befohlen, und am 16. Mai ritt man auf das Dorf Horczuz zu.

Es wurde langsam dunkel. Schütz parierte sein Pferd und gab den Befehl zum Absitzen. Er hatte Durst und mußte erst einmal seine Flasche Korn an die Lippen setzen. Schon brach der Pyromane in ihm durch. »Rittmeister, dieses Dörfchen soll brennen.«

»Ich sehe keinen Grund dafür.«

»Es erhellt die Gegend.«

Seydlitz ließ sich nicht aus der Ruhe bringen. »Wir haben Fackeln genug.«

»Die Bewohner werden füseliert!« lallte Schütz.

»Sie werden nicht füseliert, Herr Oberst, denn das ist gegen das Kriegsrecht.«

Schütz lachte so stark, daß seine großen gelben Zähne sichtbar wurden. »Der Krieg bin ich, und ich habe immer recht.«

»Wir sind Offiziere des preußischen Königs.«

Schütz trank weiter. »Ein Mann willst du sein ... Wie ein kleines Mädchen bist du.«

Johann hatte Angst, daß Seydlitz nun zum Degen griff, doch der blickte Schütz nur mit so schläfrigen Augen an, als langweile ihn nichts mehr als dessen Worte.

»Dann trag Er wenigstens meine Decke ins Gebüsch und besorg mir ein Weib!« rief der Oberst.

»Alle Einwohner stehen unter dem Schutz des Königs.«

Schütz packte Seydlitz am Dolman und zog ihn dicht zu sich heran. »Die Weiber stehen unter Seinem Schutz – und ich wohl auch ...!?«

Seydlitz wurde um noch einige Grade kühler. »Das, so habe ich seinen Worten entnommen, ist der Wille des Königs.«

Mit einem russischen Fluch, den Johann nicht verstand, stieß Schütz seinen Rittmeister beiseite und warf sich ins Gras, um weiter zu trinken und dann in tiefen Schlaf zu fallen.

Am nächsten Morgen wurden sie überraschend von einigen kroatischen Reitern attackiert und hätten wohl alle ins Gras beißen müssen, wenn Schütz nicht sein Leben für sie eingesetzt hätte. Er schien hundert Arme zu haben, und sein Säbel mähte die Kroaten nieder wie eine Sense die Halme. Doch sie hatten in diesem Scharmützel keine Chance, und so schrie er schließlich: »Flieht, ich halte sie auf!« Man hieb ihn buchstäblich in Stücke, aber Seydlitz, Johann und die anderen zwanzig Mann hatten Zeit genug, sich in Sicherheit zu bringen.

»Wie ein Vieh hat er gelebt«, sagte Seydlitz. »Aber gestorben ist er wie ein Mann.«

Was Johann seit Strandorf am meisten beschäftigte, konnte er schwer in Worte fassen. Aber auch, wenn es ihm möglich gewesen wäre – mit wem hätte er darüber reden sollen? Mit seinen Kameraden ganz sicher nicht, für die hätte er sofort als altes Waschweib gegolten, und auch für Seydlitz war das kein Thema, der war sich viel zu sicher, daß das Schicksal ihn auserwählt hatte, ein großer Reitergeneral zu werden. Und da starb man nicht, bevor man es geworden war. Für einen kleinen Husaren wie Johann Bosetzki aber war der Tod etwas ganz Reales. So wie eine Münze bei der Hälfte aller Würfe auf die Seite mit dem Kopf des Königs fiel, so wahrscheinlich war auch das Sterben im Krieg. Und das war es, was er nie bedacht hatte, als er in Tamsel über die Wiesen geritten war und davon geträumt hatte, ein Rochow-Kürassier und damit ein Held zu sein. Klar, der Bauer Sengebusch hatte seine Schweine gezüchtet, damit sie eines Tages für ihn starben – und so tat es der König mit allen seinen Soldaten, nur dazu wuchsen sie auf, nur dazu wurden sie ausgebildet. Und, fragte sich Johann, was habe ich davon, daß ich das durchschaue? Nichts. Außer, daß er weniger fröhlich war als seine Kameraden. Die Welt war so, wie sie war, und er konnte sie nicht ändern. Vielleicht war es sogar besser, daß er frühzeitig starb. Wenn das der letzte Sinn des Lebens war, dann mußte man sich beeilen, schnell ans Ziel zu kommen. Und so zog er denn in dumpfer Betäubung in die Schlacht von Hohenfriedberg, die am 4. Juni 1745 geschlagen werden sollte. »Es ist mir so egal, was alles passiert ...« murmelte er des öfteren vor sich hin.

Friedrich hatte herausgefunden, daß die Österreicher und Sachsen in der Ebene nordöstlich von Landeshut ihr Lager aufgeschlagen hatten. Sein Plan war es nun, die feindliche Armee in einem Nachtmarsch ungesehen zu umgehen und dann am Morgen an ihrer ungesicherten Flanke zu packen und niederzuwerfen. Um neun Uhr abends wurde aufgebrochen. Die Lagerfeuer ließ man brennen, um den Feind zu täuschen.

»Das ist genial«, sagte Seydlitz, und auch Johann fand den Krieg wieder einmal besser als das, was er sonst im Leben gehabt hätte. Was wäre gewesen, wenn er – statt hier mit den Natzmer-Husaren in die Schlacht zu ziehen – den Sommer über in Tamsel gesessen hätte? Mähen, Dreschen, Ställe säubern, Steine schleppen in Küstrin. Und immer einer da, ihm in den Hintern zu treten, wenn er nicht spurte.

Die Füsiliere, Kürassiere, Husaren, Dragoner und Artilleristen schwiegen alle, vermieden jeden Lärm und rauchten nicht einmal. Den Pferden hatte man die Hufe umwickelt. Es war eine sternenklare Nacht, und immer wieder war der

König, gegen die Kühle in einen dunkelblauen Mantel gehüllt, zwischen ihnen. Als er neben Johann ritt, stutzte er einen Augenblick.

»Ist Er nicht aus Tamsel?«

»Ja ...« Johann war so erschrocken, daß er das »Euer Majestät« glattweg vergaß.

Der König sagte nichts weiter. Er hatte die Kavallerie angewiesen, während der Schlacht kein Pardon zu geben, also keine Gefangenen zu machen, sondern alles zu töten, was sich ihnen in den Weg stellen sollte.

Als es Morgen wurde, kam dann alles anders, als es Friedrich vorausberechnet hatte, denn nur das Hauptheer der Österreicher hatte es sich an den Lagerfeuern bequem gemacht, während die Sachsen und einige Schwadronen der österreichischen Kavallerie schon weitergezogen waren. Auf diese trafen nun die preußischen Reiter, auch die Natzmer-Husaren, die Generalleutnant Du Moulin unterstellt worden waren. Innerhalb weniger Minuten entbrannte ein gnadenloser Kampf Mann gegen Mann, und wie ein Bienenschwarm wirbelte nun alles durcheinander. Johann versuchte, sich immer eng an Seydlitz zu halten, denn da der Zusammenstoß mit den Panduren doch noch glücklich ausgegangen war, hielt er den Rittmeister wieder für einen Halbgott und damit für unsterblich. Viele Kameraden um ihn herum sanken dahin, und ihre weißen Pelze hatten sich schnell blutrot gefärbt. Am schlimmsten aber traf es die sächsischen Grenadiere, die zu Fuß in die Reiterschlacht geraten waren.

»Paß auf!« schrie Seydlitz und warnte Johann vor einem heranstürmenden Österreicher, der den Pallasch schon zum tödlichen Hieb erhoben hatte.

Johann riß sein Pferd herum, entging dem Hieb und erkannte im selben Augenblick, wer der andere war: Franz Joseph von Czako, sein Todfeind aus den Tamseler Tagen. Er wollte ihm nachsetzen, doch Seydlitz hielt ihn zurück.

»Den da will ich haben!« Auf einen sächsischen General

hatte er es abgesehen, den General von Schlichting, und Johann sollte seine Flanke decken. Seydlitz drängte nun sein Pferd ganz dicht an den Braunen des dahinjagenden Sachsen, beugte sich weit hinüber, schob seinen Säbel mit der Schneide nach oben zwischen die Zügelfaust des Generals und den Pferdehals – und hatte mit einem kurzen, kräftigen Ruck die Zügel durchschnitten. Und schon hatte er sich die herunterhängenden Zügelenden gegriffen und kam mit dem General, der gar nicht wußte, wie ihm geschah, zu seiner Linie zurückgesprengt. Johann zog ihn vom Pferd, wobei er aber unglücklicherweise seinen Säbel verlor.

»Es dürfen keine Gefangenen gemacht werden«, rief einer von Du Moulins Majoren.

»Das ist kein Gefangener«, entgegnete Seydlitz. »Das ist mein Gast, der sehen will, ob die Sachsen bei den Preußen nicht besser aufgehoben sind als bei den Österreichern.«

Daß Johann von dieser Szene stark abgelenkt wurde, sollte sein Verhängnis werden. Denn unbemerkt war von Czako wieder auf ihn zugeritten, und als Johann seinen Hufschlag hörte, war es zu spät. Aus dem Stand hatte er gegen den Österreicher keine Chance, zumal er ohne Säbel war, und so wandte er sich zur Flucht. Dabei geriet er unwillkürlich nach Süden, wo inzwischen die preußische Infanterie unter dem Erbprinzen Leopold von Anhalt-Dessau das Striegauer Wasser überquert hatte und mit geschulterten Musketen, fliegenden Fahnen und wirbelnden Trommeln auf die Sachsen losgegangen war, die sich im Gelände verschanzt hatten und in diesem Augenblick mit ihrem Kartätschenfeuer begannen. Johann zögerte einen Augenblick. Hinter sich hatte er von Czako, vor sich die Salven der Infanteristen und Artilleristen, also nur die Wahl zwischen dem Tod durch einen Säbelhieb und dem Tod durch eine Kugel. Er entschied sich für die Kugel, denn das letzte, was er im Leben sehen wollte, war nicht gerade Czakos grinsendes Gesicht. Nach dieser Entscheidung fiel es ihm fast leicht, dem Pferd die Sporen zu geben.

Und schon die erste Kugel traf. Sein Pferd bäumte sich auf, riß ihn mit zu Boden und wälzte sich im Todeskampf mehrmals über seinen Leib. Schnell hatte er das Bewußtsein verloren.

Der Krieg ging weiter, auch ohne Johann. Hohenfriedberg wurde allenthalben als großer taktischer und operativer Erfolg Friedrichs gefeiert, aber strategisch wie politisch brachte ihm diese Schlacht keinerlei Vorteile, vor allem, weil er es unterlassen hatte, die fliehenden Feinde wirksam zu verfolgen. Was er im Sinne hatte, war etwas anderes, nämlich weite Teile Böhmens von seinen Soldaten und Pferden förmlich kahl fressen zu lassen, um so den Österreichern das Aufmarschgebiet nach Schlesien zu nehmen und dessen Grenzen vor ihnen zu schützen. So bewegte er sich mit seiner Armee ganz langsam und immer im Kreise herum. Die Österreicher und Sachsen störten ihn dabei nur mit kleinen Nadelstichen, bis es am 30. September 1745 zur großen Schlacht bei Soor kommen sollte. Doppelt so stark war der Feind, doch die Preußen siegten, wobei allerdings Friedrichs Lieblingshündin Biche verlorenging, was den König sehr schmerzte. Wieder einmal gaben die Reiter den Ausschlag; obwohl die Kavallerie mehrfach heftig angegriffen wurde, hielt sie sich wacker. Seydlitz, im Juli zum Major befördert, war dabei und überlebte, wurde aber durch einen Karabinerschuß in den linken Unterarm verwundet, was ihn jedoch nicht daran hinderte, sich auch bei den nächsten Schlachten – am 23. November bei Katholisch-Hennersdorf und am 27. November bei Zittau – ganz besonders hervorzutun. Nach der Schlacht bei Soor hatte er zudem die große Freude, Friedrich mit seinem Besteck aushelfen zu dürfen – dem hatten vorher die Kroaten den ganzen königlichen Train geraubt. Dann standen dem König die Freudentränen in den Augen, als nämlich Biche, von der berichtet worden war, die Feinde hätten sie zerstückelt, völlig unerwartet wiederauftauchte. Die Österreicher hatten das Windspiel quasi nur gefangengenommen, und der preußische Generalleutnant Graf Rothenburg durfte es bald wieder in Empfang nehmen. Er ließ das geliebte Tier leise, ohne daß Friedrich das bemerkte, zur Tür hinein, und mit einem Mal stand Biche auf dem Tisch vor dem König und legte ihm die Vorderpfoten um den Hals.

Es folgte am 15. Dezember 1745 noch die Schlacht bei Kesselsdorf, wo der Alte Dessauer betete: »Lieber Gott, steh mir heute gnädig bei, aber willst du nicht, so hilf wenigstens den Schurken, den Feinden nicht, sondern siehe zu, wie es kommt.« Dann aber, am Weihnachtstag, war der Zweite Schlesische Krieg zu Ende, und Preußen und Österreicher schlossen ihren Frieden miteinander. Vorläufig jedenfalls. Maria Theresia bestätigte Friedrich den Besitz Schlesiens und bekam von Preußen die Zustimmung zur Wahl ihres Mannes Franz zum römisch-deutschen Kaiser.

Seydlitz verblieb weiterhin in Trebnitz bei den Natzmer-Husaren, wo in der Ausbildung der Reiter noch viel zu tun war. Das erste Ziel hatte der König vorgegeben: *»Die Husaren-Regimenter sollen die Leute gut dressiren, als wie die Cuirassier- und Dragoner-Regimenter nur immer können, auch ihre Leute dazu anhalten, das sie geschlossen mit dem Säbel in der Faust den Feind attaquiren können.«* Vor nicht allzu langer Zeit waren die Husaren, gedacht für den »kleinen Krieg«, das heißt für Aufklärung und Sicherung, noch als »Gesindel« abqualifiziert worden, gleich den Panduren, und die Kürassiere und Dragoner hatten sich vornehm von ihnen distanziert, und nun sollten sie zur überall einsetzbaren und stärksten Reiterwaffe werden. Das war natürlich ganz in Seydlitz' Sinne, und er formulierte das zweite Ziel wie folgt: »Zentauren müßt ihr werden!« Manchmal dachte er daran, die Truppe völlig nackt auf Pferden ohne Sattel und Zügel exerzieren zu lassen, denn nur so konnte man das erreichen, was einen unschlagbar werden ließ: Grenadiere mit Pferdeleibern zu haben. Das war einerseits notwendig, um mit leichten Reitern und kleineren Pferden beim Aufprall gegen die schwere feindliche Kavallerie eine Chance zu haben, andererseits war es *l'art pour l'art,* und es hatte den Anschein, als sei Seydlitz darauf aus, zweihundert Zirkusreiter zu schulen.

Dies jedenfalls war Johanns Eindruck, der inzwischen von Jadwiga gesund gepflegt worden war. Fast hätte ihm sein sterbendes Pferd den Brustkorb eingedrückt. Etliche Rippen waren gebrochen, und eine, so der Feldscher, hatte sich wohl ein wenig in seine Lunge gebohrt. Nur seine sprichwörtliche Pferdenatur habe ihn gerettet, sagte Seydlitz des öfteren. Jedenfalls hatte er wochenlang mit dem Tode gerungen, und auch jetzt verspürte er beim schnellen Atmen immer noch ein erhebliches Stechen im linken Lungenflügel, konnte aber ansonsten wieder seinen Dienst versehen. Und der war hart genug.

»Pfostenreiten!« befahl Seydlitz, als sie sich auf dem Trebnitzer Exerzierplatz formiert hatten.

»O Gott, meine Knochen!« stöhnte von Tschirschky, ein junger Kornett, der gerade erst zum Regiment gekommen war.

Johann wollte ihm mit einem guten Rat aushelfen. »Ich sag' Euch, wie Ihr's machen müßt: Keine Angst vor den Pfosten, ihnen nicht ausweichen wollen, sondern mit voller Wucht drauf.«

»Hör auf mit deinem dummen Gequatsche!« Tschirschky kam aus einer alten Adelsfamilie, und es war unter seiner Würde, von einem Bauernlümmel belehrt zu werden.

»Bosetzki, los!« kam das Kommando.

Johann hatte schon darauf gewartet. Mit voller Wucht ritt er auf die ersten beiden baumstammdicken Pfosten los. Sie waren bis auf Schulterhöhe des Reiters so dicht nebeneinander in den Erdboden gerammt worden, daß man gerade eben hindurchkommen konnte. Wie beim Spießrutenlaufen folgte eine endlose Reihe weiterer Doppelpfosten, alle auf Lücke gesetzt. Im ersten Durchgang waren sie noch mit Strohzöpfen umwickelt, im zweiten nicht mehr. Johann legte es darauf an, den linken Pfosten der ersten Reihe so stark zu rammen, daß er nachgab. Das tat er dann auch, und nun wendete Johann sein Pferd noch innerhalb der Pfosten und setzte es gleichzeitig so stark auf die Hinterhand, daß die von ihm geschaffene Lücke erheblich größer wurde.

»Bravo!« rief Seydlitz. »Wer das hier schafft, wird sich später auch im Getümmel der Feinde behaupten können.«

Die meisten der Husaren packten es nach etlichen Versuchen, als nun aber die Strohzöpfe von den Pfosten abgezogen und noch schonungsloser angeritten wurde, gab es eine Reihe von Ausfällen. Am schlimmsten erwischte es von Tschirschky. Sein Pferd geriet in Panik und schlitzte sich an einem abgebrochenen Pfosten den Bauch auf. Der Reiter brach sich den rechten Oberschenkel und wurde vom Feldscher ins Quartier getragen, das Tier wurde erschossen.

»Umgekehrt wäre es besser gewesen«, brummte einer, der von Tschirschky haßte.

Johann fand, daß sich Seydlitz in letzter Zeit nicht zu seinem Vorteil verändert hatte, und damit mochte er recht haben. Offenbar hielt Seydlitz Trebnitz für Schwedt, doch im Gegensatz zum Markgrafen hatte er nicht nur Reiter um sich geschart, die absolute Könner waren, sondern auch manches mittelmäßige Talent. Die Folge waren viele gebrochene Glieder und noch mehr zuschanden gerittene Pferde, die dann erschossen werden mußten. Seydlitz liebte Pferde – aber nur solange, wie er auf ihnen saß. Und da er die Pferde laufend wechselte, konnte er nicht merken, wie sie überanstrengt wurden. Mitleid mit der Kreatur kannte er nicht, Pferde waren für ihn Mittel zum Zweck. Er war zuviel mit sich allein, und seine Amouren halfen ihm auch nicht, innerlich zu reifen. Der Markgraf hatte kein Interesse mehr an ihm, der König war weit, und Natzmer, der Kommandeur, hatte anderes im Kopf als den Alltag seiner Husaren, so daß niemand da war, der ihn lenkte. Nur Johann wagte es, ihm ab und an die Meinung zu sagen.

»Wir Reiter sind nicht besser, als wir sind, da wird nicht

viel zu machen sein, aber bei den Pferden wäre noch was möglich.«

Seydlitz nickte. Das hatte er auch schon bedacht. »Bei den Remonten, ja ...« Kürassiere und Dragoner bezogen ihre Tiere vorwiegend aus Holstein und Jütland, wo es die erforderlichen mittelschweren Warmblüter gab, also große, stattliche und auch teure Tiere von wunderschöner Farbe, die auch bei den Revuen, den Heerschauen, etwas hermachten. Für die Husaren jedoch waren kleine, bewegliche und anspruchsvollere Tiere wesentlich besser geeignet, doch man brauchte einige Zeit, um das einzusehen. »Meinst du aber, wir kriegen ein gutes Remontekommando zusammen?«

Johann überlegte einen Augenblick. Seydlitz' Frage zielte darauf ab, daß es auf den Pferdemärkten in Polen, Ungarn und der Ukraine, wo es die gewünschten Tiere gab, anders zuging als in Celle, Hamburg oder Halberstadt. Bekam man in Deutschland Pferde vorgestellt, die an der Hand gingen oder vom Verkäufer und seinen Leuten geritten wurden, so hatte man es dort mit Tieren zu tun, die vier Jahre lang völlig wild gelebt hatten und die man sich aus der frei laufenden Herde aussuchen und einfangen mußte – und das schafften von den preußischen Husaren nur verhältnismäßig wenige. »Ich glaube, zwei Dutzend von uns sind dazu durchaus in der Lage, und wenn wir Tschirschky zu Hause lassen, wird es schon gelingen.«

Als nun der Major von Seydlitz am 5. September 1747 den Befehl erhielt, die jährlichen Remonten für sein Regiment zu beschaffen, brach er alsbald mit einem weiteren Offizier, einem Fahnenschmied, Johann in der Rolle des erfahrenen Unteroffiziers und fünfundzwanzig Mann nach Skalat auf, einem Städtchen an der polnisch-ukrainischen Grenze. Für Johann sollten es schicksalhafte Tage werden.

In Skalat waren sie zusammen mit den braunen Husaren aus Soldan die ersten auf dem Markt, und Tadeusz Kucharski, ein polnischer Magnat, ritt mit ihnen zu seiner Herde hinaus, die gut zwei Meilen außerhalb der Stadt graste.

Kucharski war ein hünenhafter Mann und erzählte viel vom polnischen König, den er als seinen guten Freund bezeichnete.

Johann war etwas hinter dem Trupp zurückgeblieben, weil es einen Schaden an seinem linken Steigbügel gegeben hatte. Er war ein Mensch, der nicht gerne redete, ja die übliche Konversation geradezu haßte, so daß er ganz froh darüber war. Auch erinnerte ihn die Landschaft ein wenig an Tamsel, und er fragte sich, was sie wohl gerade in diesem Augenblick im Dorfe machten, bei den Sengebuschs unten und oben im Schloß. Hätte es keinen Krieg gegeben, würde er jetzt beim Apfelpflücken helfen. In diesem Augenblick stellte seine Stute die Ohren auf und wurde unruhig. Ein Wolf ...? Nicht hier. Da war von rechts hinter einem kleinen Gebüsch das Wiehern eines Hengstes zu hören, ein Wiehern, das gefährlich klang und schon bald in ein wahres Trompeten überging, und ehe sich Johann versah, kam ein hochgewachsenes Mädchen mit wehendem weizenblondem Haar auf ihn zugeschossen und versuchte verzweifelt, ihr durchgegangenes Pferd mit Sporen und Peitsche wieder unter Kontrolle zu bringen oder zumindest von Johanns auskeilender Stute wegzudrängen und wieder hinaus aufs freie Feld zu lenken, wo sie mit seinen Kapriolen besser fertig würde.

Johann sah sofort, daß sie eine phantastische Reiterin war, aber dennoch mit diesem Hengst allein nicht fertig werden konnte, das hätte bestenfalls ein Seydlitz geschafft. Also beschloß er, ihr durchgehendes Pferd vom Nebensattel aus einzufangen, wie sie es in Schwedt und Trebnitz dutzendfach geübt hatten. Doch als er neben der Reiterin war, fauchte sie ihn an: *»Bacznosc, nje!«*

Das war zweifellos polnisch, doch außer *»nje«* gleich »nein« und *»tak«* gleich »ja« verstand er kaum ein Wort, vielleicht noch »guten Tag«. Und das rief er ihr jetzt zu: *»Dzien dobry!* Ich will dir doch nur helfen.«

»Nur deine verdammte Stute ist schuld.« Sie sprach ein tadelloses Deutsch. »Hau ab, laß die Finger von Szczupak!«

Trotz ihres Widerstands griff ihr Johann in die Zügel, parierte selbst durch, stand – und der ablaufende Zügel der jungen Polin wirkte wie ein Lasso, so daß der Hengst zusammenbrach und sie aus dem Sattel rutschte. Johann sprang auf die Erde, um ihr aufzuhelfen, und freute sich schon auf ihren Dank.

Doch kaum stand sie wieder auf den Beinen, da griff sie sich ihre Reitpeitsche und stürzte auf Johann los, um auf ihn einzuschlagen. »Du verfluchter Deutscher, du! Ihr Barbaren, ihr!«

Johann war zunächst viel zu verblüfft, um sich zur Wehr zu setzen, doch als die Hiebe schmerzten, unterlief er schließlich ihre Peitsche, bekam ihren rechten Arm zu pakken und rang mit ihr. Sie war wie eine Wildkatze und hatte eine Kraft, wie Johann sie bei keiner Frau vermutet hatte. Und ihre Kleidung war mit jenem Parfüm betupft, das Johann schon immer zur Raserei gebracht hatte: dem Geruch eines Pferdes. Er starrte in grünlich schimmernde Augen und wußte: Dies ist die Frau, die ich will, ich bin endlich am Ziel. Und er spürte mit dem jahrmillionenalten Instinkt des balzenden, des brünftigen männlichen Wesens, daß auch sie erregt war.

»Ich heiße Johann und komme aus Tamsel«, stieß er hervor, ohne daran zu denken, ihre Arme loszulassen.

»Ich heiße Helena und bin die Tochter von Tadeusz Kucharski.«

Nun dauerte es nur noch Sekunden, bis sie nachgab und in seinen Armen lag. Johann küßte sie und verlor sich an die Kräfte des Alls, war nur noch Teil einer Mechanik, die Gott geschaffen hatte. Helena führte ihn zu einer Scheune, in der sie die Nacht verbrachten, und Johann fragte nicht mehr nach Seydlitz und den Natzmer-Husaren. Er war aus seiner Zeit und seiner Welt gefallen und ganz woanders angekommen.

Und Seydlitz schickte auch niemanden aus, ihn zu suchen, denn inzwischen war es zu einem riesigen Eklat gekommen. An sich hatten sie ihre Geschäfte schon besiegelt, da war Tadeusz Kucharski mit der Forderung gekommen, Seydlitz solle ihm weitere zwanzig Pferde abkaufen. Als der sich geweigert hatte, war ein solcher Streit zwischen ihnen entflammt, daß Kucharski den preußischen Major zum Duell herausgefordert hatte. Der war darauf eingegangen, und der Pole hatte sich als ein exzellenter Säbelfechter erwiesen, war aber schließlich doch von Seydlitz mit einem Hieb quer über das Gesicht außer Gefecht gesetzt worden. Die Polen hatten daraufhin Vergeltungsmaßnahmen angedroht, und Seydlitz war Hals über Kopf mit seinen Leuten und den angekauften Pferden zur schlesischen Grenze geritten. Daß Johann fehlte, hatte man erst eine Meile hinter Skalat gemerkt, und da war es zu spät, noch ein Suchkommando auszusenden. Obwohl sich Seydlitz zuerst dagegen gesträubt hatte, wurde Johann in Trebnitz als Deserteur in die Listen eingetragen.

# Kapitel 5

## 1756–1758

»Es ist schön, wenn man Ruhm erworben hat«, hatte Friedrich 1748 in seinen *Principes Généraux* geschrieben, »aber weit entfernt, sich in einer tadelnswerten Sicherheit zu wiegen, muß man auf lange Sicht die Mittel vorbereiten, die eines Tages anzuwenden uns Zeit oder Anlaß zwingen.« Folglich dienten die Jahre nach dem Ende des Zweiten Schlesischen Krieges der Aufrüstung. Man erweiterte die alten Festungen wie Neiße oder Glogau und errichtete, um die Grenzpässe nach Böhmen zu decken, mit Schweidnitz eine neue. Die Arsenale wurden mit Waffen, Munitionsvorräten und Uniformen gefüllt. Das preußische Heer wurde weithin gerühmt, vor allem, weil es noch immer die Disziplin und den absoluten Gehorsam altrömischer Kohorten aufwies.

Daß ein neuer Krieg irgendwann zu erwarten war, weil Österreich den Verlust Schlesiens noch immer nicht verschmerzt hatte und sich langsam Frankreich als neuem Alliierten zuwandte, war auch Seydlitz und Johann nicht entgangen, dessen Schicksal noch immer mit dem des Aufsteigers und Glückskindes aus Kalkar eng verbunden war. Bei der Heerschau im September 1752 war Seydlitz vom König wegen seiner Verdienste in den zurückliegenden Schlachten sowie als Erzieher und Ausbilder zum Oberstleutnant befördert worden. Doch damit nicht genug, am 13. Oktober 1752 ernannte ihn Friedrich zum Kommandeur des Dragoner-Regiments Herzog Eugen von Württemberg (Nr. 12), das in Treptow an der Rega stationiert war, also weit oben in Pommern. Einunddreißig Jahre war er erst alt. Nach fünf Monaten, zum 1. März 1753, rief ihn eine Ordre des Königs nach Schlesien zurück, wo er in Ohlau die Rochow-Kürassiere (Nr. 8) kommandieren sollte. Ohlau lag ein Stück oderaufwärts hinter Breslau.

Jetzt schrieb man schon das Jahr 1756, und Seydlitz, mittlerweile Oberst, zog es wieder einmal zu den schönen Frauen in die Berliner Salons, obwohl sein Leibarzt ihn immer wieder warnte, denn es war nicht ausgeschlossen, daß er sich vor Jahren bei einem Liebesabenteuer in Ungarn eine schwere venerische Krankheit eingefangen hatte. Dafür sprach jedenfalls, daß seine Wunden furchtbar langsam heilten. Noch immer war Johann Bosetzki, obwohl viele Ränge niedriger, sein enger Vertrauter, und er hatte ihn bei seinen Beförderungen jeweils mitgenommen, des Nutzens und der Gewohnheit wegen, aber auch, weil er den Bauernjungen aus Tamsel, so er denn nicht sogar ein Sohn des Markgrafen war, als seinen Talisman ansah. Dennoch hatte er nie herausbekommen, was damals im September 1747, vor fast neun Jahren also, in Polen geschehen war.

Für Johann selbst war die Begegnung nur noch ein Traum, obwohl er Helena nie vergessen hatte. Manchmal schien es ihm, als hätte sein Leben nur aus diesen drei Tagen bestanden. Dann wieder kamen Augenblicke, wo er Helena verfluchte, denn sie war in ihm wie ein schleichendes Gift, das heißt, er konnte an keiner anderen Frau mehr irgendeinen Reiz entdecken. Helena hatte ihn dazu verurteilt, als Hagestolz durch die Welt zu gehen, und wie ein Wallach kam er sich vor. Wenn er nachts nicht schlafen konnte, hörte er noch immer das, was sie gesprochen hatten.

»Helena, ich bleibe hier bei dir für immer, ich optiere für Polen.«

»Johann, die Preußen werfen jeden Deserteur ins Gefängnis oder jagen ihm eine Kugel durch den Kopf.«

»Du bist mir das wert.«

»Was habe ich von dir, wenn du als Leiche daliegst.«

»Sie kriegen mich nicht.«

»Sie kriegen jeden.«

»Seydlitz wird mir helfen.«

»Der will hoch hinaus und wird deinetwegen nicht fallen wollen.«

»Jetzt ist es ohnehin zu spät. Ich bleibe bei dir, und wir züchten Pferde, eine ganze Herde und noch eine, und verkaufen sie den Preußen und den Österreichern. Wir werden so viel Geld haben, daß wir uns in der Stadt ein Palais bauen können.«

»Johann, du mußt zurück.«

»Helena, nein.«

»Doch, Johann, doch!«

»Du liebst mich nicht mehr!«

»Gerade weil ich dich so sehr liebe.«

»Dann bleibe ich.«

»Nein, du mußt zurück nach Trebnitz!«

»Seydlitz ist lange weg, zwei Tage bin ich schon bei dir, in Trebnitz werde ich bestimmt schon als Deserteur geführt. Wenn ich dorthin zurückkehre, ist das doch der Tod für mich.«

»Ich habe mit meinem Vater gesprochen. Er wird Seydlitz schreiben, daß er dich als Gefangenen hierbehalten hat – als Ausgleich dafür, was Seydlitz ihm angetan hat. Und die Natzmer-Husaren mögen den Preis nennen, für den sie dich freikaufen wollen.«

Der Kommandeur in Trebnitz hatte zwar mächtig geknurrt, als man ihm Tadeusz Kucharskis Brief auf den Tisch gelegt hatte, doch was blieb ihm weiter übrig, als zu zahlen, denn sich beim König über Seydlitz zu beschweren wäre Narretei gewesen.

So war Johann nach Trebnitz zurückgekommen, und als Helden hatte man ihn dort gefeiert. Von seiner Traurigkeit hatte keiner etwas geahnt.

Nun, das war lange her, sehr lange ... Jetzt war man in Berlin und wollte die große Stadt genießen. Seydlitz hatte ein Zimmer im Friedrichsfelder Schloß bekommen, das schon lange im Besitze der Schwedter Markgrafen war, während Johann im Berliner Lazarett schlafen mußte, wo ein kriegsversehrter Natzmer-Husar als Verwalter tätig war. Zum Glück brauchte Johann nicht im Krankensaal zu nächtigen, wo sie Bett an Bett aneinandergereiht hatten und die todkranken Kameraden entsetzlich schrien, wenn die Feldscher sie versorgen wollten. Sie krümmten sich unter ihren Decken wie zertretene Würmer, viele mit Wundbrand und weggefaulten Gliedern. Einmal sah sich Johann selber in einer Ecke liegen und wimmern. »Mutter … Wasser …« Da warf er seinen Beutel nur schnell in die Kammer neben der Küche, die man ihm für ein paar Groschen überlassen hatte, und lief in die Stadt, wo das Leben pulsierte.

Johann fand, daß Berlin gegenüber seinem letzten Besuch nicht mehr wiederzuerkennen war. Unter den Linden war das neue Opernhaus eröffnet worden, und als er einen Blick in den Zuschauerraum warf, war er ebenso geblendet von so viel Prunk wie auch wütend: Was hätte man mit dem Geld, das hier verschwendet wurde, nicht alles tun können, um bessere Pferde für die Husaren und bessere Kanonen für die Artillerie zu kaufen. Wenn hier La Barberina tanzte, dann hielt das im nächsten Krieg ganz sicher keinen Österreicher auf. Andererseits war es schön, daß der König allen zeigen wollte, wie mächtig Preußen war. Dazu diente auch das Forum Fridericianum, wie sie es nannten, mit dem Palais des Prinzen Heinrich und der Sankt-Hedwigskirche, deren Bau allerdings erst 1760 abgeschlossen werden sollte. Der Dom hingegen war schon fertig. Johann zog es mehr in die »Zelten«, eine mit Zeltwirtschaften gesäumte Straße zwischen dem Schloß Bellevue und dem Brandenburger Tor. Doch er verlief sich mehrmals im Labyrinth der Straßen und Gassen und der riesigen noch unbebauten Plätze und landete schließlich irgendwo am Oranienburger Tor in Schottmanns Keller, wo es Ruhiner und Gottwitzer Bier zu trinken gab. Gerade waren zwei Schweizer dabei, die Gäste mit ihren Jodlern zu erfreuen. Sie taten es für einen Teller dünner Suppe, und als sie die löffelten, kam er neben sie zu sitzen und erfuhr, daß der eine Ulrich Bräker hieß und aus Tockenburg kam und der andere auf den Namen Schärer hörte. Man hatte sie mit trügerischen Manipulationen in die Armee gelockt, und nun standen sie beim Regiment Itzenplitz und in der Kompanie Lüderitz und hatten nur noch den einen Gedanken, möglichst schnell zurück in die Heimat zu kommen. Doch freiwillig ließ man sie nicht – und einem Deserteur erging es schlecht.

»Da gibt's ein schönes Spießrutenlaufen«, sagte Schärer, »zweihundert Mann stehen da, und achtmal muß man durch die Gasse hindurch, bis man keinen Atem mehr hat und zu Boden sinkt. Und am nächsten Tag werden einem dann wieder die Kleider vom zerhackten Rücken gerissen, und es geht von neuem los, bis einem das geronnene Blut in Fetzen über den Hosenbund hängt.«

Bräker schien sich davon nicht abschrecken zu lassen. »Man kann sich als Handwerker verkleiden, vielleicht auch als alte Frau.«

»Das hilft dir alles nichts. Da stell dich lieber wieder vor deinen Offizier hin und laß dich kujonieren.«

Johann hörte das nicht gerne, denn für ihn war die Armee eine große Familie, die Familie des Königs, und für ihn gab es nur ein Leben: das des Husaren oder Kürassiers. Wozu war man sonst auf der Welt. Und schließlich bekam man ja auch seinen Sold dafür, daß man dem König diente. Und ohne diesen Sold hätte man verhungern und erfrieren müssen.

»Wenn ihr mit dem, was ihr habt, so unzufrieden seid«, sprach er zu den beiden Schweizern, »dann schreibt an den König. Friedrich ist gerecht, und er wird euch helfen, wenn man euch unrecht tut.«

Ulrich Bräker sah ihn an. »Hast du noch nie daran gedacht zu desertieren?«

»Ich bin ein Preuße, ich bin von hier.« Johann lief rot an, als er dies sagte.

Die Schweizer lachten. »Na also.«

»Kommt, ich lad' euch ein.« Johann winkte den Wirt zu sich heran, und so wurden sie bis zum Morgengrauen noch gute Freunde.

Als Seydlitz genug von den Frauen wie von den Gesprächen mit Militärs und anderen Freunden hatte, ritten sie nach Schlesien zurück. Kaum waren sie wieder in Ohlau, da juckte es Seydlitz von neuem, und er ließ zum berühmten Kirchturmrennen blasen. Sah man im welligen Gelände unvermutet den Kirchturm der Stadt, so kam das Kommando, den Versuch zu unternehmen, diesen auf direktem Wege, also ohne Umgehung jedweden Hindernisses, schnellstmöglich zu erreichen. Johann schaffte es immer ohne Blessur und war mehrmals der Sieger, die jungen Kornetts aber brachen sich dabei des öfteren die Knochen.

Doch die Zeit dieser und anderer Vergnügungen war bald vorbei, denn die Rochow-Kürassiere wurden in Marsch gesetzt, um sich in das Korps des Herzogs Ferdinand von Braunschweig einzureihen und am 29. August 1756 über die Grenze nach Sachsen zu gehen. Der König hatte entschieden, einen Präventivkrieg zu führen. Denn am 1. Mai hatten Österreicher und Franzosen in Versailles einen Vertrag geschlossen, in dem Preußen der Besitz Schlesiens abgesprochen wurde und man sich gegenseitige militärische Hilfe zusicherte, und er sah nun seine einzige Chance in der Flucht nach vorn. Zumal auch Rußland, Schweden und Sachsen gegen Preußen waren. Da galt es, vollendete Tatsachen zu schaffen, ehe die Feinde alle handlungsfähig waren.

»Jetzt geht es nicht mehr allein um den Besitz von Schlesien«, sagte Seydlitz, »sondern für ganz Preußen heißt es: Sein oder Nichtsein.«

Johann hörte es mit dem Gleichmut einer Kuh, die man mit einer Haselrute aus dem Stall und auf die Weide trieb. Was verstand die von der Welt – und was wußte er, was hier und heute geschah und wozu es geschah. Dem Tamseler Pfarrer hatte er wenig gelauscht, einen seiner Sprüche aber behalten: »Der Herr hat's gegeben, und wenn es dem Herrn gefällt, es wieder zu nehmen, dann tut er es auch. Wir sind da ganz in seiner Hand, und keiner kann tiefer fallen als in die Hand Gottes.« Nun, sagte sich Johann, dann falle ich eben, falle ich eben in der nächsten Schlacht. Fallobst waren sie ohnehin ja alle, ob nun Kürassiere oder Infanteristen.

Doch der erste Auftrag, den Seydlitz erhielt, hatte wenig Kriegerisches an sich: Er mußte nach Leipzig gehen und dort die Kriegssteuern und Brotlieferungen eintreiben. Diese Rolle als Zöllner behagte ihm nun gar nicht, und er beklagte dies oft seinem neuen Adjutanten gegenüber, dem Rittmeister von Tschirschky, der jung war, dunkelhaarig, gebildet und mittlerweile auch ein annehmbarer Reiter. Johann verspürte eine schmerzliche Eifersucht in sich aufsteigen. Nun, Adel zu Adel, und gegen den Neuen war er ein dummer Bauernlümmel. Was hatte er sich auch erdreistet, so hoch nach oben zu schauen; Männer wie dieser Ulrich Bräker, die hatten seine Freunde zu sein. Wie vermessen von ihm, sich an Seydlitz zu hängen. Nur weil das Gerücht umging, er sei einer der vielen unehelichen Söhne des tollen Markgrafen aus Schwedt, war er sich als etwas Besseres vorgekommen, war er hochmütig geworden. Und Hochmut kam ja vor dem Fall. Gut, dann fiel er eben. Er ergab sich in sein Schicksal, und wie ein Schlafwandler zog er mit dem Heer erst nach Pirna, wo die sächsische Armee eingeschlossen wurde, und dann weiter nach Böhmen. Über den Paschkopole-Paß hinunter ging es in dichtem Nebel nach Wellemin. Die Nacht verbrachte der König in seiner Reisekutsche, alle anderen kampierten ringsum unter freiem Himmel.

Am Morgen des 1. Oktober 1756, fünf Uhr dreißig war es geworden, kam die Meldung, daß sich die Österreicher unten in der Ebene vor dem Elbbogen bei Lobositz zur Schlacht aufzustellen begannen. Südlich des Ortes floß der Morellenbach, und dort stand die Hauptarmee der Österreicher. Ihre Reihen zogen sich an Lobositz vorbei bis zum Loboschberg, zu dessen Hängen auch die Preußen unter dem Herzog August Wilhelm von Braunschweig-Bevern drängten. Johann stand mit den Kürassieren Nr. 8 – C 8 im Plan des Königs – etwas südlich davon, mehr zum Homolkahügel hin, ganz in der Nähe Friedrichs, der von hier aus den besten Überblick hatte.

Die Österreicher eröffneten die Schlacht mit einer Kanonade, und Johanns Kameraden Jochen Göritz aus Schwedt, der dicht neben ihm ritt, wurde von einer der ersten Kugeln der halbe Kopf weggeschossen. Johann bekam dessen Hirn nebst Hirnschale mitten ins Gesicht, worauf er sich heftig erbrechen mußte. Weiter oben wurde der Generalmajor Quadt vom Splitter eines zerschossenen Felsbrockens tödlich getroffen und stürzte rücklings vom Pferd. Man rief dem König zu, vor den feindlichen Geschossen in Deckung zu gehen, doch der lachte nur: *»Je ne suis pas ici pour les éviter!«* Was Johann natürlich nicht so ganz verstand.

Bis elf Uhr beherrschten Infanterie und Artillerie das Geschehen, und die Lage blieb undurchsichtig. Dann befahl der König dem Generalleutnant Friedrich Wilhelm von Kyau, die Österreicher mit den Kürassier-Regimentern Garde du Corps (C 13) und Gensdarmes (C 10) sowie zwei Schwadronen des Regiments Prinz von Preußen (C 2) zu attackieren. Johann konnte aufatmen. Die Rochow-Kürassiere blieben weiterhin in der Reserve. Todesahnungen erfüllten ihn: *Heute wirst du fallen.* Und er dachte an Helena: *Wenn ich hier lebend herauskomme, gehen wir nach Tamsel und züchten dort Pferde.*

Mit Entsetzen verfolgten sie vom Homolkahügel aus, wie sich die österreichischen Erzherzog-Johann-Dragoner als die Stärkeren erwiesen, und nur das beherzte Dazwischengehen der Bayreuther Dragoner (D 5) rettete die Kameraden. Die versprengten Schwadronen jagten zum Homolkahügel zurück, und Friedrich opferte sein Schnupftuch, um einem Reiter seiner Garde du Corps damit den Kopf verbinden zu lassen. Dann verlor er die Kontrolle über seine Kavallerie, denn die Reste der zerschlagenen Bataillone hatten sich inzwischen um die am Homolkahügel in Reserve gehaltenen Reiter geschart, Husaren (H 1), Dragoner (D 3, D 4, D 5) und Kürassiere (C 3, C 5, C 6, C 7, C 8 und C 11), insgesamt zehntausend Reiter, Johann mittendrin. Diese unfaßbare Masse entwickelte nun, als die Beschießung durch die Österreicher ungehindert weiterging, eine Eigendynamik, die alle mitriß. »Vorwärts!« Dies entsprang ebenso der Angst, in der nächsten Sekunde von den Geschossen des Feindes zerfetzt zu werden, wie den hochbrandenden Aggressionen. »Tod den Österreichern!« Ein kühler Kommandeur hätte den Befehl zum Angriff nie gegeben, denn sie mußten alle durch einen Hohlweg hindurch, doch so stoben sie los. Weithin in ihr Verderben, da die Österreicher und Kroaten ihre Musketen und Kanonen wohl zu gebrauchen wußten und sich ihnen zudem drei Kürassierregimenter entgegenwarfen.

Johann kam sich vor wie ein Stück Holz, das einen Wildbach hinunterwirbelte, und fühlte gar nichts mehr, war wie ein Käfer, der sich tot stellte, um nicht getötet zu werden. Mit Seydlitz und einigen anderen Kameraden zusammen wurde er nach rechts abgedrängt, und sie gerieten immer tiefer in den Morast um den Morellenbach herum. Vielen Pferden fehlte nun die Kraft, aus der sumpfigen Tiefe auf das hohe Ufer zu setzen, und die steckengebliebenen Kürassiere bildeten für die heraneilenden österreichischen Infanteristen ein ideales Ziel. Gerade wurde neben Johann der Husar Schöneich, den er noch von Hohenfriedberg her kannte, mitten in die Stirn getroffen.

»Hilf mir!« schrie da Seydlitz, dessen Pferd sie in dieser Sekunde erschossen hatten.

Johann sprang aus dem Sattel, arbeitete sich Meter um Meter voran und zog den Oberst aus dem Schlamm. Vom festen Ufer aus streckten sich helfende Hände zu ihnen hin, und beide wurden sie gerettet. Seydlitz fand schnell ein anderes Pferd, Johann aber mußte sehen, wie er sich zu Fuß in Sicherheit brachte. Wie auf einen Hasen schossen sie auf ihn, und am liebsten hätte er sich in den Bauch der Erde verkrochen. Er stolperte über eine Branntweinflasche, die ein Kamerad verloren hatte. Sie war noch halb voll. Er warf sich in eine kleine Mulde und trank sie leer. Preußische Pferde galoppierten an ihm vorbei. Die einen hatten ihren Mann tot im Steigbügel hängen, die anderen schleppten ihr Gedärm hinter sich her. Als er den Kopf hob, sah er ringsum nur Tote und Verwundete, die so schrecklich stöhnten und schrien, daß er schon meinte, in der Hölle zu sein. Hinten tauchten Panduren auf, die jedem, der noch lebte, mit ihrem Gewehrkolben den Kopf einschlugen oder ihm das Bajonett in den Leib stießen. Johann raffte sich auf und sprang auf ein kleines Wäldchen zu, das er eben hinter einem kleinen Dorf am Ende des Morellenbachs entdeckt hatte. Andere Preußen konnten schneller laufen als er und schrien ihm zu: »Komm, komm, Bruder!« oder »Viktoria!« Das Gehölz war voller toter Husaren, Panduren und Pferde, und Johann warf sich zwischen ihnen nieder. Hielt man ihn für tot, schoß man nicht auf ihn oder schlug ihm den Schädel ein.

Eine Ewigkeit lag er so da, als ihm eine Hand übers Gesicht fuhr. Schreiend fuhr er hoch.

Neben ihm kniete Ulrich Bräker, der Schweizer aus dem Tockenburg, den er im April in Berlin getroffen hatte.

»Was machst du denn hier?«

»Ich will türmen.«

Johann erschrak. »Sie erschießen dich auf der Stelle, wenn sie dich kriegen.«

»Ist doch nun egal, wer mich erschießt.«

»Da hast du auch wieder recht.« Johann dachte nach. Wenn er nun mit Ulrich floh und versuchte, zu Helena nach Polen zu kommen ... Nein. Auch ohne die Karte im Kopf zu haben, wußte er, daß es zu weit war, um da durchzukommen. Erst durch Sachsen hindurch, dann durch Schlesien, wo doch der Winter vor der Tür stand. Unmöglich.

»Wir gehen zu den Kaiserlichen über, den Österreichern«, sagte Bräker. »Und du kommst mit mir in den

Süden. Dort ist's gemütlicher als hier.« Und er zog Johann mit sich fort.

»Nein, laß mich!« Johann wollte sich losmachen.

In diesem Augenblick wurde hinter ihm eine braune Stute durchpariert, und er bekam mit dem flachen Säbel einen Schlag in den Nacken.

»Hab' ich euch, verdammte Deserteure!«

Es war von Tschirschky, Seydlitz' neuer Rittmeister. Bräker konnte sich noch losreißen und mit erhobenen Armen zu den Österreichern laufen, Johann aber mußte stehenbleiben, sollte ihm nicht vom eigenen Vorgesetzten der Schädel eingeschlagen werden.

»Nie haben meine Truppen solche Wunder an Tapferkeit getan, seit ich die Ehre habe, sie zu kommandieren«, schrieb Friedrich noch auf dem Schlachtfeld von Lobositz. Zwar hatte er alles schon verloren gegeben, doch seiner Infanterie war es noch gelungen, das Dorf zu stürmen. Der österreichische Feldmarschall Maximilian Ulysses Reichsgraf von Browne hatte allerdings darauf verzichtet, seine Hauptmacht einzusetzen, weil er es als seine Hauptaufgabe angesehen hatte, die eingeschlossene sächsische Armee zu entsetzen. Er marschierte auch sofort in Richtung Bad Schandau, doch den Sachsen blieb seine Ankunft verborgen – und sie kapitulierten schließlich. Friedrich zwang die Sachsen mit Drohungen, Fausthieben und Stockschlägen in seine Armee. Er war furchtbar verärgert über sie, hatten sie doch mit ihrem Widerstand seinen Überraschungskrieg scheitern lassen, so daß er am Ende des Jahres 1756 so schlecht dastand wie niemals zuvor, zumal ihn noch die Hiobsbotschaft erreichte, daß die russische Zarin Elisabeth sich endgültig entschlossen hatte, mit Österreich gegen Preußen zu ziehen und dafür hundertzwanzigtausend Mann aufbieten wollte. Im Frühjahr 1757, als sich die Schweden der Allianz anschlossen, war sein Land dann völlig eingekreist. Was blieb ihm, als im April mit vier Armeekorps in Böhmen einzufallen, um die Österreicher zur Schlacht zu stellen, bevor sich die Russen, Schweden, Franzosen und die Reichstruppen auf ihn werfen konnten. Es nahte der 6. Mai 1757 und damit der Tag der Schlacht bei Prag.

»Wir gehen auf dem linken Moldau-Ufer vor und setzen oberhalb Prags bei Klein-Kuchel über den Fluß«, erklärte Seydlitz, nachdem sie vorher über die Ebene von Lobositz gezogen waren, über der noch immer der Verwesungsgestank der Schlacht des Vorjahres lag. Johann kam an der Stelle vorüber, wo sie ihn fast als Deserteur erschossen hätten. Nur Seydlitz' Eingreifen hatte er es zu verdanken, daß er noch lebte. Doch war ihm oder Gott – oder wem auch immer wirklich dafür zu danken? Johann, nun vierzig Jahre alt, hatte nur noch wenig Spaß am Leben. Wozu das alles? Der Rücken schmerzte bei jedem Ritt, die Wunden taten weh bei jedem Wetterwechsel, und die Beine waren ihm vom vielen Reiten so krumm geworden, daß er immer mehr dem alten Ziethen glich. Er sehnte sich nach den Tagen der Kindheit zurück, wo er beim Bauern Sengebusch im Pferdestall geschlafen und den großen Traum gehabt hatte, ein Rochow-Kürassier zu werden. Nun war er einer, und jetzt sehnte er den Tag herbei, wo er keiner mehr war. Aber zugleich hatte er Angst vor diesem Augenblick, weil er dann zurückfiel in den Zustand, ein Niemand zu sein. Oder? Er sah sich in Tamsel über die Wiesen reiten und Helena auf der Liebes-Insel auf ihn warten. Zu spät, es war zu allem zu spät. Vielleicht erlöste ihn die nächste Schlacht.

Seydlitz war mit seinem Regiment dem Korps des Fürsten Prinz Moritz von Anhalt-Dessau zugeteilt worden. Der war ein Sohn des Alten Dessauers und ein sehr merkwürdiger Mensch, was vor allem daran liegen mochte, daß sein Vater ihn zu dem Experiment mißbraucht hatte, ihn ohne jede Erziehung aufwachsen zu lassen. Er galt als furchtbar dumm und kokettierte noch mit dieser Eigenschaft, indem er vorgab, nicht lesen und schreiben zu können. Bei Friedrichs Briefen, die ja meist, wenn nicht in Französisch, in einem umgangssprachlichen Deutsch gehalten waren, schaffte er es jedoch, und er war als Heerführer, hier brach das Erbe seines Vaters durch, von erheblichem praktischem Geschick.

Johann hatte während der beiden ersten Kriege genug Kurioses erlebt, doch was jetzt passierte, stellte alles in den Schatten. Auf dem anderen Ufer der Moldau tobte die Schlacht – und sie konnten nicht eingreifen und dem Feind wie vorgesehen in den Rücken fallen, weil ihr Pioniermaterial nicht ausreichte, über den Fluß zu setzen. Seydlitz war verzweifelt und ließ nach einer Furt suchen. Bei Branik sollte eine sein.

Johann, der Erfahrung mit der Warthe wie mit der Oder hatte, wurde losgeschickt, um die Sache zu prüfen. Doch was er schließlich zu melden hatte, klang nicht gerade gut: »Die Geschwindigkeit des Stromes und vor allem der Treibsand lassen ein Durchfurten nicht zu.«

Seydlitz, so ungeduldig wie in keiner anderen Schlacht, lenkte sein Pferd zum Ufer. Er ritt an diesem Tage Heiduk, der groß und schwer war. Zum Schwimmen war das Wasser zu seicht, und als das Pferd nach wenigen Metern im Treibsand zu versinken drohte, geriet es in Panik und stürmte voran, mitten in die Strömung hinein, wo es sofort mitgerissen wurde. Seydlitz schien verloren, doch ein Seil, von Johann rechtzeitig geschleudert, erreichte ihn gerade noch, und er konnte sich retten, als viele seiner Leute daran zogen. Statt ihnen laut zu danken, sprach er tagelang kein Wort mit ihnen.

Drüben war inzwischen der Feldmarschall von Schwerin, der Sieger von Mollwitz, gefallen: Er hatte sich noch beim Avancieren die Fahne seines Regiments gegriffen und war mit dem Ruf »Heran, meine Kinder!« vorangestürmt, als ihn fünf Kartätschenkugeln trafen. Doch Prinz Heinrich, der Bruder des Königs, und Prinz Ferdinand von Braunschweig hatten dann mit ihren Truppen wahre Wundertaten vollbracht und die Österreicher in die Festung Prag getrieben, wo sie nun eingeschlossen waren, ohne daß sie jedoch kapituliert hätten. Im Gegenteil: Österreich schickte ein Entsatzheer von vierundfünfzigtausend Mann in Richtung Prag, geführt von Feldmarschall Daun, Friedrichs genialem Gegenspieler. Und obwohl Daun ihm weit überlegen war, zog ihm Friedrich entgegen, um ihn am 18. Juni 1757 anzugreifen, und zwar bei der Ortschaft Kolin. Den ganzen Tag wogte die Schlacht.

Die Rochow-Kürassiere (C 8) bildeten mit den Norman-Dragonern (D 1) die Brigade Krosigk, und als es sechs Uhr abends geworden war, hatte der König sie noch immer nicht zum Einsatz gebracht. Johann war es recht, und er hoffte, auch diesmal so ungeschoren davonzukommen wie vordem bei Prag. Seydlitz hatte gesagt, Friedrich wolle die Kavallerie in Reserve halten, damit sie frisch genug sei, um schließlich auf den Erfolgen der Infanterie aufbauen zu können. Die Infanterie schien allerdings nicht erfolgreich zu sein, und Johann war schon am Aufatmen, als doch noch der Befehl zur Attacke kam. Sie hatten keine hundert Fuß zurückgelegt, da fiel Christian Siegfried von Krosigk, und Seydlitz übernahm das Kommando. Mit fünf Schwadronen Dragonern auf dem linken Flügel und fünf Schwadronen Kürassieren rechts stürzten sie sich unter seiner Führung auf den Feind, warfen ein Regiment Infanterie und zwei Kavallerie-Regimenter nieder und eroberten sieben Fahnen, doch dann war die Kraft ihrer Pferde erschöpft, und sie blieben in der zweiten Angriffswelle der Österreicher rettungslos stecken. Seydlitz mußte sehen, daß er den Rest der Reserve herbeiholen konnte. Doch sein Versuch, die Prinz-von-Preußen-Kürassiere (C 2) zu Hilfe zu holen, scheiterte, weil ihm ein Meldereiter nach dem anderen erschossen wurde. Es kam nur die Botschaft, auch Ziethen könne nicht herbeieilen, er sei blutend und bewußtlos zu Boden gesunken. Was blieb Seydlitz anderes, als den Rückzug anzutreten. Da sprengte Friedrich zwischen die fliehenden Bataillone und schrie in höchster Verzweiflung: »Ihr Racker, wollt ihr ewig leben?!« Ein Grenadier hatte die passende Antwort parat: »Fritze, für acht Groschen ist heute genug!« Dem König gelang es nicht, noch einmal einen ausreichenden Trupp Soldaten um sich zu scharen, und so zog er denn seinen Degen und ritt allein mit seinem Adjutanten gegen den Feind. Erst der Major Grant vermochte ihn aufzuhalten: »Sire, wollen Sie denn die Batterie alleine nehmen?« Alle seine Bataillone waren zerschlagen, alle Soldaten flohen.

Da erschien das 1. Gardebataillon auf dem Schlachtfeld und deckte Friedrichs Rückzug wie auf dem Exerzierplatz. Und Seydlitz schaffte es, zusammen mit den Reitern Ziethens, Werners und Warnerys den Abzug der geschlagenen Infanterie zu sichern. Die Österreicher stießen nicht nach. Doch die Niederlage von Kolin war verheerend. Friedrich mußte die Belagerung Prags sofort abbrechen. Als sein Bruder Heinrich, der zuvor in der Schlacht bei Prag Großes geleistet hatte, vom Fiasko seines Bruders erfuhr, jubelte er, so groß war sein Haß.

Friedrich hatte den Nimbus der Unbesiegbarkeit verloren und saß am Abend bei Nimburg auf einer hölzernen Brunnenröhre, den Blick unverwandt auf den Boden geheftet, und malte mit einem Stock Figuren in den Sand. »Das Glück hat mir den Rücken gewendet«, schrieb er an Keith. »Ich hätte darauf vorbereitet sein müssen: Das Glück ist eine Frau, und ich bin kein Liebhaber.«

Johann war eher verwundert, daß er noch lebte, froh darüber war er nicht. Und je höher Seydlitz nun stieg, desto fremder wurden sie sich. Zwei Tage nach der Schlacht bei Kolin ernannte der König Seydlitz zum Generalmajor und verlieh ihm den Orden Pour le Mérite.

Stoisch und innerlich völlig abgetreten machte Johann die Feldzüge mit, die nun noch folgten. Bei Zittau und bei Gotha narrte Seydlitz den Feind, indem er seine schwachen Truppen so geschickt aufmarschieren ließ, daß die viel, viel stärkeren Österreicher an eine zahlenmäßige Überlegenheit der Preußen glauben mußten und darum von ihnen abließen. Im Oktober eilten sie in einem Gewaltmarsch nach Berlin, das von dem österreichischen Husarengeneral Hadik eingenommen, aber bald befreit war. Nach zwei Tagen schon ging es zurück in Richtung Saale, denn Friedrich hielt es für notwendig, den Verbündeten dort Paroli zu bieten. Das waren die Österreicher, die Franzosen unter dem Marschall Prinz von Soubise und die Reichsarmee unter dem österreichischen Feldmarschall Prinz zu Sachsen-Hildburghausen. Am 5. November 1757 kam es bei Roßbach, südlich von Halle, zur Schlacht.

Johann war trotz zunehmender Entfremdung immer noch so etwas wie Seydlitz' geheimer Adjutant und steckte als solcher mit auf dem Dachboden des Roßbacher Herrenhauses. Dieses ragte wie eine Insel aus der weiten Ebene heraus, einem fruchtbaren Ackerland, und da man aus der nach Westen gehenden Außenwand einige Ziegelsteine herausgebrochen hatte, hatten sie einen freien Blick bis zu den Hügeln hin, an deren Rändern sich die Österreicher zu formieren begannen.

»Warum muß der König nur immer angreifen?« fragte Johann den jungen Mann, der neben ihm kniete. Es war Friedrich Wilhelm Gaudi, der Stabsoffizier, ein Schweizer.

»Weil er sich immer in der Defensive befindet und auf der inneren Linie operieren muß«, antwortete Gaudi. »Wenn er von seinen übermächtigen Gegnern nicht zermalmt werden will, muß er blitzartig hervorstoßen und sie einzeln treffen.«

Der Mann, von dem sie sprachen, Friedrich, saß direkt unter ihnen und nahm mit seinen Offizieren seelenruhig das Mittagsmahl ein.

»Da!« rief Gaudi. »Die Österreicher marschieren ab in Richtung Osten, sie wollen uns rechts umgehen, um unsere linke Flanke anzugreifen. Schnell, geh runter, sag es dem König.«

Johann tat es, doch Friedrich schnauzte ihn nur an: »Verschwinde Er wieder, Er ist nichts als ein Schwarzseher!«

Doch wenig später trafen Reiter ein, die denselben Vorgang meldeten, und der König erschien nun selber auf dem

Dachboden. Sofort hatte er die Lage durchschaut. »Schnell, schnell, wir müssen sie angreifen, noch während sie marschieren.«

Seine Befehle wurden unverzüglich weitergegeben, und in weniger als zwei Minuten lagen alle Zelte, als wenn man wie im Theater an einer Schnur gezogen hätte, auf der Erde. Die Kavallerie hatte in Friedrichs Plan den weitesten Weg zurückzulegen und mußte sich am meisten sputen. Der König hatte Seydlitz die volle Befehlsgewalt über alle 38 zur Verfügung stehenden Schwadronen erteilt, und einige der altgedienten Generale wie Schönaich, Czettritz und Meinicke maulten deshalb.

Seydlitz musterte sie mit seinem unnachahmlichen Blick, der so weich und schläfrig zu sein schien, mit dem er aber jeden nach seinem Willen lenken konnte, weil er mindestens soviel Charisma besaß wie der König. Vielleicht sogar noch mehr, wenn er mit leicht amüsierter Miene, scheinbar gleichgültig und innerlich weggetreten, den endlosen extravaganten Reden Friedrichs lauschte, um dann plötzlich da zu widersprechen, wo der König in taktischen Überlegungen oder Fragen der Reitkunst seiner Meinung nach unpräzise war. Die alten Generale jedenfalls, die er jetzt ansah, hatten keine Chance gegen ihn.

»Meine Herren, ich gehorche dem König, und Sie gehorchen mir.«

Was war Seydlitz doch für ein Mann! Seine Figur war schön wie die eines griechischen Gottes. Schlank gewachsen war er und von ansehnlicher Größe. Und der ganze militärische Putz schien nur dazu geschaffen, ihn noch besser aussehen zu lassen. Ein Glücksgefühl durchströmte Johann. Daß das Schicksal ihn an die Seite dieses Mannes gestellt hatte ... Welch armseliges Leben hätte er geführt, wenn sie sich damals nicht über den Weg gelaufen wären, damals in Tamsel.

Zu weiteren sentimentalen Anwandlungen blieb keine Zeit mehr, denn um fünfzehn Uhr fünfzehn begannen die preußischen Kanonen zu donnern, und Seydlitz führte seine

Reiter zum Janushügel, wo sich die feindlichen Kürassier-Regimenter Bretlach und Trautmannsdorff versammelt hatten. Sekunden später kam der Befehl an die Trompeter, das Signal »Marsch! Marsch!« zu blasen.

Johann gab seinem Pferd die Sporen und hätte am liebsten die Augen geschlossen. Um sie erst wieder aufzumachen, wenn alles vorbei war oder nie wieder ... Der Aufprall auf den Gegner war etwas so Urgewaltiges wie das Herausstoßen des Samens. Das Bild Helenas schoß in ihm auf. Jetzt! Es war nicht so, als würde man gegen eine Wand reiten, eher in einen dichten Wald hinein. Nur daß Pferdeleiber weicher waren als Baumstämme und sich zur Seite drücken ließen. Dafür aber waren die Säbel der Feinde um vieles tödlicher als herabhängende Zweige und Äste. Es kam jetzt darauf an, daß er sich immer ganz auf nur einen feindlichen Reiter konzentrierte und den auch noch rechts von sich hatte, denn er war Rechtshänder – und über den Pferderücken hinweg konnte man mit dem Säbel schwerlich wirksame Hiebe austeilen. Töten oder getötet werden, das Spiel war einfach zu begreifen. Und er war heute in guter Verfassung. Dem ersten Österreicher, der auf ihn einstürmte, schlug er die Hand vom Arm, dem zweiten spaltete er den Schädel. Hätte er Pardon gegeben, läge er an dessen Stelle sterbend am Boden. Für Sekunden konnte er nun Atem schöpfen und sein Pferd zu neuen Kräften kommen lassen. Dabei sah er sich nach Seydlitz um. Der zog ein wenig hastig an seiner Tonpfeife, denn inzwischen hatten die Österreicher nicht nur zu einer passablen Kampfaufstellung gefunden und sich durch die Szecheny-Husaren und drei Reiterregimenter der Reichsarmee verstärkt. Zudem kamen zwei Dutzend französische Schwadronen auf das Schlachtfeld gesprengt. Die Masse der feindlichen Reiter staute sich aber in einem Hohlweg zwischen den Dörfern Reichardtswerben und Tagewerben, und Seydlitz hatte sofort die Idee, sie mit einem doppelten Flankenangriff zu packen.

Wieder galt es für Johann: du oder ich, und wieder tat er

das mit Meisterschaft, was er in Tamsel wie in Schwedt so oft geübt hatte. Nur daß sein Säbel hier keine Kohlköpfe, sondern Menschenköpfe spaltete. »Gah to!«, also »Geh zu, vorwärts!« schrien seine Kameraden, die zumeist aus Gegenden kamen, wo man Plattdeutsch sprach, aus Brandenburg und Pommern, und die Franzosen stutzten, denn das klang in ihren Ohren wie *»gâteau!«* gleich »Kuchen!«.

Doch die Franzosen unter Führung des Herzogs von Broglie verstanden ihr Handwerk, und die preußischen Reiter – die Garde du Corps (Nr. 13), die Gensdarmes (Nr. 10), die Driesen- und die Rochow-Kürassiere (Nr. 7 und Nr. 8) – hatten einen schweren Stand. Das Gefecht löste sich immer mehr in Einzelkämpfe auf.

Johann hatte sich so viel Respekt verschafft, daß er einen Augenblick lang Luft holen und sich nach Kameraden umsehen konnte, die in Not geraten waren. Rechts von ihm war einer aus dem Sattel geflogen und lag nun am Boden. Ein Franzose setzte an, ihn in Stücke zu hauen. Tschirschky war es. Johann zögerte. Das wäre die beste Gelegenheit ... Nein! Er sprengte los, erwischte das Pferd des Franzosen, sich wie ein Hunne tief aus dem Sattel beugend, hinten an der Achillessehne und sah es stürzen. Schon war er bei seinem Rittmeister und sprang auf den Boden, ihm zu helfen. Tschirschky hatte eine klaffende Wunde am Brustkorb, lebte aber noch und konnte wohl gerettet werden, wenn man ihm rechtzeitig einen Verband verpaßte. Johann setzte an, sich dazu das Hemd von der Brust zu reißen.

Als er dabei den Kopf hob, sah er einen Österreicher mit geschwungenem Pallasch auf sich zureiten. Franz Joseph von Czako.

»Hund, verfluchter, hab' ich dich endlich!« schrie der Österreicher.

Johann war verloren. Sein Pferd stand zu weit von ihm entfernt, als daß noch Zeit gewesen wäre, sich hinaufzuschwingen. So aber hatte er dieselbe Chance wie ein Hase auf den Tamseler Wiesen, wenn ein Habicht auf ihn niederstieß, keine nämlich. Der ersten Attacke von Czakos konnte er noch ausweichen, indem er sich mit einem weiten Hechtsprung zu Boden warf, aber schon hatte sein alter Gegner seinen Rappen herumgerissen, um ihn im zweiten Anlauf niederzureiten und dann in Stücke zu hauen.

Johann kauerte sich nieder, das Ende zu erwarten. Da war keine Angst mehr, sondern die Ruhe und der Friede, der im Sommer über Tamsel lag. Und er sah sich mit Helena auf der Liebes-Insel.

Wieder stieß der Habicht zu.

Nein, er setzte nur dazu an. Denn plötzlich, wie Johann aus weit aufgerissenen Augen sah, war über dem Habicht ein mächtiger Adler, und dessen Schnabel hackte derart auf den Habicht ein, daß dessen Kopf noch im Flug abgetrennt ward und zu Boden fiel.

Johann brauchte lange, um zu begreifen, was da geschehen war: Seydlitz war herangeflogen gekommen und hatte von Czako den Kopf vom Rumpf getrennt.

Johann bekam den Befehl, von Tschirschky nach hinten zu führen, und damit war die Schlacht von Roßbach für ihn beendet. Die ging dann dank Seydlitz' genialer Strategie mit einem großen Sieg für Preußen aus, wofür dieser, leicht am Arm verletzt, vom König noch in der Nacht mit dem Schwarzen Adlerorden geehrt wurde und erfuhr, daß die Rochow-Kürassiere fortan seinen Namen tragen sollten.

Auf den Gassen sang man, als dann noch der Sieg von Leuthen hinzukam: »Und kömmt der große Friederich,/Und klopft nur auf die Hosen,/So läuft die ganze Reichsarmee,/Panduren und Franzosen.« *Scotts Magazine* stellte Friedrich noch über Cäsar: *»You came, saw, you overcame, Caesar,/'t was bravely done;/But Fredrick twice has done the same,/And double laurels won.«*

*Dort liegt Tamsel – und dort wirst du in Bälde sterben.* Johann war seit Tagen von düsteren Todesahnungen erfüllt. Immer wieder dachte er ans Sterben, und es war ein gleichsam lautes Denken, so daß es schien, als hörte er es aus der Ferne mit der eigenen Stimme. Ganz deutlich erklang es nun gegenüber Güstebiese, wo er inmitten der preußischen Kavallerie am linken Oderufer auf dem Deich entlangritt und glaubte, in der Ferne schon den Tamseler Kirchturm zu sehen. So unmöglich dies war, so wahrscheinlich wurde es, daß es in oder wenigstens bei Tamsel zur großen Schlacht mit den Russen kommen würde. Man schrieb den 22. August 1758, und die Russen hatten unter General Fermor die Stadt Küstrin eingeschlossen und mit ihrer Artillerie weithin zerstört. Friedrich, der sich in Schlesien aufgehalten hatte, war sofort nach Westen marschiert und hatte sich mit dem Korps des Generalleutnants Graf Dohna zusammengeschlossen, um vereint gegen die Russen Front zu machen. Fermor hatte daraufhin von Küstrin abgelassen und wartete nun ein Stückchen weiter nördlich auf die Preußen.

Johann hatte die Zeit nach Roßbach in Leipzig verbracht, und zwar wieder als Seydlitz' Kammerhusar. Zwar hatte der »nur« einen Schuß in den linken Arm erhalten, aber die Wunde wollte und wollte nicht heilen, und es war so schlimm geworden, daß er auf dem Krankenlager mit dem Tode rang. Laut sagte es keiner, aber überall wurde geflüstert, daß es die Syphillis sei. Kein Wunder, fügte man hinzu, bei den zahllosen Amouren, die er all die Jahre gehabt hatte. Auch jetzt noch, kaum genesen, ließ er sich umschwärmen. Sein Körper war noch jung und voller stählerner Kraft, und er hatte einen guten Arzt. Im Frühjahr 1758 konnte Seydlitz Friedrich schon folgende Antwort zuteil werden lassen: *»Auf Euer Königliche Majestät gnädiges Schreiben melde in unterthänigster Antwort, daß es sich seit vier Wochen mit meiner Gesundheit sehr gebessert ... Der einzige Umstand, welchen der Geheime Rat Cothenius ein relachement der Gefäße und Schwäche der Nerven nennt, verhindert mich noch, reiten zu können, indem eine gänzliche Versagung des Atems bei allen bisher gemachten Proben erfolget. Sobald dieser Umstand nur bis zum Erträgli-*

*chen gehoben, so hoffe mein métier, welches mich ein ziemliches Glück, noch mehr aber Eurer Majestät Gnade schätzbar gemacht, mit der großen Treue nach wie vor zu verrichten.«* Anfang April 1758 war er dann endlich in der Lage, sich im Hauptquartier des Königs in Grüssau in Schlesien einzufinden. Er kam im richtigen Augenblick zurück, denn den ebenso erwarteten wie ersehnten Frieden hatten die Alliierten mit Friedrich auch nach dessen grandiosen Siegen bei Roßbach und einen Monat später bei Leuthen nicht schließen wollen, zumal sich jetzt die Russen stark gerüstet zeigten.

»Und das ist nicht die Reichsarmee, deren Soldaten im Zweifelsfalle das Leben dem Sterben vorziehen«, hörte Johann Seydlitz sagen. »Die sterben da, wo man sie hinstellt, wie das Schlachtvieh sterben sie, ein Wall von Körpern. Das ist etwas ganz anderes, als was wir bisher erlebt haben.«

Am 23. August hatte man es geschafft und, ohne daß es die Russen gemerkt hätten, eine Brücke über die Oder geschlagen, auf der nun die ersten Regimenter hinüber ans östliche Ufer gelangten, um dann in Richtung auf ein vorab zwischen Zellin und Klossow errichtetes Zeltlager zuzumarschieren. Es war brütend heiß, und das ununterbrochene Marschieren Tag für Tag hatte die meisten furchtbar ausgelaugt. Sein Brot konnte man zumeist nur während des Laufens verzehren, und der Durst war aus irgendeiner Pfütze zu stillen. Ein Drittel der Armee war so marode, daß der König nicht umhin kam, seinen Soldaten am 24. August eine Verschnaufpause zu gönnen.

Johann wurde zu einem Erkundungsritt nach Süden eingeteilt, wo sich das Sumpfgebiet der Mietzel erstreckte, eines rechten Nebenflusses der Oder. Und gleich dahinter kamen dann Zorndorf und Tamsel. Drei Reiter waren sie: der Rittmeister Tschirschky, der Kürassier Mehlitz vom Regiment Nr. 13, Garde du Corps, und er, Johann Bosetzki. Selbstverständlich vermieden sie es, durchs offene Gelände zu reiten, sondern zogen es vor, sich durch den Wald hindurchzuarbeiten, der sich von Küstrin nordwärts erstreckte. Wo immer sie nebeneinander reiten konnten, ergriff Mehlitz das Wort und erzählte vom merkwürdigen Schicksal des Freiherrn Friedrich von der Trenck.

»Wer ist'n das?« fragte Johann. »Ich kenn' nur Trenck, den Panduren, den Oberst bei den Österreichern.«

»Unser preußischer Trenck ist ein Cousin von dem, etwa zehn Jahre jünger als du, ein Jugendfreund des Königs.«

»Da muß es ihm doch blendend gehen.«

»Denkst du ... Er war der Geliebte von Amalie, Friedrichs Lieblingsschwester, und wird seitdem von ihm verfolgt. Für den österreichischen Vetter soll er spioniert haben. Jedenfalls sperren sie ihn andauernd ein. Ich hab' ihn kennengelernt, als ich in Glatz in der Festung meinen Arrest abgesessen habe. General Fouqué war Kommandant bei uns, ein harter Hund, und der Platzmajor hieß Doo, einfach so, D-o–o. Den hat der Trenck überrumpelt und ihm den Degen abgenommen. Ich hab' dabeigestanden. Dann hat er alles niedergestochen, was ihm im Weg gestanden hat, und ist bis auf den Hauptwall raus.«

»Und – hat er's geschafft?«

»Nein, schließlich ist er mit dem Fuß in den Palisaden steckengeblieben – wie ein Dachs in der Falle.«

Mehlitz hätte noch viel mehr über Trenck erzählt, doch plötzlich stiegen ihre Pferde hoch, und sie hatten Mühe, sie durchzuparieren, waren sie doch selber ziemlich erschrokken, denn vor ihnen auf einer Lichtung kauerten zwei Dutzend halbnackte Menschen, die beteten und sie anflehten: »Bitte, verschont uns!«

Es waren, wie sich sogleich herausstellen sollte, Bürger Küstrins, die sich aus ihrer in Brand geschossenen Stadt und aus Angst vor Fermors Russen in die Wälder geflüchtet hatten, manche noch in ihren Nachtgewändern.

Ein Mann mit wirrem schwarzem Haar, etwa in seinem Alter, das Gesicht blutig und verquollen, kam auf Johann zugestürzt: »Kennst du mich nicht mehr!?«

»Nein. Warte ...« Irgendwo und irgendwann hatte er diesen Menschen schon einmal gesehen, aber er kam nicht darauf, an welchem Ort und zu welcher Zeit dies geschehen war, schon gar nicht auf den Namen.

»Ich bin doch der Georg!«

»Natürlich ...« Jetzt war Johann alles klar. Er hatte den Jugendfreund, wenn er sich recht erinnerte, vor achtzehn Jahren zum letzten Mal gesehen, damals als frisch gebakkenen Rochow-Kürassier bei einem Abstecher nach Tamsel. Da hatte Georg nach Küstrin gehen wollen, um Baumeister zu werden. Drei Kinder im Alter zwischen etwa zehn und fünfzehn Jahren standen um ihn herum. »Sind das deine eigenen?«

»Ja. Sophia, Georg und Pavlos.«

»Pavlos?«

»Paul, ja, mein Ältester. Er will auch Baumeister werden.«

»Dann hast du's also geschafft?«

»Ja. Durch die Frau von Wreech bin ich losgekommen aus Tamsel und aller Leibeigenschaft. Aber nun ...« Georg brach in Tränen aus. »Meine Frau ist tot, und in Küstrin ist alles zerstört. Wir haben nur noch das, was wir auf dem Leib tragen, und hungern hier.«

Johann und seine Kameraden gaben den Leuten alles, was sie entbehren konnten, rieten ihnen aber unbedingt, sich hier im Tamseler Busch versteckt zu halten, da man eine große Schlacht erwarte. Johann umarmte den alten Freund noch einmal, dann ging es weiter.

Es kam der 25. August 1758 mit der Schlacht von Zorndorf, und dieses Zorndorf lag eine knappe Meile nördlich von Tamsel, durch Anger, Busch und Felder ebenso mit ihm verbunden wie von ihm getrennt. Johann hatte die ganze Nacht über kein Auge zugetan, denn wie im hohen Fieber vermochte er nur noch an das zu denken, was er sich selber prophezeit hatte: *Dort liegt Tamsel – und dort wirst du in Bälde sterben.*

Um drei Uhr früh ließ der König zum Wecken blasen, und auf ging es, dem offenen Ackerland um Batzlow entgegen. Die Gegend ließ sich fast wie ein Dreieck denken, das auf dem Kopfe stand. Oben links: Quartschen, oben in der Mitte: Zicher, rechts: Batzlow, die Spitze unten: Tamsel, in der Mitte des linken Schenkels: Zorndorf, in der Mitte des rechten Schenkels: Wilkersdorf. So lauteten die Namen der Dörfer. Ausgefüllt war dieses Dreieck teils mit Ackerland, teils aber auch mit Inseln aus Birken und Büschen, mit sumpfigen Wiesen, Teichen und eiszeitlichen Einschnitten, Kerben in der Landschaft, vor allem dem Langen-, dem Galgen- und dem Zabern-Grund. Friedrichs Plan war es nun, den Feind, der sich ungefähr in der Mitte des beschriebenen Dreiecks versammelt hatte, ostwärts zu umgehen und dann von Süden aus anzugreifen, um ihn in das Sumpfgelände an der Mietzel zu drängen, das nördlich von Quartschen und Zicher begann. Folglich ließ er die preußischen Kolonnen südlich von Batzlow einen scharfen Rechtsschwenk vollziehen und durch Wilkersdorf hindurch Richtung Zorndorf vorrücken. Johann machte Tschirschky, der neben ihm ritt, auf eine Reihe von Versorgungswagen aufmerksam, die zwischen Klein-Cammin und Tamsel vor den Sandhügeln standen, hinter denen das Warthebruch begann.

»Wenn wir die den Russen wegnehmen würden, brauchten wir keine Schlacht zu schlagen«, sagte der Rittmeister.

Doch weiter ging es, und als sie dicht vor Zorndorf angekommen waren, wurde Halt befohlen, und man ließ sie zur Linie einschwenken. Soweit Johann die Sache durchschaute und von Tschirschky etwas erfahren hatte, sollten die Grenadier- und Infanteriebataillone unter von Manteuffel und von Kanitz im ersten Treffen stehen, gefolgt von zwanzig Reiterschwadronen unter der Führung Marschall von Bibersteins. Laut dem Tagesbefehl hatte Generalmajor von Seydlitz den linken Kavallerieflügel zu führen, der aus sechsunddreißig Schwadronen aller drei Gattungen der Reiterei bestand.

»Wir sollen hinter dem Zabern-Grund warten«, erklärte Tschirschky seinen Leuten, »mit der Hauptarmee Schritt halten und dann eingreifen, wenn der Effekt am größten ist.«

Zum ersten Mal in seinem Leben betete Johann so richtig, und er mußte lange überlegen, bis er einen passenden Psalm gefunden hatte: »Herr, deine Barmherzigkeit ist groß ... Siehe mein Elend und errette mich!« Doch ein großer Trost war es ihm nicht, denn er hatte schon zu viele Male Kameraden gesehen, die mitten im Gebet von einer Kugel zerrissen worden waren.

Punkt neun Uhr gab der Oberst Möller den Befehl, und seine sechzig Artilleriegeschütze begannen zu feuern. Ein ununterbrochener Donner erschütterte die Erde, und dicker Rauch stieg auf, der noch reichlich Zufuhr bekam, denn eine große Zahl russischer Pulverwagen wurde getroffen und flog in die Luft, und ringsum hatten die Kosaken und Kalmücken die Dörfer angezündet.

Auch Tamsel? Johann konnte Schloß und Kirchturm nicht sehen, denn der Busch mit seinen hohen Bäumen lag zwischen ihm und seinem Dorf, aber anzunehmen war es schon. Doch ja, da stieg der Rauch schon auf in den seidigblauen Spätsommerhimmel. Er verspürte den brennenden Impuls, hinzureiten und zu helfen, und nur mühsam beherrschte er sich. Wenn er ohnehin starb, dann war es doch egal, wo und wie.

Jetzt schwiegen die Geschütze wieder. Offensichtlich hatten ihre Geschosse nicht weit genug fliegen können, so daß sie nun einige hundert Schritte vorgezogen werden mußten. In die plötzlich entstandene Stille hinein drang die Musik der Regimenter, die noch herangeführt wurden, und Johann hörte sie singen: »Ich bin ja, Herr, in deiner Macht!«

Weiter ging es mit dem Dauerfeuer, und um elf Uhr fünfzehn kam der Befehl für die Preußen, in die feindlichen Stellungen einzubrechen. Die russische Infanterie hatte das preußische Artilleriefeuer stoisch ertragen und die entstandenen Lücken sofort mit frischen Leuten aus der Reserve aufgefüllt, und als die Preußen jetzt auf sie zustürmten, schoß man nicht etwa, sondern stürzte aus den Stellungen und warf sich mit gefälltem Bajonett dem Feind entgegen.

Seydlitz sah, daß Generalleutnant von Kanitz zu weit nach rechts abkam, und schickte Johann los, dem König davon Meldung zu machen, denn der schien das nicht bemerkt zu haben. »Bei Prinz Moritz soll er sein, bei Bibersteins Dragonern.«

Johann ritt auf den Steinbusch zu, einen Streifen aus lichten Birken und Kiefern. Jetzt waren auch die russischen Mörser in Aktion getreten, und Johann sah direkt vor sich die preußischen Infanteriebataillone umfallen wie Bleisoldaten. Ohne etwas anderes zu denken als *Dies ist der Tod!* sprengte er hinweg über Tote, Verstümmelte und Sterbende. Bis er urplötzlich sein Pferd herumriß und aus dem Sattel sprang.

»Heinrich!«

In seinem Blut lag Heinrich Sengebusch, sein Ziehbruder und Jugendfreund. Eine Kugel hatte ihm die Brust zerfetzt, und keine Hilfe war mehr möglich. Johann nahm Heinrichs Kopf zwischen die Hände und flüsterte: »Ich danke dir für alles ... Unser Tamsel ... Wir sehen uns wieder ...« Dann versagte ihm die Stimme. Ein Aufbäumen noch, dann war es aus. Johann drückte ihm die Augen zu, dann konnte er nicht mehr und sank so neben Heinrich nieder, daß ihn alle anderen auch für gefallen hielten.

Doch als die russischen Geschosse immer näher einschlugen, gewann Johanns Lebenstrieb erneut die Oberhand, und er kam wieder auf die Beine. Sein Pferd war natürlich verschwunden, doch mit der alten Geschicklichkeit gelang es ihm, eins der durchgehenden Tiere, dessen Reiter längst ins Gras gebissen hatte, einzufangen und zu Seydlitz zurückzujagen, dem er meldete, daß er den König nicht erreicht habe. »Man hat mir das Pferd weggeschossen, und ich habe eine Weile bewußtlos unter seinem Leib gelegen.«

Der Generalmajor hatte keine Zeit, mit ihm darüber zu richten, denn gerade kam eine Ordonnanz des Königs mit schäumendem Pferd auf ihn zugesprengt.

»Seine Majestät lassen augenblicklich den Angriff der Reiterei befehlen.«

Seydlitz hatte zu seiner alten Souveränität zurückgefunden und sah sehr schläfrig aus. Johann wußte aber, daß das bei ihm der Ausdruck allerhöchster Anspannung war. Dann horchte er auf das Ticken seiner inneren Uhr – und nur die sagte ihm, wann der beste Augenblick gekommen war, die Tonpfeife hochzuwerfen und zur Attacke blasen zu lassen.

»Seine Majestät befehlen, der Generalmajor haftet mit seinem Kopf für den Angriff«, wiederholte der Ordonnanzoffizier.

Seydlitz dachte nicht daran, den weißen Stulpenhandschuh wie eine Fahne zu heben und damit das Signal zum Angriff zu geben. Gleichmütig und so gelangweilt, als spräche er über das Wetter, sah er zum Boten des Königs hinüber: »Sagen Sie dem König, nach der Bataille gehört Ihm mein Kopf. In der Bataille brauche ich ihn noch zu Seinem Dienst.« Dann wies er Johann an, mitzureiten und dem König zu sagen, daß Bibersteins Dragoner viel günstiger zum Feind stünden und ein zu frühzeitiges Eingreifen seinerseits deren Wirksamkeit nur vermindern und nicht etwa erhöhen würde. Johann kenne er, und das würde beruhigend wirken.

Johann folgte nun dem Ordonnanzoffizier, der wußte, daß sich der König da befand, wo die Russen den rechten Flügel der Division Kanitz niedergemacht hatten, und sich das ostpreußische Regiment von Bülow (Nr. 46) gerade in Auflösung befand. Er sei Prinz Moritz gefolgt, der mit einem Teil der Bibersteinschen Dragoner gerade eine schwere Batterie zurückerobert habe, die den Russen in die Hände gefallen war.

Sie schafften es wirklich, bis zu Friedrich durchzudringen. Man sah ihn kaum bei all dem Staub und Qualm. Der

König war gerade vom Pferd gesprungen, hatte sich die Fahne des Regiments Bülow gegriffen und versuchte nun, die Flüchtenden aufzuhalten und zu sammeln. Doch seine Stimme ging im Schlachtengetöse so ziemlich unter.

Da kam ihm Johann zu Hilfe und schrie: »Stehenbleiben, wenn ihr leben wollt! Wer flieht, der läuft den Kosaken in die Arme und wird in Stücke gehauen. Nur wer hier bei seinem König bleibt, der hat eine Chance, auf den schießen sie nicht.« Das wirkte ebenso wie die Hiebe, die er mit der flachen Seite seines Säbels austeilte, und er trieb die Fußsoldaten so zurück, wie er damals Sengebuschs Kühe in den Pferch getrieben hatte. Und wie er da Erfolg hatte, wie sie ihm gehorchten, als sei er Seydlitz mit seiner ganzen gewaltigen Ausstrahlung, da fühlte er: Ich bin doch des Markgrafen Sohn, jetzt zeigt es sich.

Friedrich, der sehr niedergeschlagen war, weil er ein zweites Desaster à la Kolin zu fürchten hatte, konnte gar nicht recht fassen, was da geschah, und bemerkte den Kosaken nicht, der mit geschwungenem Säbel auf ihn zugeschossen kam. Doch Johann hatte aufgepaßt und sein Pferd rechtzeitig herumgerissen, um den König zu retten.

Die Schlacht tobte weiter. Um dreizehn Uhr griff Seydlitz ein, um vierzehn Uhr schickte Friedrich den linken Flügel seiner Infanterie ins Feld. Das Blut floß in Strömen, und bald war jegliche Disziplin verlorengegangen. Man schlug und stieß mit Flintenkolben, Bajonetten und Säbeln aufeinander ein. Auf beiden Seiten waren Haß und Erbitterung ungeheuer groß, und Johann sah noch schwerverwundete Preußen, die nicht an die Erhaltung ihres eigenen Lebens dachten, sondern nur darauf aus waren, den nächsten Feind zu töten. Und dann fand er Mehlitz, seinen Kameraden, wie der sterbend unter einem Russen lag, der dabei war, ihn mit seinen Zähnen zu zerfleischen. Er kam auch an Stellen vorbei, wo die Reiter beider Heere aufeinandergeprallt waren und wo tote Menschen und tote Pferde zu einem Hügel gehäuft über- und untereinander lagen. Kaum kam man durch die Leichen, die Waffen und die übrige Ausrüstung hindurch, die Flinten, Pistolen, Säbel, Patronentaschen, Grenadiermützen und die kleinen russischen Pulverschaufeln aus Messing, Coupellen genannt.

Doch die Schlacht ging weiter. Johann fühlte nichts mehr, als Seydlitz gegen Abend zur letzten Attacke anreiten ließ, es war nur ein unendliches Erstaunen in ihm, daß er immer noch lebte. Die russische Kavallerie floh vor der Mauer aus Pferden und Reitern bis in den Morast von Quartschen. Doch die russische Infanterie war noch immer handlungsfähig und das Kartätschenfeuer aus hundert Geschützen mehr als mörderisch. Neben Johann stürzten sie haufenweise zu Boden, nun auch Tschirschky.

*Dort liegt Tamsel – und dort wirst du in Bälde sterben.*

Jetzt war es soweit. Nun denn. Er hatte mit dem Leben abgeschlossen.

»Marsch, Marsch!« hörte er Seydlitz schreien, und seine Offiziere wiederholten das Kommando, die Trompeter gaben es weiter.

»Marsch, Marsch!« schrie auch Johann, und das war nicht mehr er, sondern der Geist, der aus seinem Grabe aufgestiegen war. So ging es in die Karrees der russischen Infanterie hinein. Johann schlug auf alles ein, was in seine Nähe kam.

Dann war es plötzlich still, und über dem Galgen-Grund ging die Sonne unter. Johann schloß die Augen.

»Viktoria!« schrien welche. »Lang lebe der König von Preußen.«

Ein richtiger Sieg war es wohl nicht, aber die Russen zogen sich zurück, plünderten die eigene Bagage und schütteten allen Branntwein, der sich finden ließ, in sich hinein.

Johann starrte auf die Verwundeten, die aus allen Richtungen angekrochen kamen, teils auf Händen und Füßen, teils mit Krücken unter den Armen, die sich bei genauerem Hinsehen als umgedrehte Musketen entpuppten, deren Kolben sie unter die Schulter genommen hatten. Um ihren fürchterlichen Durst zu stillen, suchten sie nach den Teichen, die es hier geben sollte. Johann wies ihnen den Weg.

Allein saß er auf seinem Pferd, unfähig, einen klaren Gedanken zu fassen, und konnte noch immer nicht glauben, daß er am Leben war, denn es schien ja kein Leben mehr in ihm zu sein. Er träumte doch nur, daß er noch lebte.

Da kam der König auf ihn zugeritten, dankte ihm für seinen Einsatz und sah ihn nachdenklich an.

»Hör Er mal, so wie es mit Ihm steht, kann nichts aus Ihm werden. Ich werd' Ihn adeln. Welchen Namen will Er führen?«

Johann begriff nichts und doch wieder alles, und ganz mechanisch stieß er den Namen aus, der für ihn alles das zusammenfaßte, was sein Leben war: »Tamsel.«

»Tamsel?« wiederholte Friedrich. »Nein, das ist ein Name, der nicht geht, denn die Schönings und die Wreechs sitzen da seit Ewigkeiten. Wie heißt Er mit bürgerlichem Namen?«

»Johann Bosetzki.«

»Weiß Er was? Dann soll er ganz einfach von Bosetzki heißen. Das Adelspatent wird Ihm von dem Kanzler nachgereicht werden.«

Am Tage nach der Schlacht bei Zorndorf beschloß der König, sein Hauptquartier in Tamsel einzurichten, zumal die Russen noch nicht abgezogen waren, sondern sich in Klein-Cammin verschanzt hatten. Obwohl diese Maßnahme rein zweckbestimmt zu sein schien, war sich Johann sicher, daß es Friedrich auch mit Macht zurückzog an den Ort, wo er zum ersten und einzigen Male in seinem Leben eine Frau geliebt hatte. Mit seiner angetrauten Ehefrau verband ihn nichts, was den Namen Liebe verdiente, und von etwaigen Amouren wußte man nichts. Man munkelte nur, daß er es womöglich mit seinem Kammerdiener, mit Fredersdorf, getrieben hatte, und ansonsten war er ja auch nur von Männern umgeben. Einzig und allein Luise Eleonore von

Wreech hatte es geschafft, ihn aus seinem Schneckenhaus zu locken und zum Flötenspiel mit ihr zu bringen.

Doch als sie dann in den Park von Tamsel kamen, schrien beide auf, Friedrich und Johann. Das Schloß war von den Russen geplündert worden, alle Bewohner waren geflohen. Sie fanden nur den Lehrer der Wreechschen Kinder – erschlagen. Alles war wüst, öde, halb oder ganz verbrannt, und nur mit Mühe konnte Johann im halbeingestürzten Haus der Sengebuschs einen Tisch auftreiben, an den sich der König setzen und schreiben konnte. Es waren viele Ordres zu geben und manches, was den Fortgang des Krieges und das Land betraf, schriftlich zu fixieren, doch sein erster privater Brief galt *ihr* – natürlich …

»Madame! Ich habe mich nach der Schlacht vom 25. hierher begeben und eine volle Zerstörung an diesem Orte vorgefunden. Sie mögen versichert sein, daß ich alles Mögliche tun werde, um zu retten, was noch zu retten ist. Meine Armee hat sich genötigt gesehen, hier in Tamsel zu fouragieren, und wenn freilich die verdrießliche Lage, in der ich mich befinde, es ganz unmöglich macht, für all den Schaden aufzukommen, den die Feinde (*vor* mir) hier angerichtet haben, so will ich wenigstens nicht, daß es von mir hieße, ich hätte zum Ruin von Personen beigetragen, denen gegenüber ich die Pflicht, sie glücklich zu machen, in besonderem Grade empfinde. Ich halte es für möglich, daß es Ihnen selbst, Madame, eben jetzt am Notwendigsten gebricht, und diese Erwägung ist es, die mich bestimmt, auf der Stelle die Vergütung all dessen anzuordnen, was unsere Fouragierungen Sie gekostet haben. Ich hoffe, daß Sie diese Auszeichnung als ein Zeichen jener Wertschätzung entgegennehmen werden, in der ich verharre als ihr wohlgewogener Freund Friedrich.«

Johann bekam den Auftrag, sich aufs Pferd zu schwingen und die benachbarten Güter eines nach dem anderen aufzusuchen, um ihr sein Schreiben auszuhändigen.

»… und sag Er ihr, daß ich Ihn freistelle von seinem

Dienste bei den Kürassieren und ihr als speziellen Kammerdiener an die Hand gebe, damit Er ihr beim Aufbau Tamsels hilfreich zur Seite steht, bezahlt aus meiner Schatulle.«

Johann fand die Frau von Wreech schließlich im Herrenhaus von Hohen-Vietz auf der anderen Seite der Oder, wo sie mit ihren drei Kindern Zuflucht gefunden hatte, den Söhnen Friedrich Wilhelm und Ludwig Alexander und ihrer Tochter Sophie Friederike, die vor sechs Jahren den Grafen Stanislaus Gerhard von Dönhoff geheiratet hatte. Ihr Mann, Adam Friedrich von Wreech, zuletzt Generalleutnant, war bereits 1746 gestorben, und so war sie sehr dankbar für die Hilfe, die sie mit Johann vom König bekam. Auf Friedrichs Brief schrieb sie: »Empfangen am 30. August 1758, in demselben Jahr, in dem ich alles verlor, das ich mein nannte.« Wobei sich Johann, als er dies las, klammheimlich fragte, ob sie vom König nicht vor siebenundzwanzig Jahren noch etwas ganz anderes empfangen hatte ...

Sofort machten sie sich auf den Rückweg nach Tamsel, doch als sie dort eintrafen, war Friedrich schon weitergezogen, um in Dresden sein Hauptquartier aufzuschlagen und die Verbindung mit der Armee seines Bruders Heinrich zu suchen.

In Tamsel hatte sich Johann nun in der Rolle eines Koordinators zu bewähren, das heißt die Wiederherrichtung des Schlosses zu leiten und dabei oft genug, wenn die geeigneten Handwerker nicht aufzutreiben oder zu bezahlen waren, selber auszuhelfen. Und sie wären lange nicht so gut vorangekommen, wenn Georg Strohmattias nicht Paul, seinen ältesten Sohn, nach Tamsel geschickt hätte. Der war ein ungemein talentierter Steinmetz, Maler und Tapezierer geworden, ein Künstler durch und durch. Er glich seinen Ahnen, die Adam von Schöning das Tamseler Schloß errichtet hatten, aufs Haar und ließ sich auch, um das Griechische ganz besonders zu betonen, von seinem Vater immer Pavlos rufen. Knappe sechzehn Jahre war er jetzt und wie ein Halbgott so schön.

Johann hingegen stand nun schon im zweiundvierzigsten Lebensjahr und wurde in den Annalen des Küstriner Verwaltungspräsidenten als Diener auf Schloß Tamsel ausgewiesen. Er hatte sein ebenso hohes wie schmales Zimmer im Erdgeschoß des Schlosses, und zwar rechts auf der parkabgewandten Seite. Der Blick ging auf die Straße nach Landsberg an der Warthe hinaus, und lehnte er sich aus dem Fenster, hatte er die Kirche zum Greifen nahe. Er sah dies hier als sein Altenteil an. Was sollte es in seinem Leben noch Großes geben? Zwar konnte er sich mit seiner Lebenserwartung nicht am Alter seines Vaters orientieren, aber viel länger als sechs Jahrzehnte ließ der Herr die Männer in Preußen nicht leben. Wenn der Schwedter Markgraf ihn wirklich gezeugt hatte, dann sah die Sache günstiger aus, denn der war, er dachte nach, genau 1700 auf die Welt gekommen und lebte immer noch, ohne daß sie sich in den letzten Jahren über den Weg gelaufen wären. Zu fragen war natürlich, ob ihn der König nicht auch deswegen in den Adelsstand erhoben hatte, weil er der Nachkomme eines nahen Anverwandten war.

»Johann, die neuen Dachziegel sind gekommen und müssen abgeladen werden!« Zeit zum Nachdenken ließ ihm die Frau von Wreech nur selten. Er sprang auf und lief zur Auffahrt hinunter, um den Arbeitern auf die Finger zu sehen. Die Kerle waren so langsam, daß er selber Hand anlegen mußte, damit sie noch vor Einbruch der Dämmerung mit der Fuhre fertig waren. Gerade war er ins Schwitzen gekommen, da krachte es nebenan im Dorf gewaltig, und wenig später hörte er Schreie. Er setzte seine Hucke mit den Ziegeln ab und lauschte. Was mochte da passiert sein? Er sollte es sogleich erfahren, denn Auguste Sengebusch, seine Ziehmutter, kam angelaufen und rief ihm schon von weitem etwas zu, das er nicht sogleich verstand.

»... die Scheune ... er ist eingeklemmt ... zu Hilfe, Johann, schnell!«

»Was ist los, wer ist eingeklemmt?«

»Der Vater! Und Heinrich ist nicht mehr da, seine Brüder sind nicht zu Hause. O du mein himmlischer Herrgott!«

Johann stürzte los, nicht ohne Paul Strohmattias und die Arbeiter mit ins Dorf zu nehmen. Sengebusch, der Bauer, hatte seine niedergebrannte Scheune instand setzen wollen und war beim Wegräumen des Schuttes von einem herabstürzenden Balken getroffen und vom nachrutschenden Mauerwerk halb begraben worden. Sie fanden ihn schreiend und wimmernd, und Johann glaubte sich aufs Zorndorfer Schlachtfeld versetzt.

»Warte, Vater, warte, wir helfen dir.« Johann sagte das, obwohl er sogleich gesehen hatte, daß der Brustkorb des Alten fast ganz zerquetscht worden war und es keine Chance mehr gab. Dennoch taten sie ihr Bestes, um den Balken anzuheben und ihn hervorzuziehen.

Die Bäuerin hielt die Hand ihres Mannes und betete: »Herr, du bist nahe ... Siehe mein Elend und errette mich; hilf mir aus der Not, denn ich vergesse deines Gesetzes nicht.«

Wie viele Menschen hatte Johann schon in seiner Nähe sterben sehen, er wußte es nicht, und es hatte ihn auch selten berührt – es gehörte zum Leben. Jetzt aber warf es ihn um, und er mußte Halt an Pauls Schulter suchen. Erst Heinrich, der in seinen Armen gestorben war, nun der Vater ... Der Vater? Ja, wer auch immer ihn gezeugt haben mochte, der hier hatte ihn aufgezogen, der war also sein Vater. Hätte er die Schreie seiner Mutter nicht gehört, hätte er sich geweigert, das Baby mit ins Haus zu nehmen ... Er küßte Sengebuschs Stirn und dankte ihm. Wenig später hatte der Bauer seinen letzten Atemzug getan.

Die Arbeit in Tamsel ging weiter, Schloß und Dorf waren noch lange nicht im alten Zustand, doch den Winter von 1758 auf 1759 überstanden sie schon wesentlich besser als den zuvor. Und zu ihrem großen Glück kehrte der Krieg nicht in die Region von Oder und Warthe zurück – jedenfalls vorerst nicht; die Furie wütete anderswo, und sie erfuhren in Tamsel immer mit ein paar Tagen Verspätung davon. Etwa daß am 14. Oktober 1758 österreichische Sturmkolonnen die ahnungslos lagernden Preußen im Morgengrauen überfallen hatten. Einige hundert wurden in ihren Zelten getötet, noch ehe sie die Augen öffnen konnten. Friedrich dachte an Selbstmord und zeigte de Catt seine kleine goldene Dose, die gefüllt war mit einem schnell wirkenden Gift: »Hier, mein Freund, ist alles, was man braucht, um dem Trauerspiel ein Ende zu machen.« Nach Hochkirch, wo er zwanzigtausend Mann verloren hatte, sah es schlecht aus um Preußen.

In Tamsel aber zog man unverdrossen Mauern hoch, deckte Dächer und strich brandschwarze Wände wieder weiß. Auch das Schloß war im Hochsommer 1759 wieder vorzeigbar.

»Nur noch das Geländer in der Halle müßte ausgebessert werden«, sagte Frau von Wreech.

Johann sah die Freitreppe hinauf, deren schmiedeeiserne Balustrade die Russen teilweise verbogen oder zerstört hatten. »Das werd' ich auch noch lernen. Wenn es denn noch Sinn macht ...«

»Wieso?«

»Gerade ist ein Meldereiter durchs Dorf gesprengt und hat gerufen, daß die Russen bei Kunersdorf gesiegt haben. Es ist eine Katastrophe, Preußen ist am Ende!«

Frau von Wreech war bleich geworden und eilte in den Ahnensaal, in dem eine Karte hing. Johann folgte ihr, und sie fanden den Ort, wo die Schlacht getobt hatte. Kunersdorf lag östlich von Frankfurt und nur ein wenig weiter von der Oder weg als Tamsel von der Warthe.

»Bis zu uns herauf sind es gerade mal vier Meilen«, sagte Johann.

In diesem Augenblick flog unten die Tür auf, krachte gegen die Wand, und Pferdewiehern drang herauf.

»Sie sind schon da.«

Frau von Wreech sank in sich zusammen, und Johann brauchte einige Sekunden, um die Ohnmächtige auf drei aneinandergestellte Stühle zu legen. Dann riß er den alten Degen Schönings von der Wand und stürzte zur Treppe, um sich den Eindringlingen entgegenzuwerfen.

Doch als sein Blick nach unten fiel, erstarrte er und ließ den Degen sinken.

»Helena!«

»Johann!«

Er war nicht geistig umnachtet: Da stand sie wirklich, die Polin aus Skalat, die große Liebe seines Lebens. Und sie war offensichtlich seinetwegen gekommen. Er sprang die Treppe hinunter, und sie lagen sich in den Armen. Johanns Glück war grenzenlos. Er konnte es in den nächsten Tagen auch sorgenfrei genießen, denn mittlerweile hatte es das sogenannte Mirakel des Hauses Brandenburg gegeben, das heißt, die siegreichen Österreicher und Russen hatten nicht etwa Berlin erobert und die ganze Neumark besetzt, sondern waren wieder abgezogen, um sich statt dessen auf Schlesien beziehungsweise Ostpreußen zu stürzen.

Johann und Helena wollten nur eins, zu zweit sein, was im Schloß unmöglich war, und so hatten sich die beiden schnell auf die Liebes-Insel in der Warthe geflüchtet, wo die alte Hütte des Fischers Petras noch immer stand und nur ein wenig hergerichtet werden mußte. Vor der lagen sie jetzt, als der August seinem Ende zuging, und sahen auf den Fluß hinaus.

»Ich habe all die Jahre nicht nur von dir geträumt«, sagte Helena, »sondern auch davon, daß wir hier auf euren Weiden Pferde züchten.«

Johann küßte sie. »Du, ich auch. Ich hab' schon mit der Frau von Wreech gesprochen, die wird zusehen, daß sich das arrangieren läßt.«

»Na bitte. Ich habe ja für den Anfang einen Hengst und eine Stute mitgebracht.«

»Was die können, können wir auch.« Schon umschlang

Johann sie und drang in sie ein. Als sie wieder bei Sinnen waren, ruderten sie zum Deich zurück, wo sie ihre Pferde festgebunden hatten.

»Es ist alles wie im Rausch«, sagte Johann.

»Und es wird immer so bleiben.«

Er zeigte ihr sein Tamsel und konnte ihr gar nicht genug erzählen von den alten Zeiten, wo er noch im Pferdestall geschlafen hatte, wo ihn dieser von Czako in der Scheune fast in den Tod gestürzt hatte, wo ... Er brach ab, denn vor dem Schloß war gerade eine Kutsche vorgefahren, aus der ein Mann stieg, der für diese Zeit und diese Gegend viel zu vornehm angezogen war.

»Wer ist denn das?« fragte Johann und sah zugleich, wie Helena erbleichte. »Was denn, kennst du den?«

»Ja ...« hauchte sie.

»Wieso, woher denn?«

»Das ist mein Mann ...«

»Ich erschlag' ihn!« Johann hatte aus alter Gewohnheit seinen Husarensäbel, wie einen Talisman, immer bei sich, zumindest am Sattel hängen.

»Nein, laß! « Helena hielt ihn zurück.

»Komm bitte her«, rief ihr Mann, »ich möchte mit dir reden.«

»Komm du doch her.« Immerhin sprang Helena vom Pferd.

Johann packte seinen Säbel fester. »Soll ich ihn rausjagen aus Tamsel?«

»Nein, laß«, wiederholte Helena. »Das ist Piotr. Wir haben vor sieben Jahren geheiratet. Und ich habe ihn verlassen. Deinetwegen. Ohne ein Wort. Wenn er jetzt mit mir reden will, dann muß ich das tun und ihm alles erklären.«

»Aber sei vorsichtig.«

»Ja.«

»Ich pass' auf.« Johann blieb auf seinem Rappen, jederzeit bereit, auf die beiden zuzusprengen und dem Polen den Schädel zu spalten.

Die beiden, Helena und Piotr, trafen genau in der Mitte des freien Platzes zusammen, der im Norden von der Rückseite des Schlosses und der Tamseler Kirche und im Süden von den ersten Bäumen des Parks gebildet wurde. Nur zehn Fuß von ihnen entfernt saß Johann auf seinem Pferd, beide so starr, daß man sie von weitem für ein Reiterstandbild halten konnte. Er hörte jedes Wort, das sie sprachen, doch da sie ihren Dialog in Polnisch führten, verstand er buchstäblich nichts.

Zuerst schrien sie sich an, und Helena ohrfeigte Piotr sogar, obwohl er zwei Köpfe größer war als sie. Wenig später warf er sich vor ihr auf die Knie, doch sie spuckte nur aus und riß ihn wieder hoch. Dann kam eine ruhigere Phase, in der er immer ernsthafter wurde, sie aber ständig lachte, ja ihn sogar auszulachen schien. Mit einem Mal lachte auch er. Da drehte Helena sich um und machte die ersten Schritte zu Johann hin. Das war so selbstverständlich für ihn, daß er nicht einmal sonderlich strahlte. Er hatte das hier nicht als Kampf zwischen sich und dem Polen begriffen, also bestand auch kein Anlaß, sich nun als Sieger zu fühlen.

Da kam der Augenblick, der für ihn so unfaßbar war, als wenn die Sonne über ihm ganz plötzlich erloschen wäre.

Piotr griff noch einmal nach Helenas Hand, wie um für immer Abschied zu nehmen. Doch sie stieß ihn nicht zurück, sondern wirbelte herum und flog in seine Arme. Dann liefen beide Hand in Hand auf die Kutsche zu. Helena drehte sich noch einmal um und sah zu Johann hinauf.

»Ich werde dich immer lieben, aber ich kann nicht anders. Bitte, versteh mich, bitte, verzeih mir.«

Da konnte auch Johann nicht anders. Er riß so an den Zügeln, daß sein Rappe steil hochstieg, dann aber einen gewaltigen Satz nach vorn machte. Piotr töten und Helena für sich haben, das wollte er, an nichts anderes dachte er mehr. Es war ein archaischer Impuls, gegen den nicht anzukommen war.

Der Säbel war schon geschwungen, Piotrs Schädel zu spalten, da sah er Helenas grüne Katzenaugen. Weit aufgerissen, entsetzt, flehend, schöner als die jeder Göttin.

Und er riß sein Pferd herum, köpfte mit dem Säbel den Hermes, der in brüchigem Stein am Schloßportal stand, und jagte den Hohlweg nach Zorndorf hinauf.

# Kapitel 6

## 1768–1770

Mit dem Frieden zu Hubertusburg, geschlossen am 15. Februar 1763, war der Siebenjährige Krieg endlich zu Ende gegangen, nach dem es im neuen Jahrzehnt noch die verlustreichen Schlachten von Liegnitz und Torgau gegeben hatte. Preußen war nun endgültig als Großmacht etabliert und hatte dies mit einem Verlust von vierhundertfünfzigtausend seiner Einwohner bezahlen müssen. Durch Belagerungen, Niederbrennungen und Artilleriebeschuß waren insbesondere in Schlesien, Brandenburg und Pommern Zehntausende von Gebäuden zerstört. Friedrichs Bemühungen waren deshalb nur auf ein Ziel gerichtet, sein Land wenigstens wieder in den Zustand zu versetzen, in dem es sich 1756 befunden hatte, und er nannte dieses Ziel »Retablissement«. Die Mehrzahl der Soldaten wurde in ihre Heimatdörfer entlassen, um dort wieder zu pflügen und zu akkern und die zerstörten Häuser und Scheunen aufzubauen. Fünfunddreißigtausend ausgemusterte Artilleriepferde kamen zurück aufs Land. Um die Bevölkerungszahl auf den alten Stand zu bringen, wurde von Friedrich im Rahmen der sogenannten Peuplierung großer Wert darauf gelegt, weiterhin Menschen aus anderen Ländern nach Preußen zu holen, was insbesondere durch den Landgewinn im Warthe- wie im Netzebruch möglich war. Hier, wo fast zweitausend Kolonistenfamilien in nahezu hundert Siedlungen eine neue Heimat fanden, leitete der frühere anhaltinische Kammerdirektor Brenckenhoff die Meliorationen, also die Maßnahmen zur Ertragsverbesserung des Bodens, dabei tatkräftig unterstützt von seinem Adjutanten Johann von Bosetzki, dessen Ortskenntnisse unvergleichlich waren. Nach dem

Verlust Helenas hatte er es nicht mehr lange in Tamsel ausgehalten und den König gebeten, ihn von der Hilfeleistung für die Frau von Wreech wieder zu entbinden. Das war 1760 gewesen, und da er damals immerhin schon seinen dreiundvierzigsten Geburtstag gefeiert hatte, hätte sich die Rückkehr zur Kavallerie ein wenig schwierig gestaltet, obwohl mit Seydlitz als Fürsprecher ein Arrangement nicht ausgeschlossen gewesen wäre. Doch er hatte nicht so recht gewollt, denn seine diversen Kriegsverletzungen und sein ewig schmerzender Rücken standen dagegen. Da hatte Brenckenhoff Tamsel besucht, und sie waren ins Gespräch gekommen. 1768 war dann die Netzeregulierung zu Ende gebracht, und Brenckenhoff hatte dafür gesorgt, daß Johann den Posten des Quartiermeisters in Küstrin bekam. Es war ja eh alter Brauch in Preußen, nicht mehr kriegsverwendungsfähige oder zu bestrafende Offiziere in die Garnisonsregimenter abzuschieben, wo sie dann unzufrieden und dem Alkohol ergeben auf ihr Ende warteten. Auch Johann sah Küstrin als seinen Friedhof an und kam sich schon lange wie ein Toter vor, recht eigentlich gestorben im August 1759, als er Helena für immer verloren hatte, vor neun Jahren also.

So saß er auch an diesem Sonntag wieder einmal am Ufer der Oder, hinter sich das steil ansteigende Backsteingebirge der Bastionen »Philipp«, »Brandenburg« und »König«, und starrte trübsinnig in das eilig fließende steingraue Wasser. Ewigkeiten war es her, daß sie knapp über ihm den Katte geköpft hatten. Da war er noch jeden Morgen in Sengebuschs Pferdestall erwacht und hatte von einer glänzenden Zukunft geträumt. Nun war sie schon vorbei. Die vielen Jahre neben Seydlitz schmolzen zu einem Augenblick zusammen, waren nur noch Erinnerung, sehr ungewiß, ein Traum. Ebenso der Moment seiner Nobilitierung. Johann von Bosetzki. Anfangs hatte er es immer wieder vor sich hingesprochen, sich am Klang berauschend, nun aber war es so selbstverständlich geworden wie die Tatsache, daß er ein Preuße war. Schön und gut, jetzt war er zwar der, der er immer hatte sein wollen, aber er war kein glücklicher Mensch. Helena fehlte ihm, seine Pferde fehlten ihm, und das Leben war nichts ohne die spannende Frage, was der nächste Tag wohl bringen werde. In Küstrin war ein Tag wie der andere. Eintönig der Dienst in der Garnison. Ein besserer Hausmeister war er geworden. Hatten die Offiziere und Mannschaften alle ordentliche Quartiere bekommen, gab es irgendwo bauliche Mängel? Ja, nein. Vor zehn Jahren hatten die Russen die Stadt Küstrin zwar völlig niedergebrannt, die Festung selber aber hatte durch ihr Bombardement kaum Schaden genommen. Gerade hatte man mit dem Wiederaufbau der Stadt begonnen, und er sollte sich noch über zwei Jahre hinziehen, so daß die Soldaten und Offiziere am Abend wenig Gelegenheit hatten, Abwechslung zu finden. Man spielte Karten, trank und lästerte dabei über den Obersten Schack, der seine zahlreichen Geschütze nicht genutzt hatte, die Russen zu vertreiben. Als er sich nachher beim König für seine begangenen Fehler entschuldigen wollte, hatte Friedrich gesagt: »Schweig Er; ich bin selbst schuld. Warum habe ich Ihn zum Kommandanten gemacht.«

Johann warf ein paar flache Steine ins Wasser, schaffte es aber nicht, sie auf der Oberfläche noch zwei-, dreimal auftippen und tanzen zu lassen. Ja, warum hatte der König ihn, Johann, zum Adligen gemacht? War es immer gut und richtig, was ein König tat ...? Kurzum, durch Friedrichs Befehl, der Frau von Wreech beim Aufbau Tamsels zu helfen, war er von Seydlitz weggerissen und in ein gänzlich anderes Leben hineingeworfen worden – mit dem Ergebnis, daß er seine Zeit in Küstrin fast als Festungshaft ansah. Seydlitz ... Seit Zorndorf hatte er ihn nicht mehr zu sehen bekommen. In der Schlacht bei Kunersdorf hatte ihm eine Musketenkugel die Zügelfaust, also die linke Hand, zerschmettert, und er war wenig später ohnmächtig vom Pferd gesunken. Ohne ihn hatte man die Schlacht dann prompt verloren. Wieder genesen, hatte er im April 1760 die reiche Albertine Gräfin von Hacke geheiratet. Ohne Johann zur Hochzeit einzuladen. Vorbei waren die Zeiten, wo sie sich gegenseitig gebraucht hatten. Nach dem Hubertusburger Frieden hatte es Seydlitz in die Ohlauer Friedensgarnison verschlagen, wo Friedrich ihn vor einem Jahr zum General befördert hatte, und Johann war sich dessen gewiß, daß sich Seydlitz, inzwischen von seiner Frau geschieden, dort genauso langweilte wie er hier in Küstrin. Da fragte sich Johann, ob es nicht besser gewesen wäre, wenn ihm vor zehn Jahren am Galgen-Grund drüben bei Zorndorf ein Kosake den Schädel eingeschlagen hätte.

Für einen Augenblick fand er Ablenkung durch einen jungen Mann, der über die Wälle schlenderte und dabei war, mit einer Weidenrute merkwürdige Figuren in die Luft zu malen. Er mochte Mitte Zwanzig sein und fiel durch etwas auf, das es hier in der Neumark nicht allzu häufig gab: sein glänzendes pechschwarzes Haar. Es war kein anderer als Paul Strohmattias, der jüngste Sproß jener griechischen Steinmetzfamilie, die der alte Schöning nach Tamsel verpflanzt hatte. Er war in Berlin beim großen Knobelsdorff in die Lehre gegangen und nun nach Küstrin gekommen, um beim Wiederaufbau der Stadt zu viel Geld und einem guten Ruf zu kommen. Er sei äußerst talentiert, hieß es allenthalben, aber mehr noch als die Bauherren schwärmten ihre Frauen und Töchter von ihm. Als er Johann erkannte, kam er herangeschlendert. Sie begrüßten sich.

»Na, langsam eingelebt in unserer Stadt?« fragte Johann.

»Stadt nennt Ihr das?« Paul wies auf die Trümmerwüste. »Karthago ist gar nichts dagegen.«

»Wenn nichts zerstört wäre, hättest du nichts aufzubauen.«

»Vater hat's das Herz gebrochen.«

Sie schwiegen einen Augenblick und dachten an Georg Strohmattias, neben Heinrich Sengebusch Johanns bester Freund in Tamsel. Gleich nach der Schlacht bei Zorndorf waren sie aus den Wäldern zurückgekehrt, doch in Küstrin hatte es weder Unterkunft noch Verdienst für ihn und seine Familie gegeben, und so waren sie nach Berlin gegangen, aber auch dort nicht richtig heimisch geworden. Schließlich hatte Georg als Ziegelbrenner in Zehdenick Arbeit gefunden und war dort schwer an der Lunge erkrankt.

»Der feine Staub«, sagte Paul, »und die Hitze an den Brennöfen, das hat er beides nicht vertragen.«

»Schön, daß du wieder in die alte Heimat zurückgekommen bist.« Johann musterte Paul. »Wenn ich dich sehe, denke ich immer, dein Vater steht vor mir. Damals in Tamsel, ach ja ...«

Es war ein lauter Seufzer geworden. Kämen doch die alten Zeiten zurück. Erbost über sich selber, daß er als altgedienter Kürassier derart sentimental geworden war, sprang er auf und trat sich mit dem Hacken des rechten Fußes heftig auf die Spitze des linken. »Das soll dir eine Lehre sein, dich so gehen zu lassen.«

Paul lachte und gab Johann zum Abschied die Hand. Er müsse nach Hause, um noch über einer Zeichnung des neuen Zorndorfer Tores zu brüten.

Der Tritt auf den eigenen Fuß, um sich zu bremsen, hatte wenig gefruchtet, denn kaum war Georgs Sohn gegangen, saß Johann auf dem Pferd des Kommandanten und ritt nach Tamsel, zum Friedhof wieder einmal, um nun mit seinem kranken Gemüt stundenlang zwischen dem Grab seiner Mutter und dem Helenas zu hocken und seinen trüben Gedanken nachzuhängen. Was wäre gewesen, wenn ...

Wenn Helena nicht zu Piotr in die Kutsche gestiegen, sondern bei ihm geblieben wäre ... Dann lebte sie noch, dann wäre sie nicht bei einem Reitunfall in ihrer Heimat, in Skalat, ums Leben gekommen. Er hatte von ihrem Vater davon erfahren und alles darangesetzt, daß sie hier in Tamsel zur letzten Ruhe gebettet wurde. Immer wieder hatte er Piotr angefleht: »Sie haben sie als Lebende besessen, so lassen Sie mir doch Helena in Gottes Namen als Tote!« Das hatte schließlich gewirkt, aber auch die preußischen Diplomaten hatten das Ihre getan, und so war denn der Sarg mit Helenas sterblichen Überresten im Mai 1766 nach Tamsel überführt worden.

Und was wäre gewesen, wenn seine Mutter bei seiner Geburt nicht gestorben wäre oder den Herbeieilenden wenigstens gesagt hätte, wer sein Vater war. Wenn er nicht dem Markgrafen und Seydlitz begegnet wäre und statt dessen das Leben gelebt hätte, das einem wie ihm vom Herren vorbestimmt war, als einfacher Bauer und Soldat. So aber war er aus der Bahn geworfen worden.

»Ach Mutter, ach Helena, es hat doch alles keinen Sinn mehr. Da drüben am Baum ist ein dicker Ast – und ich hole mir jetzt einen Strick und häng' mich auf. Dann liege ich schon morgen neben euch, erlöst von allem.«

In dieser düsteren Stimmung kam ein Paar auf ihn zugeschlendert, das er lange nicht mehr gesehen hatte: Sophie Friederike, nun auch schon sechsunddreißig Jahre alt, und ihr zweiter Ehemann, der Geheime Legationsrat Baron Dodo von Knyphausen. Nach nur sechsjähriger Ehe war ihr erster Mann, der Graf Stanislaus von Dönhoff, 1758 gestorben. Luise Eleonore von Wreech hatte nach dem frühen Tod ihres Mannes nicht wieder geheiratet. Zwei Söhne waren durchzubringen gewesen, Friedrich Wilhelm, ein besonders lang aufgeschossener Bursche, dem im wesentlichen Johann das Reiten beigebracht hatte, und Ludwig Alexander, dazu neben Sophie Friederike noch eine zweite Tochter, verwachsen, aber gescheit. Die war nun an den Hof der Königin gekommen, hatte sich den Ruf einer besonders großen Intrigantin erworben und war als »Fee Carabosse« bekannt geworden. Zu ihr wollten Sophie Friederike und ihre Mutter in diesem Sommer reisen, und zu seiner nicht eben großen Überraschung wurde Johann nun gefragt, ob er die beiden nicht begleiten wolle, zum Schutz, denn die Männer in der Familie seien alle irgendwie unabkömmlich. Beim Kommandanten, der ein guter Freund von ihnen war, würden sie ihn schon loseisen können.

Johann sagte freudig zu, denn jede Gelegenheit, aus seiner Festung zu entkommen, war ihm recht, und so saß er denn auch bald neben den beiden Frauen in der Kutsche nach Berlin und spielte ihren Kammerdiener. Zu ihrer vollsten Zufriedenheit, denn diese Rolle lag ihm quasi im Blut – und im Grunde war er ja bei Seydlitz nichts anderes gewesen als dessen Kammerhusar, allerdings einer, der nicht nur die Tonpfeife versorgen, sondern seinem Herrn auch auf dem Schlachtfeld nützlich sein konnte.

Sie waren im Morgengrauen aufgebrochen und folglich schon zur Mittagszeit am Ziel, einige Meilen nordöstlich Berlins, denn die Königin lebte ja nicht mit ihrem Mann in Potsdam oder im Stadtschloß an der Spree, sondern weit draußen am Ufer der Panke in Schönhausen beziehungsweise Niederschönhausen. Das dortige Schloß war 1664 von Johann Arnold Nering auf den Grundmauern eines alten Herrenhauses errichtet worden, und vierzig Jahre später hatte es Eosander von Göthe erheblich erweitert. Im Oktober 1760 hatten die Alliierten die preußische Hauptstadt erobert, und während sich die russischen Soldaten sehr diszipliniert verhalten hatten, waren die Österreicher wie die Barbaren über die Schlösser Charlottenburg und Schönhausen hergefallen, hatten die Gemälde zerschnitten, die Tapeten heruntergerissen, die Antikensammlungen vernichtet und die Standbilder umgestürzt und geköpft. Ein Jahr nach Kriegsende hatte dann Johann Boumann begonnen, das verwüstete Gebäude zu renovieren und auch ein wenig umzubauen.

Seit 1740 lebte hier Elisabeth Christine, die Gemahlin des Königs, in einer Art Verbannung, und es sollten noch einmal fast drei Jahrzehnte vergehen, ehe sie heimgerufen wurde in die Ewigkeit. Nur einmal war sie vom König besucht worden, wie es hieß. Das war richtig, nicht aber, daß er zu ihr gesagt hatte: »Madame sind korpulenter geworden.« Sie kam aus dem Haus Braunschweig-Bevern und war eine Nichte der Kaiserin in Wien, was Friedrich Wilhelm I. wohl bewogen hatte, seinen Sohn zu dieser Heirat zu zwingen.

Der haßte die häusliche Zweisamkeit und akzeptierte Frauen nur, wenn sie geistreich, schlagfertig, kapriziös und munter waren – und all das war Elisabeth Christine mitnichten. »Lieber die größte Hure von Berlin als eine Betschwester!« soll Friedrich ausgerufen haben, denn die Braunschweigerin galt als ebenso einfältig wie frömmelnd. Doch schließlich war Friedrich nichts anderes übriggeblieben, als in die Heirat einzuwilligen, denn an sie war das Ende seiner Küstriner Leidenszeit gekoppelt.

Dies alles wußte Johann, als er jetzt von der Königin flüchtig begrüßt wurde, und auch wenn er Friedrich sehr zu Dank verpflichtet war und an sich voll auf seiner Seite stand, so fand er das Ganze doch irgendwie peinlich. Entweder man hatte eine Frau, oder man hatte keine, wenn man aber eine hatte, dann sollte man auch an ihrer Seite leben. Zusätzlich verwirrte ihn die Tatsache, daß ja Sophie Friederike von Knyphausen, geborene von Wreech, mit einiger Wahrscheinlichkeit von Friedrich gezeugt worden war, nun also die quasi verlassene und kinderlos gebliebene Ehefrau auch noch eine Tochter ihres Mannes vorgeführt bekam. Was ihn wieder etwas beruhigte, war die Beobachtung, daß die Königin dies alles sehr gelassen hinzunehmen schien und ausgesprochen ausgeglichen wirkte. Vielleicht hatte sie auch so alles, was sie brauchte, zumal Friedrich ihr ja alle protokollarischen Ehren zukommen ließ, die ihr als Königin zustanden. So mußten alle ausländischen Fürsten, die Berlin und Potsdam besuchten, auch ihr die Aufwartung machen. Ihre Lethargie wie ihr Glaube schienen ihr die Kraft zu geben, mit einem Leben wie diesem zu Rande zu kommen. »Verlaß dich auf den Herrn von ganzem Herzen und verlaß dich nicht auf deinen Verstand«, hörte Johann sie zur Wreech-Tochter sagen, »sondern gedenke an Ihn auf allen deinen Wegen, so wird Er dich recht führen.« Dennoch fand er die Atmosphäre ziemlich bedrückend und stahl sich bald davon, um einen kleinen Rundgang durch das Schloß zu unternehmen und es mit Tamsel zu vergleichen. Ein bißchen größer war es schon, aber so richtig gefiel es ihm nicht, denn die Rokokoräume fand er zu verspielt. Das war nicht seine Sache. Im Erdgeschoß gab es eine Zederngalerie und im Obergeschoß eine »marmorierte« Galerie mit reicher Stuckverzierung. Am meisten gefiel ihm die prächtige zweiarmige Treppe, deren kühn geschwungene Bögen bis weit nach oben führten. Er machte sich wieder auf den Weg nach unten und bewunderte das kunstvoll geschnitzte Geländer.

Dann stand er draußen im Park und fühlte sich so maßlos allein, daß er sich fast nach dem Schlachtfeld und dem Getümmel von Roßbach oder Zorndorf sehnte. Er ging zu den Stallungen, verhandelte kurz mit den Bereitern und bekam dann einen angejahrten Schimmel geliehen. Auf dem Rücken des Pferdes wurde ihm nun wesentlich wohler, und er sprengte am Ufer der Panke entlang und in die Dörfer hinein. Rosenthal, Blankenfelde, Schönerlinde, Französisch-Buchholz, Blankenburg und Heinersdorf. Endlich einmal neue Namen. Aber so schön wie Tamsel war keines. Zwischen Blankenfelde und Schönerlinde flog er in vollem Galopp über ein Stoppelfeld und war nicht wenig erstaunt, als ihm ein reiterloser Rappe in die Quere kam, ein verstörtes Tier mit Zaumzeug und Sattel. Offenbar war es durchgegangen und hatte seinen Reiter abgeworfen. Johann war sich einen Augenblick unschlüssig. Was war nun wichtiger: zuerst das Pferd einzufangen, das offensichtlich wertvoll war, oder zuerst nach dem gestürzten Reiter zu suchen? Er entschied sich für das Letztere und folgte den Spuren des Rappen. Und er brauchte nicht lange zu suchen, denn gegen Nordosten hin, wo ein kleines Wäldchen war, sah er vor den ersten Bäumen einen Menschen liegen. Mit seiner schwarzen Reitkleidung hob er sich deutlich ab vom gelben Stroh, das da noch lagerte und darauf wartete, in die Scheune eingefahren zu werden.

Schon war er heran und erkannte einen Mann von fast zierlicher Gestalt, ganz offensichtlich ein Kavalier vom Hof der Königin, der seine Reitkünste ein wenig überschätzt hatte. Tot schien er nicht zu sein, denn eben hatte er ein Bein bewegt, aber doch bewußtlos oder zumindest arg benommen. Johann sprang ab, um Hilfe zu leisten. Er kniete nieder, um dem Mann den engen Rock zu öffnen, denn er rang schwer nach Atem. Der erste Knopf sprang auf, der zweite ... Da schrie Johann auf.

»Das ist ja eine Frau!«

Sein Schrei hatte die Wirkung, als habe man ihr einen Eimer voll kalten Wassers ins Gesicht geschüttet, denn die Frau – es war tatsächlich ein weibliches Wesen – fuhr in die Höhe.

»Sie haben alles gesehen?«

»Alles nicht ...« Johann fühlte, daß er leicht errötete.

»Ach, wie süß ...« Sie rappelte sich auf und prüfte, ob sie sich etwas gebrochen hatte. »Nein, Gott sei Dank.«

»Ich dachte ...« Johann suchte nach den passenden Worten, verhedderte sich aber mehr und mehr. »Ich dachte, Sie ... Ich habe nämlich die Frau, die ich liebte, bei einem Reitunfall verloren.«

Sie sah ihn an und lächelte. »Na, hoffentlich haben Sie bei diesem Reitunfall heute keine neue gewonnen ...«

»Wieso?« Johann war in Spielen wie diesen völlig unerfahren.

»Ich warne Sie ja nur ...«

»Wieso?«

»Weil ich ein Frauenzimmer bin, vor dem sich so viele Männer fürchten, daß man mich sogar hierher nach Nieder-, Hohen- oder was weiß ich für ein Schönhausen verbannt hat.«

»Sie gehören zum Hof der Königin.«

»Nicht direkt, nur für einige Zeit – bis ich mich gebessert habe. Durch fortwährende Gebete ...« Sie sah ihn noch aufmerksamer an. »Und Sie sind vorhin aus Tamsel gekommen?«

»Ja ... Das heißt: nein ...« Er verbeugte sich. »Johann von Bosetzki, Quartiermeister der Küstriner Garnison.«

Sie machte einen Knicks, was, da sie Männerkleidung trug, sehr nach Karneval aussah. »Elisabeth von Velten.«

»Und warum haben Sie sich als Mann verkleidet?«

»Weil man bei Hofe nicht wissen soll, daß ich ausgeritten bin. Genauer gesagt, man hat es mir verboten, um zu unterbinden, daß ich die Männer der Umgebung rebellisch mache. Aber nun habe ich ja Sie ...«

Johann zuckte zusammen und hatte Angst vor ihr und der Versuchung, in die sie ihn führte. Als sie da vor ihm stand, unglaublich kokett, wie eine Dienerin der Aphrodite, ahnte er, warum man sie an den prüden Hof der Elisabeth Christine verbannt hatte: weil sie als Mätresse vieler hochgestellter Männer in Friedrichs Staat allzuviel Verwirrung schuf. Er wehrte sich gegen das Bild, das sofort in ihm aufgestiegen war, aber er genoß auch schon die Vorstellung, zwischen ihren Schenkeln zu liegen, vor Wollust schreiend.

Doch dieses Bild verschwand ganz schnell, als sie nun von zwei Seiten geradezu umzingelt wurden. Einmal von den Hofleuten, die losgeritten waren, sie zu suchen, zum anderen von einer Bauernschar, die das Pferd eingefangen hatte und ihr zurückgeben wollte.

»Nichts verraten«, zischte sie ihm zu, doch sie war schnell durchschaut, und der Berliner Hof hatte seinen nächsten Skandal, zumal man kolportierte, man hätte sie und Johann kopulierend im Stroh gefunden. Als Friedrich davon hörte, lachte er und hatte eine Idee: »Man sorge dafür, daß beide miteinander verheiratet werden. Das löst viele Probleme.«

Elisabeth von Velten war 1731 als dritte Tochter eines märkischen Krautjunkers im Havelland geboren worden und hatte ihr ganzes Leben lang darunter gelitten, nicht in ihre Zeit und schon gar nicht nach Preußen zu passen. Sie war zu klug, sie war zu hübsch, und sie war den Männern ihrer Kreise derart überlegen, daß sie keine Lust dazu hatte, in irgendeiner gottverdammten Kate, die sich Herrenhaus nannte, als Sklavin eines dieser Halbidioten zu versauern.

Sie war somit völlig aus der Art geschlagen, und einige ihrer Verwandten haßten sie sogar, weil sie so anders war. Ihr Vater, Rittmeister bei den Ziethen-Husaren, hätte sie am liebsten in ein Damenstift gesteckt, doch dagegen opponierte ihre Mutter. Auch diese wollte Elisabeth schnellstmöglich aus dem Hause haben, hatte aber den großen Traum, sie bei Hofe unterzubringen, auf daß da ein Prinz auftauche und sie in höhere Gefilde entführe, denn zwischen Land- und Hochadel klafften noch Welten. Zuerst reichte es jedoch nur zu einem eher mittelmäßigen Hof, dem des Markgrafen Karl in Friedrichsfelde, östlich von Berlin, dann immerhin zu Rheinsberg und Berlin. Ihre Aufgabe war es, kleinen Prinzen und heranwachsenden Prinzessinnen Französisch beizubringen und mit ihnen Konversation zu üben, vor allem dafür zu sorgen, daß sie mitreden konnten, wenn es um Kunst und Dichtung ging; sie war aber auch bei Festen und in den diversen Gesprächskreisen gern gesehen. Wäre sie ein Mann gewesen, hätte sie womöglich in Friedrichs engsten Kreis gelangen können und neben Jordan, de Catt, Keyserlingk, Chasot und la Motte Fouqué einen angemessenen Platz gefunden, so aber mußte sie sich mit einem Kompliment des Königs begnügen: »Sie erinnert mich sehr an die junge Wreech.«

Weil sie kein Mann war ... Immer wieder schlüpfte sie in Männerkleider, und so war es kein Zufall, daß Johann sie verkleidet vorgefunden hatte. Was sie eigentlich wollte, gestand sie sich nur ungern ein: Macht wollte sie, mächtig sein. Und darum genoß sie es über alle Maßen, wenn die Männer an ihrer Tür kratzten, ihr zu Füßen lagen und danach winselten, in ihr Bett zu dürfen. Das war ihre Lust. Und hinterher plauderten sie aus, was geheim zu bleiben hatte, und sie konnte nachher ihre Fäden ziehen und die stürzen helfen, die ihr zuwider waren. Das war lange Zeit gut gegangen, doch nun ging sie auf die Vierzig zu, und die Zahl ihrer Liebhaber war rapide gesunken. Liebhaber ... Die Bezeichnung war falsch, denn Liebe war es nie gewesen, immer nur

Spiel. Und es war ihr langsam über. Alle Träume waren ausgeträumt. Zudem hatte sie in all den Jahren nicht nur viele Freunde angesammelt, sondern sich auch so viele Feinde gemacht, daß es ihr ratsam schien, von sich aus das Feld zu räumen, bevor die große Katastrophe kam. Zwar war auch eine Ehe mit diesem Johann von Bosetzki in Küstrin eine Katastrophe, aber eben eine wesentlich kleinere. Und ein Kind wünschte sie sich auch. Und dafür wurde es langsam höchste Zeit.

»Ja, ich gehe nach Küstrin und heirate diesen kleinen Kürassier mit den krummen Beinen.«

Johann nahm die Heirat mit Elisabeth von Velten so stoisch hin, als hätte ihn eine Musketenkugel in den Oberarm getroffen. Was sollte man dagegen tun; alles kam so, wie es kommen sollte. Glück war nichts anderes als die Summe des Unglücks, dem man entgangen war. Und es hätte einem ja auch der halbe Kopf weggeschossen werden können, oder der König hätte auf die Idee kommen können, ihm die letzte Mumie aus dem Umkreis seiner ungeliebten Gattin ins Bett zu legen. Da aber lag nun eine Frau, die sich auf die Liebeskunst so gut verstand, daß er mitunter aufschrie vor Lust. Das war ganz anders als bei Helena, die mit seinem Körper nicht gespielt hatte.

Sie hatten ihre Hochzeit im November 1768 im Ahnensaal des Tamseler Schlosses gefeiert, und bis in den folgenden Sommer hinein war sein Bedürfnis, ihr beizuwohnen, zu einer echten Sucht geworden. Einundfünfzig Jahre war er jetzt, und Sophie Friederike, die ein Lästermaul war, sprach vom Johannistrieb, der ihn voll erwischt habe. Zwar hatte ihm Elisabeth geschworen, nach der Hochzeit nur noch ihm und nie wieder einem anderen Mann den schönen Schoß zu öffnen, doch er mißtraute ihr zutiefst gemäß der alten Weisheit »Die Katze läßt das Mausen nicht« und entwickelte mit der Zeit eine Eifersucht, die regelrecht krankhaft war. Das ging soweit, daß er eines Tages den Lauf seiner Muskete auf sie richtete und ein peinliches Verhör begann.

»Wer waren die letzten Männer, die dich besessen haben?«
Sie wich zurück. »Wieso?«
»Ich will sie alle töten.«
Elisabeth versuchte, die Lage zu entschärfen, indem sie sich um Heiterkeit bemühte. »Der letzte Mann ... Nun, das war der König selbst, Friedrich ...«
Doch dieser Schuß ging voll nach hinten los. »Wenn du den Mann noch einmal kränkst, dem ich alles verdanke!« Johann ließ den Hahn seiner Flinte knacken. »Dann ... Wer ist es wirklich gewesen?«
Sie tat ihm den Gefallen, ein paar ihrer Kavaliere zu nennen. Zu verschweigen gab es da nichts.
»Nun gut ...« Johann hatte sich wieder beruhigt und stellte seine Muskete in den Schrank zurück. »Was gewesen ist, das ist gewesen. Komm jetzt, ich will einen Sohn von dir.« Und er drang mit solcher Kraft in sie ein, daß selbst sie erschrocken war.
Ein Sohn, ein Kind ... So sehr sie sich auch mühten, die Zeugung wollte nicht gelingen. Vielleicht seien beide zu alt, sagte Frau von Wreech zu ihnen, die sie öfters konsultierten, doch Elisabeth sah noch einen anderen Grund, einen, der für sie ganz entscheidend war: Es bestand keine Liebe zwischen ihnen, zumindest nicht, wenn sie das als Maßstab nahm, was beispielsweise die Minnesänger darüber gedacht hatten.
Alles in allem waren die Küstriner Tage aber für Elisabeth durchaus erträglich, auch weil sie des öfteren nach Tamsel ritt, wo immerhin so etwas wie ein Hof vorhanden war, wenn auch einer *en miniature.* Während Johann immer mehr in den Wiederaufbau Küstrins eingebunden wurde, saß Elisabeth bei den Wreechs und plauderte.
So verging der erste gemeinsame Winter ganz annehmbar, und auch Frühjahr und Sommer 1769 schienen im trägen Gleichmaß zu verlaufen. Wäre da nicht der 25. August gewesen, der Jahrestag der Schlacht von Zorndorf ...
»Elf Jahre sind das nun her«, sagte Johann am Mittag zum

Geschützmeister von Glaser. »Wie es dort wohl aussehen wird, ob noch viel von dem herumliegt, was wir damals alles verloren haben ...«

»Dreizehntausend Mann haben wir verloren«, fiel Glaser ein, »und dazu kommen noch achtzehntausend Russen, tot oder verwundet. Aber die Menschen wachsen ja nach wie die Äpfel auf den Bäumen.«

»Nur bei mir wächst nichts nach«, klagte Johann.

Der Kamerad kannte Johanns Leid, und er hatte zudem eine lockere Zunge. »Dann versuch's doch mal mit ihr auf der Liebes-Insel. Da hat's doch bei deiner Mutter auch geklappt, sonst wärst du ja nicht auf der Welt.«

»Keine schlechte Idee ...«

Elisabeth war eh nach Tamsel geritten, und wenn er vom Zorndorfer Schlachtfeld kam, konnte er sie mitnehmen und ihr die Liebes-Insel zeigen. Daß er nicht selber auf die Idee gekommen war ...

So holte er sein Pferd aus dem Stall und verließ die Stadt auf der Straße, die nach Soldin und Arnswalde führte. Bald war Zorndorf erreicht, und er ritt noch einmal über das Areal zwischen Zabern-Grund, Stein-Berg und dem Langen-Grund. Zwar fand er keine zurückgelassenen Ausrüstungsgegenstände mehr, die hatten die Bauern inzwischen alle aufgesammelt, und erst recht keine Leichen, doch die Bilder von damals waren noch alle sehr lebendig in ihm, und er hörte sich schreien: »Stehenbleiben, wenn ihr leben wollt! Wer flieht, der läuft den Kosaken in die Arme und wird in Stücke gehauen. Nur wer hier bei seinem König bleibt, der hat eine Chance, auf den schießen sie nicht.« Drei Sätze, die sein Leben total verändert hatten. Zum Besseren? Ja, ganz sicher, seit er Elisabeth hatte.

Durch den Hohlweg am Tamseler Busch gelangte er ins Dorf und schwankte einen Augenblick, ob er noch einen Abstecher zum Friedhof machen sollte, unterließ es dann aber, weil er fühlte, daß der Tag gekommen war, einen Sohn zu zeugen. Wie ein heißer Hengst kam er sich vor, als er an

Elisabeth dachte, und daran, ihr den Rock hochzuschieben. Heute mußte es sein! Erdmann sollte er heißen, da waren sie sich beide einig. Da konnte er nicht vorher an den Gräbern sitzen. Nicht an dem seiner Mutter, denn Elisabeth sollte es bei Erdmanns Geburt nicht so ergehen wie ihr bei seiner. Und nicht an Helenas Grab, denn eigentlich hätte er ja diesen Sohn mit ihr ... Weiter! Er gab dem Pferd so kräftig die Sporen, daß es steil in die Höhe stieg. Das Schloß kam herangeflogen, und ein Bild schoß in ihm auf: Wie da Friedrich im Park hinter Luise Eleonore gekniet hatte ... So wollte er gleich Elisabeth nehmen, an derselben Stelle, auf der Erde kniend ... Erdmann!

Doch seine Frau war nicht mehr im Schloß. Sie habe Kopfschmerzen gehabt, erklärte ihm Frau von Wreech, und darum sei sie schon vor gut einer Stunde nach Küstrin zurückgeritten, allein. Johanns Glut sackte in sich zusammen, und er machte sich nun auch auf den Weg zurück in seine Festung, hatte aber keine Lust, die Straße zu nehmen, sondern beschloß, durch die Wiesen zur Warthe zu reiten und dann weiter auf dem Deich entlang. So kam er am Gehöft der Sengebuschs vorbei, wo es auch jetzt von Kindern wimmelte. Heinrich hatte genügend Geschwister gehabt. Sechs an der Zahl, wenn sich Johann richtig erinnerte, doch ihm fielen nur noch Wilhelmine ein, die ihm immer geholfen hatte, Wilhelm, der älteste Bruder, Elisabeth, die älteste Schwester, und Joachim, der beim Küstriner Infanterieregiment enrolliert worden war, als er selbst sozusagen am Beginn seiner militärischen Laufbahn gestanden hatte.

»Hallo, du bist der ...?« Er fragte einen weizenblonden Jungen von vielleicht sechs Jahren.

»Ich bin der Friedrich Sengebusch.«

»Aha, und dein Vater ist der ...?«

»Mein Vater ist der Hermann Sengebusch.«

»Und wie heißt dein Opa?«

»Der heißt Heinrich Sengebusch und ist in der Schlacht bei Zorndorf gefallen, wo der König war.«

Nun wußte Johann, daß er den Enkel seines Freundes vor sich hatte, den *Enkel* schon – und er hatte es nicht einmal zu einem Sohn gebracht. Und ohne Sohn hatte man sein Leben verplempert, Punktum, da mochte man drei »vons« vorm Namen haben. Eine Greisin kam aus dem Haus geschlurft, und er erkannte sie sofort als seine Ziehmutter, als Auguste Sengebusch. Er konnte sich daran erinnern, daß sie noch im vorigen Jahrhundert auf die Welt gekommen war, 1697 oder 1698.

»Der Johann, mein Gott!« Sie hob ihren Stock wie eine Standarte und kam auf ihn zu.

Er sprang vom Pferd und umarmte sie, ohne aber einen Namen für sie zu wissen. Mutter ging nicht, Ziehmutter auch nicht, Auguste noch weniger. Es fiel ihm auf, daß sie für ihn immer nur »die Bäuerin« gewesen war.

»Junge, was aus dir so alles geworden ist! Und man spricht gut von dir.« Undeutlich kamen die Worte aus ihrem zahnlosen Mund, und sie schien sehr fromm geworden zu sein. »Du kennst doch die Worte des Herrn: Hoffärtige Augen und stolzer Mut, die Leuchte der Gottlosen, ist Sünde.«

Fast hätte er gefragt, wie es denn dem Vater ginge, und nur mit Mühe brachte er den angefangenen Satz zu Ende, ohne daß es peinlich wurde. »Der Vater, wie … wie oft muß ich an ihn denken.«

»Ja, er war ein Guter.«

Viel hatten sie sich nicht mehr zu sagen. Wie es denn Wilhelmine ginge, die ihn ja einmal sehr verehrt hatte. Die sei nebenan in Wilkersdorf und verheiratet mit dem dortigen Schulzen, zwei Kinder habe sie. Hermann, ihr Enkel, stünde in Schwedt bei den Husaren. Johann konnte es kaum noch glauben, daß er hier auf diesem Hof aufgewachsen war. Damals mußte er ein anderer Mensch gewesen sein. Der Junge, der eins war mit den Pferden, ein Zentaur, wie Seydlitz solche Wesen nannte.

Der Pferdestall, in dem er lange Jahre geschlafen hatte,

stand noch, und er ging hinein, um sich sein altes Lager anzusehen. Viel verändert hatte sich nicht. Er legte sich auf das Stroh und schloß die Augen. Jetzt wäre der Augenblick gekommen, daß der Herr ihn heimrief: *Johann von Bosetzki, deine Lebensbahn ist zu Ende, der Kreis hat sich geschlossen.* Doch nichts geschah. Sein Pferd draußen wieherte ungeduldig. Da wurde ihm schlagartig klar, daß eigentlich nicht der Markgraf von Schwedt, Seydlitz oder der König der Grund dafür waren, daß er nun als ein Offizier von Adel hier lag, sondern die Pferde und seine Beziehung zu ihnen, sein Verständnis für sie und seine furiosen Reitkünste. Aber durch die Pferde hatte er auch Helena verloren. Er sprang auf und warf sich in den Sattel.

Der Besuch bei den Sengebuschs hatte Zeit gekostet, auch waren schwere, schwarze Wolken von Wilkersdorf herangezogen, und so war es schon vor Einbruch der Dämmerung recht düster im Warthebruch geworden. Johann beeilte sich, denn es wurde immer schwüler, und in der Luft knisterte es. In einer knappen Stunde mußte es ein fürchterliches Gewitter geben, und wenn er vor etwas Angst hatte, dann, daß ihn der Blitz traf, während er über die Warthewiesen ritt.

Doch als sein Blick auf die Liebes-Insel fiel, verhielt er noch einmal. Trotz des schlechten Lichtes war die Hütte, die er für sich und Helena ausgebaut hatte, deutlich zu erkennen, und es packte ihn ein ungestümes Verlangen, dort auf der kleinen Bank zu sitzen, auf den Fluß hinauszusehen und stille Zwiesprache mit der Polin zu halten. Schon war er vom Pferd gesprungen und zum kleinen Steg geeilt, an dem seit Jahrzehnten immer ein Boot festgemacht war. Heute aber nicht. Johann fluchte kurz, dann riß er sich Hemd und Hose vom Körper und sprang ins Wasser, um hinüberzuschwimmen. Es waren nur zweihundert Fuß, und die Strömung war nicht eben stark, so daß die Sache ungefährlich war. Selbst ein so schlechter Schwimmer wie er ertrank hier nicht. Höchstens einmal bei den starken Überschwemmungen im Frühjahr. Vor der Melioration durch Brenckenhoff.

Als Johann an Land stieg, schnaufte er kaum. Wie er die ersten Schritte auf der Insel getan hatte, war ihm, als ginge Helena neben ihm, und er nahm ihre Hand. Sogar ihr Lachen hörte er.

Er zuckte zusammen. War er wirr im Kopf geworden oder ... Natürlich: der fehlende Kahn. Da waren andere auf der Insel! Ein Liebespaar. An seiner Hütte! Es kam ihm vor, als würde dieser Platz dadurch geschändet, daß sich andere dort liebten, und er lief hin. Barfuß und lautlos.

Da waren sie. Die Frau lag unten, der Mann zwischen ihren aufgestellten Schenkeln. Sie schrie immer stärker vor Lust, und sein nackter weißer Hintern hob und senkte sich mit einer Schnelligkeit und Kraft, wie es Johann noch nie erlebt hatte. Gebannt starrte er auf die beiden und fühlte es bei sich selber schmerzhaft hart werden. Nun schrie auch der Mann im Rhythmus seiner Stöße, keuchend.

»Elisabeth! Elisabeth!«

Erst da hatte Johann alles begriffen. Er stürzte hin, riß den Liebhaber vom Leib seiner Frau und schleuderte ihn in maßlosem Zorn mit übermenschlicher Kraft gegen die Hütte. Der Mann war jung, dunkelhaarig und leichtgewichtig, aber erst in der Sekunde, da er schon gegen den Eckpfosten krachte, merkte Johann, wen er da gepackt hatte: Paul Strohmattias, den Sohn seines Freundes Georg.

Stille.

Es gab keine Zeit mehr.

Über Tamsel zuckten die Blitze.

»Er ist tot«, sagte Elisabeth schließlich, als der erste Donner kam, und stand auf.

Neun Monate später wurde Erdmann von Bosetzki geboren.

# Zweiter Teil

# Erdmann von Bosetzki

# Kapitel 7

## 1785

Erdmann, gerade fünfzehn Jahre alt geworden, liebte die Auftritte im Ahnensaal des Tamseler Schlosses. Wenn er auf den weiten Warthebruch hinunterblickte, fühlte er sich so beschwingt und in andere Sphären entrückt, daß er seiner Querflöte Töne entlocken konnte, wie man sie seit den Tagen des großen Kammermusikers und Hofkomponisten Joachim Quantz in ganz Preußen nicht mehr gehört hatte. Der war 1773 verstorben, und Elisabeth von Bosetzki hatte das zum Anlaß genommen, ihrem Sohn eine Abschrift des berühmten Handbuches zu verschaffen, das Quantz Friedrich dem Großen gewidmet hatte, den *Versuch einer Anweisung die Flöte traversière zu spielen.* Und ehe Erdmann so richtig laufen und sprechen konnte, hatte er schon auf der kleinen Querpfeife spielen können, die ihm ein Soldat seines Vaters geschenkt hatte. Johann von Bosetzki war nun Regiments-Quartiermeister in Stadt und Festung Küstrin, doch Elisabeth nutzte jede Gelegenheit, der dortigen Enge zu entgehen und mit ihrem Sohn ins lichte Tamsel zu entfliehen. Dies tat sie auch, um das Flötenspiel ihres Sohnes weiter zu vervollkommnen und mit ihm gemeinsam zu spielen, denn ihr Mann haßte das »weibische Gedudel«, wie er es nannte, und warf die Querflöten seines Sohnes ins Feuer, wo und wann immer er ihrer habhaft werden konnte. Dennoch verstand sich Erdmann schon meisterhaft auf das, was ein Flötenspiel so recht ausmachte. Da war zunächst der Zungenstoß, den der Flötist ausführte, indem er die Silben »tie« oder »tü« aussprach. Dabei sprang die Zunge an den vorderen Gaumen, unterbrach den Luftstrom und trennte damit die einzelnen Noten voneinander. Dann kam als nächste Schwierigkeit die sogenannte Flatterzunge, wo der Spieler eine Zungenbewegung wie beim rollenden »R« vollführen mußte, um die Töne schwirren und brummen zu lassen. Ob es um Phrasierung, Stakkato, Tremolo oder Vibrato ging, Erdmann beherrschte all diese Künste in einem Maße, daß er davon träumen konnte, einmal gemeinsam mit dem König musizieren zu dürfen, wenn dieser die Neumark besuchte, doch Friedrich schien Tamsel, das doch einst sein Paradies gewesen war, völlig vergessen zu haben. Zuviel war geschehen und zuviel hatte sich hier wie in der Welt verändert, seit er im Tamseler Schloßpark zum ersten und zum letzten Mal in seinem Leben eine Frau geliebt hatte.

An diesem schwül-warmen Tag im Mai hatte sich in Tamsel eine kleine, aber illustre Gesellschaft zum Musizieren versammelt und sich dabei als erstes Stück das Quintett für Flöte, Oboe, Violine, Viola und Cello in D-Dur von Johann Christian Bach auserwählt, op. 11 Nr. 6 mit der Folge Allegro, Andantino und Allegro assai. Während Erdmann die Querflöte und seine Mutter die Violine spielte, teilten sich die Geschwister Wreech die übrigen Instrumente untereinander auf. Da war zunächst der Baron Friedrich von Wreech, der älteste Bruder, wegen seiner überdurchschnittlichen Körperlänge überall als der »große Wreech« bekannt. Er fungierte als Hofmarschall des Prinzen Heinrich, lebte vorwiegend in Rheinsberg, wie auch sein jüngerer Bruder, Baron Ludwig oder Louis von Wreech. Die dritte im Bunde war Sophie Friederike, die 1752 den Grafen Stanislaus Gerhard von Dönhoff geheiratet hatte und nun nach dessen Tode in zweiter Ehe mit dem Kammerpräsidenten Dodo Reichsfreiherrn von Knyphausen zusammenlebte. Sie galt als geistreich, aber ränkevoll. Ihre Mutter Luise Eleonore, berühmt durch *un teint de lis et de rose,* war 1784 im Alter von 77 Jahren sanft entschlafen, der Vater ja schon lange zuvor heimgerufen worden.

Das heutige Beisammensein stand indessen voll und ganz unter dem Eindruck eines schrecklichen Unfalls, der sich am

27. April ereignet hatte. Die Hochwasser der Oder hatten die Frankfurter Brücke mit sich fortgerissen, und Herzog Leopold von Braunschweig-Lüneburg, der Kommandeur des Frankfurter Infanterieregiments, gerade einmal dreiunddreißig Jahre alt, war ans Ufer gestürzt, um die zu retten, die gerade die Brücke passiert hatten und nun im Strome trieben. Mit der Bemerkung, daß dies vergeblich sei, hatte man ihn zurückreißen wollen. Außerdem sei er ein Fürst. Da war er unwillig geworden: »Was bin ich mehr als ihr. Ich bin nur ein Mensch wie ihr. Hier kommt es auf Menschenrettung an.« Damit hatte er einen Schiffer und seine zwei Knechte zu ihrem Kahn gestoßen und quasi gezwungen, Helden zu sein. Fast hätten sie die Leute erreicht, die sich verzweifelt an die Brückentrümmer klammerten, da stieß der Kahn an eine Weide und schlug um. Herzog Leopold versank sofort im Wasser, und seine Leiche war eben erst, fünf Tage später, nach dem Weichen des Hochwassers völlig mit Sand bedeckt in einem Garten der Vorstadt aufgefunden worden.

Auch auf Schloß Tamsel wurde um ihn heftig getrauert, denn Leopold, ein Neffe Friedrichs, galt als glänzender Soldat, Schöngeist und Philanthrop. Bei den Freimaurern war er gewesen und mit Lessing durch Italien gereist. Erdmann hatte ihn bewundert. Man fragte sich erneut, ob man angesichts seines Todes überhaupt musizieren solle, doch Louis von Wreech traf die Entscheidung dafür, denn so ehre man ihn am besten.

Ehe die ersten Takte erklangen, gab es eine Bemerkung des älteren Wreech, die Erdmann sehr verwirrte.

»Halte doch bitte deinen Kopf nicht so wie dieser … dieser Mensch da in Sanssouci.«

»Jedesmal wenn ich Flöte spiele, kommt mir die Galle hoch, weil ich an ihn denken muß«, fügte Louis hinzu.

Jahrzehntelang hatten die beiden Wreechs dem Rheinsberger Hofe treulich gedient und alles darangesetzt, Prinz Heinrich zu verherrlichen, während sie Friedrich geradezu haßten.

Endlich wurde musiziert, und Erdmann hörte auf, sich den Kopf zu zerbrechen, sondern war ein glückliches Stäubchen Mensch im All, das ihn so umfing, wie ihn das Fruchtwasser im Mutterleib umfangen hatte. Er war völlig eins mit sich und der Welt.

Da flog die Tür auf, und sein Vater kam auf ihn zugestürzt, seinen Krückstock schwingend wie einst Pallasch und Säbel.

»Ein Mann hat einen Degen in der Hand zu halten und keine Flöte, verdammt noch mal!«

Und damit prügelte Johann von Bosetzki seinen Sohn aus dem Tamseler Schloß. Seinen Sohn …? Erdmann kannte das Gerücht, daß ein Baumeister griechischer Abkunft ihn gezeugt haben sollte, doch den, Pavlos oder Paul, hatte er nie zu Gesicht bekommen. Es hieß, er sei heimgekehrt nach Piräus oder Athen, so genau wußte das keiner.

Wie auch immer, Erdmann hatte schon des öfteren das Gefühl gehabt, daß er von seinem Vater, wenn er das denn war, wenig geschätzt und geliebt wurde, eher schon gehaßt. Das mochte aber seine Ursache allein darin haben, daß sie von so gegensätzlicher Natur waren und kaum eine Gemeinsamkeit aufweisen konnten. Liebte sein Vater die Härte und die Zucht des Militärs, vor allem aber seine Pferde, so fühlte sich Erdmann zu allem Weichen hingezogen, zu Dichtung und Musik, und sein Lieblingstier war die Katze, nicht das Pferd.

Um ihn von seinen schlimmen Neigungen zu heilen, exerzierte nun sein Vater jeden Tag mit ihm. Reiten, Schießen, Fechten – alles stand auf dem Plan, denn Erdmann sollte ebenso aufwachsen wie er selber und das werden, was er geworden war.

»Mindestens als Rittmeister will ich dich sehen! Ich war nicht adlig, ich konnte das nicht werden – du aber bist ein *von* Bosetzki.«

Um ihm ein Leben als Offizier schmackhaft zu machen, ritt sein Vater mit ihm des öfteren nach Kunersdorf, wo sich der Generalmajor von Lestwitz, der Sieger von Torgau, ein Schloß erbaut hatte. Vom nahen Quilitz kam der General Joachim Bernhard von Prittwitz herüber, und man plauderte über die siegreich geschlagenen Schlachten, ritt gemächlich über die Felder, spazierte durch den Park, tafelte voller Freude und spielte dann Billard und Tarock, wobei Prittwitz immer hohe Einsätze wagte und einmal dem Herzog von Mecklenburg in einer Nacht dreißigtausend Taler abnahm.

Johann versuchte also alles, um Erdmann eine militärische Laufbahn schmackhaft zu machen, doch der wollte partout kein Rittmeister werden, sondern Dichter und Schauspieler, ein Theaterstück schreiben, das die Welt eroberte. Seine Mutter, zugleich seine Lehrerin, förderte dies mit aller List und Kraft, und statt die Schlachten Friedrichs im Sandkasten nachzustellen, wie sein Vater das wünschte, zog er sich in eine stille Kammer zurück und las die Bücher, die seine Mutter ihm besorgte. Begonnen hatte es mit dem *Neuen Abc-Buch nebst einigen kleineren Übungen und Unterhaltungen für Kinder* von Christian Felix Weiße, das 1772 erschienen war, gefolgt von *Der Kinderfreund,* verfaßt von Friedrich Eberhard von Rochow, und dem *Sittenbüchlein für Kinder aus gesitteten Ständen* von Joachim Heinrich Campe. Lesen und schreiben konnte er nun, und als Zehnjähriger hatte er sich auf den *Robinson Crusoe* gestürzt. Die ersten Gedichte, in die er sich vertieft hatte, waren die von Christian Fürchtegott Gellert gewesen, und anhand der Dramen von Racine, Molière und Voltaire hatte er Französisch gelernt. Deutsche Dichtung stand auch in Tamsel nicht besonders hoch im Kurs, jetzt aber hatte ihm seine Mutter Schillers *Die Räuber* in die Hand gedrückt, von denen sie sagte, daß sie 1782 in Mannheim uraufgeführt worden seien. Aber so recht konnte und wollte er den Karl von Moor nicht verstehen, wenn der ausrief: »Pfui! Pfui über das schlappe Kastratenjahrhundert, zu nichts nütze, als die Taten der Vorzeit wiederzukäuen ...« Oder: »Fallen in Ohnmacht, wenn sie eine Gans bluten sehen ...« Er selbst war heilfroh, daß aus dem Kriegsherrn Friedrich der Alte Fritz geworden war und er, Erdmann, nun mit Blick auf die Oder Gedichte schreiben konnte, anstatt über das Schlachtfeld von Zorndorf reiten zu müssen, auf daß ihm ein Idiot von Kosake den Schädel spaltete. Und wenn Karl von Moor ausrief: »Mir ekelt vor diesem tintenklecksenden Säkulum!«, so fand er es herrlich, daß er mit Tinte klecksen konnte und kein Blut vergießen mußte. Wie er doch dieses ganze tumbe Soldatentum haßte!

Sein Vater schäumte zwar vor Wut, aber seine Mutter hatte es mit ihren geheimnisvollen Beziehungen geschafft, ihm dieses elende Soldatenleben zu ersparen. Enrolliert worden war er zwar, aber ein berühmter Arzt in Berlin hatte dann bei ihm ein Rückenleiden festgestellt, das es ihm verbot, zur Kavallerie oder Infanterie zu gehen, auch zur Artillerie nicht, denn auch schwere Geschosse heben könne er nicht.

So saß er, anstatt sich auf dem Exerzierplatz kujonieren zu lassen, in seinem Küstriner Zimmer, sah auf die Oder hinunter und versuchte sich unter der ironischen Überschrift *Meinem Vater Johann von B.* an seinen ersten Versen:

»Wie wird mir? Wie sollte ich weinen vor Kummer,/Wenn versinkend im wiegenden Fluß,/Der Vater sich bettet zum ewigen Schlummer,/Und meine Schmerzen sich wandeln zu süßem Genuß.«

Natürlich fand sein Vater das Gedicht und nahm es zum Anlaß, ihn mit einem Besenstiel fürchterlich zu verprügeln.

»So hat es der König früher mit jedem gemacht«, schrie er dabei, »und geschadet hat's keinem. Und einen wie den Katte, den hat er enthaupten lassen – genau da, wo du jetzt stehst. Und du bist keinen Deut besser als dieser Katte!«

Zur Strafe schleppte er Erdmann nun Tag für Tag auf den Exerzierplatz des Küstriner Infanterieregiments, als Gast sozusagen, und das konnte auch Elisabeth nicht unterbinden.

»Das Gewehr hoch! Ziehet den Hahn auf! Das Gewehr

hoch, schlagt an, gebt Feuer. Setzt ab. Wischt und blaset die Pfanne aus. Bringt den Hahn in die Ruhe. Das Gewehr hoch ...«

Dann wurde Erdmann aufs Pferd gezwungen und hatte mit seinem Vater nach Schlesien zu reiten, wo er in Trebnitz mit den Husaren üben mußte. Was Erdmann zunächst aufrecht hielt, war der Trotz.

»Gebet Achtung! Mit viertens rechts um, kehrt euch! Herstellt euch! Ergreift mit der rechten Hand über den linken Arm hurtig und zugleich den Degen! Zwei hinterste Glieder vorwärts, schließt euch! Marsch!«

Es war eine Folter für Erdmann, und als sie wieder in Küstrin waren, da ging es nicht mehr. Sich zu seiner Mutter flüchten konnte er nicht, die war mit Sophie Friederike nach Schwedt gereist. Es war ihm gar nicht lange durch den Kopf gegangen, sondern ganz plötzlich dagewesen: *Geh nach Amerika!* Den nordamerikanischen Unabhängigkeitskrieg gegen England hatte er nur am Rande verfolgt, doch das war seine Chance. Nur ganz weit weg von diesem gottverdammten Preußen! Und seine Mutter? Die konnte er nachkommen lassen, wenn er in Boston oder New York Fuß gefaßt hatte. Und als was? Als Lehrer für Deutsch und Französisch.

Kaum war der Gedanke geboren, so war er schon dabei, ihn zu verwirklichen. Er riß die Karten heraus, die Vorpommerns wie die der deutschen Nordseeküste, aber auch jene, über der Nordamerika stand. Irgendwie mußte er ans Meer gelangen, wenigstens nach Stettin hinauf. Sich in Küstrin ein Boot zu suchen ging schlecht an, da lauerte sein Vater mit all seinen Häschern. Am besten, er lief nach Tamsel und nahm sich den Kahn, mit dem die jungen Leute zur Liebes-Insel fuhren. Mit dem kam er mindestens bis Schwedt hinauf, wo er seine Mutter sprechen und um Hilfe bitten konnte. Er wußte, wo sie ihr Geld versteckt hatte. Er brach die Behältnisse auf, nahm es an sich und schlich sich dann aus dem Haus. Sein Vater hockte irgendwo bei seinen Soldaten und spielte Karten. So kam er ungesehen zur Warthe hinauf und lief stromauf bis zur Liebes-Insel, wo er den Kahn in der Tat auch festgebunden fand. Doch gerade als er losrudern wollte, kam von Süden her ein gewaltiges Gewitter auf, und er beschloß, vorerst nur zur Insel überzusetzen und sich dort in der Hütte zu verstecken, bis das Schlimmste ausgestanden war.

Er verkroch sich unter den alten Pferdedecken, die dort lagen, zitterte am ganzen Leibe und wußte nicht zu unterscheiden, ob das nun die plötzliche Kühle war, seine Erregung oder schon der Schüttelfrost eines aufkommenden Fiebers. Seine Angst vor dem Morgen war so groß, daß er gebetet hätte, wenn es ihm denn möglich gewesen wäre. Aber er hatte es nie und nirgendwo richtig gelernt, und außer einem fehlerhaften Vaterunser vermochte er nichts hervorzubringen. Gott, ein Held war er wirklich nicht, also hatte ihn doch Pavlos, der griechische Künstler, gezeugt, und nicht Johann, der preußische Husar und Held von Zorndorf. Die Blitze schlugen immer näher ein, und er hoffte, daß einer auch die Hütte träfe und ihn vernichtete – das hätte all seine Probleme auf einen Schlag gelöst.

Doch der Himmel tat ihm den Gefallen nicht, er mußte selber handeln. Also warf er die Decken beiseite und trat wieder vor die Hütte. Das Gewitter war weitergezogen nach Norden, die Wassermassen, die heruntergekommen waren, hatten aber das Hochwasser der Warthe noch weiter anschwellen lassen. Aber nicht das versetzte ihn in Angst und Schrecken, sondern die sieben, acht Reiter, die auf dem Deich herangesprengt kamen. Allesamt waren es Soldaten aus Küstrin – und an der Spitze ritt sein Vater.

»Was machst du hier?« schrie er herüber.

»Ich habe hier Zuflucht gesucht.«

»Lügner!«

»Das ist die Wahrheit.«

»Und warum hast du zu Hause alles Geld aus den Schatullen geraubt und die Karten studiert? Weil du desertieren willst, du Lump, du!«

Da wußte Erdmann, daß er nur noch eine Chance hatte: die Flucht nach vorn. Das hieß, daß er trotz des Hochwassers auf den Fluß mußte. Dummerweise in einem alten Fischerkahn. Nun war zwar die Warthe noch immer kein reißender Wildbach, wie man ihn im Harz oder in den Alpen hatte, aber das Wasser strömte so geschwind und bildete so heftige Strudel, daß es Erdmann schon mit der Angst bekam, zumal er ein äußerst schlechter Schwimmer war. Aber er hatte keine andere Wahl, denn am Ufer tobte sein Vater und schrie den Soldaten zu: »Auf die Insel! Faßt ihn!« Und er selbst jagte seinen Braunen als erster ins aufspritzende Wasser, das zwischen Insel und Ufer vergleichsweise ruhig war, so daß den Mutigsten ihr Vorhaben schon glücken mochte.

Da saß aber Erdmann schon im Kahn und band die Leine los. Weil sich der Steg auf der Tamsel zugewandten Seite der Insel befand, war er in diesem Augenblick keine zehn Fuß von seinem Vater entfernt. Das irritierte ihn so sehr, daß er nicht sogleich aufs Brett zu sitzen kam und die Ruder fassen konnte, sondern erst einmal auf den Boden schlug. Als er sich endlich aufgerappelt hatte, war sein Vater fast heran. Nun aber ergriff die Strömung das kleine Boot und ließ es davonschießen. Er schien gerettet zu sein. Doch als er die Spitze der Insel erreichte und den freien Strom vor sich hatte, prallte der Kahn auf eine umgestürzte Weide und schlug um, ohne daß Erdmann dies irgendwie verhindern konnte. Wie denn auch, zu übermächtig waren die Gewalten der Natur. Er war verloren. Nein. Instinktiv hatte er noch im Fallen einen Ast des Baumes packen und sich daran anklammern können. So hing er da, den Oberkörper in der Luft, Becken und Füße jedoch im aufschäumenden Wasser, das sich an ihm brach wie an einem Brückenpfeiler. Doch dessen Kraft hatte er nicht, und er gab sich bestenfalls noch eine Minute, bis er in den Tod gerissen würde. Und er dachte an seine Mutter, sah sie wie einen Engel durch die Lüfte auf ihn zugeflogen kommen.

»Mutter, hilf mir!«

Doch nicht seine Mutter kam, ihn zu retten, sondern sein Vater setzte für ihn sein Leben aufs Spiel. Johann wußte nicht, ob sein Pferd das schaffen würde, hatte auch Seydlitz vor Augen, wie der bei Prag in der Moldau fast ertrunken wäre, doch es blieb ihm keine andere Wahl, als zu versuchen, auf dem Rücken des schwimmenden Tieres in Erdmanns Nähe zu gelangen und ihn an sich zu reißen. Er hing ja keinen Steinwurf vom Ufer entfernt.

Und alles glückte auch soweit, daß er Erdmann zu fassen bekam und zu sich auf sein Pferd zu ziehen vermochte. Da aber geriet das Tier, dessen Hufe bislang noch irgendwie Halt im Sand gefunden hatten, in zu tiefes Wasser – und Johann wurde quasi aus dem Sattel gehoben. Sie waren beide verloren.

Nein, denn es kamen Seile herangeschwirrt. Johanns Soldaten hatten inzwischen am Ufer Posten gefaßt und das einzig Richtige getan. Das erste Seil flog noch zu kurz, dann aber konnten sie einige Stricke fest mit beiden Händen pakken und sich ans Ufer ziehen lassen.

Ihre Rettung wurde gehörig gefeiert, doch dessen ungeachtet stieß Johann seinen Sohn am nächsten Morgen vor die Front seiner Soldaten, die sich mit Ruten eingedeckt hatten.

»Jedem das Seine. Und hier durch diese Gasse zu laufen ist das mindeste an Strafe, das du verdient hast, mein Sohn!«

Damit riß er Erdmann das Hemd vom Körper und jagte ihn in die Gasse hinein, und aus Angst vor ihm wagte es kaum einer, nicht tüchtig zuzuschlagen.

Erdmann wurde es bald schwarz vor Augen, zu mächtig war der Schmerz, und er brach zusammen. Gerade als sie ihn hochrissen und ihm einen Eimer kalten Wassers über den Kopf schütteten, um ihn wieder zum Bewußtsein zu bringen und erneut den Spießruten auszusetzen, erschien seine Mutter auf dem Plan und machte der Tortur ein Ende.

Elisabeth von Velten, jetzt von Bosetzki, hatte sich mit ihrem neuen Leben abgefunden und in der Erziehung Erdmanns etwas entdeckt, das sie voll ausfüllte und vergessen ließ, wie es war, von einem feurigen Liebhaber mitgerissen zu werden auf die höchsten Gipfel der Lust. Jetzt war sie vierundfünfzig Jahre alt und mußte sich selbst zu helfen wissen, denn seit der Szene mit Pavlos auf der Liebes-Insel, wo er sie noch kurz genommen, ja fast vergewaltigt hatte, war Johann nicht mehr zu ihr gekommen, und an einen neuen Liebhaber wagte sie nicht einmal im Traume zu denken. Aus und vorbei. Alles hatte seine Zeit, und sie war keine Hofdame mehr, um die sich die schönsten Kavaliere rissen. Die Stunden, die sie früher damit verbracht hatte, sich zu schminken und ihren Kavalieren gefällig zu sein, nutzte sie nun, all das zu lesen, was ihr verlockend vorkam, und vieles tiefer zu durchdenken, als das Frauen ihres Standes bislang getan hatten. Was hatte sie sich über Rousseau und seinen Roman *Emile* geärgert, insbesondere über Sätze wie diese: »Eine schöngeistige Frau ist die Geißel ihres Mannes, ihrer Kinder ... Außer dem Haus ist sie immer lächerlich und einer gerechten Kritik ausgesetzt.« Aber auch Immanuel Kant hatte sie erzürnt, hieß es doch bei ihm: »Mühsames Lernen oder peinliches Grübeln, wenn es gleich ein Frauenzimmer darin hochbringen sollte, vertilgen die Vorzüge ...« Schwächer sollen dadurch die Reize werden, meinte der trockene Philosoph, durch die die Frauen »ihre Gewalt über das andere Geschlecht ausüben«. Sehr schnell war sie dagegen eine Bewunderin der Anna Luise Karsch und ihrer *Auserlesenen Gedichte* geworden, und ebenso hatte sie den Briefroman *Die Geschichte des Fräuleins von Sternheim* verschlungen, geschrieben von Sophie von La Roche. Die Heldin fügt sich nicht passiv in das Schicksal, das ihr andere vorgeben wollen, sondern wird selber aktiv und handelt selbständig. Was Elisabeth bewunderte, waren starke Frauen, wie etwa Maria Theresia, die 1780 gestorben war, und sie hoffte sehr, daß es im nächsten Jahrhundert mehr selbstbewußte Frauen geben würde.

Ihr Mann ließ sie in allem gewähren, wie auch sie Erdmann tun und lassen ließ, was er gerade wollte; insoweit hielt ihr Abkommen, das sie an dem Tage geschlossen hatten, als Paul oder Pavlos Strohmattias gestorben und Erdmann gezeugt worden war. Kurzum, in Küstrin ließ sich leben, und Tamsel war attraktiv genug, ihr Rheinsberg, Friedrichsfelde, Potsdam und Berlin ein wenig zu ersetzen. Oft waren Gäste da, und zu allen Festen wurde sie hinzugezogen, aber auch wenn man Reisen unternahm, hatte Sophie Friederike, die neue Herrin in Tamsel, sie gerne neben sich, sozusagen stellvertretend für die verstorbene Mutter.

So hieß es in den ersten Junitagen des Jahres 1785 denn auch: »Wir Wreechs sind eingeladen zu Prinz Ferdinand nach Friedrichsfelde. Du kommst doch mit?«

»Und Erdmann?« Es war ihr oberstes Bemühen, Erdmann mit den Prinzen des Hauses Hohenzollern bekannt zu machen, dabei hoffend, daß einer an ihm Gefallen finde und ihn entsprechend fördere, bis zum Minister vielleicht.

»Erdmann kommt natürlich mit.«

Für Erdmann war es die erste Reise über die Oder hinweg nach Westen, und er fieberte Friedrichsfelde, Berlin und Potsdam förmlich entgegen, sogar buchstäblich, denn er hatte am Abend vor ihrer Abreise eine derart erhöhte Temperatur, daß seine Mutter schon davon sprach, er müsse zu Hause bleiben.

»Ich will ja nach Hause«, sagte Erdmann da.

»Wie, ich versteh' dich nicht ...«

»Die große Welt soll mein Zuhause sein.« Das klang etwas pathetisch, aber er meinte es ernst: Er wollte als großer Dichter und Musiker durch die Welt ziehen, an verschiedenen Höfen auftreten und so leben wie Voltaire oder Mozart etwa. Als er dies dachte, hörte er ganz automatisch die Stimme seines Vaters: »Wer hat dir denn diesen Floh ins Ohr gesetzt?« Seine Mutter natürlich.

Dann war er doch reisefähig und saß pünktlich in der

Kutsche der Wreechs, die, aus Tamsel kommend, in der Küstriner Kommandantenstraße kurz gehalten hatte.

»Ich hab' mein Leben lang selber auf'm Pferd gesessen, doch für den feinen Herrn Sohn muß es 'ne Kutsche sein«, brummte sein Vater.

»Alles entwickelt sich eben«, lautete die Antwort der Mutter.

Als es über die Oderbrücke ging, durchlief Erdmanns Körper ein Zittern, ein stoßweises Zucken, fast wie bei einem nächtlichen Erguß, und er wußte, daß dies die große Leidenschaft seines Lebens werden würde: das Reisen, das ruhelose Umherziehen. Aber nicht als Soldat wie sein Vater, sondern als Kind der Musen und in aller Muße. Seine Erregung ließ nur langsam nach, zumal seine Mutter wie auch Sophie Friederike pausenlos alles erzählten, was es an Klatsch und Neuigkeiten zwischen Sizilien und St. Petersburg gab.

»Man munkelt ja, daß Goethe im nächsten Jahr groß nach Italien reisen will«, sagte Elisabeth von Bosetzki. »Endlich habe ich auch eine Erstausgabe des *Erlkönig* aus Berlin bekommen. ›Wer reitet so spät durch Nacht und Wind?/Es ist der Vater mit seinem Kind;/Er hat den Knaben wohl in dem Arm,/Er faßt ihn sicher, er hält ihn warm.‹«

Erdmann lachte. »Wenn Vater das mit mir gemacht hätte, wäre ich auch ohne Krankheit gestorben. Der hätte mich sicher fallen lassen, um seinen Säbel zu schwingen.«

»Ja, bei Johann ist jeder Ritt wie eine Attacke auf dem Schlachtfeld«, gab ihm seine Mutter recht. »Roßbach, Zorndorf, irgendwo ist er immer.«

Sophie Friederike berichtete von einer neuen wunderbaren Blume, die man aus Mexiko nach Spanien gebracht hatte – »Dahlien sagen sie dazu« – und kam dann auf Friedrichsfelde zu sprechen. »Das hat früher dem Geheimrat Grumbkow gehört ...«

»War das nicht der, der für seine Familie alles zusammengerafft hat, was in Preußen zu bekommen war?« fragte Erdmann.

»Ja, und in Wesel hat er sich zu Tode getrunken. Nach einem Fest haben sie ihn tot im Reisewagen gefunden. Dann hat ein Holländer Friedrichsfelde gekauft, das allerdings damals noch Rosenfelde hieß, ein gewisser Benjamin Raule, Generaldirektor des Seewesens. Den haben sie aber bei Unterschlagungen erwischt – und Friedrichsfelde ist landesherrlich geworden. Bis es der neue König – Friedrich Wilhelm I. also – es seinem Stiefonkel geschenkt hat: dem Markgrafen Albrecht von Schwedt. Als dessen Sohn Karl gestorben ist, haben es die Erben dann an den Prinzen Ferdinand von Preußen verkauft. Immerhin ist seine Frau eine aus Schwedt.« Gemeint war die Markgräfin Anna Elisabeth Luise von Brandenburg-Schwedt.

Erdmann geriet ins Grübeln. Wenn es stimmte, was sein Vater immer wieder durchblicken ließ, daß er ein illegitimes Kind des Schwedter Markgrafen Friedrich Wilhelm war, dann war Prinz Ferdinands Frau irgendwie eine Tante von ihm, und die Friedrichsfelder Prinzen – Heinrich, Louis Ferdinand, Paul und August – waren seine Vettern. Und eine Prinzessin gab es auch noch, Luise mit Namen, die genauso alt war wie er. Wenn er die nun heiratete ... Ob seine Mutter das so eingefädelt hatte? Ging deren Einfluß wirklich so weit? Natürlich war ihm schon zu Ohren gekommen, welch bewegtes Vorleben sie hatte.

Erdmann kehrte wieder zu den Hohenzollern zurück, deren Stammbaum er sehr genau kannte, deshalb wußte er natürlich, daß Ferdinand der jüngste Bruder des Königs war. Drei waren es, und er hatte sogar ihre Geburtsdaten parat: August Wilhelm war 1722 geboren worden, Heinrich 1726 und Ferdinand 1730. Außerdem gab es fünf Schwestern, von denen die eine, Sophie, 1734 den Markgrafen Friedrich Wilhelm von Schwedt geheiratet hatte, seinen Großvater möglicherweise, der vor vierzehn Jahren, 1771 also, gestorben war.

»Ist Prinz Ferdinand nicht schon dabei, ins neue Schloß Bellevue zu ziehen?« fragte Elisabeth von Bosetzki.

»Ja, leider …« Dieser Seufzer Sophie Friederikes bezog sich darauf, daß Friedrichsfelde als kleines Rheinsberg galt und man alles nachahmte, was dort bewundert wurde, von den Kavaliershäusern über die Stall- und Wachgebäude bis hin zu den Tempeln und Grotten. Nur was die Liebe betraf, mußte man in Friedrichsfelde bescheidener und vorsichtiger sein, denn man war dem Berliner Hofe weitaus näher, und so bestand Ferdinands Hofstaat weithin aus älteren Damen, die dem Regiment der Tante Amelie unterstanden, genauer gesagt der Prinzessin Anna Amalia, der Schwester Friedrichs. Über ihre Affäre mit dem unglücklichen Baron von der Trenck wurde noch immer geklatscht, doch Erdmann hatte die Frau von der Wreech sagen hören, daß dies alles nur erfunden sei.

Friedrichsfelde lag etwa drei Meilen östlich von Berlin, und als Erdmann das Schloß endlich erblickte, war er von der weiß-rosé gegliederten Barockfassade mehr als hingerissen.

Als sie mit dem Reisewagen in die Allee zum Schloß einbogen, war ihnen zu Ehren eine Kompanie Soldaten angetreten, bei denen Erdmann sofort auffiel, daß sie alle zumindest das Alter seines Vaters hatten. Sophie Friederike bemerkte sein Erstaunen und lachte.

»Vierzig Kammerhusaren wie sein Bruder in Rheinsberg kann sich Prinz Ferdinand nicht leisten, um aber dennoch etwas hermachen zu können, hat er hier in Friedrichsfelde eine Invalidenkolonie gegründet. Die alten Haudegen stammen alle aus seinem Ruppiner Regiment, leben hier glücklich und in Frieden und bestellen ihr Garten- oder Ackerland. Nur wenn hoher Besuch im Anmarsch ist, müssen sie raus und Wache schieben.«

Zu ihrem Empfang war aber auch Ferdinand erschienen, und neben ihm standen drei junge Prinzen, sauber und adrett in ihren Uniformen, was sie sehr von Erdmann unterschied. Heinrich war ein Jahr jünger als er, Louis Ferdinand zwei Jahre und August deren neun. Luise sah er nicht, was ihm einen kleinen Stich versetzte.

Sie wurden herzlich begrüßt, obwohl Prinz Ferdinand ihnen eröffnen mußte, daß er ernstlich erkrankt sei und sich sofort wieder ins Bett begeben werde. Und dann kam Azior, der Kammermohr Ferdinands, um sie in ihre Zimmer zu führen. Als Erdmann das Treppenhaus sah, entfuhr ihm ein lautes »Ah!«.

»Frühklassizistisch«, erklärte seine Mutter, wobei sie das Wort nur leicht vernuschelt sprechen konnte. »Und besonders das holzgeschnitzte Geländer mußt du beachten. Aber komm erst mal in den Festsaal im ersten Stockwerk – da hast du das wahre Herzstück Friedrichsfeldes.«

Als sie dort eintreten wollten, prallten sie jedoch zurück, denn mitten im Saal tanzte ein Haufen Kinder herum – angeleitet von einer furchteinflößenden alten Dame, die teilweise gelähmt und furchtbar kurzsichtig war und aussah wie eine hackende Krähe.

»Tante Amalie«, flüsterte Elisabeth von Bosetzki, und Erdmann wußte Bescheid. Sie war der Schrecken der Familie, immer grob und gallig, und seit ihrer unglücklichen Beziehung zu dem Baron von der Trenck von keinem mehr geliebt. Aber sie sehnte sich wie keine zweite danach, geliebt zu werden, und so hatte sie die rührend anmutende Neigung entwickelt, dem »unehrlichen Volk«, zum Beispiel Kunstreitern und Seiltänzern, die Kinder abzukaufen und sie auf eigene Kosten im Joachimstaler Gymnasium erziehen zu lassen. Und zweimal in der Woche durften sie sich bei ihr verlustieren.

Als sie die Gäste aus Tamsel erblickte, konnte sie sich zu keinem Gruß durchringen, sondern stieß nur hervor, daß man das Schloß Friedrichsfelde alsbald an den Herzog von Kurland verkaufen werde, und fügte noch hinzu: »Ferdinand wird morgen sterben.«

»Wieso denn das?«

»Weil ich im Traum eine Schar Krähen gesehen habe, die hier auf dem Dach gesessen hat, genau über der Stelle, wo Ferdinand liegt.«

Erdmann wunderte sich, daß sie als gläubige Christin diesem heidnischen Vorzeichen eine solche Beachtung schenkte, und wurde dann Zeuge einer heftigen Auseinandersetzung zwischen den beiden Geschwistern. Ferdinand gab den Befehl, sie nicht mehr an sein Krankenlager zu lassen, und darüber regte sich Anna Amalia ebenso auf wie über die Mitteilung, daß man wegen seines bedenklichen Zustandes Prinz Heinrich gebeten habe, nach Friedrichsfelde zu kommen – denn den konnte sie auf den Tod nicht ausstehen. Graf Schmettau, der ihr Heinrichs Ankunft avisierte, wurde von ihr mit einem Hagel von Schimpfworten überschüttet. Erdmann fand, daß die Tamseler Dienstboten dagegen reinste Waisenknaben waren.

Als sie Schmettau zu Gesicht bekamen, begannen Sophie Friederike und Elisabeth zu flüstern, und Erdmann hörte so von dem Gerücht, daß dieser – der General Carl Graf von Schmettau – der Vater aller Kinder der Markgräfin sein sollte, der »Prinzessin Ferdinand«, wie sie sich ausdrückten.

»Ferdinand ist doch immer viel zu kränklich und nörgelig dazu gewesen, und Schmettau strotzt doch nur so vor Manneskraft ...«

»Nun ja, was ein richtiger Adjutant ist, der steht seinem Prinzen in allen Lebenslagen bei.«

»Als Hausfreund, Berater und Vertrauter von Prinzessin Ferdinand ist er ja bekannt in Stadt und Land ...«

So fühlte sich Erdmann sofort mit den Friedrichsfelder Prinzen eins: Laßt uns raten, wer unsere Väter sind. Als sie am späten Nachmittag zum gemeinsamen Musizieren zusammenkamen, fehlte aber August, und Heinrich hatte noch Tränen in den Augen. Wie sich herausstellte, hatte es wieder einmal Krach zwischen den Geschwistern gegeben. Die Mutter hatte nur Sinn für August, das Nesthäkchen, das so bevorzugt und verhätschelt wurde, daß die anderen ihn geradezu verabscheuten und ihm Streiche spielten, wo immer es ging.

Was die Musik betraf, so war es Anna Amalia, die den Ton angab. Obwohl sich die ganze Familie über sie lustig machte, der König an der Spitze, war die Musik ihre große Passion, und ihr Lehrer war kein geringerer gewesen als der Bach-Schüler Philipp Kirnberger. Sie hatte neben zahlreichen Chorälen auch einige Militärmärsche komponiert und galt viel in der Musikerzunft. Als sie hörte, daß man in Tamsel eifrig musizierte und Elisabeth von Bosetzki es geschafft hatte, aus ihrem Sohn Erdmann einen großartigen Flötenspieler zu machen, war sie längst nicht mehr so bärbeißig wie bei der ersten Begrüßung.

Aufmerksam sah sie Erdmann an und begann sofort, ihn zu examinieren. »Kennt Er Gluck?«

»Ja …« Erdmann nickte vorsichtig. Seine Mutter hatte ihm Christoph Willibald Glucks Oper *Iphigenie in Tauris* zu lesen gegeben, und er war recht begeistert gewesen, doch aus dem Tonfall der Prinzessin glaubte er herauszuhören, daß sie Gluck gar nicht mochte.

»Und?« stieß sie nach.

Um sie nicht zur Feindin zu haben, gab er sich diplomatisch. »Ich habe nur Noten und Textbuch gelesen, das Ganze nicht gehört, aber … Einerseits ist das schon ein großer Wurf, andererseits jedoch … Keine richtigen Akzente, alles gleicht sich irgendwie, und die Melodie geht auch nicht so ins Ohr …«

»So ist es! Die ganze Oper ist sehr miserabel und sollte alsbald untergehen. Gluck, gluck, weg war sie.«

Man spielte etwas von Stamitz. Prinz Heinrich brillierte auf der Geige, Prinz Louis Ferdinand saß am Klavier, Anna Amalia versuchte sich auf der Oboe, obwohl ihr Instrument das »Clavecin« war, und die anderen teilten sich Violine, Cello, Horn und Klarinette.

Am Ende war Anna Amalia so begeistert von Erdmanns Flötenspiel, daß sie in die Hände klatschte und rief: »Ich werde zusehen, daß Er mit Friedrich in Sanssouci musizieren kann.«

Als Erdmann nach Potsdam kam, sah er Friedrich durch die Stadt reiten und in einen Pulk übermütiger Jungen geraten.

»Macht, daß ihr in die Schule kommt!« rief er ihnen zu, seinen Krückstock schwingend.

»Der Alte Fritz will König sein«, kam es zurück, »und weiß nicht, daß Mittwoch nachmittag keine Schule ist.«

Das war Preußen im Herbst 1785: Die Jungen machten sich lustig über Friedrich, und die Alten räsonierten, stöhnten unten der Last seines despotischen Regiments und hofften, daß er bald abtreten würde.

Er und seine Zeit hatten sich, so schien es Erdmann, lange überlebt. Krank und depressiv war er, dem seine engen Freunde alle weggestorben waren, und drangsalierte Militärs wie Zivilbeamte mit seinem ewigen Kommandoton und seinen harten Strafen. Wer ohne Urlaub einen zwölfstündigen Ausflug von Potsdam nach Spandau machte, kam für ein halbes Jahr auf die Festung. War ein hoher Justizbeamter anderer Meinung als der König, bekam er als Randnotiz zu lesen: »Er ist ein sehr rechtschaffener Mann, aber ein recht grober Esel!« Um alles kümmerte er sich, bis dahin, welches Salz man den Kühen in den Stall zu hängen hatte. Man war seiner müde – und er sich seiner selbst auch. Bis auf die wenigen Stunden, wo er musizierte oder sich Texte aus der Antike vorlesen ließ.

Mitte August 1785 sollte er sich zu seiner letzten Inspektionsreise nach Schlesien aufmachen und sich dort im Dauerregen so sehr erkälten, daß damit die Krankheit einen kräftigen Schub bekam, der schon sein Vater – Friedrich Wilhelm I. – erlegen war: der Hydrops, der Wassersucht.

Ein paar Tage vor der Abreise aber kam es zu jenem Konzert, bei dem Erdmann von Bosetzki, gefördert von der Schwester des Königs, mitspielen sollte.

Als Erdmann mit seiner Mutter in Sanssouci eintraf, wurden sie von einem Lakaien in Empfang genommen und in die Gemäldegalerie geleitet. Sie mögen sich auf längeres

Warten gefaßt machen, denn der König schliefe noch, habe aber sagen lassen, daß ihm Erdmann nachher etwas vorspielen solle.

Fünfzehn Jahre war Erdmann und spürte ganz genau, daß sich in der nächsten Stunde sein Schicksal entschied. Gefiel er dem König und wurde an den Hof geholt, würde er sich, was das Musische betraf, voll entfalten können – andernfalls war er gezwungen, als Kammerherr oder Hauslehrer sein Leben zu fristen, denn etwas anderes ließen die vergleichsweise geringen finanziellen Möglichkeiten seiner Eltern nicht zu.

Immer wieder griff er zu seinem Instrument, um es zu reinigen, ließ seine Finger spielerisch über die Flötenlöcher tanzen und versuchte auch, die Lippen geschmeidig zu halten.

»Hast du dich auch genügend auf die alten Philosophen vorbereitet?« fragte seine Mutter. »Falls er dich danach fragen sollte.«

»Ja, Mutter!« Und er hatte auch von dem gehört, was Friedrich an den Marquis d'Argens geschrieben hatte: »Ich betrachte den Tod wie ein Stoiker.«

Dann verfiel er in eine Art Totenstarre, nahm gar nicht mehr wahr, was seine Mutter sagte und wer von den Bedienten gerade vorüberschlurfte, sondern erwachte erst wieder, als ein Lakai ihn geradezu von der Bank riß und wie einen Delinquenten zum König schleifte. Als solcher fühlte er sich auch und hätte sich dem Herrscher fast vor die Füße geworden, um Gnade flehend, jedenfalls machte er eine so tiefe Verbeugung, daß sie dem stets mißtrauischen Monarchen wohl schon als Parodie erscheinen mußte, als Vergackeierung.

Friedrich saß auf einem Stuhl, der eine so hohe Lehne hatte, daß er ihn noch kleiner erscheinen ließ, als er ohnehin war. Er trug einen abgegriffenen blauen Militärrock, eine Weste aus gelbem Tuch sowie zu weite und ungeputzte Stiefel, die ihm bis über die Knie gingen. Seine Perücke war schlecht frisiert, und der Zopf hing irgendwie schief. Auf dem kleinen Kopf saß ein Dreispitz, der vom Alter ganz grau geworden war. Erdmanns erste Assoziation war, daß es in den Berliner Straßen Bettler gab, die besser aussahen, seine zweite, daß der König schon tot war und dies hier ein Museum, wo man eine Figur hingesetzt hatte, die ihm ähnlich sehen sollte. Und doch hatte er weiche Knie, raste sein Puls, zitterte er am ganzen Körper.

»Er ist also der Sohn ...« Der König musterte ihn spöttisch. »Und was Sein Vater mit dem Säbel vollbracht hat, will Er nun mit der Querflöte schaffen ...«

Erdmann konnte kein Wort hervorbringen, nickte nur und versuchte, sich an seiner Flöte festzuhalten, als sei sie ein Balken.

Friedrich stand auf, trat ans Fenster und sah in den Park hinaus. Seine Einsamkeit schien selbst einem so jungen Menschen, wie Erdmann es war, mit Händen greifbar, und er hatte eine furchtbare Angst vor diesem Mann, der nie ein eigenes Kind, einen Sohn oder eine Tochter, auf den Knien gewiegt hatte.

»Nun, was kann Er spielen?«

»Alles«, stammelte Erdmann, »alles, was Euer Majestät wünschen.«

»Was redet Er da für einen Stuß! Er weiß doch, daß ich Quantz sagen werde. Los, spiele Er!«

Alles, was mit Musik zusammenhing, ging Erdmann im Kopf herum – die Konzerte in Tamsel, die Frage, wie seine Mutter es wohl geschafft haben mochte, ihn hier spielen zu lassen, die Reaktion seines Vaters, wenn er hiervon erfuhr –, an alles dachte er, nur nicht an den richtigen Zungenstoß und daran, wie man, wenn alles im Munde pelzig war, zu einer brillanten Flatterzunge fähig war.

Jedenfalls klangen die Töne, die er hervorbrachte, so grausam, daß der König herumfuhr, ihm die Flöte entriß und über den Kopf zog.

»Kehre Er gefälligst zum Instrument Seines Vaters zurück: zum Säbel.«

# Kapitel 8

## 1786–1791

Stöberte man in der Bibliothek des Tamseler Schlosses, so fand man dort die jüngere deutschsprachige Literatur recht gut vertreten. Den Anfang machte die erste schlesische Dichterschule, für die die Namen Martin Opitz, Paul Fleming und Friedrich von Logau standen, ihr folgten die erotischen Lieder eines Ratsherrn zu Breslau: Christian Hoffmann von Hoffmannswaldau. An Abenteuerromanen gab es *Die asiatische Banise* des Anselm von Ziegler und Kliphausen, *Die afrikanische Sophonisbe* des Philipp von Zesen und den *Simplicissimus* von Grimmelshausen. Die Abteilung Dichtkunst wurde mit Werken des Halleschen oder Preußischen und des Leipziger Dichtervereins eröffnet, vor allem denen Johann Wilhelm Ludwig Gleims, der als Sekretär des Prinzen Wilhelm wie des Alten Dessauers den Zweiten Schlesischen Krieg hautnah miterlebt und durch seine *Preußischen Kriegslieder von einem Grenadier* viel Ruhm erworben hatte. Daneben gab es noch Anna Luise Karsch, Christian Ewald von Kleist und Christian Fürchtegott Gellert. Besonders gut bestückt war die Abteilung »Blütezeit der deutschen Literatur seit 1748«, in der fast alle Romane, Dramen und Gedichte von Friedrich Gottlieb Klopstock, Christoph Martin Wieland, Ludwig Hölty, Gotthold Ephraim Lessing, Johann Gottfried Herder, Jakob Michael Reinhold Lenz, Johann Wolfgang Goethe und Friedrich Schiller nebeneinanderstanden oder aufeinanderlagen.

In dieser Bibliothek nun verbrachte Erdmann von Bosetzki nach seinem Potsdamer Fiasko viele, viele Stunden. Er hatte beschlossen, nie wieder eine Flöte in die Hand zu nehmen und statt der Musiker- und Komponistenlaufbahn eine als Dichter ins Auge zu fassen, denn auch dieses Talent schien er ja zu haben. Zwar hatte er sich mit Schillers *Räubern* nicht sonderlich anfreunden können, aber *Die Leiden des jungen Werthers* von Goethe versetzten ihn nun in ziemliche Ekstase, und Sätze wie »... die Einsamkeit ist meinem Herzen köstlicher Balsam in dieser paradiesischen Gegend« ließen ihn geradezu erzittern.

So saß er auch am 14. Mai 1786 wieder über dem *Werther.* Diesmal hatte ihn sogar sein Vater nach Tamsel begleitet, denn Johann von Bosetzki wollte wieder einmal das Grab seiner Mutter besuchen. Allein. Ohne Erdmann und ohne seine Frau. Erdmann war schon vor langem aufgefallen, daß sich seine Eltern etwa so gegenübertraten wie zwei verfeindete Feldherren beim Austausch von Gefangenen. Während der Vater also zum Friedhof abgebogen war, hatte er den Weg zum Schloß genommen und sich nach der Begrüßung eines Kammerdieners der Wreechs in die Bibliothek gesetzt. Was ihn am *Werther* zunächst am meisten faszinierte, war der letzte Teil des Romans mit der Übersetzung einiger Gesänge Ossians. Bei Goethe selber hieß es ja: »Erscheine, du herrliches Licht von Ossians Seele!« Anderes gab es leider nicht in Tamsel, und er wußte nur von seiner Mutter, daß der Ossian vermutlich kein altes Heldengedicht, sondern eine gekonnte Nachahmung war, daß aber das literarische Europa längst einem *Ossian*-Rausch verfallen war. Und auch er ließ sich anstecken vom nordischen Naturerlebnis und vom Weltschmerz der Helden. »Es ist Nacht! – Ich bin allein, verloren auf dem stürmischen Hügel.«

Das konnte auch er sein, wie er da auf dem Tamseler Friedhof stand, am Grabe seiner Großmutter. »Wie geängstet ist meine Seele!« Oder wenn er verzweifelt war, weil sein Vater nicht ablassen wollte, ihn zu einem guten Soldaten zu machen. »Ich sitze in meinem Jammer, ich harre auf den Morgen in meinen Tränen.« Was ihn ebenso schmerzte, war, noch immer nicht zu wissen, wie das denn eigentlich mit der Liebe ging. Und es regte ihn mächtig an, wenn er las: »Armar, berühmt im Kriege, kam und warb um Dauras Liebe; sie widerstand nicht lange.« Wie das wohl abgelaufen war? Er inszenierte es vor seinem geistigen Auge wie ein Stück im Theater. Wie Armars rechte Hand Daura unter die Röcke fuhr und zwischen den Schenkeln hinauf, bis er feuchte Wärme spürte. Aber war das wirklich so? Erdmann wußte es nicht, aber es schien ihm die spannendste Frage zu sein, die ihm je begegnet war. Um den Genuß seiner selbst erzeugten Bilder noch zu steigern, rieb er sich den Hosenlatz da, wo es sich hart hochzuwölben begann.

Just in diesem Augenblick schaute Sophie in die Bibliothek, um den Grafen von Wreech zu suchen. Sie, gerade als Köchin nach Tamsel gekommen, hatte vergessen, welches seiner Lieblingsgerichte sie ihm kochen sollte und was er ihr gestern alles aufgetragen hatte. Sophie war jung und drall, und wie er sie so sah, da dachte Erdmann: »... sie widerstand nicht lange.« Wo der gnädige Herr wohl sei?

»In der Nische am Kamin. Er ist gerade eingenickt.« Das war natürlich geflunkert, aber hatte er Sophie erst einmal im Raum, dann ... »Komm, wir wecken ihn.«

Hinten, verdeckt von den Bücherregalen, stand ein Sofa, und so wie Sophie ihm folgte, hegte er keinen Zweifel daran, daß sie willens war, ihm ohne großes Präludium den Schoß zu öffnen. Hätte sie sonst seine streichelnden Finger auf ihrem Oberarm geduldet? Sicher nicht.

»Er ist ja gar nicht da!« rief sie, als sie das leere Sofa entdeckte.

Erdmann lachte. »Aber ein anderer wartet auf dich.« Und er führte ihre Hand zu seinem Hosenlatz, ihr Entzücken erwartend.

Doch was er bekam, war eine schallende Ohrfeige, ergänzt durch die Bemerkung, daß er ein großes Miststück sei.

Mit puterrotem Kopf schlich Erdmann zu seinem Platz zurück und gab sich alle Mühe, mit der Lektüre des *Werthers* über seine Schmach hinwegzukommen. Von seiner Mutter hieß es ja, sie hätte ohne Mühe zur gleichen Zeit zehn Kavaliere haben können, an jedem Finger einen, aber ihm hatte sie es anscheinend nicht vererbt, Glück beim anderen Geschlecht zu haben. Und so wußte er noch immer nicht, wie es denn war, wenn ... Also tröstete er sich mit dem Werther, der ja bei seiner Lotte auch nicht zum Zuge kam. »Umsonst strecke ich meine Arme nach ihr aus ...«

Langsam, und er begrüßte es mit ziemlicher Erleichterung, normalisierte sich sein Puls, und von seiner Erregung war nichts mehr geblieben als ein kleiner feuchter Fleck in der Hose, der ihm immerhin anzeigte, daß es ihm nicht an den biologischen Voraussetzungen zum Verkehr mit dem anderen Geschlecht fehlte. Er konnte sich nun auch wieder mit den Passagen des *Werthers* beschäftigen, die sich nicht mit der Liebe befaßten, wie etwa der Überlegung: »Es ist ein einförmiges Ding um das Menschengeschlecht. Die meisten verarbeiten den größten Teil der Zeit, um zu leben, und das bißchen, das ihnen an Freiheit übrigbleibt, ängstigt sie so, daß sie alle Mittel aufsuchen, um es los zu werden. O Bestimmung des Menschen!« Und was war mit ihm: Fürchtete er sich vor der Freiheit, die ihm der Wille wie die Beziehungen seiner Mutter und deren ererbtes Vermögen wohl eröffneten, der Freiheit zumindest, kein Offizier werden zu müssen? Ja und nein. Was war es doch für ein elendes Leben, wenn einer Gedichte und Romane schrieb, die keiner lesen wollte! Wenn sich alle das Maul darüber zerrissen, was man da wieder von sich gegeben habe!

Gerade wollte er sich weiter in elegischen Gedanken verlieren, da gab es draußen im Treppenhaus einen gewaltigen Lärm, dem laute Schreie folgten. Er stürzte hinaus und sah einen Mann am Fuße der Treppe lang hingestreckt liegen. Neben ihm knieten Sophie, der Graf Ludwig von Wreech und ein älterer Kammerdiener.

»Ich kann nichts dafür«, rief die Köchin, in Tränen aufgelöst und ganz außer sich. »Er wollte mir unter die Röcke, und da bin ich vor ihm weggelaufen. Er hinter mir her, und da ist er gestürzt, die ganze Treppe hinunter.«

»Das Genick muß er sich dabei gebrochen haben«, sagte Herr von Wreech. »Ganz ohne Zweifel ist er tot.«

Da erst erkannte Erdmann den Toten: Es war Johann von Bosetzki.

»Vater ...« flüsterte er, und einem dunklen Impuls folgend, schlich er sich auf Zehenspitzen in die Bibliothek zurück, weil er sich nicht in der Lage fühlte, die Treppe hinunterzuspringen und sich neben dem Toten auf die Erde zu werfen, seinen Kopf zu umfassen, in Tränen auszubrechen und das Schicksal anzuklagen, daß es ihm den Vater genommen habe. Das erwarteten sie von ihm, doch das konnte er nicht, denn wenn er ehrlich war, betrachtete er den Tod dieses Mannes als Erlösung von einer Plage. Soweit seine Erinnerung zurückreichte, hatte er gezittert, wenn er ihn gesehen hatte, und die einzige Wohltat, die er von ihm empfangen hatte, war die, einmal nicht geohrfeigt zu werden. Immer war er dem Alten zu weich und zu weibisch gewesen, nie hatte er seinem Ideal von einem preußischen Jüngling entsprochen, das irgendwo zwischen Seydlitz, Friedrich und ihm selbst gelegen hatte.

Erst als seine Mutter in Tamsel eingetroffen war, holten sie ihn aus der Bibliothek und ließen ihn in die Ahnengalerie, wo sie Johann von Bosetzki in einer Ecke aufgebahrt hatten. Seine Mutter nahm ihn zwar tröstend in den Arm, aber das war nur eine leere Geste, denn sie wußte, daß ihr Sohn nicht getröstet werden mußte, sowenig wie sie selbst. Sie war warmherzig genug, für jeden Toten Mitleid zu empfinden, und ein jedes Mal, wenn sie einen sah, wurde sie von Schmerz gepackt, weil alles Leben so vergänglich war, aber dieses Gefühl war bei ihrem Mann nicht stärker als bei jedem x-beliebigen Tamseler Bauern. Alles war dahin, unwiederbringlich, und ließ sich nicht wiederholen und zum Besseren gestalten. Der König respektive der Weltenmechanismus hatten Johann und sie zusammengebracht, und wenn sie nun von ihm getrennt wurde, so war das nicht anders, als wenn man den Verschluß von einer Flasche schraubte.

Ludwig Alexander von Wreech sprach nun die Worte, die dem Anlaß angemessen waren: »Johann von Bosetzki war ein vorbildlicher Reitersoldat, der sein Leben dafür geben wollte, unseren König zu retten. Tamsel wird ihm stets ein ehrendes Andenken bewahren.«

Auf seinen Wunsch hin wurde er nicht in Küstrin, sondern in Tamsel begraben, dicht neben seiner Mutter. Die Feier wurde von seinen Regimentskameraden würdig gestaltet.

Der Pfarrer hatte lange in der Bibel nach einer passenden Stelle für seine Predigt gesucht und war im *Buch der Richter* fündig geworden. »Was lesen wir da im 5. Kapitel, Vers 22: ›Da rasselten der Pferde Füße von dem Jagen ihrer mächtigen Reiter.‹ Und wer hat da nicht den teuren Verblichenen vor Augen, wie er als Husar und Kürassier über die Schlachtfelder jagt – über die von Lobositz und Kolin, von Roßbach und Zorndorf schließlich. Und weiter heißt es in Vers 31: ›Also müssen umkommen, Herr, alle deine Feinde! Die ihn aber liebhaben, müssen sein, wie die Sonne aufgeht in ihrer Macht! – Und das Land war still vierzig Jahre.‹ Johann von Bosetzki aus Tamsel – wir danken dir, und wir danken dem Herrn, daß er dich, der du schon bei deiner Geburt dem Tod geweiht schienst, auf einer so stolzen Bahn durchs Leben führte.«

Elisabeth von Bosetzki kannte aus ihrem früheren Leben unzählige Menschen, und einer von ihnen war ein gewisser Johann Andreas Moritz, Pastor zu Fahrland bei Potsdam seit 1774. Der war an sich ein herber und kompromißloser Mensch, mit seinen Pfarrkindern, die ihn für entschieden zu rigoros hielten, immer zerstritten, aber Elisabeth gegenüber zeigte er sich zu allem bereit. Woran das lag, darüber wurde offen geflüstert. Entweder hatte sie ihn in seiner Zeit als Hofmeister beim Junker von Hacke in Uetz, wo sie auch des öfteren gewesen war, in ganz bestimmte Künste eingeweiht, oder aber sie wußte mehr von seinen Amouren, als die Kirchenoberen zu tolerieren bereit waren, konnte ihn also stets ein wenig erpressen. Wie auch immer, ihr Anliegen war klar: Er möge bitte zusehen, ob sich Erdmann nicht doch noch irgendwie am Hofe Friedrichs unterbringen ließe. Trotz des Fiaskos bei seinem ersten Auftritt in Sanssouci war sie noch immer sehr erpicht darauf, ihren Sohn dermaleinst als Kammerherrn des Königs zu sehen. Die Verbindungen zwischen Fahrland und Sanssouci seien schließlich so eng, daß es ihm, Moritz, nicht schwerfallen dürfte, eine erneute Kontaktaufnahme in die Wege zu leiten. Alles brauche seine Zeit, schrieb der Pfarrer zurück, aber es füge sich gut, daß am 15. August ein enger Freund von ihm, ein Kammerhusar namens Neumann, in seinem Zimmer im Schlosse von Sanssouci den Geburtstag seiner Schönen feiern wolle; da könne Erdmann ruhig erscheinen.

Als Ludwig Alexander von Wreech davon Kenntnis bekam, daß Erdmann eine Kutsche brauchte, um nach Potsdam zu gelangen, ließ er sich nicht davon abbringen, die Reise mitmachen zu wollen. Kein Wunder, war doch auch er, wie alle wußten, auf einen hohen Posten am Hofe des Königs versessen. Da er zu lange im Rheinsberger Kavaliershaus gewohnt hatte, also bei Heinrich, dem mit Friedrich verfeindeten Bruder, war es ausgeschlossen, daß ihn der Alte Fritz nahm, doch dieser würde nicht mehr lange leben und sein Nachfolger hatte sicher andere Maßstäbe.

So fuhren also die beiden Männer gemeinsam von der Warthemündung nach Berlin und weiter nach Potsdam, wobei von Wreech auf die Fünfzig zuging und Erdmann gerade mal sechzehn Jahre zählte.

Erdmann dachte mit Schrecken an seine erste Reise nach Sanssouci. Dabei war das Kalkül seiner Mutter ja richtig gewesen: Man kam nur nach oben, wenn man von denen, die oben waren, vom Boden hochgezogen wurde, etwa so wie ein Kind, das man auf sein Stühlchen hob, damit es am Tisch der Erwachsenen sitzen und mitessen konnte. Oder man hing sich an einen an, der auf dem Weg nach oben war.

Sein Vater hatte ihm ja vorexerziert, wie man das machte, indem er sich wie eine Klette an Seydlitz angeheftet hatte. Nur dazusitzen und zu warten brachte nichts, man mußte schon selber die Initiative ergreifen, koste es, was es wolle. So hatte es ja auch Friedrich mit Schlesien gemacht.

So sah er der Geburtstagsfeier beim Kammerhusaren Neumann erwartungsvoll entgegen. Vielleicht kam der König hinzu, konnte sich an ihn erinnern und machte ihn zum Vorleser. »Ich habe gehört, daß Er sich in der französischen Literatur sehr gut auskennen soll – dank seiner Mutter, die ja wie keine zweite in Preußen den Spruch beherzigt hat, daß man eine fremde Sprache nie besser lernen kann als im Bett. Wie viele Sprachen spricht sie denn?«

Und alles schien sich auch gut anzulassen, denn sie feierten nur zwanzig Schritte von Friedrichs Zimmer entfernt. Neumann war da, aus dem nahen Fahrland neben Pastor Moritz noch der Oberamtmann und ein Dutzend weiterer Gäste aus Potsdam und Umgebung. Das Geburtstagskind, die Mamsell Schultzen, war eine Frau von barocken Formen, und der Oberamtmann flüsterte Erdmann zu, daß man auf ihrem Brustwerk Wache stehen könne. Erdmann, noch ohne jede Erfahrung mit dem anderen Geschlecht, stellte sich mit Schrecken vor, daß sie es sein würde, die ihn in das einweihte, was den Menschen nach Geld und Macht so wichtig war, mußte sich aber eingestehen, sich auch dieses von seinem Besuch in Potsdam erhofft zu haben: daß sich eine fand, die ihm zeigte, daß ein Mann das ihm ureigenste Körperteil vom Herrn nicht nur deswegen erhalten hatte, um damit sein Wasser abzuschlagen.

Jetzt aber wurde erst einmal tüchtig getafelt. Dreihundert Taler habe die prächtige Mahlzeit gekostet, raunte der Vater des schönen Geburtstagskindes, ein Prediger aus Thüringen, der nicht müde wurde, allen anderen den Stammbaum seiner Familie zu erläutern. Gespeist wurde von silbernen Tellern, serviert auf kostbaren Aufsätzen. Nach dem Dessert fing man an zu singen, und mehrere machten »Pst, pst!«, bis einer rief: »Singt ihr man. Der Alte ist schon zu Bette.« Da regte sich der Pastor Moritz auf: »Wie schnöde gegenüber dem sterbenden König, den ihr so gefürchtet habt!« Nun wurde es etwas ruhiger, doch bis zwei Uhr nachts ging die Feier weiter.

Erdmann und der Herr von Wreech hatten schon vordem eine kleine, aber saubere Herberge im Holländerviertel gefunden und verbrachten dort auch eine angenehme Nacht. Beim Frühstück beschlossen sie dann, bis zum Ableben des Königs in Potsdam zu bleiben. »Der Alte Fritze, der macht's nicht mehr lange«, sagte der Wirt.

In der Tat ging es dem König zunehmend schlechter. Auf seinem Schimmel Condé durch den Park von Sanssouci reiten, das konnte er schon lange nicht mehr, er saß nur noch im Lehnstuhl, von Hustenkrämpfen geschüttelt und nach Atem ringend. Sein Leibarzt, Professor Selle, war ständig zugegen. Da Friedrich kaum noch Schlaf fand, mußten seine Kabinettsräte schon um vier Uhr morgens bei ihm antreten, um die Tagespost zu erledigen. Bis zuletzt behielt er seinen Arbeits- und Lebensrhythmus bei, und gegen elf Uhr erschienen seine Gesellschafter, um mit ihm über Geschichte, Literatur und Politik zu plaudern. Doch am Mittwoch, den 16. August wollte dieses Ritual nicht mehr in Gang kommen, denn hohes Fieber hatte ihn erfaßt, und er war nur noch selten bei vollem Bewußtsein. Als es Abend wurde, begannen seine Füße zu erkalten. Um Mitternacht wurde er von einem heftigen Hustenanfall erschüttert, und Strützki, einer seiner Kammerhusaren, kniete vor ihm nieder und nahm ihn in die Arme, um ihm dadurch das Atmen zu erleichtern. *»Cela sera bon«*, flüsterte der König. In dieser Stellung verblieben die beiden die nächsten beiden Stunden.

Zur selben Zeit feierten Ludwig Alexander von Wreech und Erdmann von Bosetzki bei Elisabeth Christine im Schloß Schönhausen. Gleich nach dem Frühstück hatte sie ein Bote erreicht und zur Abendgesellschaft gebeten. Erdmann glaubte, daß seine Mutter dies eingefädelt hatte, hatte sie doch einige Zeit am Hofe der Königin gelebt und war dort auch ihrem Mann begegnet. Alles, was in Berlin Rang und Namen hatte, war erschienen und bewegte sich plaudernd und scherzend durch die großen Säle. Die Türen zum Park waren geöffnet, und tausend Kerzen strahlten in die Sommernacht hinaus. Was in Sanssouci geschah, wußte man nicht, denn Bulletins über den Gesundheitszustand des Königs gab es keine. Zwar flüsterte Ludwig von Wreech mit Mirabeau und der wiederum mit dem französischen und dem englischen Gesandten, aber niemand wollte darangehen, dem Fest ein abruptes Ende zu bereiten.

Erdmann ging durch den Park, dessen Wege Fackeln säumten, und hatte Potsdam und den sterbenden König völlig vergessen, denn an der Hand hielt er Charlotte, die Tochter eines nicht eben wohlhabenden Junkers aus der Prignitz, die hier als Hofdame lebte. Sie war doppelt so alt wie er, aber was machte das schon, wenn einer sechzehn war.

»... meine Mutter haben Sie nicht mehr gekannt?« fragte er.

»Wie uncharmant!« rief sie.

Er sank ihr zu Füßen, um sie um Verzeihung zu bitten, dabei die Gelegenheit nutzend, ihre Knie zu umfassen und seine Nase die Falte emporfahren zu lassen, die das lange seidene Kleid zwischen ihren Schenkeln ließ. Er wußte, daß die Nacht gekommen war, wo er das erfahren sollte, was jeder Jüngling als das größte Geheimnis des Kosmos ansah, obwohl Milliarden es kannten. Es war nicht die Lust, die er erstrebte, und Wollust erst recht nicht, sondern die reine Neugierde, die ihn jetzt trieb; erforschen wollte er ihre Anatomie und seine Reaktionen. Charlottes Seele und ihr Leben interessierten ihn nicht, und er wollte sie nach dieser Nacht auch nie im Leben wiedersehen. Angesteckt vom *Ossian* und erst recht vom *Werther*, suchte er nach der großen romantischen Liebe – und die war Charlotte von Luggendorf ganz sicher nicht.

Sie fanden eine hölzerne Laube am Ufer der Panke, und eine halbe Stunde später wußte Erdmann, was er wissen wollte. Seine Vorhaut hatte etwas geblutet, ansonsten war alles so abgelaufen, daß er in sein Tagebuch fast geschrieben hätte: »reibungslos«.

Am nächsten Vormittag, man schrieb den 17. August 1786, erfuhren sie, daß der König um zwei Uhr zwanzig verstorben war. Die Kammerhusaren Strützki, Neumann und Schöning hätten bei ihm nur zerrissene Hemden gefunden, so daß es notwendig gewesen wäre, ihm sein Bräutigamshemd anzuziehen, das er bei seiner Vermählung mit Elisabeth Christine getragen hatte. Dann sei er punktiert worden, um das Wasser aus seinem Körper zu ziehen, und man habe ihm die Uniform des Ersten Bataillons der Leibgarde angezogen. Friedrich hatte den Wunsch gehabt, auf der Terrasse von Sanssouci begraben zu werden, doch sein Neffe und Nachfolger, Friedrich Wilhelm II., ordnete an, die Leiche in der Potsdamer Garnisonskirche beizusetzen, unmittelbar neben seinem Vater, dem Soldatenkönig.

Dem wollten die beiden Tamseler nicht mehr beiwohnen und ließen ihre Reisekutsche zurück zur Oder lenken. In Preußen ging das Leben seinen gewohnten Gang, und nichts ließ darauf schließen, daß der König, den sie den Großen nannten, gestorben war. Die Kinder in den Dörfern spielten, die Bauern pflügten auf den Feldern, die Kühe grasten ungerührt. Und wenn sie in einem der vielen Krüge einkehrten, dann gab es da keine Trauer und keine Dankbarkeit. Wenn die Leute seufzten, dann nur aus Erleichterung und in der Hoffnung, daß nun alles besser würde.

Im Jahre 1786 war auch Friedrich Wilhelm von Wreech gestorben, der »große Wreech«, der Hofmarschall in Rheinsberg, und im Schloß zu Tamsel hatte man nicht mehr so recht lachen können, nun aber, wo es Juli 1787 geworden war, sollte es wieder anders werden, denn es hatte sich der Besuch angesagt, von dem man schon immer geträumt hatte:

Prinz Heinrich. Ludwig beziehungsweise Louis von Wreech, im letzten Jahr in den Grafenstand erhoben, war schon im Frühjahr nach Tamsel gekommen, um Schloß, Park und nähere Umgebung für den Besuch herrichten zu lassen, der für Mitte Juli terminiert worden war. Er hatte lange genug in Rheinsberg in der Nähe des Prinzen gelebt, um nicht den Ehrgeiz zu entwickeln, ihm an Inszenierungskunst nahezukommen, zu übertreffen war er sicher nicht. Eine Schlacht sollte nachgestellt werden, Statuen waren in Auftrag zu geben und Inschriften zu entwerfen, die an siegreiche Schlachten des Prinzen und an Menschen erinnern sollten, die seinem Herzen teuer gewesen waren. Erdmann und seiner Mutter war dabei etliches übertragen worden, zum Beispiel französische Verse zu schmieden und den weißen Sandstein zu beschaffen, mit dem eine Dame zu ehren war, die Heinrich nahegestanden hatte, die schöne Lisette Tauentzien, die erste Gemahlin des Generals Emanuel Friedrich Bogislaw von Tauentzien, der ein Adjutant Prinz Heinrichs gewesen war und Breslau verteidigt hatte.

Elisabeth von Bosetzki hatte folgenden Text entworfen und dafür auch von Wreechs Zustimmung erhalten: *Rose, elle a vécu ce que vivent les roses – lèspace du matin.* Nun ergab sich die Frage, wer ihn wohl in den Stein meißeln könne.

»Ich nicht ...« Erdmann lachte. »Aber in der Brückenstraße gibt es jetzt einen neuen Steinmetz, der das sicher kann.«

»Wer denn?«

»Nikolas, der Enkel von Vaters altem Freund.«

»Von Georg Strohmattias?«

»Ja, der ist Steinmetz geworden. Der Sohn, der Pavlos, ist ja nach Griechenland zurück.«

»Ja, ja, nach Athen«, ergänzte seine Mutter. »Der griechische Gesandte hat mir neulich in Berlin erzählt, daß es ihm glänzend gehen soll.«

»Soll ich also den Auftrag Nikolas erteilen?« Erdmann

hatte gespürt, daß seine Mutter sich ein wenig in ihr Schnekkenhaus zurückgezogen hatte, als der Name Strohmattias gefallen war, und wollte deshalb sichergehen.

Sie zögerte einen Augenblick, nickte dann aber. »Ja, natürlich, mach das mal morgen …«

Als Erdmann Stunden später den Grafen Wreech traf und ihm davon berichtete, hielt der ihn zurück. »Ich muß ohnehin nach Küstrin, ich will das schon selber erledigen.« Er schmunzelte und beugte sich augenzwinkernd zu Erdmann hinunter. »Der alte Strohmattias hat nämlich eine entzückende Enkeltochter – und deren Anblick kann ich mir nicht entgehen lassen. O Corona!«

Erdmann war keinesfalls enttäuscht, daß ihm das entgehen sollte, denn nachdem ihn Charlotte von Luggendorf in das eingeweiht hatte, was die Welt Liebeskunst nannte, setzte er sich lieber in die Bibliothek und las oder versuchte sich an eigenen Gedichten, als nun den Frauen nachzujagen und dem, was sie versprachen. Was das betraf, da lag er nun mit dem großen Friedrich voll auf einer Linie: daß es ganz andere Genüsse gab.

Kaum saß Erdmann wieder in der Bibliothek, kam seine Mutter mit einem Brief in der Hand und störte ihn. Aber sie strahlte derart, daß er es nicht übers Herz brachte, sie anzufauchen.

»Eben kommt die Post aus Rheinsberg …«

»Spukt der Geist Friedrichs im Schloß herum?«

»Unsinn! Nein, ich habe einmal durch Wreech anklopfen lassen … und nun kommt die Nachricht, daß Prinz Heinrich nicht abgeneigt ist, dich als Kavalier an seinem Hofe zu sehen. Auf alle Fälle will er mit dir reden, wenn er nach Tamsel kommt.«

Erdmann fuhr auf. Ja, Rheinsberg wäre schön, viel hochkarätiger als Tamsel und auch das bessere Sprungbrett nach Potsdam und Berlin. »Nur … ich weiß so wenig über ihn.«

»Dann hol das schleunigst nach.« Und schon fing sie an, seine Wissenslücken zu füllen. »Prinz Heinrich, nun ja, groß gewachsen ist er nicht. Was hat er studiert? Die Kriegswissenschaften und die Literatur, vorwiegend die französische. Voltaire vor allem. Da mache dich kundig. Selber Verse hat er auch geschrieben, auf französisch natürlich. Die mußten dann von seinen Vorlesern, Francheville und Toussaint, *entfehlert* werden.«

»Entfehlert – was für ein Wort.« Erdmann grinste breit. »Du scheinst Prinz Heinrich nicht übermäßig zu schätzen ...?«

»Nun, er ist furchtbar eitel und ganz wild darauf, daß ihm gehuldigt wird, und vor allem will er hören, daß er ein besserer Feldherr sei als sein Bruder. Du mußt unbedingt erwähnen, wie sehr dich seine Kritik am Siebenjährigen Krieg überzeugt hat.«

»Mache ich.« Erdmann war etwas nachdenklicher geworden. »Aber, sag einmal, warum willst du mich denn eigentlich in seiner Nähe sehen, wo er doch so voller Mängel ist?«

»Bei dem vielen Schatten ist noch mehr Licht, und du mußt unbedingt aus diesem Tamsel raus – und aus Küstrin erst recht.« Sie setzte sich nun auf eine Chaiselongue. »Also weiter ... Was das Essen und Trinken betrifft, da ist er mäßig.«

»Und die Frauen ...?«

Seine Mutter wurde rot. »Dazu fällt mir wenig ein. Aber weiter: Stell dich darauf ein, daß er dich prüfen wird, ob du mit ihm über Wissenschaft, Kunst und Philosophie diskutieren kannst, wobei er davon ausgeht, daß alles Französische gut ist. Eine besondere Vorliebe hat er für metaphysische Sätze.«

Erdmann bedankte sich und machte sich, nachdem seine Mutter wieder gegangen war, sofort ans Werk. Und er sah sich schon als Protegé des Prinzen, wie der es schaffte, ihn als Diplomaten in ferne Länder zu senden, nach Italien vielleicht, wo sich womöglich Goethe treffen ließ.

Als Prinz Heinrich in Tamsel ankam und alles sah, was man für ihn hergerichtet hatte, war er zutiefst gerührt.

»Wenn ihr nur wüßtet, welch wehmütige Gefühle dies in meinem Herzen weckt ...« Seine Büste war neben der des großen Kurfürsten zu sehen, und mit französischen Versen zog man Parallelen zwischen beiden. Von jenem hieß es, daß er »ein Vater flüchtiger Franzosen ward«, vom Prinzen, daß er »die Herzen aller Franzosen unter das Gesetz seiner geistigen Macht und Schönheit zu zwingen wußte«.

Erdmann hatte die anderen des öfteren sagen hören, der jüngere Bruder Friedrichs sei eine tragische Figur, verdunkelt durch ein helleres Licht. Im Vorfeld hatte man viel über Prinz Heinrich gesprochen. Daß er sich 1740, erst vierzehnjährig, an den Rockschoß des Königs gehängt hatte, um mit in die erste Schlacht ziehen zu dürfen, später aber vehement gegen den Siebenjährigen Krieg gesprochen hatte. Obwohl als nicht derb genug verschrien und ein durch und durch musischer Mensch, hatte er sich auch als Soldat wacker geschlagen, zuerst bei Prag, wo es hieß, Prinz Heinrich habe »Wundertaten« vollbracht. Danach hatten sich die beiden Brüder heftig gestritten, aber Heinrich hatte den König daran hindern können, seine Soldaten in eine selbstmörderische Schlacht gegen die überlegenen Österreicher zu stürzen, was ihm für immer die Dankbarkeit des preußischen Heeres verschaffte. In der Folge wurde Prinz Heinrich ein sachverständiger und einsichtiger Heerführer, dem aber immer anhing, zu vorsichtig zu sein. Gerade neunzehn Jahre war er alt, als ihn der königliche Bruder am Ende des Zweiten Schlesischen Krieges zum Generalmajor ernannte und auch sonst mit Wohltaten überhäufte, ihm zum Beispiel Rheinsberg schenkte und die glänzenden Einkünfte der Johanniterkomturei Sonnenburg sicherte. Umsonst, Heinrich blieb eifersüchtig auf den Bruder, dem er an Stolz und Verstandesgaben durchaus ebenbürtig war, manchmal war es sogar schon Haß, der ihn erfüllte. Aber dennoch waren die beiden auch noch 1778 zusammen in den Krieg gezogen, den vierten gegen Österreich, bei dem es glücklicherweise zu keiner Schlacht gekommen war und sich die beiden Armeen hauptsächlich damit beschäftigt hatten, um die Verpflegung zu kämpfen, um Kartoffeln und Pflaumen, weshalb man im Norden auch vom »Kartoffelkrieg« und im Süden vom »Zwetschgenrummel« sprach. Erdmann konnte sich noch gut daran erinnern, wie er als Junge über das Wort Kartoffelkrieg gelacht hatte; es war ja erst neun Jahre her. Nun, nach dem Tode Friedrichs, kümmerte sich am Hofe keiner mehr um Heinrich, und verbittert saß er in Rheinsberg, immer mit dem Gedanken spielend, nach Frankreich zu gehen, dem Land seiner Sehnsucht.

In Anbetracht dessen hatte Heinrich einem Ausflug nach Tamsel gerne zugestimmt, und gleich am Abend seines Ankunftstages gab es die größte Attraktion: Den Hohlweg in der Wald- und Hügelpartie nach Zorndorf hin hatte man mit einer Brücke überspannt und im übrigen so herzurichten versucht, daß sie dem Gelände glich, in dem Prinz Heinrich den Paß von Gabel erstürmt hatte, einer seiner glänzendsten Waffentaten. Unten standen die Tamseler und Küstriner Kopf an Kopf, um Zeugen des prächtigen Schauspiels zu sein. Ein Feuerwerk, wie es Erdmann nie zuvor gesehen hatte, erhellte die Nacht. Und in seinem Scheine war auch zu lesen, was Elisabeth von Bosetzki letzte Nacht mit schwarzer Farbe und großen Lettern auf ein Bettlaken geschrieben hatte und was nun neben der Brücke an zwei Bäumen hing: *»Henry parait! Il fait se rendre!/Vous fremissez fiers Autrichiens!/Si vous pouviez le voir, si vous pouviez l'entendre,/Vous béniriez le sort qui vous met dans ses mains.«* Erdmann übersetzte es dem alten Georg Strohmattias, der mit seiner Enkeltochter Corona neben ihm stand, wie folgt – und zwar so, daß es sich auch im Deutschen reimte: »Heinrich erscheint – und vor seinem Begegnen/Erzittere, Österreich! Und es unterliegt./Kenntet ihr ihn, ihr würdet es segnen,/Stolze Feinde, daß er euch besiegt.«

Anschließend erzählte ein Major aus Prinz Heinrichs Begleitung den Honoratioren aus Küstrin, daß man in Rheinsberg noch viel prächtiger zu feiern wisse. »Am 6. Mai dieses

Jahres hat Prinz Heinrich zur Erinnerung an die Bataille bei Prag für alle Offiziere und Gemeinen vom Regiment Itzenplitz, die damals dabei waren und noch am Leben sind, ein glänzendes Fest gegeben.«

»Was hat's denn da zu feiern gegeben?« fragte Erdmann. Einmal, um mehr über die Kriegstaten Prinz Heinrichs zu wissen, zum anderen aber auch, um den arroganten Rheinsberger, von Kaphengst hieß er wohl, ein wenig zu ärgern.

»Wohl nie gehört? Frühjahrsfeldzug 1757, am 6. Mai die Schlacht bei Prag. Unser Prinz kommandiert den rechten Flügel und stellt sich im rechten Augenblick an die Spitze des berühmten Regiments Itzenplitz, als vor den Grenadieren ein Wassergraben auftaucht, der ihnen allzu tief erscheint. Prinz Heinrich aber stürzt sich hinein und winkt mit dem Degen in der Hand: ›Mir nach!‹«

»Gut, daß sie da vorher etwas Wasser abgelassen haben«, spottete Erdmann angesichts der geringen Körpergröße des Prinzen, »sonst wären da nur Blasen nach oben gestiegen, und keiner hätte das Blubbern so richtig deuten können ...«

Nun erschien Graf Ludwig von Wreech auf einem seitwärts liegenden Hügel und führte Prinz Heinrich zum Brückeneingang, der den Gebirgspaß von Gabel symbolisierte. Unter dem Jubel des Volkes schritt Prinz Heinrich über die Brücke, und am anderen Ende empfingen ihn drei Johanniterritter in rotem Kriegskleid und schwarzem Ordensmantel: die Herren Graf Dönhoff, von Schack und von Tauentzien. Sie waren es auch, die laut deklamierten, was Erdmanns Mutter für den hohen Gast gedichtet hatte.

Am nächsten Morgen empfing Prinz Heinrich Erdmann in der Ahnengalerie des Tamseler Schlosses zu einer kleinen Plauderei am offenen Fenster. Sonderlich heiter, geschweige denn leutselig schien er nicht gestimmt zu sein. Eher schien dies hier eine Pflicht für ihn zu sein, der er sich zu unterziehen hatte. Mehr mit einer Geste als mit Worten wurde Erdmann aufgefordert, an seiner Seite Platz zu nehmen. Daß der Prinz in seinen Augen Friedrich unheimlich ähnlich sah, irritierte ihn zusätzlich. Und die erste Frage kam gleich wie ein Hieb.

»Was bewegt einen gebildeten Menschen, wenn er die beiden Buchstaben N. L. entdeckt hat?«

Erdmann wußte es nicht, hatte nie davon gehört und glaubte, einer Ohnmacht nahe zu sein, so sehr verschwamm ihm alles vor Augen, und schließlich stammelte er: »Nichts Lebendiges vielleicht ...«

Prinz Heinrich schüttelte seufzend den Kopf. »N. L. gleich *non liquet:* Es ist nicht klar. Dies faßt Voltaires Kritik an der Metaphysik kurz und bündig zusammen. Er schreibt: ›Wir sollten ans Ende fast aller Kapitel über Metaphysik die zwei Buchstaben setzen ... N. L.«

Nun spulte Erdmann, um das verlorene Terrain wiedergutzumachen, das ab, was er am Tage zuvor mühselig gelernt hatte: »Besonders scharf greift ja Voltaire das Dogmatische in den Religionen an, und hier sieht er die Wurzeln der Intoleranz, der Unfreiheit und der Ungerechtigkeit. *›Ecrasez l'infâme!‹* ruft er aus. ›Zerschlagt die Infame!‹ – die Kirche nämlich.«

»Richtig!« rief Prinz Heinrich.

Erdmann konnte nun aufatmen und sich wieder Hoffnung machen, zumal sie über Voltaire automatisch auch auf den verstorbenen König zu sprechen kamen und er Prinz Heinrich schildern konnte, wie ihm Friedrich in Sanssouci die eigene Flöte auf dem Kopf zertrümmert hatte.

»Ja, mein Bruder reagierte manchmal schon recht impulsiv.«

»... insbesondere in einigen seiner vielen Schlachten.« Erdmann witterte seine Chance, die Gunst des Prinzen zu erringen, und zögerte nicht, nun ganz dick aufzutragen. Er wies auf das Gemälde an der Wand, das Hans Adam von Schöning zeigte. »Der da war einer der wirklich großen Heerführer Brandenburg-Preußens. Nun ist es fast schon hundert Jahre her, daß er gestorben ist ... 1696. Damals haben die Brandenburger ihre Kriege anders geführt: nicht allein und gegen die restliche Welt, sondern mit den großen Mächten verbündet.«

Da Prinz Heinrich nun aufstand und dabei gelöst und heiter wirkte, war sich Erdmann sicher, sein Spiel gewonnen zu haben und an den Rheinsberger Hof berufen zu werden.

»Erdmann von Bosetzki ...« Der Hohenzollernprinz sah zu ihm auf. »Es freut mich, Ihre ... Seine ... Bekanntschaft gemacht zu haben. ... Ja, unser guter alter Feldmarschall von Schöning aus Tamsel ... Wissen Sie übrigens, warum er damals in Ungarn so siegreich gegen die Türken focht?«

Erdmann nickte. »Ja, wegen seiner Tapferkeit.«

»Nein: Weil er seine Adjutanten gebeten hatte, vor seinem Sprung in die Donau ein wenig Wasser abzulassen ...«

Müßig zu sagen, daß Elisabeth von Bosetzki ihrem Sohn wenig später sagen mußte, daß ihn Prinz Heinrich nicht mit nach Rheinsberg nehmen werde.

So blieb Erdmann im Land an Oder und Warthe, und die nächsten vier Jahre vergingen ohne jeden Höhepunkt. Er war zu antriebsarm, um seinem Leben von sich aus eine andere Bahn zu geben. Eigentlich hegte er keinerlei Zweifel daran, daß Küstrin und Tamsel bis zu seinem letzten Atemzug die Doppelsonne bleiben würden, um die er unaufhörlich kreiste.

Mal schrieb er an einem großen Roman, dessen Held Hans Hermann Katte war, mal saß er an einem Drama, das den Titel *Der König und sein Bruder* trug und mit dem er den Konflikt zwischen König Friedrich und Prinz Heinrich auf die Bühne bringen wollte, doch weder für das eine noch das andere Genre schien er sonderlich begabt zu sein. Nur seine Mutter glaubte an ihn, und wie anders als mit dem Dichten hätte er seine langen Tage denn auch füllen können. »Das einzige, was ich kann, ist, über das zu reden, was ich nicht kann«, war der Kommentar, den er öfter dazu abgab. Also dozierte er ständig über die Dichtkunst, und das klang dann so: »In uns ist die Ewigkeit der Welten angelegt, die

Vergangenheit und Zukunft, und wir müssen uns daranmachen, nicht nur ins Innere Südamerikas und Asiens einzudringen, sondern auch in unserer eigenes Inneres: Da liegen die großen Geheimnisse.«

So saß er auch am 24. August 1791 wieder vor der Hütte auf der Liebes-Insel, um in sich hineinzulauschen und das, was er hörte, zu Papier zu bringen.

»In meiner Seele ist nur Leere,/Und das Herz erstarrt wie Eisenguß,/Das nun sinkt mit seiner Schwere/Tief hinunter in den Fluß./Träge strömt mein Blut dahin ...«

Nun aber wollte sich nichts mehr reimen und in Worte kleiden lassen, was er dachte und fühlte, denn heiß und schwül war es geworden, und das Warthebruch ließ ihn an das denken, was man von Reisenden aus den Tropen hörte. Also streifte er sich die Kleider vom Leibe und sprang ins Wasser, um zu schwimmen und sich abzukühlen, nicht ohne sich vorher vergewissert zu haben, daß auch niemand in der Nähe war.

Wieder an Land, warf er sich klatschnaß und nackend ins knöchelhohe Gras, um sich von der Sonne trocknen zu lassen. Er starrte in den Himmel und dachte, daß der zu Zeiten Platons über Griechenland ebenso gewesen sein mochte, hatte zuerst auch Verse des Euripides im Kopf, *Die Troerinnen,* Hekabe im Dialog mit Andromache – »Nein, Tochter, Tod und Leben gelten nimmer gleich./Dort ist das Nichts; hier aber bleibt die Hoffnung wach« –, um dann aber doch beim *Ossian* zu landen, weil das so gut zur Warthelandschaft paßte: »Vorbei sind Wind und Regen, der Mittag ist so heiter, die Wolken teilen sich. Fliehend bescheint den Hügel die unbeständige Sonne. Rötlich fließt der Strom des Bergs im Tale hin. Süß ist dein Murmeln, Strom; doch süßer die Stimme, die ich höre.« Damit war er eingeschlafen ...

... und erwachte Ewigkeiten später durch das Rascheln von Papier. Als er hochgeschreckt war, sah er in vielleicht zwanzig Fuß Entfernung einen Mann, ein Jahrzehnt älter als er und schön wie ein Halbgott aus altgriechischen Zeiten, der auf einem hölzernen Schemel vor der Hütte saß und ihn, den Skizzenblock auf den Knien, mit Kohle malte, nackt ausgestreckt, wie er dalag.

»Moment!« rief der fremde Künstler, als Erdmann sich anschickte, seine Blöße mit den Händen zuzudecken.

»Wer sind Sie?«

»Der märkische Leonardo da Vinci – nie von mir gehört?«

»Hierzulande malt man Schlachtengemälde, Seydlitz gegen Daun, Ziethen gegen Laudon, Friedrich gegen Daun und Laudon.«

»Wie wirkten die wohl ohne Uniformen?«

Erdmann stand nun auf, zog sich schnell die Kleider an und stellte sich dann vor, um zu erfahren, wer der andere war.

Der sagte es mit einer eleganten Verbeugung: »Friedrich von Odereck, geboren am 14. Januar 1761 als Sohn des preußischen Diplomaten Wilhelm von Odereck und seiner Frau Anne, der ältesten Tochter des englischen Eisengießers John Parett.« Er war in London zur Welt gekommen und hatte die ersten zwanzig Jahre seines Lebens im Vereinigten Königreich verbracht, um dann in Paris, Prag und Leipzig zu studieren, vornehmlich Philosophie, Rhetorik, Dichtkunst und Malerei. Nicht aber seiner früh verstorbenen Mutter und deren Erbe verdankte er seinen enormen Reichtum, sondern ihrem Bruder, seinem Onkel: Der hatte für die Armeen Europas die Uniformen hergestellt. Nach dem Tode Friedrichs, den er nicht hatte ausstehen können, war sein Vater heimgekehrt, um in der Gegend von Züllichau, wo er ein Gut besaß, seine letzten Jahre zu verbringen. Sein Sohn war ihm nur widerwillig in die spartanisch karge Heimat gefolgt. »Ich denke nicht, also bin ich – das ist Preußen für mich. Alles Barbarei.« Odereck hatte den Alten bis zuletzt rührend gepflegt, war aber schon zwei Wochen nach seinem Begräbnis aufgebrochen, um das alte Wanderleben wiederaufzunehmen. Sein Leitspruch lautete schließlich: »Wie ein Roman soll mein Leben sein, aber einer, den ich selber schreibe.« Nun war er dabei, neue Kapitel zu beginnen. Er wollte zuerst die Oder hinauf und nach Berlin, um dort zu sehen, was sich beim neuen König tat, war doch einiges Amüsante über den Hof von Friedrich Wilhelm II. schon bis nach Züllichau und ins Herrenhaus der Oderecks gedrungen: Am 1. August war Alexander gestorben, ein Sohn des Königs, und als der drei Tage später mit Wilhelmine und seiner Tochter Marianne durch den Charlottenburger Schloßpark gegangen war, hatte jemand mit Alexanders Stimme »Papa« gerufen. Für Odereck war es ein Trick der Rosenkreuzer, der König hatte es als Beweis des geistigen Welterlebens seines Sohnes gesehen. Jedenfalls ließen Odereck solche Szenen hoffen, daß es in Berlin viel zu spotten gab, denn er war einer jener Spötter, den sie in der Bibel mächtig verfluchten, hieß es doch zum Beispiel in den *Sprüchen Salomos:* »Tue von dir den verkehrten Mund und laß das Lästermaul ferne von dir sein.« Daß ein wenig später geschrieben stand: »Der Spötter sucht Weisheit und findet sie nicht ...«, störte ihn wenig, denn weise wollte er nie werden, sondern immer nur vom Leben höchlich amüsiert, denn was war Leben anderes als Umsetzung von Materie in Lust. Ein Genußmensch war er, der sich treiben ließ, ein eingefleischter Schlachtenbummler, der nur das eine Ziel hatte: immer dabeizusein und die Bekanntschaft von Menschen zu machen, die das Jahrhundert prägten. Obwohl er auch Gedichte schrieb, empfand er sich doch recht eigentlich als Maler, und seine besondere Liebe galt dabei den Wasserfällen und den nackten Körpern sterbender Krieger. Wo immer er einen Wasserfall entdeckte, zögerte er nicht, ihn auf die Leinwand zu bannen, und sein Gemälde von den Wasserfällen bei Subiaco hing sogar beim Prinzen Heinrich in Rheinsberg. Weniger Anklang fand er mit seinen männlichen Akten, die nirgendwo geduldet wurden.

Noch ehe die Dämmerung über Tamsel herniedersank,

war beiden klar, daß sich hier zwei Seelenverwandte gefunden hatten, und Odereck schlug Erdmann vor, als Kammerdiener in seine Dienste zu treten.

»Nichts lieber als das.«

Und am Ende dieses denkwürdigen Tages sollte Odereck in sein Tagebuch schreiben: »Erdmann ... Ich fühle mich in wunderbarer Weise von ihm an- und zu ihm hingezogen und möchte ihn so lieben wie vor Zeiten Platon die Jünglinge, die ihn umgaben. Neben ihm scheine ich zu schweben, und nur ein solches Schweben ist das wahre Sein.«

# Kapitel 9

## 1792–1797

»Meine liebe Frau Mutter! Vier Wochen sind nun schon seit meinem letzten Brief vergangen, verzeih! Und immer wenn Odereck mich fragt: ›Hörst du die Amsel?‹, verstehe ich: ›Hörst du bis nach Tamsel?‹ Ja, was hörte ich, wenn es denn ginge? Sicherlich und hoffentlich nur, daß dort alles zum Besten steht – besser jedenfalls als hier bei uns jenseits des Rheins. Hatte eben noch eine unerträgliche Hitze geherrscht, so regnet es nun ohne Unterlaß. Gestern sind wir im Morast steckengeblieben, als wir geholfen haben, Seiner Königlichen Hoheit Prinz Louis Ferdinand trocknes Holz zu beschaffen. Fünf bis sechs Mal muß man sich umziehen, und man weiß schon nicht mehr, wie man sein Zeug trocken kriegen soll. Es fault den Leuten alles vom Leibe, und viele Soldaten haben schon die rote Ruhr. Am 2. September hat Verdun kapituliert, wie vorher schon die Festung Longwy, am 20. September aber haben nach einer heftigen Kanonade die Franzosen bei Valmy unter ihrem General Kellermann gesiegt, und wir mußten uns zurückziehen aus der Champagne. Die französischen Revolutionssoldaten sind so von ihren neuen Ideen durchdrungen, daß sie alles niederrennen werden, was österreichisch und preußisch ist – und damit alt und verbraucht. Es wird also nichts werden mit dem Einmarsch in Paris – wir werden im Gegenteil bald wieder das Rheinufer erreichen. Aber dennoch blasen Odereck und ich alles andere als Trübsal, denn unser größter Herzenswunsch ist endlich in Erfüllung gegangen: Am 3. September hat Seine Königliche Hoheit Louis Ferdinand endlich Zeit gefunden, uns zu empfangen und sogar mit uns zu speisen. Und wenn es der widrigen Umstände halber auch nur Linsen waren, die uns aufgetischt wurden. Es war grandios! Du erinnerst Dich daran, wie wir im Sommer 1785 mit ihm zusammen in Friedrichsfelde musiziert haben. Sieben Jahre sind seitdem vergangen, erst! Doch welche Ewigkeit ... Und was ist er für ein Mensch geworden: wirklich faszinierend. Es grüßt und umarmt Dich Dein Erdmann. Valmy, den 21. September 1792.«

Wenn es in ganz Preußen, ja in ganz Europa, einen Mann gab, den der Graf Friedrich von Odereck von frühester Jugend an liebend gern näher kennengelernt hätte, dann war es Prinz Louis Ferdinand. Er war sein Idol, die Vorlage für sein eigenes Leben. Ein Liebling der Götter, ein Kind des Glücks. Und es gab keinen Tag, an dem er seinem Freund und Kammerdiener nicht etwas von ihm vorschwärmte, so daß Erdmann schließlich fragte, ob er wohl zum Biographen des Prinzen heranreifen wolle.

»Warum nicht, *mon cher,* Anekdoten über ihn gibt es ja jetzt schon jede Menge. Siehe seine Taufe ...«

Am 18. November 1772 war Prinz Louis Ferdinand zur Welt gekommen. Sein Großvater war Friedrich Wilhelm I., sein Vater Prinz Ferdinand, geboren 1730. Folglich war Friedrich II. von Preußen, der Alte Fritz, ebenso sein Onkel wie Prinz Heinrich. Beide Brüder hatte der große König mit Absicht etwas weiter weg vom Hofe plaziert, Heinrich in Rheinsberg und Ferdinand im Schlosse Friedrichsfelde. Aber ob Prinz (August) Ferdinand wirklich Louis Ferdinands Vater war, daran zweifelten in den gehobenen Kreisen Preußens nicht nur die Spötter, denn stets war er kränklich, und was er an Sparsamkeit und Geiz zuviel besaß, das hatte er anscheinend an Manneskraft zuwenig. Daß er mit seiner Frau, der Markgräfin Anna Elisabeth Luise von Brandenburg-Schwedt, dennoch sieben Kinder aufzuweisen hatte, erschien unfaßbar, und so wurde die Vaterschaft gemeinhin seinem sehr virilen Adjutanten, General Carl Graf von Schmettau, zugeschrieben, der auch offen als Hausfreund und Berater der »Prinzessin Ferdinand« agierte.

Wie Louis Ferdinands Herkunft vertrackt genannt werden konnte, so auch seine Taufe. Als nämlich die Rede des Hofpredigers Peltre gar kein Ende nehmen wollte, ließ Friedrich der Große, der königliche Onkel also und Pate zudem, den Täufling kurzerhand nach draußen tragen, so daß Peltre weder die Taufformel sprechen noch den Kopf Louis Ferdinands mit geweihtem Wasser benetzen konnte. Das wurde dann sieben Jahre später nachgeholt, als sein jüngstes Geschwisterchen zur Taufe anstand. Da rief der Alte Fritz seinen Neffen Louis Ferdinand zu sich an den Hausaltar und gab sich heiter: »Mein kleiner Mann, als ich dich über die Taufe hielt, hat der Prediger eine so lange Rede gehalten, daß ich dich wegschickte, ehe sie zu Ende war. Dies Unrecht muß ich heute wiedergutmachen.« Mit diesen Worten goß er dem Jungen den Rest des Taufwassers über den Kopf.

Andere Anekdoten hatten sein Mitleid mit den hungernden Soldaten und ihren Frauen zum Inhalt. Knauserig wie sein Vater war, regte er sich auf, als ihm zu Ohren kam, daß Louis Ferdinand den Domestiken Geld und Essen zusteckte, und untersagte denen streng, von seinem Sohn irgend etwas anzunehmen. Eines Tages nun hatte Louis Ferdinand dem Küchenmeister Brot und Braten abgeluchst, um es einem Wachsoldaten zu bringen. Als der dann aus Angst vor einer Bestrafung dankend ablehnte, sagte Louis Ferdinand nach kurzem Nachdenken: »Er soll es auch nicht nehmen, ich stecke es Ihm in seine Patronentasche, dann sieht Er es nicht und hat es nicht genommen.«

Und jetzt war Prinz Louis Ferdinand auf dem besten Wege, ein Mythos zu werden, dessen Glanz für manche auch den von Friedrich dem Großen überstrahlte. Als genial und heldisch wie Alkibiades wurde er geschildert, als groß und schön wie Apoll. Eine strahlende Erscheinung, schlank, mit auffallend großen dunkelblauen Augen und einer kühn geschwungenen Nase, kurzum: Halbgott und Märchenprinz in einem.

»Du kennst ihn doch«, hatte Odereck immer wieder gedrängt, »und mit den Konnexionen deiner Mutter müßte es doch möglich sein, einmal von ihm eingeladen zu werden.« Doch so erpicht sie darauf waren, Prinz Louis Ferdinand zu begegnen, das Schicksal hatte sie nie in Brandenburg selber zusammengeführt, sondern erst in der fernen Champagne. Ein Jahr zuvor, am 27. August 1791, hatten Leopold II., der Herrscher von Österreich und römisch-deutscher Kaiser aus dem Hause Habsburg, König Friedrich Wilhelm II. von Preußen und der Anführer der französischen Emigranten, Karl Graf von Artois, ein Bruder von Ludwig XVI., die Pillnitzer Konvention geschlossen und sich mit der von der Revolution schon fast hinweggefegten französischen Monarchie solidarisiert. Am 20. April 1792 hatte dann das revolutionäre Frankreich dem monarchistischen Österreich den Krieg erklärt, und Preußen war an die Seite des Verbündeten getreten.

»Da muß ich dabeisein!« hatte Odereck ausgerufen, dessen Herz ganz eindeutig für jene schlug, die »Freiheit, Gleichheit, Brüderlichkeit« für alle Menschen wollten. Er hatte zu lange in England gelebt, um sich nicht auch für Preußen eine moderne Gesellschaft zu wünschen, eine, wo ein kraftvolles Bürgertum die neuen Industrien aufbaute.

Erdmann hatte gelacht. »Du als Adliger willst, daß der Adel hinweggefegt wird, mein Gott! Aber jetzt wird es ja noch doller, wenn du als klammheimlicher Anhänger der französischen Revolution zusehen willst, wie dein Idol Prinz Louis Ferdinand die Soldaten dieser Revolution niedermachen läßt.«

»Die Welt ist Wahnsinn, und der Widerspruch ist das einzige, was reizvoll ist. ›Die ganze Welt ist eine Bühne‹, sagt Shakespeare, und laß uns aus der ersten Reihe zusehen, was für ein Stück sie da im Westen mit ihrem Koalitionskrieg spielen.«

So waren sie im Spätsommer 1792 an den Rhein gereist, hatten im preußischen Wesel Station gemacht und waren dann weiter nach Frankreich gezogen, wo der Vormarsch der

Koalitionstruppen schnell zum Stillstand kam. Valmy brachte die Wende, und am 29. September wurde zum Rückzug geblasen, zumal in den Reihen der Österreicher und Preußen die Ruhr grassierte und das Wetter immer schlechter wurde. Vorher aber wurden sie noch Zeuge einer historischen Begegnung: Goethe, der ja in Weimar auch Staatsämter bekleidete und seinen Herzog begleitete, traf sich mit Prinz Louis Ferdinand. Und zwar geschah dies vor ein paar Zelten, die auf freiem Felde standen, so daß Odereck und Erdmann dem Ganzen auch ohne Hilfe eines Fernrohres genauestens folgen konnten, denn sie befanden sich keine hundert Fuß von den beiden entfernt.

»Das ist also Goethe«, hauchte Erdmann. »O Gott …«

»Ein Gott ist er noch nicht, aber immerhin …« Abgesehen von vielen seiner Balladen, Gedichten und Liedern sowie den *Leiden des jungen Werthers* kannte man von Goethe auch in Tamsel den *Götz von Berlichingen,* die Trauerspiele *Clavigo* und *Stella,* die *Iphigenie,* den *Egmont* und den *Torquato Tasso.*

»Warum hat das Schicksal nicht mich Goethe werden lassen?« fragte Erdmann.

Odereck sah ihn an. »Ich hätte es eher verdient gehabt.«

Erdmann blieb ernst. »Egal, ob Gott oder Zufall, warum nicht ich?«

Odereck klopfte sich gegen die Hirnschale. »Weil dein Vater Johann Bosetzki hieß und im Pferdestall groß geworden ist und deine Großmutter Johanne Bosetzki eine simple Köchin war.«

Das Schauspiel, das sich ihnen nun bot, ließ sie verstummen. Der Mangel an Lebensmitteln war so groß, daß der Preußenprinz nicht in der Lage war, dem Dichterfürsten etwas anzubieten. Beide saßen sich auf zwei hölzernen Stühlen gegenüber, scharrten mit den Füßen in der Krume des Stoppelfeldes und warteten auf die Diener und Leibsoldaten Louis Ferdinands, die ins nahe Dorf geschickt worden waren, etwas zu besorgen. Da kamen sie auch schon und schleppten einen noch verschlossenen Küchenschrank herbei, in dem Köstlichkeiten zu vermuten waren. Doch als man ihn aufgebrochen hatte, fand man nichts anderes als ein Kochbuch mit den erlesensten Rezepten. Die las Louis Ferdinand nun vor, während Goethe vor Heißhunger laut aufstöhnte und sich mit beiden Händen den leeren Magen rieb. Wenigstens fror man nicht, denn die Leute hatten den Küchenschrank inzwischen mit ihren Beilen zerlegt und ins Feuer geworfen.

Erdmann nutzte die Gelegenheit, stürzte vor, arrangierte sich mit dem Wachpersonal und durfte Goethe den *Werther*, den er seit Tamsel in der Satteltasche stecken hatte, hinhalten und ihn bitten, das Buch zu signieren. Dem Dichter war das lästig, und ohne mit Erdmann die geringste Konversation zu treiben, schrieb er seinen Namen hin. Als Odereck später nachsah, auf welcher Seite sich Goethe in Erdmanns Exemplar verewigt hatte, mußte er lauthals lachen: »Hier, lies einmal – wie passend: ›Ich weiß wohl, daß wir nicht gleich sind noch sein können; aber ich halte dafür, daß der, der nötig zu haben glaubt, vom sogenannten Pöbel sich zu entfernen, um den Respekt zu erhalten, ebenso tadelhaft ist als ein Feiger, der sich vor seinem Feinde verbirgt, weil er zu unterliegen fürchtet.‹«

Am nächsten Tage ging es weiter in Richtung Trier, und Erdmann litt nun auch unter heftigem Durchfall. Wo sie auch waren, die Abtritte sahen schon am frühen Vormittag so mörderisch aus, daß jedem übel und elend werden mußte, der nur hineinblickte. Alles war voller Blut und Eiter, manchmal sah man auch einen Unglücklichen, der an diesem Orte seinen Tod gefunden hatte. In den Lazaretten verfaulten die Kranken in ihrem eigenen Kot, und in Trier lagen an die dreihundert Kranke auf der Straße. Ganz so schlimm erging es Erdmann zwar nicht, dennoch litt er gehörig und verlor etliche Pfunde.

Aber es gab auch Tage, an denen man noch schmunzeln konnte. Da kamen sie im Troß des Prinzen an einem Bauernhaus vorbei, wieder einmal mit hängendem Magen, und Louis Ferdinand fragte die Bäuerin, ob sie wohl etwas Eßbares für ihn hätte.

»Das ja, aber Gott behüte, das kann doch eine so einfache Frau wie ich nicht für einen so vornehmen Herren zubereiten.«

Da bat Louis Ferdinand um Butter, Eier und Mehl. »Ein guter Soldat muß sich zu helfen und im Notfalle selbst seine Küche zu machen wissen. Ich habe zuweilen zugeschaut, wie die Soldaten bei dieser Gelegenheit verfahren. Her damit, ich backe mir einen Eierkuchen.«

Die Bäuerin staunte. »Man sollte nicht daran denken, daß so hoher Leute Kind sich auf solche Kleinigkeiten versteht.«

»Meine gute Frau, ein echter Prinz muß alles verstehen. Er muß im Geheimen Rat präsidieren, eine Armee kommandieren und einen Eierkuchen fabrizieren!«

Anfang Dezember ging es in die Winterquartiere an Rhein und Main, nachdem die Franzosen Frankfurt gebrandschatzt hatten und von den Verbündeten wieder vertrieben worden waren.

Odereck hatte für sie unweit des Römers ein annehmbares Logierhaus gefunden, und sie sahen Louis Ferdinand nun öfter, da sie es verstanden hatten, sich mit Stoltze, seinem Kammerdiener, anzufreunden. Das ging so weit, daß sie mitunter im Theater direkt neben oder unmittelbar hinter dem Prinzen zu sitzen kamen, etwa bei der Komödie *Die Quälgeister,* wie man eine Bearbeitung von Shakespeares *Viel Lärm um nichts* genannt hatte, oder bei dem sehr populären Singspiel *Doktor und Apotheker* von Karl Ditters von Dittersdorf.

So war der 24. Januar 1793 gekommen, und sie erinnerten sich gerade daran, daß Friedrich der Große an diesem Tage einundachtzig Jahre alt geworden wäre, als ihnen ihre Wirtin La Grénade meldete, den neuen Kammermohren Louis Ferdinands. Er überbrachte eine Einladung zu einem Benefizkonzert. »Es geht um Frankfurter Musiker, die in Not geraten sind. Ein Geiger hat ihn darum gebeten. Seine Königliche Hoheit will einige Friedrichsdor dafür spenden und bittet alle seine Freunde, auch zu erscheinen und es ihm gleichzutun.«

Nachdem sie dann den Saal erreicht hatten, war dieser schon brechend voll. Als sie dem Mann am Einlaß ihre Verwunderung darüber zum Ausdruck brachten, lachte der nur. Ob man nicht wisse, daß Prinz Louis Ferdinand selber auftreten und eine Klaviersonate zu Gehör bringen werde. Das war es also. Sie hatten Mühe, wenigstens einen Stehplatz zu ergattern, ganz hinten an der Wand. Die Kasse quoll über, Louis Ferdinand wurde eine Zugabe abverlangt, und der Geiger, der das Ganze zum Wohle seiner Kollegen arrangiert hatte, ging überglücklich auf seinen Gönner zu, um ihm zu danken.

»Lassen Sie es gut sein«, lautete die Antwort des Prinzen, »ich bin erfreut, Ihnen nützlich gewesen zu sein. Übrigens habe ich auch noch das Vergnügen zu sehen, daß meine Logik nicht unrichtig ist. Das volle Haus befriedigt meine Erwartung; ich setzte nämlich voraus, daß die Leute glauben, ein Prinz müsse alles besser verstehen als andere ordinäre Menschenkinder und folglich auch ein gewaltiger Musikus sein. Sie haben mir Gelegenheit verschafft, mich von der Wahrheit meiner Hypothese zu überzeugen, dafür bin ich Ihnen Dank schuldig …«

Darüber diskutierten Erdmann und Odereck später noch eine ganze Weile, als sie beim Wein zusammensaßen.

»Louis Ferdinand findet es ja selber lächerlich, daß ein Prinz als ein höheres Wesen angesehen wird«, sagte Erdmann.

»Und nutzt es dennoch aus, diesen Vorsprung zu haben«, wandte Odereck ein. »Niemand hinderte ihn doch daran, seine Koffer zu packen, sich einzuschiffen und drüben in den Staaten als Mister Highzollern zu leben.«

»Er ist ja nicht Prinz, weil er Prinz sein will, sondern weil ihn die Leute dazu zwingen, Prinz zu sein, weil sie ihre Prinzen brauchen. Jeder will was Besseres sein, und weil das faktisch nicht geht und nur ganz wenige die Spitze bilden können – sonst wäre es ja keine –, identifiziert man sich mit diesen Wenigen, in unserem Falle also mit Prinz Louis Ferdinand. Und je glänzender der ist, desto glänzender kann man sich selber sehen.«

»Hör auf damit!« rief Odereck. »Du machst mir meine Ideale kaputt.« Daß die Freiheit, Gleichheit und Brüderlichkeit hießen, wagte er nicht laut zu sagen.

Erdmann faßte sich an den Kopf. »Du bist es doch, der Louis Ferdinand derart anbetet.«

»Weil ich hoffe, daß er es ist, der das Neue auch nach Deutschland bringt.«

»Besonders was das Schuldenmachen betrifft«, lästerte Erdmann. Der Schuldenberg des Prinzen sollte inzwischen auf siebzigtausend Taler angewachsen sein.

»Pst! Der Bülow kommt.« Friedrich Wilhelm von Bülow, das war der neue Stabsoffizier, der vom König angehalten war, ein wenig auf Louis Ferdinand zu achten.

Auch den König bekamen sie in Frankfurt am Main zu sehen. Friedrich Wilhelm II. galt als eine gemütliche und ganz menschliche Natur, und es hieß, er sei den erotischen Affären weit mehr zugetan als den militärischen. Darin war er das genaue Gegenteil seines Onkels, und war Friedrich II. – der Große – mit innerem Feuer in seine Kriege gezogen, so tat es Friedrich Wilhelm II. eher träge. Was war das für ein Mann, fragte sich Erdmann immer wieder, zumal wenn er seiner Lieblingsfrage nachging: Warum ist der der König und nicht ich? Einiges wußte er, anderes Odereck. Am 25. September 1744 war Friedrich Wilhelm II. als ältester Sohn des Prinzen August Wilhelm in Berlin geboren worden. Friedrich II. hielt seinen Bruder August Wilhelm für einen ausgemachten Weichling und versuchte deshalb, die Erziehung des Jungen selber in die Hand zu nehmen. So geriet Friedrich Wilhelm zwischen zwei Pole: hier der Vater mit seiner Güte, Liebenswürdigkeit und menschlichen Wärme, dort der Onkel mit seiner Willenskraft und seiner historischen Größe, die ihn irgendwie unnahbar machte. Der Onkel holte ihn schnell in seine Winterquartiere, um ihn peu à peu in alle politischen und staatsmännischen Aufgaben einzuweihen – doch das mißriet zumeist, denn vor allem liebte der junge Mann das Theater, die Frauen und sein Cello, zudem geriet er 1762 in Breslau so stark in den Bann der katholischen Kirche und ihres Mystizismus, daß er später ein leichtes Opfer der Rosenkreuzer Woellner und Bischoffwerder wurde. Der König fand seinen Nachfolger so miserabel, daß er ihn zeitweilig von seiner Tafel verbannte, obwohl dessen militärische Leistungen im Bayerischen Erbfolgekrieg und beim Sieg gegen die Österreicher in der Schlacht bei Trautenau eigentlich ganz beachtlich waren. Mit zweiundvierzig Jahren war der Kronprinz dann König geworden, und seine Amtsführung brachte ihm ein ziemlich vernichtendes Urteil des Grafen Mirabeau ein: »Der neue König, anstatt sein Volk zu sich zu erheben, stieg zu ihm herunter ... Friedrich Wilhelm haßt nichts, kaum liebt er etwas. Sein einziger Widerwille sind die Leute, die Geist haben. Im Innern des königlichen Hauses herrscht eine vollkommene Unordnung ... Kein Papier ist in Ordnung, auf keine Eingabe erfolgt ein Bescheid, keinen Brief öffnet der König persönlich, keine menschliche Gewalt wäre imstande, ihn dazu zu bringen, vierzig Zeilen hintereinander weg zu lesen. Auf stoßweise ausbrechende Heftigkeit folgt Abspannung und gänzliches Nichtstun.«

Wenn Odereck an Friedrich Wilhelm II. dachte, dann stöhnte er genüßlich. »Ach, ich liebe jede Dekadenz zu sehr, als daß ich mich über unsern neuen König aufregen würde. Seine historische Aufgabe ist es, das Haus Preußen so morsch werden zu lassen, daß es vom Orkan des neuen Frankreich sofort hinweggefegt werden kann, wenn der denn einmal losbricht. Und das wird er in Bälde.«

»Laß uns doch in die Staaten gehen«, sagte Erdmann, dies auch in Erinnerung seines Fluchtversuches aus Küstrin.

»Nein, denn die Lust am Untergang ist etwas zu Schönes,

als daß ich darauf verzichten könnte.« Odereck puderte sich das Gesicht noch ein wenig blasser und zitierte dann Tieck. »›Lasset uns unser Leben ... in ein Kunstwerk verwandeln, und wir dürfen kühnlich behaupten, daß wir dann schon irdisch unsterblich sind.‹«

Es herrschte zwar eine gewisse Bedrückung, als die Nachricht eintraf, daß der französische König Ludwig XVI. am 21. Januar 1793 geköpft worden war, doch die Stimmung hob sich wieder, als vom nahen Darmstadt die Prinzessinnen Luise und Friederike von Mecklenburg-Strelitz zu Besuch herüberkamen. Friedrich Wilhelm II. war so entzückt von ihnen, daß er es in einem Brief nach Berlin kaum in Worte fassen konnte: »Wie ich die beiden Engel zum ersten Mal sah, war ich so frappiert von ihrer Schönheit, daß ich ganz außer mir war, als die Großmutter sie mir präsentierte. Ich wünsche sehr, daß meine Söhne sie sehen möchten und sich in sie verlieben.«

Was dann auch prompt geschah, und am 24. April 1793 fand die doppelte Verlobung statt: Kronprinz Friedrich Wilhelm bekam Luise und sein Bruder Ludwig die jüngere Schwester Friederike.

»Das soll nun einer auseinanderhalten«, stöhnte Erdmann und verfluchte sein Schicksal, daß er nicht auch von Hochadel war und eine Chance bei Luise gehabt hätte. Er war lichterloh entflammt für sie, als er ihr auf einem Ball im Haus des Frankfurter Großbankiers Bethmann begegnete. Beschwingt und ausgelassen war sie, ohne im mindesten kokett zu wirken, und jugendschön. Als der König sie gesehen hatte, soll er mit der Zunge geschnalzt und gesagt haben: »Frische Fische – gute Fische!« Wie gerne hätte auch er davon gekostet, aber ein Erdmann von Bosetzki war kein Hohenzollernprinz, und so durfte er Luise nur aus angemessener Entfernung betrachten. Beim »Hornpipe«, dem englischen Contretanz, streifte ihn sogar ihr weißes Kleid. Doch ihr Bräutigam ließ sie keinen Augenblick allein, und auch sie schien sehr in ihn verliebt zu sein.

Erdmann litt also darunter, Erdmann und nur Erdmann zu sein, Odereck dagegen ließ die Turtelei zwischen der mecklenburgischen Prinzessin und dem preußischen Kronprinzen ziemlich unberührt. Was ihn in dieser Zeit viel mehr beschäftigte, war das neuartige Stück, das nur wenige Meilen weiter über die Weltbühne ging: die Mainzer Republik. Die Stadt war am 21. Oktober 1792 von den Franzosen eingenommen worden, und unter ihrer Schirmherrschaft hatte die »Gesellschaft der Freunde der Freiheit und Gleichheit« – ein Jakobinerklub nach französischem Vorbild – die erste freiheitlich-demokratische Ordnung auf deutschem Boden zu etablieren versucht. Den Kurfürsten, der zugleich Erzbischof war, hatte man zum Teufel gejagt und mit ihm den gesamten Adel und Klerus. Die führenden Köpfe waren Georg Forster, Naturforscher und Schriftsteller, und Andreas Joseph Hofmann, Professor für Philosophie und Naturrecht. Am 24. Februar 1793 fanden die Wahlen für den rheinisch-deutschen Nationalkonvent statt, nach demokratischen Regeln natürlich, und Odereck wäre an diesem Tage gern in Mainz gewesen und hätte mit Forster und Hofmann gesprochen, doch man ließ ihn und Erdmann nicht passieren.

»Unsere Nähe zu Prinz Louis Ferdinand muß sich herumgesprochen haben«, sagte Erdmann.

»Wer weiß, wozu es gut ist, daß man uns abgewiesen hat ... Es hätte ja sein können, daß ich sonst in Mainz geblieben und dann von einer preußischen Kugel getötet worden wäre, denn früher oder später werden sie es stürmen, um diese Giftbeule, wie sie sagen, nicht weiterschwären zu lassen.«

Odereck war hin und her gerissen zwischen seiner Sympathie für Louis Ferdinand einerseits und der für die demokratischen Ideale andererseits, und es zerriß ihn förmlich, als die Koalitionstruppen dann in der Tat gegen Mainz zu Felde zogen und seinem Prinzen dabei eine maßgebende Rolle zukommen sollte. Am 23. Juli 1793 kapitulierte die Stadt, und es war Schluß mit einer neuen Ordnung in Deutschland.

»Statt *egalité, liberté* und *fraternité* nun wieder Hagebuttentee«, kommentierte Odereck das Scheitern der Mainzer Republik. »Hurra!«

Bei den Gefechten zuvor war Prinz Louis Ferdinand endgültig zum großen Helden aufgestiegen, vor allem wegen einer Szene: Da war ein österreichischer Soldat zwischen den Fronten verwundet liegengeblieben und schrie um Hilfe, doch es wagte sich niemand vor, denn zu heftig war das französische Feuer.

»Los, rettet ihn! « schrie Prinz Louis Ferdinand.

Doch niemand rührte sich. Da sprang er selber nach vorn, der französischen Kugeln nicht achtend, die ihm um die Ohren flogen, lud sich den Verwundeten auf die Schultern und schleppte ihn zurück in die eigenen Reihen.

Erdmann und Odereck, die das aus angemessener Entfernung verfolgt hatten, waren lange sprachlos.

»Die Griechen nennen das Kairos«, sagte Odereck schließlich. »Das ist der Augenblick, wo sich alles entscheidet: Tod oder ewiger Ruhm.«

Erdmann sah es ein wenig anders. »Die Frage aller Fragen ist doch: Reiner Zufall oder göttlicher Determinismus?«

»Du wärst getroffen worden, ich wäre getroffen worden – *er* ist nicht getroffen worden. Das macht den Unterschied aus.« Odereck lachte und lästerte: »Weil er ein Hohenzollernprinz ist, du und ich aber nicht. Hohenzollernprinzen sind untreffbar.«

Den von Louis Ferdinand geretteten Mann sollten sie wiedersehen, als sie im Lazarett vorbeikamen. Dort wurde ihm gerade das zerschossene Bein amputiert. Das geschah ohne jede Betäubung, nur Schnaps hatte man ihm eingeflößt. So schrie er, wie Erdmann noch nie einen Menschen hatte schreien hören. Immerhin schaffte er es, der Prozedur zu folgen, während sich Odereck erst erbrach und dann mit zugehaltenen Ohren die Flucht ergriff. Der Oberschenkel des Österreichers wurde mit einem Tuch kräftig abgebunden, dann kam der Feldscher mit einem großen Messer, durchtrennte das Fleisch bis auf den Knochen und sägte diesen dann durch. Danach nahm er eine Zange, zog die Adern heraus, band sie ab oder brannte sie mit einem Eisen zu, um schließlich das Fleisch über das Knochenende zu ziehen und mit Hilfe von Scharpie, das war gezupfte und mit Kalkwasser getränkte Leinwand, zu verbinden. Der glücklich Operierte war längst in Ohnmacht gefallen.

»Wäre ich doch bloß in Tamsel geblieben und hätte Gedichte geschrieben«, sagte Erdmann hinterher.

»Wie kannst du über den Tod Gedichte schreiben, wenn du ihm nie begegnet bist«, hielt ihm Odereck entgegen. »Schreib keinen Roman über diesen Langweiler von Katte, sondern lieber einen über Prinz Louis Ferdinand.«

»Nun ja, wenn ich dich als Louis Ferdinand nehme, könnte das gehen.«

»Wir müssen wie die Kletten an ihm kleben«, sagte Odereck. »Ist man selber keine strahlende Sonne, sondern ein Nichts, kann man nur etwas werden, wenn man im Scheine einer fremden Sonne glänzt.«

Erdmann war ein wenig ratlos. »Ich soll mich also als sein Biograph bei ihm andienen?«

»Potsdam ist nicht Weimar, aber wenn er dich dafür zum Goethe Preußens werden läßt ...«

Das führte dazu, daß sie am 30. November 1793 ganz in des Prinzen Nähe waren, als die Schlacht bei Kaiserslautern begann.

»Sie schießen schon auf uns!« schrie Odereck, der eben noch mit Louis Ferdinand über das Für und Wider der französischen Revolution gestritten hatte. Eigentlich war der Prinz dafür, gleichzeitig glaubte er aber, das *Ancien régime* verteidigen zu müssen.

Erdmann, der knapp hinter beiden ritt, lachte. »Du hast doch selber gesagt, daß ein Hohenzollernprinz untreffbar ist.«

Kaum hatte er das gesagt, wurde Louis Ferdinands Pferd tödlich getroffen, und sein Reiter stürzte zu Boden, vom Blut des Tieres überströmt. Da ihm die Schärpe wie der Schoß des Uniformrocks abgerissen worden waren, sprangen beide, Erdmann wie Odereck, von ihren Pferden, um den Prinzen mit ihren Körpern zu decken und damit vor weiteren Kugeln zu schützen. Die kamen dann auch herangeflogen – und eine der ersten fuhr Erdmann in den rechten Oberschenkel.

Es schmerzte so höllisch, und er verlor so viel Blut, daß er sofort in Ohnmacht fiel.

»Das Lazarett, die Knochensäge …«, hauchte er noch.

Es war Sommer 1795 geworden, und in der großen Politik hatte sich seit der Schlacht von Kaiserslautern manches getan. Am Rhein hatten sich die französischen Revolutionstruppen als derart überlegen erwiesen, daß die preußische Armee im Oktober 1794 den westlichen Kriegsschauplatz verlassen hatte. Dem König schien es opportuner, sich Polen zuzuwenden und dort fette Beute zu machen. Russen und Preußen hatten sich schon im Jahr davor weite Teile des Königreichs gesichert, und an Preußen waren Thorn, Danzig, Posen und die umliegenden Gebiete gefallen. Doch dann hatten sich die Polen im März 1794 unter der Führung des Generals Tadeusz Kosciuszko gegen ihre Unterdrücker erhoben, waren aber nach heldenhaftem Kampf im November unterlegen und hatten 1795 die dritte Teilung ihres Landes hinnehmen müssen, an der nun, wie schon bei der ersten, auch die Österreicher wieder beteiligt waren. Es gab fortan kein eigenständiges Königreich Polen mehr, und Preußen hatte sich Warschau und einen Teil Litauens an- und eingegliedert. Nach Ostpreußen gab es nun auch ein Süd- wie ein Neuostpreußen. Bei seiner Heimkehr aus Polen wurde Friedrich Wilhelm II. mit dem Lied ›Heil dir im Siegerkranz‹ begrüßt. Weniger Beifall fand der Separatfrieden, den er in Basel mit den Franzosen schloß, und insbesondere bei den süddeutschen Ständen und den Österreichern galt er als der »Judas am Reiche«. Doch bei der Schwäche seines Heeres und der geringen Genialität seiner Generale blieb ihm nichts anderes mehr übrig. Außerdem waren die Kassen leer, und die Soldaten wurden in Polen gebraucht.

Dies alles hatte Erdmann von Tamsel aus verfolgt. Eine Amputation war ihm erspart geblieben, aber nach dem Schock von Kaiserslautern und dem völligen Ausheilen der Wunde hatte er keinen Tag länger im Westen bleiben wollen, und Odereck hatte seinem Drängen schließlich nachgegeben. Man lebte nun wieder ganz und ausschließlich seinen Neigungen, die da waren: Malerei, Dichtung und Musik.

Odereck hatte seine Staffelei wieder einmal vor der kleinen Hütte auf der Liebes-Insel aufgebaut und versuchte sich daran, so zu malen wie Claude Lorrain bei seinem *Blick auf den Tiber*, das heißt mit Pinsel und Bister, einem gelbbraunen Pigment. Umrisse gab es nicht, alles ging ineinander über und zerfloß ineinander, und der räumliche Eindruck wurde allein durch die Anordnung des Lichts hervorgerufen: dunkel im Vordergrund die Hütte, die Bäume, das Schilf – hell in der Ferne die weite Bruchlandschaft und die Türme Küstrins, die ihm das ersetzten, was bei Lorrain die Hügel und die Bergrücken waren. Er hoffte, so den Charakter des Warthelandes im Süden Tamsels am angemessensten einfangen zu können, und vermied mit dieser Technik auch das Übermaß an Grün, das hier vorherrschend war und alles erdrückte, ob es nun ins Graue oder Blaue ging.

Erdmann saß unweit von ihm auf dem kleinen Steg und war dabei, ein Gedicht zu verfassen, daß er bei der anstehenden Trauerfeier vortragen sollte. Ludwig (Louis) Alexander von Wreech, zuletzt noch Kammerherr bei Friedrich Wilhelm II., war gestorben. Erdmann erinnerte sich noch sehr lebhaft, wie sie beide Potsdam besucht hatten und wie Graf Ludwig das große Fest für Prinz Heinrich hier in Tamsel gestaltet hatte. Was nahm man als Vorbild für ein elegisches Gedicht? Vielleicht etwas von August Wilhelm Schlegel, den er sehr verehrte und von dem ihm seine Mutter zum Geburtstag das Sonett Auf *eine Cleopatra von Guido mit der Schlange am Busen* geschenkt hatte. Dies suchte er nun für seine Zwecke umzugießen. »Soll ich dir's mal vorlesen?« fragte er den Grafen.

Odereck nickte. »Ich lobe mir die Apologeten, die frühen wie die späten.«

Erdmann ließ sich nicht beirren und begann:

»Wie schlank sein Leib in Uniformen hingegossen./Mit welcher Kraft er seinen Lebensweg gegangen,/So zartes Silberhaar ist auf so starken Wangen,/So ungebeugten Hals noch nie herabgeflossen./Doch Todesnacht hat jetzt sein Aug' umschlossen,/Den Lippen ist der kühne Geist entgangen …«

Odereck unterbrach ihn. »Hinter dir am Ufer steht deine Mutter und winkt: Sie möchte gerne, daß du sie übersetzt.«

»Fragt sich nur: ins Französische oder ins Lateinische.«

»Beeil dich, sie ist ohnehin schon böse.«

»Sie ist nur böse, weil uns bei all unserer Liebe immer noch kein Kind gelingen will, ein Enkel für sie.« Dabei warf Erdmann seine Zettel beiseite und sprang in das alte Fischerboot, um seine Mutter zu holen.

»Ich hasse diese Insel«, sagte sie. »Und ich sehe es gar nicht gerne, daß ihr euch hier eingenistet habt.«

»Warum haßt du diese Insel?«

»Warum, warum? Weil deine Großmutter hier gestorben ist.«

»Und dennoch läßt du keine Gelegenheit vergehen, dich herbringen zu lassen.«

»Ist doch meine Sache, oder nicht!?«

Elisabeth von Bosetzki gefiel sich seit kurzem darin, manchmal etwas bärbeißig zu wirken. Erdmann spottete des öfteren, sie bemühe sich, der Tante Anna Amalia aus Friedrichsfelde immer mehr zu ähneln, und Odereck schlug in dieselbe Kerbe, wenn er meinte, es sei wohl die Witwenschaft, die sie so bedrücke. Nein, daß ihr Mann heimgegangen war, sah sie eher als Erlösung an, und die Schwester Friedrichs interessierte sie nicht im mindesten. Es war der Schmerz um das unwiderruflich Vergangene, der sie zuweilen niederdrückte. Vierundsechzig Jahre war sie nun, und es gab keinen Kavalier mehr, in dessen Augen dieser ganz bestimmte Schimmer zu erkennen war, wenn sie einen Ballsaal betrat. Sie hörte sie geradezu lästern, daß sie lieber Spießruten laufen würden, als das Bett mit ihr zu teilen. O Gott! Mit den Kerlen zu spielen und sie winseln zu lassen wie junge Hunde nach der hochgehaltenen Wurst, das war ihre Welt gewesen, und zu genießen, wie sie dann in ihren Schoß eindrangen, um ihren Parforceritt zu beginnen, schneller und schneller, stöhnend und keuchend, schreiend vor qualvoller Lust – bis sie sich dann aufbäumten und in ihr zuckten, um schließlich wie Tote auf und neben ihr zu liegen. Sie konnte ihnen geben, was sie so heiß begehrten, und dadurch war sie zu Geld und Macht gekommen. In Maßen zwar, verglichen mit Frauen wie der Pompadour, doch immerhin. Doch nun: vorbei, alles vorbei, unwiederbringlich dahin. Was blieb ihr noch übrig – nur Dichtung und Musik sowie die Hoffnung, daß ihr Sohn eines Tages wie ein Komet über Preußens Himmel erstrahlen würde: als Dichter und zugleich Minister. Doch Erdmann schien ihr diesen Gefallen nicht tun zu wollen. »Mir scheint, du verplemperst dein Leben«, war ihr Lieblingsspruch.

Er begriff wirklich nicht, was sie auf der Liebes-Insel wollte, denn daß zur Beerdigung des Grafen Wreech die Minister Woellner und Bischoffwerder nach Tamsel kämen, hätte sie ihm im Schloß erzählen können. Vielleicht wollte sie ihn weichklopfen, was die Rosenkreuzer anging. Und richtig, wieder fing sie damit an.

»Junge, du hättest die größten Chancen bei Hofe, wenn du dich entschließen könntest, dort deine spirituelle Heimat zu finden.«

»Mutter, hör auf.«

Erdmann und Odereck hatten keine gute Meinung von

den Rosenkreuzern und ihrem Einfluß auf den König. Sie wußten, daß die Rosenkreuzer an sich eine alte alchimistische Verbindung waren, benannt nach ihrem legendären Stifter, dem Frater Christian Rosenkreuz, der von 1378 bis 1484 gelebt hatte, sich nun aber mit Woellner und Bischoffwerder als eine Partei darstellten, die als Geheimbund unter der Maske von Magie und Alchimie ihre reaktionären Ziele durchzusetzen versuchten: gegen die neuen liberalen und demokratischen Ideen, für den Erhalt der alten Ordnung.

»Bei denen liegt doch alles Tiefe im Dunkeln, nicht im Licht.« Odereck empörte sich vor allem darüber, mit welchem Hokuspokus die Rosenkreuzer Friedrich Wilhelm II. schon als Kronprinzen für sich gewonnen hatten. »Sitzt er eines Abends im Zelt, als sich eine Hand auf seine Schulter legt, umdrehen darf er sich nicht, und deutlich vernimmt er das Wort: ›Jesus‹. Der Heiland selbst war ihm erschienen, glaubte er. In Wahrheit Herzog Friedrich August, ein Vollblut-Rosenkreuzer.« 1781 wurde der Kronprinz dann als Ormesus Magnus in den Orden aufgenommen, und bald war er ein »Hochwürdig-Weiser«, gesteuert von Woellner und Bischoffwerder. Diesen beiden sollte Erdmann nun am nächsten Tage bei der Trauerfeier begegnen.

Johann Christoph von Woellner war ein würdevoller Mann von etwas mehr als sechzig Jahren und großer Beredsamkeit, wobei er vielen oft zu pastoral und pathetisch erschien. Er war studierter Theologe und hatte seine Karriere als Hauslehrer beim General von Itzenplitz auf Groß Behnitz begonnen, wo er dann auch die Pfarrstelle übernehmen durfte und es schließlich zum Ehemann einer Itzenplitzschen Tochter brachte – allerdings ohne die Zustimmung Friedrich des Großen, der ihn nicht mochte und schrieb: »Der Woellner ist ein betrügerischer und intriganter Pfaffe!« Dennoch – oder gerade deswegen – wurde er 1770 Kammerrat des Prinzen Heinrich und lernte bald darauf Bischoffwerder kennen. Im Dunstkreis der Rosenkreuzer stieg er nun höher und höher, immer nur ein Ziel im Auge:

die Aufklärung mundtot zu machen. Mit der Thronbesteigung Friedrich Wilhelm II. 1786 gelangte er schnell zu Macht und Ansehen, wurde geadelt und zum Minister des geistlichen Departements befördert.

Hans Rudolf von Bischoffwerders Aufstieg hingegen hatte sich ganz anders vollzogen. 1740 war er im sächsisch-thüringischen Grenzgebiet als Sohn eines Obersten geboren worden und hatte zunächst auch nichts anderes als eine militärische Karriere im Auge gehabt. Im Siebenjährigen Krieg brachte er es im preußischen Regiment Karibiniers bis zum Adjutanten, stürzte aber dann vom Pferd und mußte wegen eines komplizierten Rippenbruchs seinen Abschied nehmen. Da er die Tochter des kursachsischen Kammerherrn von Wilke heiratete, bekam er aber Zugang zum sächsischen Hof, wo er erstmals mit den Rosenkreuzern in Berührung kam. Im bayerischen Erbfolgekrieg geriet er als Major eines sächsischen Jägerkorps unter den Oberbefehl Prinz Heinrichs. Dabei lernte er auch Friedrich Wilhelm II. kennen, damals noch Kronprinz, und wurde im Laufe der Jahre unentbehrlich für diesen, wurde sein großer, allmögender und allmächtiger Günstling, verantwortlich für das Ressort Äußeres. Sein Rosenkreuzername war Farferus, und wenn der Orden den König in seinem Sinne steuern wollte, ließ man den Somnambulen zu ihm sprechen.

»Ich verabscheue diesen Friedrich Wilhelm II. und seinen Hof«, hatte Odereck immer wieder ausgerufen, »diese elende Verschmelzung von Lust und Trägheit, von Geistlosigkeit und Aberglauben, von großem Wollen und kleinem Können.« Doch als Erdmann den Generalmajor Bischoffwerder nun sah, war er angenehm überrascht. Er war ein stattlicher Mann mit schönen Gesichtszügen, der mit seiner gutturalen und etwas undeutlichen Stimme ebenso faszinierte wie mit seiner körperlichen Gewandtheit.

»Kann man hier schwimmen?« fragte er Erdmann.

»Ja, unten in der Warthe.«

So schwammen sie denn zur Liebes-Insel hinüber und

wieder zurück, und Erdmann wurde auf Schloß Marquardt eingeladen, das Bischoffwerder erst kurz zuvor erworben hatte. »Sie sind herzlich in die ›blaue Grotte‹ eingeladen, wenn der König einmal zu Gast sein wird.«

Als seine Mutter davon erfuhr, wurde Erdmann stürmisch umarmt. »Ich wußte doch, daß du nicht dazu geboren bist, in Tamsel zu versauern. Wenn du wüßtest, was ich alles dafür getan habe ...«

»Lieber nicht.«

Odereck war weniger begeistert von allem. »Du kommst mir vor wie Goethe, der ja auch geschrieben hat: ›Die Chemie – gleich: Alchemie – ist noch immer meine heimliche Geliebte.‹ Und gedichtet: ›Es steht das Kreuz mit Rosen dicht umschlungen./Wer hat dem Kreuze Rosen zugesellt?‹ Bleib mir mit diesem ganzen mystischen Quatsch vom Leibe! Wahrscheinlich hat deine Mutter Woellner und Bischoffwerder eingeredet, du seiest ein verkappter Rosenkreuzer und ganz wild darauf, Mitglied im Orden vom System des Großen Mummenschanzes zu werden.«

Erdmann lachte. »Friedrich hat mir meine Flöte auf dem Kopf zertrümmert – mal sehen, was der neue König mit mir anstellen wird.«

»Noch Schlimmeres: Er wird dich an seine Seite holen.«

Einen knappen Monat nach diesem Dialog rollten sie dann in ihrer Kutsche Marquardt entgegen, das ein paar Meilen nördlich Potsdams lag, dicht am Schlänitzsee. Die Äcker machten einen vorzüglichen Eindruck, die Wege waren mit jungen Obstbäumen gesäumt, und die Bauern, die man nach dem Wege fragte, sprachen gut von Bischoffwerder. Sie erinnerten sich gern des großes Festes, daß der Generalleutnant zur Taufe seines erstgeborenen Sohnes gegeben hatte. »Mit bunten Lichtern im Park, und der König hat Pate gestanden. In seiner weißen Uniform hat er die ganze Nacht über das Tanzbein geschwungen.«

Bischoffwerder empfing sie im Schloß und wies ihnen ihre Zimmer im Gästehaus zu, meinte aber, sie sollten seiner

Frau lieber aus dem Wege gehen, sie sei nicht immer gut gestimmt. »Und heute abend kommt der König in Begleitung einiger weniger Eingeweihter zu Besuch, unter anderem Generaladjutant von Reder und Geheimrat Dr. Eisfeld vom Militärwaisenhaus. Man hat nichts dagegen, daß Sie ihn in die ›blaue Grotte‹ begleiten, hat uns doch Ihre Mutter in Tamsel erzählt, wie die *Chymische Hochzeit* unseres Christian Rosenkreuz zum großen Quell Ihres Lebens geworden ist: ›Trinke aus mir, wer kann: Wasche sich, wer mag:/Trübe mich, wer es wagt:/Trinket, Brüder, und lebet.‹«

Gespannt warteten sie auf den Einbruch der Dämmerung. Dann war es endlich soweit. Wie Diebe schlichen sich der König und sein Gefolge durch den Park, und Bischoffwerder winkte ihnen zu, sich dem Zuge anzuschließen. Insgesamt sechs Männer zählte Erdmann. Bischoffwerder und Woellner waren aber nicht dabei. Friedrich Wilhelm II. war sehr unsicher auf den Beinen, schien auch einmal vom Schwindel gepackt und mußte sich an Dr. Eisfelds Arm festhalten.

Die »Grotte« war ein dunkler Steinbau, der sich in einem mit Akazien bepflanzen Hügel versteckte. Der niedrige, kaum mannshohe Eingang verbarg sich hinter dichtem Gebüsch. Niemand sprach ein Wort. Erdmann und Odereck hatten sich vor dem König verneigt, und der hatte huldvoll gelächelt, schien auch zu wissen, wer sie waren. Wahrscheinlich hatte schon der verstorbene Graf von Wreech, sein Kammerherr, die Sache eingefädelt und nicht erst Elisabeth von Bosetzki, aber Erdmann war sich da nicht ganz sicher. Sagen zu können: »Mein Sohn ist jetzt bei Hofe«, schien das letzte große Ziel ihres Lebens zu sein.

Das Innere der Grotte war mit blauem Lasurstein ausgekleidet, und als der Kronleuchter, der an der Decke hing, leicht ins Schaukeln geriet, ergab das die herrlichsten Farb- und Lichteffekte. Der König nahm Platz, Erdmann und Odereck kamen schräg hinter ihm zu sitzen. Er schien sehr krank zu sein. Obwohl sie sehr langsam gegangen waren, ging sein Atem schwer, und immer kurz hüstelnd und abhustend, rang er nach Luft. Seine Füße waren so angeschwollen, daß er sich genötigt gesehen hatte, seine Schuhe auszuziehen. An seinen Fingern waren Gichtknoten zu erkennen, und Erdmann dachte: Aha, die übliche Krankheit der Schlemmer und Genießer.

Alsbald ertönten, scheinbar aus dem Nichts respektive aus himmlischen Sphären, leise Stimmen, wie von Harfentönen begleitet, ohne daß man einzelne Worte verstand. Erdmann vermutete, daß die Grotte doppelte Wände besaß und daß irgendwie dazwischen Bischoffwerder mit seinen Musikanten stand. Friedrich Wilhelm II. saß nun da wie in Trance und begann, den Geistern, die er in seiner Nähe wähnte, Fragen zu stellen.

»Bist du heute erschienen, mein Urahn, dem wir so sehr die Größe Brandenburgs verdanken?«

»Ja«, tönte es wie aus der Unendlichkeit, und ein kalter Schauder erfaßte Erdmann: Das war doch wirklich Friedrich Wilhelm, der Große Kurfürst.

»Was hast du mir zu sagen?«

»Daß du dich mäßigen sollst! Höre auf zu schlemmen und vor allem, den Weibern nachzustellen. Das ist unwürdig für einen König von Preußen.«

Für Erdmann war das zunächst alles unfaßbar, bis er begriff, was hier passierte: Der König war dabei, seine Gesundheit ebenso zu zerstören wie den Ruf des Hauses Hohenzollern, und Bischoffwerder und Woellner versuchten, seine spirituelle Schwäche zu nutzen, um zu retten, was noch zu retten war, denn starb er, war es aus mit ihrer Macht, und sie mußten sogar damit rechnen, in den Kerker zu wandern. Denn mit Friedrich Wilhelm II. hatten Mätressenwirtschaft und Bigamie in Preußen Einzug gehalten – und das paßte nicht jedem. Schon als Kronprinz war Friedrich Wilhelm bis zu fünfmal wöchentlich von Potsdam nach Berlin geritten, um dort die Liebe zu genießen, insbesondere die von Schauspielerinnen französischer wie italienischer

Herkunft. Hinter den Kulissen hatte er dann auch eine gewisse Renate Enke kennengelernt, Statistin und Geliebte des polnischen Grafen Matuschka, und in dessen Haus war ihm auch vom Grafen Friedrich von Anhalt ein bildhübsches zwölfjähriges Mädchen zugeführt worden: Wilhelmine Enke, die Schwester der Erstgenannten, Tochter eines Hofmusikers und Gastwirts. Er ließ sie im Haus des Schloßgärtners Rietz in Potsdam unterbringen, schickte sie nach Paris, um sie hoffähig zu machen, und 1770 schworen sich beide ewige Treue. Als es dann mit der ganz großen Liebe vorbei war, blieb es ihr vorbehalten, die neuen Bettgefährtinnen des Königs selber auszusuchen, und Lord Malmesbury schrieb darüber 1776 nach London: »Ihre Wahl ... fällt gewöhnlich auf Frauenzimmer von der niedrigsten Gattung. Diese Vergnügungen, die einzigen, an denen er Geschmack findet, nehmen den größten Teil seiner Muße in Anspruch.« Und dann war ja da noch die Sache mit den beiden Frauen, die er zur linken Hand geheiratet hatte, Julie von Voß, die vor sechs Jahren verstorben war, und die Komtesse Dönhoff. Eine ziemliche *chronique scandaleuse,* zumal er zwei der drei Damen auch noch in den Adelsstand erhoben und mit ihnen Kinder gezeugt hatte und die Enke pro forma auch noch mit Rietz verehelicht gewesen war.

»Kehre endlich auf den Pfad der Tugend zurück!« Hohl klang die Stimme des Großen Kurfürsten, und es war, als hätten die Wände sprechen gelernt. Friedrich Wilhelm II. begann nun zu schluchzen und rief: » Komm, Farferus, und hilf mir!«

Wenig später war Bischoffwerder zur Stelle und führte den völlig aufgelösten Monarchen ins Freie. Als er mit seinem Gefolge den Rückweg nach Potsdam angetreten hatte, wandte sich der Minister an Erdmann, der mit Odereck am Ufer des Schlänitzsees stand.

»Sie wissen, daß seine Königliche Hoheit einen ganz besonderen Sinn für Kunst und Kultur entwickelt hat?«

Erdmann nickte, denn es war bekannt, daß Friedrich

Wilhelm II. ein talentierter und technisch ziemlich perfekter Cellist geworden war und vor ein paar Jahren sogar mit Mozart zusammen in einem Quartett gespielt hatte, daß er oft das Königliche Nationaltheater besuchte und deutsche Dichter förderte, daß er die Singakademie ins Leben gerufen und sich auch in der Baukunst hervorgetan hatte, vor allem mit dem Brandenburger Tor und dem Marmorpalais im Neuen Garten in Potsdam. Und gerade war Carl Gotthard Langhans dabei, das Schauspielhaus am Gendarmenmarkt hochziehen zu lassen.

»Sie wissen ferner«, fuhr Bischoffwerder fort, »daß Friedrich Bildung und Wissenschaften sehr vernachlässigt hat und wir deshalb beim Minister von Zedlitz gern zwei Männer hätten, die davon viel verstehen und uns als Ratgeber von Nutzen sein könnten: Sie beide nämlich.«

Erdmann durchfuhr ein derart freudiger Schrecken, daß er nur stammeln konnte, wie überrascht und dankbar er dem Herrn Minister sei. Endlich hatte er es geschafft, aus der geistigen Enge Tamsels herauszukommen! Erdmann von Bosetzki – Ratgeber des Königs von Preußen. Und wie die Dinge standen – alles morsch, durch und durch –, konnte er, wenn er es geschickt anstellte, alsbald ganz weit oben sein.

Bischoffwerder legte ihm die Hand auf die Schulter. »Und was Ihren Fortschritt betrifft, der Weisheit Gottes teilhaftig zu werden, so wird morgen Chrysophiron auf Sie zukommen und sehen, welchem Zirkel Sie am besten zuzuweisen sind. Es kommt darauf an, Sie baldmöglichst in den Stand zu setzen, ›Meister vom Schein des Lichts und des verlorenen Worts‹ zu werden.«

»Ja, natürlich!« Erdmann war begeistert, sein neues Leben zu beginnen, und als Bischoffwerder gegangen war, lud er Odereck zu einem Becher Wein in den Dorfkrug ein.

»Laß uns lieber zu Hause in der Herberge feiern, denn der Wein, den ich im Gepäck habe, ist tausendmal besser.«

So saßen sie denn beieinander, und freudetrunken begann Erdmann zu dichten: »Meine Seele schwebt in süßen

Tönen,/Mich beglückt, was Bischoffwerder mir verkündet./ Alles Leben wird sich nun verschönen,/Das große Feuer ist entzündet./Auf daß sich alles nun verkläre ... in der ... äh ... aus der ... und aus der Erdenschwere ...«

Als er dann ans Fenster trat, um die mystische Schwere zu genießen, die über dem Schlänitzsee lag, war Odereck an seiner Seite und legte ihm erst den Arm um die Schultern, um ihn dann mit seinem Körper gleichsam einzuhüllen. An warmes Furchtwasser dachte Erdmann, an die Geborgenheit im Uterus. Da küßte Odereck schon seinen Nacken und begann, sich an seinem Hintern zu reiben, während seine rechte Hand sich mühte, auch Erdmann aufstöhnen zu lassen. Diese Frottage war das einzige, was Odereck noch mochte, seit man ihn in Paris böse infiziert hatte. Erdmann seinerseits lechzte zwar nach Liebe und Vereinigung, doch die Adelstöchter, die seine Mutter in regelmäßigen Abständen nach Tamsel lockte und schleppte, vermochten bei ihm nur eines zu erregen: Heiterkeit. Und da man als Mann doch nicht alles durch die Rippen schwitzen konnte, wie sie zu Recht anzumerken pflegte, behalfen sich beide, so gut es eben ging. Zudem waren sich ihre Seelen näher, als Erdmann es bei den gemischtgeschlechtlichen Paaren in seiner Umgebung wahrnehmen konnte. Es war die natürlichste Sache der Welt.

Plötzlich wurde Erdmann müde, konnte sich kaum noch aufrecht halten, lallte nur noch und sackte schließlich in sich zusammen.

Als er wieder erwachte, dröhnten Trommeln in seinem Kopf, und er hatte das Gefühl, auf dem rüttelnden Gatter einer Sägemühle zu liegen. Es war aber nur das schlechte Pflaster des Dorfes Niederlehme, über das sie gerade rollten. Er lag in ihrer Kutsche, Odereck saß vorne auf dem Bock. Dem Stand der Sonne nach ging es schon auf Mittag zu.

Was war geschehen? Odereck hatte ihm ein Schlafmittel in den Wein getan und war dann mitten in der Nacht nach Tamsel aufgebrochen, nicht ohne vorher einen Brief des

Inhalts an Bischoffwerder zu schreiben, daß sie auf das angebotene Amt verzichten würden, da es ihnen an den dazu nötigen Fähigkeiten doch zu auffällig mangele.

»Warum hast du das getan!?« schrie Erdmann und war dabei, mit beiden Fäusten auf den anderen einzuschlagen.

»Weil ich dich retten wollte, weil ich nicht zusehen konnte, wie du diesen verfluchten Scharlatanen auf den Leim gegangen bist.«

Wieder in Tamsel, war Erdmann von einem merkwürdigen Leiden erfaßt worden: Er fing alles mögliche an und brachte nichts voran, geschweige denn zu Ende. Seine Gedichte blieben weit hinter dem zurück, was die Karschin oder was August Wilhelm Schlegel zu Papier gebracht hatten, und die ersten Seiten seines Katte-Romans waren ihm so stümperhaft vorgekommen, daß er sie zerrissen und in den Fluß geworfen hatte. Dann hatte ihn die Geschichte des falschen Waldemars in ihren Bann geschlagen, doch über den war in den Archiven so wenig zu finden gewesen, daß er sein Vorhaben, eine Biographie des letzten Askaniers zu verfassen, schnell wieder aufgegeben hatte. Warum nicht die Lebensgeschichte seines Vaters schreiben, warum nicht einen Roman über das Schicksal der Oderecks? Oder die Sagen und Märchen sammeln, die sich das Gesinde an Oder und Warthe abends beim Spinnen erzählte? Ach, sie schwiegen, wenn er kam. Wie auch die Natur zu ihm schwieg, wenn er auf der Liebes-Insel saß, um ihr zu lauschen. Da war er nicht von ihrer Allmacht überwältigt und verstand es in keinster Weise, etwaige hehre und romantische Gefühle in geniale Verse zu gießen, sondern schrieb nur: »Mich schmerzen Kopf und Hintern gleichermaßen!« Schön, seine Mutter wie Odereck stützten ihn und verhinderten, daß sich seine Seele noch mehr verdüsterte und er an Schwermut erkrankte, doch die Leere in ihm blieb.

Da hielt eines Tages, inzwischen war es Sommer 1796 geworden, eine Kutsche aus Küstrin vor dem Tamseler

Schloß, und als er aus dem Fenster sah, erkannte er den alten Georg Strohmattias, den Freund seines Vaters, seine Enkeltochter und noch zwei andere, wesentlich jüngere Männer. Corona, Gott, wie hatte die sich rausgemacht! Eine grazile dunkeläugige Griechin, Aphrodite selber. Er war sofort entflammt, und weil er sie so heftig begehrte, zögerte er, nach unten zu gehen und mit ihr zu reden. Sophie Friederike kam gerade aus dem Portal und begrüßte die Ankömmlinge. Es ging um den Umbau des Schlosses, es sollte aufgestockt werden, um mehr Platz für alle zu schaffen, und Strohmattias, obwohl nun achtzig Jahre alt, galt immer noch als guter Baumeister. Die eigentliche Arbeit machten natürlich seine Gehilfen. Sofort schoß stechende Eifersucht in Erdmann hoch. Ob Corona wohl mit denen ... Nein, sie blickte suchend zum Schloß hinauf – und wem galt das wohl: ihm doch, ihm allein. Seinetwegen war sie hier. Als Prinz Heinrich nach Tamsel gekommen war, hatten sie beim großen Fest im Hohlweg nach Zorndorf nebeneinander gestanden ... *Corona mea, du, meine Krone, du Krönung meines Lebens.* Ihm wurde siedendheiß, und eine unsichtbare Hand stieß ihn nach vorn, ließ ihn die Treppe hinunterschweben, dieselbe Treppe, auf der sein Vater bei der Jagd nach der Köchin Sophie den Tod gefunden hatte. Es schoß ihm durch den Kopf, doch es störte ihn nicht. Er tat so, als habe er nichts anderes im Sinn, als zum Stall zu laufen und sein Pferd zu holen, zumal es ihm nach seiner Rückkehr aus Zehdenick gesundheitlich nun wieder besser ging.

»Oh, du hier in Tamsel ...!?« rief er aus.

»In Küstrin sieht man dich ja kaum.«

Das war direkt und ließ ihn erzittern. Corona war so liebreizend, daß er kaum gegen seinen Impuls ankam, sie in die Arme zu nehmen und ins hohe Gras des nahen Parks zu tragen.

Er gab ihr die Hand, und als er ihre Haut auf der seinen verspürte, sah er die Stellen ihres Körpers vor sich, wo diese Haut noch viel wärmer, weicher, zarter sein mußte. Und all sein Sinnen und Trachten konzentrierte sich jetzt nur noch auf die eine Frage: Wie bekomme ich sie auf die Liebes-Insel? Wäre der Teufel erschienen, er hätte seine Seele bedenkenlos an ihn verkauft, wenn der das für ihn bewerkstelligt hätte. Aber nein, das war ja gar nicht nötig, denn Corona wollte ja ganz offenbar dasselbe. Ihr Gesicht verriet ihm das, ihr ganzer Körper. Da gingen Wellen von ihr aus, die ihn erfaßten.

Schon hörte er sich sagen: »Wollen wir ein bißchen durch die Wiesen reiten, zum Fluß hinunter?«

»Ja. Aber mein Großvater wird es nicht dulden.«

»Doch, doch.« Der alte Strohmattias schmunzelte. Ihm schien es zu gefallen, daß seine Enkelin und der Enkel seines Freundes Johann so gut zueinanderpaßten. Trotz seines Alters hatte er noch immer seine Träume.

Erdmann wähnte sich schon im siebenten Himmel, da wurde oben im Schloß ein Fenster aufgerissen, und Odereck schrie nach unten, daß seine Mutter soeben in Ohnmacht gefallen sei. »Komm schnell herauf, sie scheint zu sterben!«

So schlimm war es dann nicht, aber der Doktor aus Küstrin mußte nach Tamsel kommen, und er stellte bei Elisabeth von Bosetzki ein schweres Nervenfieber fest. Eine Woche lag sie fest, und Erdmann nutzte die Zeit, um Corona stapelweise Liebesbriefe nach Küstrin zu schicken. Mehrmals borgte er sich auch Oderecks Kutsche aus, um zu ihr zu fahren, nur mit dem einen Gedanken im Kopf, sie zu verführen. Doch ihr Großvater ließ sie keinen Moment mehr aus den Augen, und es mißlang Mal um Mal. Immerhin schaffte er es, ins Haus Strohmattias zum Essen eingeladen zu werden, und als er dabei sein Knie an das Coronas preßte, antwortete sie mit einer reibenden Bewegung.

Als er danach allein in seiner Tamseler Kammer lag, dachte er so intensiv an sie, daß er sich mit Hilfe eines großen Kissens Erleichterung verschaffen mußte. Danach aber litt er unter starkem Brechdurchfall und saß lange stöhnend auf der Toilette. Jemand klopfte an die Tür.

»Ja …«

»Ich bin's, deine Mutter. Sag einmal, warst du bei dieser Corona und hast da etwas gegessen?«

»Ja.«

»Dann hat sie dich vergiften wollen. Sie ist eine Giftmischerin. Meide sie, Erdmann, meide sie! Sie ist dein Untergang, ja, sie stürzt uns alle ins Elend.«

»Mutter, du bist ja …« Das Wort hysterisch konnte er gerade noch verschlucken.

Fortan setzte seine Mutter alles daran, ihn von Corona fernzuhalten, und war sehr phantasiereich, wenn es darum ging, ihn abzulenken. So verschaffte sie ihm eine Einladung an den Hof, als Beethoven dem König vorspielte, und am 19. Dezember 1796 durfte er im Palais Unter den Linden dabei sein, als die Gräfin Lichtenau, wie Wilhelmine Enke nun hieß, ihren Geburtstag feierte und zu diesem Anlaß eine Oper aufführen ließ. Der gesamte Hofstaat war zugegen, an seiner Spitze die Königin, Friederike von Hessen-Darmstadt, die Friedrich Wilhelm II. 1769 nach der Scheidung von seiner ersten Frau, Elisabeth von Braunschweig-Wolfenbüttel, geehelicht hatte.

Oberst Dampmartin, dem Erdmann die Einladung zu verdanken hatte, sollte die Szene später in einem Brief nach Tamsel wie folgt beschreiben: »Meine liebe Elisabeth, Deinem inniglichen Wunsche, Erdmann an diesem Ereignis teilhaben zu lassen, bin ich zwar mit Freuden nachgekommen und habe Dir zuliebe auch keine Mühe gescheut, alle im Wege stehenden und zum Teil ganz erheblichen Hindernisse willig hinwegzuräumen, doch ob dies Deinem Sohne auch von innerem Nutzen war, wage ich in Frage zu stellen. Die Königin, der Kronprinz und seine Gemahlin sowie die anderen königlichen Prinzen und Prinzessinnen bebten vor Ingrimm über den sie erniedrigenden Zwang, sich bei einer Frau als Gäste zu sehen, deren bloße Nähe sie schon aufs tiefste verletzte. Der König trug auf seinem bleichen Gesichte die Zeichen einer tödlichen Krankheit, die gutmütige

Königin verzog ihre Lippen zu einem erzwungenen Lächeln, der Kronprinz konnte seine heftige Gemütsbewegung nicht verbergen, er warf verstohlene Blicke bald der zärtlich geliebten Mutter, bald seiner angebeteten Gemahlin zu, als könne er nicht begreifen, wie es möglich sei, sich mit ihnen in den prachtvollen Zimmern der Mätresse seines Vaters zu befinden ... Die Gräfin Lichtenau, die in bei weitem reicheren Schmucke wie die Königin glänzte, empfing des Königs zärtlichste Huldigungen. Den Kindern von seinen drei Mätressen, die in der ersten Rangloge saßen, warf er Näschereien zu. Bei einigen Strophen der Oper, in denen Octavia über die Untreue ihres Mannes Marc Anton klagte, richteten sich unwillkürlich aller Augen auf die Königin, die ihre Tränen im Taschentuch verbarg.«

Erdmann war von allem so aufgewühlt, daß er sich entschloß, am Neujahrstag um Coronas Hand anzuhalten und dann eine Ehe zu führen, die ohne Fehl und Tadel war. Nie sollte es für ihn eine andere geben.

Als er seiner Mutter davon erzählte und dabei an seiner Entschiedenheit keinerlei Zweifel mehr ließ, wurde sie totenbleich und wollte niedersinken, nahm dann aber einen Schluck einer stärkenden Kräuteressenz und sagte, sich dabei selbst ermutigend: »Laß uns miteinander reden – und zwar draußen auf dem Deich, denn hier haben alle Wände Ohren.«

Sie warf sich einen Schal über, und dann schritten sie wortlos nebeneinander durch die Wiesen zur Warthe hinunter. Erdmann ahnte nicht im geringsten, worum es ihr ging. Nur eine bange Angst bewegte ihn, daß sie ihm eröffnen würde, er litte an einer geheimnisvollen Erbkrankheit, die es ihm unmöglich machte, eine Ehe einzugehen und Kinder zu zeugen. Um so erstaunter war er, als seine Mutter ihn auf den Warthedeich führte und dann stehenblieb, als sie gegenüber der Liebes-Insel angekommen waren. Träge und gelangweilt wälzten sich die Wasser der Oder entgegen. Der Fluß nahm keinen Anteil am Schicksal derer, die nicht zögerten, ihn ihren Schicksalsfluß zu nennen. Erdmann, der zuweilen auch in Momenten wie diesem nicht anders konnte, als den Versuch zu machen, seine Gefühle in Verse zu fassen, schrieb in Gedanken: »Er fragte sich: Quo vadis?/Welches Urteil wird die Mutter fällen./Geht es mit ihm in den Hades,/Oder schwirrt er fort mit den Libellen?«

Seine Mutter schwieg und schwieg, und er wagte nicht, ihr Fragen zu stellen.

»Dort ist es geschehen«, sagte sie schließlich.

»Ich weiß.« Erdmann fühlte sich veralbert.

»Was weißt du ...?«

»Was alle wissen: daß dort mein Vater auf die Welt gekommen ist. Geboren von der Köchin Johanne, die dabei ihr Leben lassen mußte.«

»Das meine ich nicht.« Seine Mutter sah zu den Schwalben hoch, die dicht unterm blauen Himmel flogen.

»Was dann?«

»Es geht zwar auch um Johann, aber da war er schon über fünfzig Jahre alt ...«

Erdmann lachte. »Nicht zu alt, um mein Vater zu werden.«

»Vielleicht doch ...«

Erdmann hatte das Gefühl, daß der Deich unter ihm wegbrach und eine Flutwelle ihn packte. Seine Mutter begann nun zu reden, von Pavlos, Coronas Vater, und ihrer Leidenschaft zu ihm, und wie dann Johann, ihr Mann, gekommen war und sie überrascht hatte, drüben auf der kleinen Insel. Und als die Dämmerung hereingebrochen war, da wußte Erdmann alles, das heißt, alles, bis auf die letzte Wahrheit: Eines ließ sich nicht mit letzter Sicherheit entscheiden – aus wessen Samen er nun wirklich hervorgegangen war.

»Pavlos jedenfalls war vor Johann mit dir zusammen ...« Hier stockte Erdmann, denn präzisere Worte ließ sein Schamgefühl nicht zu, obwohl seine Mutter, was dieses Thema betraf, mehr als hartgesotten war.

»... in meinem Schoß«, ergänzte sie. »Doch ich habe mir

von den Doktores sagen lassen, daß da ein paar Minuten früher oder später keine große Rolle spielen. Obwohl die Chancen beim ersten ein wenig größer sein sollen ... Dagegen spricht aber ...«

Erdmann wußte, was sie sagen wollte: Daß Johann den Nebenbuhler genau im Augenblick der Ejakulation von ihr weggerissen hatte. »Aber nach allen Anlagen, die ich in mir trage, kann doch nur Paul – ich meine Pavlos – mein Vater sein.«

»Dunkle Haare hast du schon, mag sein, doch das Musische, das kannst du durchaus von mir geerbt haben, und dein Großvater in Velten, der war ein Jüngling mit pechschwarzem Haar.«

»Und dann ist Pavlos auf und davon?«

»Ja. Er hat sich in den Kahn geworfen, ist ans Ufer gerudert und dann nach Küstrin gelaufen. Am nächsten Morgen soll er die erste Post genommen haben, die nach Berlin ging, und von dort soll er in den Süden gereist sein, zurück nach Griechenland, zurück in die Heimat seiner Väter.«

»Und hat seine Tochter zurückgelassen, für immer ...?«

»Ja, aber sie war in guten Händen.«

Erdmann hatte die Augen geschlossen. »Und alles spricht dafür, daß Corona meine Schwester ist, meine Halbschwester?«

»Zumindest zuviel, als daß du sie zur Frau nehmen kannst, nicht einmal lieben solltest du sie, denn über solchem Inzest liegt der Fluch Gottes, und euer Kind würde nur ins Irrenhaus kommen.«

Erdmann sank nieder und preßte sein Gesicht ins Gras. Er war zu keinem Gedanken mehr fähig. Sein Schmerz war grenzenlos, sein Leben hatte allen Sinn verloren. Am besten, er band sich einen schweren Findling um den Leib und sprang damit vom Steg in den Fluß.

Seine Mutter setzte sich zu ihm und strich ihm über die Haare. »Mein armer Junge. Verzeih mir, aber ich hab's doch damals nicht ahnen können ... *Mea culpa* ...«

Erdmann fuhr hoch. »Soll ich's Odereck sagen?«

»Das geht nur uns beide etwas an. Aber meinetwegen ...«

»Und Corona?«

»Nein, das macht alles nur schlimmer. Geh ihr lieber aus dem Weg. Du weißt doch: Aus den Augen, aus dem Sinn. Wenn der Fluß austrocknet, dann ... Wir werden zusehen, daß du nur noch selten hier in Tamsel bist, und ich lasse in Küstrin verbreiten, du hättest hinten im Hannoverschen eine andere.«

Pyrmont im Weserbergland war das Bad, in das die Hohenzollern, nicht eben die Gesündesten, in jenen Jahren gerne gingen. Im Sommer 1797 zog es sie besonders stark dorthin, aus zweierlei Gründen. Zum einen hatte sich Friedrich Wilhelm II. durch den Baseler Sonderfrieden eine Oase der Ruhe geschaffen, in der man noch leben konnte wie zu Rokoko-Zeiten, und zum anderen befand man sich noch immer in einer depressiven Stimmung, weil am 25. Dezember 1796 Prinz Ludwig gestorben war, der zweitälteste Sohn des Königs, gerade 23 Jahre alt. Der Kronprinz und er hatten ja im Dezember 1793 die beiden bildhübschen Schwestern aus dem Hause Mecklenburg-Strelitz geheiratet: Luise und Friederike. Das ganze Land hatte diese Traum- und Doppelhochzeit noch immer vor Augen. Doch nun ... Friederike, die allzu junge Witwe, hatte sich schnell trösten lassen – und zwar von keinem anderen als von Preußens Liebhaber Nummer eins: Prinz Louis Ferdinand. Doch der allein hatte ihren Durst nicht stillen können, und sie war nun nach Bad Pyrmont gekommen, um sich mit den Söhnen des englischen Königs Georg III. einzulassen – mit beiden zugleich. Davon hatte Louis Ferdinand erfahren und war schnellstmöglichst nach Pyrmont gereist, wo inzwischen auch der König eingetroffen war, zusammen mit seiner alten Geliebten, der Wilhelmine Enke, inzwischen ja zur Gräfin Lichtenau geworden. Auch der Kronprinz, bald schon Friedrich Wilhelm III., durfte da nicht fehlen und an seiner

Seite Luise, die unter dem zügellosen Treiben ihrer Schwester litt.

»Ach«, seufzte Odereck da, als er mit Erdmann vor dem Badehaus stand und zu den Zimmern hinaufsah, die der König bewohnte. »Da spielen sie nun in aller Ruhe mal Tragödie, mal Komödie und ahnen nicht, daß bald einer kommen wird, der nur einmal pusten muß – und ihr ganzes schönes Theater fällt in Schutt und Asche.«

»Wer soll das sein?«

»Dieser kleine Franzose da von der Insel Korsika, Napoleon Bonaparte, der hat Kraft und Charisma, den revolutionären Schwung der Franzosen für seine Ziele zu nutzen. Er wird sie alle vor seinen Karren spannen und ganz Europa überrennen. Das Haus ist zu morsch, um diesem Sturm zu trotzen.«

Erdmann lachte. »Komm, du bist kein Hellseher.« Im Gegensatz zu Odereck war er nicht glücklich in Pyrmont, und immer wenn er in die nahe Weser starrte, mußte er an die Warthe denken und trauerte wieder um sein verlorenes Glück. Er hatte sich dem Willen seiner Mutter gebeugt und deren Ansicht akzeptiert, daß eine Liebe ebenso verödete wie eine Ader, wenn sie von allem Blute abgeschnitten war. Aber war es wirklich richtig gewesen, vor Corona zu fliehen, anstatt zu ihr zu gehen und ihr die Wahrheit zu sagen? Das quälte ihn ebenso wie die Frage, wer denn nun sein Vater war: Johann von Bosetzki oder Paul Strohmattias, Pavlos genannt.

»Der Grieche wird es sein«, war Oderecks Meinung. »Von dem hast du deine künstlerische Ader.«

»Die wird von meiner Mutter stammen.«

»Jedenfalls bist du kein geborener Soldat, und von daher kannst du nicht Johanns Erbmasse in dir tragen.«

»Die soll sich, hat mir neulich ein Mönch erzählt, manchmal erst bei den Enkelkindern zeigen.«

Odereck wurde drastisch. »Nicht, wenn die Mutter Corona heißt.«

Erdmann sah ihn böse an und wurde ausgesprochen grantig. »Und bei dir schon gar nicht.«

»Ich gönn' dir jede, und wenn du Louis Ferdinand die Friederike ausgespannt hast, würde ich gerne zusehen, wenn ihr ...«

»Pst! Bischoffwerder kommt.«

Natürlich gehörte der General zu den insgesamt zweiundsiebzig Personen, die mit Friedrich Wilhelm II. nach Bad Pyrmont gekommen waren. Sie begrüßten ihn kurz, obwohl er sich bemühte, über sie hinwegzusehen, und verneigten sich vor dem König, der mit den Ministern von Haugwitz und Graf Wittgenstein auf dem Wege ins Theater war. Mit seinem kurzen englischen Überrock, der aus blauem Tuch gefertigt war, gelben Pantalons und einem runden Hut sah Friedrich Wilhelm II. gar nicht militärisch-preußisch aus. Der König trank jeden Tag in der Frühe seinen Brunnen, entweder in seinem Logis oder in der Allee, und ging dann um halb zehn Uhr vormittags zum Dejeuner in den Ort. Nach der ausgedehnten Mittagsruhe machte er sich auf den Weg zum Französischen Schauspiel, das jeden Abend um halb sechs begann, obwohl ihm seine Ärzte dies wegen der schwülen Hitze dort untersagt hatten. Vorher unterhielt er sich leutselig mit jedem, der ihm über den Weg lief, und erinnerte sich gern an frühere Bekanntschaften. So erkannte er auch Erdmann wieder, sprach mit ihm kurz über die Stunde in der »blauen Grotte« und zeigte sich verwundert, ihn später nicht mehr gesehen zu haben.

»Majestät, meine kranke Mutter ...«, stammelte Erdmann. »Sie hält mich in Tamsel gleichsam gefangen.«

»Manche Menschen«, sagte Bischoffwerder mit bösem Unterton in der Stimme, »verdursten lieber, als daß sie das gefüllte Glas ergreifen, das man ihnen reicht.«

Das grantige Gesicht seines wichtigsten Ministers hinderte den König indessen nicht daran, Erdmann und Odereck zum Geburtstagsfest des Kronprinzen einzuladen, wo er der ganzen Brunnengesellschaft ein Dejeuner geben wollte. Als der Tag gekommen war und Erdmann plaudernd neben Louis Ferdinand und dem Kronprinzen stand, hielt nahebei ein Berliner Reisewagen, und eine junge Frau sprang hinaus, die sofort alle Blicke auf sich lenkte.

»Corona ...«

Erdmann war nahe daran, ohnmächtig umzusinken, erschien ihm dies doch als die klügste aller Reaktionen. Starr vor Schreck stand er da, unfähig zu sprechen, geschweige denn sich zu bewegen. Erst Odereck brachte ihn mit einem Stoß in die Rippen wieder zu sich.

»Du mußt ihr die Wahrheit sagen. Los, geh hin zu ihr!«

Wie eine rollende Kugel kam Erdmann sich vor, als er sich Corona immer schneller näherte. Nichts ließ sich mehr aufhalten. Voller Liebe, Lust und Zärtlichkeit schloß er sie in seine Arme – und stieß sie mit derselben Bewegung auch schon wieder von sich weg.

»Corona, es geht nicht, weil du meine Schwester bist!«

# Kapitel 9

## 1805/06

Die Regierungszeit von Friedrich Wilhelm II. sollte bald zu Ende gehen. Zwar wurde am 25. September 1797 sein dreiundfünfzigster Geburtstag noch festlich begangen – so läuteten bei seiner Ankunft in Berlin die Glocken, und von den Kirchtürmen begrüßten ihn Posaunenchöre –, doch schon wenig später hieß es in der *Berlinischen Zeitung*: »Mit Tränen in den Augen sah nicht nur das Königliche Haus, sondern auch der ganze versammelte Hof den abgefallenen Körper des guten Königs; und fast alle fürchteten, daß er zum letzten Mal lebend in Berlin gewesen sein würde.« Herzinsuffizienz und Wassersucht wurden immer bedrohlicher, vor allem aber quälte ihn die Atemnot. Alle möglichen Quacksalber, Magnetiseure, Geisterheiler und sonstigen Wunderdoktoren durften sich an ihm versuchen – natürlich vergeblich. Bischoffwerder führte ihm Rosenkreuzer aus dem Magdeburgischen zu, die seine Krankheiten durch Einatmung der Ausdünstungen ungeborener Kälber zu heilen suchten, und rief den Berliner Apotheker Hermbstädt nach Potsdam, der im Labor »Lebensluft« erzeugte, in Ballons abfüllte und den König einatmen ließ.

Am 16. November 1797 starb Friedrich Wilhelm II. von Preußen dann nach einem Krampfanfall. Er erstickte regelrecht. Nur einige Kammerdiener waren im Zimmer, seine Wilhelmine war nebenan vor Erschöpfung eingeschlafen. Am 11. Dezember 1797, einem Montag, wurde seine Leiche in den Berliner Dom gebracht. Neun Uhr war es, als alle Glocken läuteten. Als der Katafalk vor dem Altar aufgestellt worden war, folgte die Trauerkantate, und unter den Klängen des Chorals ›Ich hab' mein Sach' auf Gott gestellt‹ kam das Zeichen, den Sarg zu versenken. Und dies nun nutzte der Generalleutnant Hans Rudolf von Bischoffwerder zu seinem letzten großen Auftritt: Er trat, eine Fackel in der Hand, neben den Sarg und fuhr zusammen mit seinem toten König in die Tiefe. »Welch tiefer symbolischer Akt für das Ende einer Ära«, sollte Odereck ausrufen. »Da wäre es gar nicht nötig gewesen, daß Friedrich Wilhelm III., der neue König, hilflos in allem, die Wilhelmine Enke verhaften und auf die Festung Glogau bringen ließ.«

Zu diesem Zeitpunkt lebte Corona schon im Damenstift Lindow, zu dem Elisabeth von Bosetzki ihr den Zugang verschafft hatte, während Erdmann an Oderecks Seite in England weilte, um dort nach Spuren Shakespeares zu suchen. Erst anderthalb Jahre später sollten sie zurückkommen, um sich fortan in Tamsel zu vergraben und für die romantische Dichtkunst zu leben, ganz wie es August Wilhelm Schlegel gefordert hatte: »Nachdem wir lange genug in allen Weltteilen umhergeschweift, sollten wir endlich einmal anfangen, einheimische Dichtung zu benutzen.« Mit dem neuen Jahrhundert wurden sie wieder beweglicher und zogen durch die Lande, um denen zu begegnen, die den Ton angaben. In der Literatur waren dies Novalis, eigentlich Friedrich von Hardenberg, die Brüder Friedrich und August Wilhelm Schlegel, Friedrich Schleiermacher, Ludwig Tieck, Clemens Brentano und Wilhelm Heinrich Wackenroder, und in der Malerei, die vor allem Oderecks Leidenschaft war, taten sich Philipp Otto Runge und Caspar David Friedrich hervor. Und in Frankfurt an der Oder hatten sie Heinrich von Kleist getroffen, der aus Paris zurückgekommen war, um als Diätar bei der Domänenkammer in Königsberg zu arbeiten. Seine *Familie Schroffenstein* hatten sie, trotz aller tragischen Momente, recht amüsant gefunden, wenngleich der Sprachgestus doch recht ungewöhnlich war.

Insgesamt aber waren ihre Gespräche mit den erwähnten Dichtern und Malern nie in die Tiefe gegangen und hatten sie im eigenen Tun kaum vorangebracht. Entweder waren sie verschlossen wie Caspar David Friedrich, verstört wie Kleist, im Gespräch einfach und naiv wie Tieck oder in ihren eigenen Zirkeln gefangen wie der Jenaer Kreis um die Schlegel-Brüder, Novalis, Schelling, Schleiermacher und Brentano, die zudem noch von schönen und geistvollen Frauen umgeben waren, mit denen weder Erdmann noch Odereck so richtig warm zu werden vermochten. Sie gehörten einfach nicht dazu und hatten sich in Tamsel wie durch die komödienhaften Dialoge, die sie ständig miteinander führten, nicht in dem Maße zu so hochkarätigen Schöngeistern entwickeln können, daß sie bei den anderen Anerkennung finden konnten.

»Brandenburg-Preußen ist zu sehr kulturelle Wüstenei gewesen, als daß wir da mithalten können«, seufzte Odereck. Ihre Begegnung mit Friedrich Schlegel in Jena machte dies deutlich.

»Sie kommen aus Hannover«, sagte Odereck zu ihm, »aber wie wollen Sie denn Ihre Heimat lieben, wenn Sie nicht wenigstens ein paar Jahre dort gelebt haben?«

»Sie mögen die Ironie?« Friedrich Schlegel wußte, wovon er sprach, denn er hatte sie in seinen *Kritischen Fragmenten* ausführlich zu definieren versucht.

»Ja! « riefen da beide, Odereck wie Erdmann.

»Und was ist Ironie für Sie?«

»Die Welt heiter zu nehmen«, antwortete Erdmann.

Auch Odereck nahm die Frage nicht ernster. »Ich habe zu lange in England gelebt, um da nicht gleich an *iron* zu denken, also Ironie als die eiserne Macht, sich im Leben zu behaupten.«

Schlegel war von diesen Antworten wenig angetan. »Nun ... Ironie ist die Form des Paradoxen. Paradox ist alles, was zugleich gut und groß ist. In ihr soll alles Scherz und Ernst sein ...«

Da kamen sie nicht mehr mit, wollten es vielleicht auch nicht, versanken aber in eine tiefe Depression, denn wieder einmal waren sie als das entlarvt, was sie waren: intellektuelles Mittelmaß.

»Oder?« fragte Erdmann.

»Wer Oder sagt, muß auch ... eck sagen.«

»Warum malst du nicht wie Caspar David Friedrich, warum dichte ich nicht wie Novalis oder Goethe?«

Da konnte Odereck nicht anders, als die Bibel zu Hilfe zu nehmen: »›Befiehl dem Herrn deine Wege und hoffe auf ihn; er wird's wohl machen ...‹ Wenn er beschlossen hat, dich zum deutschen Ossian zu machen, dann wirst du's werden – und wenn nicht, dann nicht.«

So vergingen die Jahre im Gleichmaß der Tage, und sie waren darüber ebenso glücklich wie unglücklich. Das Leben gab ihnen viel, maß man es am Elend und am Stumpfsinn der meisten anderen Existenzen, und gleichzeitig entschieden zuwenig, dachten sie an das, was alles möglich war.

»Dieses Einerseits-Andererseits ist wie eine schleichende Krankheit«, sagte Odereck des öfteren. »Es ist eine erfüllte Leere, in der wir beide leben.«

Erdmann hatte schon des öfteren diese Zeilen von Novalis in sein Tagebuch geschrieben: »Einsam verzehrt von Lieb und Sehnen,/Erschien' mir nächtlich jeder Tag;/Ich folgte nur mit heißen Tränen/Dem wilden Lauf des Lebens nach ...« Schön, er hatte Tamsel, er hatte Odereck, er hatte seine Mutter, aber ... Nein, das konnte doch nicht alles sein! Fast sehnte er sich nach der Geradlinigkeit seines Vaters, wenn es Johann von Bosetzki denn wirklich war: Das Gewehr auf! Zwei hinterste Glieder vorwärts, schließt euch! Marsch! Und je länger er Novalis las, desto öfter fand er sich dort wieder: »Die Zukunft liegt in öder Dürre/Entsetzlich lang und bang vor ihm –/Er schweift umher, allein und irre,/Und sucht sich selbst mit Ungestüm.«

Auch das Jahr 1805 ging nun schon auf seine Mitte zu, ohne daß sich etwas ereignet hätte, was ihnen nicht als Déjà-vu erschienen wäre. Am 23. April wurde in Berlin eine Komposition Prinz Louis Ferdinands uraufgeführt, das

›Nocturno F-dur für Klavier, Flöte, Viola, Violoncello und zwei Hörner‹, aber solche Konzerte kannten sie ja zur Genüge und hatten sie recht eigentlich über. Ebenso die Manöver, zu denen es anschließend in die Gegend von Magdeburg ging. Das Oberkommando führte der betagte Herzog von Braunschweig, ein Intimfeind des Prinzen, und der König sagte, als die preußische Militärmaschinerie wie ein Uhrwerk abschnurrte: »Bravo, Grenadiers, bravo.«

Odereck lachte. »Das sind doch alles nur adrett gekleidete Schauspieler, die Napoleons Armee hinwegfegt, wenn es einmal zum Kriege kommen sollte. Die Gewehrläufe sind vom vielen Putzen schon so dünn, daß sie auseinanderfliegen, wenn mal richtig aus ihnen geschossen werden sollte.«

»Der Prinz sieht es ebenso, obwohl er Napoleon als Menschen haßt«, fügte Erdmann hinzu.

Am Abend saßen sie dann bei Louis Ferdinand und hörten zu, wie der mit französischen Manövergästen über Strategie und Taktik redete. Er war bei bester Laune, obwohl er Schulden über Schulden hatte und ihn die herrschenden Kreise in der Provinz versauern ließen. 1795 war er zum Chef des Regiments Prinz von Baden (Nr. 20) ernannt worden, das in Magdeburg stand, und hatte danach in Lemgo und Hoya dienen müssen. Nur seine gelegentlichen Ausflüge nach Hamburg hatten ihn quasi gerettet, doch hier war er zum Jakobiner geworden, also seinem Vater wie dem König noch suspekter. Auch seine vielen Liebschaften verstörten den sittenstrengen Hof, angefangen von Friederike, der Schwester der Königin, über eine Frau de Steen aus Holland bis zu einer Henriette und Pauline.

»Es war wunderbar, wie Ihre Soldaten den Butterberg erstürmt haben«, sagte Marschall Berthier, Napoleons Generalstabschef.

General Rivaud ließ den Mittelfinger seiner rechten Hand auf dem Rand des leeren Weinglases rotieren, bis ein alles durchdringender Pfeifton entstand. »Ich würde es ›Unternehmen Schnecke‹ nennen: Träger geht's nimmer.«

Der dritte Franzose im Bunde, General Kellermann, setzte noch eins drauf: »Aber was werden die rennen, wenn sie zum ersten Male in ihrem Leben merken, daß es noch etwas anderes als Platzpatronen gibt.« Das war eine Anspielung darauf, daß in der preußischen Armee aus Gründen der Sparsamkeit fast nie mit scharfer Munition gefeuert wurde.

Erdmann hatte Mitleid mit dem Prinzen: wie es ihn schier zerriß. Einerseits war er von Wesen und Erziehung her viel mehr Franzose als Preuße und teilte weithin die Ideale der Revolution von 1789, andererseits aber war er der Neffe Friedrich des Großen und als solcher verpflichtet, dessen Erbe zu wahren. Doch all seine Kritik und seine Versuche, etwas zu ändern, stießen auf taube Ohren.

Jetzt saß er leger da, nicht etwa dem Reglement gemäß in seiner Uniform als Generalleutnant, sondern in einer grünen Hausjacke. »Der König!« schrie plötzlich einer der Kammerdiener, und wenig später war Friedrich Wilhelm III. auch schon eingetreten. Der große Eklat schien unausweichlich, doch gerade noch rechtzeitig hatte Louis Ferdinand aus dem Fenster springen können, um wenig später in vorschriftsmäßiger Montur in der Tür zu stehen.

Erdmann und Odereck zogen sich nun wieder nach Tamsel zurück, doch Prinz Louis Ferdinand blieb ihr Fixpunkt, und wie Kometen auf ihrer elliptischen Bahn waren sie ihm einmal näher, einmal ferner. Während Odereck, der Freund und Begleiter, Tag für Tag vor seiner Staffelei stand, um sich an immer neuen Selbstbildnissen zu üben, versuchte Erdmann den Weg zu gehen, den Novalis, vor vier Jahren schon an der Schwindsucht gestorben, im *Athenäum* vorgegeben hatte: »Wir träumen von Reisen durch das Weltall: ist denn das Weltall nicht in uns? Die Tiefen unseres Geistes kennen wir nicht. – Nach Innen geht der geheimnisvolle Weg. In uns oder nirgends ist die Ewigkeit mit ihren Welten, die Vergangenheit und Zukunft. Die Außenwelt ist die Schattenwelt, sie wirft ihren Schatten in das Lichtreich.«

Und im Jahre 1806 gab es viele Schatten, in der großen

wie in der kleinen Welt, die Erdmanns Stimmung deutlich düsterer werden ließen.

Es begann gleich am 3. Januar, als ihn seine Mutter, die Silvester auf einem Ball in Berlin verbracht hatte, mit der Nachricht überraschte, sie sei frisch verliebt.

»Mutter!« Fast hätte er seinem Ausruf höchster Überraschung auch noch hinzugefügt, daß sie sich bereits im fünfundsiebzigsten Lebensjahr befinde, aber auch so konnte er sein Entsetzen kaum verbergen. Die Vorstellung, daß sie in diesem Alter noch ... Sie gab es sogar offen zu.

»Ich hätte nicht gedacht, daß man noch Freude an der Sache haben kann, wenn man schon mit einem Fuß im Grabe steht.«

Ihr Liebhaber hieß Stephan von Mohren und war Minister beim Herzog von Sachsen-Hildburghausen. Am 1. Februar kam er nach Tamsel, um seine Elisabeth für ungewisse Zeit nach Hildburghausen mitzunehmen, das, wie Erdmann erfuhr, die Residenzstadt des Herzogtums war, gelegen auf über dreihundert Meter Höhe am südlichen Fuße des Thüringer Waldes.

»Und zwar an der Werra«, erklärte ihnen von Mohren, der ein kleiner, kugelrunder Sachse war, ein Ausbund an Gemütlichkeit und an die zehn Jahre jünger als Elisabeth von Bosetzki. Er schrieb kleine freche Stücke für das Hoftheater, konnte Liebeslieder auf der Laute singen und war ein Genießer durch und durch. Der Tabak, den er liebte, das viele gute Essen inklusive Wein und die unzähligen Nächte mit unersättlichen Mätressen hatten sein Herz schon ein wenig geschädigt, so daß er gewaltig schnaufte, als er mit Elisabeth zur Liebes-Insel ruderte.

»Ausgerechnet da will er mir ihr ...« Erdmann brach ab und dachte: Na, wenigstens ist Stephan kein Pavlos und Johann schon tot. »Hoffentlich weiß unser Herr von Mohren auch, was sie ihm nun abverlangen wird.«

»Der Mann nimmt seine Potenz mit ins Grab«, erklärte Odereck lakonisch.

Nun, Stephan überlebte es, und am nächsten Morgen rollte die Kutsche mit dem frisch verliebten Paar in Richtung Thüringen davon.

In Europa begann es währenddessen immer stärker zu rumoren, und hellsichtige Geister sahen den großen Steppenbrand voraus. Zunächst war England die Seele des Widerstandes gegen Napoleon, seit 1804 Kaiser der Franzosen, und seine Eroberungsgelüste. 1805 schloß es sich mit Rußland und Österreich zur dritten Koalition zusammen, und Friedrich Wilhelm III. erklärte die strikte Neutralität Preußens. Doch mit der war es vorbei, als am 6. Oktober französische Truppen unter Bernadotte durch das zu Preußen gehörende Gebiet von Ansbach marschierten und sich Zar Alexander I. und das preußische Königspaar am Grabe Friedrichs des Großen bei Fackellicht ewige Freundschaft schworen. Es folgte am 2. Dezember 1805 die Dreikaiserschlacht bei Austerlitz, wo Napoleon I. den österreichischen Kaiser Franz II. und Alexander I. vernichtend schlug. Friedrich Wilhelm III. hatte sich auf die falsche Seite geschlagen und mußte im Vertrag von Schönbrunn auf Ansbach, Bayreuth, Wesel und Neuchâtel, eine kleine Enklave in der Schweiz, verzichten, er erhielt zwar Hannover dafür – doch das war von französischen Truppen besetzt. Friedrich Wilhelm III. wurde nun zum Bundesgenossen Napoleons und rechtfertigte dies damit, daß man Feinde am besten von innen aushöhle, indem man sich mit ihnen verbünde.

Erdmann und Odereck hatten dies alles von Tamsel aus verfolgt, aber auch im Sommer 1806 war der Krieg noch nicht gekommen, den alle für kaum vermeidbar hielten. Berlin hatte aber in diesen Tagen noch über ganz etwas anderes zu reden: die Schlittenfahrt einiger Offiziere des Regiments Gensdarmes am 24. Juli mitten durch die Stadt. Der Anlaß war ein Theaterstück von Zacharias Werner gewesen, *Die Weihe der Kraft*, in dem es um Martin Luther ging. Iffland hatte es gegen den Widerstand der Konservativen auf die Bühne gebracht, die da meinten, einem nationalen Heros wie Luther dürfe so etwas nicht angetan werden. Die Gensdarmes-Offiziere hatten dies nun zu einem Mummenschanz genutzt und einen Wagen zu einem Schlitten umgestaltet, etwa wie beim Karnevalsumzug in Rom, und waren damit durch die Stadt gerast. »Abends nach zehn Uhr mit vielen Fackeln und großem Geschrei«, wie Karl Friedrich Zelter kurz danach an Goethe schreiben sollte. »Im Schlitten saß Doktor Luther mit einer ungeheuren Flöte und ihm gegenüber sein Freund Melanchthon. Auf der Pritsche die Käthe von Bora mit einer Peitsche und knallte durch die Straßen und einer ungeheuren, zehn Ellen langen Schleppe. Auf Reitpferden mit Fackeln saßen die Nonnen des Augustinerklosters, von ihrer Priorin angeführt, sämtlich mit langen Schleppen und ungestalten Masken …« Der König, wegen der angespannten politischen Lage äußerst gereizt, war vor Empörung außer sich und ließ drei Leutnants mit vierzehn Tagen Arrest bestrafen. Ein Rittmeister wurde versetzt, der Kommandeur, Generalleutnant von Elsner, gerügt.

Als die Nachricht von diesem »ungeheuerlichen Vorfall« bis nach Tamsel drang, freute sich Odereck. »Wenn es nach mir ginge, würde ich alle Offiziere dieses Regiments bestrafen. Du mußt nur einmal sehen, mit welchem Hochmut sie in ihren schneeweißen Uniformen herumstolzieren und die Bürger anpöbeln, unter dem schwarzen Dreispitz nicht mehr Grips als ein dressierter Affe. Und rutscht mal einem ihrer Opfer die Faust aus, landet er in der Festung, weil er den Rock des Königs beschmutzt hat.«

Erdmann lachte und zeigte zur Straße hinüber. »Da kommt die Post. Vielleicht mit einem Brief für dich, daß du zu den Gendarmes einrücken sollst. Im Krieg gegen Napoleon wird jeder Mann gebraucht.«

Der Brief, den der Postillon gleich darauf schwenkte, war aber nicht für Odereck bestimmt, sondern für Erdmann. Er lief die Freitreppe hinunter, nahm ihn dankend in Empfang und riß ihn auf der Stelle auf, denn er war von seiner Mutter aus Hildburghausen. Sie schrieb, daß ihr Stephan einem

Schlaganfall erlegen sei und sie nun mit zerrütteten Nerven auf dem Krankenbett liege. Nur einen einzigen Herzenswunsch habe sie noch, daß ihr Sohn mit Odereck käme, um sie nach Hause zu holen, denn in Tamsel und nirgendwo anders wolle sie sterben.

»Dann müssen wir wohl«, sagte Odereck, als er dies vernahm, und hatte ihre Reiseroute schon im Kopf: »Küstrin, Frankfurt, Lübben, Torgau, Leipzig, Zeitz, Jena, Hildburghausen ...«

Als der August 1806 gekommen war, überschlugen sich die Ereignisse. Am 6. des Monats verzichtete Kaiser Franz II. auf die Krone des Heiligen Römischen Reiches Deutscher Nation und gab bekannt, als Franz I. nur noch Kaiser von Österreich sein zu wollen. Und drei Tage später befahl Friedrich Wilhelm III. die Mobilmachung in Preußen. Doch vielen Männer im Lande war das längst nicht genug, sie hielten es für reine Augenwischerei. Wie auch Louis Ferdinand verachteten sie Friedrich Wilhelm III., hielten ihn für schwach, unentschlossen und geistlos. Odereck, der den Prinzen am 2. August, einen Tag vor dem Geburtstag des Königs, in Berlin getroffen hatte, drängte ihn, die Gunst der Stunde zu nutzen und Friedrich Wilhelm III. zur Abdankung zu bewegen oder auch zu zwingen, dann selber das Ruder in die Hand zu nehmen und den Kabinettsminister Graf von Haugwitz und die Kabinettsräte Beyme und Lombard zum Teufel zu jagen.

»Ausgeschlossen!« fuhr Louis Ferdinand ihn an. Ich bin Legitimist. Mich an die Spitze eines Staatsstreichs zu stellen, das ist völlig undenkbar für mich.«

Als Erdmann davon hörte, mußte er lächeln. »Klar, daß er nicht will, denn so wie die Dinge stehen, kann sich keiner sonderlich mit Ruhm bekleckern. Alle schreien sie, daß man die Ehre Preußens retten müsse, und fordern laut den Krieg gegen Napoleon, doch dabei wissen sie genau, daß unsere Armee seiner rettungslos unterlegen ist.«

Odereck widersprach ihm. »Preußens mannhafter Entschluß würde die anderen Staaten mitreißen.«

»Ja, ins Elend.«

»Besser ritterlich sterben, als König, Prinz und Offizier von Napoleons Gnaden sein.«

Erdmann war erstaunt. »Und das von dir! Nein, du, anders als Friedrich Wilhelm III. kann keiner handeln, es sei denn, ihm gelänge endlich die Quadratur des Kreises.«

Dieses Dilemma wurde in Preußen heftig diskutiert, und als Folge wurde dem König am 2. September 1806 eine vielseitige Denkschrift überreicht, die Louis Ferdinand, sein Bruder August, die Brüder des Königs, also Prinz Heinrich und Prinz Wilhelm, der Schwager des Königs, das war der Prinz von Oranien, die Generale Rüchel, Schmettau und Phull und der Minister vom Stein ausgearbeitet hatten. In ihr hieß es unter anderem:

»Man kann nicht begreifen, wie das schöne, unüberwundene Heer Friedrichs, das in so vielen großen und schweren Schlachten so herrlich hervorleuchtet und welchem Eure Majestät selber die größte Aufmerksamkeit schenken, für die Erhaltung so heiliger Interessen nicht verwendet wird ... Eure Königliche Majestät werden bemerkt haben ... daß alle preußischen Völkerschaften und alle Korps der Armee in voller Begeisterung dazu bereit sind, für die Ehre Eurer Majestät, für die Fortdauer des glorreichen preußischen Throns in Ihrem Hause und für die fernere Freiheit und Glückseligkeit des gemeinschaftlichen Vaterlandes alles zu wagen und auch das Leben freudig hinzugeben.« Die Kabinettsmitglieder Haugwitz, Beyme und Lombard wurden im folgenden quasi des Hochverrats bezichtigt: »Aller freche Mißbrauch, welchen Bonaparte von der Friedensliebe Eurer Majestät gemacht hat, wird ihnen zugeschrieben.« Man sei überzeugt, daß das Kabinett im geheimen Einverständnis mit Napoleon stünde, und es werde »entweder den Frieden durch die schändlichste Nachgiebigkeit erkaufen oder im Kriege äußerst schwache Maßregeln ergreifen oder, wenn

Eure Majestät kräftige vorschreiben und ehrenvolle Generale sie auch herzhaft ausführen wollen, dieselben lähmen«.

Friedrich Wilhelm III. war außer sich und weigerte sich, Louis Ferdinand zu empfangen. Der rechtfertigte sich in einem Brief an die Königin und schloß mit dem Satz: »Ich werde mein Blut für den König und für mein Vaterland vergießen, ohne jedoch einen Augenblick zu hoffen, es zu retten!«

Als Erdmann und Odereck davon erfuhren, hatten sie Elisabeth von Bosetzki schon aus Hildburghausen abgeholt und waren wieder auf dem Heimweg nach Tamsel. Dabei wollten sie in ihrem geräumigen vierspännigen Wagen über Eisfeld, Neuhaus, Saalfeld und Schwarza nach Rudolstadt reisen, weil sie gehört hatten, daß Prinz Louis Ferdinand im dortigen Schloß, der barocken Heidecksburg hoch über der Stadt, sein Quartier aufgeschlagen hatte. Man schrieb den 10. Oktober 1806, und am Tage zuvor, als es zwischen General Tauentzien und den Franzosen das erste Gefecht gegeben hatte, war aus dem diplomatischen Krieg mit Napoleon ein richtiger geworden.

Als Friedrich Wilhelm III. am 9. August die Mobilmachung befohlen hatte, war das vom Kaiser der Franzosen als Kriegserklärung aufgefaßt worden.

»Was ist denn unserem König anderes übriggeblieben«, sagte Elisabeth von Bosetzki, die sich Odereck und ihrem Sohn gegenüber auf ihrer Sitzbank ausgestreckt hatte. »Napoleon hat ihn doch dadurch gereizt, daß er ihm Hannover wieder wegnehmen und den Engländern geben wollte.«

»Da steckt bestimmt dieser Talleyrand dahinter«, vermutete Odereck. »So listenreich wie der ist keiner.«

»Was geht denn Napoleon für ein Risiko ein?« fragte Erdmann, um gleich selber die Antwort zu geben. »Keines! Unser Heer ist veraltet, und seine Offiziere sind ebenso borniert wie unfähig. Der Herzog von Braunschweig führt es, o Gott! Der Mann ist über siebzig und muß aufs Pferd gehoben werden.«

»Auf eine Mätresse auch ...?« Elisabeth von Bosetzki lachte gurrend. »Die soll er bei sich haben, hat man mir in Hildburghausen erzählt.«

»Dafür kann er noch gut sehen. Der General Friedrich Ludwig Fürst zu Hohenlohe-Ingolfingen ist dagegen ohne Fernglas so kurzsichtig, daß er nicht mal sein Gegenüber erkennen kann.«

»Und auch noch so vergeßlich, daß er es vor jeder Schlacht zu Hause liegen läßt.«

»Ach ja: Preußens Gloria«, seufzte Elisabeth von Bosetzki gewollt theatralisch. »Wenn mein Johann selig das wüßte ...«

Erdmanns Stöhnen war dagegen echt. »In Eisfeld haben sie erzählt, daß sich die Preußen mit den Sachsen um das bißchen Verpflegung streiten, das es gibt. Das Kommißbrot verschimmelt ...«

»Aber wir haben Prinz Louis Ferdinand«, sagte Odereck, »an den glaube ich, und an dem wird sich Napoleon ebenso die Zähne ausbeißen wie Maria Theresia an Friedrich.«

»Fast wäre er ja schon vor der ersten Schlacht gestorben ...« Elisabeth von Bosetzki holte ihr Taschentuch hervor, um sich die Stirn zu betupfen. »Der alte Fürst de Ligne ist dabeigewesen. Sie waren in der Nähe von Schloß Eisenberg auf der Jagd, bei den von Lobkowitz, und da hat sich bei einem der Jäger ein Schuß gelöst und Louis Ferdinand um ein Haar getroffen. Und wißt ihr, was der gesagt hat ...?«

»Wer: der Prinz oder de Ligne?«

»De Ligne. ›Wieder ein gutes Vorzeichen!‹ hat er ausgerufen. ›Das bedeutet, daß man Sie nie wird töten können, wie sehr auch der Feind, der Ihre Tapferkeit und Ihre Talente kennt, danach verlangen mag.‹«

In diesem Augenblick hörten sie Kanonendonner aus der Ferne und zuckten unwillkürlich zusammen.

»Es ist also losgegangen, irgendwo da vorn bei Saalfeld.« Odereck beugte sich aus dem Fenster ihres Reisewagens, um den Kutscher zu erhöhter Eile anzutreiben.

»Hoffentlich geraten wir nicht mitten in den Schlamassel hinein!« rief Elisabeth von Bosetzki.

Erdmann tat entsetzt. »Mutter, bist du etwa schwanger?«

Zur Entgegnung blieb ihr keine Zeit mehr, denn die Kanonade wurde immer heftiger und schien sich dem Schall nach schnell zu nähern. Es war ein hügeliges Land, und als sie gerade eine Kuppe passierten, sahen sie zu ihrem Entsetzen nicht nur rechts von sich ein brennendes Dorf, sondern auch vor sich die Straße von fliehenden Truppen versperrt. Wie eine Flutwelle wälzte sich das alles heran. Die eigenen Bagagewagen wurden zerschlagen und geplündert.

»Runter von der Straße!« schrie Odereck dem Kutscher zu, von Panik ergriffen. »Auf den Feldweg rauf. Wir müssen sehen, daß wir in das Wäldchen da hinten kommen. Los!« Und als der Kerl nicht sogleich spurte, sprang Odereck hinaus, um die Zügel selber in die Hand zu nehmen.

Eine Höllenfahrt begann, und was nun folgte, ließ sie an das Schicksal Schiffbrüchiger denken, die sich in ein kleines Rettungsboot geflüchtet hatten und jetzt in ihrer Nußschale von den Urgewalten der Natur hin und her getrieben wurden. Mal fegte sie eine Orkanbö nach Norden, dann kam eine Flutwelle und trieb sie nach Osten, von wo eine starke Strömung sie nach Süden entführte, wo sie sich wiederum an einem Baumstamm verhakten und Richtung Westen gerieten, dort allerdings auch keine Ruhe fanden, sondern vom drehenden Wind dahin zurückgejagt wurden, wo sie anfangs gewesen waren. Manchmal wußten sie nicht genau, ob es Sachsen, Preußen oder Franzosen waren, in deren Mitte sie gerieten und von denen sie mitgerissen wurden. Odereck, der die ganze Zeit auf dem Kutschbock saß, schaffte es aber, immer so zu agieren, daß sie nicht ertranken, obwohl sie des öfteren nahe daran waren, umzuschlagen und zu kentern.

»Da vorn ist Saalfeld!« schrie Odereck ins Innere des Reisewagens.

»Da kenne ich eine der Hofdamen«, rief Elisabeth von Bosetzki. »Amalie von Uttenhoven, eine Freundin von mir. Fahren Sie da hin ins Schloß.«

»Wie denn gegen den Strom!?« Damit meinte er die aus der Stadt flüchtenden preußisch-sächsischen Soldaten.

»Mit der Flut der Franzosen, die hineindrängen.«

Odereck versuchte Kurs zu halten, doch seine beiden Braunen waren immer drauf und dran, mitsamt dem Reisewagen durchzugehen, so daß es ihn an Saalfeld vorbei Richtung Schwarza und Rudolstadt trieb. Da kreuzte er den Weg eines Reiters, in dem er den preußischen Artillerieleutnant Victor de Caraman erkannte, einen engen Freund Prinz Louis Ferdinands.

»Was ist?«

»Ich war in Blankenhain, um dem Herzog von Braunschweig zu melden, daß wir Saalfeld halten würden, aber jetzt müssen wir uns doch auf Schwarza zurückziehen. Hohenlohe und der Herzog kommen mit der Vorhut der Hauptarmee nicht schnell genug heran. Louis Ferdinand hat die erste Attacke der französischen Husaren abweisen können, jetzt wird gleich die zweite erfolgen – ich muß hin zu ihm.«

»Dann sind die Franzosen noch nicht in Saalfeld drin?«

»Nein.« Damit sprengte de Caraman davon.

Elisabeth von Bosetzki hatte den Dialog verfolgen können und drängte jetzt auf schnelles Handeln. »Wenn die Franzosen noch nicht in der Stadt sind, dann können wir es noch schaffen bis aufs Schloß. Bei der Fürstin Reuß sind wir in Sicherheit. Los!«

Odereck mußte ihr beipflichten, daß dies die beste Möglichkeit war, doch noch mit heiler Haut davonzukommen. Und es gelang, sie erreichten ihre Zuflucht, ohne daß sie irgendwelchen Schaden genommen hätten.

»Kommt man aus dem märkischen Flachland, fühlt man sich in Thüringen wie in einer anderen Welt«, sagte Elisabeth von Bosetzki.

»Ich habe mich in einer anderen Welt gefühlt, als ich Prinz Louis Ferdinands ansichtig wurde«, hauchte Amalie von Uttenhoven. »Sein edler Anstand und seine stolze Haltung ...«

»Wir haben Angst um ihn«, sagte Odereck.

Die Hofdame lächelte. »Ich vertraue seinem Glücksstern. Er garantiert mir gleichsam seinen Sieg.«

Kaum hatte sie dies ausgesprochen, kam ein französischer Adjutant ins Schloß gesprengt und wünschte höflich, aber gebieterisch den Herzog zu sprechen. Als man ihn zum Fürsten von Reuß geführt hatte, meldete er die Ankunft von Marschall Lannes und seinen Offizieren, die sich im Schlosse einquartieren wollten. »Und sorgen Sie sofort für ein Souper von dreißig Gedecken.«

Die Tamseler waren genötigt, ihre gerade eben bezogenen Zimmer wieder zu räumen, und konnten sich nur damit trösten, daß es der Fürstin Reuß und Elisabeths Freundin auch nicht besser erging. Eine halbe Stunde später füllte sich der Hof mit Wagen, Pferden und Dienern des Marschalls. Dieser ließ nicht lange auf sich warten und wurde vom Herzog willkommen geheißen.

»Die Atmosphäre ist nicht anders, als hätte es lediglich ein Manöver gegeben«, sagte Erdmann.

»So ist die Welt nun mal«, erwiderte Odereck. »Die Herren stochern mit ihrem Messer im Rehrücken herum – und ihre Untertanen tun es mit dem Degen in der Brust des Feindes.«

In diesem Augenblick stürmte ein Adjutant durch die Gänge des Schlosses, und Odereck erkannte in ihm den Grafen Mensdorff-Pouilly. Sie waren vor Jahren einmal gemeinsam durch die Pariser Nächte gezogen.

»Wo ist der Marschall?« rief der Graf mit Tränen in den Augen.

»Beim Herzog von Reuß. Was ist passiert?«

»Louis Ferdinand ist tot, im Reiterkampf gefallen.«

Auf diese schreckliche Nachricht hin fielen einige der

Damen, so auch Elisabeth von Bosetzki, in Ohnmacht, und alle beweinten den unglücklichen Prinzen.

Anders hingegen Marschall Lannes. »Teufel, das ist gut!« rief er in seiner ersten Überraschung. »Das wird eine große Sensation bei der Armee machen.«

Wenig später erschien der Wachtmeister Laurent Guindey vom 10. Husaren-Regiment zur Berichterstattung. Er habe, erklärte er Lannes, den Prinzen nicht erkannt, sondern für einen ganz normalen preußischen General gehalten. »Ich ritt im Galopp, mit dem Säbel in der Hand, auf ihn zu, indem ich ihm zurief: ›Ergeben Sie sich, General, oder ich töte Sie!‹ Er antwortete mit fester Stimme: ›Nein, Schuft!‹ und versetzte mir dabei einen Hieb mit dem Säbel ins Gesicht. Da ich sah, daß er sich tapfer verteidigte und sich durchaus nicht ergeben wollte, griff ich ihn mutig an, fest entschlossen, ihn nicht aus meinen Händen zu lassen, versetzte ihm mehrere Hiebe, die er mit Fertigkeit abwandte, nur einen Stich mit dem Säbel in die Brust sowie einen Säbelhieb hinten am Kopfe vermochte er nicht abzuwehren …«

Er berichtete dann weiter, daß ein Preuße den tödlich verwundeten Prinzen zu sich aufs Pferd gehoben habe und weggeritten sei. Er habe die beiden verfolgt, sei dann aber selbst von einem Schuß getroffen worden und habe nur noch gesehen, wie die beiden nach einem weiteren Kampf vom Pferd stürzten.

Bei allem Schmerz um Louis Ferdinand hätte Erdmann doch auch wieder lachen können: Da konnte ein simpler französischer Soldat besser fechten als der größte Heros der Preußen seit Friedrich. Und er dachte, meinem Vater wär das nicht passiert, wobei er in diesem Falle ausnahmsweise einmal Johann von Bosetzki als solchen nahm. Vielleicht hätte Louis Ferdinand doch mehr mit der Waffe üben und seine rechte Hand etwas bewußter kräftigen sollen, als mit ihr seinen Geliebten zwischen die Beine zu fahren oder am Klavier die tiefen Töne zu klimpern. Die weitergehende

Frage war, und da dachte er fast so revolutionär wie Odereck manchmal, warum denn ein Volk Könige und Prinzen brauchte, wenn diese in keiner Hinsicht besser waren als der normale Sterbliche. Aber das vergaß und verdrängte er schnell und saß mit Odereck in der elendsten Stimmung, die sich denken ließ, auf dem Schloßhof und wartete darauf, daß man den Leichnam ihres Freundes bringen würde, doch das geschah weder am Nachmittag noch am Abend. Es hieß schließlich, der Tote habe noch nicht identifiziert werden können, da die französischen Soldaten den Prinzen als erstes ausgeplündert und bis auf die Unterwäsche ausgezogen hatten.

»Wir müssen uns anbieten, ihn morgen früh auf dem Schlachtfeld zu suchen«, sagte Odereck.

»Ja, das müssen wir.«

Kurz nach Sonnenaufgang machten sie sich zusammen mit dem Grafen Mensdorff-Pouilly und dem Chirurgen Gallernat auf den Weg, und es war so schrecklich, daß sich Erdmann zweimal erbrechen mußte. Um nicht in Ohnmacht zu fallen, versuchte er mit aller Kraft an Johann von Bosetzki zu denken, wie der in Zorndorf auf dem Schlachtfeld stand, auch er inmitten angehäufter Leichen, um von Friedrich seine Nobilitierung entgegenzunehmen. Gallernat stellte bei Louis Ferdinand sechs Verletzungen durch Säbelhiebe fest, davon tödlich ein Hieb in den Hinterkopf, der ins Gehirn drang, und ein Stich zwischen die zweite und die dritte Rippe, der einen Teil des Brustbeins spaltete. Sie riefen einige Soldaten herbei und ließen den Prinzen auf einer Bahre in den Schloßhof tragen. Ein französisches Musikkorps tauchte auf und begann, einen Siegesmarsch zu spielen.

Es wurde inzwischen kolportiert, was Friedrich Wilhelm III. ausgerufen hatte, als ihm vom Tod des Prinzen berichtet worden war: »Hat wie ein toller Mensch gelebt, ist wie ein toller Mensch gestorben, die Scharte nur klein, muß aber ausgewetzt werden.« Und Amalie von Uttenhoven, die mit Elisabeth von Bosetzki am Fenster saß und die Szene genau verfolgte, sollte später in ihr Tagebuch schreiben: »Großer Gott! Welch ein Anblick! Ich erkannte den Prinzen Louis Ferdinand, diesen jungen stolzen Fürstensohn, den Ruhm des preußischen Heeres, kaum noch strahlend wie das Gestirn des Tages, jetzt bleich und vom Tode entstellt. Ich sah den Neffen des großen Friedrich entblößt und nur mit einigen Lumpen bedeckt. Ach! Niemals, niemals werde ich diesen schrecklichen Anblick vergessen.«

Als Erdmann seine Mutter erblickte, kam sie aufgeregt auf ihn zugelaufen: »Ich will weg von hier, ich will zurück nach Tamsel.«

»Ja, wir werden sehen.«

Gerade hatten sich am 14. Oktober 1806 die Nebel zu lichten begonnen, da begannen die nordöstlich des Dorfes Auerstedt postierten Kanonen der Division des Grafen Schmettau auf die Franzosen zu feuern, und damit entwickelte sich eine der für Preußen folgenschwersten Schlachten. Bis zum Mittag wurden von beiden Seiten immer neue Truppen in den Kampf geworfen, und Hügel, Felder, Hohlwege und Dörfer fielen bald den Preußen, bald den Franzosen zu. Die preußische Infanterie schlug sich tapfer, und vielleicht hätte man die Schlacht gewonnen, wenn die Kavallerie rechtzeitig gekommen wäre – doch die traf nicht ein, und statt dessen gab es ein planloses Hin und Her. Das Heer war gänzlich ohne Führung, denn der König war kein Feldherr und der Oberkommandierende, der Herzog von Braunschweig, hatte durch einen Schuß in den Kopf Augenlicht und Besinnung verloren. Sein Plan, sofern er einen hatte, war keinem seiner Generäle bekannt, und so fochten die Möllendorf, Schmettau, Wartensleben und Blücher nach eigenem Gusto, solange sie noch Munition und Männer hatten. Doch das währte nicht mehr lange. Und dann brach ein heftiger Streit aus, ob man kapitulieren solle oder nicht.

Mitten in diesem brodelnden Kessel steckten nun Odereck und Erdmann sowie seine Mutter und ein Kutscher aus Saalfeld. Viel zu spät waren sie aufgebrochen, hatten aber auch nicht ahnen können, daß es Friedrich Wilhelm III. nach dem Fiasko von Saalfeld und dem Tod Louis Ferdinands zu einer Entscheidungsschlacht mit den Franzosen kommen lassen würde, war doch allen klar, daß sein führungsschwaches, schlecht ausgerüstetes und gänzlich unmotiviertes Heer, dieser irgendwie zusammengewürfelte Haufen, gegen die französische Volksarmee keine Siegeschance hatte.

»Nun stecken wir schon wieder im Schlamassel!« rief Elisabeth von Bosetzki, als ringsum die Kanonen donnerten. »Das ist doch schwachsinnig, zweimal denselben Fehler zu machen!«

»Mutter, du selbst wolltest nicht länger in Saalfeld bleiben«, hielt Erdmann ihr entgegen.

»Und ich hätte mein ganzes Vermögen drauf verwettet, daß sie sich mit Napoleon irgendwie noch arrangieren – anstatt alles zu verspielen.«

»Es ist eben eine Sache der Ehre«, stellte Odereck fest. »Prinz Louis Ferdinand hat es allen vorgemacht. Wir müssen ...«

Weiter kam sie nicht, denn in unmittelbarer Nähe ihres Reisewagens schlugen nun Granaten und Kartätschen ein. Schreckensbleich gab Odereck dem Kutscher den Befehl, auf das Dorf Tauchwitz zuzujagen, das rechts von ihnen lag. Das war auch dringend nötig, denn vor sich sahen sie die Grenadiere des Prinzen August, wie sie sich zum Sturme sammelten.

»Tauchwitz brennt!« schrie der Kutscher zurück.

»Wenn's brennt, wird es keiner mehr beschießen. Also los!«

Und Odereck sollte recht behalten, denn alles konzentrierte sich nun auf den Raum zwischen den Dörfern Poppel und Tauchwitz, das heißt, die französischen und die preußischen Grenadiere bissen sich hier fest.

Die Tamseler erreichten den Tauchwitzer Anger und ließen halten, um sich zu orientieren und den besten Fluchtweg Richtung Leipzig zu finden. Da hörten sie Schreie.

»Eine Frau«, sagte Erdmann.

»Von wo?« fragte Odereck.

»Aus dem Haus da neben der Kirche …«

Es war zu weiten Teilen eingestürzt, und sein Dachstuhl brannte lichterloh. Sie liefen hin und horchten. Wieder erklangen Schmerzensschreie, dann wurde um Hilfe gerufen. Erdmann wollte hinzuspringen, doch Odereck riß ihn zurück.

»Das hat doch keinen Sinn. Du brauchtest zwanzig Elefanten, um die Balken zur Seite zu ziehen.«

»Ich kann nicht zusehen, wie da ein Mensch bei lebendigem Leibe verbrennt, eine Frau auch noch.«

»Willst du mit ihr sterben!?«

»Ja!«

Urzeitliche Kräfte trieben Erdmann voran. Er stieß Odereck zur Seite und zwängte sich in den Eingang, der unbeschädigt geblieben war. Doch schon in der Diele gab es kein Weiterkommen mehr, zu dicht waren Qualm und Staub. Und die Hitze wurde immer stärker. Durch die Fugen in der Decke sah er über sich die Flammen. Jeden Augenblick konnte alles herabstürzen und ihn begraben.

»Hierher! Ich bin eingeklemmt!«

Die Frau steckte linkerhand in einer Kammer. Erdmann riß an einer Tür. Sie klemmte erst, sprang dann aber auf. Ihr Sog sorgte dafür, daß die Staub- und Rußpartikel aus dem Raum geweht wurden und er einen Blick auf sie erhaschen konnte. Ein herabgestürzter Deckenbalken lag über ihren Hüften und hielt sie fest.

»Corona!« schrie Erdmann.

»Nein, ich bin Cathérine … Aber, in Gottes Namen, helfen Sie mir doch!«

Schon kniete Erdmann neben ihr und mühte sich aus Leibeskräften, den Balken anzuheben.

»Es geht nicht … zu schwer …«, keuchte er.

Da begann sie zu beten. »Herr, mein Fels, meine Burg, mein Erretter, mein Gott, mein Hort, auf den ich traue, mein Schild und Horn meines Heils und mein Schutz! Herr, hilf mir, bitte, bitte, ich flehe dich an …!«

Erdmann sprang wieder auf, um sich nach einem Hebel umzusehen. Da – das abgebrochene Bein eines Stuhls.

»Moment noch … Das müßte gehen …«

Doch als er das Stuhlbein unter den Balken geschoben hatte, brach das restliche Haus mit infernalischem Getöse über ihm zusammen … und alles, schien ihm, war nun aus.

# Kapitel 11

## 1806/07

Blamabel war die Niederlage der preußischen Armee bei Jena und Auerstedt, und bis auf Glatz und Kosel in Schlesien, Graudenz in Westpreußen und Kolberg in Pommern kapitulierten auch die Festungen ohne den Versuch einer ernsthaften Gegenwehr. Und in Berlin fand sich am 17. Oktober 1806 an den Mauern folgender Anschlag des Grafen von der Schulenburg, des Gouverneurs der Stadt: »Der König hat eine Bataille verloren. Jetzt ist Ruhe die erste Bürgerpflicht. Ich fordere die Einwohner Berlins dazu auf. Der König und seine Brüder leben!« Keiner dachte daran, Widerstand zu leisten.

Königin Luise war kurz in Berlin und fragte einen Beamten, wo der König sei.

»Das weiß ich nicht, Eure Majestät.«

»Aber, mein Gott, ist der König nicht bei der Armee?«

»Die Armee? Sie existiert nicht mehr.«

Daraufhin floh sie mit einem Teil des Hofes nach Schwedt, wo es ein Wiedersehen mit ihren Kindern geben sollte.

*»Vive l'empereur!«*

Als Napoleon seinen Einzug hielt, standen die Berliner zu Tausenden am Brandenburger Tor, um ihn mit kräftigen Hochrufen zu begrüßen – vor allem in der Absicht, ihn milde zu stimmen, denn Weimar, das wußte man inzwischen, war zur Plünderung freigegeben worden und hatte schrecklich gelitten. Aber nicht nur das einfache Volk war erschienen, sondern der gesamte Magistrat sowie die Minister von Goldbeck, von Reck, von Massow und von Thulemeyer, die Kurmärkische Kammer und die Angesehensten der Bürgerschaft. Als der Kaiser der Franzosen vorüber war, warfen sie sich in ihre Kutschen und jagten zum Schloß, um ihn dort abermals jubelnd zu empfangen.

Auch Erdmann, Odereck, Elisabeth von Bosetzki und Cathérine, die junge Frau, die er im Dorfe Tauchwitz gerettet hatte, hatten eigentlich nach Berlin gewollt. Doch kurz vor der Residenzstadt hatte Odereck in einem Gasthof von Hertefeld einen alten Bekannten getroffen. Mit einer überraschenden Nachricht trat er zu Erdmann ins Zimmer.

»Wir sind von Friedrich Leopold von Hertefeld eingeladen worden.«

Erdmann überlegte einen Augenblick. »Der sitzt auf Liebenberg ...«

»Ja.« Und Odereck half ihm weiter auf die Sprünge. »Mitte Sechzig ist er jetzt, Freiherr, hat bei den Gendarmes gedient, dann aber seinen Abschied genommen, um die Bewirtschaftung seiner rheinischen Güter zu übernehmen. Landrat von Cleve ist er gewesen, aber mit der französischen Besetzung nicht ganz klargekommen. Seine Frau ist ihm auch noch gestorben, und so ist er dann nach Liebenberg zurückgekehrt. Seine Tochter Alexandrine hat den Justizminister Danckelmann geheiratet, und mit der Geheimrätin Ursinus, der Giftmischerin, ist er auch bekannt gewesen. Ein interessanter Mann also.«

Erdmann sah auf der Landkarte nach, wo denn Liebenberg lag. »... nördlich von Oranienburg.«

»Das ist kein großer Umweg für uns, wir sind dann über Freienwalde schnell wieder an der Oder und in Küstrin.« Und Odereck hatte noch ein anderes Argument zur Hand. »Außerdem ist der Krieg noch nicht zu Ende, und wer weiß, ob nicht noch um die Festung Küstrin eine Schlacht entbrennt. Da sind wir in Liebenberg viel sicherer.«

Erdmann war es zufrieden, zumal all seine Gedanken ohnehin Cathérine galten. Die junge Frau, eine Waise, war mit ihnen aus dem Kriegsgebiet geflüchtet, auch in der Hoffnung, auf Schloß Tamsel als Köchin und Mamsell dienen zu können, denn dies hatte sie vordem in Saalfeld bei der Fürstin Reuß vortrefflich gelernt. Viel über sich erzählte sie nicht, nur daß ihr Vater, an den sie sich kaum erinnern konnte, aus Frankreich stammte und als Lehrer auf der Rudolstadter Heidecksburg gewesen war, wo sich auch ihre Mutter verdingt hatte. Beide waren früh an Typhus gestorben, und sie war von der Frau des Tauchwitzer Pfarrers aufgezogen worden.

Erdmann war so entflammt wie nie zuvor, denn Cathérine hätte vom Aussehen her eine Zwillingsschwester Coronas sein können und zog nun all seine jahrelang aufgestauten Sehnsüchte auf sich. Seine Begierde war manchmal so groß, daß er nahe daran war, vor schmerzhaftem Verlangen aufzuschreien wie ein brünftiger Hirsch. Noch war er weit davon entfernt, sie in die Arme schließen und besitzen zu dürfen, doch immerzu klangen Liebeslieder in ihm auf, insbesondere dieses eine von Schelling: »In meines Herzens Grunde,/Du heller Edelstein,/Funkelt all Zeit und Stunde/ Nur deines Namens Schein./Erfreuest mich im Bilde/Mit Spiel und leichtem Scherz,/Rührend so süß als milde/Mir an das wilde Herz.« Doch sie entzog sich ihm mit lasziver Eleganz, sooft er auch ansetzte, sie an sich zu pressen. Da kniete er dann vor ihr nieder, um die nächsten Strophen heiser zu flüstern: »Bei dir nur ist gut wohnen,/Drum ziehe mich zu dir./Endlich muß sich doch lohnen/Schmerz, Sehnsucht und Begier./Bringt jeder Tagesschimmer/Doch neuer Hoffnung Schein …«

»Und läßt du nicht das Dichten sein,/Dann schlag ich dir den Schädel ein!« rief Odereck. Da sich Erdmanns Balz vor allem im engen Reisewagen oder aber in Hotels abspielte, die klein und hellhörig waren, war er immer brummiger geworden. »Ich kann dieses Anschmachten nicht länger ertragen.« Und Cathérine bekam zu hören: »Verdammt, leg dich doch endlich ins Gras mit ihm – ich lass' auch extra eine Stunde anhalten für euch –, damit er Ruhe gibt!«

Aber auch Oderecks Zorn vermochte Cathérine nicht aus ihrer Reserve zu locken, sie blieb schläfrig wie eine satte

Katze auf der Ofenbank. War dies nun ein weibliches Mittel, seine Glut noch stärker anzufachen, oder stand sie noch immer unter Schock? Keiner wußte es genau. Sie sprach überhaupt wenig, und es schien, als sei in der halben Stunde, in der sie im Hause des Tauchwitzer Pfarrers eingeklemmt gelegen hatte, dem sicheren Tode geweiht, alles an Gefühlen in ihr abgestorben, aber auch jede Erinnerung an ihr früheres Leben. Sie war in allem völlig normal, konnte sprechen, hören, riechen, fühlen, essen, trinken und lachen wie alle anderen auch, doch es war immer etwas Somnambules an ihr. Wie eine Schlafwandlerin kam sie Erdmann vor, die bei Mondschein auf dem Dachfirst spaziert. Ihr ließ sich nichts entlocken, woran sich anknüpfen ließ, um ihre Seele wieder zu öffnen. Oder war das ganz einfach ihre Art – war sie auch nicht anders gewesen, bevor die Kanonenkugel der Franzosen das Haus getroffen hatte, in dem Erdmann sie gefunden und gerettet hatte?

Erdmann war verzweifelt, doch seine Mutter, die alles leuchtenden Auges verfolgte, hatte dafür die einfachste Deutung und lächelte nur. »Du Narr, du, das gehört zum Spiel und steigert die Lust. Wer warten kann, zu dem kommt alles.«

Odereck gar schnauzte ihn an: »Es ist schäbig von dir, wie du's dir bezahlen lassen willst, daß du sie vor dem Tod gerettet hast.«

Erdmann wurde bleich. »Daran hab' ich nie gedacht, aber daß sie das so sehen könnte, daß …«

Als sie das hörte, küßte ihn Cathérine zum ersten Mal, wenn auch nur flüchtig auf die Stirn, und Erdmann schrieb in sein Tagebuch: »Es hat ein Kuß mir Leben eingehaucht,/Gestillet meines Busens tiefstes Schmachten …« Und zum Mond gewandt, flüsterte er, was Friedrich Schlegel einst bei seiner ersten großen Liebe in den Sinn gekommen war: »Lange war die Brust verschlossen,/Und mir fremd die süßen Gaben./Was ich wußte, war nur Hoffen,/Bis der Liebe Ruf mir schallte./Wenn der Liebe Ruf uns fasset,/Blüht ein Sternengürtel oben …«

Am Nachmittag des 20. Oktober trafen sie, nachdem sie immer der Hertefeldschen Kalesche gefolgt waren, in Liebenberg ein, das etwa zwischen Oranienburg und Zehdenick gelegen war. Es war ein romantischer Platz, der früher auch einmal den Bredows gehört hatte, und Erdmann fand den kleinen Kreis, in den sie kamen, sehr anheimelnd und als Gegenentwurf zum ewigen Herumziehen mit dem Grafen Odereck durchaus bedenkenswert. Da war zuallererst die Demoiselle Neumann, eine robuste und pflichtbewußte Bürgersfrau, die das Haus regierte, dann waren zu nennen der alte Tackmann, ein Zuckerbäcker, der in seiner Jugend weite Reisen in überseeische Länder unternommen hatte, der junge Reichmann, ein abgebrochener und sehr melancholischer Student mit der Funktion eines Privatsekretärs, und zuletzt der Hauslehrer, Herr Kandidat Greif, der das Leben leicht nahm und sich in alles hineinzufinden wußte. Saßen sie alle mit den Gästen aus Tamsel bei Tische, so gab es viel zu berichten und zu kommentieren, insbesondere über das, was in jenen Tagen in Küstrin geschah.

»Unser armes Königspaar soll in der Festung eingetroffen sein«, sagte die Demoiselle Neumann mit Tränen in den Augen.

Dies reizte Odereck zu der Bemerkung, daß das Königspaar wohl am besten in Königsberg aufgehoben sei. »Das paßt so gut zueinander. Und wenn ihnen Napoleon Restpreußen überläßt, dann können sie ihr ganzes Königreich beim morgendlichen Ausritt inspizieren.«

»Das ist fürwahr lästerlich«, bemerkte der Hauslehrer Greif.

»Ja«, stimmte der alte Tackmann ihm bei. »Ich möchte mein Zuckerbrot nicht für die Franzosen backen.«

»Bei denen geschieht es wenigstens ohne die preußische Peitsche«, entgegnete Odereck. »Aber ohne die schmeckt es ja hier offenbar niemandem.«

Der junge Reichmann ließ die Mundwinkel hängen und verlor sich im Mystischen. »›F‹ wie Französisch. Das ›F‹ ist der sechste Buchstabe des Alphabets, und das negative ›F‹ steht für melancholisch, unglücklich, traurig, elend, zerknirscht, deprimiert, ängstlich und unausgeglichen.«

»Bei mir fangen viele schöne Worte mit ›F‹ an«, fiel ihm Elisabeth von Bosetzki ins Wort, und in ihren Bernsteinaugen tanzten kleine Funken, als sie von Hertefelds Entsetzen bemerkte. »Zum Beispiel ... Feiern, Frohsinn, Feinsliebchen, Fellatio, Fata Morgana ...«

Von Hertefeld unterbrach sie. »Nun, bleiben wir bei Friedrich Wilhelm III. und Königin Luise ...« Ihr Gastgeber war ein ernsthafter Mensch, der kaum Amouren gehabt hatte und der den Tod seiner Frau noch immer nicht verwunden hatte. »Der König, so wird gemunkelt, soll an Rücktritt denken und sich nur noch wünschen, in Paretz, seinem arkadisch anmutenden Lieblingssitz, zu leben.«

»Lebte Prinz Louis Ferdinand noch, würde ich dies jubelnd begrüßen«, sagte Odereck. »So aber ...«

»Immerhin ist Lombard jetzt vom Hofe entfernt, und Königin Luise soll Hardenberg, der doch für Reformen steht, mit nach Küstrin genommen haben.«

»Was kann der schon ausrichten gegen die alte Kamerilla, als da sind: Haugwitz, Beyme, Köckeritz, Zastrow ...«

»Das Volk liebt seinen König, und an der Schmach von Jena und Auerstedt war er nicht schuld, sondern der Herzog von Braunschweig und vielleicht auch Blücher, der mit seiner Kavallerie zu kopflos angerannt ist.«

Erdmann indessen nahm an der Unterhaltung keinen sonderlichen Anteil, denn es gab in diesen Tagen nur ein Thema für ihn, und das hieß: Cathérine. Nun war er ihr tagtäglich nahe und dennoch so fern, denn mehr als flüchtige Berührungen hatte es zwischen ihnen noch immer nicht gegeben. Dabei stand es so schlimm mit ihm, daß Odereck schon gegrummelt hatte, sein Verhalten erinnere ihn an einen Rüden beim Anblick einer läufigen Hündin. Doch Cathérine erwies sich als eine anscheinend uneinnehmbare Festung. Auch seine Mutter fand das seltsam, sagten ihr doch Instinkt und jahrzehntelange Erfahrung in diesen Dingen, daß die Mamsell aus dem Thüringischen den Status einer Jungfrau schon lange nicht mehr hatte. Allein mit welch leuchtenden Augen sie in Saalfeld den feschen französischen Offizieren nachgeschaut hatte, insbesondere diesem Henri Trouville, einem vom Stabe Napoleons, der als Kurier im Schloß erschienen war. Erdmann hatte zuwenig Erfahrung in allen Liebesdingen, war in hohem Maße verwirrt und suchte sich mit dem süßen Gift der Lyrik zu betäuben: »Immer wächst und blüht Verlangen,/An der Geliebten festzuhangen,/Sie im Innern zu empfangen,/Eins mir ihr zu sein,/Ihrem Durste nicht zu wehren,/Sich im Wechsel zu verzehren,/Voneinander sich zu nähren,/Voneinander nur allein./So in Lieb und hoher Wollust/Sind wir immerdar versunken ...«

»Was sagen Sie denn zu den Franzosen: Werden sie auch Ostpreußen erobern wollen – als Aufmarschgebiet gegen die Russen?« fragte ihn von Hertefeld.

»Die Russen ...?« Erdmann schreckte auf. Er hatte sich gerade vorgestellt, auf Schloß Tamsel Hochzeit mit Cathérine zu feiern – mit dem Freiherrn als Trauzeugen, weil es in Liebenberg die erste Liebesnacht für sie gegeben hätte. »Die Russen, ja, mein Vater war ja damals in Zorndorf dabei und hat Friedrich gerettet, sonst wären wir ja nicht zu unserem ›von‹ gekommen ...«

»Unser Träumer!« Oderecks Lachen klang recht aggressiv.

»Hör auf!« Erdmann fand den Freund geradezu abstoßend. »Ist dir denn nichts heilig? Der Mensch lebt doch nicht vom Spott allein, er braucht auch seine Idylle.«

Mit der Idylle Liebenberg war es bald vorbei, denn am 25. Oktober füllte sich der Hof des Herrenhauses mit fast vierzig Offizieren und Gemeinen, die mitsamt ihren müden und schlechtgenährten Pferden Unterkunft und Nahrung suchten. Es waren Teile der preußischen Armee, die auf ihrem fluchtartigen Rückzug nach Ostpreußen auch Liebenberg streiften, Husaren vom Regiment Prinz Eugen von Württemberg samt zwei Kompanien Fußjäger. Ein Rind wurde geschlachtet, und Erdmann übernahm die Verteilung des Fleisches an die Soldaten. Die Tamseler mußten ihre schönen Zimmer räumen und auf den Dachboden ziehen, wo ihnen von Hertefeld Feldbetten hinaufschaffen ließ. Mit Hilfe mehrerer Wäscheleinen und vieler Laken schafften sie es dann, sich kleine Räume abzuteilen und den Anstand zu wahren. Erdmann verfluchte dieses Arrangement indes, nahm es ihm doch jede Chance, Cathérine zu erobern.

Am nächsten Morgen entfernten sich die Reste des Württembergischen Regiments in Richtung Liebenwalde beziehungsweise Zehdenick, und sie glaubten schon, alles überstanden zu haben, da kam gegen zehn Uhr ein Trompeter der französischen Vorhut in den Hof gesprengt und schrie, als sich von Hertefelds Leute ins Haus zurückziehen wollten: »Hierher!« Erdmann sah vom Dachfenster aus, wie der Freiherr ihm mutig entgegenging und auf französisch fragte, was denn zu Diensten sei. Wie ein Rasender sprang der französische Husar nun vom Pferd und verlangte zweihundert Louisdor. »*Vite, vite!*«

Von Hertefeld blieb ruhig und erwiderte, nur noch Silbergeld zu haben, jedoch kein Gold.

»*Vite, vite,* sonst kommen mir die Kameraden anderwärts zuvor!«

Erdmann und Odereck sprangen nun hinunter, um von Hertefeld zu helfen, doch angesichts der vorgehaltenen Pistole mußten sie hilflos mit ansehen, wie der Husar ihn zwang, sein Schreibspind zu öffnen, über sechshundert Taler herauszunehmen und in den Kornsack des Plünderers zu tun. Der verschwand schnell. Draußen jubelten seine Kameraden.

»Das wird sich schnell herumsprechen, daß hier einiges zu holen ist«, sagte Odereck, und er sollte recht behalten, denn bald darauf erschienen andere Husaren – und im Handumdrehen war von Hertefeld um tausendfünfhundert Taler, sein Silber und alle seine zwanzig Pferde ärmer. Odereck bekam nun den Auftrag, die Frauen oben auf dem Dachboden gut zu verstecken, während Erdmann mit von Hertefeld ins Dorf eilte, wo sich im Jägerhause der französische Marschall Murat, seit 1805 als Schwager Napoleons kaiserlicher Prinz, aufhalten sollte. Man fand ihn, und er erwies sich als ein gebildeter, gewandter und verschmitzter Mann, sein Adjutant aber schnauzte von Hertefeld an, daß ihn hier alle anlügen würden, wenn er Auskünfte über die preußischen Truppen verlange.

Da schossen von Hertefeld die Tränen in die Augen, und er riß seinen Hut vom Kopf, um dem Prinzen seine grauen Haare zu zeigen. »Sehen Sie meine mit Ehren grau gewordenen Haare und urteilen Sie, wie hart mir solche Rede fallen muß; ich lüge nicht, ich sage, was ich weiß, und mehr kann ich nicht sagen. Ich bitte um eine *sauvegarde.*«

Der Prinz besänftigte ihn. »Ich werde mein Hauptquartier in Liebenberg nehmen, das ist die beste Garantie für Ihre Sicherheit und Ihr Wohlergehen.« Zugleich erhielt Erdmann die Weisung, Schilder mit der Aufschrift *Quartier général du Prince* zu malen und überall im Dorf anzuschlagen.

Danach quollen Herrenhaus und Hof über von Offizieren, Dragonern, Wachmannschaften, Pferden und Pferdeknechten. Alle wollten Hafer, Wein und Lebensmittel. Die Gemeinen rissen die Zäune nieder, um mit ihnen Feuer anzumachen und das zu braten, was sie an Schweinen, Hühnern, Gänsen, Puten und Enten erbeutet hatten, die Offiziere wurden bei von Hertefeld im Haus beköstigt. Zwölf Portionen Essen für den einen, siebzehn Portionen für den anderen Personenkreis waren zu bereiten, und es ging nicht anders, als daß Erdmanns Mutter und Cathérine vom Dachboden geholt und eingesetzt wurden. Sofort fingen die Franzosen an, mit Cathérine anzubändeln, und insbesondere einer der Offiziere, Henri Trouville, ein schlanker und braungebrannter Mann aus dem Süden, der ihnen schon in Saalfeld aufgefallen war, trieb es so arg, daß Erdmann in den Schränken des Freiherrn nach versteckten Flinten suchte. Wie der Kerl ihr den Arm um die Hüften legte … Schon hatte Erdmann einen Degen in der Hand. Odereck kam gerade noch rechtzeitig, ihm die Waffe aus der Hand zu reißen.

»Laß sie doch mit ihm ins Heu, wenn sie's will.«

»Ich liebe sie.«

»Du bist ja völlig debil!«

Zum Glück für Erdmann wurde Trouville in diesem Augenblick zum Prinzen Murat gerufen, den es nach Zehdenick trieb. Er wurde vom Divisionsgeneral Beaumont abgelöst und dieser wieder von einem Deutschen in französischen Diensten, dem Brigadegeneral Becker, der aber nicht imstande war, Liebenberg vor den nachfolgenden Marodeuren der Infanterie zu schützen. Die tranken den vorhandenen Branntwein gleich aus den Flaschen, zerschlugen die Türen und Spinde und brachen die Keller auf, um die Fässer mit Lebensmitteln, Öl und Gemüse umzustoßen und ihren Inhalt in den Moder zu treten. Von Hertefeld blieb unter ihnen, um noch Schlimmeres zu verhindern.

Die Tamseler hockten derweil auf dem Dachboden dicht unter dem First und zitterten.

»Wenn sie das Haus anstecken, dann …«

»Wir müssen hinunter, von Hertefeld helfen.«

»Damit reizen wir sie nur, und sie stechen uns nieder.«

Schließlich gingen Odereck und Erdmann doch hinunter, aber da war der Haufen schon zur Kirche gezogen, um diese auszuräumen. Von Hertefeld suchte in den herausgerissenen Papieren nach dem Wichtigsten, fand auch sein Portefeuille und sagte, daß er in den Wald fliehen wolle.

»Sie müssen mit. Ihre Pferde und Ihr Wagen sind weg.«

Erdmann sah ein, daß es nicht anders ging, und holte seine Mutter und Cathérine. Ein paar Federbetten und Matratzen fanden sich noch, und vielleicht konnte man ja in dieser Jahreszeit einige Nächte im Freien verbringen, ohne sich den Tod zu holen.

Gerade wollten sie sich in den Wald schleichen, da kam jener Offizier in den Hof geritten, der Cathérine so bedrängt hatte, und ehe Erdmann dies verhindern konnte, war seine Mutter schon zu ihm geeilt, um ihm in ihrem besten Französisch ihr Leid zu klagen. Wenn er so edel sei, wie es den Anschein habe, würde er doch ihr, ihrer Tochter – als diese gab sie Cathérine aus – und ihrem Sohn sowie dessen Kammerdiener sicheres Geleit nach Küstrin und Tamsel verschaffen.

Henri Trouville sprang vom Pferd, verneigte sich formvollendet, küßte ihr die Hand und versprach ihr, sein Bestes zu tun. In zehn Minuten stünde für sie alle ein Wagen im Hofe.

»Ich bleibe natürlich hier in Liebenberg«, sagte von Hertefeld. »Und sei es im Wald.«

»Und ich bei Ihnen!« rief Odereck.

Erdmann erstarrte. »Friedrich …«

»Laß! Alles hat seine Zeit. Und diese … unsere … ist vorbei.« Sein Blick ging zu Cathérine hinüber, und er zitierte August Wilhelm Schlegel: »Ich wollte dieses Leben/Durch ein unendlich Streben/Zur Ewigkeit erhöhn …« Dabei füllten sich seine Augen mit Tränen. »Doch bald ist mir zerronnen/Der Mut, so dies begonnen …/Die Rose, kaum entfaltet …/Die hat ein Wurm gestochen,/Die hat der Tod gebrochen …«

»Nein, nicht!« Erdmann umschlang den Freund, unfähig, für seinen Schmerz die richtigen Worte zu finden.

»Es kann nicht anders sein.«

Erdmann flüsterte ihm die letzte Strophe des Gedichtes ins Ohr. »›Den strahlenden Karfunkel …/Ich will ihn bei mir tragen,/In allen Lebenstagen/Wird er mir nie geraubt.‹ Ich meine unsere Freundschaft damit, nicht sie.«

»Werde glücklich mit ihr …«

Henri Trouville klatschte in die Hände. »Meine Herren, bitte! Küstrin ist eingeschlossen – und wir müssen es passiert haben, ehe die Schlacht beginnt.«

Erster Schnee war über die Wiesen gestäubt, doch der Fluß hatte noch zuviel Sommerwärme gespeichert, um schon zuzufrieren. Wie aus einer Badewanne stieg Dampf nach oben und mischte sich in die Nebel, die vor der Sonne hingen. Wie gelber Eidotter stand sie knapp über den Bäumen am westlichen Ufer der Warthe und zeigte längst nicht die Glut der zerfallenen Kohlen im kleinen Öfchen, das Erdmann in der hinteren Ecke der Fischerhütte aus Feldsteinen hochgemauert hatte. Seine Hitze war so stark, daß sich Catérine sogar des Lakens entledigt hatte. Sie schlief, hingegossen wie ein Aktmodell. Nein, dachte Erdmann, es ist nicht der Ofen, es ist das Feuer unserer Liebe. Was er in all den Jahren versäumt hatte, war in den letzten Wochen nachgeholt worden. Wann immer es ging, waren sie auf die Liebes-Insel geeilt, und kaum hatten sie die Tür hinter sich ins Schloß geworfen, verschmolzen ihre Körper.

Erdmann setzte sich ans Fenster, um sein Gedicht zu Ende zu bringen.

*Für Cathérine*

*Süße Seufzer des Begehrens gleiten*
*Über Fluß und Wiesen hin,*
*Mondesstrahlen hold bereiten*
*Unser Bett mit liebestrunknem Sinn.*
*Horch: Hörst du sie flüstern, alle Wogen,*
*In ihren Wellen spiegelt sich der Himmelsbogen.*

*Cathérine! ruf ich hoch zum Firmamente*
*Und entflamme so zur Glut,*
*Daß von allen Sternen keiner brennte*
*Ohne meiner Liebe Kraft und Mut.*
*Vom Götterodem werden wir umfächelt,*
*Himmel, Wasser, Erde – alles lächelt.*

*Mondschein liegt auf Tamsels Rosen,*
*Alle Vögel schlummern schon.*
*Am Rand des Waldes Rehe kosen,*
*Über allem klingt der heitre Ton:*
*O Cathérine, ich umfasse deinen Nymphenleib*
*Und flüstere dir ins Ohr: Für immer, Liebchen, bleib!*

Da erwachte sie, kniete sich aufs Bett und winkte ihn heran. Erdmann machte sich ans Werk, und wenn nun Schreie übers Wasser drangen, dann waren es die der Lust. Als er erschöpft hinter ihr lag und sie sich in die warme Kuhle seines Körpers kuschelte, dachte er, daß der Roman, den er über sein Leben schreiben wollte, am besten den Titel *Tamsel a tergo* bekam. Er war so glücklich, wie ein Mensch es sein konnte, und wünschte sich nur noch das eine: daß es immer so blieb.

Es klopfte an der Tür, und schnell warf er sich etwas über, um die Frau einzulassen, die ihnen ab und an die Lebensmittel brachte. Es war Anna Petras, die Witwe eines Fischers, der im Krieg gefallen war, und die eigentliche Besitzerin der Hütte.

»Was Neues aus Küstrin?« fragte Erdmann.

»Nein. Außer daß ein paar Königstreue die Absicht verkünden, Ingersleben anzuklagen und wegen Hochverrats hinrichten zu lassen.«

»Idioten.« Er war froh, daß Oberst von Ingersleben, der Festungskommandant, am 31. Oktober die Kapitulationsurkunde unterzeichnet hatte, ohne daß vorher ein Schuß gefallen war. »Ansonsten hätte uns Trouville nicht heil nach Tamsel bringen können.«

Anna Petras teilte seine Meinung nicht. »Viele sagen, daß es Verrat gewesen ist ...«

»Felonie ...« Erdmann lachte. Das Wort löste die Assoziation zur Fellatio in ihm aus. »Ach ... Napoleon ist durch keinen aufzuhalten, und hätte Ingersleben Widerstand geleistet – sinnlosen Widerstand –, dann wäre es Verrat an der Menschlichkeit gewesen, und das zählt wesentlich mehr.«

»Aber wie die Franzosen uns verspottet haben ...«

Das bezog sich darauf, daß sie am Tage der Belagerung am anderen Ufer der Oder große Honigtöpfe gefunden hatten, in die sie ihre Zeigefinger tauchten, die sie dann hochgereckt den Preußen zeigten. Die wollten sich nun auf sie stürzen, bekamen aber von Ingersleben keine Verstärkung. Er könne keine Leute aus der Festung lassen, weil sie ihm alle davonlaufen würden. Was so nicht stimmte, denn als das Bataillon Oranien von der Kapitulation erfuhr, machte es Front gegen ihn und konnte von ihm ergebenen Offizieren nur mit Mühe am Aufstand gehindert werden. Ingersleben holte schließlich zu seinem Schutz den Feind mit Kähnen über die Oder, und wütend zerschlugen die Soldaten ihre Musketen, ehe sie in die Kriegsgefangenschaft gingen.

»Nun ja ...« brummte Erdmann, als Anna Petras ihm das alles vorgehalten hatte. »Wenn einem Menschen seine Ehre lieber ist als das Leben, kann man wohl nichts machen.«

»Jedenfalls sagen die Leute, daß Kaiser Napoleon den Ingersleben nicht in seine Armee übernimmt, wie sie das ausgehandelt hatten. Wissen Sie, was er gesagt hat?«

»Nein, woher, seit Odereck nicht mehr da ist ...«

»Er könne einen Mann nicht brauchen, der seinen Herrn verraten hat.«

Erdmann schluckte, weil das auch auf ihn und Odereck zu passen schien. Als Cathérine gekommen war, hatte er Odereck verlassen. Verraten. Es gab ihm immer wieder einen Stich. Obwohl es ja der Freund gewesen war, der gesagt hatte: Aus, Schluß, vorbei. Und gegen seinen Willen mußte Erdmann oft an Liebenberg denken. Schnell fragte er Anna Petras, wie es denn bei ihr zu Hause aussähe.

»Ach ...« Sie war eine geborene Sengebusch, und da der alte Sengebusch, Johann Bosetzkis Ziehvater, sieben Kinder gehabt hatte und die wiederum drei im Schnitt, gab es viel zu berichten, schließlich kam alles vor, was zwischen Glück und Unglück, Geburt und Tod lag. Anna kam denn auch ins Erzählen, bis es Cathérine zuviel wurde und sie fragte, ob sie es verantworten könne, so lange von zu Hause wegzubleiben.

So vergingen die Tage im Gleichmaß des Glücks, gekrönt noch von einem wunderschönen Weihnachtsfest und einer wilden Feier hinein ins Jahr 1807. Erdmann hatte inzwischen gelernt, auf der Laute zu spielen, und oft saß er im Tamseler Schloß im Zimmer seiner Mutter und gab Liebeslieder zum Besten: »Liebe denkt in süßen Tönen,/Denn Gedanken stehn zu fern,/Nur in Tönen mag sie gern/Alles, was sie will, verschönen.« Jetzt war es doch zu kalt geworden – trotz aller Liebesglut –, um auf Dauer in der Fischerhütte leben zu können, und sie hatten im Souterrain des Schlosses ein kleines Zimmer bezogen. Cathérine stand jetzt dort am Herd, wo einstmals auch Erdmanns Großmutter Johanne Bosetzki gestanden hatte, und da ihre Kochkünste ihren Liebeskünsten kaum nachstanden, nannte man sie allenthalben »unsere neue Perle«. Das brachte ihnen etwas Geld in die gemeinsame Kasse, ansonsten aber lebte Erdmann, seit er von Odereck kein Gehalt mehr bezog, von der Alimentation seiner Mutter, deren Quellen unerschöpflich zu sein schienen, denn immer wieder tauchte überraschend ein Advokat bei ihr in Tamsel auf, um zu vermelden, daß einer ihrer früheren Verehrer sie in seinem Testament bedacht hatte. So konnte sich Erdmann ungestört seinem neuem Vorhaben widmen, einer umfangreichen Biographie des Prinzen Louis Ferdinand. »Zwischen Betten und Bataillen« sollte sie heißen. Dazwischen schrieb und las er Gedichte und tat alles, um Cathérine anzuhimmeln. »Du hast das Herze mein/Ganz mir genommen ein,/Daß ich kein andre lieb,/Als dich allein!«

Hatte Erdmann nun geglaubt, Tamsel sei inmitten einer aus den Fugen geratenen Welt die letzte Insel der Seligen, so sah er sich gleich in der zweiten Woche des Januars schmerzlich getäuscht. Als er da nämlich in die Hütte auf der Liebes-Insel kam, um für sich und Cathérine ein Feuer zu entzünden, fand er sie von einem halben Dutzend zerlumpter Gestalten besetzt und fühlte, als er zurückweichen wollte, den Lauf einer Muskete am Adamsapfel.

»Was wollt ihr denn hier!?«

Der Anführer lachte. »Was zu essen von dir. Und daß du uns auf den Weg nach Kolberg bringst. Elend verlaufen haben wir uns, immer im Kreise herum, und sind allesamt am Verhungern.«

Da begriff Erdmann, wen er hier vor sich hatte: sogenannte Ranzionierte, preußische Soldaten, die aus der französischen Gefangenschaft entwichen waren und sich nach Ostpreußen zu ihrem König durchschlagen wollten. Bei ihrem Marsch durch die Wälder der Neumark mieden sie Städte und Straßen, weil sie dort sofort wieder von den Franzosen aufgegriffen worden wären, verliefen sich aber, ortsunkundig wie sie waren, des öfteren. Merkwürdige Gestalten waren es, die sich in abenteuerlichen Verkleidungen und ebenso abenteuerlichen Bewaffnungen durch die verschneiten Wälder schlichen, um sich über Gräben hinweg und durch dichtes Gestrüpp hindurch den Weg zu bahnen, manches Mal vorsichtig von Baum zu Baum vorwärts dringend.

Erdmann war hin und her gerissen. Einerseits wollte er nichts anderes, als in Ruhe und Frieden die Liebe mit Cathérine genießen – und dies schien ihm im Reiche eines Franzosen am besten möglich –, andererseits aber war er doch zu sehr geborener Preuße, um den Ranzionierten jede Hilfe abschlagen zu können. Was er auch ganz praktisch gar nicht konnte, denn schließlich war er in ihrer Gewalt. Also schaffte er aus dem Schloß Brot, Fleisch und Wein herbei und ließ sich den Weg nach Arnswalde so genau beschreiben, daß er ihnen als Cicerone dienen konnte.

»Geh nicht!« Cathérine hielt ihn fest umschlungen. »Wenn du mir stirbst.«

»Ich muß. Es ist meine Pflicht. Und wenn ich ihnen nicht Folge leiste, werden sie sich rächen und hier alles niederbrennen.«

Er riß sich los. Fast schien es ihm, daß er Cathérine nur verließ, um den Schmerz zu genießen, sie nicht mehr zu haben, und damit auch den Genuß ins Unermeßliche zu steigern, wenn er dann wiederkam und sie sich erneut liebten.

Bis zu den Knien versanken sie im Schnee, als sie durch den Tamseler Busch in Richtung Zorndorf marschierten. Soldin, Glasow, Pyritz, Stargard – das waren die Ziele, die Erdmann zwar anvisierte, aber zugleich auch wieder meiden mußte. Bis Stargard, das ein wenig östlich von Stettin gelegen war, sollte er die Ranzionierten führen, dann wollten sie sehen, daß sie dort einen Einheimischen fanden, der sie bis hinauf zur Ostsee brachte. Kolberg wurde ja noch immer heldenmütig von Gneisenau und Nettelbeck und den Infanteristen des leichten Bataillons von Ferdinand von Schill gehalten. Am 1. Januar 1807 hatte Napoleon seinen erschöpften Truppen Winterruhe verordnet und sein Hauptquartier in Warschau bezogen, aber von einem Frieden konnte beileibe nicht die Rede sein.

Erdmann lernte völlig neue Seiten an sich kennen, denn hatte er vor den Entbehrungen seines Marsches mit den Ranzionierten große Angst gehabt, vor Hunger und Kälte, vor geschwollenen Füßen und wundgescheuerten Schenkeln, vor erfrorenen Fingern und Zehen, so genoß er jetzt die Härte dieses Lebens, schlief geradezu mit Freude in zugigen Scheunen und aß die rohen Kartoffeln aus den Mieten auf den Feldern mit demselben Genuß wie damals mit Odereck die Austern. War er also doch Johanns Sohn und hatte das von ihm geerbt, was er immer als Landsknechtsnatur gegeißelt hatte?

Jochen von Bindow, der Anführer der Ranzionierten, war voll des Lobes über seine Qualitäten und fragte ihn, ob er nicht willens sei, sich der Truppe anzuschließen und sich mit ihnen nach Kolberg durchzuschlagen. »Das wird der Ausgangspunkt werden, um Napoleon zurückzudrängen und schließlich in den Atlantik zu werfen.«

»Nein, euer Angebot ist zwar verlockend und ehrenvoll, aber ...« Er wollte um jeden Preis zu seiner Cathérine zurück, die Sehnsucht zehrte schon an ihm, und immerfort klang es in ihm: »Breit' ich sehnend meine Arme/Nach dem lieben lieben Liebchen aus ...« Oder: »Nun ist es Abend/ Aber wo bist du?/Daß ich dir sage,/Wie der Tag war./Warum hörst du mich nicht ...?«

»Achtung!« rief von Bindow. »Da hinten auf der Straße kommt eine Kutsche. In Deckung alle!«

Erdmann warf sich mit den anderen in den Schnee. Vor ihnen lag die Straße, die von Schneidemühl nach Arnswalde führte, und auf der näherte sich nun eine vierspännige Extrapost, in der man unschwer einen hohen französischen Offizier erkennen konnte. Hinter Soldin waren sie in einem Schneesturm viel zu weit nach Osten geraten und hatten daraufhin beschlossen, Arnswalde östlich zu umgehen und gleich nach Ruhnow und Schivelbein zu marschieren.

»Mein Gott!« stieß von Bindow hervor. »Das kann doch nur der Marschall Victor sein ...« Von dem hatten sie gerüchteweise gehört, daß er auf einen Befehl Napoleons hin von Warschau nach Stettin reisen sollte, um dort oder in Stralsund das Mortiersche Korps zu übernehmen und mit ihm endlich die Festung Kolberg zu erobern.

Sich der Kutsche schon hier zu bemächtigen war unmöglich, aber sie beschlossen, ihr bis nach Arnswalde zu folgen, sich dort bessere Waffen zu besorgen und den Marschall mit Hilfe der Bürger gefangenzunehmen. Das gelang dann auch, obwohl sich einige der Magistratsmitglieder aus Angst vor der Rache des Kaisers dagegen gesträubt hatten. Man beschloß, Victor nach Kolberg und Danzig zu bringen, wo er dann später gegen Blücher ausgetauscht werden sollte.

Damit war auch Erdmanns Mission beendet. Man dankte ihm und winkte ihm nach, als er sich in die Postkutsche setzte, die ihn über Glasow und Soldin sicher nach Küstrin zurückbringen sollte. In Tamsel lag inzwischen ein Brief aus Liebenberg für ihn bereit. Noch bevor er mit Cathérine das Lager teilte, riß er ihn auf.

»*Mon cher* Erdmann, es geht mir schlecht. Ich habe keinen Appetit mehr, bin total abgemagert und liege vor lauter Schwäche den ganzen Tag nur auf dem Bett, starre gegen die Decke und bin zu keinem Gespräch mehr fähig, wenn der alte von Hertefeld sich zu einem Besuch bei mir durchringen kann. Wir haben schon viele Ärzte konsultiert, und gestern ist sogar eine Kapazität aus der Charité hier in Liebenberg gewesen, um mich auf den Kopf zu stellen. Doch auch seine Diagnose war nicht anders als die seiner Kollegen: ›Alle Ihre Organe sind völlig intakt.‹ Und bei diesen Worten habe ich mich absurderweise so elend gefühlt, daß ich mich dem Tode nahe wähnte: Der Herzschlag schien mir auszusetzen. Wir haben nun lange darüber nachgedacht, worin denn mein schlimmer Zustand begründet sein könne, und sind zu dem Schluß gekommen, daß es nur das Fehlen Tamsels sein kann. Oder bist du es? Wie auch immer: Ich möchte zurück. Kommst Du nach Liebenberg, mich heimzuholen und zu retten? Komme schnell, wenn Du mich lebendig haben willst und nicht als Leichnam! Sei umarmt – Dein F. v. O.«

Erdmann war zu Tränen gerührt. Cathérine und seiner Mutter, die neben ihm standen, konnte seine Aufwallung kaum entgehen.

»Du mußt ihn holen«, sagte Elisabeth von Bosetzki. »Er gehört ebenso nach Tamsel wie du. Ein Platz für ihn wird sich schon noch finden.«

»Mutter, Cathérine und ich wollen heiraten, spätestens Pfingsten.«

Cathérine wurde schnippisch. »Wenn das Ehebett breit genug ist, können wir es auch zu dritt probieren.«

»Wir bauen uns ein Haus unten auf der Liebes-Insel.« Für Erdmann war das mehr als ein Ausweg.

»Nun gut ...« Cathérine schien besänftigt.

Erdmann nahm sie in die Arme.

»Komm, laß uns musizieren. Zu schön ist das *A tergo* von Händel.«

In den ersten Märztagen des Jahres 1807 holte er sich dann den alten Reisewagen der Wreechs aus der Remise, borgte sich von den Sengebuschs zwei Pferde aus, setzte sich auf den Bock und fuhr nach Liebenwalde. Als er Friedrich von Odereck sah, war er zutiefst erschrocken. Wie ein Greis sah er aus, von gelblicher Gesichtsfarbe und nur noch Haut und Knochen. Erdmann fühlte sich furchtbar schuldig. Ohne Cathérine wäre der Freund noch immer das blühende Leben gewesen.

Sie lagen sich in den Armen. »Du, wir päppeln dich schon wieder hoch.« Noch war Odereck nicht reisefähig, und Erdmann mußte Cathérine schreiben, daß es wohl gute vierzehn Tage dauern werde, bis er wieder bei ihr sei. In dieser Zeit kümmerte er sich rührend um den Freund und war glücklich zu sehen, daß er sich nun jeden Tag etwas mehr erholte.

»Es geht mir wie einer Pflanze«, sagte Odereck, »die am Vertrocknen war. Doch nun bekommt sie wieder regelmäßig Wasser und blüht auf. Am 20. März reisen wir nach Tamsel.«

Das taten sie dann auch, doch als sie das Schloß erreichten, wirkte alles furchtbar öd und leer, und Erdmann glaubte die Schwingen des Todes zu spüren.

»Mutter!« rief er und stürzte zum Portal.

Doch da kam sie ihm entgegen, allerdings in Tränen aufgelöst und so schwach, daß er sie auffangen mußte.

»Was ist?«

»Cathérine ist fort«, schluchzte sie. »Durchgegangen mit diesem Franzosen, der uns letztes Jahr ... Der war hier und ...«

»Wer?«

»Dieser Trouville. Er ist mit ihr nach Königsberg hoch.«

Die politische und militärische Lage Preußens war im Winter 1806/07 mehr als hoffnungslos. Durch die schnell aufeinanderfolgenden Kapitulationen größerer Heeresteile und wichtiger Festungen war die ehemalige Heeresmacht so gut wie vernichtet. Lediglich rechts der Weichsel gab es unter General Anton Wilhelm von L'Estocq noch eine Feldarmee von zwanzigtausend Mann. Dazu kamen Danzig, wo Graf Kalckreuth das Kommando hatte, Graudenz mit dem wakkeren General Courbière, Kolberg und einige kleinere schlesische Festungen. Insgesamt aber ließ sich sagen, daß nur in Ostpreußen das letzte bißchen Souveränität zu finden war, das Napoleon den Preußen gerade noch gelassen hatte. Dazu mochte neben einigem anderen Kalkül auch beigetragen haben, daß Friedrich Wilhelm III. noch mit den Russen verbündet war und Napoleon mit seinen Truppen ins Winterquartier wollte. Jedenfalls war der Hof nach Königsberg geflüchtet, wo sich aber die an Typhus erkrankte Königin vor den nachrückenden Franzosen auch nicht sicher fühlen konnte. »Ich will lieber in die Hände Gottes als dieser Menschen fallen«, erklärte sie und brach auf nach Memel, in die letzte Ecke Preußens, wobei ihr der vorn offene Reisewagen als Bett zu dienen hatte. Ein wenig Luft brachte dann am 7. und 8. Februar 1807 die Schlacht bei Preußisch-Eylau südlich von Königsberg, wo Bennigsen und Scharnhorst in einem mörderischen Gemetzel den Franzosen hatten standhalten können. »Die alliierte Armee hat Wunder an Tapferkeit getan«, schrieb die Gräfin von Voß, die Königin Luise aufopfernd gepflegt hatte. »Das ist sehr schön und ehrenvoll, aber es ist doch kein Sieg!« Ähnlich General Murat, Napoleons Schwager, der ausrief: »Welch ein Massaker – und kein Ergebnis!« Ein Ergebnis aber hatte Preußisch-Eylau doch: Beide Seiten waren so ausgelaugt, daß sie verhandeln mußten, und Napoleon schickte seinen Adjutanten, den Grafen Henri Gratien Bertrand, nach Memel, wo inzwischen Hardenberg die Geschicke Preußens in die Hand genommen hatte. Aus Angst, die Preußen würden eine Verständigung mit Napoleon ins Auge fassen, die dann auf seine Kosten ginge, kündigte Zar Alexander für den 2. April seinen Besuch in Memel an.

Genau zwei Tage zuvor hatten Erdmann und Odereck Königsberg erreicht, um gemeinsam nach Cathérine zu suchen. In Küstrin hatten sie gehört, daß Trouville mit geheimen Informationen aus Paris gekommen war und sich höchstwahrscheinlich auf dem Wege nach Danzig, Königsberg und Memel befand. Man rechne damit, daß es in absehbarer Zeit zu einem Treffen Napoleons mit dem Zaren und Friedrich Wilhelm III. kommen werde, und Trouville solle das arrangieren helfen.

»Also muß er sich hier oben irgendwo herumtreiben«, war Erdmanns Schlußfolgerung.

Odereck war das alte Lästermaul geblieben. »Wenn sie ihm so lange treu bleibt wie dir, ist sie ohnehin bald wieder auf der Rückreise ...«

»Wir müssen sie befreien.«

Immer wieder stritten sie sich über die Motive Cathérines.

»Sie ist aus Eifersucht mit ihm gegangen«, war Oderecks Ansicht. »Sie oder ich. Das ist ihre Rache, weil du mich aus Liebenberg zurückgeholt hast.«

»Sie hätte mich nie verlassen!« rief Erdmann.

»Hat sie aber.«

»Trouville wird sie entführt haben.«

Odereck schüttelte den Kopf. »Deine Mutter hatte nicht den Eindruck. Sie hat sie beide Hand in Hand zur Kutsche gehen sehen.«

»Weil er sie bedroht hat.«

»Weil er sie entflammt hat.«

»Ich bringe ihn um!« Erdmann war nicht mehr wiederzuerkennen und ergoß sich in Haßtiraden auf Trouville und alle Franzosen. Zu groß war sein Schmerz, zu groß der Verlust. »Lieber hätte ich mein Leben verloren als sie.«

Odereck seufzte mit Clemens Brentanos *Godwi:* »Er hat sein Leben einer schönen Erinnerung hingegeben ...«

Erdmann starrte in die Fluten des Pregels. Ihm fiel Novalis' *Lied der Toten* ein: »Zauber der Erinnerungen, Heil'ger Wehmut süße Schauer/Haben innig uns durchklungen,/Kühlen unsre Glut./Wunden gibt's, die ewig schmerzen,/Eine göttlich tiefe Trauer/Wohnt in unser aller Herzen,/Löst uns auf in *eine* Flut ...«

Sie forschten zwar weiter intensiv nach Cathérine, ohne jedoch zu glauben, sie schon hier finden zu können, denn Trouville schien sich noch in Warschau aufzuhalten. Odereck setzte alles daran, den Freund von seinem Kummer abzulenken, und hatte es mit seinem unnachahmlichen Talent sehr schnell geschafft, Kontakte zur Königin zu knüpfen und in ihren Salon eingeladen zu werden. Luise, die Mitte April aus Memel nach Königsberg zurückgekehrt war, wohnte nicht im Schloß, sondern bei ihrer kapriziösen Schwester Friederike, wo sie nach eigenem Gutdünken schalten und walten konnte, denn ihr Mann weilte zumeist im Hauptquartier des Zaren oder Bennigsens. Da die Kinder mit der Gräfin Voß noch in Memel waren, konnten die beiden Schwestern zum Tee einladen, wen sie wollten, ohne auf die Etikette Rücksicht nehmen zu müssen.

Odereck war sehr von Königin Luise, von ihrer Schönheit und ihrer Art, sich zu geben, angetan, ja sogar enthusiasmiert. »Luise könnte selbst mich in Versuchung führen«, flüsterte er Erdmann ins Ohr, als sie im Salon der Königin Platz genommen hatten.

»Da wirst *du* wohl keine große Chance haben ...«

Erdmanns Bemerkung bezog sich auf Robert Thomas Wilson, einen feschen jungen Oberstleutnant der englischen Delegation, der ein fanatischer Napoleonhasser war und gerade ein Buch über dessen Ägyptenfeldzug geschrieben hatte, das er Luise mit einer schönen Widmung überreicht hatte.

»Ich würde den Preußen verachten, der nicht freudig sein Leben für eine solche Königin hingeben würde ...«

Daß Königin Luise für ihn entflammt war, konnte man unschwer an der Röte erkennen, von der sie übergossen wurde. Erdmann wußte, daß sie schon für Louis Ferdinand geschwärmt und ihr auch Alexander von Rußland gefallen hatte.

Wilson jedenfalls zitierte inzwischen Lord Byron: »... *for love is heaven and heaven is love*«, und lud Luise zu einer Bootsfahrt ein.

»Sie sind ein Mann der Feder, werden Sie auch das Ruder führen können?«

Der Engländer lachte und überraschte sie mit einer anderen Strophe: »›Wo sich Männer finden,/Die für Ehr' und Recht/Mutig sich verbinden,/Weilt ein frei Geschlecht.‹ ... Und das wird wohl auch rudern können.«

»Haben Sie das selber gedichtet?«

»Nein. Dies habe ich auf dem Tisch unseres jungen Freundes hier gefunden ...«

Er zeigte auf Max von Schenkendorf, einen jungen Juristen aus Tilsit, der neben Achim von Arnim saß. Der war gerade dabei, von der Volksliedersammlung zu reden, die er mit Clemens Brentano zusammen herausgab. »Wir nennen sie *Des Knaben Wunderhorn.*«

»Das wird die Frauen wild machen«, murmelte Odereck.

»Wie ...?« fragte Königin Luise.

»... wenn sie die schönen Lieder alle hören, am Brunnen vor dem Tore.«

Und Friederike begann auch schon zu singen: »Es ritten drei Ritter zum Tore hinaus ...«

Zu einer weiteren Diskussion über seine anzüglichen Worte kam es nicht mehr, weil in diesem Augenblick ein Mann eintrat, von dem Königin Luise gerade geschrieben hatte, daß mit ihm eine neue Epoche für die preußische Monarchie begonnen habe: Karl August von Hardenberg, der »herrliche Hardenberg«.

Ihn konnte Erdmann dann später auch fragen, ob ihm schon einmal ein Henri Trouville begegnet sei.

»Sicher. Im Troß Napoleons, der ihn mit besonderen Aufgaben betraut.«

»Aber wo er sich im Augenblick aufhält, das wissen Sie nicht?«

»Möglicherweise in Tilsit, wo Napoleon irgendwann sein Hauptquartier aufschlagen könnte, um uns ganz nahe zu sein.«

Zur entscheidenden Schlacht zwischen den Franzosen auf der einen und der preußisch-russischen Allianz auf der anderen Seite kam es dann am 13. und 14. Juni 1807. Bei Friedland, ganz in der Nähe Königsbergs, traf man aufeinander, und wieder vermochte niemand, Napoleon in seinem ungestümen Siegeslauf entscheidend aufzuhalten. Königsberg mußte aufgegeben werden – alles floh nach Memel, auch Erdmann und Odereck wurden mitgerissen. Sie fanden Unterkunft in einer Fischerhütte am Kurischen Haff.

»Wenn das kein gutes Omen ist«, meinte Odereck. »Wenn Cathérine dich in einer solchen Hütte sieht, wird sie sofort dahinschmelzen und sich in deine Arme werfen.«

»Sie sich in meine Arme und wir dich in den Fluß«, brummte Erdmann.

»Das wird Napoleon mit uns allen tun ...«

Doch der Kaiser blieb in Tilsit, wo er sein Hauptquartier bezogen hatte, und ließ den Preußen ihre letzten Quadratkilometer, obwohl es ihm ein leichtes gewesen wäre, sie völlig aufzureiben und ihr Königreich mit einem Federstrich verschwinden zu lassen.

»Warum tut er das nicht?« fragte sich Odereck.

»Vielleicht will er Preußen dem Zaren schenken«, lachte Erdmann, »wer weiß.«

Und es schien so, als sollte er recht behalten, denn als die Preußen mit ihm nicht ins Gespräch gekommen waren, ließ Napoleon mitten auf der Memel, dem Grenzfluß zwischen Preußen und Rußland, ein Floß verankern und darauf einen hölzernen Pavillon errichten. Hier nun wollte er sich am 25. Juni 1807 zum trauten Zwiegespräch mit dem russischen Zaren treffen. Die Heere der beiden Potentaten hatten beiderseits am Ufer Aufstellung genommen, und sie stießen zur selben Zeit mit ihren Booten ab. Im Gefolge Napoleons befanden sich Joachim Murat, sein Schwager und Großherzog von Berg, der Fürst von Neuchâtel, die Marschälle Bessières und Duroc und der Oberstallmeister Caulaincourt. Zar Alexander I. wurde von seinem Bruder Konstantin, den Generalen Bennigsen und Suworoff, Fürst Lobanoff und Graf Liewen begleitet. Die Boote erreichten das Floß und wurden vertäut, und als sich Napoleon und Alexander vor dem Pavillon umarmten und den Friedenskuß wechselten, brachen ihre Soldaten in die Rufe *»Vive l'Empereur!«* und »Hurra!« aus. Dazu feuerten die Kanonen Freudensalven ab. Alexander war überschäumend und wollte gar nicht mehr ablassen, den anderen zu umarmen.

Erdmann und Odereck, die aus Memel herübergekommen waren, fanden, daß es wirklich pomphaft war, was da geschah.

»Die richtige Würze erhält es aber erst durch diesen da ...« Odereck zeigte auf Friedrich Wilhelm III., der von dem Treffen ausgeschlossen worden war. Er hatte den Zaren bis zum Ufer bringen dürfen und stand nun im russischen Militärmantel einsam und verlassen im Regen, während die beiden anderen Herrscher im Pavillon tafelten und über sein Schicksal entschieden.

»Welche Szene, welche Demütigung!«

»Der Stoff für ein Theaterstück von wahrhaft Shakespearschen Ausmaßen«, murmelte Odereck. »Nimm's gleich in Angriff, wenn du Cathérine gefunden hast.«

Darauf wußte Erdmann nichts mehr zu erwidern. Er hüllte sich nur noch fester in seine Zeltplane und starrte voller Mitgefühl auf den preußischen König. Er wurde von den beiden anderen, überspannt wie sie waren, sicherlich für einen Griesgram gehalten, und sie spielten lieber ohne ihn, waren vielleicht auch noch darauf aus, mit seiner Frau eine Affäre zu haben.

Während er versuchte, sich in den preußischen König hineinzuversetzen, fiel ihm auf, daß sich in dessen Nähe stets ein hochgewachsener Mann aufhielt, der ihm irgendwie bekannt vorkam.

Er stieß Odereck an. »Siehst du den Kerl da hinter der umgestürzten Trauerweide …«

»Das ist doch Trouville!«

Erdmann vergaß alles um sich herum und stürzte hin, noch im Laufen das Messer aus dem Mantel reißend, das er vorhin eingesteckt hatte, um Fische auszunehmen.

Henri Trouville, in Zivil und unbewaffnet, war offenbar dazu angestellt worden, den preußischen König ständig im Auge zu behalten und Napoleon später alles mitzuteilen, was er mitbekommen hatte. Mit allem hatte er gerechnet, nur nicht mit einer solchen Attacke aus dem Hinterhalt, wie sie jetzt von Erdmann kam.

»Wo ist sie!?« schrie der den Franzosen an und setzte ihm das Messer an die Kehle.

Trouville versuchte, die Contenance zu wahren. »Längst fort von mir.«

»Sie lügen!«

»Nein, ich schwöre es.«

Da waren sowohl Odereck als auch die Adjutanten von Friedrich Wilhelm III. heran, um ihn zurückzureißen. Das war auch gut so, denn ansonsten hätte Erdmann Trouville bei dessen nächster Antwort glattweg erstochen.

»Warum ist sie weg von Ihnen?«

»Weil sie eine Nymphomanin ist. Nach Berlin ist sie in ein Offiziersbordell.«

»Das ist eine Finte, um mich abzulenken.«

»Das ist die Wahrheit. Sehen Sie doch selber nach.«

# Kapitel 12

## 1808/09

Erdmann und Odereck kamen am 10. Dezember 1808 nach Berlin, nachdem Erdmann endlich die Schwäche überwunden hatte, die ihm von einer Typhuserkrankung geblieben war, die er sich in Ostpreußen zugezogen hatte. Sie hätten sich für den erneuten Beginn ihrer Suche nach Cathérine kaum einen schlechteren Tag aussuchen können, denn die ganze Stadt war auf den Beinen, um die einziehenden Truppen des Königs willkommen zu heißen. Zwischen Königstor und Schloßplatz gab es kein Durchkommen mehr. Zwei Jahre lang hatte man die französische Besatzung zu ertragen gehabt, nun war man wieder Herr im eigenen Hause. Wenn auch Friedrich Wilhelm III. noch immer in der Ferne weilte und die schmachvolle Niederlage bei Jena und Auerstedt längst nicht verwunden war, so ließ sich endlich wieder hoffen, zumal die neuen Soldaten sehr propper aussahen. Besonderen Eindruck machte das Zweite Brandenburgische Husarenregiment mit seinen dunkelblau und blau geschnürten Dolmanen und den leuchtendroten Kragen und Aufschlägen.

»Wenn man bedenkt, daß Napoleons Generale dieselben Leute noch vor anderthalb Jahren Räuber und Mörder geschimpft haben«, lachte Odereck. »Als sie Ranzionierte waren und in abgerissenen Uniformen und Bauernkitteln gesteckt haben.«

Von Ferne hörten sie, wie der Gouverneur von L'Estocq, trotz seines Namens ein waschechter Preuße, die Begrüßungsrede hielt. »Dieser Moment unserer freudigen Wiedervereinigung verlöscht das Andenken an das, was wir gelitten! Ein glückliches Los erwartet uns nun!«

»Unsinn«, brummte Odereck. »Welche Wiedervereinigung? Die mit diesen Dummköpfen von Krautjunkern … Welch schönes Los!«

Der Gouverneur vernahm es nicht und steigerte sich noch um einiges. »Der Verein aller Stände zu *einem* Zwecke wird das Vertrauen, die Liebe und Achtung aller Staatsbürger gegeneinander erhöhen und fest erhalten und eine nicht zu zerstörende Harmonie begründen. Der Wille, der Wunsch unseres Königs wird – *muß* erfüllt werden. Er geht mit seinen beglückenden Tugenden uns voran – Ihm wollen wir Hand in Hand folgen. Er, der gerechte König, Er lebe! Es lebe das preußische Militär!«

Der Jubel erreichte aber nicht mit dieser Rede seinen Höhepunkt, sondern mit dem Erscheinen des Infanteriebataillons von Schill. Von allen Kirchtürmen läuteten die Glocken, die Trommeln dröhnten, die Trompeten schmetterten, und was es in dieser Jahreszeit noch an Blumen gab, das regnete auf Soldaten, Pferde und Geschütze herab.

»Es lebe Schill! Es lebe die Armee!« schrie die Menge.

»Hoch die Berliner! Hoch Preußen!« erwiderten die Soldaten.

Als sie den Major zu Gesicht bekamen, gab es für viele kein Halten mehr. Ausgediente Soldaten, auch Greise, brachen durch die Absperrung der Bürgergardisten und küßten ihm Steigbügel und Stiefel. Und in der *Vossischen Zeitung* sollte es am nächsten Tage heißen: »Heiterer noch als der Himmel waren die Herzen.«

»Es lebe Schill!«

Drei Mädchen traten hervor, hielten ihm einen Lorbeerkranz entgegen und hofften, daß er im Lärm der klappernden Hufe ihr Gedicht auch hören konnte.

Schill schien das Schauspiel zu genießen, und es machte ihn der Menge noch sympathischer, daß er sich zu seinen Offizieren beugte und sagte: »Man macht zuviel aus mir.«

Erdmann und Odereck, die aus der Stille Tamsels kamen, waren wie betäubt und hätten sich am liebsten die Ohren zugehalten.

»Der König müßte neidisch werden«, lachte Erdmann.

»Keine Angst, nachher im Nationaltheater wird es ganz salbungsvoll werden, und sie werden dem König huldigen: ›Heil dem Vater des Vaterlands!‹«

Die Menge zerstreute sich nun wieder, und sie konnten weiterreiten. Wie immer wollten sie sich im »Schwarzen Bären« einquartieren, in der Roßstraße also. Erdmann hatte es jetzt eilig. Schnell war der Wirt begrüßt und den Knechten Gepäck und Pferde übergeben, da drängte Erdmann schon, daß sie sich auf die Suche machen sollten, erfüllt von dem einen Gedanken, Cathérine zu finden. Die Vorstellung, daß sie sich gerade in dieser Sekunde einen neuen Freier in die Kammer holte, wahrscheinlich einen dieser verfluchten Schill-Soldaten, der es nötig hatte, ließ ihn rasen. »Ich erwürge ihn mit diesen meinen Händen!« murmelte er, und Odereck hatte Mühe, ihn wieder halbwegs ruhigzustellen.

»Du mußt mit dem Gedanken leben, daß sie nun eine gänzlich andere ist als damals auf der Liebes-Insel.«

»Wenn sie mich sieht, ist alles abgewaschen von ihr.«

Odereck war da sehr viel pragmatischer. »Wir sollten uns erst einmal kundig machen, wo wir sie hier in Berlin am ehesten finden könnten. Ja, wenn es Paris wäre, dann könnte ich dir helfen ...«

Erdmann fuhr auf. »Meinst du, daß sie bis nach Paris gezogen ist?«

»Nein, nein, ich meinte nur, daß ich da selber ... Ah, da ist der Wirt ja wieder ...«

Und der erteilte ihnen dann auch die gewünschten Auskünfte, so daß sie alsbald losziehen konnten. Odereck hatte Mühe, mit Erdmann Schritt zu halten, denn alle »stillen Wirtschaften«, wie die Bordelle bei den Berlinern hießen, nach Cathérine durchzukämmen, das kostete enorm viel Zeit. Die meisten lagen in der Behrenstraße, in der Französischen Straße und der Kanonier-Straße und trugen volkstümliche Namen wie »Talgfabrike«, »Rotes Läppchen« oder »Diamantene Schnalle«. In einer Bordellwirtschaft gab es zwischen acht und zwölf Dirnen, darunter nicht nur Mädchen von geringstem Stand, sondern auch bessere Töchter, die von adligen wie bürgerlichen Wollüstlingen verführt und von ihrer Familie verstoßen worden waren und keinen Ehemann mehr fanden. Die meisten gerieten bei ihrem Wirt immer mehr in Schulden, verfielen der Trunksucht und sanken tiefer und tiefer, und nur wenige hatten das Glück, von einem reichen Kavalier ausgelöst zu werden. Davon träumte nun auch Erdmann: Cathérine ein zweites Mal zu retten, um den Verrat, den sie begangen hatte, doppelt schäbig erscheinen zu lassen. Die berühmtesten Etablissements waren die der Madame Schuwitzen und der Madame Lindemann. Für ein Schäferstündchen hatte ein Soldat im allgemeinen sechs Groschen zu bezahlen und dazu einen Pudergroschen, ein Bürger dagegen zwölf Groschen. Mehrere Klassen von Dirnen wurden unterschieden: Zur besten Klasse gehörten die jungen und noch frischen, gut frisierten und modisch gekleideten Mädchen, die man als »honett« bezeichnete und die sich vor allem in den großen Tanzsälen blicken ließen.

»Wenn überhaupt, dann müßte man Cathérine unter ihnen finden«, erkannte Erdmann, als ihre ersten Erkundigungen an den Türen billiger Etablissements nichts eingebracht hatten. Also fragte er den Wirt des »Schwarzen Bären« nach den berühmtesten Tanzsälen der Stadt und bekam den Bosischen in der Neustadt und den von Herrn Lehmann genannt.

Als sie dort ankamen, waren sie verblüfft über den Luxus, der sich ihnen darbot. Kronleuchter aus Kristall, in denen viele Kerzen brannten, gab es in Hülle und Fülle, und große Wandspiegel sorgten dafür, daß sich die Pracht noch einmal vervielfachte. Überall gingen kleine Logen ab, gut verschließbar, wo es sich der Gast mit seinem Mädchen bequem machen konnte. Für einen Taler konnte man sich, wie sie alsbald erfuhren, ein Häppchen, eine Bowle Punsch oder eine Bouteille Wein kommen lassen.

Erdmann griff nach einer leeren Weinflasche. »Wenn ich Cathérine dort mit einem Kavalier erwische, schlag' ich dem den Schädel ein.«

»Nicht ihr?«

»Nein. Ich will ja noch dreißig Jahre mit ihr leben, in Tamsel, an der Warthe unten.«

Sie gingen durch den Saal und warfen aufmerksame Blikke in die Gesichter der tanzenden Damen, die sich allesamt mehr zu amüsieren schienen, als Erdmann angenommen hatte. Das sei Maske, sagte Odereck, was bliebe ihnen schließlich anderes übrig. Cathérine war nirgends zu entdecken, auch wenn sie ins Kalkül zogen, daß sie sich in den zwei Jahren, die nach den glücklichen Tagen von Tamsel ins Land gegangen waren, sehr verändert haben dürfte.

Erdmann war ebenso enttäuscht wie zugleich erleichtert. Vielleicht war es ja doch eine falsche Nachricht, daß sie zur Hure heruntergekommen war.

»Setzen wir uns erst einmal«, sagte Odereck, »trinken etwas und sehen zu, was sich im Hinblick auf die Logen machen läßt.«

Schließlich gelang es ihm, einen der Ober mit ein paar Geldstücken dazu zu bewegen, sich ihr Anliegen anzuhören. Seine Schwester, an der er sehr hänge, erzählte er dem Mann, sei nach einer Affäre mit einer fürstlichen Hoheit von zu Hause fortgelaufen, und die Familie, die ihr inzwischen verziehen habe, wolle das gefallene Mädchen nun wieder in ihrem Schoß aufnehmen. Cathérine hieße sie, käme aus Halle und würde perfekt Französisch parlieren.

Erdmann unterbrach ihn und holte ein Medaillon mit dem Porträt Cathérines hervor, das ein Künstler aus Küstrin kurz vor ihrem Verschwinden von der Liebes-Insel gemalt hatte. »So sah sie aus – jedenfalls in glücklichen Tagen.«

Der Ober, ein verhinderter Gardeoffizier mit schwarz gefärbtem Bärtchen unter der hoch erhobenen Nase, sah nur kurz auf die Miniatur. »Könnte die Franzosen-Mieze sein.«

Erdmann traf das so schmerzhaft wie eine Kugel in die

Brust, andererseits durchflutete ihn aber auch freudige Erregung. Endlich sollte er sie wiederhaben. »Wo ist sie?«

Der Ober zeigte auf eine der hinteren Logen. »Dort. In Begleitung eines französischen Steuereinnehmers ...«

Erdmanns Fieber stieg, und kurz entschlossen nahm er dem Mann das Tablett mit den Gläsern und Champagnerflaschen aus der Hand. »Ich bin Kammerdiener. Seien Sie versichert: Ich kann das. Sie schließen jetzt auf, und ich bringe den Herrschaften die Getränke.«

Es kostete Odereck einen weiteren Taler, dann zogen sie los. Erdmann zitterten die Hände, und zum ersten Mal in seinem Leben drohte ihm eine Flasche vom Tablett zu rutschen. Seine Beine waren so weich, als seien sie aus Stroh gewunden.

Dann flog die Tür zur Loge auf.

»Cathérine!«

Nein, sie war es nicht, obwohl das Mädchen, das da auf den Knien eines feisten Mannes saß, ihr verblüffend ähnlich sah. Einen Kopf größer war sie, auch etwas pockennarbig.

Erdmann taumelte auf die Straße hinaus, Odereck mußte ihn stützen. Was blieb ihnen nun, als sich doch wieder den einfachen Bordellwirtschaften zuzuwenden, zumindest denen, wo die Dirnen der mittleren Klasse ihrem Gewerbe nachgingen. Sie waren schon etwas älter und greller geschminkt und hörten auf Namen wie Studenten-Cläre, Schleusen-Luise, Blumen-Caroline, Sporen-Minna oder Invaliden-Lotte. Wie abschreckend sie auch aussehen mochten, alle zogen irgendwann mit einem Kerl in ein abgelegenes Logis oder in irgendeinen Winkel, wo die Kälte nicht allzu hinderlich war.

Odereck kommentierte es mit üblicher Ironie. »Ja, *mon cher,* der Geschlechtstrieb fordert – bei einer so großen Anhäufung unverheirateter Männer im kräftigsten Lebensalter – gebieterisch seine Rechte und sprengt alle unnatürlichen Bande.« Dann aber legte er doch jenen jakobinischen Ernst an den Tag, der ihm zuweilen eigen war. »Nein, das proletarische Elend ist es, was alle dazu bringt, sich so zu verhalten, wie sie es tun. Die einen haben kein Geld zum Heiraten, und die anderen müssen ihren Körper verkaufen, wenn sie nicht verhungern wollen. *Vive le roi!*« Sprach aus ihm der Champagner, den er bei Lehmann getrunken hatte?

Was sie noch nicht in Augenschein genommen hatten, war die letzte Klasse der Dirnen, verbrauchter, zumeist auch infizierter und wegen Beischlafdiebstahls oder anderer Delikte vorbestrafter Frauen, die man »Hausmütterchen« nannte und die von den Hamburger und Amsterdamer Schiffern aufgesucht wurden. Sie kamen durch Straßen, wo bleiche Weiber und zerlumpte Kinder das Bild beherrschten sowie Männer, deren Gesichter vom Trunk wie vom Verbrechen zeugten. Feuchte Keller gab es, wo mehrere Familien und ihre Einlieger auf Stroh schliefen, in faulen Dünsten, nur gestärkt durch die Schnapsflasche, ohne Verdienst respektive zu geschwächt, um noch Arbeit leisten zu können, verrohte junge Burschen und verwilderte Mädchen.

»Will einer der schönen Herren mit mir ein Stückchen Kutsche fahren ...?«

Die sie da angesprochen hatte, hieß, wie sich herausstellen sollte, Emilie und war so altgedient, daß sie alle Mädchen in Cathérines Alter kannte, teils auch selber ins Gewerbe eingewiesen hatte.

»Fahr mit ihr mit«, sagte Odereck zu Erdmann, drückte Emilie einige Geldstücke in die Hand und winkte zugleich den Kutscher herbei, der sicher nicht zufällig ganz in der Nähe mit seinem Gefährt gelauert hatte. »Such die Straßen ab, ich geh' schon zum Gasthof zurück.«

Die Türen schlugen zu, die Fahrt ging los. Erdmann saß mit Emilie im Wagen und starrte auf die Straße hinaus. Sie rückte näher, breit und mehr mütterlich als animierend, er drückte sie auf ihre Seite zurück. »Ich bin nicht deswegen hier, sondern um ...« Er erklärte ihr alles, und sie brach dabei in Tränen aus. Als sie ihr Gesicht getrocknet hatte, umarmte sie ihn und sprach tröstende Worte. Das tat ihm gut, denn ihr Mitgefühl war warmherzig und nicht so ironisch eingefärbt wie bei Odereck, und es kam von einer Frau.

Dann erzählte sie ihm ihre Geschichte. Sie, Tochter eines Kaufmanns, hatte in früher Jugend einen weit über Preußen hinaus bekannten Sänger geheiratet, der sich dann aber, als der erste Rausch verflogen war, seinen alten Neigungen zugewandt hatte: blutjungen Tänzerinnen. »Kaum hatte ich bemerkt, wie gleichgültig, ja wie zuwider ich meinem Mann geworden war, da beschloß ich, mich schadlos zu halten. Hierdurch wurden natürlich häusliche Szenen herbeigeführt, welche dann mit einer Scheidung endigten.« Doch irgendwie mußte sie sich dabei verkalkuliert haben, denn ihr Mann hatte immer nur geblufft und besaß in Wahrheit kein Vermögen, von dem sie hätte partizipieren können. »So mußte ich versuchen, meine körperlichen Reize in klingende Münze umzusetzen.« Sie seufzte. »Ja ... Und ich hatte ihn anfangs so geliebt wie du deine Cathérine. Nun ist all meine Schönheit dahin – und sie nennen mich die Kutschen-Emilie. Nicht nur, weil ich meine Freier in der Kutsche habe, sondern weil ich so breit geworden bin wie ein Kutschenpferd.«

Jetzt war es an Erdmann, *sie* zu trösten und ihr zu versichern, daß ihr Liebreiz noch immer ausreichte, das Feuer selbst in einem so verwöhnten Mann wie ihm auf der Stelle zu entfachen. Und im Zwielicht hatte sie sogar etwas von Cathérines Profil. Da nahm er sie auch für Cathérine.

Am nächsten Morgen ritten sie nach Tamsel zurück.

Es war Ende März geworden, und die Sonnenstrahlen wärmten schon in einem Maße, daß Erdmann auf einem Findling sitzen konnte, den er auf den Deich hinaufgerollt hatte. Dunst hing über dem Bruch und nahm den Farben die Kraft, und alles, ob Gras, Tannenzweig oder Sand, wirkte grau wie das träge Wasser des Flusses. Erdmanns Krankheit hieß weiterhin Cathérine, und natürlich hatte sie eine Frau wie Kutschen-Emilie nicht heilen können. Es war Wahn und Besessenheit, er wußte es, aber einen anderen Sinn, als Cathérine zu suchen und zu finden, hatte er seinem Leben nicht mehr geben können. Hier in Tamsel mit ihr zu leben und Kinder zu zeugen, sie zu lieben bis ans Ende aller Tage, anderes gab es nicht für ihn. Er sah zur Liebes-Insel hinüber und erkannte deutlich das kleine hölzerne Haus, das er für Cathérine und sich errichtet hatte, ihr Schloß. Und sah sie dort stehen und zu ihm herüberwinken …

Doch das war reinste Narretei, denn feststand, daß er sie so wenig wiedersehen würde, wie einem Kürassier der Arm nachwuchs, den sie ihm auf dem Schlachtfeld abgeschlagen hatten. In Stimmungen wie dieser griff er immer wieder zu Papier und Feder.

»Ach, Warthe, ist die Welt so kalt,/So leer und schmerzgeweiht mein Schloß./Warum zerstob der holde Traum so bald,/Entschwand mein Glück auf schnellem Roß?«

Das Schreiben brachte zwar Linderung, doch zugleich wurde ihm, als er seine vier Zeilen überflog, schmerzhaft klar, daß er kein Novalis oder Wackenroder war und ein Ossian schon gar nicht. Dennoch machte er, die Verse leise mitsprechend, weiter.

»Cathérine, mit dir war ich dem Himmel nah!/Und meine Liebe glühte noch im Morgenrot./Weh mir, was dann geschah,/Ach, Warthe, reiß mich in den Tod!«

»Wird schlecht gehen, da wir dieses Jahr zufällig einmal kein Hochwasser haben.«

Erdmann fuhr herum und sah hinter sich Odereck stehen. In einem ersten Impuls hätte er am liebsten auf den Freund und Gönner eingeschlagen, dann aber beließ er es bei einem zornigen Brummen und strafte den anderen dadurch, daß er stumm blieb.

»Entschuldige …« Odereck ging in die Hocke, um Erdmann mit den Fingerspitzen über Hals und Schultern zu fahren, ihn ebenso zu streicheln wie zu massieren. »Ein bißchen weniger angespannt könnten wir schon sein.«

»Ich werde noch irre, wenn das so weitergeht«, stöhnte Erdmann.

»Hauptsache, du wirst nicht irre an dir selber«, entgegnete Odereck.

»Kannst du nicht mal ernst sein!?«

»Doch, deswegen bin ich ja hier.« Odereck riß ihn hoch und zog ihn mit zu einem kleinen Spaziergang Richtung Warnick. »Ich habe da etwas in der Zeitung gelesen – und da ist mir eine Idee gekommen, wo Cathérine noch stecken könnte ...«

»Wo denn?«

»In einem der Arbeitshäuser, in die sie die Dirnen gerne stecken, um sie wieder auf den Weg der Tugend zu bringen. Und da haben wir nicht nachgesehen.«

Erdmann blieb stehen. »Das könnte es sein! Auf nach Berlin.«

Abermals nahmen sie im »Schwarzen Bären« Quartier. Doch kaum hatten sie ihre Pferde dem Stallknecht anvertraut und ihr Zimmer betreten, hörten sie durch die noch offenen Türen den Wirt unten in der Gaststube einen Namen nennen, der sie beide zusammenzucken ließ.

»Sehr wohl, Herr von Katte.«

Katte, das war doch ... War der nun wieder auferstanden? Unsinn. Aber sie rieben sich dennoch die Augen, denn der so Angeredete war nicht etwa in der Uniform eines königlich-preußischen Offiziers erschienen, sondern im Rock eines Windmüllers. Er winkte sie heran und ließ sich von ihnen bewirten, ehe er zu reden begann. Es dauerte eine Weile, bis sie die Zusammenhänge eruiert hatten.

Am 2. April 1809, dem Ostersonntag, hatten sich auf dem königlich-preußischen Amt Sandau, also im Zipfel zwischen Havel und Elbe, fünfzig einigermaßen bewaffnete Männer versammelt, um im Namen Schills und unter der Führung des Leutnants von Katte im Handstreich Magdeburg zu nehmen, ehemals preußisch, nun französisch unter König

Jérôme, Napoleons Bruder. In Stendal hatten sie leichtes Spiel, da täuschte man den Widerstand nur vor, und anschließend gelang es ihnen, die Staatskasse des westfälischen Königreiches gehörig zu plündern.

Am 3. April standen sie in Wolmirstedt, fast schon vor den Toren Magdeburgs, und wußten nicht nur, daß nur wenige Kompanien dort einquartiert waren, größtenteils auch noch preußisch gesinnt, sondern hatten auch viele Verbündete in der Stadt und besaßen sowohl die Festungspläne wie Schlüssel zu mehreren Toren. Da aber nahten preußische Husaren und brachten die Meldung, starke französische Einheiten seien im Anrücken und Katte und die Seinen sollten sich schnell retten – und zwar ins preußische Burg. Katte begriff sofort, daß das eine Falle war und die preußische Führung ihn ausschalten wollte. Was er da tat, wurde als Insurrektion verstanden, also als verbrecherischer Aufstand. Katte war damit als Insurgent gebrandmarkt und mußte fürchten, entweder der preußischen Staatsraison geopfert oder von den Franzosen erschossen zu werden, so wie sie es mit vierzehn seiner Leute dann auch machten.

»Jetzt bin ich ein Verbrecher! Und alle meine Opfer haben nichts gebracht«, erklärte ihnen Katte. »Der König bereitet eine Kabinettsorder vor, uns alle verhaften und auf die Festung Kolberg bringen zu lassen. Ich bin auf der Flucht nach Prag und werde mich wohl dem Herzog von Braunschweig anschließen, denn unsere Lande müssen den undeutschen Beherrschern entwunden und frei werden. Machen Sie mit, meine Herren, Ferdinand von Schill wird das, was ich begonnen habe, mit seinem Regiment alsbald fortzusetzen wissen, und zwar von Berlin aus.« Katte begann nun zu agitieren, und zwar rhetorisch brillant und psychologisch so außerordentlich geschickt, wie man es vor der sich jetzt anbahnenden Erhebung gegen Napoleon in Preußen nicht gekannt hatte. »Sie, Odereck, müßten sich doch fragen, was Sie aus Ihrem Leben bislang gemacht haben. Nicht viel, außer die Gelder Ihrer Väter zu verbrauchen.«

»Womit ich für andere von großem Nutzen bin«, lachte der so Kritisierte.

»Das ist zuwenig für einen Mann mit Ihren Gaben. Tun Sie etwas für Ihren König!«

»Tut er etwas für mich?«

Katte lehnte sich empört zurück. »Alles, was Sie sind, verdanken Sie dem Königshause.«

»Es ist wenig genug.«

Der Leutnant wandte sich Erdmann zu, bei dem er nur wenig Mühe hatte, denn kaum war ihm enthüllt worden, warum sie nach Berlin gekommen waren, da rief er auch schon: »Welche Gelegenheit, sich an den Franzosen zu rächen! Wenn Ihre Cathérine heute in Schande leben muß, dann tragen jene die Schuld daran. Stellen Sie sich vor, der Mann, der Ihnen die Geliebte entrissen und sie verführt hat, ist der Kommandant der Festung Magdeburg – und Sie reiten mit den Schillschen Husaren auf ihn zu, um ihn zu strafen.«

Das war ein Bild, das Erdmann über alle Maßen gefiel. Wie er diesem Henri Trouville den Schädel spaltete. Also folgte er Katte, als der sich anerbot, ihnen den Weg zu Schill zu zeigen. Und nach längerem Zögern schloß sich auch Odereck den beiden an.

Odereck war klar, daß es für ihn nur ein Motiv geben konnte, an Schills Seite zu kämpfen: seine Todessehnsucht. Nichts mehr reizte ihn am Leben, alles, was es noch zu bieten hatte, waren Déjà-vu-Erlebnisse. Jeder Mann, den er neu erobert hätte, glich einem, den er schon besessen hatte, und jede Mahlzeit, die er zu sich nahm, schmeckte nicht anders als die vom Tage zuvor. Die Sonne schien immer in derselben Art und Weise, der Mond nahm stets dieselbe Bahn, und Frühling, Sommer, Herbst und Winter glichen sich jeweils wie ein Hühnerei dem anderen. Und wenn es einen Weg gab, sich mit Anstand aus der Affäre zu ziehen, dann war es der, an Schills Seite zu sterben. Hätte er sich selber die Kugel gegeben, wäre er als Schwächling verspottet worden, so aber ging er als Volksheld in die Annalen ein, und seine Familie konnte stolz auf ihn sein. Daß Schill verloren war, stand für ihn fest, denn der König im fernen Ostpreußen war viel zu feige oder viel zu diplomatisch, ganz wie man wollte, ihn zu stützen.

Odereck lächelte. »Schreiben wir den Roman meines Lebens zu Ende und geben ihm den Titel ›Schill als Schicksal‹.« Er sah Erdmann an. »Aber für dich sollte es doch heißen: Lieber Schiller als Schill.« Er fühlte eine gewisse Verantwortung für seinen Kammerdiener, Begleiter und Freund, doch seine Versuche, Erdmann zum Rückzug zu bewegen, waren von vornherein zum Scheitern verurteilt.

»Wenn Cathérine nicht in Berlin zu finden ist, dann wird sie mit den französischen Soldaten mitgezogen sein, und ich muß sie befreien und erlösen!«

So folgten sie Katte, der längst ein geheimes Treffen mit Schill vereinbart hatte. Als sie den waghalsigen Offizier erblickten, zuckten sie unwillkürlich zurück, denn seine Ähnlichkeit mit Napoleon war schon frappierend. Gedrungen war er wie dieser, hatte das gleiche dunkle Haar, genau wie der große Korse glatt nach vorn gekämmt. Auch waren seine Augen tiefbraun bis schwarz, lebhaft, fast unstet und flakkernd, vor allem aber von einem mitreißenden Feuer. Wenn er redete, dann gingen Einfälle und Pläne wild durcheinander, und alles war mit Schnörkeln durchsetzt. Das war kein Feuer, erkannte Odereck bald, an dem ein ganzes Volk sich auf Dauer wärmen konnte, das war nur ein faszinierendes Irrlicht, geschaffen, um viele brave Leute anzulocken und in den Tod zu führen. Wenn er ausrief: »Wer mit mir über das Moor reitet, der wird nimmer versinken!«, dann folgten sie ihm mit frenetischem Jubel – und versanken natürlich. Aber vielleicht war das nicht nur für ihn, Odereck, das Beste, sondern auch für Erdmann, denn der starb ohnehin in Kürze an gebrochenem Herzen, gleichviel, ob er Cathérine nun fand oder nicht, ob er einsam und verlassen war oder mit einer lebte, die mit der Soldateska herumgehurt hatte.

»Alles ist bei mir nur Instinkt«, sagte Schill, als sie ihm in einer Vorstadtschenke gegenübersaßen. »Aber jetzt ist der Zeitpunkt gekommen, wo meiner unvorgreiflichen Meinung nach unendlich viel getan werden kann, griffe man nur besser und allgemeiner die Sache an.« Dabei richtete er den Blick nach Osten, wo am Hof in Königsberg die das Sagen hatten, die den Stillstand liebten und aus nichts anderem als aus Bedenken bestanden. Die Reformer waren wirksam daran gehindert, die patriotische Bewegung anzuführen: Staatsminister Stein war entlassen worden, Scharnhorst weilte in St. Petersburg, und Gneisenau hatte man auf eine Inspektionsreise nach Schlesien geschickt.

»Und setzet ihr nicht das Leben ein, nie wird euch das Leben gewonnen sein!« rief Schill, der das von der Gräfin Voß gehört hatte. Von Friedrich Schiller sollte es sein, und Schill hatte sich den Namen auch nur gemerkt, weil er dem seinen so ähnlich war. »Was ich betreiben will, ist genau das, was Gneisenau den ›Kleinen Krieg‹ genannt hat: Mit kleinen und kleinsten Einheiten überall da operieren, wo das Gelände dem zustatten kommt, am besten im Rücken des Feindes. Aus dem Hinterhalt über ihn herfallen, den Nachschub stören, Kuriere und Offiziere abfangen, Magazine, Heerstraßen und Brücken zerstören, kleinere Truppenteile aufreiben ...« Und er verwies darauf, wie erfolgreich die Nordamerikaner mit dieser Methode gegen die Engländer vorgegangen waren und die Spanier eben erst gegen Napoleon.

»Das wird nicht gehen, wenn Sie nicht eine sogenannte Anlehnungsmacht vorweisen können«, hielt ihm Odereck entgegen, »die Ihnen Waffen und Fourage verschafft, ihnen Rückendeckung und notfalls auch Zuflucht gewährt.«

Schill konnte ihn beruhigen. »In dieser Hinsicht sind die Unterhandlungen mit den Engländern schon weit gediehen.« Und außerdem würde man flüstern, daß der Berliner Stadtkommandant, der Graf von Chasot, im Auftrage Scharnhorst schon ein illegales Komitee gebildet habe.

»Ich weiß nur, daß der König ein Verbot aller Geheimbündelei erlassen wird. Und dann wird es Ihnen nicht viel anders als Katte ergehen.«

Da riß Schill ein Schreiben aus der Tasche, das er von einem Kundschafter namens Tempsky aus der Nähe von Magdeburg erhalten hatte, und las es vor: »Wir wissen mit Zuverlässigkeit, daß die Stimmung der Menschen in Westfalen von der Art ist, daß niemand länger Geduld haben, sondern beginnen will. Wenn es nicht binnen des Monats geschieht, verlieren wir zu viele Leute. Kommen Sie selbst und dringen mit vor, so sind wir des Sieges gewiß! Ihr Name gilt für eine Gottheit schon, an die jeder mit fester Zuversicht glaubt.«

Erdmann jagte im scharfen Galopp über die lichte Heide vor den Toren Berlins, und jedes Mal, wenn sein Körper aus voller Höhe in den Sattel krachte, verspürte er ein höllisches Stechen im Rücken. Er hatte viele Gründe, Pferde zu hassen, aber dieser war sicher der wichtigste: sein desolates Rückgrat. Ein weiterer war das, was sein Vater als zunehmende Verweichlichung beklagt hatte: Viel lieber hätte er im warmen Bett gelegen, als mit Schill ins Manöver zu ziehen. Es kam noch ärger. Die Pferde waren plötzlich zu zügeln, und ein jeder Reiter hatte abzuspringen, sein Kurzgewehr auf den Sattelknopf zu legen, kurz zu zielen, entschlossen abzudrücken und dann wieder aufzuspringen, um im Weiterjagen die Büchse neu zu laden. Er war der letzte, der es schaffte, doch Odereck ließ ihn in Frieden. Er sah ein wenig neidisch zu den Infanteristen hinüber, die ihre Angriffe nach dem Beispiel der französischen Tirailleure einübten, also nicht im Gleichschritt und in geschlossener Kolonne nach dem friderizianischen Muster vorgingen, sondern in lokkeren Schwärmen, dabei die natürlichen Deckungen nutzend, die das Gelände bot. Glückliche Menschen, die sich nicht mit einem Gaul abplagen mußten und nicht ständig Angst zu haben brauchten, in die Tiefe zu stürzen und sich den Hals zu brechen. Und vor allem hatten sie nicht immerzu diesen stechenden Pferdegestank in der Nase, ja in allen Poren des Körpers. Das fand er besonders eklig. Bei der Infanterie hätte er sich sicher besser geschlagen, wäre aber von Odereck getrennt gewesen, also ging das nicht. Immerhin hatte ihm sein pferdenärrischer Vater so viel Reiterblut vererbt, daß er sich im Sattel halten konnte. Nur wenn es zum Gefecht kam, o Gott! Aber was wollte ein Mann der Romantik denn mehr, als für die Geliebte den Heldentod zu sterben. Also jagte er weiter übers Tempelhofer Feld.

Es war ein Apriltag, schön wie ein Gedicht, und die Farben waren so klar und frisch, wie er sie selten zuvor erlebt hatte. Obwohl der Mai schon vor der Tür stand, war es noch so kühl, daß keine Nebel und Dünste die Kraft aus den Farben wie aus den Menschen zogen. Hinten am Halleschen Tor war der Gouverneur L'Estocq erschienen und sah mißtrauisch zu ihnen herüber. Als sie nachher in die Stadt zurückritten, flüsterte Odereck ihm zu, daß der König kurz davor stünde, Schill verhaften zu lassen. Eine Geheimdepesche aus Königsberg sei angekommen, und Schill, der Leutnant Bärsch und der Major Adolf von Lützow würden sich alsbald zusammensetzen, um zu beraten.

Trotz allem fanden Erdmann und Odereck noch Zeit, in den Arbeitshäusern der Stadt nach Cathérine zu suchen. Doch vergeblich. Auch hier hatte niemand von ihr gehört.

»War es also doch eine falsche Information von Trouville«, zog Odereck das Fazit. »Um uns abzulenken, uns reinzulegen. Wahrscheinlich zieht sie weiterhin mit ihm herum.«

»Oder sie lebt irgendwo unter einer ganz anderen Identität«, hoffte Erdmann.

»Ja, vielleicht als Königin Elisabeth Christine ...«

In sich versunken, ging Erdmann ins Quartier zurück, dachte und fühlte mit Novalis: »Zu suchen haben wir nichts mehr –/Das Herz ist satt – die Welt ist leer.«

Für den nächsten Nachmittag, man schrieb jetzt den 28. April 1809, war wieder zur Übung kommandiert worden, und Erdmann ritt mit seinen Kameraden die Straße Unter den Linden entlang, ab und an von einem Regenschauer durchnäßt. Der Militärposten am Brandenburger Tor ließ sie anstandslos passieren. Sie waren nur der kleinere Teil des Zweiten Brandenburgischen Husarenregiments, lediglich zwei Schwadronen Husaren und eine Schwadron reitender Jäger verließen Berlin durch das Hallesche Tor. Zwar war den Pferden alles Kriegsgerät aufgeladen worden, doch Schill hatte nur von einem weiteren Manöver gesprochen.

Erdmann glaubte nicht daran, und als sie durch Zehlendorf preschten, beugte er sich zu Odereck hinüber. »Ich wette, daß wir schon ausziehen, Katte zu rächen.«

»Wart's nur ab.«

Vor Potsdam traf man dann mit den anderen zusammen, und Schill ließ das Regiment Aufstellung nehmen, die Offiziere vor die Front gerückt. Richtig feierlich wurde es, und nur Odereck brummte: »Paß mal auf, jetzt wird Geschichte geschrieben.«

Schill richtete sich hoch im Sattel auf und begann mit allem Pathos, zu dem er fähig sein konnte.

»Der Augenblick ist gekommen, die Schmach des Vaterlandes an dem gehaßten Feinde zu rächen. Darum soll das Regiment zur Befreiung vom schweren Joch ausziehen. Schon haben die Österreicher einen Sieg erfochten, in Westfalen ist alles zum Aufstand bereit, sobald wir uns als Befreier zeigen.« Auch auf Spanien und Tirol verwies er. »Wie Napoleon dort den angestammten Herrscher vom Thron gestoßen hat, so sinnt der tückische Thronräuber darauf, auch Preußens geliebtes Herrscherhaus zu stürzen, das Volk noch tiefer zu erniedrigen, zu unterjochen. Das aber soll dem Bösen nicht gelingen.«

Erdmann sah Cathérine vor sich, wie sie mit Napoleon im Bett lag, und er faßte seinen Degen fester.

»Freudig werde ich mein Leben für das Vaterland opfern!« rief Schill. »Und ich bin überzeugt, daß ihr, meine

Waffenbrüder, meine Gesinnung teilt!« Dabei reckte er den Arm in die Höhe und zeigte seinen Leuten eine Brieftasche aus rotem marokkanischem Ziegenleder, die er in Königsberg von Königin Luise geschenkt bekommen hatte. »Dieses Gnadenbeweises will ich mich würdig erweisen.«

Das alles fand ein begeistertes Echo, und die Hochrufe auf Schill hallten nach Potsdam hinüber.

Nur Odereck hielt sich zurück. Er litt sichtlich unter der Schizophrenie, den preußischen König dadurch zu schwächen, daß er ihm im Kampf gegen Napoleon den Thron erhalten half. Doch man mußte sehen, was aus Schills Vorhaben würde.

Als es Nacht geworden war, zog das Regiment durch Potsdam. Man konnte hier ohne jede Schwierigkeit die von Schill vorbestellten Gewehre fassen und bei Werder die Havel überqueren. Aus Berlin trafen Offiziersburschen ein und zerstreuten Erdmanns Verdacht an eine militärische Insubordination, daß Schill also gegen den erklärten Willen des Königs losgezogen war.

Am nächsten Tag aber, sie waren gerade in Großkreutz angekommen, sprengte Major Zepelin, ein Beauftragter L'Estocqs heran, und meldete, Schill solle sofort nach Berlin zurückkehren.

»Nein!« kam es entschlossen. »Wir ziehen weiter und greifen Magdeburg an.«

Das sei sinnlos, denn man hätte General Michaud, der dort das Kommando führe, gewarnt, und der Franzose ließe gerade die Elbfähren zerstören.

»Uns hält keiner mehr auf!«

So zogen sie denn weiter, erreichten bei Brück sächsisches Gebiet und schlugen am 30. April ihr Quartier in zwei kleinen Orten auf, Plötzin und Göhlsdorf, wo auch Zeit war, an die Lieben zu Hause zu schreiben. Da Erdmann an seine Mutter schon geschrieben hatte und sonst niemanden mehr hatte, der an einem Brief von ihm interessiert gewesen wäre, sah er dem Patrioten Bärsch über die Schulter. Dessen

Frau hieß Julie, und schon an ihrem Namen konnte Erdmann sich berauschen. »Es geht mir wohl«, warf Bärsch mit sichtlich erregter Feder auf das Papier, »und die schönsten Hoffnungen für die allgemeine Sache beleben mich. Der Himmel nehme Dich in seinen gütigen Schutz. Erhalte mir Deine Liebe ...«

Erdmann hatte feuchte Augen bekommen. *O Cathérine, erhalte mir Deine Liebe.* Wo mochte sie jetzt stecken, was mochte sie tun? Er konzentrierte sich mit ganzer Kraft auf sie und hoffte, daß seine Gedanken so stark waren wie das Licht der Venus, die gerade aufgegangen war, und sie erreichten, ja sie zwangen, in dieser Sekunde auch an ihn zu denken. *O Erdmann, erhalte mir Deine Liebe.*

»Ja, ich will es tun!« rief er mit lauter Stimme.

»Ist was?« fragte Odereck, der neben ihm im Grase lag.

»Nein, nichts ... Doch: alles!«

Odereck lachte. »Vergiß sie endlich.«

»Nein, nie und nimmer.«

Erdmann schlief erst ein, als der Morgen schon graute, und fiel dann fast aus dem Sattel, so müde war er, als es über die Höhen des Flämings gen Wittenberg ging. Beim Appell hatte sich ergeben, daß sie fünfhundertfünfzig Jäger und Husaren waren, auf den Mann genau. Sachsen gehörte zum Rheinbund, einer Konföderation von sechzehn deutschen Fürsten, die unter dem Protektorat Frankreichs stand, war also ein Land von Napoleons Gnaden, und als die Bauern nun die Preußen sahen, die von ihnen nicht nur Pferdefutter verlangten, sondern auch die Herausgabe der Staatskassen, flohen sie vielfach mit Weib und Kind in die Wälder oder ins nahe Wittenberg. So war man also auf der Festung längst alarmiert, als Schill mit seinen Leuten vor den Wällen erschien. Man wußte, daß zur Verteidigung nur hundertvierzig Garnisonssoldaten und noch einmal die gleiche Zahl von Bürgerschützen zur Verfügung standen, doch die Kanonen waren zu fürchten, und in ihrer Schußweite war der Übergang über die Elbbrücke niemals zu schaffen. Also schickte

Schill den Leutnant Bärsch vor das südliche Tor, um mit dem Kommandeur, einem Hauptmann von Wittern, die Unterhandlung zu führen. Obwohl Bärsch gehörig bluffte, indem er sagte, sie seien nur die Vorhut der preußischen Armee, erreichte er nichts.

»In deren Namen fordere ich die sofortige Kapitulation Wittenbergs und unseren Übergang über den Fluß.«

»Bedauere. Ein Vormarsch der preußischen Armee ist mir nicht gemeldet worden, und ohne Befehl meines Königs werde ich Ihrer Forderung nicht nachkommen.«

Auch als Schill selber mit dem Sachsen sprach und drohte, Wittenberg gewaltsam zu nehmen, blieb der unnachgiebig. Daraufhin ließ Schill seine Reiter gegen das Dresdner Tor vorrücken, aber eigentlich wollte er keinen Kampf. »Die Befreiung des Vaterlandes darf nicht mit einem Sturm gegen eine deutsche Stadt und deutschen Opfern beginnen«, argumentierte er seinen Offizieren gegenüber.

Der Hauptmann von Wittern mußte das ahnen, denn weder kapitulierte er, noch war er bereit, Zehntausende von Talern zu zahlen, damit seine Stadt geschont würde. Das einzige, was er Schill zubilligte, war das Passieren der Brücke, und so zogen sie denn schließlich mit klingendem Spiel und tänzelnden Rossen über die Elbe, wobei die Herzen der Reiter schon höher schlugen, obwohl Odereck leise lästerte: »Was dem einen sein Rubikon, ist dem anderen die Elbe ...«

Doch das Lachen verging ihm, als er erfuhr, daß Wittenbergs Kommandant kurz danach den Befehl gegeben hatte, einen Teil der Brücke hinter ihnen abzureißen. Am ganzen Mittellauf der Elbe gab es keine zweite Brücke, und so waren ihnen nun Nachschub und Rückweg gleichermaßen abgeschnitten.

»So bleibt uns nur die Flucht nach vorn«, sagte Erdmann.

»Nur ein schöner Tod kann ein elendes Leben richtig aufwerten«, entgegnete Odereck.

Am 2. Mai drangen sie in das Fürstentum Anhalt-Dessau ein, dessen Fürst, Herzog Leopold Friedrich Franz, zwar dem Rheinbund angehörte, also Vertragspartner Napoleons war, aber mit seinen siebzig Jahren keinen Krieg mehr wollte und sich viel lieber weiter im Wörlitzer Park vergnügt hätte, als sich mit dem preußischen Insurgenten anzulegen. So fuhr er Schill entgegen und bat ihn draußen auf der Oranienbaumer Heide, doch von allem abzulassen.

»Ich kann nicht zurück«, erwiderte der Major. »Ich habe mir und anderen das Wort gegeben, etwas zu unternehmen und auszuführen. Ich muß vorwärts, ich werde getrieben und gestoßen.«

Man rückte vor, und bald kamen ihnen die ersten Dessauer Bürger entgegen und riefen: »Es lebe Schill!« Auf dem Markt angekommen, stießen sie ihrerseits ein lautes Hoch auf den Fürsten Franz und seine guten Dessauer aus. Schließlich war dieser Franz ein Nachfahre des Alten Dessauers, der so viel für Preußen geleistet hatte. Schill, der im Gasthof »Goldener Ring« Quartier genommen hatte, wurde von der schaulustigen Menge umringt und sagte mit leichter Verbeugung: »Meine Herren, wenn Sie den Major Schill sehen wollen – ich bin's!« Dabei stieg er rücklings die Treppe hinauf, bis er ihren Blicken entschwand.

»Vielleicht«, sagte Odereck leise zu Erdmann, der neben ihm stand, »unternimmt der Herr Major alles nicht aus reiner Vaterlandsliebe, sondern weil er unglaublich eitel ist.«

»Das hat er mit unserem großen Friedrich gemein, die Ruhmsucht. Daß noch nach Hunderten von Jahren über einen geredet wird.«

»Da hat der Herostratos weniger Unheil angerichtet«, erwiderte Odereck und erklärte Erdmann, der ihn fragend anblickte, daß dieser Herostratos ein Grieche gewesen sei, der im Jahre 356 v. Chr. den Artemis-Tempel zu Ephesus einzig und allein aus dem Grunde in Brand gesteckt habe, um berühmt, ja unsterblich zu werden. »Was ihm ja auch gelungen ist.«

So ging es also auch in Dessau glimpflich und unkriegerisch ab, doch als sie dann am 3. Mai weiterzogen nach

Bernburg, hatten sich ihnen nur ganze acht Dessauer als Soldaten angeschlossen. Und das, obwohl es Bärsch zuvor gelungen war, den Bürger Heybruch und seinen Bruder zu zwingen, eine flammende Proklamation Schills in tausend Exemplaren zu drucken. Überall in der Stadt hing sie nun.

»Meine in den Ketten eines fremden Volkes schmachtenden Brüder! Der Augenblick ist erschienen, wo Ihr die Fesseln abwerfen und eine Verfassung wiedererhalten könnt, unter welcher Ihr seit Jahrhunderten glücklich lebtet, bis der unbegrenzte Ehrgeiz eines kühnen Eroberers unermeßliches Elend über das Vaterland verbreitete. Ermannt Euch, folgt meinem Winke, und wir sind, was wir ehemals waren.«

»Mein Gott, bloß nicht«, murmelte Odereck nur und fragte, ob es wohl angenehmer sei, in den Ketten des eigenen Herrscherhauses zu schmachten als in denen eines fremden. »Wer hat denn, außer dem König und seinem Adel, also uns, unter der alten Verfassung glücklich leben können?«

»Sonderlich glücklich fühle ich mich nun eigentlich nicht«, murmelte Erdmann. Auch war er, was das Politische anging, nicht ganz so skeptisch wie der Freund und verwies auf Reformer wie Stein und Hardenberg.

»*Liberté! Egalité! Fraternité!* Das ist auch mit denen nicht zu haben.« Oderecks Lachen war bitter. »Höchstens Hagenbuttentee, wie ich immer zu sagen pflege.«

»Und dennoch marschieren wir weiter ...«

»Ach!« Odereck winkte ab. »Wir Menschen denken doch nur, daß wir unser Leben frei gestalten könnten, in Wirklichkeit sind wir alle nur Marionetten, die das spielen, was sie spielen *müssen,* wobei bis ans Ende unserer Tage offenbleiben wird, wer diese Farce, die unser Leben ist, denn eigentlich geschrieben hat.« Und dann zitierte er wieder Shakespeare: »Die ganze Welt ist Bühne,/Und wir sind nichts als Spieler.«

Der Husar Schwergk, der ihr Gespräch weithin mitgehört hatte, geriet nun in Rage und warf ihnen vor, den König und das ganze Haus Hohenzollern beleidigt zu haben.

Erdmann hatte den stets besserwisserischen, in Wahrheit aber reichlich dümmlichen Schleimer aus Berlin nie gemocht und brummte jetzt nur barsch, er solle doch bitte das Maul halten, da er von der Philosophie des Grafen ohnehin nicht das Geringste verstehe.

Das brachte Schwergk derart in Rage, daß er seinen Säbel herausriß, um Erdmann mit der flachen Klinge über den Mund zu fahren. Doch Erdmann hatte bei seinem Vater immerhin so viel von der hohen Fechtkunst gelernt, daß er den Hieb parieren konnte und die Waffe des Husaren in hohem Bogen in die Ecke flog. Nun war der Leutnant Bärsch dazwischen und verhinderte, daß sich die beiden noch heftiger an die Gurgel gingen.

»Wollt ihr wohl aufhören! Wir sind kein wild zusammengewürfelter Söldnerhaufen, sondern Patrioten und Brüder.«

Als solche zogen sie weiter. In Bernburg gab es keinen Widerstand, und sie konnten ungehindert über die Saalebrücke gelangen. Am Nachmittag aber traf im Quartier eine Hiobsbotschaft nach der anderen ein, und Schill war jetzt eher resigniert als umtriebig. Die aufständischen Soldaten und Bauern unter Dörnberg seien in den hessischen Teilen des Königreichs Westfalen von den Garden des König Jérômes vernichtend geschlagen worden, und die Österreicher hätten die Schlacht bei Regensburg verloren und flüchteten nun vor den nachrückenden Franzosen nach Wien.

Schill versammelte seine Offiziere um sich und zog Bilanz. »Außerdem läßt mir Gouverneur L'Estocq aus Berlin heftigste Vorwürfe übermitteln und befiehlt im höchsten Auftrag die Rückkehr meines Regiments. Und ich soll einem Militärgericht überstellt werden.«

Teils reagierten seine Offiziere mit Empörung, teils verfielen sie in Schweigen und sannen nach Auswegen. Erdmann verfluchte sich und Odereck, daß sie sich auf dieses Abenteuer eingelassen hatten.

Odereck lächelte. »Alles wegen Cathérine. Ja, mein Lieber: Liebe ist nur wirklich groß, wenn man ihretwegen stirbt.«

Schill wurde nun ein wenig larmoyant und sah die Schuld bei anderen. »Ich fürchte, durch Rapporte aus Westfalen getäuscht worden zu sein, das Volk ist nicht so enthusiastisch, als es mir geschildert worden.« Ohne diesen Rückhalt im Volk aber hätten sie keine Chance, und überlegene Feinde würden sie alsbald vernichten. »Tausende, glaubte ich, würden mir folgen; doch die Ausbeute dieser Tage sind zwanzig elende Vagabunden.« Er sah zu Boden. »Deshalb schlage ich vor, den Plan der Befreiung unseres geliebten Vaterlandes einstweilen preiszugeben und über die Elbe zurückzugehen. Was meint ihr, meine teuren Waffengefährten?«

Der erste, der das Wort ergriff, war der wackere Leutnant von Bärsch, und sogar er ließ sich anstecken von Schills Mutlosigkeit. »Ich stimme zu, denn nun wissen wir alle, daß unser König den Feldzug unseres Regiments mißbilligt und sogar für strafbar erklärt, wir alle also nichts weiter als Insurgenten sind, Rebellen, die man jederzeit erschießen kann.«

Da fuhr Adolf von Lützow hoch, auch er Major wie Schill. »Nein und wieder nein! Ganz Deutschland blickt auf uns. Und besser, als in Schande nach Preußen zurückzukehren, ist es allemal, mit dem Säbel in der Faust zu fallen.«

Leutnant Stock war empört über den Kleinmut Schills: »Wir müssen vorwärts nach Westfalen, dem Volke Gelegenheit geben, das Joch, das uns drückt, abzuschütteln. Macht es mit uns keine gemeinschaftliche Sache, zieht es diesen Druck der Freiheit vor, dann haben wir das Unsrige getan, und uns bleibt nichts übrig, als so groß zu enden, wie wir angefangen.«

Stössel, Diezelsky und andere Leutnants waren seiner Meinung, riefen »Vorwärts! Vorwärts!« und drängten Schill zum Weitermachen.

Der blieb zaghaft. »Nun gut. So will ich mich der Mehrheit beugen. Aber ich kann euch nichts weiter versprechen, als für einen ehrenvollen Untergang zu fechten.«

Wie nun aber weiter verfahren? Es gab vier Vorschläge, über die man sich nicht einig werden konnte. Die ersten wollten nach Böhmen, um unter österreichischen Fahnen gegen Frankreich zu kämpfen, die zweiten sich im Harz, dem Solling, dem Teutoburger Wald und den Mooren Ostfrieslands verstecken, um den »Kleinen Krieg« zu führen, die dritten, mit Adolf von Lützow an ihrer Spitze, von Ostfriesland aus Napoleon bekämpfen und nötigenfalls ins nahe England entweichen. Schill aber, der einstmals Kolberg gehalten hatte und in der spanischen Stadt Zaragoza, die im Freiheitskampf gegen die Franzosen berühmt geworden war, das Vorbild sah, schlug vor, Stralsund einzunehmen und mit der dortigen Festung als festem Stützpunkt die Franzosen zu verjagen.

Es wurde heiß gestritten, doch zu einer Entscheidung kam es nicht, denn ein Patrouillenreiter sprengte heran und meldete, daß ein Teil der Besatzungstruppen Magdeburg verlassen hatte und auf Bernburg zu marschierte.

»Ihnen entgegen!« rief Schill, nun wieder ganz der alte, und er ließ sich von keinem davon abhalten, dem französischen Oberst Vautier mit seinen zahlenmäßig weit überlegenen Franzosen und Westfalen beim Orte Dodendorf im offenen Gefecht gegenüberzutreten.

»Das ist doch sinnlos«, sagte Erdmann. »Wir müssen den Gegner vielmehr mit kleinen Stichen mürbe machen.«

Odereck winkte ab. »Er war vorhin so schwach, daß er uns jetzt mit einer glänzenden Waffentat beweisen muß, wie großartig er ist. Anders kann er seine Stellung als Kommandeur nicht festigen.«

Leutnant Stock hatte den Einfall, die zahlenmäßige Überlegenheit Vautiers dadurch abzubauen, daß man die Westfalen, also die Deutschen, in seinen Kompanien überredete, zum Freikorps überzulaufen. Er ritt zu Schill, bat um die Erlaubnis, dies versuchen zu dürfen, und bekam sie auch.

Stock schwang nun ein weißes Taschentuch, ritt an die Westfalen heran und rief mit lauter Stimme: »Nicht als Feinde, sondern als Freunde kommen wir, um euch, ihr deutschen Brüder, vom Joche der Franzosen zu befreien!«

Er erhielt keine Antwort, und als er sein Pferd wendete, schoß man auf ihn. Tödlich getroffen, stürzte er zu Boden. Als auch Leutnant Bärsch und ein Trompeter, die dasselbe versuchten, von Schüssen zurückgetrieben wurden, war Schills Truppe so wutentbrannt, daß es eigentlich keines Zeichens zum Angriff mehr bedurfte. Erdmann und Odereck sprengten mit der 1. Schwadron der Husaren unter Leutnant Diezelsky am Ufer eines kleinen Flüßchens namens Sülze entlang.

»Kennst du das Gedicht *Der Gesundbrunnen* von Schlegel, August Wilhelm?« fragte Erdmann den Freund und Gönner, der dicht neben ihm ritt.

»Nein ...«

Erdmann begann: »›Der Himmel lacht, es wehen warme Lüfte,/Die Gauen blühn ringsum mit Wein und Korne./Hier schirmen Hügel vor des Nordwinds Zorne/Ein kleines Tal voll frischer Wiesendüfte.‹ Und nun fragt er: ›Kannst du dich so, Natur, mit Mord besudeln?‹«

»Klar kann sie das! Ihre höheren Tiere läßt sie fast alle morden: fressen und gefressen werden.«

Erdmann fuhr fort: »›Ja, hier, wo selbst die Quellen Leben sprudeln,/Hat, in der Rosenfülle froher Jugend,/Mein süßes Leben seinen Tod gefunden.‹«

»Kommt auf deinen Grabstein, ich versprech' es dir.«

Mit verhängten Zügeln und Hurrageschrei ging es auf die Dodendorfer Mühle zu, wo sich die westfälischen Infanteristen in Linie postiert hatten.

Neben Erdmann sanken die ersten Freunde nieder. Er hatte Angst um Odereck. Es war wie ein Scheibenschießen, und instinktiv versuchte er, ein wenig in Wellenlinien zu reiten. Was ihn vorwärts trieb, war die reine Mechanik und irgendwie der Gedanke: *Mich trifft es nicht, ich bin unsterb-*

*lich.* Vor ihm stürzte sein Leutnant vom Pferd und wurde mitgeschleift. Viele Hufe gaben ihm den Rest. Anderen wurde das Pferd erschossen, und sie gerieten unter dessen zuckenden und alles zermalmenden Körper. Doch dann hatten sie die Schützenlinie erreicht, und nun war der Vorteil ganz auf ihrer Seite. Köpfe wurden gespalten, Hände vom Arm und Arme vom Rumpf gesäbelt. Erdmann tötete einen Westfalen, Odereck zwei.

Jetzt aber hatten die Flüchtenden die Mauer des Kirchhofs erreicht und schafften es, hinter ihr wieder Posten zu fassen und die Gewehre auf Schills Leute anzulegen. Damit war der Schnitter Tod erneut auf ihrer Seite. »Feuer!«

»Zurück!«

Nach Diezelskys Tod hatte Odereck das Kommando an sich gerissen und gab nun den Rückzugsbefehl für alle Husaren. Und auch die zu Fuß gegen die Friedhofsmauer anrennenden Freiwilligen erreichten nichts mehr. Man verlor sich im Dorf, wurde aber immer wieder aus dem Hinterhalt beschossen, so daß es neue Opfer gab. Das Feuer der französischen Sechspfünder war zu hören, und sie sahen, wie die 2. und 3. Schwadron die steile Anhöhe nicht zu erstürmen vermochten, auf der sich die beiden französischen Regimenter versammelt hatten. Diese wankten nicht. Obwohl Vautier, ihr Befehlshaber, gefallen war. So blieb Schill nichts weiter, als zum Rückzug blasen zu lassen.

Dodendorf war weder Sieg noch Niederlage. Schill hatte sich behauptet, Pulverwagen, Fahnen und Waffen erbeutet und hundertsechzig Gefangene gemacht, doch die Franzosen mitnichten vertrieben. Auch hatte er siebzig Soldaten und zwölf Offiziere verloren, darunter einige seiner besten Leute. Major Adolf von Lützow mußte schwerverletzt auf preußisches Gebiet zurückgebracht werden.

»Mir scheint, ich lebe noch«, sagte Erdmann.

»Ich hatte mich schon darauf gefreut, es nicht mehr zu tun«, entgegnete Odereck, der über seine Todessehnsucht so redete wie über das Verlangen nach einer schönen Liebesnacht. »Man kann sich nur verbessern, wenn man stirbt. Es wechselt lediglich die Daseinsform.«

Doch dieser Wechsel stand ihm noch nicht bevor, denn was nun folgte, war recht eigentlich ein Rückzug. Zuerst aber wurde man in Halle, der vormaligen preußischen Universitätsstadt, in Halberstadt und in Arneburg von der Bevölkerung jubelnd begrüßt, konnte aus den Kassen der Franzosen viele tausend Franken erbeuten und aus den Scharen der entlassenen Soldaten, enttäuschten Bauern, murrenden Handwerker sowie der hungernden Arbeiter, Knechte, Tagelöhner und Dienstboten Hunderte von Rekruten gewinnen. In blauen Leinenjacken und mit runden Hüten, deren Krempe über der Stirn hochgeschlagen wurde, exerzierten sie mit Gewehren, Piken und Lanzen. Fieberhaft war Schill dabei, Pferde und Waffen heranzuschaffen.

Da die Offiziere, die sich gegen einen Marsch nach Stralsund ausgesprochen hatten, bei Dodendorf gefallen waren, konnte Schill nun ohne Widerstand zur Ostsee ziehen. Am 15. Mai 1809 wurde die kleine mecklenburgische Festung Dömitz im Handstreich genommen. Schill wollte sich dort an der Elbe verschanzen, doch die Wälle und Kasematten von Dömitz waren in den letzten Jahren derart verfallen, daß sie kaum noch brauchbar waren. Aus der Garnison hatten die Mecklenburger ein Zuchthaus für Geisteskranke, Landstreicher, Verbrecher und Diebe gemacht. Zudem war der Herzog von Mecklenburg-Schwerin alles andere als bereit, Schill zu unterstützen. Man war also gezwungen, die Gemeinden mehr oder minder gewaltsam zu zwingen, Lebensmittel zu liefern, womit man sich natürlich Feinde schuf.

Schon kam die Nachricht, daß die Franzosen mit einer Truppe von sechzigtausend Mann anrückten, und den Freischärlern blieb nichts weiter übrig, als in Richtung Wismar und Rostock abzuziehen. Lediglich ein Rest verschanzte sich so gut es ging in Dömitz, um den Rückzug zu sichern. Der glückte auch, doch in beiden Hansestädten fand man wohl offene Tore, aber keine offenen Herzen vor, zumal Schill kein Geld hatte, das zu bezahlen, was er an Uniformen, Waffen und Verpflegung brauchte. Das tat der Moral seiner Leute nicht gut, doch der eigentliche Tiefpunkt kam, als man von dem Parolebefehl erfuhr, den Friedrich Wilhelm III. am 8. Mai in Königsberg erlassen hatte.

Unter anderem hieß es da: »Seine Majestät der König machen der Armee bekannt, daß der Major von Schill mit seinem Regimente unter dem Vorwande, vor den Toren der Garnison zu manövrieren, über die Grenze gegangen ist. Höchstdieselben finden nicht Worte genug, um darüber ihre Mißbilligung in dem Grade auszudrücken, als Sie diese empfanden. Der Major von Schill und alle, die mit ihm gegangen sind, sollen einem strengen Militärgerichte unterworfen werden.« Daß das keine leere Drohung war, ersah man daraus, daß in Berlin der Stadtkommandant Chasot, ein Sympathisant der Schillschen Sache, und der Gouverneur L'Estocq ihrer Posten enthoben worden waren. Zudem wurde die preußische Grenze für die Freischärler gesperrt.

»Vogelfrei sind wir nun«, sagte Odereck. »Reichsacht hieß das früher.«

Erdmann lachte. »Ach, wie hätte sich mein Vater gefreut, wenn ich General geworden wäre, doch nun: aus der Traum.«

Vielleicht hätten sie sich doch noch denen angeschlossen, denen es nun zunehmend mulmiger wurde, und mit ihnen zusammen das Weite gesucht, wenn nicht die Offiziere gerade einen neuen Eid geschworen und den Husaren Sommer, der sich ihren Anordnungen widersetzen wollte, kurzerhand erschossen hätten. Auch wurde bekannt, daß Leutnant Bärsch einen plündernden Soldaten erschlagen hatte.

»Ja, es ist wie beim Liebesakt.« Odereck nahm seine Gleichnisse gern aus dieser Sphäre. »Ist man bis zu einer bestimmten Stelle fortgeschritten, ist nichts mehr aufzuhalten, da kommt, was kommen muß.«

»Also weiter nach Stralsund«, sagte Erdmann.

Wer im Jahre 1809 von Rostock, das zum Herzogtum Mecklenburg gehörte, in die Stadt am Strelasund wollte, der mußte bei Ribnitz-Damgarten den Grenzfluß Recknitz auf einer Brücke überqueren. Und hier nun erwarteten sechs Kompanien mecklenburgischer Rheinbundtruppen die Schillschen Freischärler. Es war ein glühendheißer Maientag, als auf beiden Seiten die Geschütze krachten und die Gewehrkugeln das Flüßchen kreuzten. Der Major ließ die Brücke nur zum Schein angreifen, denn sein Plan war es, den Gegner von hinten zu packen. So ließ er eine Infanteriekompanie flußaufwärts marschieren und seine Jäger zur Flußmündung ziehen, um sich dort auf schnell requirierten Kähnen übersetzen zu lassen. Man hatte leichtes Spiel, und eine mecklenburgische Kompanie fraternisierte sogar. Als der Befehl zum Feuern kam, sprang ein alter Musketier vor und schrie: »Ein Hundsfott, wer einen Schuß tut!« Und mit »Hurra!« ergaben sich alle den Freischärlern, die nun ihre Branntweinflaschen schwangen und riefen: »Hurra! Kommt zu uns braven Deutschen!«

Erdmann und Odereck waren nicht dabei, als Schills Schwadronen nach gewonnenem Gefecht über die Recknitz-Brücke jagten, sie saßen zu dieser Stunde bereits auf dem Marktplatz von Stralsund und ließen sich von der Sonne braten. Wie das? Als Zimmerleute verkleidet, waren sie schon in der Nacht in die Stadt geschlichen und hatten überall, sogar vor dem Rathaus, Flugblätter ausgestreut, auf denen zu lesen stand: »Schill ruft die Bewohner der Stadt zum Aufstand gegen die französischen Eroberer. Die Ankunft seiner tapferen Truppe ist nahe!«

»Hoffentlich nicht zu nahe«, sagte Odereck. »Nicht bevor sie alle sturzbesoffen sind.«

Das bezog sich auf die Franzosen. Die hatten am Morgen die Nachricht erhalten, daß ihr Kaiser die Österreicher geschlagen und Wien erobert hatte. Mit Trommelwirbel und Salutschüssen riß man die Bürger aus dem Schlaf. Nun kaufte man ein, um den großen Napoleon gebührend zu feiern, und schlenderte hochgestimmt zur Kaserne zurück.

»Ist das da drüben nicht der Artilleriekommandant, der Kapitän Noël?« fragte Erdmann, an einem Weißbrot kauend.

»Ich habe so etwas flüstern hören.« Odereck gähnte anhaltend und beschloß, sich eine Mütze voller Schlaf zu gönnen.

Doch kaum hatte er die Augen geschlossen, schreckte er schon wieder hoch. Nicht nur, daß es vom Turm der Marienkirche zehn Uhr morgens schlug, vom Tribseer Tor kam auch ihr Major mit fünfzehn Husaren und dreißig Jägern durch die Stadt gesprengt. Auf dem Marktplatz angekommen, trieben sie die uniformierten Franzosen zusammen und nahmen den Kapitän Noël gefangen. Dabei verlor der Jäger Landgraf jede Beherrschung und riß dem Kommandanten das Kreuz der Ehrenlegion vom Rock, um es zu Boden zu werfen und mit den Füßen zu zertreten.

»Das wird sich noch mal bitter rächen«, sagte Odereck.

Und so kam es denn auch. Als man nämlich Noël zur Kaserne gebracht hatte und der seinen Soldaten befahl, die Waffen niederzulegen, berichtete einer von der Demütigung, die dem Kapitän auf dem Marktplatz widerfahren war, und sofort kochten die Emotionen hoch. Man schrie nach Rache für diese Schande und stürzte sich wie von Sinnen auf den schuldigen Husaren, schoß auf ihn und stieß ihm mehrere Bajonette in den Leib. Von Kapitulation war keine Rede mehr, und schnell hatten die Franzosen Barrikaden errichtet und Geschütze aufgefahren. Als die ersten Schillschen Jäger erschienen, um die Franzosen zu entwaffnen, wurden sie niedergemäht.

Nun entbrannte in den schmalen Gassen ein Kampf um jeden Meter, um jedes Haus. Bürger schossen aus ihren Fenstern auf die Franzosen, Ulanen drängten mit gefällten Lanzen heran. Doch das Sperrfeuer der französischen Kanoniere und Schützen schien unüberwindbar.

Erdmann und Odereck schwankten zwischen Überlebenstrieb und Pflichterfüllung, Schill und den Kameraden gegenüber.

»Da unten ist der Hafen«, sagte Erdmann. »Ein Schiff nach England wird sich finden lassen.«

»Haben wir den Eid geschworen oder nicht?«

»Du willst nichts anderes als sterben, ich weiß.«

»Besser hier in Ehren als zwanzig Jahre später als siecher Greis.«

»Dein Wille geschehe!«

Worauf sie aus ihrer Deckung hervorsprangen, sich die Gewehre zweier gefallener Kameraden ergriffen und dem Leutnant von Wedell und seinen Jägern folgten, die zur Böttcherstraße strebten. Das Geschrei der Kämpfenden erfüllte die Gassen, die Geschütze donnerten, das Gewehrfeuer krachte. Sie stolperten über die Toten und gaben acht, nicht auf die Sterbenden zu treten. Deren Stöhnen war das Schrecklichste für Erdmann. Und er sah sich in diesem Augenblick im Schloß Tamsel im Ahnensaal stehen und auf der Querflöte spielen. Cathérine kam herein und entführte ihn zur Liebes-Insel.

Da stand der Kapitän Noël vor ihnen und schwenkte sein Schnupftuch zum Zeichen, daß er nun kapitulieren wolle.

Leutnant von Wedell riß seinerseits ein weißes Tuch hervor, um seine Zustimmung zum Vorschlag des Feindes zu signalisieren, rief ihm aber zu, daß die Franzosen vorher ihre Geschütze herumdrehen sollten. Als das geschehen war, gingen die beiden Offiziere aufeinander zu und schüttelten sich die Hände, worauf es allenthalben ein großes Aufatmen gab.

In dieser Sekunde galoppierte eine Schar von Ulanen und Husaren vom Markt her heran.

»Haltet ein!« schrie ihnen der Leutnant entgegen. »Wir haben soeben Frieden miteinander geschlossen!«

Doch man hörte ihn nicht oder wollte ihn nicht hören und drang schonungslos auf die Franzosen ein. Die Ulanen stachen derart heftig zu, daß die Spitzen ihrer Lanzen in den Körpern der Erstochenen abbrachen.

Der Husar Schwergk ritt mit erhobenem Säbel auf den Kommandanten der Franzosen zu. In seiner Verzweiflung riß Kapitän Noël seinen Degen heraus und stach dem Pferd in den Hals. Doch das nutzte ihm nichts, denn Schwergks Hieb war nicht mehr aufzuhalten und von einer solchen Kraft, daß ihm die Stirn gespalten wurde. Der Husar warf sich nun über sein sterbendes Pferd, brach in Tränen aus und jammerte: »Mein armer Brauner!« Dies alles empörte Erdmann derart, daß er seinen lang gehegten Haß gegen Schwergk nicht mehr zu zügeln wußte, und so riß er denn sein Gewehr hoch, um den Feigling zu erschießen. Odereck konnte den Lauf gerade noch im letzten Augenblick nach oben stoßen, so daß der Schuß in ein nahes Fenster schlug und es so aussah, als hätte Erdmann auf einen Feind gezielt. Andernfalls hätten ihn die Kameraden in Stücke gerissen.

Allmählich hatten die Freischärler überall die Oberhand gewonnen, und zum Zeichen ihres endgültigen Sieges wurde der Chef der napoleonischen Zivilverwaltung, d'Houdetot, ergriffen und zum Markt geschleppt, wo er, ein älterer und dickleibiger Mann, zum Gespött der Leute niederknien und ein Spinnrad drehen mußte. Derart gedemütigt, bekam er noch ein paar Stockhiebe verpaßt und wurde dann davongejagt. Schill, in seiner knapp sitzenden Husarenuniform mit den orangefarbenen Kamelgarnschnüren des Dolmans und der bunt bestickten Mütze eines polnischen Ulanenoffiziers, ein altes Beutestück, stand dicht daneben.

»Ach, wie ist das doch alles erhebend«, sagte Erdmann.

»Er wird sich verrechnet haben ...«, sinnierte Odereck. »Denn offenbar hat Napoleon die Festung schleifen lassen. Die Wälle sind abgetragen, die Gräben zugeschüttet, die Schanzen zerstört. Von Stralsund aus kann man die Welt nicht mehr aus den Angeln heben.«

Was denn Schill auch schnell erkannte. Er begann noch am selben Tage, in der Stadt und den umliegenden Dörfern

Schanzarbeiter zu gewinnen und dazu Maurer und Zimmerleute. Es wurde ein Wettlauf mit der Zeit, denn die Franzosen waren nicht willens, die Schmach auf sich sitzen zu lassen. Bei Wismar sammelten sie zweitausendfünfhundert Holländer unter General Henri Gratien Bertrand und ebenso viele Dänen unter General Ewald, um Schill kontra zu bieten. Der verfügte über etwas mehr als zweitausendfünfhundert Mann, unter denen sich aber nach den durchgestandenen Gefechten nur noch fünfhundert altgediente Husaren befanden. Das führte dazu, daß etliche Offiziere, darunter auch Leo von Lützow, bezweifelten, daß die Festung lange zu halten sei und durchblicken ließen, daß sie viel lieber die im Hafen liegenden Schiffe gekapert hätten, um nach England zu gehen. Es gab heftige Debatten, und Schill verstieß schließlich den Leutnant Blum aus der Freischar.

Daraufhin verließ der jüngere der Lützow-Brüder von sich aus das Korps, um in Österreich gegen Napoleon zu kämpfen.

»Wer mein Schicksal nicht teilen will, kann sofort seine Entlassung bekommen!« rief Schill. »Nur mit der Festung Stralsund als Rückhalt können wir unsere Ziele erreichen.«

Erdmann und Odereck ritten die Frankenstraße hinunter, bis sie den Hafen und dahinter die See vor Augen hatten. Am Bollwerk saßen sie ab, und Erdmann zog den sechsten Band von Wilhelm Heinrich Wackenroders *Straußfedern* aus der Satteltasche, in dem ein Gedicht zu finden war, das ihm sehr passend vorkam. Schon trug er die Strophen vor, die er am schönsten fand.

»In allgewalt'ger Schale/Dem heiligen Schicksale/Schäumt unter uns das weite Meer./In lachend heitrer Stille/Im wilden Sturmgebrülle/Ist's immer heilig, groß und hehr.«

Odereck war an diesem Tage wieder ganz der alte und reimte ad hoc: »Besonders hehr ist es im Heer,/Wenn die Kameraden sterben um uns her./Denn nie wird so gut von uns gesprochen,/Als wenn uns der Tod das Auge grad' gebrochen.«

Erdmann ließ sich nicht beirren und zitierte weiter Wakkenroder, wie der das Meer gewaltig wallen ließ, wundervoll und hehr.

»Drum laßt uns, gleich dem Himmel/Ins wilde Weltgetümmel/Mit sonnenhellem Auge sehn;/Fest an der Menschheit hangen,/Die Welt mit Lieb umfangen/Und liebend, liebend untergehn.«

Diese Gelegenheit zu einer spöttischen Anmerkung ließ sich Odereck nicht entgehen: »Nun, ich möchte unseren charismatisch ernsten Schill erleben, wie er reagiert, wenn wir uns mitten im Gefecht zu lieben anfangen und innig ineinander sind in dem Moment, wo die fremden Säbel unsere Schädel spalten.«

»Darüber spottet man nicht, sonst ...«

Am 31. Mai 1809, einem wolkenlosen, sonnigen Tag, erfolgte der Angriff General Henri Gratien Bertrands. In Stralsund zeigte man sich wenig überrascht. Trompetenstöße und dumpfer Trommelwirbel weckten die Freischärler, die sogleich zu den Festungswällen ritten und marschierten. Schill gab gefaßt und guten Mutes seine Befehle, und das Knieper Tor, das Tribseer Tor und das Frankentor wurden besetzt, die restlichen Husaren und Ulanen blieben mit ihren Pferden und vier Geschützen auf dem Marktplatz als Reserve zurück.

Erdmann hatte vom Regimentsarzt Wittig erfahren, daß der Major Pech und Schwefel herbeischaffen ließe. »Er wolle lieber die Stadt anzünden, sagte er, als sie den Hunden draußen zu überlassen.«

»Da ist er schon ein richtiger Deutscher«, kommentierte Odereck.

Bald war keine Zeit mehr zum Durchatmen, geschweige denn zum Plaudern, denn der Feind begann, den Tribseer Damm mit seinen Sechspfündern zu bombardieren. Dann schwärmten die dänischen Jäger heran, die holländischen Infanteriekompanien und die dänischen Kavallerieschwadronen. Doch die Kartätschen der Festungsartillerie warfen sie zurück.

»Ich glaube, die Kanaillen retirieren und wollen uns entgehen«, rief Schill. Doch hatte er übersehen, daß dieser Angriff nur eine Finte Bertrands gewesen war, der seine Hauptmacht gegen das Knieper Tor entfaltete, das seine Spione ihm als Schwachpunkt der Festung Stralsund beschrieben hatten.

Odereck, der früher einmal auch Strategie studiert hatte, ritt auf Leutnant Brünnow zu und erklärte dem, daß sie nur noch eine Chance hätten: einen Ausfall. »Stralsund ist die Falle, in der wir sitzen, und sie wird zuschnappen. Mit uns und ohne uns. Tut sie es mit uns, sterben wir alle.«

Brünnow nickte und wandte sich an Schill: »Lieber Major, lassen Sie mich mit der Kavallerie einhauen! Jetzt oder nie ist der günstige Augenblick erschienen.«

Schill wehrte unwirsch ab. »Bruder, es ist noch nicht die richtige Zeit. Ich werde befehlen, wenn es geschehen soll. Erst sollen sie sich die Hörner ablaufen, dann will ich über sie herfallen und ihnen den Kehraus aufspielen. Stralsund sollen sie nicht bekommen, und wenn ihrer noch einmal soviel wären!« Damit galoppierte er zum Knieper Tor, wo die holländischen Feldgeschütze bereits zu wüten begannen.

Kurz nach Mittag sah Erdmann die feindliche Infanterie auf die Schanzen losstürmen, und die 4. Husarenschwadron, die am nächsten stand, bekam Order, sich ihnen entgegenzuwerfen. Erdmann und Odereck schleuderten ihre Säbel beiseite und stürzten sich mit Kolben und Bajonett von der Brustwehr in den Graben hinab.

»Gib es ihnen!« hörte Erdmann seinen Vater schreien, und wenn er überlebte, dann allein durch die Künste, die Johann ihm beigebracht hatte, ganz gegen seinen Willen. Immer war er schneller als der feindliche Soldat und mähte jeden nieder, der ihn töten wollte, er war der gewandteste unter den Wölfen und wurde nur leicht an der rechten Schulter verletzt. Auch in Odereck war die Wildheit erwacht, und er schlug sich wacker. Im Angesicht des Todes war jede Sehnsucht nach dem Sterben verschwunden.

Schill, der auf seinem Pferd geblieben war, jubelte: »Kameraden, ihr habt bewiesen, was Kavallerie vermag. Jetzt erringt ihr auch als Infanteristen den ersten Preis. Ihr alle sollt zum Andenken dieses Tages ein Ehrenzeichen um den rechten Arm tragen!«

Darauf murmelte Odereck etwas, das weniger nach Arm, sondern mehr nach Arsch zu klingen schien.

Erdmann nutzte die Gefechtspause, um sich, nun wieder beritten, nach einer Möglichkeit umzusehen, irgendwie aus Stralsund herauszukommen, ehe die nächste Sturmflut herangerollt kam. Er wollte leben, er wollte noch einmal eine Nacht mit Cathérine verbringen. Eine, zwei, bis in alle Ewigkeit. Er sah Odereck an und machte eine Kopfbewegung zum nahen Hafen hin.

Der schloß die Augen und zitierte Schlegel: »Ich wollte dieses Leben/Durch ein unendliches Streben/Zur Ewigkeit erhöhn ...« Dann verzog sich sein schönes Gesicht im sublimen Schmerz, als er fortfuhr: »Doch bald ist mir zerronnen/Der Mut, so dies begonnen ...« Er nahm den Freund in die Arme. »Ich danke dir. Es war eine wunderbare Zeit mit dir.«

Erdmann wischte sich die Tränen aus den Augen. »Wären wir doch bloß in Tamsel geblieben und hätten uns ... Ohne Cathérine, da ...«

»Alles kommt, wie es kommen muß. Wer immer dein Leben bestimmt – du selber sicher nicht.«

Weiter kam er nicht, denn der Leutnant von der Horst wies ihn an, damit einen Befehl Schills erfüllend, mit ihm zum Rathaus zu reiten und Brennholz zu holen. »Im Notfall sollen wir die Brücke anzünden.«

Odereck küßte Erdmann auf die Stirn, dann warf er sich herum und sprengte davon. Fast in derselben Sekunde flogen die Geschosse heran, mit der die holländische Feldartillerie den Angriff auf das Knieper Tor eröffnete. Die Wälle wurden aufgewühlt, die Festungsgeschütze umgestürzt. Der Torso eines Kanoniers traf Erdmanns Braunen an der Brust. Fetzen menschlichen Fleisches schlugen ihm gegen die Stirn. Dann stürmten die Holländer vor, und es kämpfte Mann gegen Mann mit Säbelklinge, Gewehrkolben und blankem Bajonett. Noch immer stand Erdmann wie in Trance, und merkwürdigerweise ließ man ihn zunächst in Ruhe. Vielleicht, weil er wie aus Gußeisen wirkte. Neben ihm fiel Hauptmann von Alvensleben. Die Rügensche Landwehr, von Schill gegen ihren Willen in die Freischar gepreßt, floh in hellen Scharen.

Erdmann kam erst wieder zu sich, als man ihm das Pferd erstach und er zu Boden sank. Fast krabbelnd wie ein Kind, geriet er in den Strom der Fliehenden und wurde durch das Tor in die Knieper Straße gespült. Gerade wollte er sich mit anderen Freischärlern hinter dem Tor zur Gegenattacke versammeln, da stürmten ihnen von beiden Seiten dänische Jäger entgegen. Sie hatten sich am Strand des Strelasundes entlanggeschlichen und den schwach besetzten Hauptwall erstürmt. Diese Lage wäre vielleicht noch zu meistern gewesen, nun aber prallte die Hauptmacht des Feindes wie eine gewaltige Woge gegen die Wälle zu beiden Seiten des Tores und schwappte über diese hinweg. Es kamen genug Dänen hinüber, von hinten in den Turmweg zu stürmen und die schwere Bohlentür zu sprengen. Wie durch eine geöffnete Schleuse quollen nun alle, die den Franzosen gehorchten, durch das Knieper Tor in die Stadt. Panik kam auf. Erdmann wollte mit einigen Schillschen Jägern in den Turm, wurde aber in letzter Sekunde beiseite gerissen. Etwa ein Dutzend konnte in den oberen Turmraum gelangen und feuerte nun durch Türluke, Fenster und Schießscharten auf die Holländer, die unten über den Damm und durch den Torweg strömten. Viele von ihnen wurden getötet, vor allem Offiziere. Auch der holländische Generalleutnant von Carteret war unter den Opfern.

Erdmann hatte eben noch hinter einen umgestürzten

Schanzwagen springen können und verschoß Kugel auf Kugel, um sich die Gegner vom Leibe zu halten, hatte aber kaum noch Munition. Es gelang ihm jedoch, sich zum Alten Markt zurückzuziehen, wo das Freikorps, wie er wußte, seine Reservegeschütze stehen hatte. Jetzt war alles nur noch instinktives, tierhaftes Handeln, da gab es kein kühles Kalkulieren. Was ihn vorantrieb, war auch der Wunsch, Oderreck noch einmal zu sehen. Da, unter den Arkaden des Rathauses, tauchte er auf, und zwar an der Seite des Leutnants von Blankenburg, der Jäger und Infanteristen um sich scharte, offensichtlich um zum Hafen durchzubrechen. Erdmann schaffte es nicht mehr, zu ihm durchzukommen, denn nun waren die Feinde auch durch das Triebseer Tor und das Frankentor gedrungen und preßten die Freischärler furchtbar zusammen. Von Schill selber war nichts mehr zu sehen. Ein Blutrausch erfaßte nun die siegestrunkenen Holländer und Dänen, und wie ein räudiges Stück Vieh schlachteten sie jeden Freischärler ab, der ihnen in die Hände fiel.

Direkt vor Erdmanns Augen wurde ein neunjähriger Junge erstochen, und Erdmann wähnte schon seine letzte Stunde gekommen, doch konnte er mit etwa dreißig Kameraden gerade noch in den Hof eines Gebäudes flüchten, in dem die französische Zivilverwaltung Quartier genommen hatte. Man warf die Gewehre weg, kniete nieder und bat um Gnade. Doch keiner erhörte ihr Flehen, einer nach dem anderen wurde abgestochen. Erdmann war der letzte in der Reihe. Neben ihm kniete der Fähnrich von Seydewitz.

Das also war der Tod.

Und ein Gedicht klang in ihm auf, Satzfetzen: Ach Vater, liebster Vater mein,/Muß ich den Kelch dann trinken?/Soll ich mein Leben lassen?/O bittrer Tod! dein' Angst und Not/ Ist groß ohn' alle Maßen.

Cathérine galt sein letzter Gedanke.

Er hob den Blick zum Himmel, um Abschied zu nehmen. Von Cathérine und vom Leben.

Da sah er, daß der Hof an einen Warenspeicher grenzte

und seine Mauer zu erklimmen war, wenn man an zwei Vorsprüngen Halt finden konnte.

Ein Impuls, ein Reflex – und er schnellte los. Der Fähnrich und zwei andere folgten ihm. Und diese beiden letzten waren seine Rettung, denn sie konnte man greifen, geriet aber dabei so sehr ins Stolpern, daß sowohl er als auch der Fähnrich die Mauerkrone packen und sich hochziehen konnten. Erst als sie sich auf der anderen Seite hinunterfallen ließen, pfiffen die ersten Kugeln über sie weg. Zwei Hände griffen sie und zogen sie in einen Schuppen. Ehe sie Luft holen konnten, steckten sie jeder in einem leeren Faß.

»Und keinen Mucks!« sagte der Mann, der sie gerettet hatte, ein Weinhändler mit dem schönen Namen Magnus Schuster. »Ich hoffe, daß sie sich ablenken lassen.«

Doch kaum hatte er dies gesagt, wurde vorn an seinen Türen gerüttelt.

»Aufmachen!« Gewehrkolben krachten gegen das Holz.

Der 31. Mai 1809 neigte sich seinem Ende zu. An die vierhundert Freischärler waren gefallen oder schwer verwundet. Ferdinand von Schill war im Haus des Stadtwundarztes am Alten Markt aufgebahrt, das heißt, er lag nackt in einem kleinen Zimmer im Erdgeschoß. Er hatte eine Schußverletzung am Kopf, und zwischen den Augenbrauen klaffte zudem eine kurze, aber tiefe Wunde, die nur von einem Säbelhieb herrühren konnte. Der Oberstabsarzt Genoux kam dann und trennte den Kopf vom Rumpf, um ihn als Trophäe an den König Jérôme nach Kassel zu senden. Am Sund, gegenüber der Insel Dänholm, hatten sich von seinen Leuten 195 Reiter und 230 Infanteristen, darunter 29 Offiziere, um den Leutnant Brünnow geschart, und der verhandelte nun mit den Holländern. »Freier Abzug auf der Stelle mit Pferden und Waffen oder nach zehn Minuten Angriff auf Tod und Leben!« Was Brünnow erreichte, war aber nur, daß man zwei Unterhändler zu General Henri Gratien Bertrand reiten ließ. Der hatte von Napoleon den Befehl erhalten, die

Freischärler als Briganten, also als Straßenräuber, anzusehen und auf der Stelle zu erschießen, doch er setzte sich schließlich darüber hinweg und gestattete der Truppe Brünnows den freien Abzug ins preußische Demmin, wenn sie sich dort einem Militärgericht überantworteten.

557 Gefangene wurden gezählt. Elf davon, alles Offiziere, wurden später vor ein französisches Kriegsgericht gestellt, wegen Straßenräuberei zum Tode verurteilt und am 16. September 1809 in Wesel am Rhein erschossen. »Es lebe unser König! Preußen hoch!« riefen sie noch. Von den anderen Freischärlern wurden per Los vierzehn zum Tod bestimmt und im Juli in Braunschweig erschossen. Die übrigen kamen als Gefangene nach Frankreich, wo sie als Arbeitssklaven auf den Galeeren von Brest und Cherbourg arbeiten mußten.

»Und was ist mit Odereck?« fragte Erdmann von Bosetzki, der nun schon seit anderthalb Monaten im Keller des Weinhändlers steckte, welcher nicht nur aus dem brandenburgischen Zehdenick stammte, sondern auch bekannte, glühender Preuße zu sein.

»Keine Ahnung.«

Alles war möglich, auch daß Odereck mit Brünnow nach Demmin gegangen war, wo sich Blücher mit Nachdruck für die Freischärler verwandte, so daß vor dem Militärgericht mit milden Strafen zu rechnen war.

»Wenn er noch lebte, würde er bestimmt dafür sorgen, daß ich hier rauskomme – nach Preußen rüber ...«

Schuster schüttelte den Kopf. »Woher soll er denn wissen, daß du hier bist?«

Der Fähnrich, der mit Erdmann entkommen war, steckte inzwischen in einem anderen Speicher. Zwar war mittlerweile ein kleiner Trupp von Erdmanns Kameraden, als Fischer verkleidet und mit falschen Papieren versehen, von preußisch gestimmten Stralsunder Bürgern aus der Stadt geschleust worden, doch Schuster sah für Erdmann keine Chance, denn von Anfang an stand er unter Beobachtung, und direkt ihm gegenüber hatten sie einen Spitzel einquartiert.

»Es muß erst ein wenig Gras über die Sache wachsen.«

So vergingen Tage und Wochen. Was Erdmann aufrecht hielt, waren seine Gedichte. Entweder versuchte er, bekannte Verse aus dem Gedächtnis zusammenzubringen, oder er schrieb selber welche.

»Weh mir, wo nehm ich, wenn/Es Winter ist, die Blumen her, und wo/Den Sonnenschein,/Und Schatten der Erde?/Die Mauern stehn/Sprachlos und kalt, im Winde/Klirren die Fahnen.«

In solcher Stimmung war er, als Schuster den Keller aufschloß, der Erdmann ebenso Zufluchtstätte wie Gefängnis war. Fast sah der Weinhändler heiter aus.

»Hast du getrunken?« fragte Erdmann.

»Nein, aber der Major Jean-Jacques Schweighaeuser aus Straßburg womöglich.«

»Wieso?«

»Er wäre bereit, dich auf einem leeren Munitionswagen aus der Stadt und nach Preußen zu bringen, wenn du ...«

Erdmann zuckte zurück, denn er dachte sofort an ganz bestimmte Neigungen des Mannes. »Er kennt mich doch gar nicht ...«

»Muß er doch auch nicht.«

»Ach so ...«

Schuster, der von Erdmanns Gedanken nichts ahnte, setzte sich auf ein Faß. »Er möchte, daß du ihm deinen Adelstitel verkaufst ...«

Erdmann starrte den Weinhändler an. »Unser Adelspatent, das mein Vater von keinem Geringeren als Friedrich dem Großen erhalten hat.«

»Das ist es ja. Er trinkt viel bei mir oben in der Probierstube, und ich hab' ihm davon erzählt. Daraufhin hat er einen Advokaten bemüht und meint nun, es ginge ohne weiteres. Nun, was geht in diesen Zeiten nicht?«

»Nein!« schrie Erdmann, denn dieses »von« war ein Teil seiner selbst, und wer es ihm nahm, der entmannte ihn, symbolisch jedenfalls. Und auch gesellschaftlich: Wer war man denn in Preußen, wenn man nicht adlig war? Nichts als ein Nichts! Darum stampfte er auch zum Nachdruck mit dem Fuß auf den Boden. »Nie!«

Der Weinhändler Magnus Schuster, rund und rotgesichtig wie ein Mönch, der gerade einen neuen Likör ansetzt, stand auf und sah Erdmann lange an.

»Nun gut ... Die Franzosen haben angekündigt, ab morgen früh jedes Haus bis auf den letzten Winkel zu durchsuchen, und wenn sie dich hier finden – und das werden sie –, werden wir beide vor dem Knieper Tor erschossen. Ich ohne ›von‹ und du mit einem ›von‹ ... Mal sehen, wer mehr Spaß daran hat.«

# Kapitel 13

## 1812/13

Auf der Liebes-Insel in der Warthe unterhalb Tamsels stand noch immer das kleine Holzhaus, das Erdmann im Herbst 1806 für Cathérine und sich wohnlich hergerichtet hatte und dessen Kern, die alte Fischerhütte, noch aus längst vergangenen Zeiten stammte. Vor diesem Häuschen nun saß Anna, die Witwe des Fischers Carl Petras aus Warnick, eine Frau von vierundzwanzig Jahren, die schrecklich hustete. Das Kind auf ihren Knien, das gebieterisch nach ihrer Brust verlangte, weinte und schrie.

»Gleich, Luise, gleich.«

Erst als der Hustenanfall vorüber war, konnte sie die Kleine wieder anlegen. Anna war die Urenkelin von Heinrich Sengebusch. Den hatte sie nicht mehr kennengelernt, der war ja schon 1758 in der Schlacht bei Zorndorf gefallen, aber ihr Vater wie ihr Großvater hatten ihr viel von ihm erzählt. Auch, daß er seine Töchter immer davor gewarnt hatte, sich mit einem Fischer einzulassen. »Dat geiht nicht gut, denn ihr habt Bauernblut in den Adern und atmet durch die Lungen, die Fischerslüt aber stammen von den Fischen ab und atmen durch die Kiemen.« Dennoch hatte sie ihren Carl genommen, und der hatte dann im Jahre 1806 in der großen Schlacht bei Jena als Infanterist den Tod gefunden. Kinder hatten sie keine gehabt. Glücklicherweise. Schlimme Jahre waren gefolgt, und nun stand wieder Krieg ins Haus, denn die Leute sagten, daß die Franzosen dabei wären, nach Rußland zu ziehen.

Anna sah auf den Fluß hinaus, mußte aber blinzeln und erst die Hand vor die Augen legen, ehe sie das kleine Ruderboot erkennen konnte, das nicht mehr auf der Warthe zu schwimmen, sondern wie ein schwarzer Käfer über die glutrote Sonnenscheibe zu krabbeln schien. Sie winkte, und der Mann auf dem Fluß winkte zurück.

Erdmann zog die Ruder ein, ließ sich treiben und genoß das Bild oben auf der Insel. Anna mit seiner Tochter. Das war das Glück, aber wenn es das Glück war, wie lange hielt es wohl ... Fast drei Jahre war es nun her, seit ihn Anna bei seiner Flucht vor den Franzosen in ihrer Hütte versteckt hatte. Sicher, Jean-Jacques Schweighaeuser aus Straßburg, nun *von* Schweighaeuser, hatte Wort gehalten, ihn in einem leeren Munitionswagen nach Preußen gebracht und in der Nähe von Fürstenberg auch laufen lassen, doch die eigenen Offiziere und Beamten, noch immer unter der Knute der Franzosen, hatten ihn tüchtig gejagt. Ohne Anna Petras wäre er verloren gewesen, zumal es keinen Grafen Odereck mehr gab, der sich schützend vor ihn stellen konnte. Es stand nun fest, daß sie auch Odereck in Wesel am Niederrhein standrechtlich erschossen hatten.

Er hatte Anna, und er hatte seine kleine Tochter, und dennoch dachte er des öfteren, daß es doch ein Leben sei, dem vieles fehlte – ein Leben ohne Odereck, ohne Cathérine und ohne Adelstitel. Und da er sich wegen der Fahndung nach ihm nicht mehr Bosetzki nennen durfte, sagte er allen, die es wissen wollten: »Mein Name ist Erdmann Ohne.« Doch dies täuschte eine Leichtigkeit vor, die sein Leben nicht mehr hatte. Die Tage mit Odereck waren unwiederbringlich dahin und die Zeiten in Preußen alles andere als rosig.

Zwei Tage vor dem Heiligen Abend des Jahres 1809 waren König und Königin aus ihrem ostpreußischen Exil nach Berlin zurückgekehrt, im Juni 1810 war Hardenberg aus Riga zurückgeholt und zum Staatskanzler gemacht worden, und am 19. Juli 1810 war Königin Luise auf Schloß Hohen Zieritz gestorben. Vom Volk wurde sie überschwenglich verehrt, und man dichtete: »Der höchsten Anmut göttergleiches Bild,/... Das große Herz voll reiner Lieb und Huld –/Dahin!« Das Jahr 1811 brachte dann die Ruhe vor dem großen Sturm, dem Feldzug Napoleons gegen Rußland, und die einzige Nachricht, die Erdmann ein wenig länger beschäftigte, war der Freitod Heinrich von Kleists, der sich am 21. November 1811 am Kleinen Wannsee bei Berlin zusammen mit einer Frau namens Henriette Vogel erschossen hatte. Im Sarg lag Preußens größter Dichter nun, doch was war er in diesem Lande gegenüber einem Seydlitz, einem Ziethen – ein Nichts. Johann von Bosetzki wäre darüber in Jubel ausgebrochen.

Erdmann hatte sich mit seinem neuen Leben abgefunden, dem des angelernten Fischers, und versuchte, so gut es ging, das Beste aus allem zu machen. Cathérine, das war eine Sehnsucht, an der sich bis zum Tode noch genußvoll lutschen ließ wie an einem Stückchen Zuckerrohr, doch der Alltag hieß Anna. Liebe war es nicht, aber Dankbarkeit, das ihn an sie band, Dankbarkeit dafür, daß sie ihn vor seinen Häschern gerettet hatte, aber auch, daß sie ihm Luise und damit einen neuen Lebenszweck geschenkt hatte. Und das galt umgekehrt auch für sie. Sie brauchten einander. Sie trauerte um ihren Carl, er um seine Cathérine – und ein jeder ließ es den anderen in aller Ruhe tun, ohne Zorn und Eifersucht. Alle Träume waren ausgeträumt, jetzt war einzig und allein von Belang, ob und wie man das Essen für den nächsten Tag und das Feuerholz für den Winter bezahlen konnte.

Was er sich bewahrt hatte, war seine Liebe zur romantischen Dichtung, und so hatte er jetzt auch, als er mit seinem kleinen Boot auf Anna und die Tochter zuhielt, einige Verse von Friedrich Schlegel im Sinn: Tiefer sinket schon die Sonne,/Und es atmet alles Ruhe,/Tages Arbeit ist vollendet,/Und die Kinder scherzen munter./Grüner glänzt die grüne Erde,/Eh' die Sonne ganz versunken .../Alles scheint dem Dichter redend,/Denn er hat den Sinn gefunden ...

Hatte er, Erdmann, auch den Sinn gefunden? Die Suche nach dem Sinn war der Sinn. Nein, das war zu einfach, so einfach, wie zu sagen: Der Mensch ist nur auf der Welt, Leben weiterzugeben, also zu zeugen respektive zu gebären, und auf die Frage nach dem Warum könne nur Gott antworten, und gäbe es keinen, dann halt niemand. Das Pferd da hinten auf der Weide lebte auch, ohne zu fragen – und war gerade darum viel glücklicher, als es ein Mensch je sein konnte.

Da war er am Steg, dessen Pfähle noch von Carl Petras eingeschlagen worden waren. Anna kam mit der Kleinen auf dem Arm herbei, und sie freuten sich über die Menge an silbrigen Fischen, die er aus den Reusen geborgen hatte. Auch nach der Regulierung der Warthe durch Friedrich II., den sie jetzt den Großen nannten, waren genügend alte Flußarme zum Laichen verblieben. Auch mit seinen Angeln fing er einiges, und die Krebse kamen hinzu, so daß Anna mehrmals in der Woche mit einem vollen Eimer im Schloß erscheinen konnte, das nun den Dönhoffs gehörte. Tamsel war 1800 an Sophie Friederike von Wreechs Sohn, Reichsgraf Bogislaus Friedrich Carl, Burggraf von Dönhoff, übergegangen und 1809 an dessen minorennen Sohn Otto Stanislaus. Außerdem gab es noch eine 1789 geborene Schwester Ulrike, für deren Erziehung unter anderem auch Erdmanns Mutter Sorge trug, die im Souterrain des Tamseler Schlosses ein kleines Zimmer bewohnte und mit ihren achtzig Jahren noch überaus rüstig war. Blieb von seinen Fängen etwas übrig, kauften es die Bauern aus Tamsel und Warnick. Erdmann selber mochte keinen Fisch, und er war wahrlich nicht der geborene Fischer, doch zum Überleben reichte es, zumal sie Kuh und Ziege im Stall der Sengebuschs stehen hatten und ein kleines Stückchen Feld bestellen konnten, also für Kartoffeln, Mohrrüben, Kräuter und dergleichen nichts ausgeben mußten. Dennoch hätten sie wohl einige Not zu leiden gehabt, wenn ihnen nicht seine Mutter den einen oder anderen Taler zugesteckt hätte. Welchen ihrer alten Kavaliere sie ihr kleines Vermögen verdankte, hatte sie noch immer nicht verraten.

Erdmann war nun zweiundvierzig Jahre alt, und das Leben in einer bescheidenen Fischerhütte auf einer kleinen Warthe-Insel war bestimmt nicht das, was er sich erträumt hatte. Statt ein gefeierter Dichter am Königshofe zu sein, mußte es ihm reichen, daß die neuen Herren im Schloß zu einem ihrer Geburtstage ein Gedicht bei ihm in Auftrag gaben, das dann etwa so klang: »O Vater, wir wollen nimmer von Dir weichen,/Dir immer nahe sein,/Treu wie die deutschen Eichen/Wie Mond- und Sonnenschein.«

»Aber *ein* Leben hat man nur«, sprach er des öfteren leise vor sich hin, »und auch dies ist allemal besser, als tot zu sein.« Vielleicht schaffte es Luise, seine Tochter, aus Tamsel auszubrechen, das sowohl Heimat wie Gefängnis war. Und wie er dies dachte, war sogleich eine Stimme in ihm, die ihn warnte: *Du sollst dich nicht versündigen.* Es war doch die pure Idylle, die er da hatte, das kleine Glück, das doch immer das größte war, und bald schon konnte es vorüber sein, denn Annas Lunge war schwach, und der Doktor in Küstrin hatte neulich gemurmelt, sie sei wie von Motten zerfressen.

Und dennoch war Anna voller Tatendrang und bat ihn, doch möglichst bald ein kleines Zimmer für Luise anzubauen, denn das kleine Kind wurde ständig wach, wenn sie nachts vom Husten durchgeschüttelt wurde. Also machte sich Erdmann am ersten Tag mit milder Märzensonne an die Arbeit und begann, direkt neben der alten Hütte das Fundament für einen schmalen Anbau auszuheben. Bretter und Balken lagen schon bereit, von seiner Mutter bezahlt und auf ihre Kosten von Bedienten aus dem Schloß herbeigeschafft.

Als er einen Spaten tief gegraben hatte, stieß er auf etwas Hartes. Zuerst dachte er, einen eiszeitlichen Findling aus Schweden vor sich zu haben, doch dafür hatte es nicht hart genug geklungen. Also der Rest eines Baumes, ein starker Ast, bei Hochwasser angeschwemmt und über die Jahre hinweg vom Sand bedeckt. Nein, Holz wäre um vieles verfaulter gewesen. Vorsichtig grub er weiter ... Da wollte er aufschreien: »Anna, ein Skelett!«, doch die Worte blieben ihm in der Kehle stecken, denn er hatte plötzlich einen entsetzlichen Verdacht ... Anna mußte es nicht wissen, es hätte eine zusätzliche Last für sie bedeutet. So bedeckte er die Gebeine wieder mit ausreichend Erde und sagte ihr, daß er die Arbeit leider beenden müsse, weil er sich beim Graben die Hand verstaucht habe.

»Ich setze schnell mal über und laufe zum Schloß hinauf, um mir essigsaure Tonerde für einen Verband zu holen.«

Sie sah ihm verwundert hinterher, unterließ es jedoch, ihn zu fragen, wie er denn mit einer verstauchten Hand rudern wolle.

Als Erdmann im Schloß angekommen war, fand er seine Mutter in ihrem kleinen Zimmer im Souterrain. Sie galt hier in Tamsel als eine Art Hofdame, kam aber für ihre Lebenshaltungskosten selber auf und hatte keinerlei Pflichten. Man lud sie gern zur Tafel ein, weil sie noch immer recht kapriziös war und wie keine zweite angeregt zu plaudern verstand, auch nutzte man ihr Wissen bei der Erziehung der Kinder.

Kaum hatte sie Erdmann erblickt, da überschüttete sie ihren Sohn schon mit den neuesten Nachrichten: »Stell dir vor: Dieser Napoleon ist und bleibt doch unser größter Feind – und Prinz Ferdinand veranstaltet in Berlin ungerührt ein Diner für französische Offiziere. Mein Gott: Ein Stückchen weiter stählt der Turnvater Jahn die preußische Jugend für den Befreiungskrieg gegen dieselben Franzosen. Denn die werden sich in Rußland nur blutige Nasen und eingeschlagene Köpfe holen, sonst nichts, und dann wird bei uns hier losgeschlagen, paß mal auf.«

»Mutter, deswegen bin ich nicht ins Schloß gekommen ...« Erdmann war noch immer zu aufgeregt, um auf etwas anderes eingehen zu können, doch gleich mit der Tür ins Haus zu fallen, wäre auch nicht klug gewesen. Also dachte er sich schnell eine kleine Geschichte aus. »Weißt du, wen Anna heute morgen in Küstrin getroffen hat?«

»Nein. Meine Zuträger sind noch nicht zurück.«

»Einen Händler aus Athen. Wein und Korinthen.«

»Ah, gut, wird er morgen auch in Tamsel sein?«

Erdmann verlor fast den Mut. Entweder war seine Mutter eine gute Schauspielerin und konnte sich wunderbar beherrschen, oder sie hatte einfach keine Witterung für die Falle, die er für sie aufbaute. Oder, dies war die dritte Möglichkeit, alles lag so weit zurück, daß sie es wirklich vergessen hatte, alles lag in ihrer Seele viel tiefer vergraben als das Skelett neben der Hütte. *Laß die Toten ruhen.* Doch er wollte nicht auf seine innere Stimme hören, er wollte Gewißheit haben – und so fuhr er fort: »Und neben diesem Händler stand Corona, und Anna hat gehört, wie er zu ihr gesagt hat: ›Ich soll dich herzlich grüßen von Pavlos, deinem Vater, er wird nach Deutschland kommen, wenn der Krieg hier aus ist.‹«

Seine Mutter sah in den Schloßpark hinaus. »Ich hab' dir doch gesagt, daß er damals zurück in seine Heimat wollte. Das war auch klug von ihm, denn Johann hätte ihm hier in Preußen die Hölle heiß gemacht. Um seine Frau und seine Tochter konnte sich ja Georg kümmern, sein Vater.«

»Mag ja sein, daß er fliehen wollte.« Erdmann bemühte sich, gleichmütig zu wirken. »Aber er ist nicht weiter als zehn Fuß gekommen ...«

»Wieso?«

»Weil ich seine Gebeine gefunden habe ... Vorhin beim Graben neben der Hütte.«

Elisabeth von Bosetzki hatte es frühzeitig gelernt, bei Bedarf in Ohnmacht zu fallen, und so war sie auch jetzt nahe daran, von dieser Fähigkeit Gebrauch zu machen, besann sich dann aber und beließ es bei einem tiefen Seufzer. »Seither ist fast ein halbes Jahrhundert vergangen, und keiner hat mehr Interesse an den alten Geschichten ...«

»Mutter, ich will die Wahrheit wissen – wie immer sie aussieht!«

»Sind wir wieder katholisch geworden, soll das die große Beichte meines Lebens werden?«

»Ja. Wenn er es war, der mich gezeugt hat, dann habe ich ein Recht darauf, und auch dann, wenn er es nicht war, denn dann war mein Vater, also Johann, ein Mörder. Und auch das muß ich wissen.«

»Ein Mörder nicht, denn Vorsatz war es nicht, nur blinder Affekt ...« Elisabeth von Bosetzki setzte da an, wo sie damals, als Erdmanns Verlobung mit Corona anstand, aufgehört hatte.

Erdmann war aufgestanden und lief im Zimmer auf und ab, um seiner inneren Erregung besser Herr zu werden. Jetzt blieb er vor seiner Mutter stehen und fixierte sie fast inquisitorisch. »Nachdem Pavlos tot war ... warum seid ihr da nicht zur Frau von Wreech gegangen und habt es gemeldet oder nach Küstrin zum Kammerpräsidenten ...?«

»Warum, warum?« Seine Mutter wedelte mit den Händen vor ihrem Gesicht herum, um anzudeuten, daß sie seine Frage ziemlich schwachsinnig fand. »Weil sie Johann dann eingesperrt hätten und mich womöglich dazu ... mit dir im Bauch. Oder wir hätten mein Vermögen opfern müssen, um die Gemüter zu beruhigen. Und hätten ihn damit auch nicht wieder zum Leben erweckt.«

Fast entsetzt stieß Erdmann hervor: »Du hast ihn doch geliebt – oder?«

Sie wich ihm aus. »Nicht jeder hat eine Cathérine, und ich halte nichts von dieser Romantik.« Sie zeigte auf ihren kleinen Tisch. »Ich genieße meinen Karamelpudding, aber liebe ich ihn ...?«

»Ich bin enttäuscht von dir.«

Sie lachte. »Hätte ich mich ins Wasser stürzen sollen, um sozusagen mit Paul zusammen zu sterben? Oder noch besser, Johann anschreien: ›Meuchle auch mich dahin, Verruchter‹?«

»Und ...« Erdmann wollte das Wort Vater nicht mehr über die Lippen, wenn er an Johann von Bosetzki dachte. »Was hat er dazu gesagt?«

»In wie vielen Schlachten hat er wie viele Menschen

getötet – mit eigener Hand?« Sie überschlug es. »Ein Dutzend wird es sicher sein, vielleicht auch doppelt so viele. Da bricht er nicht vor Gram zusammen, kommt ein weiterer dazu.«

»Das ist im Krieg gewesen.«

»Bei uns war es auch ein Krieg, der Krieg um mich und meine Gunst. Denk an Troja und die schöne Helena, das hat ein paar Tote mehr gekostet.«

»Aber Pavlos ist Georgs Sohn gewesen – und Georg war sein bester Freund!« rief Erdmann.

Seine Mutter seufzte. »Ja, das hat ihn am meisten getroffen. Und wenn er fortan so knurrig und hart war, auch dir gegenüber, dann hat das seine Ursache darin gehabt. Wir haben uns um Corona und ihre Mutter immer gekümmert, wie du ja weißt, aber Georg konnte er von Stund an nicht mehr unter die Augen treten, das ist wahr, und das hat sehr genagt an ihm.«

»Und hat denn keiner was gemerkt, ich meine, Verdacht geschöpft gegen dich und Johann ... Hat denn keiner vorher Pavlos und dich gesehen, wie ihr zusammen ...?«

»Nein.« Seine Mutter fühlte sich durch diese Frage fast beleidigt. »Dies zu vermeiden gehört zu den Talenten einer Dame bei Hofe. Niemand hat eine Ahnung gehabt, weder Johann noch Pavlos' Frau oder jemand anders in Tamsel und Küstrin. So haben wir erzählen können, Pavlos habe unterhalb Küstrins in der Oder gebadet ... Seine Kleider hat man später auch am Ufer gefunden.«

»Die Leiche aber nie ...«

»Ach, das hat keinen weiter in Erstaunen versetzt, das passierte zu oft. Später kam ja auch noch die Version mit der Flucht nach Griechenland auf.«

Erdmann schwieg und suchte krampfhaft nach dem richtigen Urteil, fand es aber nicht. Mochte der *Herr* über beide richten, gab es Ihn denn. »Nun gut, lassen wir's dabei bewenden. Aber ein Problem gibt es noch: Wir können Pavlos' Gebeine nicht auf der Insel liegen lassen. Soll ich sie vielleicht nebenan verscharren und Anna dann über ihnen ihre Petersilie pflanzen lassen?«

Elisabeth von Bosetzki sagte, daß sie in dieser Hinsicht nicht so empfindlich sei, denn ein Mensch ohne Seele sei nichts anderes mehr als Erde, Staub und Asche. »Aber wenn sein Skelett noch so gut erhalten ist ... Warum legen wir es nicht zu Johann ins Grab? Mögen sie da ihren Frieden miteinander schließen. Und wenn ich demnächst zu ihnen stoße, dann ...« Sie schmunzelte, und er konnte an ihrem Gesicht unschwer erkennen, daß es in ihrem Leben zumindest einmal eine Szene gegeben hatte, wo sie mit zwei Männern zugleich in einem Bett gelegen hatte.

Sie verabredeten sich nun für die übernächste Nacht, wo nicht nur Vollmond zu erwarten, sondern auch schon abgemacht war, daß Anna mit Luise bei ihren Eltern schlafen sollte, die jetzt flußaufwärts bei Landsberg lebten. Erdmann hatte die Gebeine in den langen Leinensack gezwängt, in dem sonst die Angelruten steckten, und trug dieses graue Futteral nun mit leichtem Schauder über die Wiesen zum Friedhof hinauf, wo seine Mutter mit einem Spaten wartete. Sie stand an den Grabstein ihres Mannes gelehnt, der so scheußlich war, daß Pavlos, der Künstler, wohl darüber gespottet hätte. Übergroß war »Johann von Bosetzki« in den schwarzen Marmor gemeißelt, und Erdmann kam sich irgendwie gemein und wie ein richtiger Nichtsnutz vor, weil er das Erbe der Väter so schnell verspielt hatte. Die Köchin Johanne Bosetzki hatte keinen Stein, sondern nur einen einfachen Hügel daneben, doch der war gut gepflegt. Johann hatte nicht mit seiner Mutter zusammen liegen wollen: »Mann und Frau gehören zusammen ins Grab, aber nicht Eltern und Kinder. Zu ihr gehört der Markgraf Friedrich Wilhelm von Brandenburg-Schwedt, holt den mal her! Ich will mein Grab für mich alleine haben.«

Beide hatten das im Ohr, als sie jetzt den Baumeister und Künstler Paul Strohmattias zu Johann von Bosetzki betteten, und schmunzelten dabei. Ein Käuzchen schrie, und als seine Mutter fröstelte, legte Erdmann seinen Arm um ihre Schulter.

»Schön, daß ich wenigstens mit letzter Sicherheit weiß, wer meine *Mutter* ist. Und ich bin glücklich, daß ich ausgerechnet dich abbekommen habe. Trotz allem ...«

»Trotz allem – oder: gerade deswegen?«

»Gerade deswegen.«

Da Erdmann nicht genau wußte, ob die französischen Militärbehörden und die preußischen Heidereiter weiterhin nach ihm fahndeten, wagte er sich noch immer nicht nach Küstrin hinein, sondern beschränkte seinen Radius auf Tamsel und die Liebes-Insel sowie eine halbe Meile flußauf und flußab, da sie in der Hauptsache vom Fischfang lebten. Daß ihn einer vom Dorf oder Schloß verriet, war ausgeschlossen, denn alle sprachen mit Hochachtung vom heldenhaften Zug der Schillschen Husaren, und wer etwas übrig hatte, der steckte es ihm oder Anna zu.

So war Erdmann wie gelähmt, als er am ersten Aprilwochenende auf dem Hohlweg von Zorndorf nach Tamsel einem französischen Infanterie-Major in die Arme lief.

Jetzt war alles aus, jetzt hatten sie ihn und würden nicht zögern, ihn in eine Uniform zu stecken und mitmarschieren zu lassen, hinein nach Rußland, wo es nichts anderes geben konnte als den Tod. Einen viel schlimmeren Tod, als er Odereck beschieden gewesen war. An Flucht war nicht zu denken, denn im Hohlweg bot er auch dem schlechtesten Schützen ein nicht zu verfehlendes Ziel – wie auch, wenn er links oder rechts den Hang zu gewinnen suchte. So hob er die Arme und wollte sich ergeben. Doch der Mann in der Uniform Napoleons lachte nur und fragte ihn in schönster braunschweigischer Mundart, ob dies hier schon ein Vorort Moskaus sei und er ein Kulake, der seine Heimat nicht verteidigen wolle.

Erdmann konnte aufatmen und erfuhr, daß er es mit Carl Hüne aus Klein-Lafferde zu tun hatte, der seiner Militärpflicht im französischen Königreich Westfalen Genüge tun mußte. Sein Regiment war auf dem Wege nach Glogau, wo Marschall Junot das Kommando übernehmen sollte, und er hatte mit einigen anderen Kameraden vom Kompaniechef den Befehl erhalten, sich im Tamseler Busch nach etwas Wildbret umzusehen, denn es mangelte ihnen schon jetzt ein wenig an dem einen oder anderen Lebensmittel. Erdmann wußte, wo die Dönhoffs, die Nachfolger der Schönings und Wreechs auf Tamsel, die schönsten Hirsche stehen hatten, und da er Hüne einerseits dankbar dafür war, daß der gegen ihn keinerlei Argwohn zu hegen schien, ihm andererseits auch keinen Anlaß geben wollte, ihm irgendwie zu grollen, zögerte er nicht, ihm den geheimen Standort zu verraten. Da sie nun noch ein Stück zusammen gingen, stellte er dem blonden und trotz aller widrigen Lebensumstände immer fröhlichen Braunschweiger ganz automatisch die Frage, ob er wohl einen hohen Offizier namens Henri Trouville kennen würde, bei den Husaren sei er wohl gewesen, im wesentlichen aber als Kurier des Kaisers unterwegs.

»Na, sicher«, lautete Hünes Antwort, »der war bei einem Manöver in der Nähe von Kassel dabei, woran mehrere Regimenter aller Waffengattungen teilnahmen. König Hyronimus selbst führte den Oberbefehl … «

»Hyronimus …? Ach ja: Jérôme!«

»So ist es. Das Regiment, das am östlichen Ufer postiert worden war, stürmte auf die Brücke vor, meine Kompanie vom Westen aber auch, im Sturmschritt, das Bajonett gefällt. Auf der Mitte der Brücke trafen wir nun aufeinander, und obgleich wir uns gegenseitig mit den Spitzen der Bajonette die Brust berührten, wollte doch keine Partei freiwillig den Rückzug antreten. So standen wir uns einige Minuten drohend gegenüber, man stelle sich das vor, und böse Worte flogen hin und her, so daß man wohl üble Folgen befürchten mußte. Zumal neben der Brücke fünfzehn Kanonen lebhaft feuerten, wie im wirklichen Kriege. Das schien uns mitzureißen. Da sprang Trouville vom Pferd und kam, den

Degen in der Hand, eilig auf die Brücke, drängte sich schnell zwischen uns und die feindliche Partei und rief mit lauter Stimme: ›*Laissez, mes enfants! Laissez! Retirez vous!*‹ Jetzt erst trat jede Kolonne den Rückzug an.«

Sie kamen nun in den Bereich des Tamseler Busches, wo mit Wild zu rechnen war, und der Braunschweiger stieg vom Pferd, um sich anzupirschen. Nach einer knappen halben Stunde gelang es Hüne auch, ein Reh zu schießen, und hochbeglückt kehrte er zu den Seinen zurück, während Erdmann sich beeilte, Richtung Warthe zu laufen und zur Liebes-Insel überzusetzen. Kaum hatte er seinen Kahn an den Steg gebunden, da kam schon Luise aus der Hütte gesprungen und weinend auf ihn zugelaufen. »Mama, aua!«

Schon im Laufen hörte Erdmann Anna husten, und der Anfall war so stark, daß er das Gefühl hatte, die Hütte würde erzittern. Er riß die Tür auf und fand sie vor dem Bett kniend, wie sie sich krümmte. Von Woche zu Woche wurde es schlimmer, und als keine Wickel und Kräuter mehr halfen, lief Erdmann zu seiner Mutter und bat sie, nach einem Doktor aus Küstrin zu schicken. Am nächsten Morgen käme er, wurde ihm gesagt.

»Immer die Kühle und die Nässe unten am Fluß«, sagte seine Mutter und wiegte den Kopf. »Für die Tochter eines Bauern ...«

»Mutter, es ist keine Schwindsucht!« herrschte Erdmann sie an. »Keine Auszehrung ...« Doch sie hatte nur ausgesprochen, was auch er dachte, denn Anna war nur noch Haut und Knochen. In der Nacht ging ihr Atem so rasselnd, daß er kein Auge zumachen konnte. Er erhob sich, ging in die Küche hinüber, zündete eine Kerze an und versuchte seinen Schmerz dadurch zu betäuben, daß er ihn in Worte kleidete: »Mein Leben ist der Qual geweiht,/Das Schicksal zielt auf mich mit Grausamkeit./Die Bogen sind gespannt, und jede Stunde/Schlägt grausam mir von neuem eine blut'ge Wunde./Ich fühle alle Menschenfreuden fliehen/Und seh' die Blumen nur noch auf den Gräbern blüh'n.«

Und als ihm die eigenen Verse nicht genügten, brachte er es mit dem *Werther* auf den Punkt: »Manchmal sag' ich mir: Dein Schicksal ist einzig; preise die übrigen glücklich – so ist noch keiner gequält worden.« Cathérine dahin, Odereck dahin – und nun auch Anna. Alles war dahin, unwiederbringlich, und es blieb ihm, zweiundvierzig Jahre war er jetzt, keine Zeit mehr, Neues zu beginnen und zu wagen.

Als der Arzt am Morgen gekommen war und Anna untersucht hatte, zog er Erdmann vor die Hütte und flüsterte ihm ins Ohr, daß er wohl seine Frau zu Grabe tragen müsse, bevor das Jahr zu Ende gehe. Wie gelähmt stand Erdmann da, fiel dann zu Boden, preßte das Gesicht in die feuchte Erde und riß sie mit den Fingern wie mit Krallen auf. »Warum denn sie, warum nicht ich?«

Der Doktor und seine Mutter zogen ihn hoch, schon damit das Kind nichts von seinem Elend mitbekam.

»Ich werde Luise zu mir nehmen«, sagte Elisabeth, »im Schloß wird sie's gut haben und prächtig gedeihen.«

»Und ich?« fragte Erdmann. Das Leben schien auch für ihn vorbei zu sein.

Am ersten Sonntag im Dezember starb Anna dann in seinen Armen, und die Erde auf dem Tamseler Friedhof oben am Hang war noch nicht so bis in die Tiefe gefroren, als daß es unmöglich gewesen, ihr ein Grab zu schaufeln. In der Hütte legte man sie in den Sarg, und auf dem alten Fischerkahn ihres ersten Mannes wurde sie ans Ufer und dann auf einem Wagen der Sengebuschs ins Dorf gebracht. Dicht neben Johanne und Johann Bosetzki sollte sie ihre letzte Ruhe finden, nicht weit entfernt von Helena, der Polin.

Erdmann wußte seine kleine Tochter wohlversorgt im Zimmer seiner Mutter und trat am Abend nach der Beerdigung ans dunkle Wasser der Warthe, den *Werther* in sich, den er in Teilen wie ein Schauspieler auswendig hersagen konnte: »Der Entschluß, die Welt zu verlassen, hatte in dieser Zeit, unter solchen Umständen, in Werthers Seele immer mehr Kraft gewonnen.« Doch wie dieser zögerte auch Erdmann, den letzten Schritt zu tun.

Dann aber kam alles ganz plötzlich und wie von alleine, so wie manchmal ein leichter Tritt auf eine Wurzel den schweren Felsblock lockert und der dann unaufhaltsam eine Steinlawine auslöst. Als Erdmann phantasierte, statt Anna Cathérine zu Grabe getragen zu haben, warf er sich wie von Sinnen ins kalte Wasser und brach im Nu durch das dünne Eis hindurch. Nur nichts mehr denken, nichts mehr fühlen, erlöst sein von allem …

Das Dorf Hohen-Vietz lag am Fuße des Reitweiner Sporns, also im oberen Oderbruch etwa in der Mitte zwischen Frankfurt im Süden und Küstrin im Norden, wo der Fluß wegen seiner Ausbuchtung nach Osten manchen männlichen Betrachter, stand er vor der Karte, an die Brust seiner Geliebten denken ließ. Seine gut dreißig Häuser reihten sich in unregelmäßigen Abständen an einer einzigen langgestreckten Straße auf, die, dem Hügel folgend, im Norden mit dem Rittergute derer von Vitzewitz und im Süden mit einer großen Öl- und Schneidemühle abschloß. Die linke Seite war die bevorzugte, denn hier waren Pfarre, Schule und Schulzenhof zu finden, während die rechte Seite, wo fast ausschließlich Tagelöhner wohnten, nur ein stattliches Gebäude aufwies: den Krug. Die ärmeren Leute fristeten ihr Leben im Süden hinter der Mühle auf dem Forstacker, einem hügelan laufenden Weg. Die Kirche mit ihren sauber behauenen Feldsteinen, der Chornische und den kleinen hochgelegenen Rundbogenfenstern erinnerte an Bauten der Zisterziensermönche. Das Schloß Hohen-Vietz hatte seinen Ursprung in einer Burg mit Wall und Graben aus den Tagen des Markgrafen Waldemar, des letzten Askaniers. Es lag etwas über dem Bruch, und man hatte von seinen Fenstern aus einen herrlichen Blick über die Oder hinweg auf die Hügel jenseits der Flusses, hinter denen sich auch Tamsel fand. Im Dreißigjährigen Krieg war alles niedergebrannt worden, aber schon 1634 hatte man begonnen, das Ganze als Fachwerkhaus, lang, niedrig und mit hohem Dach, wiederaufzubauen. Generationen später waren rechtwinklig eine große mit Emporen, Wappen und Hirschgeweihen geschmückte Halle und ein reich ausgestatteter Renaissancebau hinzugefügt worden, so daß der ganze Komplex schließlich, nahm man die Ställe und Scheunen hinzu, einem Hufeisen glich. In dieses Hufeisen führte die Auffahrt hinein, die in eine Nußbaumallee überging. Herr auf Hohen-Vietz war etwa seit der Jahrhundertwende Berndt von Vitzewitz, 1795 aus Protest gegen den Basler Frieden zwischen Preußen und dem revolutionären Frankreich nach dreißigjährigem Dienst als Major aus dem Dragonerregiment Knobelsdorff ausgeschieden. Seine Frau, aus französischem Adel stammend, war 1806 an Herzversagen gestorben, nachdem ein französischer Besatzungsoffizier sie beleidigt hatte und es zu einem Duell zwischen ihm und Berndt gekommen war. War Berndt von Vitzewitz vorher schon ein ernster Mensch gewesen, so zeigte er seitdem ausgesprochen finstere Züge, und nur seine beiden Kinder, Lewin und Renate, machten ihm das Leben noch lebenswert. Erfüllt wurde er, der stark auf die Sechzig zuging, zudem von seinem Haß auf Napoleon, den er nicht mit Haß auf die Franzosen verwechselte.

Hier nun in Hohen-Vietz saß Erdmann am Ufer und sah über den Fluß hinweg, wo irgendwo nordöstlich seine Heimat liegen mußte. Von Tamsel nach Hohen-Vietz waren es nur wenige Meilen, und so viel anders war das Land auf der hiesigen Seite der Oder nun auch wieder nicht, als daß es nötig gewesen wäre, sich wie in der Fremde zu fühlen. Und dennoch. Er lächelte, denn eigentlich hätte er sich glücklich preisen müssen – hatte nicht Odereck des öfteren gesagt: Das Glück wohnt immer am anderen Ufer. Doch wahrhaft glücklich konnte er nur sein, wenn er Cathérine bei sich hatte, wo auch immer auf der Welt. Anna hatte seine Wunden ebensowenig heilen lassen, wie es die Zeit konnte, die vergangen war, seit er Cathérine zum letzten Mal gesehen hatte. Wo war sie, lebte sie überhaupt noch? Und voller banger Ahnungen verschwamm der Fluß vor seinen Augen.

Der Schmerz hätte ihn noch weiter mitgerissen, wenn nicht in diesem Augenblick Lewin von Vitzewitz auf seinem Pferd hinter ihm erschienen wäre. Groß und blond war er, und in seinem ovalen Gesicht glänzten Augen, aus denen Phantasie, Klugheit und auch Treue sprachen, er wirkte wie ein Mensch, der daraufhin angelegt war, zu beglücken und glücklich zu sein. Beide schwärmten sie für die romantische Dichtung wie für die romantische Liebe, und der von beiden geteilte Schmerz, die Geliebte nicht in die Arme schließen zu können, verband sie noch ganz besonders. Lewin hatte zwar Kathinka von Ladalinski, seine Cousine, sozusagen zum Greifen nahe, doch es kam nie dazu, daß sie sich erklärten. Insofern waren seine Gefühle nicht viel anders als die des neuen Freundes aus Tamsel, und sie stritten sich stundenlang darüber, wessen Leid wohl größer sei.

»Es ist viel schwerer zu ertragen, wenn die Geliebte neben dir sitzt, aber du nicht wagen kannst, die Hand auf ihre Knie zu legen!« Das war Lewins Seufzer, und Erdmann pflegte darauf zu antworten:

»Nein, schlimmer ist es, nicht zu wissen, wo die Geliebte steckt und ob sie überhaupt noch lebt, oder sich vorzustellen, daß sie in dieser Sekunde einem anderen angehört!«

Lewin sprang vom Pferd. »Ich hab' das gar nicht so gern, dich hier allein und schwermütig am Ufer sitzen zu sehen ...« Das war eine Anspielung darauf, daß sein Vater Erdmann vor nicht allzu langer Zeit drüben am Warthe-Ufer vom Selbstmord abgehalten hatte. Wie so oft war er in der Dunkelheit durch das Land an Oder und Warthe geritten, um die Bauern wie die Herren von Adel aufzustacheln gegen die Franzosen. Das Volk sollte sich erheben, auch wenn der König mit seinen Ministern tatenlos blieb – schien doch jetzt, wo Napoleon in Rußland eine Niederlage erlitten hatte, der richtige Zeitpunkt gekommen zu sein. Und irgendwer in Warnick, Tamsel oder Wilkersdorf hatte Vitzewitz erzählt, auf der Liebes-Insel in der Warthe hause einer, der ein Franzosenhasser sei und schon mit dem Schillschen Freikorps gegen sie gekämpft habe. So war es denn zu Erdmanns Rettung gekommen. Berndt von Vitzewitz hatte an einen Unglücksfall geglaubt, sein widerstrebendes Pferd mit kräftigen Gertenhieben in den Fluß getrieben und Erdmann gerade noch zu packen bekommen, bevor der versunken war. Im Schloß Tamsel hatten sie Erdmann erst in heißes Wasser gesteckt und dann in warme Decken gewickelt und zudem mit viel Rum von innen erwärmt, so daß die Sache für ihn ohne großes Fieber und jeden Katarrh abgegangen war. Seine Mutter hatte sich versichern lassen, er sei vom glatten Steg gerutscht. Erdmann hatte Berndt von Vitzewitz sein Leid geklagt – und der hatte ihn kurzerhand mit über die Oder genommen.

Es war eine Sache von ein, zwei Wochen gewesen, bis sich Erdmann in Hohen-Vietz zurechtgefunden hatte und alle Familienmitglieder der Vitzewitz wie alle ihre Verwandten und Freunde richtig einzuordnen verstand. Sehr beeindruckt war er von Renate, Lewins Schwester. Sie sah ihrem Bruder verblüffend ähnlich, sie war groß, schlank und blond, und in ihrem ovalen Gesicht leuchteten dieselben Augen, aus denen Phantasie, Klugheit und Treue sprachen. Erdmann fand sie anbetungswürdig und tat das auch, aber sie erregte seine Sinne nicht annähernd so, wie Cathérine das getan hatte und noch immer tat. Außerdem war sie einem anderen versprochen, nämlich Pertubal von Ladalinski, genannt Tubal, Kathinkas Bruder, den sie auch liebte, obwohl er ihr manchmal zu unstet schien. Zum Haushalt gehörte ferner Tante Schorlemmer, die Haushälterin, eine Seele von Mensch und Mitglied der Herrenhuter, und zum näheren Kreis zählten der Justizrat Turgany aus Frankfurt an der Oder, Konrektor Othegraven, Tante Amelie und Pastor Seidentopf sowie Schulze Kniehase und seine Stieftochter Marie, die mit Renate und Lewin zusammen aufgewachsen war. Zu den Genannten kamen noch Hansen-Grell, ein deutsch-dänischer

Theologiekandidat, Graf Drosselstein, Präsident von Krach, Generalmajor von Bamme, Baron Pohlemann, Kammerherr von Medewitz, Hauptmann von Rutze und Doktor Faulstich hinzu. Sie alle trafen zum Weihnachtsfest 1812, zur sogenannten Zeit zwischen den Jahren und zur Silvesterfeier auf Hohen-Vietz zusammen und sollten dort aufregende Tage und Nächte erleben …

So saßen Renate, Kathinka und Marie eines Abends bei trautem Lampenscheine allein im Schloß, und Kathinka erzählte mit leuchtenden Augen von einer Soiree beim alten Prinzen Ferdinand, da gab es nebenan Geräusche, die unheimlich waren. Im großen Nebenzimmer wurde ohne jeden Zweifel ein Fensterflügel aufgestoßen, und kurz darauf hörten sie einen Sprung, dann noch einen und tappende Schritte. Es waren offensichtlich zwei Personen, die hier eingestiegen waren. Die drei zitterten, denn Beistand war nicht zu erwarten: Die Männer hatten sich alle beim Schulzen eingefunden, um über den Landsturm zu reden, und die älteren Frauen saßen bei Pastor Seidentopf und hielten ihre Bibelstunde ab. Als erste fand Marie die Kraft zum Handeln: Sie flog zur Tür, sie zuzuriegeln. Dann schraubte Kathinka die Petroleumlampe so niedrig, daß kein Lichtschimmer nach draußen dringen konnte. Renate legte das Ohr an die Wand und hörte, wie man nebenan versuchte, die Truhen und Schränke aufzuschließen oder aufzubrechen. Offenbar ohne Erfolg, denn nun wurde geflucht, und man fetzte wütend Bücher von den Regalen und zertrümmerte Vasen und Büsten.

Die drei jungen Frauen hatten sich an den Händen gefaßt, um gegen ihr Zittern anzukommen. Doch die Gefahr schien nun vorüber zu sein, denn sie hörten wieder das Knarren des Fensterflügels, was doch nur bedeuten konnte, daß die Strolche auf dem Rückzug waren. Sie konnten also aufatmen. Da aber geschah es: Ein Kopf erschien am Fenster, und wenig später auch der Umriß einer Gestalt, die sich mit der Linken an Spalier und Weingeäst klammerte, während ihre rechte

Hand, die in einem Handschuh steckte, dabei war, die Scheibe einzudrücken. Das gelang, und jetzt fuhr sie hinein, den Riegel suchend, um das Fenster von innen her zu öffnen.

Hatten sich Renate, Kathinka und Marie bis jetzt ins Sofa gepreßt, keines Wortes mächtig, schrien sie nun auf und stoben auseinander. Kathinka, sonst immer sehr beherzt, schaffte nicht mehr, als die Hände zu falten und laut auf polnisch zu beten. Renate riß an der Klingelschnur, ganz vergessend, daß niemand da war, der sie hören konnte. Marie schließlich war derart von Sinnen vor Angst, daß sie, ohne zu wissen, was sie tat, zum Fenster sprang und ausholte, um den Einbrecher vom Sims zu stoßen. Der zuckte in der Tat zurück, verlor die Balance und krachte mitsamt Spalier und wildem Wein unten in den Hof. Dies nun ließ sämtliche Hunde der Umgebung aufschrecken, und ihr Gebell drang bis zu Kniehase, wo die Männer auf die Straße stürzten, um nach dem Rechten zu sehen. Bald waren sie im Schloß. Kathinka fiel Erdmann um den Hals, der als erster eintrat, Renate ihrem Vater, und Marie küßte Lewin.

Kaum war dieser Schrecken überstanden, folgte der nächste. So unternahmen Erdmann und Lewin am späten Nachmittag einen ausgedehnten Spaziergang und verliefen sich dabei ein wenig in den Hügeln am östlichen Ufer der Oder, weil im tiefen Schnee alles so anders aussah.

»Das ist ja wie in Rußland«, sagte Erdmann. »Schnee und nochmals Schnee. Und die Oder sieht schon fast so aus wie die Beresina.«

»Aber keine Brücke wird unter uns zusammenbrechen«, scherzte Lewin, der den markierten Weg über die zugefrorene Oder entdeckt hatte.

»Ob nun eine zusammenbrechende Brücke oder das Eisloch eines Fischers, in das wir beiden fallen ...«

»Der abgesteckte Weg ist sicher.«

Sie kamen dann auch glücklich über das Eis und überstiegen den Höhenzug, der sich zwischen dem Fluß und Hohen-Vietz erstreckte. Inzwischen war die Dunkelheit hereingebrochen, aber Lewin kannte sich nun wieder bestens aus. Sie gingen zunächst am Fuße des Hügels entlang und passierten dann eine dichte Schonung. Nun war das Dorf zwar nur noch einen Büchsenschuß entfernt, aber Lewin schwankte: War es klüger, weiter über den Hügel zum Hohen-Vietzer Schloßpark zu laufen oder über den vor ihnen liegenden Sturzacker mit seinen Schneeverwehungen die Straße zu erreichen, die Küstrin mit Hohen-Vietz verband? In diesem Augenblick brach der Mond durch die Wolken, und er stieg auf einen Feldstein, um das Gelände besser überblicken zu können. Da klang es plötzlich über das Feld zu ihnen auf Plattdeutsch herüber: »He wörgt mi ... Helpt mi, Lüd!«

»Das ist Hoppenmarieken!« rief Lewin und sprang vom Stein herunter, um sein Gewehr von der Schulter zu reißen und den einen Lauf abzufeuern. »Das wird die Strolche eingeschüchtert haben. Los, Erdmann!«

Als die den halben Weg zur Straße hinter sich hatten, konnten sie erkennen, was los war. Zwei Männer hatten die Botenfrau angegriffen. Einer stand Posten, der andere zerrte an Hoppenmarieken und rang mit ihr.

»Halt aus!« rief Lewin.

Erdmann konnte Lewin nur mit Mühe folgen. Als sie nun in eine Senke gerieten, vermochten sie kurzzeitig nicht mehr erkennen, was oben auf der Straße geschah, denn aufgeschichtete Steine, aber vor allem der an den Rändern hoch aufgehäufte Schnee versperrten ihnen die Sicht. Als sie endlich zur Stelle waren, hatten die beiden Straßenräuber das Weite gesucht. Aber wo war Hoppenmarieken? Sie lag zwischen einem aufgeschichteten Steinhaufen und einer Pappelweide, deren oberes Geäst voller Krähennester war. Ihre Kiepe trug sie noch auf dem Rücken, und auch ihren Stock hatte sie nicht aus den Händen gelassen.

»Sie ist tot«, meinte Erdmann und fand es schlimm, denn was wäre die kleine Welt von Hohen-Vietz ohne sie gewesen. Viel farbloser jedenfalls. Hoppenmarieken war eine Zwergin und sah aus wie die Hexen bei den Brüdern Grimm. Mit ihrer

Kiepe versah sie die nötigen Botendienste und beförderte auch die Post bis nach Küstrin. Aber noch wichtiger für ihr Auskommen war das Kommissionsgeschäft, dem sie nebenher nachging. So lag der Eierhandel aller Dörfer im Umkreis von Hohen-Vietz in ihrer Hand, und ihre Provisionen waren nicht schlecht. Außerdem schlichen sich die liederlichen Mädchen in ihr Haus, um dort ihre Freier zu empfangen, und auch davon profitierte sie, wie sie wohl auch als Hehlerin einiges verdiente. Berndt von Vitzewitz ließ sie gewähren. Einmal, weil er großherzig war, und zum anderen, weil er wußte, daß Originale wie sie zum Leben gehörten. Jedenfalls steckte immer eine ganze Menge Geld in Hoppenmariekens Ledertasche, die sie an einem harten Riemen um den Hals hängen hatte. Und die hatten ihr die beiden Diebe zu entreißen versucht.

Lewin versuchte nun, ihr Luft zu verschaffen, indem er Riemen und Mieder lockerte, während Erdmann ihr das Gesicht mit Schnee abrieb.

Da schlug Hoppenmarieken die Augen auf, und als sie Lewin, ihren Liebling, erkannte, flog ein Lächeln über ihr Gesicht, das ihre Häßlichkeit für einen Augenblick vergessen ließ. Als sie sich so einigermaßen orientiert hatte, zeigte sie auf ihre Kiepe und ließ nicht locker, bis er ihre Branntweinflasche gefunden und ihr in die Hand gedrückt hatte. Sie nahm einen tüchtigen Schluck, und sofort kehrten ihre Lebensgeister zurück.

»Nu helpt mi up, junger Herr«, bat sie und setzte, als dies geschehen war, ihren Weg fort, das Angebot Lewins ablehnend, sie nach Hause zu bringen.

Als sie ins Schloß kamen und von ihrem Abenteuer erzählten, war die Aufregung groß. Es waren Gäste da: Schulze Kniehase mit seiner Ziehtochter Marie. Kniehase war ein Fünfziger mit breiten Schultern und spärlichem blondem Haar, dessen Gesicht Kraft, Festigkeit und Wohlwollen ausdrückte. Er hatte das Herz eines Kindes und die Arme eines Herkules.

Mit Kniehase hatte Erdmann schon des öfteren zusammengesessen, weil sie gemeinsame Erinnerungen verbanden: die Schlacht bei Valmy. Der Schulze hatte dort einem Hohen-Vietzer Ganzbauern, dem Gefreiten Peter Kümmeritz, das Leben gerettet. Aus dem Rheinischen stammend, war er dann mit dem nach Hohen-Vietz gekommen und hatte dessen Schwester geheiratet. Sie überlegten. Nein, begegnet waren sie sich nicht, aber auch Kniehase konnte sich an die Szene erinnern, wo Goethe mit Prinz Louis Ferdinand zusammen auf einem Acker gesessen hatte. Erdmann rechnete nach. Seit Valmy waren knapp zwanzig Jahre vergangen. Da hatte er noch nichts von Cathérine geahnt, und jeden Tag war Odereck an seiner Seite gewesen. Wirklich? War das nicht alles nur ein Traum? Nur das Jetzt war greifbar, existierte wirklich, die Sekunde, in der er hier mit Kniehase saß. Das Gestern wie das Morgen waren gleichermaßen unbestimmt, gleichsam nur gedacht. Auch das Gewesene war nur Fiktion. Also gab es Cathérine und Odereck gar nicht, ebenso wie es ihn selber bis zu diesem Tage nie gegeben hatte: Er war nur der Gedanke, den er von sich selber hatte.

Sein Blick fiel auf Marie. Sie war die Tochter eines Gauklers, der Weihnachten 1804 in Hohen-Vietz gestorben war. Die Kniehases hatten sie adoptiert, doch aufgewachsen war sie eigentlich wie eine Schwester Renates, also im Hause Vitzewitz. Dunkeläugig und empfindsam war sie, anspruchslos und stark, ehrlich und demütig, voller Phantasie und verhaltener Leidenschaft, eine *beauté* wie aus dem Märchen, und Erdmann betete sie an wie ein strenggläubiger Katholik seine Madonna. Doch nie hätte er gewagt, ihr nahetreten zu wollen – wie Othegraven etwa, dessen Werbung sie abgewiesen hatte –, denn er spürte instinktiv, daß sie nur einen liebte: Lewin. Doch der war ja mit Kathinka von Ladalinski verbandelt ... Da würde es noch ein gehöriges Drama geben, das spürte er.

Eines hatte es schon gegeben, Weihnachten in der Kirche. Da hatte Marie ihr Gesangbuch vergessen, und Tubal von

Ladalinski, wie gesagt mit Renate verlobt, war ihr nachgeschlichen und hatte sie zu verführen versucht.

»Und ob Leben und Sterben zwischen uns stünde«, keuchte Tubal, der vor Marie niedergesunken war und ansetzte, mit seinem glühenden Gesicht ihren Rock nach oben zu schieben. »Ich lasse dich nicht, Marie ... Ich will dich, ich will es, jetzt ...«

Da hatte er, Erdmann, der noch neben dem Altar stand, unsichtbar für beide, laut gehustet, und wenig später war auch Jeserich Kubalke erschienen, der alte Küster.

Das alles ging Erdmann durch den Kopf, während sie nun im Schloß saßen und über den Vorfall mit Hoppenmarieken diskutierten.

»Der dritte Fall schon diese Woche«, sagte Kniehase. »Das ganze Oderland schickt sein Gesindel hierher.«

»Nein, nein ...« Berndt von Vitzewitz wußte es besser. »Das sind keine Einheimischen, das sind die Reste der *grande armée:* Neapolitaner, Würzburger, Nassauer, die heruntergekommenen Soldaten Napoleons, die nicht mehr in die Festungen passen. Die quellen über wie eine Regentonne beim Wolkenbruch. Und vom Soldatenleben zum Räuberleben ist es nur ein kleiner Schritt, wenn kein eisernes Band mehr da ist, alles zusammenzuhalten. Deserteure sind es, die sich hier herumtreiben, Marodeure ... Auch um mit denen fertig zu werden, müssen wir unseren Landsturm haben – und zwar bald! Unsere Bataillone werden aufgestellt!«

Um die Jahreswende 1812/13 kamen die Dinge weiter in Fluß. Das preußische Hilfskorps unter General Yorck hatte nicht am Zuge der »Großen Armee« Napoleons nach Moskau teilgenommen, sondern war zum Flankenschutz in Kurland verwendet worden. Am 30. Dezember schloß nun Yorck nach schweren inneren Kämpfen mit dem russischen General Diebitsch die Konvention von Tauroggen, nach der sich das preußische Korps von der französischen Armee loslöste und für neutral erklärte. Friedrich Wilhelm III.

blieb indes zögerlich und mißbilligte diesen Schritt nach außen hin. Yorck aber ließ sich dadurch nicht beirren und versuchte, mit Stein und anderen zusammen von Königsberg aus die Befreiung Deutschlands in Angriff zu nehmen. Überall begann es aufzuflackern, so auch am Rhein, wo Alexander von der Marwitz in Frankfurt am Main in die erste Brigade des Yorckschen Korps eingetreten und am 11. Januar 1813 jenseits des Rheins bei Bailly gefallen war. Eine Flintenkugel hatte ihn in die Schläfe getroffen, und seine Leiche sollte nie gefunden werden, sie war mit hundert anderen auf dem Sandplateau von Montmirail eingescharrt worden.

Diese Nachricht hatte in Hohen-Vietz große Bestürzung hervorgerufen, genoß doch Alexander von der Marwitz dort die allergrößte Anerkennung. Doch Berndt von Vitzewitz warnte alle davor, die Trauer nun in Lethargie umschlagen zu lassen. Nur wenige Tage später aber geschah dann etwas, das ihn wesentlich stärker lähmen sollte: der nervliche Zusammenbruch Lewins. Der weilte gerade in Berlin, als er erfuhr, daß *seine* Kathinka mit dem polnischen Grafen Jarosch Bninski auf und davon war. Es trieb ihn aus der Stadt hinaus, und bis hinter Friedrichsfelde und Dahlwitz kam er, ehe ihm die Sinne schwanden. In letzter Sekunde erst fand ihn ein Knecht und brachte ihn in einen Dorfkrug, wo man ihn liebevoll pflegte und dafür sorgte, daß man in Hohen-Vietz eine Nachricht erhielt.

Erdmann wurde gebeten, Renate auf ihrem Weg zum Bruder zu begleiten, und sie fanden Lewin mit einer Nervenüberreizung, konnten ihn aber bald nach Hause schaffen. »Reinige mein Herz/Auch mit meinem Schmerz ...«, hörten sie ihn sagen.

Bald darauf aber kreiste alles Denken in Hohen-Vietz wieder um die Befreiung vom französischen Joch. Im Krug, wo Erdmann öfter war, um im *Küstriner Anzeiger* und den beiden Berlinischen Zeitungen zu blättern, hörte er den Bauern Reetzke erzählen, wie er ein Fuder Oderheu in die

Festung Küstrin gebracht hatte. Wie es denn mit der Verproviantierung der Franzosen stünde, wurde er gefragt.

»Alle Speicher sind voll, aber mit dem Schlachtvieh sieht es schlecht aus. Das liebe Vieh hält nicht mehr bei ihnen aus und läuft ihnen weg. Vorletzte Nacht hundertundsiebzig Stück, alle von Tamsel und Quartschen.«

Erdmann zuckte zusammen, als er es hörte: Tamsel. Wie mochte es seiner Mutter und Luise dort ergehen? Er hatte sie davon unterrichten lassen, daß er in Hohen-Vietz die Heilung seiner kranken Seele erhoffe und sie bitte warten möchte, bis er wieder imstande sei, ihnen unter die Augen zu treten. Noch wog seine Schuld zu schwer. Er hätte zu seiner Mutter gehen und bei ihr Trost suchen müssen, statt an den Freitod zu denken.

Es war schon ziemlich dunkel geworden, als er sich auf den Heimweg machte. Sie waren lieb und nett zu ihm im Herrenhaus, doch sie hatten ihre eigenen Sorgen, und er war nun einmal kein Bruder oder Vetter, sondern nur ein Gast, ein Fremder. Doch wo auf Erden war er das nicht? Und wie sich sein Geist wieder umwölkte, klangen Novalis' Verse in ihm auf: »Ich fühle des Todes/Verjüngende Flut,/Zu Balsam und Äther ...« Ja, so war es: Wenn es einen neuen Anfang für ihn geben sollte, dann allein durch den Tod. »Im Tode ward das ew'ge Leben kund,/Du bist der Tod und machst uns erst gesund.« Nur der Tod konnte ihn erlösen, und seine Sehnsucht nach dem Tode wurde wieder übermächtig.

In dieser düsteren Stimmung sah er einen jungen Burschen über die Dorfstraße huschen und Richtung auf das Herrenhaus nehmen. Einen erneuten Einbruch fürchtend, stürzte Erdmann hinter ihm her und bekam ihn prompt zu packen, ließ ihn jedoch sofort wieder fahren, denn der Junge trug die Uniform eines westfälischen Infanteristen, gehörte also zur französischen Armee. War man also dabei, Berndt von Vitzewitz' Aufstand im Keime zu ersticken und sie alle in der Küstriner Festung hinter Schloß und Riegel zu bringen?

»Wo sind die anderen?« fragte Erdmann den jungen Westfalen.

»Ich bin allein und will schnellstens nach Kirch-Göritz hinüber.«

»Ein Deserteur also ...?«

»Ja, letzte Woche sind mehr als ein Dutzend von der Fahne weg: Westfalen und Altmärker aus Salzwedel und der Stendaler Gegend. Gestern war ich mit, das Vieh wieder einfangen, und da sind wir nur bis Tamsel gekommen – dahinter stehen schon die Russen. Es ist Zeit, den Franzosen hier die Hölle heiß zu machen. In Kirch-Göritz soll der Handschuhmacher Pfeiffer Leute um sich scharen. Er ist Schützenkönig und schon mit Schill geritten.«

Erdmann konnte sich tatsächlich an einen Pfeiffer erinnern. »Das wird der sein, dem sie in Damgarten den linken Fuß zerschossen haben. Du kannst aber auch bei uns bleiben, auch hier in Hohen-Vietz wird's bald was geben.«

»Nein, ich will zum Pfeiffer, weil da schon viele andere aus Westfalen sind.«

Erdmann erfuhr noch, daß der junge Mensch Kostedde hieß, dann sah er ihn im Gebüsch verschwinden und auf Kirch-Göritz zuhalten. Er sollte ihn eine knappe Woche später wiedersehen, als er mit dem jungen Scharwenka, dem Sohn des Gastwirts, mitgefahren war, um Heu und Stroh auf der Festung abzuliefern, dabei von Bamme angewiesen, die Augen offenzuhalten und nach möglichen Schwachpunkten der Franzosen zu forschen. Sie waren schon wieder auf dem Heimweg, als ihnen am Rande Küstrins, da wo die Reeperbahn war, ein Bataillon westfälischer Soldaten den Weg versperrte. Die Trommeln wirbelten so laut, daß sich Erdmann die Ohren zuhalten mußte.

»Halt!« rief der Kommandierende, als sie freies Feld erreichten, und Scharwenka wußte, daß das der alte Füllgraf war, ein offenbar sehr beliebter und väterlicher General.

Doch was er jetzt zu befehligen hatte, war keine Ordensverleihung, sondern, Erdmann sah es mit Schrecken, eine

Exekution, denn das Karree, das Füllgraf bilden ließ, war nach einer Seite hin offen – und dort hatte man ein Grab geschaufelt. Gelber, mit Lehm durchsetzter Sand lag auf dem angetauten Schnee. Erdmanns Herz krampfte sich zusammen, denn der junge Mann, der dort erschossen werden sollte, war kein anderer als Kostedde. Ganz offenbar war der Handschuhmacher Pfeiffer aus Kirch-Göritz mit seiner Attacke gescheitert, und man hatte Kostedde gefangengenommen, um ihn nun als Deserteur von seinen eigenen Leuten erschießen zu lassen.

»Warum es gerade sein eigenes Bataillon sein muß«, sagte Erdmann, »sie haben doch Franzosen genug.«

»Sicher, aber das ist ja genau ihre aparte Taktik.«

Fünf Mann und ein Sergeant lösten sich nun aus dem Karree und verbanden Kostedde die Augen mit einem alten weißen Taschentuch, das mit blauen Punkten betupft war und Erdmann an heitere Sommertage denken ließ, wenn zwischen den vorbeiziehenden Wölkchen der Himmel aufblitzte. Der junge Westfale sollte nun niederknien, doch da riß er sich das Tuch wieder ab und trat auf Füllgraf zu, der keine zehn Schritte vor ihm stand, um ihm etwas zuzuflüstern. Erdmann verstand die Worte nicht, sah aber, daß Füllgraf nickte und offenbar feuchte Augen bekam. Jedenfalls fuhr er sich mit der Hand über die Augen. Ob Kostedde nun betete oder nur an seine Lieben in Westfalen dachte, war nicht auszumachen, aber es schien ihm nun leichter ums Herz geworden zu sein, und er sah wohl eine Minute lang zum Himmel hinauf.

Erdmann verspürte nur noch einen Impuls: nach vorne zu stürzen und den Jungen zu retten. Und er stemmte auch schon die Fußspitzen in den lockeren Schnee, um besser losschnellen zu können, doch Scharwenka riß ihn zurück. »Nein, bleib hier, sie erschießen uns gleich mit, wenn wir...«

In ohnmächtiger Wut ließ Erdmann sich gerade noch bändigen. Inzwischen hatten die sechs westfälischen Soldaten in Napoleons Diensten die Gewehre gehoben und legten auf den Delinquenten an. Kostedde schlug sich mit der linken Hand, die das Tuch noch hielt, gegen die Brust und rief: »Hierher, Kameraden, hier sitzt das preußische Herz. Feuer!«

Da krachte die Salve, und alles war vorbei.

In Erinnerung an Stralsund und an das Schicksal seines Freundes Odereck war Erdmann einer Ohnmacht nahe. Sollte auch er so enden? Doch wie noch aufhalten, was kommen mußte, wie die Lawine stoppen, wenn sie einmal losgetreten war ...

Anfang Februar hörte Erdmann, daß sein alter Waffenbruder Adolf von Lützow nach Schillschem Muster ein Freikorps gebildet hatte, die Schwarze Schar, in die auch Theodor Körner, ein junger sächsischer Dichter, eingetreten war. Sogar als Mann verkleidete Frauen wollte man bei den *brigands noirs,* wie die Franzosen sagten, gefunden haben. Lützows Leute fügten ihnen mit der Zeit mehr Verluste zu, als es sie in einer großen Schlacht gegeben hätte.

»Willst du da nicht wieder mitmachen?« fragte ihn Lewin.

Erdmann lachte. »Nur wenn ich dadurch mein *von* zurückerhalte. Nein, ernsthaft: Das Freikorps des Majors Berndt von Vitzewitz reicht mir vollkommen. Und ob man nun in Stralsund, Wesel oder Hohen-Vietz standrechtlich erschossen wird, bleibt sich gleich.«

Am 18. Februar ritt Erdmann endlich nach Tamsel hinüber, um zu sehen, wie es seiner Mutter ging.

»Kommst du, um Abschied zu nehmen?« fragte sie.

»Wieso?«

»Man hört's doch überall: Das Volk steht auf, der Sturm bricht los.«

»In Tamsel wird's wohl mehr ein Lüftchen sein ...«

Sie reichte ihm einen Zettel hin. »Hier, das haben im Januar Quartiermacher der Division Nansouty abgegeben, der General Sebastini soll es verfaßt haben, und als ein freudiges Ereignis sollen wir es nehmen: daß die *grande armée* mit ihrer schweren Kavallerie hier Station machen will.«

Doch wer wirklich kam, war General Tschernitscheff, der Befehlshaber der russischen Vorhut. Ihn selbst sah man zwar nur in Kunersdorf drüben, aber auch in der Tamseler Gegend ritten seine Kosaken umher, seltsame Leute mit Pelzmützen und Piken auf kleinen, abgetriebenen Gäulen. Doch Erdmann konnte zurück nach Hohen-Vietz gelangen, ohne daß sie ihm Schwierigkeiten machten. Es hieß, sie wollten nur schnell zur Oder, denn lange würde das Eis, ihre natürliche Brücke nach Westen, nicht mehr tragfähig sein.

Als Erdmann auf ebendiesem Eis mit seinem scheuenden Gaul und einiger Mühe Warthe und Oder überwunden hatte, stieß er auf einen Trupp von vierzig, fünfzig Menschen, die mit ihren grauen Mänteln und ihren Tschakos von weitem noch wie Soldaten aussahen, von nahem aber eher einem Leichenzug glichen, der dabei war, sich selber zu Grabe zu tragen. Viele hatten die Füße lediglich mit Lappen umwikkelt, wer aber seine Schuhe noch trug, der hatte sie aufgeschnitten, um die geschwollenen Füße irgendwie hineinzuzwängen. Wenn der Wind die Mäntel auseinanderschlug, sah man, daß weithin die Gamaschen fehlten. In den teils froststarren, teils längst erfrorenen Händen hielten sie an Waffen nichts weiter als das Seitengewehr. Es war ein Bild des Jammers. Einer sah so elend aus wie der andere, und dennoch glaubte Erdmann, einen von ihnen zu kennen.

»Der Hüne!« rief er, mehr fragend als überzeugt, denn die ehemals stattliche Gestalt in ihrer schmucken Uniform war nur noch ein Skelett mit einem Mantel darum und hätte eine gute Vogelscheuche abgegeben.

»Ah, Tamsel!« kam es zurück.

»Kommt mit nach Hohen-Vietz, wir päppeln euch hoch.«

»Geht nicht. Wir haben den Befehl, nach Frankfurt zu marschieren und die Festung zu verteidigen.«

Gott, dachte Erdmann, Leute wie diesen Carl Hüne wollten Vitzewitz und Bamme nun angreifen und hinterrücks erschlagen. Das dünkte ihm wie Mord. Doch dies war schnell vergessen, als ihm einfiel, wonach er den Westfalen vor einem knappen Jahr im Tamseler Busch so intensiv gefragt hatte.

»Habt ihr was von Henri Trouville gehört?« stieß er hervor. »Und von seiner Cathérine ... meiner Cathérine ...?«

Carl Hüne blieb stehen. »In den ersten Septembertagen bin ich ihm begegnet, im kaiserlichen Hauptquartier bei Ghiat. Da standen rot-blau-weiß gestreifte Zelte, das war die Küche. Und sie kam in einer schneeweißen Schürze auf mich zu. ›Hier, Sergeant-Major, ein Pfannkuchen‹, sagte sie zu mir. Ich hatte nämlich vorher ihren Namen erfahren und sie aus Tamsel grüßen lassen.«

Erdmann fühlte sich von einem heftigen Fieber gepackt. »Und!?«

Carl Hüne war so erschöpft, daß er Mühe hatte, seine Erinnerungen in Worte zu kleiden. »Nun ... Die Schlacht bei Borodino ... Wir passierten eine Hochebene und kamen in den Bereich einer feindlichen Batterie. Sofort gab es Tote und Verwundete. Unser allbeliebter General Damas war der erste, welcher an der Spitze des Regiments, von einer feindlichen Kugel getroffen, vom Pferde stürzte. Dem Grenadierleutnant Poblotzky wurde ein Fuß, dem Tambourmaitre aus Hildesheim ein Arm weggerissen. Dies alles geschah vor mir, und hinter mir rief einer immerzu: ›Vorwärts! Vorwärts!‹ Das war unser alter Oberst Füllgraf.«

Erdmann wurde ungeduldig. »Und Trouville?«

»Der ist beim Rückzug erschlagen worden ... von einem westfälischen Kürassier beim Streit um ein bißchen Brennholz. In einem Bauerngehöft. Sein Leichnam lag auf dem Mist.«

Erdmann erschrak. Das, was er sich immer gewünscht hatte, war eingetreten. Er schämte sich jetzt für seinen Wunsch, und der Jubel blieb ihm im Halse stecken. »Und Cathérine?«

»Sie wird in irgendeinem Birkenwäldchen verwesen.«

»Sie war doch offenbar beim Troß des Kaisers.« Erdmann nahm die Worte des Westfalen gar nicht wahr.

Carl Hüne schüttelte den Kopf. »Sie ist tot. Ich habe sie selber in einem Lazarett gesehen, wie sie schon fast verwest war. Also, mach dich nicht zum Narren!« Damit stampfte er seinen Leuten hinterher.

Erdmann lehnte sich gegen den Körper seines Braunen und spürte pulsierendes Blut. Hüne hatte ja recht: Vorbei war vorbei. Und das einzige, was ihm noch blieb, war: aus dem Leben zu scheiden. Aber sich das Leben nehmen, das ging nicht, das konnte er ihnen nicht antun, seiner Mutter und seiner Tochter. Also blieb nur eins: gegen Frankfurt zu ziehen und zu hoffen, daß einer der gegnerischen Soldaten noch ein Gewehr hatte, aus dem sich feuern ließ. Carl Hüne vielleicht ... Der hatte Trouville als Toten gesehen und auch Cathérine, fehlte ihm nur noch einer.

In Hohen-Vietz war die 3. Kompanie des Landsturmbataillons Lebus inzwischen soweit, losschlagen zu können, und Berndt von Vitzewitz war froh darüber, daß der König mehr und mehr hinter der Bewegung stand. »Wir werden einen Krieg nach alter preußischer Tradition haben, einen *ordentlichen* Krieg, Lewin, und ordentliche Fahnen. Hörst du: ordentliche, preußische, königliche Fahnen.«

»Hoffen wir nur, daß die Franzosen das ebenso sehen ...«

Schnell kam der Tag herbei, wo Bamme, der das Kommando übernehmen sollte, alle vier Kompanien zur Heerschau auf einem Brachfeld bei Hohen-Vietz antreten ließ.

Bamme, Generalmajor auf Quirlsdorf, entstammte einem alten havelländischen Geschlecht, das jedoch mit ihm erlosch. Klein war er und mit seinen hervorstehenden Backenknochen überaus häßlich, hatte Beine wie ein Rokokotisch und sah mit seinem halb abgeschossenen Ohrläppchen und seinen Ohrringen eher wie ein Kalmück aus als wie ein preußischer Husar. Erdmann kam er immer wie eine Parodie des alten Ziethen vor. Ein wüstes Leben habe er geführt, hieß es, insbesondere mit den Tänzerinnen, und mit zunehmendem Alter wurde sein Geschmack immer wunderlicher. Starb ein Junge oder ein Mädchen im Dorf, ließ er ein großes Begräbnis ausrichten und bezahlte dies auch, vorausgesetzt, daß die Angehörigen zustimmten, die Leiche zu schminken und in einem Flur aufzubahren, in dem es viele Lichter gab. Dann stellte er sich zu ihren Füßen, rauchte aus seiner Meerschaumpfeife und starrte mit halbzugekniffenen Augen lange auf die Leiche. Für Erdmann hatte er etwas sehr Dämonisches an sich.

Vor Bamme nun standen die vier Kompanien, die ihr Entstehen Berndt von Vitzewitz' Eifer verdankten – und jede hatte etwas Besonderes zu bieten: Lietzen-Dolgelin eine Komtureifahne mit dem achtspitzigen Johanniterkreuz, Hohen–Ziesar zwei Trommler und zwei Pfeifer, Protzhagen einen Hornisten und Leute, die aus alter Tradition am besten mit einer Pike umgehen konnten, und Hohen-Vietz schließlich mit Bamme und Berndt von Vitzewitz, die beiden Führerfiguren. Aus Hohen-Vietz waren neben vielen Bauern und ihren Söhnen fast alle dabei, denen Erdmann bei seinem Aufenthalt des öfteren begegnet war und die Teil seines Lebens geworden waren: Lewin, Schulze Kniehase, der junge Scherwenka und Hansen-Grell.

Bamme setzte nun zu seiner großen Rede an: »Leute! In Frankfurt sind fünfzig Kanonen und bloß zweitausend Franzosen. Ein paar hundert mehr oder weniger, das ist egal. Wir sollen sie überrumpeln – wollt ihr?«

»Ja, Herr General!«

Auch Erdmann hatte dies gerufen, obwohl ihm seine innere Stimme sagte, daß er nach Stralsund und Schill von solchen Abenteuern eigentlich genug haben müsse. War dies schon Wahnsinn gewesen, der Landsturm Lebus war es nun erst recht. Brach doch wieder der alte Johann von Bosetzki in ihm durch, daß er da mitmachen mußte? Nein. Hatte ihn damals Odereck mitzureißen vermocht, so waren es nun Berndt und Lewin Vitzewitz: Solchen Freunden schlug man nichts ab. Treue war der höchste Wert. Fast vergaß er, was ihn anfangs angetrieben hatte, beim Landsturm mitzumachen: die Möglichkeit, elegant und ehrenvoll aus dem Leben zu scheiden.

»Die Regimenter Itzenplitz und Markgraf Karl waren hier in unserer Gegend zu Hause«, fuhr Bamme fort, »und sie waren der ganze Stolz vom Alten Fritz. Kerls, sollen wir schlechter sein, als unsere Väter waren!? Sollen wir, wenn uns der Alte Fritz ansieht, die Augen niederschlagen!?«

»Nein, nein!«

»Es wird nicht viel kosten; die Bürger helfen uns und die Russen auch. Aber wo gehobelt wird, fallen Späne. Ein paar von uns werden die Zeche bezahlen müssen ... Wollt ihr dennoch?«

»Ja!«

Am Abend dann wurde aufgebrochen, um den Franzosen Frankfurt an der Oder zu entreißen. Um neun Uhr, noch ehe der letzte Glockenschlag verklungen war, hieß es: »An die Gewehre!« Bamme warf seine Fuchsstute herum und kommandierte: »Bataillon, marsch!«

Es wurde ein langer Marsch durch die Nacht, in der nur der schwere Tritt der Landsturmmänner auf dem hartgefrorenen Schnee erklang und von Zeit zu Zeit das Klappern ihrer Piken und Gewehre, wenn sie diese von der einen auf die andere Schulter wechselten. Zwei Stunden vor Mitternacht passierten sie Podelzig, eine Stunde später die Lebuser Schäferei.

»Wie lange noch?« fragte Erdmann.

»Eine Stunde«, antwortete Tubal, Kathinkas Bruder, der nun neben ihm marschierte.

Erdmann ging nicht aus dem Kopf, daß sein Freund Lewin Kathinka an den Grafen Bninski, dem Exilpolen in Preußen, verloren hatte. »War es das, daß er antipreußisch war und ein Pole vom Scheitel bis zur Sohle? Einer, der die Preußen gehaßt hat ...«

Tubal mußte nicht lange nachdenken. »Denke an unseren Berndt von Vitzewitz, wie er Napoleon haßt, aber die Franzosen als einzelne überaus schätzt. So auch Bninski. Er hat das Ganze gehaßt, das karge, tumbe Preußentum, nicht die einzelnen Menschen.«

»Wie du auch ...?«

»Ach, Erdmann ... Unser Name ist polnisch und unsere Vergangenheit ... unser Besitz ... Und nun sind wir Preußen! Und wie wir nicht recht ein Vaterland haben, so haben wir auch nicht recht ein Haus, eine Familie ... Wir haben ... keinen Frieden.«

»Ich weiß: Du gehörst zu Renate – und hast dennoch versucht, Marie zu verführen.«

Tubal lachte. »Was kann ich dafür, daß ich so sprunghaft bin, so oberflächlich. Das ist mein Blut. Wie gerne wäre ich so stetig wie Othegraven oder Hansen-Grell. Von dir nun ganz zu schweigen, denkt man nur an Cathérine ...«

Am Spitzkrug, wo man schon die Glocken Frankfurts hörte, wurde noch einmal gerastet. Die Gewehre wurden zusammengestellt, und die Landsturmleute, nun vereint mit zwei Bataillonen aus den angrenzenden Barnim-Dörfern, saßen auf den Zaunplanken und den Chausseesteinen und aßen das, was ihnen Frau oder Mutter mit auf den Weg gegeben hatte. Kein Wort fiel.

»Jeder fragt sich wohl, ob das seine letzte Mahlzeit ist«, flüsterte Erdmann.

»Komm«, sagte Lewin. »Gerade haben sie Bamme gemeldet, daß die Frankfurter Bürgerwehr voll auf dem Posten ist. Der Plan ist jetzt, über den Dornischberg, wo uns Sträucher decken, in die Altstadt vorzudringen und erst hier, *coûte que coûte,* den Kampf aufzunehmen.«

So geschah es dann auch, und man kam ohne Schwierigkeiten auf die ringförmige Esplanade zu, die den Kranz der Vorstädte von der Altstadt trennte. Die Kompanie Hohen-Vietz hatte die Spitze genommen, allen voran Berndt von Vitzewitz mit gezogenem Degen. Im Galopp ritt er auf die Dammbrücke zu, die über den Graben führte. Dahinter lag das alte Lebuser Tor, das geschlossen war.

»Achtung!« rief Berndt von Vitzewitz. »Sie feuern auf uns.«

Durch das obere Gatter des Tores fielen einzelne Schüsse. Kümmeritz erhielt zwei Streifschüsse, kannte das aber von den Schlachten des Jahres 1794 und lachte nur. Doch der Sohn eines Bauern, des alten Püschel, wurde mitten in die Brust getroffen.

Erdmann prallte zurück: »Der erste Tote.« Ach, wie gerne hätte er mit Jochen Püschel getauscht. Dann wäre alles ausgestanden gewesen ... Da war es wieder, sein düsteres Motiv.

Alles stockte nun, ratlos und erschrocken. Da kam Bamme angesprengt. »Vier Mann vor!« befahl er. »Ich kenn' unsere Stadttore: wurmstichig sind sie. Nur ran und weg mit dem Bettel!«

Und schon krachte es, und die Hohen-Vietzer drangen als erste in die Altstadt ein. Alles floh, und der einzige Posten, der standhalten wollte, wurde vom Bauern Hanne Bogun niedergestochen.

*»Petit crevé!«* rief der tödlich Getroffene und sank zu Boden.

Ohne weiteren Widerstand stürmten sie nun weiter und kamen auf dem öden Kirchplatz an, wo Konrektor Othegraven von der Bürgerwehr meldete, daß General Girard, der Kommandant, und sein Stab gefangengenommen worden seien und man sie auf Ehrenwort in ihren Zimmern belassen habe. Menschen wie Othegraven hatten Erdmann schon immer fasziniert: steif und pedantisch im Äußeren, glaubensstark im Innern. Er sah alles in Beziehung zu Gott, was ihm die Klarheit und Ruhe gab, die nötig war, mit dem Verlust Maries fertig zu werden. Ein anderer Bekannter hatte sich ein wenig abseits aufgebaut, Hansen-Grell, isoliert schon durch seine Erscheinung, die manche abstoßend fanden: das Haar wie Stroh, die blassen Augen vorstehend und an einen Frosch erinnernd, kaum Wimpern auf den geröteten Lidern und mit einem Teint, der unrein und pockennarbig war. Er war von den Idealen der Französischen Revolution inspiriert und konnte herrliche Balladen dichten, worum ihn Erdmann sehr beneidete.

»Das ist der Sieg«, sagte Othegraven und zeigte zum Fenster des Kommandanten hinauf. »Der Feind steht in kleinen Trupps drüben am anderen Ufer der Oder, und die Voltigeure, also die von der leichten Infanterie, sind offensichtlich ohne Führung und ohne jede Lust zum Kampf. Wie denn auch ohne Girard. Und in ihrem Rücken haben die Frankfurter den Holzhof angezündet. Das lähmt sie zusätzlich.«

Erdmann sah die Sache weniger optimistisch, schließlich hatte er noch die Stralsunder Bilder vor Augen. Die Franzosen waren zäh, und Napoleon war noch lange nicht am Ende. Aber er schien sich diesmal zu irren, denn als die Soldaten endlich von ein paar Offizieren aufgefordert wurden, die Böschung hinunterzuklettern und über das Eis der Oder zu laufen, um den Landsturm anzugreifen, stellte sich heraus, daß das platterdings unmöglich war, denn die Frankfurter Fischer hatte eine breite Rinne in das Eis geschlagen.

»Jetzt fehlen uns nur noch die Russen«, brummte Bamme, doch so angestrengt er auch nach Osten horchte: Er hörte sie nicht.

Und als nun Tschernitscheff nicht kommen wollte, faßten die Franzosen wieder Mut. Ohne Kommandos abzuwarten, machten sie sich daran, mit langen Haken Bretter und Bohlen aus den brennenden Stapeln zu reißen und die Flammen dadurch zu löschen, daß sie das Holz durch den Schnee zur Böschung schleiften. Andere fanden flache Boote in der Nähe und schoben sie über das Eis, so daß sie in weniger als einer Viertelstunde eine Pontonbrücke errichten konnten. Über sie hinweg strömten nun die Voltigeurtrupps und zuletzt auch geschlossene Grenadierkompanien. *En avant!* Auf dem Eis und am Kai schmetterten die Hörner.

Von Bamme kam der Befehl zum Feuern, aber weder Erdmann noch Lewin, der neben ihm stand, hatten eine

Chance, einen der Franzosen zu treffen, denn denen gewährten die am Ufer liegenden Holz- und Torfkähne eine Deckung, wie sie besser nicht zu denken war. Die Pikeniere aus Protzhagen unter Hauptmann von Rutze setzten zwar an, die französische Stellung zu stürmen, doch sie mußten bald wieder abdrehen, denn sie konnten das feindliche Feuer nicht aushalten, geschweige denn erwidern. Bamme sah das nicht gerne und kam herangeritten, um sie wieder nach vorne zu treiben.

»In drei Deibels Namen, Horn von Uri, blas!« schrie er den Protzhagener Hornisten an und hieb mit einem Stock auf ihn ein. Dieser begann auch prompt zu blasen, verwechselte aber, verängstigt und aufgeregt wie er war, die beiden einzigen Töne, die er hervorzubringen vermochte, und so ertönte statt des Angriffs- das Rückzugssignal. In dem selben Augenblick wurde die rote Fuchsstute Bammes von einer Kugel getroffen, so daß sie mitsamt ihrem Reiter zu Boden stürzte. Doch der General blieb unverletzt und konnte sich auf den bereitgehaltenen Shetländer eines Bauern schwingen. Gerade noch rechtzeitig, denn nun stürmten die feindlichen Infanteristen aus allen Nebengassen heran, und auch die Franzosen, die in Bürgerhäusern untergebracht waren, faßten wieder Mut und schossen aus den Fenstern. Alles sah hoffnungslos aus, zumal Othegraven gerade umzingelt wurde und sich mit seinem alten Kavalleriesäbel wohl nicht lange wehren konnte, obwohl er wie wahnsinnig focht.

Doch Berndt von Vitzewitz setzte auf die Frankfurter Bürgerschützen und rief seinen Hohen-Vietzern vom Sattel aus zu: »Vorwärts! Nicht schießen, Bajonett! Befreit den Konrektor.« Und schon ritt er in den Pulk hinein, der sich um Othegraven herum gebildet hatte. Lewin und Erdmann folgten in der Schneise, die er schlug. Doch schon war Lewin von ihm abgedrängt worden und wurde nun wie ein Stück Holz in einem Strudel in eine Gasse geschwemmt. Erdmann versuchte, ihm zu folgen, doch vergeblich. Weiter.

Neben ihm liefen nun Kniehase, dessen Stirn stark blutete, und Hansen-Grell, der in dem wirren Gemenge seine Kappe verloren hatte. Ein französischer Offizier hob seinen Säbel. »Paß auf!« schrie Erdmann und riß seinen Gewehrlauf hoch, um den Hieb noch abzuwehren, doch vergeblich. Mit gespaltenem Schädel sank Hansen-Grell vor ihm nieder.

»Zurück!« schrie Bamme. »Alles zurück!«

Schüsse fielen, deutsche und französische Flüche hallten über den Platz. Erdmann bekam einen Schlag auf den Kopf, und im Nu hatte sich vor seinen Augen alles verschleiert.

Die Franzosen hatten darauf verzichtet, den fliehenden Landsturmleuten nachzusetzen, und so hatte die Kolonne ihren Rückzug in den dämmernden Tag hinein antreten können. Berndt von Vitzewitz war verzweifelt. »Alles gescheitert. Und ich hab' das alles angerichtet. Gescheitert, ganz und gar.«

Als er Hohen-Vietz erreichte, lief ihm Renate entgegen. »Wo ist Lewin?«

Der alte Vitzewitz brachte erst kein Wort über die Lippen. Endlich erwiderte er in einem Ton, der seinen ganzen Jammer zum Ausdruck brachte: »Ich weiß es nicht.«

»Also gefangen oder gar tot?«

»Nein, nicht tot, noch nicht.«

Renate fing an zu zittern, faßte sich aber, als sie sah, daß Marie schwankte und ohnmächtig niedersank. »Sie liebt ihn ...«

Am Mittag kam ein Brief von Justizrat Turgany aus Frankfurt. Berndt von Vitzewitz ließ alle zusammenrufen, um ihn zu verlesen: »Hochgeehrter Herr und Freund! Ich habe die traurige Pflicht, Ihnen anzuzeigen, daß der Kampf dem Feinde drei Gefangene in die Hände fallen ließ: Ihren Sohn, den Konrektor Othegraven und den Mann aus Tamsel. Othegraven wurde bei Tagesanbruch am Lohhof erschossen. Ich habe bei General Girard, einem echten Franzosen, menschlich und von edler Gesinnung, interveniert, doch er sagte nur: ›Ich konnte es nicht ändern. Er hat einen Aufstand in unserem Rücken geleitet; er mußte sterben.‹ Ihr Sohn und Erdmann Bosetzki werden im Laufe des Tages von einer Eskorte nach Küstrin geschafft werden ...«

In etwa derselben Sekunde, da diese Worte in Hohen-Vietz gesprochen wurden, also auf dem linken, Berlin zugewandten Ufer der Oder, ritten auf der anderen Seite des Flusses, also auf neumärkischer Seite, fast auf gleicher Höhe, Erdmann und Lewin von Vitzewitz.

»Zu mir nach Tamsel ist es auch nicht viel weiter als zu dir nach Hohen-Vietz«, sagte Erdmann. »Wo nehmen wir nachher den Tee?«

Obwohl sie immer wieder damit liebäugelten: An Flucht war nicht zu denken, denn die französische Eskortemannschaft bestand aus ausgesuchten Leuten und unterstand einem alten Sergeanten, der sich schon in Spanien bewährt hatte. Auch ihre Hoffnungen auf die Russen erfüllten sich nicht. Die Kosaken schwärmten zwar durch die Neumark und waren immer darauf aus, kleine feindliche Kommandos abzufangen, doch ihren Zug ließen sie in Ruhe. So wurden sie pünktlich um zwei Uhr auf der Festung abgeliefert. General Fournier d'Albe begrüßte sie persönlich, stellte ein paar Fragen, die trotz des kühlen Tons doch eine gewisse Teilnahme verrieten, und gab dann Befehl, sie auf dem »Weißkopf«, dem Rundturm auf der Bastion »Brandenburg«, unterzubringen. Beide zuckten sie zusammen, wußten sie doch, daß hier Kattes Schafott gestanden hatte. Ein Gefreiter und zwei Mann nahmen sie in die Mitte, und dann ging es hinauf in ein aus Fachwerkwänden hochgezogenes Turmhäuschen, das auf dem mannshohen Unterbau des »Weißkopf« stand. Ehe sie sich's versehen hatten, war die eisenbeschlagene Tür hinter ihnen zugefallen.

»Wie lebendig begraben«, war Lewins erster Kommentar, denn wenn sie sich aufrichteten, berührten ihre Haare fast die Decke. Und mit fünf Schritt im Quadrat war ihr Gefängnis auch nicht eben geräumig.

Erdmann ging zum Fenster, um frische Luft einzulassen. Als er die Fensterflügel mit ihren Ösenstäbchen eingehakt hatte, ging sein Blick über Fluß und Land hinweg, die in noch immer winterlicher Schönheit vor ihm lagen. Und direkt unter ihm das Ufer und die Stadt.

»Küstrin ...« Erdmann reckte und streckte sich. »Einen Steinwurf von hier steht mein Elternhaus, und direkt unter mir ist der Platz, wo mich mein Vater zum Spießrutenlaufen antreten ließ. Ach, hätten sie mich vor vier Jahren in Stralsund standrechtlich erschossen, wäre ich wenigstens als ein Mann von Adel gestorben ...«

»Dein Humor ist etwas enervierend«, sagte Lewin, der dabei war, den Raum näher zu betrachten. In Längsrichtung standen zwei Bettladen mit je vier, fünf Brettern und vor jeder ein zerschlissener Binsenstuhl. An den Wänden gab es ein paar eingekratzte Herzchen und daneben französische Namen.

»Mein Humor wird sich bald umkehren«, seufzte Erdmann, »und die Todesangst wird mich einhüllen wie das flüssige Pech, in das ein Käfer fällt.«

Dann kam der Kastellan, ein alter Mann, der inzwischen den Namen Lewins erfahren hatte und dem »Junkerchen« und seinem Freund die Zeit ein wenig verkürzen wollte. »Einen Tod kann der Mensch bloß sterben.«

»Ja«, sagte Lewin, »fragt sich nur, wann.«

»Nun, der Sand muß erst ganz durchgelaufen sein durch die Uhr. Ich schick' euch beiden etwas zu lesen und zu essen.«

Wenig später erschienen ein hünenhafter Infanterist mit offenstehender Uniform, ein nonchalanter Südfranzose, der alles locker nahm, und eine alte Frau mit einem großen Bündel in der Hand.

*»Bon jour, camarades«*, begrüßte sie ihr Wächter. »Hier die Ausstattung!« Er wandte sich damit an die Alte. *»Madame de Cognac, s'il vous plaît!* Oh, ich gelernt habe gutes Deutsch. Komme Sie herein, Madame, und knüpfe sie auf.«

Im Bündel fanden sich zwei verschossene Mäntel mit Otterfellkragen aus dem Kleiderschrank des Kastellans, da Betten oder Decken nicht aufzutreiben waren, zwei mäßig gestopfte Strohsäcke und drei Bücher.

Der Infanterist verbeugte sich. *»Avec les compliments de Monsieur le Châtelain.* Um sieben Suppe.« Damit verschwand er wieder und zog die Alte mit sich fort.

Erdmann rückte seinen Stuhl ans Fenster, um sich die drei Bücher anzusehen. Bibel und Gesangbuch waren es und dazu in zwei marmorierten Pappdeckeln etwas sehr Apartes: *Bericht des Majors von Schack über des Leutnants von Katte Dekapitation, 6. November 1730.* Erdmann überlief es eiskalt, und er legte schnell die Bibel darauf, um es nicht mehr zu sehen. 1730 ... nun, dreiundachtzig Jahre her ... Unfaßbar. Sein Vater hatte ihm oft genug davon erzählt, wie es bei Kattes Hinrichtung zugegangen war. Er versuchte, sich Johann Bosetzki vorzustellen, wie er dieses »Schauspiel« als Dreizehnjähriger verfolgt hatte, konnte sich aber nicht so recht konzentrieren, da Lewin pausenlos vor ihm auf und ab ging und dabei laut die Schritte zählte.

»Denkst du an deine Mutter?« fragte Lewin.

»Eher an meinen Vater.«

»Was wird meiner in Hohen-Vietz jetzt machen?«

»Ich hoffe, alles in Bewegung setzen, uns zu retten.« Erdmanns Lachen klang allerdings etwas gekünstelt.

»Wie denn?« Lewin war da wenig optimistisch. »Er war doch auch bei dem Überfall dabei und mehr noch der Kopf als der arme Othegraven. Sie erschießen ihn doch genauso wie den, wenn er herkommt und den Mund aufmacht.«

Der Kastellan erschien und brachte ihnen das Essen: eine Suppe, aus Brotrinden und Hagebutten gekocht. »Und nun Gott befohlen, ihr beiden. Es kommt, wie's kommt.«

Sie hatten Hunger, vermochten aber kaum mehr als einen Bissen hinunterzubringen, und das lag nicht nur daran, daß die Zinnlöffel so bitter schmeckten. Es war die Todesfurcht, die ihnen auf den Magen schlug. Die nahm noch zu, als der

Kastellan sie ermahnte, das Licht zu löschen. »Licht ist nicht erlaubt. Es geht mir sonst an Kopf und Kragen. Hören Sie, gleich ausblasen.«

Die Dunkelheit war eine schlimme Folter, denn alles sprach ja dafür, daß dies ihre letzte Nacht sein sollte und sie alsbald im ewigen Dunkel versanken.

»Du hast immerhin noch eine Tochter, die etwas von dir weitergibt«, sagte Lewin.

»Und um dich trauert eine Frau, die dich liebt ...«

»Sprich nicht von Kathinka!«

»Ich meine Marie.«

Da begann Lewin zu schluchzen, und Erdmann nahm ihn in die Arme. So hatte er öfter mit Odereck gestanden. Der war erschossen worden, ohne vorher getröstet zu werden.

Erdmanns Trauer war maßlos, weil er in diesem Augenblick begriff, wie gnadenlos das Weltall war. Alles war nur darauf angelegt, bald wieder zu vergehen. Wie Eintagsfliegen waren die Menschen, und nur wenige hatten das Glück, in ihrem kurzen Leben einmal am Zucker naschen zu können. Wie auch immer, war man nicht zuvor mit der Klatsche erschlagen oder von einem Vogel aufgefressen worden, am Abend starb man so oder so. Nur: Die Eintagsfliege wußte es nicht, reflektierte es nicht – und war damit ein Wesen, das viel glücklicher war, als der Mensch es jemals sein konnte. Der glücklichste Mensch war der, der nie geboren worden war.

Erdmann kämpfte mit aller Macht dagegen an, vollends in den Strudel von Schmerz und Verzweiflung gerissen zu werden. War nicht, so hämmerte er sich ein, ein jedes Leben ein Roman, unvergleichlich bunt und spannend. War es nicht wesentlich besser, als Held hingerichtet zu werden und nicht als kotbeschmutzter Greis im Siechenhaus zu enden. »Ja, ja, ja!« Das gab ihm wieder Kraft, und er schaffte es, Lewin soweit zu beruhigen, daß der ein wenig schlafen konnte. Auch ihm selber gelang es, die Augen zu schließen. Dabei träumte er, an der Seite seines Vaters auf dem Zorndorfer Schlachtfeld zu kämpfen und Friedrich dem Großen das Leben zu retten. Lewin erzählte ihm beim Aufwachen, daß er von seiner Hochzeit mit Marie geträumt hatte.

»Aber vor dem Altar hat mein Grabstein gelegen, und ich …« Er brach ab und griff nach seiner Uhr. »Fünf. Vor sechs kommt kein Wachkommando. Noch eine Stunde Leben.«

»Noch eine Stunde Tod …« Erdmann fand, daß das Letzte, das Schreckliche nicht so schrecklich sein konnte wie diese Qual des Wartens. »Ich will Gewißheit haben!«

Lewin riß die Fenster auf, um nach Hohen-Vietz hinüberzusehen. Er winkte und grüßte mit der Hand. »Lebt wohl, all meine Lieben.«

Es wurde sechs Uhr. Schon hörten sie den Tritt des Wachkommandos. Nein …

Ihre Angst hatte ihnen etwas vorgegaukelt. Lewin sprang auf und umarmte Erdmann. »Ein Tag noch, ein ganzer Tag voller Leben! Welch ein Geschenk!«

Der Infanterist kam, ihnen das Frühstück zu bringen. *»Bon jour,* Monsieur de Vitzewitz. *Bon Jour,* Monsieur Bosetzki. Hier Ihr Kaffee. Guter Kaffee. Deutscher Kaffee. Aus Zichorie.« Damit stellte er den braunen Bunzlauer Topf auf das Fensterbrett und legte frischgebackene Semmeln und auch Schwarzbrot dazu.

Sie setzten sich hin, aßen und lasen dazu in der Bibel beziehungsweise im Gesangbuch. Erdmann hatte aus Zufall das Lukas-Evangelium aufgeschlagen: »Und Jesus sprach zu ihm: Wahrlich, ich sage dir: Heute wirst du mit mir im Paradiese sein. Und es ward schon um die sechste Stunde, und es ward eine Finsternis über das ganze Land.« Weit war er nicht gekommen, als sie draußen vor dem »Weißkopf« ein Räuspern hörten, daß ihnen irgendwie bekannt vorkam.

»Hoppenmarieken«, sagte Lewin.

Und richtig, die Zwergin stand unten am Rande der Bastion »Brandenburg«, keine zehn Schritte unter ihrem Fenster. Sie sah jetzt hinauf und holte, als sie Lewin erkannt hatte, schnell ein Knäuel aus ihrem Mieder und warf es hinauf. Lewin fing es. Da war sie schon weitergegangen und hatte den etwas weiter abwärts stehenden Wachtposten in ein Gespräch verwickelt, natürlich per Zeichensprache. Als sie diesem einen Schluck aus ihrer Branntweinflasche anbot, sagte der nicht nein. Das lockte seine Kameraden aus den Schilderhäuschen an, und bald gab es ein schallendes Gelächter. Hoppenmarieken salutierte mit dem Stock und schritt wieder auf die Stadt zu. Jetzt erst kümmerten sich Lewin und Erdmann um das Knäuel. Es stellte sich heraus, daß es sich bei dem, was Hoppenmarieken ihnen da zugespielt hatte, um eine zwar nur stricknadeldicke, aber dennoch sehr feste Hanfleine handelte. In ihrem Kern steckte neben einem Stein, der wohl nur der besseren Ballistik gedient hatte, ein zusammengerollter Papierstreifen. Als sie ihn auseinandergerollt hatten, lasen sie: »Werft Schlag Mitternacht (Ablösung ist erst um eins) dieses Knäuel über die Bastion. Haltet dabei den Faden fest und sorgt dafür, daß er abläuft. An ihm könnt ihr eine Strickleiter heraufziehen. Dann laßt euch hinab. Schlimmstenfalls springt. Unten tiefer Schnee – und wir.«

Lewin sank nieder und dankte Gott für die Rettung seines Lebens. »Der Tod wäre erträglich gewesen, aber eine Hinrichtung ist unerträglich.«

Erdmann dagegen sah sich gemischten Gefühlen ausgesetzt. Zum einen freute er sich, zum anderen fühlte er eine ungewisse Enttäuschung über diese Wendung. Er war innerlich bereit gewesen, von der Bühne abzutreten – und wußte nun nicht recht, was er mit sich und seinem Leben noch anfangen sollte. Alles kam ihm schal und leer vor, und er fühlte sich wie tot, obgleich er noch lebte. Wie viele Jahre sollte das noch so gehen?

Quälend langsam ging der Tag vorüber, endlich war es Mittag, dann Nachmittag, dann Abend. Der Kastellan erzählte ihnen, daß er den großen Saal habe heizen müssen. »Da werden sie das Kriegsgericht über euch halten. Und wenn die jungen Herren noch einen Brief schreiben wollen, an den Vater, an die Mutter ...«

»Ja, danke.« Sie ließen sich Papier und Schreibzeug bringen und täuschten vor, um ihre letzten Worte zu ringen. Zufrieden ließ der Kastellan sie wieder allein.

Lewin blickte erst in Richtung des Kriegsgerichts und dann zu Erdmann hinüber. »Und wenn der Schwedter Markgraf wirklich dein Großvater war: Vor dem Todesspruch wird es dich nicht retten können. Und mich ebensowenig.«

»Noch eine Stunde ... « brummte Erdmann und trat ans Fenster. »Wie finster sieht die Oder aus. Und die Sterne oben, die funkeln noch hochmütiger als an normalen Tagen, die geht es nichts an, was mit uns geschieht. Wenn ich sie vernichten könnte, ich würde es tun.«

»Ob es immer schön ist, Gott zu sein?«

So redeten und philosophierten sie noch ein Weilchen, dann begann endlich die Uhr zu schlagen.

»... acht, neun, zehn, elf ... zwölf!« Erdmann hatte mitgezählt, und Lewin warf nun das Knäuel, dessen loses Ende er um die linke Hand geschlungen hatte, mit der Rechten über den Rand der Bastion, den Stein ans vordere Ende gebunden. Er hörte, wie er aufschlug. Einige bange Herzschläge noch, dann sah er, wie sich die dünne Hanfleine straffte.

»Die Strickleiter!« Er begann mit aller Kraft zu ziehen. Da kam ein französischer Wachtposten um die Ecke gebogen. *»Merde!«* Ging der Soldat nur zehn Schritte weiter, mußte er mit seinem aufgesteckten Bajonett an der Leine hängenbleiben. Jetzt! Nein! Der Posten machte, eine Melodie summend, wieder kehrt und verschwand hinter dem Unterbau des »Weißkopfs«.

»Weiter.« Schon hielt Lewin die Strickleiter in den Händen, und Erdmann suchte nach einer Möglichkeit, sie zu befestigen. Das Fensterkreuz war viel zu morsch, aber der Bettpfosten hinten, das ging. »Los, du zuerst.« Er schob

Lewin zum Fensterbrett. Der sprang hinaus, robbte bis zum Rand der Bastion und packte die Strickleiter. Erdmann sah ihn langsam verschwinden. Er mußte warten, bis der Freund unten angekommen war, denn beide trug die Leiter nicht.

Da sah er unten die Leute aus Hohen-Vietz mit einem Schlitten. Lewins Vater war dabei, Tubal und der junge Scherwenka. Sie öffneten die Arme, als Lewin auf sie zugelaufen kam.

Jetzt war Erdmann an der Reihe. Er schwang sich gerade aus dem Fenster und hatte die ersten Rundhölzer der Leiter mit den baumelnden Füßen ertastet, da fielen unten Schüsse. Der ersten Salve folgte eine zweite. Erdmann hangelte sich vollends hinab und sprang zum Rand der Bastion, um zu sehen, was es unten gab. Tubal war getroffen, tödlich offenbar, denn die Wunde saß auf der Seite des Herzens direkt unterm Schulterblatt. Erdmann konnte nicht mehr springen, denn die Franzosen hatten auch ihn entdeckt. Was blieb ihm übrig, als die Hände hochzureißen.

»Fort, fort!« schrie Berndt von Vitzewitz, als die Wachposten auf den Schlitten zueilten. Lewin und der junge Scherwenka schafften es gerade noch, den Sterbenden zum Schlitten zu schleppen. Schon zogen die Pferde an und jagten in die Nacht hinaus. Die Franzosen verfolgten die Flüchtenden nicht, weil das vergeblich gewesen wäre, und freuten sich statt dessen, daß ihnen wenigstens ein Gefangener, einer der vielen Hochverräter, noch geblieben war.

»Der ist dran«, hörte Erdmann sie sagen, als sie ihn packten. »Morgen bei Sonnenaufgang.« Und sie gingen schon daran, ihr Kommando zusammenzustellen. Wenn er sich nicht irrte, fiel auch der Name Hüne. Ach ja ... Wie tröstlich, daß der daneben schießen würde. Er nahm sich vor, es dankbar zu vermerken, wenn die anderen elf Kugeln ihn durchlöchert hatten.

Als sie ihn in seine Kerkerzelle zurückgebracht hatten, trat er ans Fenster und rief in die Nacht hinaus: »Friedrich von Odereck, dein treuer Herzensfreund und Kammerdiener ist dabei, auf dieselbe Weise zu sterben wie du. Freue dich, bald hast du mich wieder!«

Und er fiel nieder, preßte das Gesicht gegen den Stein und beweinte sich, sein Schicksal und sein durch und durch verpfuschtes Leben. Ja, es war der rechte Augenblick zu sterben. Nein, nein, ich will nicht! Ich will noch leben. Gerade dreiundvierzig Jahre war er alt – und konnte das Doppelte erreichen. Aber wozu denn noch, ohne... Und wieder schlug die Verzweiflung über ihm zusammen.

Da schlug es fünf, und nun verrannen die Minuten wie Sekunden. Gleich kamen sie: das Wachkommando, der Priester, der Offizier mit der Binde, um ihm die Augen zu verdecken, wenn sich die Gewehrläufe auf ihn richteten.

Da wurde an der Tür geschlossen.

Aus und vorbei.

Doch wer da beim Licht einer schwachen Kerze stand, war ... war ...

»Nein!« schrie Erdmann. »Nein!«

Der Wahnsinn, so glaubte er, würde ihn umfangen, um ihm die letzten Minuten seines Lebens erträglich zu machen.

Küsse bedeckten sein Gesicht, er wurde heftig geschüttelt. »Ja, komm wieder zu dir, ich bin's. Ich habe alle bestochen, ich habe die Schlüssel ... Mach schon, wir fliehen zusammen.«

»Nein, unmöglich, nein!«

»Doch, ich bin's: Cathérine!«

# EPILOG

## 1817

»Nun, da Gott den Weg gewiesen hat, müssen alle Völker sich erheben, vor allem aber muß in allen Landschaften, Kreisen und Gauen das deutsche Volk sich erheben, denn kein Volk ist von ihm (Napoleon) mehr geschunden und gemißhandelt worden, als gerade das deutsche Volk.« Das hatte Ernst Moritz Arndt 1813 geschrieben, und es kam nun in der Tat – nicht nur im Oderbruch – zu dem, was man später »Befreiungskriege« nennen sollte. Jetzt brannte auch in einem erheblichen Teil der Soldaten, die gegen Napoleon kämpften, das innere Feuer. Dennoch unterlag man in zwei Schlachten – am 2. Mai 1813 bei Großgörschen und am 20./21. Mai 1813 bei Bautzen – einer neu formierten französischen Armee aus jungen Rekruten und Resten der »Großen Armee«. Beide Seiten waren aber zu schwach zum entscheidenden Schlag, und so kam es am 4. Juni zu einem befristeten Waffenstillstandsvertrag. Dann aber schlug sich Österreich auf die Seite der Preußen und Russen, und nun begann Napoleons Stern langsam, aber sicher zu sinken. Schon im August gab es Siege von Blücher an der Katzbach und von Kleist bei Kulm und Nollendorf, das Schicksal Deutschlands und Europas entschied sich aber erst im Oktober 1813 in der »Völkerschlacht« bei Leipzig. Napoleon mußte sich über den Rhein zurückziehen, der Rheinbund zerbrach, und die von ihm geschaffenen Staatsgebilde Westfalen, Berg und Frankfurt zerfielen wieder. Am 31. März 1814 zogen die verbündeten Monarchen – Kaiser Franz I. von Österreich, Zar Alexander I. von Rußland und König Friedrich Wilhelm III. von Preußen – in Paris ein. Im *Rheinischen Merkur* hieß es dazu: »Das Reich des Frevels ist vernichtet. Furchtbar steigt aus seinen Trümmern die Dampf-Säule vom Blute der Erschlagenen, von den Tränen der Verwaisten, Rache schreiend gen Himmel empor. Vierundzwanzig Jahre hat es auf der Erde gelastet. Selbst im Wahnwitz der Empörung gezeugt, hat es nur Wut und Elend hervorgebracht, die Freiheit zertrümmert, den Glauben erschüttert und mit den Gräueln des Universal-Despotismus geendet.« Napoleon wurde zur Abdankung gezwungen und auf die Insel Elba verbannt, kehrte aber am 1. März 1815 zurück. Doch nach einem Intermezzo von hundert Tagen war es nach der verlorenen Schlacht von Waterloo endgültig aus mit seiner Herrschaft, und er wanderte für den Rest seiner Tage als Gefangener auf die Insel St. Helena, während auf dem Wiener Kongreß die Ländergrenzen neu gezogen und die alten Verhältnisse zementiert wurden. Friedrich von Odereck, klammheimlich orientiert an einer demokratischen Ordnung, wie sie die Vereinigten Staaten von Amerika seit 1787 hatten, hätte sich im Grabe umgedreht.

Was Erdmann Bosetzki betrifft, so finden wir in den Chroniken und Briefen aus den Jahren 1813 bis 1817 den Hinweis, er habe wieder als Diener auf Schloß Tamsel seinen Lebensunterhalt verdient, doch dies entspricht nicht ganz den Tatsachen. Zwar fungierte er mitunter auch als Berater und Begleiter des neuen Herrn, schrieb auch Festgedichte für ihn und pflegte ihn im Krankheitsfalle, doch geschah dies nicht des Gelderwerbs wegen, sondern war reiner Zeitvertreib, denn Odereck hatte ihn als Erben eingesetzt, und sein Vermögen war ihm nun endlich auch ausgezahlt worden. Ein Jahr nachdem Cathérine ihn gerettet hatte, waren sie in der Tamseler Kirche vor den Traualtar getreten, ohne aber eigene Kinder zu haben. Doch ihre »Brutpflege-Instinkte«, wie Erdmann das nannte, lagen nicht brach, denn es war ja Luise großzuziehen, seine Tochter aus der Verbindung mit Anna.

Mit Luise nun, die sich prächtig entwickelt hatte und für eine Fünfjährige schon sehr verständig war, stand er auf dem Tamseler Friedhof. Man schrieb den 17. Juli des Jahres 1817.

»Heute wäre dein Großvater hundert Jahre alt geworden«, sagte Erdmann und fügte, nachdem er kurz gezögert hatte, noch etwas hinzu, das er immer verdrängt hatte. »Und an diesem Tag ist auch deine Uroma Johanne gestorben, die Mutter von Opa Johann. Die liegen hier beide beieinander.«

»Gut, daß Oma Betty noch liebt.«

Erdmann lachte. »Liebt – das wohl nicht mehr. Aber daß sie noch lebt, ist schön.« Sechsundachtzig Jahre war sie jetzt und noch immer so rüstig, daß sie mitunter im Sattel saß und hinunter zum Warthe-Ufer ritt, natürlich in Begleitung.

»Ich will jetzt zu Muttis Grab«, sagte Luise. Die Kinder im Dorf hatten ihr erzählt, daß ihre Mutter gestorben war, weil sie »Motten in der Lunge« gehabt hatte. Seit sie dies gehört hatte, jagte und zerklatschte Luise jede Motte, die sie sah, damit die nicht auch über Cathérine, ihre Stiefmutter, herfallen konnte. Die beiden kamen glänzend miteinander aus.

»Wo ist Cathérine jetzt?« fragte Luise. Sie hatte sich angewöhnt, sie so zu nennen wie der Vater, was auch daran liegen mochte, daß sie die junge Frau ihres Vaters oft als große Schwester ansah.

»Wohl auf der Insel unten, Fische fangen.«

Cathérine half zwar des öfteren im Schloß als Köchin aus und war jeden Tag auch viele Stunden damit beschäftigt, für ihre Schwiegermutter zu sorgen, doch ihre größte Freude war es, sozusagen in der Nachfolge von Anna, in den Kahn zu klettern und die Netze, die sie im Fluß ausgelegt hatte, nach Fischen abzusuchen. Luise war kaum abzuhalten, ihr dabei zu helfen, doch Erdmann sah das nicht so gern, da sie noch nicht richtig schwimmen konnte.

Seine Tochter quengelte. »Ich will mit in den Kahn.«

»Das ist mir zu weit zu laufen.«

»Dann borg dir doch ein Pferd.«

Schließlich wurde er weich und tat seiner Tochter den Gefallen. Wenn er eines bei Schill gelernt hatte, dann das Reiten. Luise kreischte vor Vergnügen, als er mit ihr vor sich auf dem Sattel durch die Wiesen sprengte. Als sie den Deich erreichten, sahen sie Cathérine drüben auf der Insel und schrien und winkten hinüber. Sie war gerade dabei, ihren Fischerkahn an den kleinen Steg zu binden, und nahm ihr weißes Kopftuch ab, um zurückzuwinken.

»Das nennt man Kapitulation«, sagte Erdmann und hob seine Tochter vom Pferd. »Komm, jetzt stürmen wir die Liebes-Insel und erobern die Festung St. Cathérine.«

Als sie in ihrem kleinen Boot drüben angekommen waren, fiel ihm Cathérine in die Arme und wollte ihn gar nicht mehr loslassen.

»Du, wir bekommen ein Kind!«

Es war ein Augenblick, so schön, daß Erdmann sich wünschte, er möge ewig verweilen. Und nur, um sich nicht ganz seinen Freudentränen zu überlassen, sagte er in dem Ton, den er bei Odereck so geliebt hatte: »Am besten heute schon, heute wäre doch der richtige Tag dafür.«

# Herangezogene Literatur und Dank


Back, Claus, und Stade, Martin, Der Meister von Sanssouci, Berlin 1977

Bentzien, Hans, Unterm roten und schwarzen Adler, Berlin 1992

Berghaus, Heinrich, Landbuch der Mark Brandenburg und des Markgrafenthums Nieder-Lausitz in der Mitte des 19. Jh. oder geogr.-hist.-statist. Beschreibung der Provinz Brandenburg, Zweiter Band, Brandenburg 1855

Bilder deutscher Geschichte, hrsg. vom Cigaretten-Bilderdienst, Hamburg-Bahrenfeld 1936

Bräker, Ulrich, Der arme Mann im Tockenburg, Stuttgart 1965

Bußmann, Walter, Zwischen Preußen und Deutschland: Friedrich Wilhelm IV., Berlin 1990

Büsch, Otto, Militärsystem und Sozialleben im alten Preußen 1713–1907, Berlin 1962

Chronik der Deutschen, Dortmund 1983

Chronik der Frauen, Dortmund 1992

Cyran, Eberhard, Die Memoiren des Freiherrn von der Trenck, Bergisch-Gladbach 1977

Duffy, Christopher, Friedrich der Große, Augsburg 1994

Edighoffer, Roland, Die Rosenkreuzer, München 1995

Fontane, Theodor, Wanderungen durch die Mark Brandenburg, Band I: Die Grafschaft Ruppin, Band II: Das Oderland, Band III: Havelland, Band IV: Spreeland, Band V: Fünf Schlösser, Frankfurt/M., Berlin und Wien 1974

Fontane, Theodor, Vor dem Sturm, München 1969

Funcken, Liliane und Fred, Historische Uniformen. Bde. I und II, München 1977 und 1978

Goethe, Johann Wolfgang, Die Leiden des jungen Werthers, Stuttgart 1986
Gooch, G. P., Friedrich der Große, Frankfurt/M. und Hamburg 1964
Grawe, Christian, Führer durch die Romane Theodor Fontanes, Frankfurt/M, Berlin, Wien 1980
Groehler, Olaf, Die Kriege Friedrichs II., Berlin 1986
Der große Ploetz, Würzburg 1980
Haas, Eve, und Hennig, Herzeleide, Prinz August von Preußen, Berlin 1988
Haffner, Sebastian, Preußen ohne Legende, Hamburg 1979
Hahn-Butry, Jürgen, Preußisch-deutsche Feldmarschälle und Großadmirale, Berlin 1938
Hein, Max (Hrsg.), Briefe Friedrich des Großen. 1. Band, Berlin 1914
Hölzel, Petra u. a., Profitips für Reiter, Stuttgart 1992
Hubatsch, Walther, Friedrich der Große und die preußische Verwaltung, Köln und Berlin 1982
Hüne, Carl, Erinnerungen aus meinen Militär-Dienstjahren 1810–1814, Braunschweig 1909
Immich, Max, Die Schlacht bei Zorndorf am 25. August 1758, Berlin 1893
Kleßmann, Eckart, Prinz Louis Ferdinand von Preußen, München 1995
Kleßmann, Eckart, Die Welt der Romantik, München 1977
Kluge, Hermann, Geschichte der deutschen National-Litteratur, Altenburg 1892
Linnebach, Karl (Hrsg.), Scharnhorsts Briefe, 1. Band. Privatbriefe, München und Leipzig 1914
Die Mark Brandenburg, Land rechts der Oder. Die Neumark, Heft 20, Berlin 1996
Die Mark Brandenburg, Am Wasser gebaut, Heft 23, Berlin 1996
Materna, Ingo, und Ribbe, Wolfgang (Hrsg.), Brandenburgische Geschichte, Berlin 1995

Müller-Bohn, Hermann, Die deutschen Befreiungskriege, Berlin o. J.
Nagel, Barbara, und Neumann, Gisela, Ist es die Luft, die klingt, oder ist es das eigene Herz. Zweite Malwanderung diesseits und jenseits der Oder, Atelier im Oderbruch 1997
Naso, Eckart v., Seydlitz, Frankfurt/M./Berlin 1963
Neumann, Hans-Joachim, Friedrich Wilhelm I., Berlin 1993
Neumann, Hans-Joachim, Friedrich Wilhelm II., Berlin 1997
Ohff, Heinz, Ein Stern in Wetterwolken. Königin Luise von Preußen, München und Zürich 1994
Paszylka-Paterczyk, Iwona, Kostrzyn nad Odra, Gorzów Wlkp. 1998
Petzoldt, Leander, Kleines Lexikon der Dämonen und Elementargeister, München 1990
Pomplun, Kurt, Berliner Allerlei, Berlin 1975
Preußen – Versuch einer Bilanz. Eine Ausstellung der Berliner Festspiele GmbH, 15. August – 15. November 1981, Gropius-Bau. Katalog in fünf Bänden, Reinbek 1981
Ranke, Leopold, v., Zwölf Bücher Preußischer Geschichte, Band 2, München 1930
Reglement für die Königl. Preußischen Kavallerie-Regimenter, Faksimiledruck der Ausgabe Berlin 1742, 1. und 2. Hälfte, Osnabrück 1976
Richter, Klaus Christian, Friedrich Wilhelm von Seydlitz, Osnabrück 1996
Röhrmann, Carl, Der sittliche Zustand von Berlin, Leipzig 1846
Schnitter, Helmut (Hrsg.), Gestalten um Friedrich den Großen, Reutlingen 1993
Schnitter, Helmut (Hrsg.), Gestalten um den Soldatenkönig, Reutlingen 1994
Schoeps, Hans-Joachim, Preussen, Berlin o. J.
Scholz, Hans, Berlin jetzt freue Dich, Frankfurt/M. und Hamburg 1964

Sinn, Dieter, und Sinn, Renate, Der Alltag in Preußen, Frankfurt/M. 1991
Stein, Werner, Kulturfahrplan, Berlin 1946
Streifzüge durch die Mark Brandenburg, hrsg. von der Berliner Morgenpost (Autor Rudolf Stiege), Bände I–IV, Berlin 1982–89
Turner, Barrie Carson, Die Flöte. Das Instrument, seine Geschichte, die Komponisten und die großen Virtuosen, Hamburg 1997
Vehse, Eduard, Geschichte des preußischen Hofs und Adels und der preußischen Diplomatie, Hamburg 1851
Wehr, Christian, Lexikon des Aberglaubens, München 1992
Welk, Ehm, Die Heiden von Kummerow, Reinbek 1963
Wolfenbüttel-Zeis, Günzelin v., Allgemeine Deutsche Biographie, 44. Band, Neudruck der 1. Aufl. von 1898, Berlin 1971

Nicht aufgeführt sind hier die zahllosen Originaldokumente, die Dr. Helmut Linder in meinem Auftrage in den Berliner Bibliotheken und Archiven auf der Suche nach Informationen über Erdmann (von) Bosetzki und die Geschichte Tamsels durchgesehen hat. Ihm ist ganz besonders herzlich für seine Hilfe zu danken. Peter Hüne und seine Frau Liane haben mich bei Literaturbeschaffung und Spurensuche tatkräftig unterstützt und mir beim Schreiben immer wieder Mut gemacht. Heike und Alina haben viel auf mich verzichten müssen; das tut mir leid. Prof. Dr. Wolfgang Ribbe, einer der profundesten Kenner der brandenburgischen Geschichte, hat das Manuskript gelesen und die Irrtümer beseitigen helfen, wegen derer die Fachleute mich ausgelacht hätten. Die Idee zu diesem Buch ist vom Verleger gekommen.

Nebenbei: Aus den Bosetzkis werden irgendwann im Laufe der Geschichte dieser Familie die Matuschewskis, die den Leserinnen und Lesern möglicherweise aus ›Brennholz für Kartoffelschalen‹ und den nachfolgenden Romanen bekannt sind.